KATHERINE HOWELL

Ein grausames Versprechen

Ein Sydney-Krimi

Buch

Rettungssanitäterin Lauren Yates wird in einer engen Gasse Sydneys Zeugin eines brutalen Mordes. Der Killer droht, ihr das Leben zur Hölle zu machen, wenn sie der Polizei erzählt, was sie gesehen hat. Und sie glaubt ihm: Thomas Werner ist der Ex-Freund ihrer Schwester und niemand, dem man in die Quere kommt. Für Lauren beginnt die Hölle eher als gedacht: Denn als ein weiteres Opfer entdeckt wird, findet Kommissarin Ella Marconi sie mit Blut an den Händen am Tatort. Und verlangt, dass ihre einzige Zeugin die Mordkommission unterstützt, hat sie doch die letzten Worte des Opfers gehört. Worte, die Lauren aus Angst auf keinen Fall der Polizei verraten möchte. Schnell ahnt Ella Marconi, dass Lauren ihr etwas verschweigt. Doch je mehr Druck sie ausübt und je verzweifelter Lauren die Wahrheit verbergen will, desto wütender wird der Mörder. Wird Lauren den Namen des Mannes verraten und das Risiko eingehen, sich und ihre Familie in tödliche Gefahr zu bringen?

Autorin

Katherine Howell hat selbst zehn Jahre lang als Rettungssanitäterin gearbeitet. Dies ist ihr zweiter Kriminalroman um die Kommissarin Ella Marconi und die Sanitäterin Lauren Yates, der 2008 mit dem Davitt Award für den besten Kriminalroman ausgezeichnet wurde. Katherine Howell lebt in New South Wales, Australien.

Weitere Informationen unter www.katherinehowell.com

Von Katherine Howell außerdem lieferbar:

Herztod (36842)

Katherine Howell

Ein grausames Versprechen

Ein Sydney-Krimi

Aus dem Englischen
von Fred Kinzel

blanvalet

Die australische Originalausgabe erschien 2009
unter dem Titel »The Darkest Hour«
bei Pan Macmillan Australia Pty Limited, Sydney.

FSC
Mix
Produktgruppe aus vorbildlich
bewirtschafteten Wäldern und
anderen kontrollierten Herkünften

Zert.-Nr. SGS-COC-1940
www.fsc.org
© 1996 Forest Stewardship Council

Verlagsgruppe Random House FSC-DEU-0100
Das für dieses Buch verwendete FSC-zertifizierte Papier
Holmen Book Cream liefert Holmen Paper, Hallstavik, Schweden.

1. Auflage
Deutsche Erstausgabe März 2010
bei Blanvalet, einem Unternehmen der Verlagsgruppe
Random House GmbH, München.

Published by Arrangement with Pan Macmillan Australia
Dieses Werk wurde vermittelt durch die Literarische Agentur
Thomas Schlück GmbH, 30827 Garbsen
Umschlaggestaltung: © by HildenDesign, München
unter Verwendung eines Motivs von Tomas Pavelka/shutterstock
Redaktion: textinform, Gerhard Seidl
NB · Herstellung: sam
Satz: omnisatz GmbH, Berlin
Druck und Bindung: GGP Media GmbH, Pößneck
Printed in Germany
ISBN: 978-3-442-36897-6

www.blanvalet.de

Für Bronwyn, Phillip, Mum und Dad.

1

Der Wind heulte zwischen den Gebäuden wie ein Geschöpf aus einem arktischen Alptraum, als Lauren in das Fahrzeugwrack spähte und sich dann zu dem Polizisten neben ihr umdrehte. »Er ist tot.«

Der Polizist machte dem Bergungstrupp ein Zeichen. Sie hatten es natürlich alle gewusst; wenn der halbe Kopf eines Menschen fehlte, war kein medizinischer Sachverstand vonnöten, um zu diesem Schluss zu gelangen. Dass man auf eine professionelle Bestätigung wartete, gehörte jedoch zu der Art und Weise, wie die Dienste zusammenarbeiteten, und Lauren fand es gut so. Diese Höflichkeit war auch der Grund dafür, warum sie nicht wieder in den Sanka stieg, sondern draußen in der Kälte blieb, wo die Feuerwehrleute ihre Schläuche angeschlossen ließen, falls das verunglückte Auto in Flammen ausbrach, und die Polizisten den um 2.00 Uhr morgens nur spärlichen Verkehr an der Unfallstelle vorbeileiteten.

Lauren trat von einem Fuß auf den anderen, das Kinn im Kragen ihres Parkas und die Hände in den Taschen vergraben. Die Winter in Sydney waren eigentlich nicht schlimm, aber heute fuhr ihr dieser Wind in den Nacken und an den Hosenbeinen hinauf und blies schließlich geradewegs durch sie hindurch. Sie verließ den Windschatten der Ambulanz und versuchte es im Schutz des Bergungsfahrzeugs, ehe sie sich zuletzt dicht an das Feuerwehrauto stellte, dessen Pumpenmotor Wärme abstrahlte.

Doch immer noch bibberte sie und war froh, als der weiße Kombi des amtlich beauftragten Bestattungsunternehmers genau in dem Moment vorfuhr, als die Polizisten den toten Fahrer in den Leichensack legten. Von der eventuellen Notwendigkeit befreit, die Leiche transportieren zu müssen, verabschiedete sich Lauren rasch und gab Gas, um zu Gilly's zu fahren, dem durchgehend geöffneten Café am Broadway. Kurz darauf stand ein dampfender Kaffeebecher in der Halterung zwischen den Sitzen. Die Heizung lief auf Hochtouren, und Lauren hielt das Lenkrad kurz mit den Knien fest und presste die Hände auf die Lüftungsschlitze im Armaturenbrett. Wenn sie über Schleichwege zurück in Paddington war, würde sie genügend Zeit haben, in dem gut beheizten Fahrzeug zu sitzen und gemütlich ihren Kaffee zu schlürfen. Das war das Los der Sanitäter, die eine Schicht ohne Partner bestritten – man wurde überallhin geschickt, wo Not am Mann war, man war erste Wahl, wenn es eine Leiche zu transportieren galt und ...

Ein Mann schoss links von ihr aus einer Gasse, und Lauren trat auf die Bremse. Während das Fahrzeug durch sein Gewicht weitergeschoben wurde, blitzte ein Gedanke in Laurens Kopf auf: *So kurz nach dem Unfall mit dem Bus einen Fußgänger anzufahren würde sich aber gar nicht gut machen. Bleib schon stehen, verdammt!* Aber dann war der Mann aus dem Weg und lief die Straße entlang. Laurens Herz klopfte bis zum Hals, und im Wagen roch es nach verschüttetem Kaffee. Sie ließ das Fenster hinunter, um dem Kerl hinterherzubrüllen, aber in diesem Moment schoss ein zweiter Mann aus der Gasse, schlitterte in den Randstein und stürzte.

»Idioten«, murmelte Lauren, die vor Schreck zitterte. Die Warnblinkanlage leuchtete kurz auf, als ein Stück voraus ein Auto aufgesperrt wurde, in das der erste Mann hineinsprang. Er fuhr ohne Licht los, und Lauren schaltete das Fernlicht ein, konnte aber das Kennzeichen nicht entziffern. Der zweite Mann rappelte sich auf und stand auf dem Gehsteig. Mit zusammengekniffenen Augen schätzte Lauren seine Haltung und seine Bewegungen ab und griff dann zum Mikrofon. »Vierunddreißig.«

»Sprechen Sie, Vierunddreißig.«

»Ich bin in der Smithy's Lane in Surry Hills und brauche bitte Verstärkung. Sieht aus, als hätte ich einen Patienten; männlich, mit einer Schulterverletzung.«

»Ich weiß nicht, wann ich jemanden freihaben werde«, kam es aus der Zentrale. »Ich schicke inzwischen die blauen Jungs vorbei.«

»Ja, bitte«, sagte Lauren. »Ich glaube, der Typ hatte nichts Gutes im Sinn.«

Sie fuhr an den Straßenrand, ihr war immer noch flau im Magen. Der junge Mann lehnte mit schmerzverzerrtem Gesicht an der Wand und hielt sich den rechten Arm. Sie zog Handschuhe an, befestigte die Ausrüstungstasche an ihrem Gürtel und stieg mit einer Taschenlampe in der einen Hand und dem tragbaren Funkgerät in der anderen aus dem Wagen.

»Alles in Ordnung?«

Er weinte. Sie sah, dass es eher ein Junge als ein Mann war. »Rufen Sie nicht die Bullen«, sagte er.

»Könnte sein, dass sie aufkreuzen.«

»Mist.« Er stieß sich von der Wand ab und wollte sich taumelnd entfernen.

»Sie müssen sich die Schulter untersuchen lassen«, sagte Lauren. »Sie sieht ausgerenkt aus, und wenn Sie das nicht richtig behandeln lassen, kann es sein, dass sie Ihnen immer wieder herausspringt.«

»Tut sie sowieso ständig.«

Lauren folgte ihm. »Lassen Sie mich helfen.«

Er murmelte etwas, das sie nicht verstand. Sie schaute sich nach ihrer Unterstützung um. »Wo ist das Problem?«, sagte sie. »Wollen Sie nicht eingelocht werden, weil Sie dem Typen nachgejagt sind? Wollten Sie ihn berauben, oder was?«

»Ich bin ihm nicht nachgejagt«, sagte er. »Wir sind beide weggelaufen.«

»Vor was?«

Er deutete mit einem Nicken zur Gasse. »Ich lasse mich da nicht reinziehen«, sagte er und schlurfte schneller weiter. Lauren sah ihm nach. Ihn mit körperlicher Gewalt aufhalten zu wollen hieße, um Prügel betteln. Der junge Mann war geistig mehr oder weniger gesund, er durfte sich einer Behandlung verweigern, wenn er es wollte.

Sie ging zur Gasse zurück. Sie war dunkel. Lauren leuchtete mit dem schmalen Strahl ihrer Taschenlampe an den Wänden entlang und dann über den Boden. Auf dem Asphalt lag ein Mann.

Sie blieb auf dem Gehsteig und ließ den Strahl über die leblose Gestalt wandern. Am Kopf des Mannes war Blut. Sie blickte die Straße hinauf und hinunter, doch von der Polizei war nichts zu sehen. Die Straße war menschenleer, der orangefarbene Schein der Laternen wirkte kalt und fremd. Sie fröstelte in ihrem Parka. Wenn sie den Toten von dem Verkehrsunfall an Bord genommen hätte, säße sie jetzt mit einer Tasse Tee im Leichenschauhaus, statt sich hier in einer nach Urin stinkenden Gasse um ihre Sicherheit zu sorgen. Sie leuchtete noch einmal in die Gasse, sah niemanden und ging hinein.

Aus der Nähe stellte sie zwei Dinge fest: Der Mann war tot, und sie kannte ihn. Stewart Blake war ein früherer Lehrer, verurteilter Pädophiler und Mörder eines zwölfjährigen Mädchens; sein Bild war vor Kurzem anlässlich seiner Entlassung aus dem Gefängnis ständig in den Nachrichten gewesen. Jetzt stand sein Mund offen, die Pupillen waren starr und geweitet. Die linke Schädelseite und der Hinterkopf waren eingeschlagen, eine dunkle Blutlache breitete sich um ihn aus. Irgendwer hatte Rache geübt.

Lauren kauerte nieder, um pro forma den Puls zu messen, und hörte ein Stück voraus in der Gasse ein leises Geräusch.

Sie schwenkte den Lampenstrahl rasch in diese Richtung. In der Gasse war es still. Eine Katze, ein Passant? Der Mörder oder ein weiteres, noch nicht totes Opfer? Lauren schlich über den brüchigen Asphalt, die Lampe von sich gestreckt, als könnte sie ihr Schutz bieten.

Die Gasse machte eine Biegung. Lauren zögerte und blieb zwischen einer defekten Straßenlampe und einer Wand stehen, richtete ihre Taschenlampe in die Dunkelheit. Rechts von ihr quoll ein Container von Bauschutt über, dahinter war ein verbeultes Auto ohne Fenster, Räder und Nummernschild auf Betonklötzen aufgebockt. Lauren horchte, leuchtete mit der Lampe an der Karosserie des Wagens entlang und blickte mit zusammengekniffenen Augen auf die dunkle Gestalt, die dahinter zu kauern schien. In diesem Moment ließ sie ein Stöhnen in unmittelbarer Nähe zusammenzucken.

Sie schlich an dem Baucontainer entlang. Der Lampenstrahl beleuchtete zwei blutbespritzte Turnschuhe, dann die Beine einer Jeans, und als sie um den Container herumspähte, sah sie einen Mann zusammengesunken an der Wand liegen und sich die Brust halten. Er hatte die Augen wegen des grellen Lichts der Lampe geschlossen, aber sie erkannte ihn dennoch sofort. »Thomas?« Der Magen sackte ihr bis in die Knie. »*Thomas?*«

Er stöhnte.

Sie trat gegen seinen Schuh. »Mach die Augen auf.«

»Lauren?« Als wüsste er nicht genau, dass sie es war. Er öffnete ein Auge einen Spalt weit. »Hilf mir.«

Sein braunes Haar war kürzer als vor fünf Jahren, als sie ihn zuletzt gesehen hatte, aber sein europäischer Akzent war ausgeprägt wie eh und je. An seinen Händen war Blut, aber auf dem Hemd, in das er sie krallte, war keins. »Mach die Augen auf«, sagte sie wieder.

»Ich habe Schmerzen.«

»Blödsinn.«

Er verzog das Gesicht. Seine Stirn glänzte vor Schweiß. »Brustschmerzen.«

In der Ferne heulte eine Sirene.

Seine Finger zerrten am Stoff des blauen Hemds. »Ich krieg keine Luft.«

»Steh auf.«

»Wie ein schweres Gewicht hier.« Er legte die Faust auf die Mitte der Brust.

Bildete es sich Lauren nur ein, oder wurde er blass? Und die Nacht war zu kalt, um so zu schwitzen. Er beschrieb auch alle Symptome richtig.

»Ein Mann hat mich verfolgt.« Thomas rieb sich den Kiefer. »Jetzt tut es auch hier weh.«

Lauren war hin- und hergerissen. Er schien tatsächlich Herzschmerzen zu haben, die sie eigentlich behandeln müsste, aber dem Thomas Werner, den sie kannte, war nicht zu trauen.

»Sobald die Polizei hier ist, helfe ich dir«, sagte sie. »Okay?«

Doch sein Kopf sank vornüber auf die Brust, und die Arme rutschten ihm seitlich vom Körper. Sie sah auf seine Brust. Er atmete nicht.

Sie wartete. Wenn er drei Minuten lang nicht Luft holte, würde sie wissen, dass er nicht simulierte.

Aber wenn sein Herz tatsächlich stillstand, wurden mit jeder Sekunde, die verging, Gehirnzellen vernichtet. Was immer er hier getan hatte, sie wollte, dass er ins Gefängnis kam, zurück nach Österreich abgeschoben wurde oder was sie eben mit ihm tun würden. Sie wollte nicht, dass er starb und sich auf diese Weise allem entzog.

Sie trat ihm mit dem Stiefel ans Knie, dann noch einmal, heftiger. Er rührte sich nicht. Sie fluchte leise und warf einen Blick zurück zur Straße, wo ihr Rettungswagen mit der ganzen Ausrüstung stand. Flüchtig ging ihr der Gedanke durch den Kopf, ob sie ihn nicht doch einfach hier liegen lassen sollte; für sie, Kristi und Felise wäre es sehr viel besser, wenn er tot wäre. Aber sie wusste, was sie zu tun hatte: sich von dem Herzstillstand überzeugen und Unterstützung anfordern, während sie zum Fahrzeug zurücklief, um den Defibrillator, Medikamente und das Sauerstoffgerät zu holen, und dann schnell wieder hierhereilen und anfangen, den Schweinehund zu retten.

Sie legte die Taschenlampe und das tragbare Funkgerät auf den Boden, kauerte sich neben Thomas und streckte die Hand nach seiner Halsschlagader aus.

Seine Arme schossen in die Höhe, Laurens Herz machte einen Satz, und in ihrem Kopf schrie es: *Ich wusste es!* Doch es war zu spät. Er schleuderte sie auf den Rücken und warf sich auf sie. Dann packte er sie an Parka und Bluse und stieß ihr die Faust unter das Kinn. »Hau ab«, sagte er.

Was?

Sie bekam keine Luft und konnte nicht sprechen. Sie drückte gegen seine Schultern, aber er verlagerte sein Gewicht nur noch mehr auf sie. Ihre Rippen schmerzten von der Last.

»Hör zu!«

Er hatte ihr die Faust so hart unter das Kinn gerammt, dass sie nicht einmal nicken konnte. Sein Gesicht, die Wand dahinter, alles verschwand in einem Schwarm weißer Flecken.

»Wenn du ein Wort von dem hier sagst, werden du, Kristi und das Kind es büßen. Nicke, wenn du verstanden hast.« Er lockerte seinen Griff ein wenig, Lauren sog die kalte Nachtluft ein und nickte.

»Selbst wenn sie mich einsperren, ich habe überall meine Verbindungen«, sagte er in ihr Ohr. »Ich kriege euch.«

Sie konnte seinen Schweiß und das Blut auf seiner Hand riechen. Sie nickte wieder. Er stieg von ihr, dann packte er sie an den Schultern und drehte sie unsanft um. Er legte seine Hand um ihren Hinterkopf und drückte ihr das Gesicht in den Asphalt. »Keine Bewegung.«

Er gab ihr einen letzten Stoß, dann war er fort. Lauren hörte das Klatschen seiner Füße, als er die Gasse entlanglief.

Sie lag ausgestreckt da und kämpfte gegen ihre Tränen; das Hämmern ihres Pulses schien vom Asphalt widerzuhallen, und in ihrem Mund war der saure Geschmack von Wut, Hass und Selbstvorwürfen.

Die Sirene kam näher.

Wenn die Polizei sie hier weinend vorfand, würden sie wissen, dass etwas passiert war. Sie rappelte sich hoch und stützte sich an dem Schuttcontainer ab; der Geruch von zersägtem Holz und zerbrochenen Gipskartonplatten stieg ihr in die Nase. Sie sah die Gasse hinunter, aber die war leer. Die Taschenlampe lag an der Wand auf dem Boden, ihr Strahl leuchtete sinnlos unter den Container. Sie hob sie auf und richtete sie auf das Autowrack. War da tatsächlich jemand gewesen? Hatte Thomas zu dieser Person *Hau ab* gesagt? Jetzt war da niemand.

Die Sirene war jetzt sehr nah. Lauren hob ihr Funkgerät auf und taumelte zum Eingang der Gasse zurück. Sie klemmte die Lampe unter den Arm, streifte ihre Handschuhe ab und stopfte sie in die Tasche. Sie tastete ihr Gesicht ab, ob es Kratzer gab, bei denen die Polizei stutzig werden würde. Ihre Wange schmerzte, schien aber heil zu sein und nicht einmal so geschwollen, dass es jemand bemerken würde. Sie wischte sich über die Augen, dann richtete sie den Lampenstrahl an sich hinab und bürstete Staub und Sägemehl von Parka und Hose. Es gab keine Risse, kein Blut von Thomas' Händen war auf dem dunkelblauen Stoff zu sehen. Ihren Hemdkragen konnte sie nicht in Augenschein nehmen, aber sie stopfte ihn einfach gut unter den Parka und zog den Reißverschluss bis ans Kinn, für den Fall, dass sich blaue Flecken darunter zu entwickeln begannen.

Am Ende der Gasse zuckten rote und blaue Lichter, und ein Polizeiwagen tauchte auf. Sein Suchscheinwerfer leuchtete in die Gasse und blendete Lauren. Sie blinkte ein paarmal mit ihrer Taschenlampe und ging an der Leiche vorbei zurück, ohne sie anzusehen.

»Vierunddreißig«, sagte sie in ihr Funkgerät.

»Sprechen Sie, Vierunddreißig«, antwortete die Zentrale.

»Streichen Sie diesen Rettungswagen zur Verstärkung.« Sie holte tief Luft und versuchte, ihre Stimme zu beruhigen. »Ich habe einen Patienten Code vier. Die Polizei ist inzwischen vor Ort.«

»Verstanden, Vierunddreißig. Rufen Sie an, wenn Sie fertig sind.«

Lauren begrüßte die Beamten im Eingang der Gasse. Sie kannte beide vom Sehen, aber nicht dem Namen nach. Sie waren jung und blond.

»Da drin liegt eine Leiche für euch.« Sie zitterte und schob die feuchten Hände hinter dem Rücken in ihren Gürtel.

»Alles in Ordnung?«

Er weiß Bescheid. Aber natürlich wusste er nicht Bescheid, wie sollte er. Lauren räusperte sich. »Ich kenne den Kerl. Es ist Stewart Blake.«

»Der Kindermörder?«

Sie nickte. Das Zittern ließ ein wenig nach. Genauso musste sie es machen, sich auf etwas anderes konzentrieren. Früher oder später würden sie fragen, ob sie etwas oder jemanden gesehen hatte. Das würde sie schon hinbekommen. Sie konnte die Wahrheit erzählen, nur eben nicht die ganze.

Lauren zeigte mit dem Daumen in die Gasse, und sie gingen zusammen hinein. Die Polizisten hielten ihre großen Stabtaschenlampen über den Schultern.

Bei der Leiche angekommen, betrachteten die beiden Beamten das Gesicht.

»Er ist es wirklich«, sagte der kleinere Polizist.

»Kein großer Verlust«, erwiderte sein Partner und richtete den Strahl genau in die Augen des Toten.

»Absolut kein Verlust.«

Sein Partner leuchtete in die Gasse. »Haben Sie etwas gesehen?«, fragte er Lauren.

»Zwei Männer kamen aus der Gasse gerannt, deshalb

bin ich stehen geblieben«, sagte sie. »Der jüngere, dem Aussehen nach ein Stricher, lief die Straße entlang, und ein älterer sprang in einen Wagen und fuhr davon.«

»Haben Sie das Modell erkannt, das Kennzeichen gesehen?«

Sie schüttelte den Kopf.

»Können Sie hier auf die Detectives warten und eine Beschreibung der Männer abgeben?«

Sie steckte die Hände in die Taschen. »Sicher.«

Der Beamte sah seinen kleineren Partner an, der noch immer auf die Leiche starrte. »Sei so nett und gib es durch, ja?«

Lauren lehnte am Rettungswagen, während sich die Polizei am Tatort einrichtete. Sie trank den Rest ihres Kaffees, behielt den Becher aber in der Hand, damit sie etwas hatte, woran sie sich festhalten konnte. Fünf Detectives, an ihrer Zivilkleidung erkennbar, standen im Gespräch auf dem Gehsteig, dann kam einer auf sie zu. »Lauren, nicht wahr? Wo sind Sie stationiert?«

Sie nickte. »Lauren Yates, The Rocks.«

Der Mann kritzelte in ein Notizbuch. »Ich bin Detective Lance Fredriks. Der Beamte sagte, Sie haben zwei Männer weglaufen sehen?«

Lauren erzählte die Geschichte. Der Detective ließ sie keinen Moment aus den Augen, und sie fühlte sich befangen und hatte den Eindruck, sich komisch anzuhören. Klangen Lügen anders als die Wahrheit? Als sie den jungen Mann als etwas größer als sie selbst beschrieb, um die zwanzig, dunkelhaarig und hinkend – konnte der Detective da bemerken, dass sie ihn in die Irre führte? Das Letzte, was sie wollte, war, dass man den jungen Mann fand, denn er könnte Thomas oder die dunkle Gestalt gesehen haben, und dann würde die Polizei mit ihren bohrenden Blicken und ihren Fragen wieder bei ihr erscheinen.

Bei dem anderen Mann, der aus der Gasse gerannt war,

war es einfacher. Sie sagte, was sie gesehen hatte, nämlich so gut wie nichts. Älter, schwerer, mit einem Auto. Es war auszuschließen, dass er gefunden wurde oder sich melden würde.

»Sonst haben Sie nichts gesehen?«

»Gar nichts«, sagte sie und zerknüllte den Kaffeebecher in der Hand.

Der Rest war Routine: »Kommen Sie am Morgen zu einer offiziellen Aussage ins Revier. Wenn noch etwas ist, melden wir uns.« Lauren nickte und lächelte.

»Danke«, sagte der Detective.

»Kein Problem.«

Fünf Monate später, an einem strahlend schönen Frühsommermorgen, erklärte der Coroner Stewart Blakes Tod zu einem Mord, der von einer oder mehreren unbekannten Personen begangen wurde. Der ungelöste Fall würde irgendwo in einen Aktenschrank verbannt werden, wo ihn ein Beamter hin und wieder hervorholen und durchblättern würde, ehe man ihn, mit Datum und Unterschrift auf dem Aktendeckel versehen, wieder ins Dunkel zurückschob.

Laurens Uniform war feucht von Schweiß, als sie an den Medien vorbei aus dem Gerichtsgebäude in Glebe kam. Sie wollte die ganze Sache vergessen, wollte vergessen, wie eine Lüge zur nächsten und dann zu noch einer führte, bis man plötzlich die Bibel in der Hand hielt und schwor und dabei inständig hoffte, sich noch an alles zu erinnern, was man sofort nach Verlassen des Tatorts auf eine Papierserviette von Gilly's gekritzelt hatte, wie man den jungen Mann beschrieben hatte, den man weglaufen sah, denn es war schwerer, sich Lügen zu merken als die Wahrheit. Sie hatte den Text am Morgen eine halbe Stunde lang einstudiert. Dann hatte sie die Notizen im Badezimmer verbrannt, die verkohlten Reste hinuntergespült und das Fenster geöffnet, damit der Rauch abzog.

Felise kam herein und zog die Nase kraus. »Toms Dad raucht auch im Bad.«

»Ich habe nicht geraucht«, sagte Lauren, griff nach der Bürste und strich über das seidenweiche Haar auf Felises schmalem Kopf. »Ich glaube, der Rauch ist von draußen gekommen. Irgendwer macht wohl ein Feuer im Garten.«

Felise wollte auf die Toilette klettern, um nachzusehen. Sie standen vor dem Fenster, Felises dünner Arm um Laurens Nacken, ihrer warmer Atem an ihrer Wange. Lauren beobachtete, wie die großen blauen Augen ihrer Nichte die Nachbarschaft absuchten. »Was siehst du?«

»Die ganze weite Welt.«

Lauren hatte sie fest gedrückt.

Wie konnte Thomas auch nur in Erwägung ziehen, ihr etwas anzutun?

Wie konnte er sie »das Kind« nennen, als wäre sie irgendein Kind und nicht der Mittelpunkt der Welt?

Lauren konnte den schmächtigen Körper beinahe in den Armen spüren, als sie nun an der Ampel stand, und Felises Gelächter über den Verkehrslärm der Parramatta Road hinweg hören.

Das Kind.

Die Ampel schaltete auf Grün, und mit neuem Selbstvertrauen überquerte Lauren die Straße.

Detective Ella Marconi blätterte weiter in dem Ausdruck und stützte den Kopf in die Hände. Auf der anderen Seite des Zimmers fummelte Detective Murray Shakespeare an der Antenne eines altertümlichen Radios herum, das er irgendwo ausgegraben hatte, und bei dem Knistern und Jaulen des schlechten Empfangs stellte es Ella die Nackenhaare auf.

Er schwenkte die Antenne in einem weiten Bogen. »Blödes Ding.«

»Brauchen wir unbedingt Musik?«

»Wenn man den ganzen Tag hier sitzt und diese Listen durchsieht, wird man ja verrückt.« Man hörte kurz einen sauberen Klang, und Murray hielt die Antenne abrupt an und tastete nach der richtigen Stellung.

Ella versuchte, sich auf die Seite vor ihr zu konzentrieren. Vor ihren Augen verschwamm alles, und die Ziffern flossen ineinander. Murray fluchte leise vor sich hin, und sie fühlte sich umzingelt und bedrängt von den hohen Stapeln von Ausdrucken auf dem Schreibtisch neben ihr. Sie hatte sich alles Mögliche vorgestellt, was ihre Aufgaben beim Morddezernat anging, aber aus einer Liste mit Tausenden von Telefonnummern drei bestimmte Nummern herauszusuchen, war seltsamerweise nicht darunter gewesen.

»*... glaubt Eagers eigentlich?*« Die Stimme plärrte aus dem Radio und Murray suchte nach dem Lautstärkeregler. »*Was wir in diesem Land brauchen, ist null Toleranz und nicht diese zimperliche, sanfte Vorgehensweise. Demnächst werden Eagers und seine Spezis im Parlament von Queensland noch Händchen halten wollen mit den Kriminellen und ihnen seelischen Beistand anbieten, damit sie mit ihren traumatischen Erlebnissen als Drogendealer besser fertig werden.*«

»Mag ja sein, dass wir akustische Untermalung brauchen, aber das bestimmt nicht«, sagte Ella. »Das Geschwafel des *Family Man* hat mir gerade noch gefehlt.«

Aber Murray hielt die Antenne vollkommen still.

»*Diese Drogenamnestie wird der Jugend unseres Landes nichts nützen*«, bellte die Stimme. »*Sie bewirkt nichts weiter, als dass man ein paar große Dealer lange genug los ist, damit ehrgeizige Kleinganoven, denen man soeben Straffreiheit gewährt hat, die Rangleiter emporklettern und ihren Platz einnehmen können.*«

»Schalt es aus«, sagte Ella.

Murray drehte so leise, dass nichts mehr zu verstehen war. »Er hat aber nicht ganz unrecht.«

»Ich halte die Amnestie für eine gute Idee.«

»Du glaubst also nicht, dass er mit den ehrgeizigen Kleindealern recht hat?«

»Besser, wir versuchen das, als dass wir gar nichts tun.«

»Nicht, wenn es die Lage verschlimmert«, erwiderte Murray.

»Wie könnte es noch schlimmer werden? Schau dir doch an, was allein in den letzten Monaten mit Ice passiert ist. Wenn wir Informationen über einige Importeure bekommen und herausfinden, wie sie es ins Land bringen, sitzen nicht nur ein paar Übeltäter hinter Gittern, sondern es sind auch ein paar Kanäle dicht.«

Murray schüttelte den Kopf. »Wir müssen sie alle einsperren, die Großen wie die Kleinen. Den Leuten großzügig Straffreiheit zu gewähren ist einfach falsch. Es ist, als würde man die weiße Fahne schwenken: ›Macht, was ihr wollt, es kümmert uns nicht.‹«

»Als würden für die Kleinganoven, die man dann von der Straße bekommt, nicht noch kleinere nachrücken«, sagte Ella. »Auf diese Weise landen wir wenigstens ein paar größere Schläge.«

Murray schaltete das Radio aus und setzte sich. Ella blätterte um und beugte sich tiefer über die Seite, aber ihre Gedanken schweiften trotzdem ab. Drei Stockwerke unter ihnen herrschte reger Betrieb im Morddezernat, und sie saßen hier oben in einem staubigen Aktenraum fest. Ihr Chef, Detective Sergeant Kirk Kuiper hatte gesagt, er würde anrufen, wenn er sie brauchte. Sie beugte sich vor, griff nach dem Hörer und lauschte dem Freizeichen, dann legte sie wieder auf. Murray beobachtete sie und seufzte.

Zwanzig Minuten später machten sie eine Pause. Murray stand vor dem Fenster und schaute hinaus, der dampfende Kaffee in seiner Hand ließ das Glas beschlagen. Ella holte ihr Handy hervor und rief Detective Dennis Orchard an. Sie hatten zusammen die Ausbildung in Newtown gemacht, vor einer halben Ewigkeit, wie es ihr schien, und dann in Hunters Hill gearbeitet, während sie gleichzeitig von der Mordkommission träumten. Dennis war dann vor ein paar Jahren tatsächlich versetzt worden, während sie erbost zurückgeblieben war, überzeugt, ihre Bewerbung würde von einer üblen Clique um den seinerzeitigen stellvertretenden Polizeichef Frank Shakespeare hintertrieben, den sie einmal versehentlich angeherrscht hatte, er solle machen, dass er von ihrem Tatort verschwinde. – Natürlich würde sie Murray gegenüber nie einräumen, wie sein Vater ihrer Meinung nach ihre Karriere blockierte. – Aber vor einigen Monaten hatte Dennis sie zur Mitarbeit am Fall Phillips herangezogen, und das hatte sich endlich wie ein Schritt in die richtige Richtung angefühlt.

Nur leider könnte es auch einen schnellen Rutsch zurück nach unten bedeuten.

»Noch keine Nachricht?«

»Sie rufen eher dich an als mich«, sagte er.

»Manchmal ist der Empfang hier oben beschissen.«

»Ach so, klar«, sagte er mit einem Lächeln in der Stimme. »Ich schicke eine Brieftaube, wenn sie mich zuerst benachrichtigen und ich dich nicht erreichen kann, okay?«

Sie steckte das Telefon weg. Murray sah sie an. Sie schüttelte den Kopf.

Seit der Schießerei waren sechs Monate vergangen, und die Entscheidung des internen Untersuchungsteams war nun jeden Tag fällig. Sie war es in Gedanken tausendmal und öfter durchgegangen, hatte die Entführerin vor dem Hintergrund aus Himmel und Bäumen stehen und ihre Waffe auf das Paar richten sehen, das sich im Gras aneinanderschmiegte. Ella erinnerte sich, wie sie über den Hang gespurtet war und ihre eigene Waffe gezogen hatte. An ihre Stimme, als sie »Fallen lassen! Fallen lassen!« schrie, und an den Moment, in dem sie wusste, sie hatte keine Wahl: Die Entführerin war im Begriff zu schießen. Ella hatte die Luft angehalten und abgedrückt. Da war der Knall gewesen, der Rückschlag und dann der Anblick der Entführerin, die zu Boden stürzte. Und dann hatte sie das Paar erreicht, das sich schluchzend in den Armen hielt, das wunderschöne, wohlbehaltene kleine Kind zwischen ihnen.

Sie rieb sich über die Stirn, um ihre feuchten Augen zu verdecken, falls Murray sie beobachtete.

Sie hatte viel über dieses Kind, Lachlan Phillips, nachgedacht, sich ausführlich mit Dennis über den Fall unterhalten und die Kopie ihrer Aussage gegenüber den untersuchenden Detectives so oft durchgelesen, dass die Seiten ganz weich und zerknittert waren. Sie war immer zu der Überzeugung gelangt, es sei zu hundert Prozent gerechtfertigt gewesen, zu schießen, aber man konnte dennoch nicht sicher sein, dass die Entscheidung in ihrem Sinn fallen würde. Obwohl der Besen der Strike Force Gold mehr als nur ein paar Beamte aus ihrer Position oder dem Polizeidienst überhaupt gefegt hatte, und obwohl auf diese Weise viele frische Leute – darunter sie und Murray – einstweilig in die Dezernate versetzt worden waren, konnte ein negativer Bericht des Untersuchungsteams sie in null Komma nichts in ein Vorstadtrevier zurückbefördern. Selbst ein durchschnittlicher Bericht, in Verbindung mit einer durchschnittlichen Leistung während ihrer Versetzungszeit, würde sie ihren Platz wieder kosten.

Was sie brauchte, war ein großer Fall. Einen sonnenklaren Fall, bei dem die Guten und die Bösen eindeutig zu unterscheiden waren, mit starken, soliden Zeugen, Beweisen wie aus dem Lehrbuch und einem deftigen Urteil am Schluss. Etwas, in das sie sich verbeißen konnte, wo sie ihre Fähigkeiten beweisen und zeigen konnte, dass sie einen Fall zu bearbeiten verstand und eine Dauerstellung verdient hatte.

Sie starrte auf das Telefon.

2

Lauren erwischte den Bus, der vom Gebäude des State Coroners durch die City bis zu The Rocks fuhr, und ging das obere Ende der George Street bis zur Rettungsstation zu Fuß. Das Rolltor stand offen, und ihr Arbeitspartner Joe Vandermeer unterhielt sich draußen auf dem Gehsteig mit einer Gruppe Touristen. Gelächter wurde laut, als sie sich näherte, und Joe posierte lächelnd neben dem Rettungswagen, während zwei Leute aus der Gruppe Fotos machten. Sie dankten ihm mit schottischem Akzent, ehe sie weiterspazierten.

Joe lächelte Lauren zu. »Sieh mal an. Neue Stiefel, neuer Gürtel, neuer Binder.«

»Man muss schick sein, wenn es vor Gericht geht.« Sie riss sich die Krawatte herunter.

»Wie ist es gelaufen?«

»Gut«, antwortete Lauren. »Ich muss trotzdem die Bluse wechseln.«

»Auftritte vor Gericht bringen mich auch immer ins Schwitzen.« Joe folgte ihr ins Gebäude. »Sie haben einen Mann von Randwick herübergeschickt, aber er hat sich nach ungefähr einer halben Stunde krankgemeldet und ist nach Hause gefahren«, erzählte er durch die Tür des Umkleideraums.

Lauren warf die schmutzige Bluse in ihren Spind und zog ein frisches Hemd an. Sie knöpfte es zu und vermied es, sich im Spiegel anzusehen. »Hattest du viel zu tun?«

»Nö. Und nichts Interessantes dabei.«

Sie stieß die Tür auf. »Gut so. Wäre ja noch schöner, wenn du dich hier ohne mich amüsieren würdest.«

Er grinste. »Das habe ich der Zentrale auch erzählt. Ich sagte, sie müssten sich die guten Sachen für heute Nachmittag aufheben.«

Das Telefon läutete. Joe machte einen Satz und riss es an sich. »Rocks, Joe.« Er beugte sich über ein Stück Papier. »Okay, ja, verstanden.« Er legte auf und zeigte Lauren beide erhobene Daumen. »In Woolloomooloo weint ein Mann.«

»Was für ein Mann?«

»Irgendein Mann, keine Ahnung«, sagte er. »Die Nachbarin hat die Zentrale verständigt und gesagt, sie kann diesen Kerl durch die Wand weinen hören.«

»Und das nennst du einen guten Einsatz?« Lauren griff sich ihre Tasche und die Schlüssel und folgte Joe in den Rettungswagen. »Hat sie mal überlegt, an die Tür zu klopfen und zu fragen, ob alles in Ordnung ist?«

»Ein Anruf, ein Wort, und wir sind vor Ort.« Joe stieg auf der Beifahrerseite ein.

»Das ist doch Mist.« Lauren schlug ihre Tür zu. »Stell dir das Gesicht von dem Mann vor, wenn wir auftauchen. Wenn wir mit ihm gesprochen haben, sollten wir noch mit dieser Nachbarin reden.« Sie ließ den Motor an und fuhr aus der Wache.

Joe schloss das Rolltor per Fernbedienung. Lauren machte Blaulicht und Sirene an und zwängte sich in den Verkehr auf der George Street.

»Ich weiß nicht, ob es so dringend ist«, sagte Joe.

»Ein Anruf, ein Wort, und ich geb Gas.«

»Das reimt sich nicht«, sagte Joe. »Alles in Ordnung mit dir?«

»Weil ich nicht reimen kann?« Sie drückte auf die Hupe und ließ die Sirene schriller heulen, als sie sich einer roten Ampel näherten.

»Du bist so hibbelig.« Er schaute aus dem Fenster. »Frei auf meiner Seite.«

Lauren beschleunigte über die Kreuzung. »Das macht das Gericht.«

»Ich weiß, was du meinst«, sagte Joe. »Da oben im Zeugenstand habe ich jedes Mal das Gefühl, als wäre ich derjenige, der in Schwierigkeiten steckt, und nicht, als sei ich nur da, um zu beschreiben, was ich bei dieser oder jener Leiche gesehen habe. Mir ist immer, als müsste ich sehr vorsichtig sein mit dem, was ich sage, als würden die Anwälte nur darauf warten, dass ich einen Fehler mache, und dann hätten sie mich.« Er fuhr sich mit den Händen an die eigene Kehle und tat, als würde er sich erwürgen.

»Die Familien von Blakes Opfern waren da«, sagte Lauren.

»Oh.« Joe ließ die Hände sinken. »Freie Fahrt auf dieser Seite.«

Lauren hatte die Gesichter der Leute im Gerichtssaal beobachtet, als sie beschrieb, wie sie Blakes Leiche fand. Da war eine Frau etwa in ihrem eigenen Alter gewesen, deren rechtes Auge ständig gezuckt hatte, während Lauren schilderte, wie sie nach einem Puls gefühlt hatte, als könnte sie sich nicht vorstellen, die Haut des Mannes selbst zu berühren. Oder vielleicht konnte sie es und sie hatte an mehr gedacht, als sie nur zu berühren. Vielleicht hatte sie sich vorgestellt, wie befriedigend es gewesen sein musste, mit dem nie gefundenen stumpfen Gegenstand den Schädel des Mannes zu zertrümmern.

Die Tatsache, dass so viele der Opfer mehr als zwanzig Jahre nach Blakes Übergriffen zum Gericht gekommen waren, belegte, welche Auswirkungen er auf ihr Leben gehabt hatte. Wenn Lauren daran dachte, wenn sie sich an dieses Zucken und die faltigen Gesichter älterer Leute erinnerte, bei denen es sich vermutlich um Eltern von Opfern gehandelt hatte, gewann sie fast den Eindruck, als habe Thomas der Allgemeinheit einen Dienst erwiesen. Sie hatte irgendwo gelesen, Menschen wie Blake ließen sich nicht resozialisieren. Egal, ob er die Todesstrafe verdient hatte oder nicht, Kinder verdienten Schutz. Das konnte niemand bestreiten.

»Ein Bus«, sagte Joe.

»Ich sehe ihn.« Sie fragte sich allerdings, warum Thomas es getan hatte. Er war nicht hier aufgewachsen, konnte kein Opfer von Blake gewesen sein. War er ein Opfer von jemand anderem?

»Frei auf dieser Seite.«

Thomas und Kristi waren fast ein Jahr lang zusammen gewesen, und Lauren war offen gestanden froh gewesen, als er kurz nach dem Autounfall verschwand. Er hatte von Österreich aus geschrieben, man habe ihn wegen Überziehung seines Visums abgeschoben, er dürfe deshalb nicht wieder einreisen, und wie leid es ihm tue, aber zu diesem Zeitpunkt war Kristi bereits ein paar Monate clean und in der Lage, ihre Beziehung als die Katastrophe zu erkennen, die sie gewesen war. Sie hatte Felise in der Säuglingsstation in den Armen gehalten und den Kopf über den Mann geschüttelt, der nichts mit seiner Tochter zu tun haben wollte. Es war keine Überraschung für Lauren gewesen. Kristi war während der Schwangerschaft, gelinde gesagt, meist benebelt gewesen, deshalb hatte sie vielleicht nicht bemerkt, wie Thomas immer das Thema wechselte, wenn die Sprache auf das Baby kam, wie angewidert er ihren wachsenden Bauch betrachtete, aber Lauren hatte es bemerkt, und sie hatte innerlich gekocht.

»Die nächste links«, sagte Joe. »Nummer vier zehn, Wohnung sieben.«

Aber sie musste jetzt aufhören, darüber nachzudenken. Der Fall war erledigt, wenn auch nicht vollständig abgeschlossen: Die Polizei interessierte der Täter keinen Deut, sie hatte genug Arbeit, und Thomas war ohnehin wahrscheinlich seit Monaten wieder in Österreich. Sie hatte ihre Schwester beschützt, das war alles, was zählte. Nachdem sie Brendan vor neun Jahren verloren hatten, würde sie ihr ganzes weiteres Leben lang alles tun, was nötig war, um Kristi weiteres Leid zu ersparen.

Alles war bestens. Sie, Kristi und Felise waren frei und

unbehelligt. Sie rutschte auf ihrem Sitz umher, setzte sich aufrechter. »Vier zehn?«

»Ja. Da ist es.« Joe deutete, und Lauren schaltete Blaulicht und Sirene aus und parkte im Halteverbot.

Sie trafen sich an der Seitentür des Rettungswagens und zogen ihre Ausrüstung heraus. »Eine Wette?«

»Seine Freundin hat Schluss mit ihm gemacht.« Joe hängte sich das Sauerstoffgerät über die Schulter.

Lauren hakte das tragbare Funkgerät in ihren Gürtel. »Ich tippe auf ein Gefühl äußersten Lebensverdrusses.«

Joe lachte und lief die Treppe hinauf. Lauren folgte, das EKG-Gerät und der Arzneikoffer zerrten an ihren Armen. »Einen Kaffee bei Gilly's, wenn ich recht habe.«

Joe erreichte den Treppenabsatz des dritten Stocks und klopfte an die Tür. Nachmittagslicht fiel durch das Flurfenster und ließ die feinen Härchen in seinem Nacken leuchten. Als Lauren die letzten Stufen zu ihm hinaufstieg, fühlte sie sich glücklich.

»Hallo?«, erklang es gedämpft hinter der geschlossenen Tür.

»Rettungssanitäter«, sagte Joe. »Alles in Ordnung bei Ihnen?«

»Ich sitze fest.«

»Auf dem Boden?«

Keine Antwort. Joe sah Lauren an. Sie verzog das Gesicht, das Radar in ihrem Kopf begann zu piepsen. Joe lehnte sich näher an die Tür. »Sind Sie noch da?«

»Es ist mein Kopf.«

Die Stimme klang, als hätte sich der Sprecher in der Wohnung bewegt. »Lass uns wieder nach unten gehen«, flüsterte Lauren.

Aber Joe hatte die Hand bereits am Türgriff. »Er ist verwirrt. Wahrscheinlich gestürzt und hat sich eine Kopfverletzung zugezogen.« Er hob die Stimme. »Brauchen Sie Hilfe?«

Lauren sah zu den anderen Türen im Flur. »Ich lasse die Zentrale bei der Nachbarin zurückrufen, vielleicht weiß sie etwas über ihn.« Sie stellte das EKG-Gerät und den Arzneikoffer ab und setzte das Funkgerät an den Mund. »Vierunddreißig.«

»Sprechen Sie, Vierunddreißig.«

Joe öffnete die Tür, und im selben Moment stürzte ein Mann heraus und packte ihn. Lauren sah die Messerklinge, die wilden, roten Augen und das unrasierte Kinn, roch den Geruch seines ungewaschenen Körpers.

»Nicht«, sagte der Mann und sah sie an. Sie sah seine faulen Zähne, als er den Mund öffnete. *Ein Ice-Süchtiger.*

Sie bewegte sich langsam, hob die andere Hand und nahm die Antenne zwischen zwei Finger, um ihm zu zeigen, dass sie nicht vorhatte zu senden. Ehe sie das Gehäuse des Funkgeräts losließ, strich sie mit der Hand daran entlang und stellte die Lautstärke auf null. Die Zentrale würde umgehend zurückrufen, und sie wollte nicht, dass der Mann es hörte. Wenn er sie zwang zu sagen, alles sei in Ordnung, sie sollten ihren Anruf vergessen, würde mindestens eine Stunde lang keine Hilfe eintreffen. Wenn sie jedoch keine Antwort bekamen, würden sie wissen, dass etwas nicht stimmte, und Hilfe schicken.

Oder sie konnte das Gerät werfen, sie konnte es heftig werfen und ihn erschrecken. Ihre Augen begegneten Joes und lasen die stumme Botschaft darin. Joe war früher bei der Marine gewesen und in weiß Gott was allem ausgebildet. Sie würde tun, was er sagte. Sie ließ das Funkgerät neben die andere Ausrüstung sinken, die Antenne war glitschig vom Schweiß ihrer Finger.

»Komm her«, sagte der Mann.

Sie ging langsam, warf noch einen Blick auf die geschlossene Tür der Nachbarwohnung. Vielleicht schaute jemand durch das Guckloch und sah, was vor sich ging. Vielleicht die Person, die angerufen hatte; die Leute liebten es, Sanitätern zuzusehen. Oder vielleicht stolperte jemand über die ganze Ausrüstung im Flur und begriff, dass etwas nicht stimmte.

Der Mann ging rückwärts in seine Wohnung zurück und zog Joe mit sich. Das Messer drückte in Joes Hals. Lauren sah die Stelle, an der es die Halsschlagader abdrückte, sodass sie über der Klinge stärker hervortrat. Bei dem Anblick taten ihr selbst Hals und Rachen weh, es war eine körperliche Erinnerung an Thomas' Angriff in der Gasse. Sie zitterte.

»Weiter.«

Joe ließ den Blick hektisch zwischen ihr und der Treppe hin und her flitzen. Sie schüttelte leicht den Kopf. Ihre Chancen standen besser, wenn sie zusammenblieben. Wer konnte wissen, was der Mann mit Joe machen würde, wenn sie die Flucht ergriff?

Sie betrat die Wohnung.

»Mach die Tür zu.«

Sie gehorchte.

»Sperr sie ab.«

Es gab keine Möglichkeit, nur so zu tun, als würde sie absperren, und der Polizei, die hoffentlich bald eintreffen würde, den Zugang zu erleichtern. Sie drehte das Riegelschloss. Wenigstens machte die Tür selbst einen ziemlich windigen Eindruck.

Der Mann veränderte seinen Griff um Joes Hals. Joes Gesicht wurde allmählich rot, und er machte mit den Händen am Körper beschwichtigende Gesten. Lauren holte zittrig Luft. »Wie heißen Sie?«

»Das ist geheim«, sagte der Mann grob. Er trug eine kurze blaue Sporthose und ein Nirwana-T-Shirt. Sie roch seinen faulen Atem.

»Ich bin Lauren, und das ist Joe.«

»Halt's Maul.«

Sie sah sich in dem kleinen Zimmer um, ohne den Kopf zu drehen. Der Boden war mit schmutzigem und gesprungenem Linoleum bedeckt. Die einzigen Möbel waren ein paar blaue Milchkästen aus Plastik. Die Fenster waren mit Alufolie verklebt, um die Todesstrahlen von Außerirdischen, die Impulse zum Gedankenlesen oder welche Wahnvorstellung er sonst haben mochte, abzuwehren. Alle bis auf eins waren geschlossen. Lauren hörte den Verkehrslärm von der Straße unten durch den kleinen offenen Spalt.

Am anderen Ende des Raums ging es in eine kleine Kochnische. Leere Fast-Food-Tüten bedeckten die Anrichte und ergossen sich auf den Boden. Lauren sah die Ecke eines Kühlschranks. Links von ihr war noch eine Tür, die vermutlich zum Schlafzimmer und Bad führte. Die ganze Wohnung stank nach verdorbenem Essen und verstopften Abflüssen.

Sie begegnete Joes Blick wieder. Der Mann drückte ihm den Ellbogen hoch unter das Kinn, und es war eindeutig, dass er nicht sprechen konnte.

Lauren schluckte. »Haben die Stimmen Ihnen das befohlen?«

»Stimmen.« Der Mann zerrte Joe rückwärts durch den Raum bis zur Wand und drückte dagegen.

»Ich überlege nur, warum Sie das machen«, sagte Lauren. »Was sollen wir tun?«

»Gehörst du zu ihnen?«

»Joe und ich sind vom Rettungsdienst«, sagte sie. »Wir sind hier, um Ihnen zu helfen.«

»Wie haben Sie die Nachricht erhalten? Kam sie von denen oben?«

»Ihre Nachbarin hat uns angerufen.«

Die Augen des Mannes funkelten. »Gott kriegt euch, keine Angst.«

»Warum lassen Sie Joe nicht los?«, fragte Lauren.

Irgendwo in der Stadt heulte eine Sirene. Der Mann schien bei ihrem Klang noch einmal um zehn Zentimeter zu wachsen. »Diese Teufel!«

Das sah schlimm aus. Mit jemandem, der so völlig jeden

Kontakt zu Logik und Realität verloren hatte, konnte man nicht mehr vernünftig reden.

Lauren wünschte, Joe wäre frei, und sie könnten zusammen beratschlagen, was zu tun sei. Sein Gesicht lief allmählich violett an. Er blinzelte Lauren zu. War es eine Art Code, oder hatte er nur trockene Augen?

Die Sirene wurde leiser und verebbte im Lärm der Stadt.

»Bitte lassen Sie Joe los«, wiederholte sie. »Lassen Sie ihn los, und wir spazieren einfach zur Tür hinaus und lassen Sie in Ruhe.«

Der Mann klickerte mit den Zähnen und spähte zum Fenster.

Lauren machte einen halben Schritt vorwärts. »Wenn Sie da hinausschauen müssen, können Sie Joe nicht gleichzeitig festhalten.«

Der Mann schien darüber nachzudenken. Er löste den Arm von Joes Hals, und Lauren sah, dass das Messer Joes Haut geritzt hatte. Blut tropfte auf den Kragen seines weißen Hemds. Der Mann trat zur Seite und hielt die Messerspitze auf Joes Brust gerichtet. »Zieh dein Hemd aus. Lass mich die Drähte sehen.«

»Da sind keine Drähte.« Joes Stimme war heiser. Er räusperte sich.

»Lass mich sehen!«

Joe begann, das Hemd aufzuknöpfen.

»Du auch«, sagte der Mann zu Lauren. Als sie zögerte, täuschte er einen Stich gegen Joes Brust an. Sie hob beschwichtigend die Hände und fing an, die Bluse aufzuknöpfen.

»Sehen Sie?«, sagte Joe. »Keine Kabel.«

»Setzt euch. Hierher. Rücken an Rücken.«

Lauren setzte sich in BH und Uniformhose auf das rissige Linoleum. Der Mann nahm eine breite Roller Gafferband zur Hand und fesselte ihnen die Hände auf den Rücken, dann wickelte er das Band um ihre Körper. Seine Nähe verursachte ihr eine Gänsehaut, und sie roch seinen Schweiß so wie sie den von Thomas in jener Nacht in der Gasse gerochen hatte. Ihr Herz schlug heftiger, und das Band zerrte an ihrer Haut. Schweißtropfen liefen an ihr hinab, und sie fragte sich, wie viele es brauchen würde, damit das Band seine Klebrigkeit verlor.

Der Mann ging zum Fenster und lugte hinaus.

Joes Rücken drückte warm und feucht an Laurens. »Alles okay?«, flüsterte er.

Der Mann sah sich um. Sie presste sich an Joe und sagte nichts. Als der Mann sich wieder zum Fenster drehte, flüsterte sie: »Was machen wir jetzt?«

»Du hättest weglaufen sollen.«

Sie rieb ihre Schulterblätter an seinen, um ein entschiedenes *Nein* auszudrücken.

»Teufel!«, schrie der Mann aus dem Fenster.

Irgendwer müsste jetzt doch aufmerksam werden, dachte Lauren.

»Teufel, ihr alle!«

So ist es richtig. Sag es ihnen!

Sie spürte, wie Joes Finger in den Bund ihrer Hose glitten, dann zog er sie wieder heraus. Sie saß still. Was tat er da? Er zerrte an etwas, dann spürte sie, wie sich ihr neuer Gürtel um ihren Körper zu drehen begann. Er zog ihn durch die Schlaufen. Sie verlagerte ihr Gewicht, damit die Schnalle jeweils leichter durchrutschen konnte, während sie beobachtete, wie sich der Mann am Fenster duckte und hin und her schaukelte. Er sah aus, als würde er Schüssen ausweichen. Außerirdischen und ihren Laserstrahlen.

Joe hörte auf, an ihrem Gürtel zu zerren. Sie spürte, wie er kurz straff gezogen wurde und sich dann lockerte. Er hatte die Schnalle geöffnet. Seine Hände arbeiteten zwischen ihrer beider Rücken. Er drückte die Gürtelschnalle in ihre Hände, und sie nahm sie und fühlte, wie Druck auf sie ausgeübt wurde – er versuchte, das Band um sein Handgelenk mit dem Dorn der Gürtelschnalle durchzuwetzen. Sie spürte seine Unterarme an ihrem Körper, merkte, wie die Haut vom Schweiß seiner Anstrengungen glitschiger wurde.

Der Mann zog einen Milchkasten zum Fenster, kauerte sich darauf und spähte nach draußen. Lauren hoffte, dass er sie vergessen hatte. Vielleicht konnten sie sich befreien, ehe sie ihm wieder einfielen.

Sie fragte sich, wie spät es war, wie viel Zeit vergangen war, seit sie in der Zentrale angerufen hatte. Inzwischen hatten sie sicherlich jemanden losgeschickt, der nach ihnen sah, nachdem sie festgestellt hatten, dass sie über Funk nicht erreichbar waren. Bestimmt würden sie nicht hier in dieser Wohnung sterben. Aber nur zu leicht konnte sie im Geiste all die Mordschauplätze verschmelzen, an denen sie gewesen war, die zusammengesackten Körper, die durchschnittenen Kehlen, die Fingerspuren im Blut, die vom letzten Kampf zeugten.

Joes Rücken überragte ihren eigenen, und wenn sie den Kopf zurücklegte, kam er in seinem Nacken zu ruhen. Sie tat es nur einen Moment lang, dann wurde ihr klar, dass es seine Armbewegungen störte, aber selbst in dieser kurzen Zeit nahm sie wahr, dass sie zusammenpassten wie gegossen.

Der Mann stand auf. »Teufel!«, stieß er hervor und blickte auf etwas in der Straße hinunter. Die Polizei?

Der Mann murmelte vor sich hin und fuchtelte ruckartig mit dem Messer. Lauren versuchte zu schlucken. Ihr Mund und ihre Kehle waren trocken. Die Luft war heiß. Das hatten sie und Joe nicht verdient. Sie wollten nur helfen. Sie war nicht religiös, und sie glaubte nicht an Karma, aber sie fragte sich dennoch, ob das hier die Strafe dafür war, dass sie Thomas hatte entkommen lassen und dann vor Gericht gelogen hatte.

Nein. So durfte sie nicht denken. Sie *wusste,* dass das Leben nicht so funktionierte. Wie viele anständige Menschen hatte sie verletzt oder tot gesehen, nur weil sie im falschen

Moment am falschen Ort gewesen waren? Was war mit betrunkenen Fahrern – wie Kristi, aber vor diesem Gedanken schreckte sie zurück; wie viele von ihnen hatte sie ohne einen Kratzer aus ihren Autowracks klettern sehen, während die Familie, die ihnen entgegengekommen war, schreiend in ihrem zertrümmerten Wagen lag? Das allein reichte ihr als Beweis, dass sie nur hier waren, weil sie zufällig Dienst hatten und sich in der Nähe aufhielten, als der Anruf kam.

Draußen erklang kurz ein Sirenenton. Lauren stellte sich einen Polizisten vor, der einen Autofahrer aus dem Weg scheuchte. Wie würden sie die Sache hier anstellen? Würden Polizisten die Tür eintreten und in die Wohnung strömen? Sie lauschte angestrengt, ob sich im Treppenhaus Menschen sammelten, ob sie das Scharren von Stiefeln und das leise Klirren von Ausrüstung hörte.

Die Aufmerksamkeit des Mannes wurde von etwas auf der anderen Straßenseite gefangen, oberhalb von ihnen. Er ging in die Hocke, dann flitzte er zur Seite und schlug schließlich das von der Folie bedeckte Fenster zu. Er drückte sich mit dem Gesicht zu ihnen an die Wand, richtete die Augen zur Decke und murmelte vor sich hin. Lauren hoffte, dass er Polizei auf der anderen Straßenseite entdeckt hatte, die in die Wohnung spähte. Sie hoffte, dass man sie und Joe aneinandergefesselt auf dem Boden gesehen hatte, dass man wusste, wo sie sich befanden, wie weit der Mann entfernt war, zumindest in diesem Moment.

Joe änderte den Winkel. Seine Bewegungen wirkten zunehmend verzweifelt. Die Ecken der Gürtelschnalle drückten sich in Laurens Handflächen, und sie spürte die Spannung des Bandes unverändert straff auf sie einwirken. Die Zunge hatte nichts durchtrennt.

Der Mann packte sein eigenes Hemd und hieb mit dem Messer danach. »Teufel!« Die Haut unter dem Hemd war blass wie ein Fischbauch in dem düsteren Licht. Es wurde immer heißer im Raum, das Atmen fiel zunehmend schwerer. Lauren spannte ihren Bizeps und stellte das Band an ihren Armen auf die Probe, aber der Schweiß bewirkte nichts.

Joe hörte auf zu schneiden. Seine Finger nahmen ihr die Gürtelschnalle aus der Hand, dann legte er seine Handflächen in ihr Kreuz und wölbte die weit gespreizten Finger um ihre Hüften. Seine Haut war warm. Sie presste die Schultern an ihn. Er korrigierte seine Handstellung, wie um nach einem besseren Griff zu suchen, dann stieß er Lauren nach links. Instinktiv leistete sie im ersten Moment Widerstand, doch dann spürte sie, wie sein Körper ebenfalls in diese Richtung kippte, und ließ sich mit ihm fallen.

Sie schlugen mit einem dumpfen Laut auf dem Linoleumboden auf.

»Was …?«, sagte der Mann, und im nächsten Augenblick stürmte ein Trupp Polizisten in Kampfoveralls durch die Tür. Der Mann versank schreiend in einem Meer aus Schilden und Leibern. Lauren stieß den Atem aus, den sie, ohne es zu bemerken, angehalten hatte.

Ein Polizist schnitt das Band durch, das sie an Joe fesselte, dann das Band um ihre Handgelenke. »Alles in Ordnung? Sind Sie verletzt?«, fragte er, aber Lauren konnte nicht antworten, sie legte einfach nur den Kopf auf den Boden und richtete den Blick auf diesen wundervollen Wald aus Stiefeln und Hosenbeinen.

Zwei Sanitäter aus dem Hauptquartier stürzten ins Zimmer, die Ausrüstungstaschen schaukelten an ihren Schultern. Marcia Dunleavys Gesicht war blass, und sie schaute erschrocken drein, als sie Lauren half, sich aufzusetzen. »Du lieber Himmel, alles in Ordnung mit dir?«

Lauren zerrte an dem Band, das noch immer an ihren Armen klebte. Sie hatte plötzlich das Bedürfnis, es sofort loszuwerden. »Hast du Hexol?«

Marcia wühlte in ihrer Kiste. »Hier.«

Lauren spritzte die Alkohollösung an dem Band entlang, aber sie konnte dem Klebstoff nichts anhaben.

»Lass mich das machen.« Marcia schob Laurens Hände beiseite und schälte das Klebeband ab. Lauren kam sich vor wie ein Kleinkind. Sie lehnte sich ein wenig zurück und spürte Joes Rücken an ihrem. John Hawthorne, der andere Sanitäter, wischte gerade mit einer Mullbinde über Joes Hals. Sie fühlte, wie Joe zusammenzuckte.

»Tut mir leid«, sagte John.

Lauren tastete nach Joes Hand und drückte sie, während die Polizei den mit Handschellen gefesselten und immer noch schreienden Mann auf die Beine hievte. Das Messer lag neben der Wand auf dem Boden. Beamte führten den Mann an Lauren vorbei, und sie sah ihm bewusst ins Gesicht und sagte sich, dass es keinen Grund mehr gab, sich vor ihm zu fürchten. Joes Finger schlossen sich um ihre.

Ein Polizist brachte ihre Hemden. Das weiße Leinen war schmutzig von dem verdreckten Linoleum. Lauren ertrug die Vorstellung nicht, es anzuziehen, und ließ es wieder auf den Boden fallen. Marcia Dunleavy legte ihr die Hand auf den Arm. »Ich hole dir eine Decke.«

Lauren kreuzte die Arme vor der Brust. Sie zitterte jetzt, selbst in dem stickigen Raum war ihr kalt. Die Polizisten durchsuchten die Wohnung. Einer steckte das Messer in einen Beweismittelbeutel. Lauren sah Blut an der Klinge. Sie holte tief Luft.

»Okay?«, sagte Joe, der schon wieder stand. Ein Verband war mit Pflaster an seinem Hals befestigt. Er streckte die Hand zu Lauren hinunter. Sie nahm sie und stand mit zittrigen Knien auf. Er legte ihr den Arm um die Schulter, und als Marcia mit zwei weißen Baumwolldecken zurückkam, half er ihr, Lauren in eine zu wickeln, dann legte er sich die andere selbst um.

»Ich habe der Polizei erklärt, dass wir euch erst zu einem Check ins St. Vincent's bringen, bevor ihr eure Aussagen macht«, sagte Marcia.

Im Flur sah Lauren zur Tür der Nachbarwohnung hinüber. Sie stand offen, eine alte Dame spähte heraus, die dunklen Augen scharf auf sie gerichtet. Lauren nickte, und die Frau nickte zurück.

Sie gingen nach unten. Marcia und John trugen ihre eigene Ausrüstung, plus die von Joe und Lauren. Es schien eine Ewigkeit her zu sein, seit sie hier heraufgekommen waren und über die Gründe gescherzt hatten, warum der Mann weinte. Lauren hörte Stimmen im Erdgeschoss und zog sich die Decke fest um den Oberkörper. Sie nahm ihren Herzschlag wahr und das Ein- und Ausströmen von Luft in ihren Lungen. Sie wollte nach Hause.

Der Himmel hatte sich während ihrer Gefangenschaft bewölkt, und Lauren wurde im düsteren Licht der Eingangshalle des Wohnblocks unheimlich zumute. Sie sah Schaulustige durch die schmutzigen Glastüren spähen und ein Fernsehteam hastig alles für eine Übertragung aufbauen. Marcia legte ihr die Hand auf den Rücken. »Bereit?«

Lauren nickte.

Draußen war die Luft feucht und von Lärm erfüllt. Rettungswagen 27, das Fahrzeug von Marcia und John, stand neben ihrem eigenen. Die Warnlichter blinkten leicht asynchron. Als sich die Gruppe den Fahrzeugen näherte, teilten sich die Wolken, und die Sonne erhellte die Welt. Joe öffnete die Seitentür von 27 und bot Lauren seinen Arm an. »Eure Kutsche«, sagte er.

Sie nahm seine Hand und zog ihn an sich. Er roch nach Angstschweiß. Die Decken verrutschten leicht, und Lauren nahm seine nackte Haut auf ihrer wahr. »Woher wusstest du, dass sie da waren?«

»Reines Glück.«

Sie sah zu ihm hinauf.

»Ich weiß, wie es klingt, wenn eine Waffe entsichert wird«, sagte er. »Selbst durch eine geschlossene Tür.«

»Danke.«

Er küsste sie auf den Scheitel.

Im St. Vincent's Hospital warteten bereits drei Rettungswagen und das Auto eines Bezirksleiters. Die Kollegen drängten sich um Wagen 27, als Joe und Lauren ausstiegen.

»Geht es euch gut?«

»Joe, was ist mit deinem Hals passiert?«

»War es ein Verrückter?«

»Lasst ihnen ein bisschen Platz«, rief Marcia, die noch im Fahrzeug war.

Joe hielt Laurens Decke am Rücken fest, als sie zur Tür der Notaufnahme gingen. Ihr gefiel die Berührung seiner Hand, und sie ließ sich von ihm durch die Schar der besorgten Sanitäterkollegen steuern.

Die Schiebetür ging auf, und Claire Bramley stürzte heraus. Sie schlang die Arme um sie beide, ihr Schwesternausweis piekste Lauren in den Nacken. Ihr Griff war fest. »Ich hatte solche Angst um euch.«

Joe schob ihren Arm von seinem Hals fort. Claire sah erschrocken auf den Verband. »Was hat dieser Spinner mit dir gemacht?«

»Es ist nichts«, sagte Joe. »Musste nicht einmal genäht werden.«

Claire zupfte an der Ecke des Verbands, aber Joe ergriff ihre Hand. »Das ist bestimmt lange vor der Hochzeit verheilt. Es wird nicht aussehen, als ob du Frankenstein heiratest.«

»Ich habe mir doch nicht deswegen Sorgen gemacht.« Claire musterte ihn von Kopf bis Fuß und ließ ihn die Arme in der Decke hochheben und sich einmal auf der Stelle drehen. Dann wandte sie sich an Lauren. »Mit dir ist auch alles okay?«

»Ja«, sagte Lauren. »Dank Joe.«

Er lächelte. »Das war doch gar nichts.«

Lauren spürte einen Kloß in ihrer Kehle aufsteigen, und ihr Blick wurde verschwommen. Sie schlang die Decke fest um sich. *Nicht weinen, wehe du weinst jetzt!*

»Komm«, sagte Joe und stupste sie an. »Ich könnte sterben für einen Kaffee.«

Sie folgte ihm durch den Eingang der Notaufnahme, ihre Kehle schmerzte immer noch, als sie tief Luft holte. Die Türen glitten hinter ihnen zu, und sie standen allein im Korridor, da Claire noch draußen war. »Mit viel Zucker, was?«, sagte Joe. »Damit die Werte in die Höhe schießen.«

»Joe.« Es kam als ein Krächzen heraus. »Ich wollte noch sagen …« Aber sie konnte nichts sagen.

»Schon gut.« Er legte den Arm um sie.

Sie schloss die Augen über ihren Tränen und legte den Kopf an seine Schulter.

»Komm«, sagte er nach einem Moment. »Kaffee und ein süßer Keks, dann fühlst du dich gleich viel besser.«

Lauren wischte sich die Augen mit einem Zipfel der Decke ab, während die Tür aufging und Claire hereinkam. Sie blieb abrupt stehen. »Wolltet ihr nicht auf einen Kaffee gehen?«

»Wir sind schon auf dem Weg«, sagte Joe, und Lauren ließ sich von ihm den Korridor entlangschieben. Sie fühlte sich sicher mit seinem Arm auf ihrer Schulter.

3

In dem Café neben dem Polizeigebäude in Parramatta sah Ella zu, wie Dennis ein Zimtbrötchen in Stücke riss und sich das größte davon in den Mund stopfte. Er bemerkte ihren Blick und hielt ihr den Teller hin. Sie schüttelte den Kopf. »Nein, danke.«

Er murmelte etwas Unverständliches. Er hatte wieder einmal aufgehört zu rauchen und schien in den letzten Monaten zugenommen zu haben. Er schluckte hinunter. »Habt ihr diese Nummern gefunden?«

»Sie waren nicht dabei.«

Er lächelte und trank einen Schluck Kaffee.

»Wir haben jetzt eine neue Liste«, sagte sie. »Zweimal so lang.«

Da sein Mund schon wieder voll war, blinzelte er ihr nur zu.

»Man hat mich in eine Warteschleife gelegt, und ich glaube, ich weiß, warum.«

Er zog die Augenbrauen hoch.

»Solange mich dieser Bericht über die Schießerei nicht reinwäscht, wollen sie mich eigentlich nicht.«

»Das stimmt nicht.« Brösel fielen ihm aus dem Mund.

»Außerdem glaube ich, dass er schlecht ausfällt.«

Er ließ den Zeigefinger an seiner Stirn kreisen.

»Wieso brauchen sie dann so lange?« Sie stützte die verschränkten Arme auf den Tisch. »Diese Versetzung war zu schön, um wahr zu sein. Ich wette, bevor die Woche um ist, sitze ich wieder in diesem kleinen Zimmer in Hunters Hill.«

Dennis schluckte und verzog das Gesicht dabei. »Das ist eine Angelegenheit für den Ausschuss. Die brauchen immer so lange.«

»Ich habe ein schlechtes Gefühl.«

»Das ist nur Hunger.« Er hielt ihr den Teller wieder hin.

Sie schob ihn beiseite. »Wenn ich nur einen richtigen Fall hätte, ehe der Bericht kommt. Mitten in einer Ermittlung würden sie mich wohl nicht versetzen, oder?«

»Sie werden dich überhaupt nicht versetzen.«

»Diese Stadt braucht mehr Morde«, sagte Ella.

Er lachte bellend. »Ein Fall für dich kommt noch früh genug.«

Vielleicht, vielleicht auch nicht. »Wie läuft es bei deinem?«

Er zuckte die Achseln. »Unkompliziert. Der Kerl leugnet zwar noch, dass er seinen Bruder wegen dessen Erbteil ermordet hat, aber das sind mehr als eine Million Dollar, und er ist bis über beide Ohren verschuldet. Blutspuren auf seinen Schuhen und der Kleidung, er wurde in der Gegend gesehen, und er benimmt sich sehr nervös. Ich schätze, er gesteht bis Ende der Woche.« Er biss in das letzte Stück seines Brötchens. »Wie geht es deiner Mutter?«

»Die eigentliche Hüftoperation verlief gut, aber dann hat sie sich eine Infektion geholt.«

»Dann muss sie also länger im Krankenhaus bleiben? Sie ist bestimmt stinksauer deswegen.«

Ella hatte keine Lust auf Gespräche über häuslichen Kram. »Was gibt es Neues von der Soko Gold?«

»Anscheinend haben sie Wilson aufgespürt. Er ist offenbar zu einer Art Eremit in der Wildnis Schottlands geworden.«

»Gut«, sagte Ella. Sie und Dennis hatten bei ihrem letzten gemeinsamen Fall, der Entführung des Phillips-Babys, Hinweise darauf gefunden, dass die Beamten Wilson und Battye zu der Bankräuberbande gehörten, hinter der die Soko Gold her war. In den sechs Monaten seither hatten die Ermittler festgestellt, dass die gesamte Bande aus Polizisten bestand. Grant Battye hatte Selbstmord begangen, sich in seinem Wagen mit Abgasen vergiftet, während Matt Wilson und zwei andere, Caleb Peters und John Fenotti verschwunden waren. Zwei weitere beteiligte Beamte waren zu Zeugen für die Polizei geworden und hatten bestätigt, dass Peter Roth und Angus Anderson ebenfalls zur Bande gehört hatten, auch wenn beide inzwischen tot waren. Dennis hatte ihr früher bereits erzählt, dass sie umfassende Informationen über die Gruppe geliefert hatten, darunter auch Details über die Auslandskonten, auf die das Geld gewandert war.

»Wilson dürfte nichts übrig geblieben sein, als Einsiedler zu werden«, fuhr Dennis fort. »Nachdem wir sein ganzes Geld eingefroren haben.«

»Dann lebte er von Moos und Quellwasser.«

»Köstlich.« Er tupfte Krümel von seinem Teller auf.

Ella schaute auf das Display ihres Handys.
Dennis lächelte. »Das wird schon.«
»Ich muss es wissen.«
»Was passiert sonst? Explodierst du?«
»Lach nicht«, sagte sie. »Vielleicht explodiere ich tatsächlich.«

Lauren pochte der Schädel, bis sie und Joe sich OP-Kittel gesucht, den ganzen Vorfall erst mit ihrem Bezirksleiter und dann mit ein paar Detectives durchgesprochen und schließlich den umfangreichen Papierkram ausgefüllt hatten, der bei einer Verletzung im Dienst anfiel. Sie wollte nur noch nach Hause.

Sie bekamen die restliche Schicht frei. Der Bezirksleiter setzte sie an der Rettungswache ab. »Und ihr beiden kommt bestimmt klar?«

Lauren nickte, während Joe die Tür der Station aufsperrte. Ihr Chef nickte ebenfalls und fuhr davon.

Ihr Fahrzeug stand im Betriebsraum, schief an der Wand geparkt. Marcia und John hatten es zurückgebracht. Lauren dachte daran, wie sie sich gefühlt hatte, als sie die Wache am Morgen verlassen hatten, und es wurde ihr klar, dass sie seither kaum mehr an den Gerichtstermin gedacht hatte.

Wie auch.

»Soll ich dich nach Hause bringen?«, fragte Joe.

»Das wäre schön.«

Sie sah auf die Uhr, als sie in seinen Wagen stiegen. Das Timing war perfekt. Ihr Kopfweh ließ ein wenig nach, und während sie gerade neben ihm saß und durch die Windschutzscheibe auf den Verkehr in der George Street blickte, beschloss sie, beide Ereignisse des heutigen Tages tief in ihrer Erinnerung zu verschließen und nicht mehr daran zu denken, sondern ihre Aufmerksamkeit lieber dem zu widmen, was vor ihr lag.

Joe wohnte in einer kleinen Mietswohnung in Parramatta, deshalb war es keine große Sache für ihn, Lauren direkt vor ihrem windschiefen, gemieteten Hanghaus in Summer Hill abzusetzen. Ein Zug knatterte auf der anderen Seite der Straße vorbei, als sie ausstieg. Sie beugte sich ins offene Fenster. »Danke noch mal.«

»Du liegst auf dem Weg.«

»Ich meine nicht die Mitfahrgelegenheit.«

»Wenn ich dir das nächste Mal sage, du sollst weglaufen, dann tust du es gefälligst«, sagte er.

»Damit ich den ganzen Spaß verpasse?«

Er lächelte sie an. »Bis morgen Abend.«

Sie richtete sich auf, und er fuhr davon. Auf dem Weg zur Haustür hielt sie inne und beobachtete, wie sein Wagen an der Einmündung zur Straße bremste und dann rechts abbog. Sie sah Joe den Kopf in ihre Richtung drehen, ehe das Auto hinter der Wand der Eisenbahnbrücke verschwand. Sie blieb noch einen Moment stehen, dann atmete sie tief durch.

Joe und sie arbeiteten seit fast zwei Jahren zusammen und kannten sich so gut, dass sie während eines Einsatzes kaum ein Wort wechseln mussten. Egal wer von beiden am jeweiligen Tag die Patienten behandelte, der andere wusste immer, was er an Ausrüstung brauchte und wann er es holen musste. Sie waren außerdem wunderbare Freunde; beste Freunde aus ihrer Sicht. Sie konnte über alles mit ihm reden, und sie erinnerte sich an eine Nacht, als man sie als Bereitschaft zu einer ruhigeren Wache im Norden der Stadt geschickt hatte, und sie hatten die Gelegenheit ergriffen, sich im Mannschaftsraum ein wenig aufs Ohr zu legen. Lauren hatte dort im Dunkeln gelegen und gewusst, dass er im Bett gegenüberlag, dass sie die Hand ausstrecken und ihn berühren könnte, wenn sie es wollte. Sie hatten sich Gespenstergeschichten erzählt wie zwei Kinder, und als das Telefon läutete, war sie vor Lachen kaum in der Lage gewesen, zu sprechen.

Sie war froh, dass er heute dabei gewesen war. Seine Versuche, sie loszuschneiden, hatten ihr geholfen, sich weniger als Opfer zu fühlen. Es war ein kindischer Wunsch, aber sie hoffte, sie würden für alle Zeit zusammenarbeiten können.

Im Haus schaute sie noch einmal auf die Armbanduhr, dann lief sie die Treppe hinauf und stolperte im Flur beinahe über Felises einäugigen und größtenteils kahlen Stoffgorilla. Sie schnippte ihn mit dem Fuß in Kristis Zimmer, dann entledigte sie sich in ihrem eigenen Schlafzimmer der Uniform und zog eine Jeans und ein T-Shirt an. Sie schlüpfte barfuß in Turnschuhe, eilte wieder nach unten und verließ das Haus.

Die Schulglocke läutete, als sie noch einen Block entfernt war, und sie ging schneller. Sie verlangsamte erst, als die Gruppe von Müttern und kleineren Kindern beim Tor in Sicht kam.

Kristi unterhielt sich mit einer anderen jungen Mutter, und neben ihr hatte Felise die roten Turnschuhe in den Maschendrahtzaun gezwängt, hielt sich mit beiden Händen am oberen Ende eines Metallpfostens fest und spähte unverwandt zu der breiten Doppeltür, die in das Schulgebäude führte. Sie kam erst nächstes Jahr in die Schule, konnte es aber kaum erwarten und erzählte Kristi und Lauren regelmäßig, dass es so war. Montage waren Höhepunkte in ihrem Leben, weil sie dann zu den geheiligten Hallen kamen, um ihren sechsjährigen Nachbarn Tom Saleeba abzuholen. Als eine Schar Kinder aus der Schule strömte, stellte sie sich auf die Zehen und reckte den Hals. Die dünnen Arme ragten wie Stöcke aus den Ärmeln ihres rosafarbenen Hemds. Kristi legte ihrer Tochter die Hand in den Nacken und beugte sich hinunter, um mit ihr zu sprechen, und Lauren schnürte es die Kehle zu. In solchen Augenblicken stellte sie sich oft vor, wie es wäre, wenn ihr Bruder Brendan noch lebte, wie gern er mit Felise gespielt und mit welchem Stolz er sie hätte aufwachsen sehen.

Sie hatte vor Gericht genau richtig gehandelt.

Als Lauren die beiden erreichte, kam das Objekt von Felises angestrengtem Spähen gerade in Sicht. Mit seiner echten Schuluniform und Mütze, seiner Lunchbox und dem Rucksack stellte Tom alles dar, was für Felise als erwachsen und wichtig galt. Sie konnte ihre Aufregung nicht länger bezähmen, sprang von dem Zaun herunter und lief zum Tor. Kristi sah ihr lächelnd zu, und sie lächelte noch mehr, als sie Lauren erblickte.

»Na, haben sie dich früher gehen lassen?«, sagte sie.

»So was Ähnliches.«

Kristi kam näher. »Hast du geweint?«

Lauren zuckte die Achseln, lächelte und wandte den Blick in Richtung Felise, die Tom an der Hand genommen hatte und ihn zu ihnen zerrte. »Wir können jetzt gehen«, verkündete sie. »Hallo, Tante Lolly.«

»Hallo, Floh.« Lauren strich Felise das feine Haar aus der Stirn. Das obere Ende der Narbe, die über ihre Brust verlief, war im offenen Kragen ihres rosa Hemds mit dem Pony darauf sichtbar.

Sie machten sich auf den Heimweg. Die Glöckchen an Kristis bestickten Schuhen bimmelten, und Lauren roch das ätherische Öl von irgendwelchem Zeug, mit dem sie sich gern betupfte. Früher fand sie es ärgerlich, aber jetzt war es der Geruch von Zuhause. Tom und Felise gingen voraus, Felise hatte sich Toms Schulrucksack aufgeladen und fragte: »Mit wem hast du heute in der Pause gespielt?«

Kristi zupfte ein Blatt von einem Strauch, zerknüllte es, roch daran und gab es dann an Lauren weiter. »Im Ernst«, sagte sie leise, »hast du geweint?«

Lauren schnupperte pro forma an dem Blatt und ließ es dann fallen. »Ach, es hat nur mit der Arbeit zu tun.« Sie konnte es nicht genauer erläutern. Der Zwischenfall erinnerte sie zu sehr an Thomas' Angriff.

»Gefühle für sich zu behalten ist schlecht für die Milz«, sagte Kristi.

Lauren brachte ein Lächeln zuwege. »Meiner Milz geht es prächtig.« Wenn ihr jemand vor fünf Jahren erzählt hätte, dass Kristi jetzt so sein würde, sie hätte ihn für verrückt erklärt. Aber vielleicht war es bei Alkohol- und Drogensüchtigen wie bei Rauchern – niemand wetterte so leidenschaftlich gegen die alten Laster wie die Bekehrten.

Bei ihrem Haus angekommen, sperrte Kristi die Tür auf, und Tom und Felise stürmten nach oben. Toms Mutter Tamsyn arbeitete fünf Tage die Woche, und sein Vater Ziyad arbeitete am Montag in einem Büro und den Rest der Woche zu Hause, weshalb Tom die Montagnachmittage bei Lauren und Kristi verbrachte. Er tat Lauren leid, weil er immer gern in den Garten lief, um auf dem Reifen zu schaukeln, der an dem alten Maulbeerbaum hing, aber Felise mit ihrem eisernen Willen zwang ihn, zuerst in dem großen Spielzimmer im Dachboden Schule mit ihr zu spielen. Sie hörte bis ins Wohnzimmer hinunter, wie sie Tom herumkommandierte. »Du sitzt da und bist der Lehrer, und ich sitze hier und schreibe in mein Heft, und dann gebe ich es dir, und du verbesserst es und gibst eine Eins mit Stern und sagst, was für ein braves Mädchen ich bin.«

Lauren drückte den Knopf des Anrufbeantworters. »*Hallo, das ist ein Anruf für Kristi Yates*«, sagte ein Mann. »*Können Sie mal vorbeischauen und uns einen Kostenvoranschlag für eine Wandgestaltung in unserem Garten machen? Sie erreichen mich unter …*«

»Lösche es.«

»Es ist ein Auftrag«, sagte Lauren und bemühte sich, den Rest der Nachricht zu hören.

»Er hat nicht mal ›Bitte‹ gesagt.«

»Vielleicht hat er es am Schluss getan. Ich spiel die Nachricht noch einmal ab.«

»Er hört sich nach einem Wichser an«, sagte Kristi. »Lösch es einfach.«

Lauren beachtete sie nicht, spulte das Band zurück und schrieb die Telefonnummer des Mannes auf.

»Siehst du, er hat es nicht gesagt.«

Lauren hörte die nächsten drei Nachrichten ab, allesamt von Leuten mit ähnlichen Anfragen, und notierte, wie sie zu erreichen waren. Auf der anderen Seite des Raums schabte Kristi mit einer Schere an ihren Fingernägeln.

»Das ist Geld«, sagte Lauren.

»Wir kommen zurecht.«

»So gerade eben.«

»Wir sind glücklich«, sagte Kristi. »Darauf kommt es an.«

Das Geräusch trampelnder Füße ertönte vom Dachboden. »Nein!«, rief Felise. »Du musst *dort* sitzen!«

»Außerdem habe ich im Moment sowieso mehr als genug Arbeit«, sagte Kristi.

Lauren rieb sich die Stirn. Der Kopfschmerz kehrte zurück. »Ich gehe unter die Dusche.«

»Ach ja, das hab ich ganz vergessen«, sagte Kristi und legte die Schere weg. »Es gibt kein warmes Wasser.«

»Wieso nicht?«

Kristi zuckte die Achseln. »Ich bin kein Klempner.«

»Hast du einen angerufen?«

»Es ist mir eben erst wieder eingefallen.«

Lauren verharrte.

»Soll ich jetzt einen anrufen?«, fragte Kristi.

»Wäre vielleicht keine schlechte Idee, oder?«

Der Boiler musste ausgetauscht werden, aber der Klempner konnte es an diesem Tag nicht mehr machen, deshalb marschierten Lauren, Kristi und Felise am Abend dankbar zu den Saleebas hinüber. Wieder zu Hause, erklärte Felise, dass sie von nun an für den Rest ihres Lebens jeden Tag mit Tom zusammen zu baden beabsichtige. Laurens Kopfweh hielt trotz Aspirin an, und als sie vor dem Schlafengehen die Lichter ausmachte, hielt sie in der Küche inne und holte die Flasche Rotwein herunter, den sie für Notfälle aufbewahrten.

»Willst du es mir jetzt erzählen?« Kristi stand im Pyjama in der Tür.

Sie war eine gute Zuhörerin, und man fühlte sich besser, wenn man ihr etwas erzählte – so gut sogar, dass man nicht mehr zu reden aufhören wollte, wenn man erst einmal angefangen hatte. Lauren bezweifelte, dass sie sich beherrschen konnte, vor allem heute Abend. Ständig vermischten sich in ihren Gedanken der Zwischenfall mit dem Ice-Süchtigen und die Auseinandersetzung mit Thomas in der Gasse. Sie versuchte, im Geiste die Unterschiede herauszustreichen – damals war es Nacht gewesen, heute Tag; damals war sie allein gewesen, heute hatte sie Joe bei sich gehabt. Aber die Geschichte traf sie auf einer tieferen Ebene, auf der Erinnerungen an den Geruch von Angstschweiß und an Adrenalinstöße aufbewahrt wurden. Körpergedächtnis. Selbst hier in der Küche konnte sie nun beinahe Thomas' Faust unter ihrem Kinn spüren. Sie berührte die Stelle und schauderte. »Ich glaube, ich gehe einfach ins Bett.« Sie stieß die staubige Flasche mit den Fingerspitzen ganz nach hinten ins Regal.

»Deine Milz«, sagte Kristi.

Lauren machte das Licht in der Küche aus und ging an ihr vorbei. »Gute Nacht.«

Um vier Uhr erwachte sie von einem Alptraum. Sie war wieder zu dem Autounfall gekommen, hatte Kristi betrunken, schwanger und weinend in dem einen Wagen vorgefunden und den sterbenden Jungen im andern. Mit dem Traum kam der schale Geschmack ihres alten Lebens, die Stille in ihrer engen Mietwohnung, die nur vom Klirren der Flasche am Glas unterbrochen wurde, die Einsamkeit, nachdem Jeffrey sie für seine Schauspielkarriere in Großbritannien verlassen hatte, die Unfähigkeit, aus dem Haus zu gehen und neue Leute kennenzulernen, wie Zeitschriften, Arbeitskollegen und ihr Arzt es ihr nahelegten.

Sie stieg aus dem Bett und ging in Felises Zimmer. Das Kind war ein aktiver Schläfer, und während Lauren neben ihrem Bett stand, drehte sich Felise von der linken Seite auf die rechte, dann auf den Bauch, und strampelte schließlich die Decke fort, ehe sie sich zu einer Kugel zusammenrollte. Lauren deckte sie wieder zu und strich ihr eine Locke hinter das Ohr.

Als sie sich zum Gehen wandte, stand Kristi in der Tür. Sie streckte die Hand aus und berührte den schweißnassen Rücken von Laurens Pyjamahemd.

»Sag es nicht.« Lauren gab ihr einen Kuss auf die Wange, als sie an ihr vorbeiging. Kristi seufzte.

Wieder in ihrem Bett konnte Lauren nicht einschlafen. Als sie sich schließlich fest in die Decke wickelte, erinnerte der Kontakt sie an die Berührung von Joes Rücken an ihrem. Mit dieser Vorstellung fand sie endlich Ruhe.

»Arbeitest du heute nicht?«, fragte Tante Adelina.

»Nachmittagsschicht.« Ella saß halb auf dem Sitz der Gehhilfe ihrer Mutter, dem einzigen Platz, der noch frei gewesen war, als sie kam. Auf der Krankenstation war es stickig, Gespräche auf Englisch, Arabisch und Italienisch erfüllten die Luft. Ihre Mutter Netta saß aufrecht im Bett, Ella thronte auf der einen Bettseite, ihr Vater Franco und Adelina hatten auf der anderen auf Plastikstühlen Platz gefunden. Ein Kleinkind in Windel und Hemdchen hangelte sich von Bett zu Bett, indem es sich an Stühlen festhielt. Eine Frau mit Kopftuch sah, dass Ella den Kleinen beobachtete, und lächelte ihr zu. Ella erwiderte das Lächeln.

Auf der anderen Seite des Zimmers wurden Stimmen lauter. Ihr Vater neigte den Kopf. »Hörst du das, Netta?«

»Dad, hör auf zu lauschen.«

»Wie denn, wenn sie so laut reden?« Ihre Mutter wechselte im Bett vorsichtig die Stellung. Ihr stahlgraues Haar lag zerzaust auf dem Kissen. Ihr Nachthemd war bis zum Hals zugeknöpft.

»Das Italienisch geht mir eben direkt ins Ohr.« Er wies

mit beiden Zeigefingern auf seine Ohren. »Ich kann nichts dagegen tun.«

»Schalt einfach das Hirn aus«, sagte Adelina. »So mache ich es immer.«

»Das ist bei deinem Hirn ja nicht schwer.« Franco grinste. Adelina gab ihm einen Klaps auf den Arm. Ella fragte sich manchmal, wie es wäre, einen Bruder zu haben, der einen so aufzog, der selbst mit siebzig noch mit einem scherzte. Adelina hatte nie geheiratet, und Ellas Vater wohnte bei ihr in ihrem Haus in Sutherland, während Netta im Krankenhaus war. Franco wäre gern zu Hause geblieben, aber er war in schlechter Verfassung, selbst auf eine Gehhilfe angewiesen und konnte außer Fertigsuppen nichts kochen.

Adelina schaute auf den Nachttisch. Im nächsten Moment sprang sie auf, zog ein Taschentuch aus ihrer Handtasche und begann, die Oberfläche abzuwischen »Stauben die hier nicht ab?«

»Sag ich doch immer«, erwiderte ihre Mutter. »Es ist nicht gut für mich, wenn ich hierbleibe.«

Ella wies mit einem Nicken auf den Infusionsschlauch, über den sie ihre Antibiotika bekam. »Das hast du aber sonst nirgendwo.«

»Sie hätte die Infektion gar nicht bekommen, wenn sie woanders gewesen wäre.« Ihre Tante streckte sich, um das Namensschild über dem Bett ihrer Mutter abzustauben.

Die italienische Familie wurde immer lauter. Franco und Netta wechselten wieder Blicke. Ella seufzte. Der Streit drehte sich um nichts Aufregenderes als irgendein Schulzeugnis. Redet zu viel und könnte sich mehr anstrengen. *In welchem Zeugnis steht nicht etwas in dieser Art?*

Ella schaltete ihr Handy an. Keine Nachrichten. Sie schaltete es wieder aus. Was war los mit den Bewohnern dieser Stadt, wieso weigerten sie sich so hartnäckig, einander umzubringen? Und der Ausschuss, der ihre tödlichen Schüsse untersuchte – wollte er, dass sie vor Spannung starb?

»Der Doktor hat gesagt, ich kann morgen anfangen, ohne das Ding zu laufen«, sagte Netta und deutete auf die Gehhilfe. »Dann könnte ich Ende der Woche schon zu Hause sein.«

»Ich dachte, du musst zur Reha, wenn du hier raus bist?«, sagte Adelina.

»Ich kann daheim Reha machen.«

»Sagt wer?«, fragte Ella.

»Es dreht sich nur darum, dass man es langsam angehen lässt«, sagte Netta. »Ein paar kleine Übungen und vorsichtig sein. Nichts dabei.«

»Was wenn du nicht mehr aus der Badewanne kommst?«, fragte Adelina. »Franco ist zu schwach, um dir zu helfen.«

»Hey«, sagte Franco.

»Ich kann zu Ella ziehen.«

»Kannst du nicht«, sagte Ella. »Ich bin viel zu wenig zu Hause.«

»Ich kann das Zeug hier nicht essen.«

Adelina lachte. »Glaubst du, du kriegst bei Ella was Besseres?«

»Ich kann es ihr beibringen«, sagte Netta. »Das wird bestimmt lustig.«

»Es ist nicht so, als könnte ich nicht kochen«, sagte Ella. »Ich tu es nur nicht gern.«

»Vielleicht könntest du dir ein wenig Urlaub nehmen«, schlug Adelina vor.

Jetzt Urlaub nehmen, wo sie gerade einen Fuß in der Tür hatte? Wo jeden Moment ein großer Fall auftauchen konnte? Kam überhaupt nicht infrage. Ella tastete in ihrer Handtasche abermals nach dem Handy. »Ich dachte, der Doktor sagte, eine Woche Reha mindestens.«

»Vielleicht danach dann?«, fragte Adelina.

Alle sahen sie an. Ella wusste, sie würde die beiden im Paket bekommen – ihr Vater würde mitkommen, weil sie es hassten, getrennt zu sein, und Adelina machte die Fahrt von Sutherland herauf nicht gern öfter als ein paarmal die Woche.

»Mein Haus ist eigentlich nicht geeignet …«, fing sie an.

»Du kannst ja kommen und bei uns wohnen«, sagte Netta.

»So wie früher«, sagte Franco.

Ich habe ein Zuhause. Der Raum wurde immer kleiner und immer stickiger. Läute schon, verdammtes Telefon, läute!

Ihre Mutter fasste sie am Arm. Ihre Handfläche war kühl. Ella sah auf den Infusionsschlauch, der an ihrem Handrücken befestigt war, auf die sonnenfleckige Haut, die Sehnen, die über den Knöcheln sichtbar waren. Die Hand einer alten Frau. Wann war das passiert?

»Ist in Ordnung, wenn du nicht willst«, sagte Netta.

Ella erinnerte sich, wie sie von der Schule heimkam und ihre Mutter in der Küche geschickt mit dem Messer ein Hähnchen zerteilte, wie diese Hände nach Zwiebel gerochen hatten und wie sie sich dann immer unter ihrer Berührung weggeduckt hatte.

»Vielleicht könntest du einfach fragen, ob du überhaupt Urlaub bekommst«, sagte Franco. »Dann siehst du schon, was sie sagen.«

»Kann ja nicht schaden«, warf Adelina ein.

Ella hörte den Essenswagen kommen und stand auf. »Das Mittagessen kommt. Wir müssen gehen.«

Ihre Mutter machte ein langes Gesicht.

»Sie sollten die Besuchszeit erst nach dem Essen beenden«, sagte Adelina. »Wieso können wir nicht so lange bleiben?«

»Sie wollen nicht, dass ihr seht, wie schlimm das Essen ist«, sagte Netta düster. Sie hielt immer noch Ellas Arm umfasst. »Wirst du wenigstens fragen, ob du freihaben könntest?«

Das war ein weiterer Grund, warum sie wünschte, sie

hätte einen Bruder. Oder eine Schwester, das spielte keine Rolle. Hauptsache, ihre Eltern wären nicht so auf sie allein fixiert. »Ich werde fragen.«

Netta zog sie zu einer Umarmung nach unten. »Danke.« Aus der Nähe roch sie nach Krankenhausseife und Talkumpuder. Ihr Haar war verfilzt und gehörte gebürstet, und ihre Lippen waren weich auf Ellas Wange. »Kommst du morgen?«

»Oder ich rufe an«, sagte Ella. »Das hängt von der Arbeit ab.«

Franco wartete hinter ihr, um seine Frau zu umarmen. Ella stand in der Nähe und hörte ihre Verabschiedung mit an, dann verließ sie mit ihrem Vater und ihrer Tante die Station.

Sie verabschiedeten sich am Aufzug. Mit Francos Behindertenausweis durfte Adelina auf dem Krankenhausgelände parken. »Kommt gut nach Hause«, sagte Ella.

Franco ließ seine Gehhilfe los, um sie zu umarmen. »*Ciao, carina. Stai bene.*«

»*Si, papa*, du auch. Ciao.«

Draußen wurde es allmählich heiß. Sie ging durch die Straßen zu ihrem Wagen und fühlte sich schuldig, weil sie nicht bei ihren Eltern wohnen wollte. Es war nicht so, dass sie sie nicht liebte, es war nur eine ungünstige Zeit. Jetzt hatte sie die Chance, im Morddezernat zu landen – vielleicht ihre einzige –, und sie musste notfalls vierundzwanzig Stunden am Tag für die Arbeit frei sein.

Vorausgesetzt natürlich, es tat sich etwas Besseres auf als Telefonlisten durchsehen.

4

Lauren lag auf dem Bauch, Kopf an Kopf mit dem Toten, und spähte im Dämmerlicht in seinen weit geöffneten Mund. Sie befanden sich in einem flachen Durchlass an einer der Eisenbahnstrecken, gleich außerhalb der Central Station. Sie hatte sich Mulden für die Ellenbogen zwischen die Steine gearbeitet, aber mit dem übrigen Körper spürte sie jede scharfe Kante.

Der Mann musste in den Fünfzigern sein, aber das war wegen der schweren Verletzungen an Stirn und Wangen nicht leicht festzustellen. In seiner Schädelhaut waren weitere Schnitte. Seine Nase war zertrümmert und von Blut verkrustet, und im Innern von Mund und Rachen zeigte sich das verblasste Rosa der frisch Verstorbenen. Lauren hob die Zunge mit dem Kehlkopfspiegel an und suchte mit dem Licht nach dem weißen Fleisch der Stimmbänder und dem dunklen Raum dazwischen.

Joe kauerte neben ihr über dem Arzneikasten und zog seinen Kragen vom Verband an seinem Hals fort. Der jüngere Partner einer Mannschaft aus Paddington machte Herzkompressionen, er verzog das Gesicht, als er seine Knie auf dem Schotter in eine neue Position brachte, während der ältere mit zusammengekniffenen Augen nach einer Ader in den Armen des Mannes suchte. Es roch nach heißem Staub und Öl und dem Metallgetriebe des Zugs, der nicht weit entfernt im Leerlauf stand. Zwei uniformierte Polizisten standen neben dem Zug und unterhielten sich ängstlich, die staubigen Knie ihrer Hosen zeugten von ihren ersten, verzweifelten Wiederbelebungsversuchen.

Lauren sah die Stimmbänder. Sie nahm den Luftröhrenschlauch aus Joes Händen und schob ihn in den Rachen und in den dunklen Raum, blies die Manschette auf, damit der Schlauch an Ort und Stelle blieb, und schloss den

Beatmungsbeutel an, den sie dann drückte, um Luft in die Lungen des Mannes zu pumpen. Joe steckte sich die Stöpsel seines Stethoskops in die Ohren und legte dessen Ende auf die linke und rechte Brustseite des Mannes und dann über den Magen, um sich zu vergewissern, dass die Luft in die Lungen ging und nicht in den Bauch. Er nickte. Lauren reichte ihm den Beutel und schob das weiße Gewebeband unter den Nacken des Mannes, dann schlang sie es in einer Schleife um die Röhre.

Joe drückte den Beatmungsbeutel schnell und hart. Der Sanitäter aus Paddington sagte: »Ich bin drin«, und Lauren begann, Adrenalinfläschchen für ihn vorzubereiten, die er durch die Kanüle in die Vene spritzen würde.

Ein älterer Polizist kam stolpernd und fluchend am Bahngleis entlang. Er spähte zu dem Toten, dann sah er seine jüngeren Kollegen an. »Was ist passiert?«

»Wir haben ihn an den Straßenrand gewunken, weil er in Redfern bei Rot über eine Kreuzung gefahren ist«, sagte der erste Beamte. »Er wirkte sehr nervös, als wir mit ihm sprachen, und als wir dann seinen Führerschein überprüften, rannte er plötzlich davon. Wir haben ihn bis zum Bahnhof in Redfern verfolgt, und er ist in den Zug gesprungen. Wir sind ihm nach und hatten ihn beinahe, aber er ist aus der Tür zwischen zwei Waggons geschlüpft und hat versucht, aufs Dach zu klettern. Dann ist er abgestürzt.«

»Was habt ihr über Funk erfahren?«

»Er heißt Adrian Nolan, nicht zur Fahndung ausgeschrieben, keine Vorstrafen. Er fuhr einen Mietwagen.«

Der Mann war nicht unter die Räder des Zugs geraten, aber Lauren nahm an, dass er auf dem Gesicht gelandet und sein Gehirn wohl nur noch Brei war. Unter solchen Umständen konnte man nicht mehr viel tun, aber da die Polizei Wiederbelebungsversuche unternommen hatte, und vor allem, da es eine Untersuchung über ihren Einsatz geben würde, war es am besten, die Bemühungen fortzusetzen und die Sache mit dem weißen Laken von den Ärzten erledigen zu lassen.

Der ältere Polizist berührte sie an der Schulter. »Wie steht es um ihn?«

»Wir setzen die Wiederbelebungsmaßnahmen fort und bringen ihn schnell ins St. Vincent's, aber sie werden ihn beim Eintreffen wahrscheinlich für tot erklären«, sagte Lauren.

Der Polizist nickte. Sein jüngerer Kollege sah aus, als würde er gleich zu weinen beginnen.

In der Zufahrt zur Notaufnahme des St. Vincent's herrschte viel Betrieb. Der junge Sanitäter aus Paddington zwängte das Fahrzeug in eine enge Lücke am Rand, und Lauren, die während der Kompressionen aus dem Fenster schaute, zuckte zusammen, als die Glasfiberkarosserie an die Wand schrammte.

Die Hecktür wurde aufgerissen, und ein paar Sanitäter aus anderen Fahrzeugen zogen die Trage heraus. Lauren kletterte hinterher, dann sprang Joe aus dem Wagen, blieb mit dem Fuß hängen und stolperte gegen Lauren. Sie fing ihn um die Taille auf. »Alles in Ordnung?«

»Ich bin mit dem Arm an den Schlauch gestoßen.« Er machte Anstalten, das Stethoskop aufzusetzen, als die Tür zur Notaufnahme aufging und ein Arzt herausschaute. »Ist das der Herzstillstand?«

»Einen Moment noch«, sagte Lauren.

Der Arzt schnaufte und sah auf die Uhr.

Lauren verdrehte die Augen in Richtung Joe. »Bringen wir ihn einfach rein.«

»Ich bin ziemlich heftig dagegen gestoßen.«

»Der Mann ist tot«, sagte sie. »Es spielt keine Rolle, ob der Schlauch ein wenig verrutscht ist.«

Sie rollten die Trage in Richtung Türen, die von allein aufgingen, um sie einzulassen. Lauren blickte zur Überwachungskamera hinauf und lächelte zum Dank, da sie wusste, irgendwer am Empfangstisch hatte sie kommen sehen und den Türöffner gedrückt.

Sie steuerten ins grelle Licht des Wiederbelebungsraums, der Polizist, der im Rettungswagen mitgefahren war, folgte ihnen auf den Fersen. Lauren hielt den Kopf des Patienten in den Händen und stabilisierte die Röhre zwischen den Fingern, während Joe und das Personal der Notaufnahme die Decke über dem Mann entfernten. Lauren zählte laut bis drei, dann hob das Team den leblosen Körper auf ein Krankenhausbett.

Der Arzt prüfte die Pupillen des Mannes und runzelte die Stirn. »Was ist passiert?«

Lauren berichtete rasch. »Sein Herz hat die ganze Zeit nicht gearbeitet«, schloss sie. »Keine Reaktion auf Wiederbelebungsmaßnahmen, Adrenalin, Natriumbikarbonat und Lignocain.«

Der Arzt lauschte mit dem Stethoskop nach Herztönen. »Wie viel Zeit ist vergangen?«

Lauren schaute auf ihre Armbanduhr. »Vierzig Minuten.«

»Okay, ich erkläre ihn für tot«, sagte der Arzt. Der Pfleger, der die Herzmassage durchgeführt hatte, nahm seine Hände von der nackten Brust des Mannes und trat vom Bett zurück. Die Schwester, die den Beatmungsbeutel gedrückt hatte, schloss ihn von der endotrachealen Röhre ab. »Die Todeszeit ist 20.10 Uhr.«

Die Tür wurde aufgestoßen, und Claire kam herein.

»Wir brauchen niemanden mehr«, sagte der Arzt, ohne die Augen von seinen Formularen zu nehmen.

Claire sah sich um, ohne ihm zu antworten. Lauren lächelte ihr zu, aber sie schien es nicht zu sehen. Lauren hörte, wie sie Joe etwas zuzischte, und sah, wie Joe, der gerade die Kabel des EKG-Geräts wegpackte, überrascht aufsah.

Was hatte sie für ein Problem? Lauren zog die Laken der Rolltrage ab, dann hob sie das Sauerstoffgerät hinauf. Sie streckte die Hand aus, damit ihr Joe das EKG-Gerät gab, aber er war in eine Unterhaltung mit Claire vertieft.

Lauren rollte die Trage hinaus zum Rettungswagen und ließ sie dort stehen. Joes Aufgabe als Fahrer der Schicht war es, sauber zu machen und Ausrüstung und Medikamente aufzufüllen. Sie als behandelnde Sanitäterin hatte den Papierkram zu erledigen. Sie würde erst ihre eigene Arbeit beenden und sich an seine machen, falls Claire dann immer noch auf ihn einredete.

Er kam jedoch nach wenigen Minuten heraus und sah besorgt aus. Lauren stellte keine Fragen, sondern blieb mit laufendem Radio im Führerhaus sitzen und schrieb, während er hinten wortlos die Zylinder des Sauerstoffgeräts wechselte und den Arzneikasten auffüllte.

Lauren hatte den Einsatzbericht fast ausgefüllt, und Joe bezog die Trage gerade mit einem sauberen Laken, als die Tür zur Notaufnahme aufging.

Claire kam heraus und ging zur offenen Beifahrertür. »Wer hat ihm den Schlauch gelegt?«

»Ich«, sagte Lauren.

»Hast du überprüft, ob er richtig sitzt?«

Bin ich ein Idiot?, lag Lauren auf der Zunge, aber sie hielt sich zurück. »Natürlich.«

»Und hast du nicht bemerkt, dass er im rechten Hauptast der Luftröhre steckte?«

»Das dürfte passiert sein, als wir hier eintrafen«, sagte Joe hinter Claire. »Ich bin dagegen gestoßen, und wir hatten keine Zeit mehr, es zu kontrollieren.«

Aber Claire nahm den Blick nicht von Lauren. »Es war dein Schlauch«, sagte sie.

»Das stimmt«, sagte Lauren ruhig.

»Du hast ihn gelegt, also hättest du ihn überprüfen müssen.«

»Jetzt hör aber auf, Claire«, sagte Joe. »So läuft das nicht. Wir sind ein Team.«

Claire starrte Lauren noch einen Moment lang an, dann ging sie zurück ins Gebäude.

»Sie hat es nicht so gemeint«, sagte Joe. »Sie weiß so gut wie jeder andere, dass er schon tot war. Dass die Röhre im Bronchus steckte, hätte bei jemandem eine Rolle gespielt, der noch ein Chance hatte, aber wie du selbst gesagt hast, war der Mann schon hinüber.«

Lauren riss das Einsatzformular vom Block. »Ich kann mir keine Beschwerde leisten.«

»Sie wird sich nicht beschweren.«

»Hat sie immer noch diese Freundin im Hauptquartier?«

»Sie wird sich nicht beschweren«, wiederholte Joe. »Vertrau mir.«

»Nach dem Unfall mit dem Bus letzten Monat könnte das dazu führen, dass ich überprüft werde«, sagte sie. »Sie können mich noch mal in einen Trainingskurs schicken. Oder mich von The Rocks verlegen.«

»Hör auf, Unsinn zu verzapfen«, sagte Joe. »Ich gehe und rede mit ihr, okay?« Er ging durch die Schiebetür in die Notaufnahme.

Lauren presste den Ordner an ihr Kinn. Bei dem Gedanken, zu einer anderen Rettungswache versetzt zu werden, weg von Joe, schnürte es ihr die Brust ein. Sie knallte den Ordner einmal hart auf das Armaturenbrett.

Der Wiederbelebungsraum war leer bis auf die zugedeckte Leiche. Lauren legte die Kopie ihres Einsatzberichts auf die Patientenakte und ging wieder hinaus.

Joe und Claire waren weder im Flur noch auf der Schwesternstation zu sehen, deshalb schlenderte sie wieder nach draußen und setzte sich in den Rettungswagen. Sie schaltete das Radio an, aber es ging ihr nur auf die Nerven, und sie saß lieber still in ihre Sorgen versunken.

Joe kam nach zehn Minuten zurück und setzte sich hinter das Lenkrad. Er ließ den Motor an, fuhr aber nicht los.

Lauren atmete sein Aftershave ein, vermischt mit Eisenbahnstaub und Schweiß. »Sie wird sich beschweren, oder?«

»Ich weiß nicht, was sie tun wird.« Joe seufzte. »Ich rede morgen noch mal mit ihr.«

Lauren musste nun eigentlich die Zentrale anrufen und melden, dass sie frei waren. »Fahren wir.«

Aber Joe rührte sich nicht. »Es ist meine Schuld.«

»Ich habe dich davon abgehalten, den Schlauch zu überprüfen«, sagte Lauren.

»Darum geht es in Wirklichkeit gar nicht«, sagte er. »Claire hat mich heute Morgen erwischt, wie ich das Bild aus der Zeitung ausgeschnitten habe. Das Bild von uns beiden.«

Hitze wallte in Lauren auf. Das Farbfoto von ihnen beiden, wie sie Arm in Arm inmitten der Rettungsfahrzeuge standen, war heute auf der Titelseite der Zeitung gewesen. Kristi hatte es ausgeschnitten und an den Kühlschrank geklebt, ehe es Felise für den Dachboden konfiszierte. Lauren war froh, es aus dem Blick zu haben. Es war ein komisches Gefühl, sie beide jedes Mal, wenn sie an den Kühlschrank ging, in dieser Umarmung zu sehen. Es ließ sie an ein Liebespaar denken – nicht dass sie verliebt gewesen wäre, natürlich nicht. Überlebensfreude war der Ausdruck, der ihr dafür eingefallen war. So wie sie dort zusammengeschnürt, Rücken an Rücken und ohne Hemden gesessen hatten, während der Verrückte wirres Zeug schwafelte und mit dem Messer fuchtelte – wer, bitte schön, hätte da *nicht* Joes breiten, warmen Rücken als die sicherste und kostbarste Sache der Welt empfunden. Wer hätte danach nicht ein Gefühl der Verbundenheit gehabt?

»Wagen Vierunddreißig«, kam es aus der Zentrale. »Wagen Vierunddreißig, ich brauche euch für eine Messerstecherei.«

Joe fuhr vom Krankenhausgelände, während Lauren nach dem Mikrofon griff und sich zu konzentrieren versuchte. »Vierunddreißig ist im St. Vincent fertig.«

»Danke, Vierunddreißig. Ich habe einen Mann mit einer

Stichwunde in der New South Head Road in Edgecliff, vor dem Einkaufszentrum. Passanten leisten Erste Hilfe. Polizei ist unterwegs.«

Joe schaltete Blaulicht und Sirene ein und trat aufs Pedal. Lauren hängte das Mikrofon ein und stützte sich mit einer Hand am Armaturenbrett ab. Man warf ihr immer vor, wie eine Wilde zu fahren, aber Joe war viel schlimmer. Er hatte bisher nur Glück gehabt, dass er im Gegensatz zu ihr nie ein Fahrzeug zu Schrott gefahren hatte oder viel zu schnell geblitzt worden war. »Was hat Claire gesagt?«

»Sie wollte wissen, warum ich das Bild aufheben will.« Seine Augen klebten auf der Straße. »Was meinst du – Fehlalarm oder echt?«

»Fehlalarm«, sagte Lauren. »Was hast du zu ihr gesagt?«

»Man leistet ihm Erste Hilfe.«

»Passanten. Das muss gar nichts heißen«, sagte sie. »Was hast du zu Claire gesagt?«

Er verzog das Gesicht. »Ich habe versucht, ihr zu erklären, dass es einfach ein denkwürdiger Vorfall war«, antwortete er. »Es ist ein gutes Bild, unsere Gesichter sind ziemlich von der Kamera abgewandt, wir sind so eine Art namenlose Sanitäter.« Er verzog erneut das Gesicht. »Es symbolisiert für mich so etwas wie … na ja, dass sich Menschen eben umeinander kümmern«, fügte er matt an.

»Für mich auch«, sagte sie. »Genau.« Die Straßenlampen rauschten vorbei, ihr Warnlicht spielte blau und rot auf den Hausfassaden. Sie zog Handschuhe an. »Was hat sie dazu gesagt?«

Er bog um eine Ecke. »Sie wirkte nicht überzeugt. Nicht einmal, als ich sagte, wenn ihr Bild in der Zeitung wäre, würde sie es auch ausschneiden.«

»Vierunddreißig, geschätzte Ankunftszeit?«, meldete sich die Zentrale.

»Zwei bis drei«, sagte Lauren ins Mikro.

»Setzt du immer noch auf falschen Alarm?«

»Ein Betrunkener, der auf dem Gehsteig schläft. Er wird jedes Mal stöhnen, wenn sie auf seinen Brustkorb drücken. Wir werden ihn wegen gebrochener Rippen transportieren müssen.«

»Ich weiß nicht.« Eine Katze flitzte über die Straße, und Joe nahm für einen Augenblick den Fuß vom Gas. »Ich hab's irgendwie im Urin, dass es echt ist.«

»Du und dein Urin.«

Er sah zu ihr hinüber. »Der übliche Einsatz?«

»Gilly's *und* ein Egg McMuffin.«

»Einverstanden.«

Er bog in die New South Head Road und schaltete die Sirene aus.

»Da.« Lauren deutete zu einer Gruppe von Leuten auf dem Gehsteig, von denen jemand an den Straßenrand lief und winkte.

Es gab keine Möglichkeit zu parken. Joe hielt in der linken Fahrspur, ließ das Blaulicht laufen und schaltete obendrein noch die Warnblinkanlage ein. Lauren sprang heraus und holte das Sauerstoffgerät und den Erste-Hilfe-Kasten aus dem Heck des Rettungswagens.

»Schnell!«, rief jemand.

»Ich sagte doch, es ist echt«, sagte Joe, als er nach EKG-Gerät und Medikamenten griff.

»Dass jemand brüllt, heißt noch nichts«, gab sie über die Schulter zurück, während sie auf die Gruppe zueilten. Die Leute machten nicht Platz, und sie musste wiederholt »Entschuldigung« rufen und jemandem den Erste-Hilfe-Kasten in die Beine stoßen, bis man sie durchließ.

Der Mann lag auf der Seite und hatte die Arme nach vorn ausgestreckt. Sein Hemd war blutdurchtränkt, das gelbe Emblem mit der Aufschrift »Quiksmart Couriers« auf der Tasche sog die Flüssigkeit auf. Im Schein der nahen Schaufenster sah Lauren die Todesblässe auf seinem Gesicht und wusste, dass Joe recht gehabt hatte.

Sie kniete nieder und legte ihm die Hand auf die Schulter. »Wie geht es Ihnen, mein Freund?« Er schlug die Augen auf und sah sie an. Sie zog ihm das Hemd aus der Hose und entdeckte eine zwei bis drei Zentimeter breite Stichwunde auf der linken Brustseite in der Gegend des Herzens. Er streckte eine blutbefleckte Hand nach ihr aus, und sie nahm sie, drückte sie. »Wie ist Ihr Name?«

»James Kennedy«, stieß er hervor.

Sie brauchte beide Hände, deshalb legte sie seine Hand auf ihr Knie. Sie spürte seine Angst und Verzweiflung im Griff seiner Finger auf ihrer Hose. »Wissen Sie, was passiert ist? Können Sie tief atmen?« Sie holte ein dickes Verbandskissen aus dem Erste-Hilfe-Kasten, drückte es auf die Brustwunde und befestigte es mit Klebeband.

»Ich kriege ... kaum Luft.« Blutblasen erschienen auf seinen Lippen.

»Sind Sie noch woanders verletzt?«

Joe langte um sie herum, setzte Kennedy eine Sauerstoffmaske auf und befestigte die Elektroden des Herzmonitors. »Unterstützung anfordern oder einladen und ab?«, flüsterte er Lauren ins Ohr.

Kennedys Haut glänzte vor Schweiß. Er hatte eine Menge Blut äußerlich verloren, und wer weiß wie viel innerlich. Lauren schätzte die Zeit einer Fahrt mit Blaulicht und Sirene ins St. Vincent's gegen die Zeit ab, die eine zweite Mannschaft brauchen würde, um hier einzutreffen. »Einladen und ab.«

Joe rannte los, um die Trage zu holen. Lauren spürte den Druck durch die Zuschauer hinter ihr, als sie eine Aderpresse um Kennedys Bizeps schnallte und nach einer Vene in seinem Arm suchte. Es gab nicht viel Licht. Sie sah ihm ins Gesicht. Er atmete schwer, seine Augen waren weit offen und starr auf sie gerichtet. Sie überprüfte die Sauerstoffzufuhr. Sie war so hoch, wie es nur ging. »Wie fühlen Sie sich, James?«

Er schüttelte wortlos den Kopf.

Joe kam mit der Trage durch die Menge gestürmt und zog an den Griffen, um sie auf halbe Höhe herunterzufahren. Er klatschte das Tragetuch auf den Gehsteig neben Kennedy, und sie wälzten ihn vorsichtig darauf, dann rekrutierten sie zwei Zuschauer als Helfer und hoben ihn auf die Trage.

Im Sanka stöpselte sich Lauren das Stethoskop in die Ohren und horchte Kennedys Brust ab. Auf der linken Seite waren die Atemgeräusche schwach. Sie tastete die blasse Haut auf Brust und Rücken ab und entdeckte kein verräterisches Knistern, das auf Luft unter der Haut hinwies. Sie überprüfte die Position seines Kehlkopfs. Pneumothorax, wahrscheinlich Hämothorax, aber keine Spannung. Noch nicht in diesem Stadium.

»Sterbe ich?«, keuchte er.

»Nicht, wenn ich es verhindern kann.«

Sie spürte, wie Kennedy jeder ihrer Bewegungen mit den Augen folgte, während sie rasch seinen Blutdruck maß, einen EKG-Streifen durchlaufen ließ und die Sauerstoffsättigung überprüfte. Sie stützte seinen Arm an ihrem Oberschenkel ab und suchte wieder nach Adern in der kalten Haut. Seine Finger zitterten an ihrem Ellenbogen. »Ich weiß, dass ich sterbe.«

»Glauben Sie etwa, ich sitze hier herum und lasse es geschehen?« Im hellen Licht fand sie eine kleine Ader auf der Rückseite seines rechten Unterarmes, und während Joe beschleunigte und sie den Tatort verließen, schob sie die Kanüle unter Kennedys Haut. Sie schloss einen Beutel Hartmann-Lösung an und begann, die Pumpenkammer zu drücken, um die Flüssigkeiten schnellstmöglich in ihn zu bekommen. Sie hörte, wie Joe die Zentrale bat, im St. Vincent Bescheid zu geben, dass sie unterwegs waren. Lauren sah Kennedy in die Augen. »Wissen Sie, was passiert ist?«

»Ich ging den Gehsteig entlang.« Er hustete. »Ein Mann hat mich angerempelt. Ich spürte das hier.« Er gestikulierte in Richtung seiner Brust. »Ein Brennen, nicht allzu schlimm. Dann wurde es warm vom Blut. Jemand hat Mund-zu-Mund-Beatmung versucht, während ich dort lag.«

»Sie sind einfach so dort entlanggegangen, und ein Mann hat ohne Grund auf Sie eingestochen?«

Kennedy schloss die Augen. »Sie müssen meiner Frau etwas sagen.«

»Sie werden es ihr im Krankenhaus selbst sagen können.«

Er schüttelte den Kopf und hustete. Auf der Innenseite seiner Atemmaske erschien ein feiner Blutnebel. Lauren sah seine Herzfrequenz auf dem Monitor zunehmen. Sie drückte die Pumpenkammer mit einer Hand und strich mit der anderen über die kalte Haut seines freien Arms, um die Spur einer Ader zu ertasten. Er packte ihre Hand. »Sie müssen es ihr sagen«, keuchte er. »Sie müssen es aufschreiben.«

Der Blick seiner Augen ließ sie nicken. Eine leere Verbandspackung lag auf der Trage; Lauren nahm sie an sich und zog einen Kugelschreiber aus der Tasche. »Schießen Sie los.«

Sie war darauf gefasst, *Ich liebe dich* zu schreiben, aber stattdessen sagte er: »Wenn wir erschöpft von unsrer Leidenschaft Glut, wird Liebe unser höchstes Gut.«

Lauren kritzelte die Worte mit. »Wenn wir erschöpft von unsrer …?«

»… Leidenschaft Glut, wird Liebe unser höchstes Gut«, beendete er. Er rang keuchend nach Atem.

Lauren sah auf seine Kehle, prüfte die Lage der Luftröhre. Eine Luftansammlung im Brustraum würde sie durch den ansteigenden Druck zur Seite drücken. Sie schien mittig zu liegen, aber Kennedys Atemweise gefiel Lauren nicht. Sie legte Papier und Kugelschreiber beiseite und griff nach dem Stethoskop.

Es war schwer, seine Atemgeräusche zu hören, da er stöhnte und keuchte und Joe immer noch die Sirene laufen hatte. Sie drückte die Ohrstöpsel fester an und schloss die

Augen, um sich zu konzentrieren. Sie glaubte, auf der linken Seite noch Atemgeräusche zu hören, aber nur äußerst schwach. Sie maß rasch den Blutdruck; der systolische Wert war auf siebzig gefallen. Sie fing Joes Blick im Rückspiegel auf und drehte einen Finger über ihrem Kopf.

Kennedy beobachtete sie durch halb geöffnete Augen. »Was bedeutet das?«

»Ich habe ihn nur gebeten, die Klimaanlage einzuschalten«, log Lauren. Sie spürte den Ruck, als Joe noch mehr beschleunigte.

Kennedy fing zu weinen an. »Ich will nicht sterben.«

Lauren strich ihm mit der Hand über die Stirn. Ihr blutiger Handschuh hinterließ eine rote Schmierspur auf seiner kalten Haut. Sie sah durch das Fenster, dass sie nur noch Minuten vom St. Vincent's Hospital entfernt waren, und hoffte, sie würden eintreffen, ehe es zum Herzstillstand kam. Sie tauschte den beinahe leeren Flüssigkeitsbeutel gegen einen vollen und pumpte weiter. Kennedy schloss die Augen und seufzte, und da sie glaubte, es handle sich um seinen letzten Atemzug, sah sie rasch zum Monitor und fühlte gleichzeitig an seiner Halsschlagader den Puls.

Auf dem Monitor blieb der Herzrhythmus gleich, und sein Puls flatterte immer noch unter ihren Fingern. Kennedy öffnete die Augen wieder. »Sehen Sie. Sie glauben auch, es geht dahin mit mir.«

Sie nahm seine Hand und hielt sie fest. »Wir werden gleich im Krankenhaus sein. Sie müssen einfach noch so lange durchhalten.«

Er sah zum Fahrzeugdach hinauf. »Schreiben Sie noch etwas für mich?«

»Sie lieben sie, ich weiß.«

Er schüttelte kaum wahrnehmbar den Kopf. »Es ist für die Polizei. Ich weiß, wer mich niedergestochen hat.«

Lauren griff mit der freien Hand nach Papier und Kugelschreiber.

Kennedy umklammerte ihre Finger. »Er heißt Thomas Werner.«

Lauren war, als hätte man ihr ebenfalls ein Messer in den Leib gestoßen. Sie sah Kennedy entsetzt an.

»Schreiben Sie es«, keuchte er.

»Sind Sie sicher, dass er es war?«

»Thomas Werner«, wiederholte er lauter. »Thomas Werner hat mich niedergestochen!«

Lauren sah, wie Joe sie im Spiegel beobachtete. »Thomas Werner, ich habe es.«

»Ich habe sein Gesicht gesehen, genau vor mir, in der Straße. Ich kenne ihn.« Tränen liefen aus Kennedys Augen. »Gott steh mir bei, ich kenne ihn.«

Lauren kritzelte auf das Papier. Es war voller Blut von ihrem Handschuh. Sie zitterte und musste Tränen unterdrücken. *Thomas Werner, großer Gott.*

»Woher kennen Sie ihn?«, sagte sie.

Kennedy weinte. »Ich bin kein guter Mensch.«

Sie schrieb auch das auf. »Wie meinen Sie das?«

»Ich habe Dinge getan ...« Er schloss die Augen. Er gähnte, ein Zeichen für seinen abfallenden Blutdruck. Sie drückte verzweifelt die Pumpenkammer und sah durch die Windschutzscheibe das hell erleuchtete Schild mit der Aufschrift »Notaufnahme«. »Wir sind fast da, James.«

Er antwortete nicht.

»James!« Sie packte ihn an der Schulter und schüttelte ihn. Er murmelte einmal. Seine Herzfrequenz war bei hundertneunzig. Sie schüttelte ihn wieder und rief seinen Namen. Sie spürte, wie der Rettungswagen über die Schwelle in die Zufahrt der Notaufnahme fuhr. Sie befühlte seine äußere Drosselvene und überlegte, wie lange es dauern würde, um hier einen Zugang für eine Infusion zu legen, ob der Nutzen die Verzögerung aufwog, mit der er in die Notaufnahme kam. Es war nicht der Fall, und sobald Joe gehalten hatte, stieß sie die Hecktür auf.

Im Wiederbelebungsraum hoben sie Kennedy auf das Krankenhausbett, und Lauren erstattete ihren Übergabebericht an den Arzt, der sich Notizen machte und seinem Personal Anweisungen zurief, während sie sprach.

»Die letzten Werte waren Puls eins neunzig und Blutdruck siebzig«, schloss Lauren.

»Beeilung mit diesem Schlauch!« Der Arzt wandte sich wieder Lauren zu. »Hat er einen Ausweis?«

»Hier.« Eine Schwester hielt die Brieftasche in die Höhe, die sie aus Kennedys Hosentasche gezogen hatte. Der Arzt stürzte hinaus, und die Schwester sagte zu Lauren: »Wollen Sie die Angaben abschreiben?«

Lauren sah sich nach Joe um. Sie musste wissen, wie viel er gehört hatte. »Ich bin gleich wieder da, dann schreib ich sie auf.« Sie eilte aus dem Wiederbelebungsraum. Joe hatte in den Spiegel geblickt, als Kennedy Thomas' Namen genannt hatte, aber das musste nicht heißen, dass er alles genau verstanden hatte. Die Sirene war laut im Führerhaus, und er dürfte auf die Straße konzentriert gewesen sein, nicht auf den hinteren Teil des Fahrzeugs.

Joe war nicht in den Gängen oder im Personalraum. Lauren beschleunigte ihren Schritt. Die zerknitterte Verbandsverpackung steckte in ihrer Tasche. Niemand sonst hatte sie gesehen. Was würde sie tun, wenn er nicht verstanden hatte, was Kennedy gesagt hatte?

Sie lief praktisch, als sie durch die Tür zur Rettungswagenzufahrt kam. »Joe?«

»Hier.« Er stand mit einem Polizeibeamten zusammen. »Das war vielleicht ein Einsatz.«

»Glauben Sie, er wird sterben?«, fragte der Polizist.

»Möglich«, sagte Lauren.

»Wahrscheinlich sogar«, warf Joe ein.

»Aber Sie haben aufgeschrieben, was er gesagt hat?«, fragte der Beamte.

Laurens Mut sank. »Was?«

»Das Zeug, das er gesagt hat, dass ihn ein gewisser Thomas Werner niedergestochen hat«, erläuterte Joe. »Es sah aus, als hättest du es aufgeschrieben.«

Lauren war zumute, als hätte Thomas seine Hände erneut um ihre Kehle geschlossen. Sie versuchte zu schlucken und langte in ihre Tasche, um das Papier hervorzuholen.

Der Polizeibeamte nahm es vorsichtig entgegen und las, was sie geschrieben hatte. »Das ist ja fantastisch.«

Lauren glaubte, ohnmächtig zu werden.

5

Ella warf einen Blick auf den Tacho und war überrascht, dass sie tatsächlich neunzig fuhren.

»Der Mann geht nirgendwohin«, sagte Murray.

»Außer vielleicht ...« Sie deutete himmelwärts.

»Wenn er so auf der Kippe steht, lassen sie uns sowieso nicht zu ihm.«

Dieser verdammte Murray, immer so vernünftig. Ella beugte sich vor und versuchte, die Autos vor ihnen durch Willenskraft aus dem Weg zu scheuchen. Sie glaubte nicht an Gott, aber das hielt sie nicht davon ab, hin und wieder zu beten, für den unwahrscheinlichen Fall, dass es doch etwas nützte. *Bitte lass ihn lange genug leben, damit er noch mit uns reden kann.*

Sie hatten sich nach ihrer Abendschicht noch auf dem Parkplatz unterhalten, als Ellas Telefon läutete. Detective Sergeant Kirk Kuiper hatte gesagt, im St. Vincent's liege ein Mann, der niedergestochen wurde, und wenn die Berichte zutrafen, würde wahrscheinlich ein Mordfall daraus, und ob es ihnen etwas ausmache, rasch hinüberzufahren? Eine von Eagers supertollen neuen Initiativen zur Verbrechensbekämpfung sah vor, möglichst schnell Detectives des Morddezernats an einem Fall dranzuhaben. Je schneller ihr Wissen und ihre Erfahrung in einem Fall zum Tragen kamen, so die Idee dahinter, desto wahrscheinlicher gab es schnelle Ergebnisse. Da Verbrechen bei der Wahl im nächsten Jahr eins der großen Themenfelder sein würden, war Ella klar, dass es sich in erster Linie um eine Übung in politischer Effekthascherei handelte – es klang eindrucksvoll, wenn der Polizeiminister sagen konnte, das Morddezernat arbeite an einer Sache –, aber das störte sie nicht. Sie war in Murrays Wagen gesprungen, da dieser am nächsten stand. In ihrem vorherigen Fall, der Entführung von Lachlan Phillips, war er der Verbindungsbeamte des Polizeichefs gewesen, deshalb war er nur immer hinterhergetrottet, nie selbst gefahren. *Wenn wir das nächste Mal unbedingt irgendwohin müssen, fahre ich.*

»Ich wette, er stirbt nicht.« Murray kroch um eine Kreuzung. »Es wird nur ein Fall von Körperverletzung, und die Beamten des zuständigen Reviers übernehmen ihn.«

Ellas Gefühle waren sehr widersprüchlich. Es war falsch zu hoffen, dass er starb, aber offenbar hatte er den Angreifer gegenüber den Rettungssanitätern identifiziert. Konnte sie einen noch glasklareren Fall bekommen?

Als sie schließlich in der Notaufnahme des St. Vincent's Hospitals eintrafen, fanden sie einen uniformierten Beamten über einen Computer gebeugt und im Gespräch mit einer Krankenschwester vor. Als er sie sah, richtete er sich auf und streckte ihnen eine Herrengeldbörse entgegen. »Die gehört dem Opfer.«

Ella klappte sie auf und zog den Führerschein heraus. »James William Kennedy. Er ist einundfünfzig.« Der dunkelhaarige Mann blickte mit einem schiefen Lächeln aus dem Dokument.

»Ich habe mir per Funk durchgeben lassen, was wir über ihn haben«, sagte der Beamte. »Da war eine fahrlässige Tötung im Straßenverkehr vor drei Jahren – er ist bei Rot über eine Ampel gefahren, eine Frau in einem anderen Wagen ist dabei ums Leben gekommen, ihr Kind und der Ehemann, die mit im Fahrzeug saßen, wurden verletzt. Sonst nichts. Hat ein Motorrad auf seinen Namen zugelassen, die Nummer ist LM 326. Die Adresse auf dem Führerschein ist noch aktuell. Und die Sanitäterin hat mir das hier gegeben.« Er hielt ihr ein zerknülltes Stück Papier in einem Beweismittelbeutel hin. »Das Blut ist schon trocken.«

Ella nahm es. Es war die leere Hülle eines Verbands, und auf die Rückseite, zwischen dem aufgedruckten Markennamen, der Größenangabe und den Blutflecken hatte jemand folgenden Text gekritzelt. »*Wenn wir erschöpft von unsrer Leidenschaft Glut, wird Liebe unser höchstes Gut. Ich weiß, wer mich niedergestochen hat. Thomas Werner. Thomas Werner hat mich niedergestochen. Ich habe sein Gesicht gesehen, genau vor mir in der Straße. Ich kenne ihn. Gott steh mir bei, ich kenne ihn. Ich bin kein guter Mensch. Ich habe Dinge getan …*«

Ella lief ein Schauder über den Rücken.

»Laut Register gibt es verschiedene Thomas Werners im Bundesstaat, aber keinen, der irgendwie auffällig geworden wäre.«

»Ist das die Sanitäterin?«, fragte Murray.

Ella schaute in die Richtung, in die er zeigte. Eine Frau in einer Sanitäteruniform aus weißer Bluse und dunkelblauer Hose schrieb am Schwesterntisch etwas in einen Ordner.

»Ja. Sie heißt Lauren Yates.«

Die Sanitäterin wandte den Kopf, als sie ihren Namen hörte, dann stand sie auf und kam zu ihnen. Die Vorderseite ihrer Bluse war voller Blutflecken und Schmutz, und das kurze dunkle Haar hing ihr glatt und schweißnass in die Stirn. Sie sah nervös aus. »Hallo.«

Ella lächelte. »Detective Ella Marconi, Detective Murray Shakespeare.«

»Lauren Yates.« Sie gaben sich die Hände. Laurens Handfläche war feucht.

»Sind Sie sicher, dass er genau das gesagt hat?«

»Wort für Wort.«

»Hat er gesagt, woher er diesen Werner kannte?«

»Als ich danach fragte, hat er gesagt, dass er kein guter Mensch sei«, antwortete Lauren. »Ich fragte, was er damit meinte, und da sagte er dann: ›Ich habe Dinge getan …‹«

»Er hat es nicht weiter erklärt?«

Lauren schüttelte den Kopf.

»Wie ging es ihm zuletzt. Wird er durchkommen?«

Die Sanitäterin verzog das Gesicht. »Da müsste er schon Glück haben.«

»Wusste er, wie schlimm es um ihn steht, was glauben Sie?«

Lauren nickte. »Er sagte immer wieder, dass er sterben würde.«

»Haben Sie ihm recht gegeben?«

»Ich habe ihn ein bisschen aufgemuntert und solche Sachen gesagt wie: ›Sie sterben nicht in meiner Obhut‹«, erwiderte Lauren. »Ich sage nicht gern, jawohl, mein Freund, es geht dahin mit Ihnen. Aber als ich einmal dachte, er habe aufgehört zu atmen, und nach seinem Puls fühlte, da hat er die Augen aufgeschlagen und gesagt: ›Sehen Sie, Sie wissen auch, dass ich sterbe.‹« Sie hörte auf zu reden.

Ella nickte. Falls Kennedy überlebte, wenigstens lange genug, dass sie mit ihm reden konnten, würde sie ihn fragen, woher er und Werner sich kannten und warum er glaubte, dass Werner ihn angegriffen hatte. Sie brauchten das, um Anklage zu erheben. Aber selbst wenn er nicht überlebte, hatte sie diese Erklärungen eines Sterbenden in der Hand, und vor ihr stand eine Zeugin, die gewitzt genug gewesen war, Wort für Wort aufzuschreiben, was der Sterbende gesagt hatte. Ella musterte Lauren von Kopf bis Fuß. Sie trat selbstsicher auf. Ein wenig von dem nervösen Blick war noch da, aber das führte Ella auf die Umstände zurück.

Sie schaute wieder auf das Papier. »Was hat es mit diesem anderen Stück Text auf sich?«

»Er bat mich, das seiner Frau zu sagen.«

»Das ist Lyrik«, sagte Murray. »Aus dem Gedicht ›Der Garten‹ von Andrew Marvell.«

»Nie von ihm gehört«, sagte Ella.

»Es geht um eine sich verändernde Liebe und vor allem um Leidenschaft ...«

»Ja, vielen Dank«, sagte Ella.

»Entschuldigen Sie.« Der uniformierte Beamte war hinter ihnen. »Man hat uns soeben mitgeteilt, dass Kennedy gestorben ist.«

Lauren gab ein leises Geräusch von sich. Ella sah, dass sie blass geworden war und mit den Tränen kämpfte. »Alles in Ordnung?«

Lauren blickte zu Boden.

»Manchmal muss es schwer sein, wenn sie sterben«, sagte Murray.

Bei der Gefühlsregung der Sanitäterin kam sich Ella schlecht vor angesichts ihrer eigenen Aufgeregtheit, aber das verging nach einem Moment wieder. Dies war nun einmal ihre Arbeit, und das Puzzle lag direkt vor ihr und wartete nur darauf, dass sie es zusammensetzte. Sie hielt die letzten Worte des Sterbenden hinter dem Rücken umklammert. Sie stellte sich vor, wie sie diesen Werner aufspürte, wie sie der Staatsanwaltschaft ihre soliden Beweise vorlegte, wie der Mann schließlich verurteilt wurde. Die zeitweilige Versetzung zum Morddezernat würde sicherlich in eine Dauerstellung umgewandelt werden.

Lauren würde es bestimmt gleich wieder besser gehen. Wenn man ständig Menschen sterben sah, wurde man mit einem mehr sicher schnell fertig.

Sie gab Lauren ihre Karte. »Wir werden morgen eine offizielle Aussage von Ihnen brauchen. Wann haben Sie Dienstschluss?«

»Um acht Uhr früh«, sagte Lauren und holte tief Luft. »Falls es nicht durch einen Einsatz länger wird.«

»Könnten Sie dann zu uns ins Büro kommen?«

»Ich denke schon.«

»Ausgezeichnet.« Ella hielt die Verbandshülle in die Höhe. »Und vielen Dank dafür.«

»Ja, danke«, setzte Murray hinzu. »Das ist Gold wert.«

Lauren wandte sich wieder ihrem Formular am Schwesterntisch zu. Ella beobachtete sie und dachte, dass sie als Zeugin zusammen mit der Erklärung des Sterbenden mehr als Gold wert war. Es war einfach unbezahlbar.

»Ella«, sagte Murray.

»Hm?«

»Wir haben viel zu tun.«

Sie folgte ihm zur Tür, wo sie sich noch einmal zu Lauren umdrehte, die über den Tisch gebeugt stand. »Wie gut wird sie sich im Zeugenstand machen?«

»Zuerst müssen wir den Kerl mal kriegen«, sagte Murray.

Lauren beendete das Einsatzblatt mit der Notiz, dass Kennedy ihr Informationen über seinen Angreifer genannt habe, die sie an die Polizei weitergegeben hatte. Sie unterschrieb das Formular und ließ die Durchschrift für das Krankenhaus auf dem Empfangstisch liegen. Es würde das System durchlaufen, bis es irgendwo in Kennedys Akte landete, die vermutlich gerade mit ihm auf dem Weg ins Leichenschauhaus war.

Draußen in der Rettungswagenzufahrt lehnte Joe mit verschränkten Armen an der Kühlerhaube des Fahrzeugs und unterhielt sich mit einigen Sanitätern der Zentrale. Lauren wusste, dass die Detectives auch kurz mit ihm gesprochen hatten. Sie verharrte einen Moment am Heck des Wagens. Sie wünschte, sie hätte im Wiederbelebungsraum Zeit gehabt, Kennedys Hand noch einmal zu halten, ihm auf diese Weise schweigend Lebwohl zu sagen und zu versprechen, seiner Frau seine Botschaft auszurichten. Zweifellos würde die Polizei das tun, wenn sie ihr die schlimme Nachricht überbrachten, aber sie hatte vor, es selbst ebenfalls zu tun. Wäre sie an Mrs. Kennedys Stelle, würde sie mit der Person reden wollen, mit der ihr Mann zuletzt gesprochen hatte.

Ach, wem versuchte sie hier etwas vorzumachen. Sie ließ sich auf das Trittbrett sinken. Der wahre Grund, warum sie Mrs. Kennedy aufsuchen musste, war, dass Kennedys Tod ihre Schuld war. Wäre sie nicht darauf hereingefallen, als sich Thomas tot gestellt hatte, und hätte sie ihn nicht so rasch entkommen lassen, hätten ihn die Polizisten möglicherweise gesehen. Er säße irgendwo hinter Gittern, und Kennedy würde noch leben und nicht in einem Kühlfach des Leichenschauhauses liegen. Sie schuldete ihm etwas. Sich seiner Witwe zu stellen war das Mindeste, was sie tun konnte.

Und wie stand sie selbst jetzt da? Morgen hatte sie eine offizielle Aussage zu machen, und vorher musste sie sich entscheiden, ob sie der Polizei von Anfang an sagen sollte, dass sie einen Thomas Werner kannte, ob sie es ihnen später mitteilen sollte, oder ob sie lieber ganz den Mund hielt und hoffte, dass sie es nie herausfinden würden. Sie schloss die Augen und versuchte, die Sache zu durchdenken. Thomas' Name stand nicht in Felises Geburtsurkunde, da Kristi die entsprechende Zeile des Formulars im Zuge ihrer Vergangenheitsbewältigung leer gelassen hatte. Lauren überlegte, auf welchen Namen sie diese grässliche Einzimmerwohnung gemietet hatten, und ob die Polizei auf diese Weise eine Verbindung zwischen Kristi und Thomas herstellen konnte. Sie war sich sicher, dass Thomas während seines Aufenthalts nie verhaftet worden war, weshalb er bei der Polizei nicht aktenkundig sein sollte. Was konnte noch sein? Sie wusste es nicht.

Sie fühlte sich schlecht, weil sie der Polizei verheimlichte, was sie wusste. Die Dienste arbeiteten zusammen, halfen einander, sie hatten es immer so gehalten, und dass sie nun den Mund hielt, nagte an den Grundfesten dieser Beziehungen. Aber was blieb ihr anderes übrig?

Außerdem gab es fraglos mehr als einen Thomas Werner auf der Welt. Lauren versuchte, sich einen australischen Thomas Werner vorzustellen, der sich in diesem Moment in einer Wäscherei am Rande Sydneys Blut aus der Kleidung wusch. Einen Thomas Werner, der sie nicht bedroht hatte, der sie nicht kannte und nicht herausfinden konnte, wo sie wohnte.

Sie war so bescheuert.

Sie warf den Kopf in den Nacken, um die Tränen in ihren Augen am Überfließen zu hindern, während die Motten über ihr in den Flutlichtern verbrannten.

Als Ella und Murray in der Edgecliff Road hielten, waren Beamte der Spurensicherung dabei, den Schauplatz zu untersuchen, sie machten Fotos von dem blutbefleckten Beton, wühlten in Abfalleimern und stiegen in Abflussrinnen. Vier Zeugen standen in einiger Entfernung auf dem Gehsteig, ein uniformierter Beamter hielt sie getrennt und unterband Gespräche zwischen ihnen. Ella erwartete nicht viel von ihren Aussagen. Wenn jemand in der Straße zu Boden stürzt, blickt man erst einmal zu dieser Person, nicht auf jemanden, der unauffällig weitergeht.

»Ich die Männer, du die Frauen?«, sagte Murray und steuerte bereits auf die von ihm gewählten Opfer zu.

Ella führte die beiden Frauen vor die gut erleuchteten Schaufenster, damit sie ihre Gesichter sehen konnte. Sie erwartete zwar wirklich nicht viel von ihnen, aber man konnte nie wissen. Auch wenn es etwas bedeutete, dass diese Leute gewartet hatten, um den Polizeibeamten zu erzählen, was sie gesehen hatten, ließ die Begeisterung von Zeugen nach Ellas Erfahrung mit der Zeit häufig nach, wenn sie anfingen, die Auswirkungen ihres Handelns zu bedenken. Einen Mann, der einen anderen auf offener Straße so kaltblütig niedersticht, wollten sie nicht zum Feind haben, und oft begannen sie dann, »vergesslich« zu werden. Gleichzeitig waren gewöhnliche Menschen keine guten Lügner. Man sah es ihnen an, und mit ein wenig sanftem Druck förderte man schließlich doch alle Einzelheiten zutage.

Sie beschloss, mit der älteren Frau anzufangen und bat die jüngere, eine traurig dreinblickende Mittfünfzigerin mit brauner Hochfrisur, zu bleiben, wo sie war, während sie sich mit der anderen Zeugin einige Schritte entfernte.

Sie lächelte die Frau an, die sie auf über siebzig schätzte, mit ihrer Brille, dem grauen Tweedkostüm und dem zu einem straffen Knoten gebundenen grauen Haar. »Danke, dass Sie gewartet haben. Ich bin Detective Ella Marconi.«

»Ich habe Fisch da drin.« Die Frau hob eine grüne Stoffeinkaufstasche hoch. »Ist nicht gut, wenn er zu lange ungekühlt bleibt.«

»Ich mache, so schnell es geht.« Ella schlug ihr Notizbuch auf. »Was haben Sie heute Abend hier gesehen?«

»Ich war bei meiner Freundin und habe auf dem Heimweg noch in einem Laden vorbeigeschaut, um Fisch für das morgige Abendessen zu kaufen. Wieder auf der Straße, bin ich langsam so dahingegangen, als ich ein merkwürdiges Geräusch hörte.«

»Ein Geräusch wie …?«

»Wie wenn jemand in eine andere Person rennt, und dieser bleibt die Luft weg. So ein ›Uff‹.«

»Verstehe«, sagte Ella.

»Ich habe mich umgedreht und den Mann auf die Knie sinken sehen, dann auf die Hände. Ein Passant wäre fast auf ihn getreten, weil er so schnell zu Boden ging«, sagte die Frau. »Die Leute sind einfach weitergegangen, können Sie sich das vorstellen?«

»Ja.«

»Ich habe ihn gefragt, ob alles in Ordnung sei, und er hat etwas gemurmelt, was ich nicht verstand. Dann sagte jemand, da sei Blut, und man solle einen Notarzt rufen.«

»Haben Sie gesehen, wer in ihn gerannt ist?«, fragte Ella.

Die alte Dame schüttelte den Kopf. »Ich habe ihn nur fallen sehen. Er war hinter mir. Ich habe mich umgedreht, als ich das komische Geräusch hörte.«

»Sie haben niemanden bemerkt, der sich eilig entfernt hat?«

»Da waren eine Menge Leute«, antwortete sie. »Und alle haben es immer eilig.«

Genau, wie ich dachte. Ella steckte ihren Kugelschreiber weg und zückte ihre Karte. »Danke, dass Sie sich die Zeit genommen haben. Möglicherweise melden wir uns noch einmal, aber bitte rufen Sie mich in der Zwischenzeit an, falls Ihnen noch etwas einfällt.«

Die Frau nahm die Karte. »Wie geht es dem Mann?«

»Er ist leider verstorben.«

Die alte Dame zog die Stirn kraus. »Diese Stadt.«

Als sich Ella der Zeugin mit der Hochfrisur näherte, stellte sie fest, dass die Frau mit den Tränen kämpfte. Sie zupfte an einem losen Faden ihres Handtaschenriemens. »Es war schrecklich.«

»Lassen Sie sich Zeit.«

Die Frau holte tief Luft und deutete die Straße entlang. »Ich kam hier entlang, ein bisschen in Eile, weil ich nach Hause kommen wollte. Dann gab es plötzlich dieses kleine Gerangel vor mir.« Sie schaute mit zusammengekniffenen Augen auf den Gehweg, um die Erinnerung heraufzubeschwören. »Zwei Männer waren für einen kurzen Moment nahe beieinander, als wären sie zusammengestoßen, dann ging der eine weiter, und einen Sekundenbruchteil später stürzte der andere zu Boden.«

»Was haben Sie daraufhin gemacht?«

»Als ich näher kam, sah ich, dass der Mann auf dem Boden die Hände auf die Brust presste. Ich dachte, er hat vielleicht eine Herzattacke erlitten, als er umgerempelt wurde, verstehen Sie? Aber dann sah ich das Blut, und ich habe mein Handy hervorgeholt und die Notrufnummer gewählt.« Sie zeigte auf einen von Murrays Zeugen. »Dieser Mann dort hat mit Wiederbelebungsmaßnahmen angefangen.« Sie hob das Kinn. »Ich habe ihn davon abgehalten.«

Ella schrieb rasch mit. »Wie sah der andere Mann aus?«

»Er war ein Weißer, in den Dreißigern, würde ich sagen.«

»Haarfarbe? Kleidung?«

Die Frau zögerte. »Dunkles Haar, glaube ich. Eher braun als schwarz. Was er anhatte, kann ich gar nicht sagen. Lange Ärmel, glaube ich, vielleicht Jeans.«

Ella bat die Frau, einen Augenblick zu warten, und ging zu Murray. »Ich habe eine Beschreibung.« Sie las vor, was die Frau gesagt hatte.

Murray blickte in sein eigenes Notizbuch. »Deckt sich mit dem, was ich habe. Weiß, männlich, blauer Pullover, kurze dunkle Haare.«

Ella ging zu der Frau mit der Hochfrisur zurück. Sie ließ sich ihre Personalien geben und erklärte, sie würden später wegen einer offiziellen Aussage auf sie zukommen, dann dankte sie ihr und ließ sie gehen. Genau in diesem Augenblick schritt Detective Sergeant Kirk Kuiper auf sie zu.

Ella und Murray trafen sich an dem abgesperrten Bereich rund um den Blutfleck mit ihm. Er betrachtete den Fleck nachdenklich, während Ella zusammenfasste, was sie bisher hatten, sein Gesicht sah abgespannt aus im Licht der Schaufenster. Sie gab ihm das Verbandspäckchen, und die Plastikschutzhülle knisterte, als er es in den Händen drehte.

»Okay.« Er gab ihr das Päckchen zurück. »Verständigen Sie nun die Angehörigen, und schauen Sie, was sie zu sagen haben. Versuchen Sie, die offiziellen Aussagen noch heute Abend aufzunehmen. Wir fangen hier mit der Befragung der Leute an. Rufen Sie mich später an, damit ich Bescheid weiß, was Sie vorhaben.«

»Wird gemacht.«

Ella und Murray stiegen in den Wagen. »Verdammt«, sagte Murray.

Ella blickte auf und sah einen der männlichen Zeugen winkend vor dem Fahrzeug stehen. »Glaubst du, ihm ist noch etwas eingefallen?«

Murray schüttelte den Kopf. »Das ist ein Spinner. Ich schaue, dass ich ihn loswerde.«

Allein im Wagen strich Ella die Plastikhülle und das Verbandspäckchen glatt.

Thomas Werner.

Ich bin kein guter Mensch.

Sie fragte sich, wie die Ehefrau reagieren würde. Das heißt, nein, wie sie reagieren würde, wusste sie. Aber welches Licht würde ihre Reaktion auf den Grund werfen, aus dem Werner Kennedy erstochen hatte? Würde sie ihnen sagen können, woher die beiden Männer sich kannten? Würde sie erklären können, warum Kennedy geäußert hatte, er sei kein guter Mensch? Vielleicht hing der Mord mit dem Autounfall zusammen, den er verursacht hatte, und die Familie des Opfers übte Vergeltung. Mrs. Kennedy müsste ihnen sagen können, ob sie und ihr Mann in letzter Zeit bedroht worden waren.

Ein Lkw rauschte vorbei, der Luftzug schüttelte Murrays Wagen. Ella sah, wie seine Heckleuchten in der New South Head Road allmählich unscharf wurden, und sie zitterte vor freudiger Erwartung.

6

Die Kennedys wohnten im obersten Geschoss eines alternden Blocks in Bondi. Während sie darauf warteten, dass sich Mrs. Kennedy auf ihr Läuten meldete, blickte Ella die dunkle, ruhige Straße auf und ab, an deren Ende man den stehenden Verkehr auf der Campbell Parade sah.

»Sie haben bestimmt eine hübsche Aussicht hier«, sagte Murray. »Und hübsch was auf dem Konto.«

Ella konnte das Meer riechen. »Wahrscheinlich haben sie eher vor Jahren gekauft, als es noch billig war.«

»Dann sitzen sie hier auf einer Goldgrube.«

Die Sprechanlage klickte. »Ja, bitte?«

»Mrs. Deborah Kennedy? Hier sind Detective Ella Marconi und Detective Murray Shakespeare. Können wir Sie einen Augenblick sprechen?«

Schweigen.

»Sie tragen keine Uniform.«

»Detectives tragen keine.« Ella hielt ihren Ausweis in die neu aussehende Überwachungskamera über der Tür.

»Von welchem Revier sind Sie?«

Ella wollte nicht Mordkommission sagen. »Wir sind in Parramatta stationiert. Möchten Sie eine Telefonnummer, um es zu überprüfen?«

»Warten Sie bitte einen Moment.« Die Sprechanlage schaltete ab.

»Ich habe einmal einen Mann die Nummer des Reviers aus dem Telefonbuch suchen lassen«, sagte Murray leise. »Er war felsenfest überzeugt davon, wir seien Betrüger und würden ihm eine falsche Nummer geben.«

»Wenn sie das macht, wird sie wohl schnell herausfinden, dass wir von der Mordkommission sind«, sagte Ella. »Da fragt man sich allerdings, wovor sie Angst hat.«

Nach einer Weile summte der Türöffner. Ella stieß die Tür auf, und sie traten in die Eingangshalle.

Der Aufzug war langsam und träge. Als er oben zögernd stehen blieb, sagte Murray. »Du machst es.«

Sie sah ihn an. »Dafür schuldest du mir aber etwas.«

Die Aufzugtür öffnete sich. Eine Frau stand mit ängstlichem Gesicht im Flur. Sie war Ende vierzig, mit kurzem blondem Haar, der Figur einer Läuferin und einer Haut, die zu viel Sonne gesehen hatte. Sie trug einen dunkelblauen Trainingsanzug. Die Hände steckten tief in den Taschen der Jacke und waren wie zum Schutz an den Leib gepresst. Ella konnte sie verstehen. Es gab keine erfreulichen Gründe, wenn die Polizei spätabends bei jemandem auftauchte.

Sie streckte der Frau ihren Ausweis entgegen. »Ich bin Detective Marconi, und das ist Detective Shakespeare. Dürfen wir hereinkommen?«

Deborah Kennedy spähte auf den Ausweis und dann in ihr Gesicht. Nachdem sie dasselbe bei Murray getan hatte, hielt sie die Wohnungstür auf.

Ella spürte den Blick der Frau auf sich, als sie an ihr vorbeiging. Der tiefe, beige Teppich des Wohnzimmers, die übergroßen Plüschsessel und die zugezogenen Samtvorhänge verliehen der Wohnung eine schalldichte, stille Atmosphäre. Ella war sich des Verbandspäckchens in ihrer Tasche bewusst, sie hörte es beim Gehen knistern. Auf dem Sideboard stand ein silberner Filigranschmetterling zwischen Familienfotos. Ella verglich im Geiste die Bilder des Mannes mit dem rundlichen Gesicht, dem dunkelgrauen Haar und den freundlichen braunen Augen seines Führerscheinfotos. Neben ihm lächelten Mrs. Kennedy und ein blondes Mädchen im Teenageralter aus den Rahmen.

Ella drehte sich zu Mrs. Kennedy um, die leise die Tür schloss und in die Mitte des Raums trat. Sie forderte die Beamten mit einer vagen Geste auf, sich zu setzen, aber Ella stand immer, wenn sie schlechte Nachrichten überbrachte. Alles andere wirkte zu lässig.

»Mrs. Kennedy, es tut mir sehr leid, Ihnen mitteilen zu müssen, dass Ihr Mann James heute Abend tätlich angegriffen wurde.« Sie ließ den Satz einen Moment einwirken.

Deborah Kennedy starrte sie an. Ella machte einen Schritt auf sie zu. »Er wurde eilig ins Krankenhaus gebracht, konnte aber leider nicht mehr gerettet werden.«

Mrs. Kennedy schlug die Hände vors Gesicht.

»Es tut mir sehr leid«, wiederholte Ella.

Die Frau begann zu schluchzen. Ihre Arme zitterten. Ella legte ihr sanft eine Hand auf die Schulter. Auf dem Kaffeetisch am anderen Ende des Raums stand eine Schachtel Papiertücher, und sie bedeutete Murray mit den Augen, sie zu holen.

Als Deborah Kennedy aufblickte, hielt er ihr die Schachtel hin, aber sie beachtete sie nicht, sondern umklammerte stattdessen Ellas Hand. Ihre Fingernägel bohrten sich in Ellas Haut.

»Wie ist es passiert?« Tränen strömten über das Gesicht der Frau. Sie sah plötzlich aus wie siebzig. »Wer war es?«

»Könnten wir uns vielleicht setzen?«

Sie setzten sich nebeneinander auf ein Sofa. Murray nahm in einem Sessel schräg zu ihnen Platz. Ellas Hände waren heiß im beidhändigen Griff der Frau. Alle paar Sekunden verstärkte sich dieser Griff, wie im Takt mit immer neuen Wellen von Schmerz, aber Ella zog ihre Hand nicht fort. Sie krümmte die Finger um die zitternden Finger der Frau und sah ihr in die Augen.

»Der Vorfall ereignete sich auf der New South Head Road in Edgecliff«, sagte Ella. »Wissen Sie, warum Ihr Mann dort gewesen sein könnte?«

»In der Nähe der Geschäfte?«

Ella nickte.

»Dort gibt es eine Bäckerei, die ein bestimmtes Roggenbrot herstellt, das er gern isst. Sie heben ihm immer einen Laib auf. Er holt es auf dem Heimweg von der Arbeit ab.«

»Wo arbeitet er, Mrs. Kennedy?«

»Er ist Kurierfahrer bei Quiksmart. Er stellt sein Fahrzeug um 18.00 Uhr im Depot in Leichhardt ab und fährt mit dem Motorrad nach Hause.« Sie schloss die Augen. »Aber heute ist es so spät geworden, und er ging nicht ans Telefon. Ich wusste, dass etwas passiert sein muss.«

»Er war bestimmt mit dem Motorrad unterwegs?«

»Ja. Es ist schneller als das Auto.«

»Und er hörte immer um 18.00 Uhr auf?«

»Sie genehmigen ungern Überstunden. Für gewöhnlich ist er um sieben zu Hause.« Sie schüttelte den Kopf, ihre Augen waren immer noch geschlossen. »Wie ist es passiert?«

»Er wurde mit einem Messer attackiert«, antwortete Ella leise. Niedergestochen klang so gewalttätig. »Er war sehr tapfer. Er konnte noch mit den Sanitätern sprechen und ihnen sagen, was vorgefallen ist.«

Deborah Kennedy sah sie an. »Er hat gesprochen?«

Ella nickte. »Er hat ihnen auch eine Nachricht für Sie mitgeteilt. Die Sanitäterin hat sie aufgeschrieben.«

»Er ... Haben Sie die Nachricht? Kann ich sie sehen?«

»Könnten Sie mir bitte zuerst sagen, ob Sie jemanden kennen, der Ihrem Mann vielleicht etwas antun will?«

»Ich kann mir niemanden denken. Wir führen ein sehr ruhiges Leben.« Sie schluckte schwer. »Führten.«

»Es gab in letzter Zeit keine Probleme mit der Familie der Frau, die bei dem Autounfall vor drei Jahren gestorben ist?«

»Die Harveys«, sagte sie. »Nein, nichts. Wir wussten damals gar nichts von dem, was Alan Harvey sagte, bis die Leute von dieser Fernsehsendung kamen und es uns erzählten. Sie wollten wissen, wie wir uns fühlten, aber wir haben einfach die Tür zugemacht.« Sie verzog das Gesicht. »Wir fühlten uns schrecklich, natürlich fühlten wir uns schrecklich wegen der Sache. Aber diese Sendungen ...« Sie ließ Ella los und streckte die zitternde Hand aus. »Bitte. Ich möchte sehen, was er gesagt hat.«

Ella zögerte. »Auf dem Papier ist Blut.«

»Bitte.«

Ella holte das eingetütete Verbandspäckchen aus der Tasche. Mrs. Kennedy nahm es entgegen wie ein frommer Kirchgänger eine Hostie entgegennimmt. Über ihren gesenkten Kopf hinweg traf sich Ellas Blick mit Murrays. Sie war Lauren dankbar. Was sie getan hatte, würde ihnen nicht nur zu einem wasserdichten Fall Werner verhelfen, sondern es bedeutete auch dieser Frau sehr viel.

Sie ließ einige Augenblicke verstreichen, ehe sie fragte: »Haben die Gedichtzeilen eine besondere Bedeutung für Sie beide?«

Deborah Kennedy starrte sie an, aber sie hatte den Eindruck, die Frau sah sie gar nicht, sondern hatte stattdessen die Bedeutung dieses Gedichts für sie vor Augen.

»James hat mir immer Gedichte vorgelesen, als er mir den Hof machte«, sagte sie plötzlich.

Ella deutete auf die Erklärung. »Haben Sie eine Vorstellung, was er hier gemeint hat, als er sagte, er sei kein guter Mensch?«

Deborah Kennedy konzentrierte sich wieder auf das Päckchen. Sie runzelte die Stirn und schüttelte den Kopf. »Das ergibt keinen Sinn. Er *war* ein guter Mensch.«

»Da wären noch ein paar Dinge«, sagte Ella. »Hat James je diesen Namen erwähnt, Thomas Werner?«

»Nein.«

»Bestimmt nicht?«

»Ich würde mich erinnern. Unser Neffe heißt Thomas. Es fällt mir immer auf, wenn ich den Namen höre.« Sie sah das Päckchen wieder an. »Ich habe keine Ahnung, von wem er hier redet.«

»Sie und James haben eine Tochter, nicht wahr?«

»Tess. Sie studiert. An der Sydney-Uni.«

»Wohnt sie hier bei Ihnen?«

»Nein, sie teilt sich eine kleine Wohnung mit einer Freundin in Newtown.« Neuer Schmerz trat in ihr Gesicht. »Wie soll ich es ihr nur beibringen?«

Ella berührte sie sanft am Arm. »Wann haben Sie Ihren Mann zuletzt gesehen und gesprochen?«

»Als er heute Morgen zur Arbeit aufgebrochen ist, kurz nach acht.« Sie drückte die Handballen auf die Augen.

Ella nahm das Verbandspäckchen zurück, dann ergriff sie die Hand der Frau wieder. Sie war nass von Tränen. »Mrs. Kennedy, wir brauchen jemanden, der James' Leichnam identifiziert. Das müssen nicht unbedingt Sie sein, wenn Sie es sich nicht zutrauen. Wir können mit einem seiner Freunde Kontakt aufnehmen, oder mit einem anderen Angehörigen.«

Deborah Kennedy schüttelte jedoch den Kopf. »Ich mache es. Ich möchte ihn sehen.« Sie holte tief Luft. »Wo ist er?«

»Im St. Vincent's Hospital.«

»Und was … wie geht …?«

»Man wird ihn am Morgen ins Leichenschauhaus von Glebe verlegen, um eine Obduktion vorzunehmen. Sobald Sie einen Bestattungsunternehmer beauftragt haben, wird sich dieser mit dem Leichenschauhaus in Verbindung setzen und alles Weitere veranlassen.«

Deborah Kennedy blickte auf ihre Hände hinab. Wahrscheinlich fragte sie sich, dachte Ella, wie es sein konnte, dass sie heute Morgen noch eine glücklich verheiratete Frau gewesen war und sich nun um ein Bestattungsunternehmen für ihren Mann kümmern musste.

»Möchten Sie jemanden anrufen, ehe wir gehen?«

Sie hatte mehr als einmal selbst den Hörer nehmen und die Nachricht überbringen müssen, wenn die anrufende Person vor Weinen nicht sprechen konnte. Man hatte sie auch schon gebeten, persönlich jemanden zu unterrichten. Sie war auf alles gefasst.

»Ich muss es Tess sagen.« Mrs. Kennedys Augen flossen wieder über vor Tränen. »Sie wird ihn ebenfalls sehen wollen.«

»Wir können sie unterwegs abholen.«

Tess Kennedy wohnte in einem kleinen Block in einer engen und dunklen Straße in Newtown. Ella und Murray warteten im Wagen, bis Deborah ihre Tochter geholt hatte. Murray öffnete die Tür einen Spalt, um die Uhrzeit am Armaturenbrett ablesen zu können.

»Sie trauern«, sagte Ella.

»Wir verpassen alles.« Murray zog die Tür wieder zu. »Warum gehst du nicht nach oben und bewegst sie zum Aufbruch?«

»Sie wollte vorhin nicht, dass ich mit hinaufkomme, dann werde ich jetzt wohl auch nicht willkommen sein.«

Ein Mann auf dem Gehsteig spähte im Vorübergehen in den Wagen. Ella starrte zurück und verdrehte dann den Rückspiegel um ihn weiter zu beobachten.

Murray rutschte ungeduldig im Sitz umher. »Wahrscheinlich haben sie den Fall gelöst, bis wir zurückkommen.«

»Beruhige dich«, sagte Ella.

»Du willst ihn doch genauso sehr.«

Wahrscheinlich noch mehr.

»Da kommen sie.« Ella stieg aus und öffnete den beiden Frauen die hintere Tür. Tess war schlaksig, fohlenartig und wirkte eher wie eine Dreizehnjährige als wie eine Studentin. Sie trug Jeans und ein braunes Bali-T-Shirt, das blonde Haar war zu einem unordentlichen Pferdeschwanz zusammengebunden, und ihre Füße steckten in Sandalen. Ihre Augen waren rot. Sie half ihrer Mutter in den Wagen.

»Es tut mir leid wegen Ihres Vaters«, sagte Ella. Das Mädchen dankte ihr mit leiser Stimme und stieg ein.

Sie fuhren schweigend ins Krankenhaus, wo Murray auf dem für die Polizei reservierten Platz parkte. Sie erkundigten sich bei einer Schwester der Notaufnahme nach dem Weg, und diese rief einen Angestellten, der sie zum Leichenschauhaus führte.

Er bat sie, einen Moment im Flur zu warten, während er hineinging.

Die Kennedys standen nah beisammen und hielten sich an den Händen.

»Wenn wir hineingehen«, sagte Ella, »müssen Sie, Mrs. Kennedy, bestätigen, dass es sich um den Leichnam Ihres Gatten James handelt – falls Sie es sich immer noch zutrauen.« Sie sah Tess an. »Möchten Sie mit hineinkommen oder lieber hierbleiben?«

»Ich komme mit«, flüsterte sie.

Die Tür ging auf, und der Angestellte räusperte sich. Sie traten einzeln ein, und Murray zog die Tür hinter ihnen zu. In der Mitte des kleinen weißen Raums stand eine Bahre aus Edelstahl, und auf ihr lag ein Mann. Ein Laken bedeckte seinen Körper bis zur oberen Brust. Seine Arme lagen außerhalb des Lakens, Infusionsschläuche waren an den Unterarmen befestigt. Sein Gesicht war blass, mit einem Stich ins Purpurne, und das grau werdende Haar nach hinten gestrichen. Die Augen waren geschlossen, in seinem Mund steckte ein Plastikschlauch, der mit blutbeflecktem Baumwollband festgebunden war.

Deborah begann zu weinen und legte die zitternde Hand auf die Schulter des Mannes. Tess schlang die Arme um ihre Mutter und sah Ella an, über ihr Gesicht strömten Tränen. »Es ist mein Vater.«

»Willst du deine Schulden jetzt bezahlen?«

Lauren blickte von dem Stadtplan auf, der offen auf ihrem Schoß lag. »Was?«

»Der Kaffee, den du mir schuldest, weil du dachtest, die Messerstecherei sei nicht ernst«, erwiderte Joe. »Hast du jetzt Lust dazu?«

»Können wir es auf später verschieben?«

Er zuckte mit den Achseln und ließ den Motor an.

»Und hör zu«, sagte Lauren, »können wir eine kleine Fahrt unternehmen, bevor wir uns wieder einsatzbereit melden?«

»Willst du deinen Freund besuchen?«

Sie deutete durch die Windschutzscheibe. »Immer geradeaus.«

»Jawohl, Madame.«

Er fuhr, und sie behielt einen Finger in der maßgeblichen Seite des Stadtplans, während sie das Formular für den soeben beendeten Einsatz ausfüllte. *Neunzigjährige Frau, hat im Badezimmer das Gleichgewicht verloren und ist gestürzt, keine Bewusstlosigkeit. Erlitt Schürfwunde am rechten Arm. Wunde gereinigt und verbunden. Alle Werte im normalen Bereich.*

»Hier links«, sagte sie.

Joe bog um die Ecke. »Wie sieht er denn aus?«

Patientin lehnte Transport ab. Wird am Morgen Hausarzt aufsuchen.

»Ich wette, er ist sehr groß.«

Lauren unterschrieb das Einsatzblatt und klappte den Ordner zu. »An der Ampel rechts.«

»Er ist groß, oder?«

Joe war ein wunderbarer Kollege, es gab keinen besseren, aber sie wünschte, er würde jetzt den Mund halten. Sie starrte aus dem Fenster, ihre Hände lagen flach auf dem Stadtplan. Ihr Magen war ein einziger Knoten. »Jetzt wieder rechts.«

Das war die Straße. Lauren schaute auf die Hausnummern und sah das Gebäude der Kennedys. »Halt mal kurz an.«

Joe fuhr an den Straßenrand.

Lauren lehnte den Kopf ans Fenster und spähte nach oben. Alle Wohnungen waren dunkel. Sie fragte sich, welche die der Kennedys war, und ob seine Witwe dort oben auf und ab lief oder weinend auf dem Boden saß oder … Vielleicht trank sie abwechselnd aus einem Whiskyglas und einer Flasche mit Beruhigungsmittel.

Sie konnte sich jetzt nicht vorstellen, ihr jemals gegenüberzutreten.

Joe berührte sie am Rücken, und sie machte einen Ruck nach vorn und stieß sich das Kinn an der Scheibe an.

»Herrje, tut mir leid.«

»Schon gut.« Sie lehnte sich zurück und rieb sich das Kinn.

Er schaltete die Innenraumbeleuchtung an. »Lass mich sehen.«

Sie sah ihn nicht an.

»Komm schon.«

»Mir fehlt nichts.«

»Hier wohnt der Typ, der niedergestochen wurde.« Er legte ihr die Hand auf die Schulter. »Du weißt, wir haben alles richtig gemacht.«

Richtig wäre es, die Polizeibeamtin anzurufen und ihr alles zu erzählen. Zu gestehen, dass sie Thomas Werner kannte, dass er sie in der Gasse angegriffen und bedroht hatte, dass er ihr praktisch gestanden hatte, Stewart Blake getötet zu haben. Dass Kennedy noch leben würde, wenn sie schlau genug gewesen wäre, damals von ihm wegzubleiben, oder wenn sie ihn länger hätte aufhalten können oder der Polizei sofort nach ihrem Eintreffen sogar von ihm erzählt hätte, damit sie nach ihm suchten.

Vielleicht sollte sie es Joe zuerst sagen. Zur Probe gewissermaßen. Damit sie sich daran gewöhnte, wie es klang, was für ein Gefühl es war, zuzugeben, dass sie gelogen und unter Eid falsch ausgesagt hatte oder welchen Tatbestand es noch erfüllte. Sie sah zu ihm hinüber. Er lächelte sie an. Sie machte den Mund auf, brachte aber nichts heraus.

Er löste seinen Sicherheitsgurt, beugte sich zu ihr hinüber und nahm sie in die Arme. »Es ist schwer, wenn sie deine Hand halten.«

Ihr Gesicht brannte vor Scham über das, was sie getan hatte, und sie presste es an seine Schulter, atmete den Geruch seines Aftershaves und seines Schweißes ein. »Ich habe etwas Schlimmes getan.«

Er machte Anstalten, sich von ihr zu lösen, aber sie verstärkte ihren Griff. Vielleicht konnte sie es sagen, wenn er sie nicht ansah.

»Schlimm inwiefern?« Sie hörte das Lächeln aus seiner Stimme heraus. »Hast du gelogen, was die Wette angeht? Du willst mir doch keinen Kaffee spendieren?« Er versuchte erneut sich zurückzuziehen. Wieder hielt sie ihn fest. Sie blieben einen Moment so, ohne zu sprechen. »Lauren.«

Sie drückte ihr Gesicht noch fester an ihn. Sie konnte es nicht. Die Worte wollten ihr nicht über die Lippen kommen. Und wozu sollte es überhaupt gut sein, dachte sie nun. Sie wussten bereits, dass Thomas Werner Kennedy getötet hatte. Wenn sie ihn dafür erwischten, würde er für lange Zeit ins Gefängnis wandern, und welchen Unterschied machte es dann schon, ob man von dem Mord an Blake ebenfalls wusste? Wie sollten sie es außerdem so lange danach beweisen? Ihre Zeugenaussage konnte nicht mehr viel wert sein, nachdem sie so oft und anhaltend gelogen hatte. Dann wäre die Anklage im Fall Kennedy auch in Gefahr – für die Verteidigung wäre jede Aussage von ihr ein gefundenes Fressen, besonders, was Thomas betraf. Es würde darauf hinauslaufen, dass ihr Wort gegen seines stand, und inzwischen hätte man sie wahrscheinlich gefeuert, und wer würde jemanden einstellen, der einen Meineid geschworen hatte? Sie und Kristi würden die Miete nicht mehr zahlen können, sie würden das Haus verlieren, und Felise würde im nächsten Jahr nicht mit Tom in die große Schule gehen können … mit dem Leben, das sie kannten, wäre es vorbei. Lauren schluckte, es schmeckte nach Galle. Es war falsch, sie wusste, dass es total falsch war, aber sie würde alles für sich behalten.

»Genau«, krächzte sie, »ich spendiere dir deinen verdammten Kaffee nicht.«

Deborah Kennedy erklärte, sie sei in der Lage, ihre Aussage sofort abzugeben, wenn sie es wünschten. Sie brachten sie ins Revier von Paddington und suchten sich einen ruhigen Raum. Ein Stück weiter im Flur wurde ein Besprechungszimmer für das erste Briefing in dem Fall vorbereitet. Von morgen an würde er vom Büro der Mordkommission in Parramatta aus bearbeitet werden, aber für den Augenblick war es besser, nahe am Tatort zu sein.

Tess saß dicht neben ihrer Mutter, hielt ihre Hand und sagte nichts. Ella bot ihnen mehr als einmal Kaffee, Tee, Wasser und Kekse an, aber sie schüttelten nur den Kopf.

Als es vorbei war, fuhren Ella und Murray die beiden zu der Wohnung in Bondi zurück und brachten sie zur Tür. »Möchten Sie, dass wir noch mit nach oben kommen?«, fragte Ella. »Eine Weile bei Ihnen bleiben?«

»Wir kommen schon klar«, sagte Tess. »Aber vielen Dank.«

Ella gab ihnen ihre Karte. »Sie können jederzeit anrufen, egal wegen was. Morgen wird jemand kommen und sich weiter mit Ihnen unterhalten.«

Deborah Kennedys Hand zitterte, als sie den Schlüssel ins Schloss zu stecken versuchte. Sie weinte lautlos.

»Wir kriegen ihn, Mrs. Kennedy.« Ella musste es einfach sagen.

Die Kennedys gingen ins Haus und schlossen die Tür hinter sich.

»Wieso hast du das gesagt?«, bemerkte Murray, als sie wieder im Wagen saßen. »Was, wenn wir ihn nicht kriegen?«

Das Briefing war bereits eine Weile im Gang, als sie nach Paddington zurückkamen. Sie quetschten sich in den hinteren Teil des Raums, während Detective Sergeant Kirk Kuiper vorn Informationen an eine Tafel kritzelte.

»Eine Frau, die in der Ocean Avenue gerade Müll in ihre Tonne warf, sah einen Mann, in ihren Worten ›extrem schnell‹ den Gehweg entlanggehen.« Detective Marion Pilsiger war in den Zwanzigern, sie hatte mit Gel behandeltes und gebleichtes blondes Haar und runde blaue Augen. »Sie sagte, als der Mann sie sah, verlangsamte er sein Tempo, aber sie ist überzeugt, sobald er außer Sicht war, legte er wieder zu. Sie hat ihn als jung beschrieben, durchschnittliche Statur, dunkle Haare und Kleidung. Sie sagt, es war zu dunkel, um sonst etwas zu erkennen.«

»Der zeitliche Ablauf stimmt ebenfalls«, ergänzte Detective Jason Lambert. Er trug ein kurzärmliges Baumwollhemd und hatte das dünne, helle Haar seitlich über den Kopf gekratzt. »Die Anrufe nach einer Ambulanz begannen um 20.45 Uhr. Sie hat den Mann gegen zehn vor neun gesehen. Ich bin in der von ihr beschriebenen Weise vom Tatort zu ihrem Haus gegangen, und es hat rund fünf Minuten gedauert.«

»Gut«, sagte Kuiper und notierte die Zahlen.

»Ich habe einen älteren Mann in der Albert Street, der kurz danach jemanden in einen vor seinem Haus geparkten Wagen steigen sah.« Detective Graeme Strongs Stimme war tief und rau von den Zigarren, die er rauchte. »Er sah gerade aus dem Fenster und hielt nach seiner Tochter Ausschau, die immer vorbeikommt, wenn ihr Weiterbildungskurs um halb neun zu Ende ist.«

»Hat er das Nummernschild notiert?«

»Er ist zu gebrechlich, um das Haus zu verlassen«, sagte Strong. »Er sagte, es war eine dunkle Limousine, vielleicht blau oder grün, möglicherweise ein Holden oder Ford. Er wusste nicht, wie lange der Wagen dort gestanden hatte, aber nach etwa zehn Minuten kam ein Mann eilig den Gehsteig entlang, stieg ein und fuhr fort. Ziemlich forsch, sagte der alte Herr. Er konnte uns keine bessere Beschreibung geben, als dass es sich um einen Mann von durchschnittlicher Größe und Statur mit dunklem Haar gehandelt hat. Niemand von den Nachbarn hat den Mann gesehen oder den Wagen bemerkt. Wir haben die Tochter angerufen, aber ihr ist nichts Ungewöhnliches aufgefallen, als sie fünf Minuten später eintraf.«

»Keine Waffe irgendwo gefunden? Blut, abseits vom Tatort?«

Allgemeines Kopfschütteln.

»Wir dehnen diese Suche heute Nacht und morgen noch aus«, sagte Kuiper. »Marconi, Shakespeare?«

»James Kennedy war als Kurierfahrer bei Quiksmart in Leichhardt tätig«, sagte Ella. »Nach Aussage seiner Frau hörte er normalerweise um 18.00 Uhr zu arbeiten auf und fuhr dann zu einer Bäckerei in den Läden an der New South Head Road, wo man ihm anscheinend jeden Tag einen bestimmten Laib Brot zur Seite legte.«

»Wurde kein Brotlaib am Tatort gefunden?« Kuiper sah sich um. »Dann fragen Sie morgen früh in der Bäckerei nach, ob er schon dort gewesen war. Und wenn ja, ob er allein war.«

»Kennedy fuhr mit seinem Motorrad und war für gewöhnlich bis sieben zu Hause, auch mit diesem Umweg«, fuhr Ella fort. »Mrs. Kennedy sagte, sie habe versucht, ihn anzurufen, aber er ging nicht an sein Handy. Sie vermutete, dass etwas nicht stimmte.«

Kuiper nickte. »Ein Handy ist auf der Liste seiner Habe und Kleidungsstücke. Wir setzen uns mit seinem Provider in Verbindung, um die jüngsten Anrufe zu überprüfen.«

»Wir müssen uns bei Quiksmart vergewissern, ob er tatsächlich um sechs gegangen ist«, sagte Murray. »Aber wenn wir vorläufig annehmen, dass es so war, bleibt eine beträchtliche Zeitspanne, die nicht belegt ist.«

»Wir müssen auch das Motorrad ausfindig machen.«

»Vielleicht hat es der Mörder gestohlen«, sagte Strong. »Hatte Kennedy die Schlüssel noch bei sich?«

»Die Schlüssel sind bei seinen Sachen.« Kuipers Stift war leer, und er griff nach einem neuen. »Kann es etwas mit dem Unfall zu tun haben?«

»Mrs. Kennedy sagt, da war nichts«, erwiderte Ella.

»Überprüfen Sie den Ehemann später trotzdem«, sagte Kuiper. »Okay, hier die Aufgaben für heute Nacht. Durchsucht weiter den Tatort und die Straßen rundherum. Wir brauchen diese Waffe. Haltet die Augen nach Überwachungskameras auf Privatgrundstücken offen – vielleicht erhaschen wir auf diese Weise einen Blick auf unseren Mann. Wir müssen das Motorrad finden und dann Kennedys Weg von dort zu den Läden verfolgen.

Noch Fragen? Okay dann, Leute, die Zeit läuft. An die Arbeit.«

7

Das grelle Morgenlicht schmerzte in Laurens Augen. Sie setzte ihre Sonnenbrille auf, als sie Joe aus der Rettungsstation zu seinem Wagen folgte.

»Wir sollten sie anrufen, dass wir zu müde sind und unsere Aussagen heute nicht machen können«, sagte sie. »Dass wir nach Hause fahren und schlafen müssen, weil wir am Abend wieder Dienst haben.«

»Sie brauchen sie«, sagte Joe und ließ den Wagen an.

»Wozu?«, sagte Lauren. »Die helfen ihnen wohl kaum, den Kerl zu erwischen.«

»Vielleicht doch.«

»Die Detectives wissen bereits, was wir wissen, sie haben sich die relevanten Angaben schon gestern Abend notiert«, wandte Lauren ein. »Das ist reiner Papierkram.«

»Es wird nicht lange dauern.«

»Ja, klar.« Sie verschränkte die Arme und schaute mit finsterer Miene auf den Verkehr, der ihnen entgegenkam. Sonnenlicht wurde von Stoßstangen und Windschutzscheiben reflektiert, und sie hasste alle Autos und alle Leute in ihnen. Nach einer Nachtschicht fühlte sie sich meist beschissen, aber letzte Nacht war sie nicht einmal in der Lage gewesen sich auszuruhen, wenn sie für kurze Zeit in die Station zurückgekommen waren. Beim Kaffeetrinken hatte sie geglaubt, Blut an ihren Händen zu riechen, und wiederholtes Waschen änderte weder daran noch an dem klebrigen Gefühl in ihren Handflächen etwas. Sie hatte sich nicht entscheiden können, ob sie den Detectives erzählen sollte, dass sie einen Thomas Werner kannte, und der Kopf tat ihr weh vom Nachdenken.

»Ich spendiere dir hinterher sogar ein Frühstück«, sagte Joe.

Lauren schob die Sonnenbrille hoch, um sich die Augen zu reiben. »Ich bin nicht hungrig.« Draußen betätigte ein Lkw-Fahrer die Außenhupe, und sie hätte am liebsten losgeschrien.

»Sie verspäten sich«, sagte Ella.

»Sie hören nicht vor acht auf«, entgegnete Murray. »Und wie lange fährt man dann hier heraus? Vierzig Minuten?«

»Weniger. Sie fahren gegen den Berufsverkehr.«

»Vielleicht mussten sie Überstunden machen.«

»Und hatten nicht die Zeit, uns anzurufen?« Sie war ruhelos und wollte die nächste Aufgabe anpacken, wollte da draußen sein, mit Leuten reden, nach Fakten wühlen. Sie war müde, aber aufgedreht. Sie brauchte mehr Action als Aussagen tippen.

Eine Bewegung in der Tür ließ sie den Kopf drehen. Die Sanitäter standen dort und schauten in den Raum. Ella stieß Murray an. »Ich übernehme die Frau.«

Murray führte den Mann in eine gegenüberliegende Ecke des Raums, während Ella die Frau auf seinem Stuhl Platz nehmen ließ. »Lauren, richtig?«

Die Frau nickte. Sie sah müde, aber angespannt aus, als würde sie nur noch von Koffein wach gehalten.

»Darf ich Ihnen etwas bringen?«, sagte Ella. »Tee? Kaffee?«

»Nein, danke.«

Ella hatte den Computer startklar. »Sie haben schon früher bei der Polizei ausgesagt?«

Lauren nickte.

»Dann lassen Sie uns anfangen. Name, Adresse, Alter und Beruf.«

Lauren hielt die Hände unter dem Schreibtisch zwischen die Knie geklemmt. Jedes Mal, wenn sie den Namen Thomas Werner sagte, spürte sie ihre Anspannung wachsen. Sie hielt nach Anzeichen Ausschau, dass Ella aus ihrer Stimme oder ihrem Verhalten mehr herausgelesen hatte, als sie sollte, aber die Detective tippte munter drauflos, hielt hin und wieder inne, wenn Lauren redete, und formulierte manche Dinge in die Sprache offizieller Aussagen um, die Lauren schon kannte. In Aussagen war kein Platz für Gefühle, und obwohl sie wusste, sie konnte es niemandem erzählen – oder vielleicht gerade deswegen –, wünschte Lauren, dass sie sich der Detective anvertrauen und ihr sagen könnte, wie es sich anfühlte, dass Kennedys Tod ihre Schuld war.

»Und dann?«, sagte Ella.

»Dann habe ich meinen Übergabebericht für das Krankenhauspersonal fertiggestellt, und sie haben sich weiter um Mr. Kennedy gekümmert.«

Ella tippte es und setzte einen Punkt. »Wunderbar.«

Lauren schaute auf die andere Seite des Raums. Joe und der Detective lachten über etwas. Sie waren wahrscheinlich längst fertig, weil Joe nicht so viel gehört hatte wie sie. Wenn Joe gar nichts gehört hätte, wären sie dann jetzt hier?

»Lesen Sie jetzt alles noch einmal durch, und unterschreiben Sie bitte unten auf jeder Seite.« Ella gab ihr den Ausdruck ihrer Aussage. »Dann können Sie gehen.«

Lauren überflog die Seiten, unterschrieb sie und reichte sie zurück. »Und …«, sagte sie. *Erzähl ihr, dass du ihn vielleicht kennst, sag es ihr! Glaubst du, es wird später ein-*

facher? Aber die Worte wollten ihr nicht über die Lippen kommen.

»Ja?«

»Haben Sie den Kerl schon erwischt?«

»Ich wünschte es«, sagte Ella.

Lauren deutete auf den Computer. »Hatten Sie ihn bereits erfasst?«

»Wir haben sogar eine Reihe von Leuten mit diesem Namen gefunden.«

»Alle, äh, aus Sydney?«

»Oder woanders im Bundesstaat«, sagte die Detective.

Lauren dachte an Kristi. »Werden Sie seinen Namen in den Medien veröffentlichen?«

»Wir haben nicht die Absicht.« Ella betrachtete Lauren einen Augenblick. »Ich weiß, warum Sie fragen.«

Lauren spürte einen Adrenalinstoß.

»Ich habe gestern Abend gesehen, dass die Geschichte Ihnen ein bisschen zusetzte, deshalb wollen Sie wissen, was passiert, wann wir den Kerl haben werden.«

Lauren nickte und stand auf. »Hoffentlich bald.«

»Das hoffen wir auch«, sagte Ella.

Im Aufzug stand Lauren schweigend neben Joe, der mit dem Daumen den Knopf drückte. »Man sollte meinen, in einem neuen Gebäude wie diesem wären sie schneller.«

Sie fühlte sich schwach vor Angst und Schuldgefühlen.

Sie war im Haus, ehe Joe weggefahren war. Ihr tat alles weh vor Müdigkeit und Anspannung, und als sie Felise oben im Dachgeschoss herumtoben hörte, verzog sie das Gesicht. In der Küche holte sie ihre Arzneimittel aus dem Schrank. Sie nahm nicht gern Beruhigungsmittel, um schlafen zu können, weil sie immer so ein Wattegefühl hinterließen, aber heute hatte sie das Gefühl, dass ihr nichts anderes übrig blieb. Sie hatte eine weitere Nachtschicht vor sich, und den ganzen Tag wach im Bett zu liegen würde ihr nicht weiterhelfen. Sie wog die Tablettenschachtel in der Hand und wünschte, es gäbe einen Schalter, mit dem sie ihr Gehirn ausknipsen konnte.

»Hast du gesehen, was wir dir gemacht haben?« Kristi kam herein und riss die Kühlschranktür auf. »Auf dem Tisch.«

Es war ein Mosaik, das eine Art purpurnes Ohr vor einem himmelblauen Hintergrund darstellte. Daneben lag die Rechnung des Klempners für den neuen Boiler. Lauren betrachtete sie genauer und zuckte zusammen. Der Vermieter würde nicht eben erfreut sein.

»Das ist der neue Untersetzer für die Teekanne.« Kristi steckte eine große Flasche Wasser und drei Äpfel in ihren Arbeitsrucksack.

»Ein Mosaik von einem Ohr?«

»Es ist eine Milz.«

Lauren ließ eine Tablette herausspringen und schluckte sie ohne Wasser. »Toll.«

Kristi löffelte Taboulé in einen kleinen Behälter. »Wie war die Nacht?«

»Beschissen.«

»Beschissen, wie Nachtschichten eben sind, oder schlimmer?«

»Schlimmer.« Lauren ließ sich in einen Sessel fallen. »Ich war bei einer Messerstecherei. Der Mann ist gestorben.«

»O mein Gott.« Kristi ließ den Löffel fallen. »Wie ist es passiert?«

»Jemand ist auf der Straße einfach auf ihn zugegangen und hat ihn niedergestochen. Er war noch bei Bewusstsein, als wir eintrafen, wir haben ihn in den Rettungswagen geschafft, und ich habe ihn mit Flüssigkeit vollgepumpt, und dann hat er mir eine Nachricht für seine Frau aufgetragen.«

Kristi setzte sich neben sie und strich mit ihrer schwieligen Hand über Laurens Stirn. »Geht es dir gut?«

Es erinnerte Lauren daran, wie sie genau das Gleiche bei Kennedy getan hatte, und sie wandte den Blick ab. »Er wusste, dass er sterben würde. Er hat mir gesagt, wer ihn niedergestochen hat. Ich musste bei der Polizei eine Aussage darüber machen.«

Kristi machte große Augen. »Wahnsinn.«

»Nicht gerade das Wort, das ich benutzen würde.«

»Nein, aber hör zu. Du hast einen Mann sterben sehen, du hast seine letzten Worte einschließlich der Identität seines Mörders aufgeschrieben. Ich weiß, du glaubst, du hast dir diese harte Schale zugelegt und brauchst sie, um mit deiner Arbeit fertig zu werden, aber das hier ist etwas anderes, Lauren, wirklich. Abgesehen davon, dass es so bald nach der Attacke des Crack-Süchtigen gekommen ist, hast du es hier mit einem Mann in den letzten Momenten seines Lebens zu tun gehabt, er stand am Abgrund vor dem großen Unbekannten, und du warst die Einzige, die seine Hand gehalten und ihm in die Augen geschaut hat, während du gleichzeitig versucht hast, ihn zurückzuhalten oder ihm das Dahinscheiden zu erleichtern, wenn es denn sein sollte, und du hast seine letzte Botschaft an die Welt aufgeschrieben, und weißt du was? Was du getan hast, erlaubt ihm, die Hand aus dem Grab zu recken, auf seinen Mörder zu zeigen und sicherzustellen, dass der Gerechtigkeit Genüge getan wird.«

»Ich wollte ihn unbedingt retten.«

»Ich weiß.«

»Du verstehst nicht. Ich musste ihn retten. Ich musste es«, sagte Lauren. »Aber ich habe ihn nicht gerettet.«

»Du kannst nicht alle Leute retten«, sagte Kristi. »Im Universum ist alles vorbestimmt.«

»Das ist doch Blödsinn«, sagte Lauren. »Dieser Mann sollte noch leben.«

»Gewalt ist eine schreckliche Sache.«

»Du kapierst es nicht.«

Kristi strich ihr übers Haar. »Dann hilf mir, es zu kapieren.«

»Das kann ich nicht.«

»Vergiss nicht, ich habe dem Tod ebenfalls ins Auge geschaut«, sagte Kristi. »Bei diesem Autounfall …«

Lauren schloss die Augen. »Das ist nicht dasselbe, das weißt du genau.«

»Ich versuche nur klarzumachen, dass wir gemeinsame Erfahrungen haben, eine Basis, auf der wir reden können. Ich weiß, was du hinter dir hast.«

»Du hast nicht die leiseste Ahnung.«

Kristi sah sie einen Moment an. »Ich versuche dich nicht meinetwegen zum Reden zu bewegen, das weißt du, oder?«

»Ich weiß«, sagte Lauren. »Du tust es für meine Milz.« Sie wandte sich ab, als sie die Kränkung im Blick ihrer Schwester sah, und es tat ihr leid, dass sie überhaupt von der Messerstecherei erzählt hatte. »Hör zu, ich will einfach nur ins Bett.«

»Dann geh.« Kristi stand auf, knallte den Deckel auf den Taboulé-Behälter, steckte ihn in ihren Rucksack und brüllte dann nach oben: »Bist du fertig?«

»Ich will zu Hause bleiben!«, rief Felise zurück.

»Das haben wir doch schon besprochen«, sagte Kristi, »und wenn du nicht abmarschbereit mit deinem Zeug hier unten bist, ehe ich bis drei gezählt habe, darfst du die ganze restliche Woche nicht mit Tom spielen.«

Man hörte ein empörtes Seufzen, dann flog eine blonde, nackte Plastikpuppe mit fransigem Haar die Treppe herunter.

»Du weißt noch, was mit Spielzeug passiert, das geschmissen wird?« Kristi packte die Puppe und warf sie in den Mülleimer.

»Ich hab sie sowieso nicht gemocht!« Felise stampfte die Treppe herunter; die alte Bowls-Tasche voller Stifte, Papier, Puppen und Bücher, die sie immer zu Kristis Aufträgen mitnahm, schlug bei jedem Schritt hinter ihr auf die Stufen. Auf der letzten Stufe blieb sie stehen und rief: »Und ich hasse dich, Mummy!«

»Als wüsste ich das nicht schon.« Kristi drehte ihr den Rücken zu. »Sag Auf Wiedersehen zu Tante Lolly.«

Felise ging zu Lauren und drückte ihr einen Kuss auf die Wange, ihr spitzes kleines Gesicht war rot vor Zorn. Lauren nahm sie kurz in die Arme, ehe Felise nach draußen stürmte. Kristi folgte ihr, ohne sich noch einmal umzudrehen, und Lauren blieb am Tisch sitzen und hörte, wie der Schlüssel umgedreht und Kristis Wagen gestartet wurde. Schließlich raffte sie sich auf und schleppte sich zur Dusche.

Mit geröteter, juckender Haut und wundem Herz fiel Lauren ins Bett, als die Tablette eben zu wirken begann. Sie zog die Decke ans Kinn und betete, es möge ihr vergönnt sein, vor ihren Gedanken in den Schlaf zu fliehen.

Um zehn Uhr vormittags fragte Kuiper, ob sie nach Hause gehen wollten, aber sowohl Ella als auch Murray lehnten ab. Mit einer neuen Schicht Deo am Körper fuhren sie zu Kennedys Arbeitsstelle.

Das Depot des Quiksmart Kurierdienstes befand sich in einer geschäftigen Seitenstraße der Parramatta Road in Leichhardt. Im Vorraum des Büros saß eine Frau in den Fünfzigern hinter einem hohen Tresen. Ihre Augen waren rot, und sie saß über eine Tastatur gebeugt. Durch eine Glasscheibe in der Tür hinter ihr sah Ella fünf Leute mit Telefon-Headsets an Computern sitzen. Alle sprachen und schrieben.

Murray zeigte der Frau seinen Ausweis. »Wir möchten Daniel Peres sprechen.«

Sie wischte sich mit einem durchnässten Taschentuch über die Augen. »Ich rufe ihn.« Sie nahm den Hörer ab und sprach leise hinein. Ein paar Leute in dem geschlossenen Raum hinter ihr schauten in ihre Richtung. Ella erwiderte ihre Blicke. Zweifellos wussten sie, wer sie und Murray waren. Wenn am Morgen, nachdem einer deiner Kollegen ermordet wurde, zwei Leute im Anzug an deinem Arbeitsplatz auftauchen, gehört nicht viel Grips dazu, es sich zusammenzureimen. Schließlich wandten sie sich wieder ihren Bildschirmen zu, aber einer drehte außerdem seinen Stuhl ein wenig, als wollte er sein Gesicht verbergen. Ella kniff die Augen zusammen.

Die Frau stand auf und öffnete eine Tür auf der Seite des Büros. Eine Treppe führte nach oben. »Mr. Peres erwartet Sie.«

Daniel Peres' Büro hatte Glaswände und ging auf das Getriebe in dem riesigen Lagerhausbereich darunter hinaus. Sein Schreibtisch stand vor der gegenüberliegenden Wand. Als sie eintraten, kam er schwerfällig dahinter hervor, die Arme ausgestreckt, als würden sie ihn führen. »Guten Tag«, sagte er. »Ich bin Daniel Peres.«

Murray stellte sie beide vor.

Peres wies auf Sessel. Sie setzten sich, Ella schlug die Beine übereinander und legte die Hand auf die Lehne, in der Hoffnung, das Gewebe würde Peres' Schweiß aufnehmen.

»Haben Sie den Täter schon erwischt?«, fragte Peres.

»So etwas kann sehr lange dauern«, sagte Murray.

Peres nickte. »Und wie kann ich Ihnen helfen?«

»Wie lange hat James Kennedy hier gearbeitet?«, fragte Ella.

Peres berührte die Computermaus. »Ich habe es gerade nachgeschlagen. Er war sieben Jahre hier gewesen, drei davon hat er unter meinem Vorgänger gearbeitet.« Er lächelte nervös. »Er war ein guter Angestellter. Hat in der ganzen Zeit, die ich ihn kannte, kaum einmal einen Krankheitstag genommen.«

»Wie kam er mit dem übrigen Personal zurecht?«

»Gut, gut. Keine Probleme.«

»Kennedy war Fahrer, richtig?«, fragte Ella.

Ein leicht ruckartiges Nicken.

»Können Sie uns einen typischen Tagesablauf schildern?«

Peres sah auf den Monitor. »James hat Acht-Stunden-Schichten gearbeitet, er fing um neun Uhr morgens an und hörte um sechs Uhr abends auf, mit einer Stunde Mittagspause. Normalerweise kam er herein, bekam seinen Laufzettel und fuhr los. Wir haben eine Reihe Stammkunden, für die wir Waren transportieren, aber wenn im Lauf des Tages neue Kunden mit einer Anfrage anrufen, gehen sie per Funk an einen der Jungs raus, und das kommt dann noch zur üblichen Tour dazu.«

Murray schrieb in sein Notizbuch. »Sie haben Aufzeichnungen darüber, wohin jedes Fahrzeug fährt?«

»Ja, Lieferscheine, Fahrtenbuch und alles.«

»Fuhr Kennedy immer dasselbe Fahrzeug?«

»Ja. Das heißt, er fuhr immer einen Lieferwagen, keinen Lkw. Die Lieferwagen selbst wechselten.«

»Und wie kam er mit den Kunden zurecht? Gab es je Anzeichen für Konflikte?«

Peres schüttelte den Kopf. »Wie ich schon sagte, er war ein guter Angestellter. Er tat, was man von ihm verlangte, und gab nie Anlass zu Ärger.«

»Hat er manchmal später als 18.00 Uhr aufgehört?«

»Wir versuchen, Überstunden zu vermeiden. Wir haben ein paar Abendfahrer, und wir geben denen die späten Aufträge.«

»Waren Sie hier, als er am Dienstag aufhörte?«

»Nein, ich gehe für gewöhnlich um halb sechs.«

»Woher können Sie dann wissen, wann er aufgehört hat?«

Peres deutete auf den Computer. »Alle Angestellten loggen sich mit ihrem PIN-Code aus, wenn sie gehen, außerdem gibt es einen Wachmann, der sie hinauslässt.«

»Kann man das Ausloggen fälschen?«, sagte Murray. »Wenn ein anderer Angestellter den PIN-Code von jemand kennt, könnte er ihn an dessen Stelle eingeben, oder?«

»Ich denke schon«, sagte Peres. »Es ist allerdings gegen die Regeln. Und der Wachmann würde es auch bemerken.«

»Ist er jetzt hier?«

Peres schüttelte den Kopf. »Er fängt erst später an.«

»Okay, dann brauchen wir bitte seine Adresse«, sagte Ella. »Wir brauchen außerdem einen Ausdruck Ihrer Log-Datei und eine Kopie von Kennedys Personalakte. Und wir würden gern mit einigen der Beschäftigten sprechen.«

»Muss das sein? Wir haben sehr viel zu tun und …«

»Es muss sein«, sagte Murray. »Außerdem – was ist mit dem Unfall, den Kennedy vor drei Jahren hatte? Haben sich die überlebenden Angehörigen je hier gemeldet?«

»Die Familie der Frau?«, sagte Peres. »Nicht, dass ich wüsste.«

»Es hat keine Drohungen oder etwas in der Art gegeben?«

»Ich bin sicher, das Personal hätte mir Bescheid gesagt, wenn so etwas vorgefallen wäre. Aber ich kann mich vorsichtshalber umhören, wenn Sie möchten.«

»Was hat Kennedy während des Führerscheinentzugs getan?«

Peres gestikulierte in Richtung des Fensters, das auf die Lagerhalle hinausging. »Lagerarbeiten, Beifahrer in einem Lkw, wenn einer benötigt wurde, solche Dinge.«

»Sie hatten keine Bedenken, ihn anschließend wieder auf die Straße zu lassen?«

»Es war ein Unfall«, sagte Peres. »Wenn das Gericht damit einverstanden war, dass er wieder fuhr, war ich es auch.«

Sie folgten ihm nach unten. Er unterhielt sich kurz im Flüsterton mit der Frau am Empfangstisch, die anschließend an den Computer zurückging. Augenblicke später begann ein Drucker zu rattern. Ella sah durch die Glasscheibe in das hintere Zimmer hinaus. Der nervös wirkende junge Mann war nicht mehr da. Sie ging um den Schreibtisch herum und wollte die Tür öffnen.

Peres eilte zu ihr. »Wenn Sie mit diesen Leuten reden wollen«, sagte er, »wäre es vielleicht besser, wenn ich sie einzeln zu Ihnen bitte, statt alle auf einmal zu stören.«

Ella steckte den Kopf in den Raum, konnte den jungen Mann aber nirgendwo sehen. »Der Mann, der hier saß«, sagte sie und zeigte auf den Stuhl. »Wo ist er jetzt?«

Peres schaute ebenfalls in den Raum und dann auf seine Armbanduhr. »Ich weiß es nicht.« Er sah zu der Frau am Empfangstisch. »Haben Sie Benson gehen sehen?«

Sie schüttelte den Kopf. »Ich war gerade auf der Toilette. Er muss in dieser Zeit gegangen sein.«

Peres runzelte die Stirn und beugte sich an Ella vorbei in den Büroraum. »Tina?«

Eine müde aussehende Frau Mitte vierzig blickte von ihrer Tastatur auf.

»Wohin ist Benson gegangen?«

»Er sagte, er sei krank, und ist nach Hause gegangen.«

Peres seufzte, es klang gereizt, dann wandte er sich an Ella. »Sie sollen sich eigentlich zuerst bei mir melden.«

Ella warf Murray einen Blick zu. »Wir brauchen Bensons Adresse ebenfalls.«

8

Der nervöse junge Mann hieß Benson Drysdale und wohnte seinen Personalunterlagen zufolge in Lidcombe. Ella parkte längsseits des Gebäudes und stieg aus. Sie betrachtete die schäbigen Apartments mit der Wäsche auf den Balkonen. Murray kam um den Wagen herum, und sie gingen schweigend zu dem roten Ziegelbau.

Vor Drsydales Wohnung im dritten Stock lauschte Ella zuerst, dann klopften sie an die Tür. Man hörte kein Geräusch von innen, aber sie hatte das Gefühl, beobachtet zu werden. Sie blickte auf das Guckloch, ob sich das Licht änderte.

»Nicht zu Hause.« Murray wandte sich zum Gehen.

Ella starrte weiter auf das Guckloch. Sie klopfte erneut. Noch immer nichts. Murray begann, die Treppe hinunterzugehen, und nach einigem Zögern schob Ella ihre Karte unter der Tür hindurch und folgte ihm widerwillig.

Draußen sagte Murray: »Vielleicht war er wirklich krank.«

»Dann sollte er zu Hause sein und die Tür aufmachen.«

»Vielleicht ist er beim Arzt.«

Ella marschierte zum Wagen. Es gab einen Grund, warum Drysdale keinen Kontakt mit ihnen haben wollte. Wenn er so nervös war, dass er glaubte, von seinem Arbeitsplatz fliehen zu müssen, während sie dort waren, würde er einer etwas schärferen Befragung wahrscheinlich nicht standhalten. Vorausgesetzt, sie fanden ihn.

Sie rief Kuiper wieder an. »Drysdale ist immer noch unauffindbar.«

»Okay«, sagte er. »Hoskins hat in der Bäckerei nachgefragt. Kennedy ist gestern Abend nicht aufgetaucht. Alle dort sagen, er war ein anständiger Mensch, und sie können nicht fassen, dass ihn jemand töten wollte. Und Strong hat soeben mit dem Wachmann von Quiksmart gesprochen, der bestätigt, was der Computerausdruck auch zeigt: Kennedy ist gestern Abend tatsächlich um sechs gegangen. Der Wachmann wirkt solide. War mal einer von uns. Er sagte, Kennedy wirkte zerstreut und schien es eilig zu haben, als er ging.«

Ella fragte sich, was das wohl bedeuten mochte.

»Als Nächstes steht für Sie beide jedenfalls die Obduktion an«, sagte Kuiper. »Wenn ihr sofort losfahrt, seid ihr genau in Glebe, wenn sie anfangen.«

Der Gerichtsmediziner richtete Kennedys Kopf auf dem Edelstahltisch gerade, während Ella für ihn bestätigte, dass es sich tatsächlich um den Leichnam von James William Kennedy handelte, wie gestern Abend von seiner Tochter identifiziert. Murray stand mit verschränkten Armen neben ihr.

»Wurde keine Waffe gefunden?«, fragte der Gerichtsmediziner.

»Bisher nicht.« Ella konnte irgendwo ein Rad quietschen hören, was anzeigte, dass draußen im Korridor eine Bahre mit einer Leiche darauf vorbeigeschoben wurde.

Julie Connolly vom Kriminaltechnischen Dienst stand auf einer Kiste, um mit ihrer Kamera über Tischhöhe zu sein. Kennedy war nackt, da man ihn im Krankenhaus entkleidet hatte, ehe alle Versuche, ihn zu retten, gescheitert waren und er für tot erklärt wurde. Der Mediziner hielt ein Lineal an die dunkel umrandete Wunde auf Kennedys linker Brustseite, und Julie machte ein paar Aufnahmen, dann beugte sich der Pathologe mit einem Vergrößerungsglas über die Stelle.

»Die Ränder an beiden Enden der Wunde sind scharf, es handelt sich bei der Tatwaffe also wahrscheinlich um ein Messer mit doppelseitiger Klinge«, sagte er. »Man sieht auch eine leichte Quetschung um die Wunde herum, ein Hinweis darauf, dass das Heft des Messers an die Haut stieß.«

Murray löste die verschränkten Arme und schrieb ein paar Punkte in sein Notizbuch. Julie knipste wieder drauflos, sie machte ein paar Nahaufnahmen, dann schob der Gerichtsmediziner eine Sonde in die Wunde und maß die Tiefe. Schließlich griff er zu einem Skalpell. »Ich schneide die Wunde heraus und konserviere sie. Dann können wir vergleichen, wenn Sie eine Waffe finden.«

Er hob das Stück Fleisch mit einer Pinzette von Kennedys Brust und warf es in ein Glas Formalin.

Ella hörte das Rad wieder und blickte zur Tür. Sie konnte das Ende der Rollbahre sehen und die nackten Füße einer jungen Frau mit lackierten Zehennägeln.

Der Gerichtsmediziner durchtrennte Kennedys Rippen mit etwas, das wie eine Blechschere aussah, nur viel teurer. Kennedys Kopf wackelte jedes Mal ein wenig, wenn sich die Schneiden schlossen. Ella dachte wieder daran, was er zu der Sanitäterin gesagt hatte. Es war wirklich eine heroische Anstrengung gewesen. Er wusste sicher, dass die Information an die Polizei weitergeleitet wurde, und Ella empfand es als Glücksfall, diejenige zu sein, bei der sie ankam. Sie und Kennedy gehörten jetzt zu einem Team, und während der Mediziner dunkles Blut aus der Brusthöhle laufen ließ und die Flüssigkeit abmaß, gelobte sie lautlos, ihren Teil der Vereinbarung einzuhalten. Er hatte ihnen die entscheidende Information geliefert, dieses kleine Körnchen Gold, nach dem sie häufig so mühsam suchten, und von hier aus konnten sie alles wie ein Puzzle zusammensetzen. Diesen Thomas Werner aufspüren; herausfinden, warum er es getan hatte, und wie genau; beweisen, dass er dort oder wenigstens in der Nähe gewesen war; diesen Fall so wasserdicht machen, dass eine Verurteilung nur eine Frage der Zeit war.

»Fünfzehnhundert Milliliter«, sagte der Gerichtsmediziner.

»Ist das viel?«

Der Mediziner nickte. »Wenn man bedenkt, dass er bei Bewusstsein war und am Tatort noch gesprochen hat.« Er schob die behandschuhte Hand in die Brustöffnung. »Aha. Hier ist die Wunde in der Lungenschlagader. Ein halber Zentimeter Durchmesser. Er hatte Glück, dass er nicht binnen weniger Minuten tot war.« Er trat zur Seite, damit Julie filmen konnte.

Glück war nicht ganz das Wort, das Ella benutzt hätte.

Draußen im Flur quietschte die Bahre wieder.

Zurück in Parramatta versammelten sich die Detectives um vier Uhr nachmittags im Besprechungsraum der Mordkommission. Kuiper kam zu spät. Der Raum war stickig und roch nach Kaffeeatem. Ella taten der Rücken und die Beine weh, und ihre Augen brannten vor Schlafmangel. Sie saß mit verschränkten Armen da und tippte mit einem Fuß an das Schreibtischbein. Neben ihr schleckte Murray jedes Mal an seinem Daumen, wenn er eine Seite der Zeitung umblätterte.

»Könntest du damit aufhören?«, entfuhr es ihr schließlich.

Er blickte auf. »Womit?« Seine Unterlippe und der Daumen waren dunkel gefärbt von der Druckerschwärze.

»Vergiss es«, sagte sie und schaute weg.

Ihre Müdigkeit machte sie auch mutlos. Sie waren noch am Anfang, sie wusste es – ganz am Anfang –, aber schon hatte sie das Gefühl, als würde der goldene Topf, der ihnen scheinbar in den Schoß gefallen war, seinen Glanz verlieren. Eigentlich sollte sie Werner inzwischen hinter Schloss und Riegel haben, und Kuiper würde sie zu einer Besprechung mit Detective Inspector Bill Radtke, dem Oberhäuptling der Mordkommission, bitten und ihr mitteilen, dass sie auf Dauer in der Truppe blieb. Vorübergehend abkommandiert zu sein war, als würde man am Rand einer Klippe stehen. Man wusste nie, wann die Erde nachgeben und einen zurück ins finstere Tal eines langweiligen Vorstadtreviers stürzen ließ.

Sie merkte, dass sie ein angewidertes Gesicht machte, und riss sich zusammen, ehe Kuiper in den Raum stürzte.

»Tut mir leid, Leute«, sagte er. »Fangen wir an.«

Ella schlug ihr Notizbuch auf und schrieb mit, während andere Detectives berichteten, was sie herausgefunden hatten. Die fünf Thomas Werners, die in den Computern von Polizei und Zulassungsstelle sowie im Telefonbuch verzeichnet waren, waren überprüft und für unbedenklich erklärt worden. Das Wählerverzeichnis hatte einen weiteren

Mann dieses Namens im Großraum Sydney zutage gefördert, aber er war neunundsiebzig und konnte kaum mehr gehen. Der nächste Schritt war, in den anderen Bundesstaaten nachzufragen.

»Kennedys Motorrad wurde unbeschädigt gefunden, es war am Straßenrand beim Steyne Park, unten an der Double Bay geparkt«, berichtete Detective Graeme Strong. »Es ergibt keinen Sinn, dass er es dort abgestellt haben und dann den ganzen Weg bis zur New South Head Road um sein Brot gelatscht sein soll. Wir wissen, dass er um 18.00 Uhr von der Arbeit in Leichhardt aufbrach und um Viertel vor acht in der Nähe der Bäckerei erstochen wurde. Den größten Teil der Zeit dazwischen war es noch hell, auch wenn es langsam dämmerte, deshalb kann es durchaus sein, dass Leute, die draußen im Park den Abend genossen haben, ihn kommen sahen.«

Kuiper nickte. »Wir starten eine Befragung, um herauszufinden, wann er dort eintraf, was er getan hat, ob er mit jemandem zusammen war. Kanowski?«

Detective Rebecca Kanowski, die für die Opferbetreuung in diesem Fall eingeteilt war, beugte sich vor. »Ich habe heute viel Zeit mit Mrs. Kennedy verbracht. Wir sprachen über den Unfall mit den Harveys, aber sie bleibt hartnäckig dabei, dass sie zu keinem Zeitpunkt Drohanrufe oder etwas in dieser Art erhielten. Wir haben über Kennedys letzte Worte gesprochen, sie sagt, es ist hauptsächlich Poesie aus der Zeit ihrer ersten Verliebtheit und also eine Liebesbotschaft, aber sie behauptet weiter, keine Ahnung zu haben, wer Thomas Werner ist, oder wer einen Grund gehabt haben könnte, ihren Mann anzugreifen.«

»Haben Sie alle seine Unterlagen durchforstet, Bankauszüge und so weiter?«

Rebecca verzog das Gesicht. »Ich lasse es langsam angehen mit ihr. Sie ist sehr nervös. Ich habe vorgeschlagen, dass sie sich von einem Arzt Beruhigungsmittel verschreiben lässt, und sogar kurz mit der Tochter gesprochen, ob sie schon einmal psychiatrisch behandelt wurde, aber sie sagt, es ist nur der Schmerz, ihre Mutter würde einfach Zeit brauchen und uns dann alles sagen, was wir wissen müssen.«

»Sie weiß, dass es zur Aufklärung des Falles beitragen könnte?«

»Sie weiß es«, sagte Rebecca. »Aber wie gesagt, sie ist sehr …« Sie schwenkte die Hand hin und her. »Ich will sie nicht unter Druck setzen, solange sie so zerbrechlich ist.«

»Wir brauchen diese Informationen.«

Rebecca nickte. »Ich fahre später wieder zu ihr.«

Kuiper blickte in die Runde. »Ich habe vorhin mit Polizeichef Eagers gesprochen, über diesen Fall und außerdem über Steven Spears.«

Jemand stöhnte. »Der *Family Man.*«

»Sie haben zweifellos alle seine neuesten Tiraden gehört«, sagte Kuiper. »Es musste ja kommen, da er nur wenige Straßen vom Tatort entfernt wohnt. Trotz seiner gegenteiligen Andeutungen steigt die Kriminalitätsrate nicht um zehn Prozent pro Jahr an, und Kennedy wurde – nach unserem bisherigen Kenntnisstand – nicht das Opfer unkontrollierter Straßengewalt. Wir haben in einige Richtungen zu ermitteln, also lassen Sie uns mit dem Fall weitermachen und die ganze heiße Luft ignorieren.«

Ella unterdrückte ein Gähnen.

»Okay«, sagte Kuiper. »Ich weiß, einige von Ihnen sind schon viele Stunden auf Schicht, und andere sind noch frisch. Bevor wir die Aufgaben für den Abend einteilen, möchte ich diejenigen, die gestern angefangen haben, fragen – wer will nach Hause? Hände hoch!«

Ella tat die Schulter weh, so schnell schoss ihre Hand in die Höhe.

Als Kristi und Felise nach Hause kamen, saß Lauren in der Badewanne und versuchte, ihre Kopfschmerzen und das wattige Gefühl von dem Beruhigungsmittel loszuwerden, ehe sie sich für die Nachtschicht fertig machte. Kristi klopfte und sah zur Tür herein. Lauren zog den Waschlappen von ihrem Gesicht. »Hallo.«

»Alles okay?«

Lauren nickte und lächelte. »Und bei dir?«

Kristi lächelte ebenfalls und zog die Tür sanft zu.

Lauren sank tiefer ins Wasser und wünschte, sie wäre tatsächlich in Ordnung. Die Muskeln in ihren Schultern waren harte Knoten. Sie schloss die Augen und spürte, wie sich die Wärme des Wassers mit dem Brodeln in ihr verband.

Das Telefon läutete. Sie hörte, wie sich Felise mit ihrer hohen, klaren Stimme meldete, dann klopfte es an der Tür. Felise kam mit dem schnurlosen Telefon in der Hand herein. »Es ist für dich.«

»Wer ist es?«

Felise hielt den Hörer ans Ohr. »Wer ist da, bitte?« Sie lauschte und sagte dann zu Lauren: »Er ist dein Freund.«

Wahrscheinlich Joe. Lauren stieg aus der Badewanne und wickelte sich in ein Handtuch, dann nahm sie den Hörer. »Du rufst hoffentlich nicht an, um dich für heute Nacht krankzumelden.«

»Ist die Kleine die, wofür ich sie halte?«, sagte die männliche Stimme mit dem ausländischen Akzent.

Thomas.

»Sie klingt nett. Ich sollte sie kennenlernen.«

Lauren sank auf den Rand der Badewanne. Felise hüpfte vor dem Waschbecken auf und ab und versuchte, ihr Gesicht im Spiegel zu sehen, dann kam Kristi hereingewuselt und steckte die Hand ins Badewasser.

»Bist du fertig?«, sagte sie.

Lauren schaffte es zu nicken. Woher wusste er, wo sie wohnten?

»Hat keinen Sinn, es zu vergeuden.« Kristi drehte sich zu Felise um. »Ab in die Wanne, Fräulein.«

Felise murrte, begann aber, ihr Kleid aufzuknöpfen.

»Was tut sie jetzt?«, sagte Thomas.

»Nichts.« Lauren wandte sich ab, als könnte er durch das Telefon ins Zimmer sehen. Wenn sich ihre Beine kräftiger anfühlten, würde sie aufstehen und nach draußen gehen. Sie sollte eigentlich auf der Stelle auflegen, aber sie war wie gelähmt.

»Ich sollte sie wirklich kennenlernen«, wiederholte Thomas.

»Ach ja, glaubst du?« Laurens Nackenhaare stellten sich auf.

Kristi sah sie an.

»Ja«, sagte Thomas. »Und ich werde sie kennenlernen, wenn du nicht genau tust, was ich dir sage.«

Alles in Ordnung?, formte Kristi mit den Lippen.

Lauren deckte das Mundstück mit der schweißnassen Hand ab. »Es geht nur um die Arbeit.«

»Du solltest lieber die Detectives anrufen, die den Fall bearbeiten, und erklären, dass du dich geirrt hast«, sagte Thomas.

»Ich weiß nicht, ob sich das machen lässt.« Kristi schielte wieder zu ihr. »Wegen meines Dienstplans, meine ich«, fügte Lauren an.

»Du hast vierundzwanzig Stunden.«

»Aber …«

»Das ist ein ziemlich altes Haus, in dem ihr da wohnt«, sagte Thomas. »Man muss vorsichtig sein mit so alten Häusern.«

Sie saß wie erstarrt.

»Da können schlimme Dinge passieren.«

Hör dir das nicht an. Leg auf! Leg auf! Aber sie war unfähig sich zu rühren.

»Stell dir vor, wie du nach einer Nachtschicht nach Hause

kommst, und als Erstes riechst du den Rauch, dann siehst du die Feuerwehrfahrzeuge, und wenn du näher kommst, drehen sich die Polizisten mit ernster Miene zu dir um, und du weißt auch ohne, dass sie etwas sagen …«

Lauren schaltete das Gerät ab. Kristi kniete vor der Wanne und seifte Felises schmalen Rücken ein. Lauren nahm die Abdeckung von dem schnurlosen Telefon und riss die Batterie heraus.

»Wieso rufen sie dich an?« Kristi klatschte den Waschlappen ins Wasser. »Freizeit ist Freizeit. In der sollten sie dich in Ruhe lassen.«

»Au«, sagte Felise. »Du ziehst an meinen Haaren.«

»Entschuldigung, Schätzchen.« Mit einer Hand hielt Kristi Felises widerspenstiges blondes Haar hoch, mit der anderen drückte sie den Waschlappen in ihren Nacken. »Besser so?«

Felise kicherte. Lauren klemmte ihre Hände und das tote Telefon zwischen die Knie.

Thomas weiß alles.

Lauren war wie benommen, als sie sich anzog.

Thomas weiß alles!

Aber wie konnte das sein?

Sie knöpfte ihre Uniformbluse zu, dann sah sie in den Spiegel, als sie die Schulterklappen festmachte. Sie sah gehetzt aus. Sie *fühlte* sich gehetzt.

Wie zum Teufel konnte er Bescheid wissen?

Sie setzte sich auf ihr Bett und überlegte, was sie tun sollte. Es war Kristis größte Furcht, Thomas könnte eines Tages auftauchen und ein Teil von Felises Leben werden wollen, deshalb würde sie allein bei der Erwähnung, dass er im Lande war, ausrasten. Ihr dann auch noch zu sagen, dass er sich gemeldet und Drohungen ausgesprochen hatte, war unvorstellbar. Aber sie unschuldig und ahnungslos hierzulassen – beschwor das eine Katastrophe nicht förmlich herauf?

Sie sah auf die Uhr. Es war nach fünf, und sie würde bald aufbrechen müssen, wenn sie bis sechs in der Arbeit sein wollte. Sie musste hingehen, daran führte kein Weg vorbei. Sie musste mit Joe reden. Sie würde sich alles von der Seele reden – nun ja, vielleicht nicht alles, vielleicht würde sie die Sache mit Blake für sich behalten. Aber allein wenn sie alles andere mit ihm besprechen konnte, würde sie klarer im Kopf werden. Joe war ein wunderbarer Zuhörer, und Gespräche mit ihm konnten einem neue Wege aufzeigen.

Kristi und Felise würde nichts geschehen. Thomas hatte ihr vierundzwanzig Stunden Zeit gegeben. Er würde ihnen heute Abend nichts antun, oder?

Sie zitterte, und plötzlich wurde ihr übel.

Wieso um alles in der Welt solltest du ihm glauben?

Sal Rios konnte nicht glauben, was er eben gehört hatte.

Thomas lehnte sich im Beifahrersitz zurück, als wären sie auf einer sonntäglichen Spazierfahrt, als hätte er nicht gerade damit gedroht, ein Haus mit seiner Tochter darin niederzubrennen.

»Hier«, sagte Thomas.

Sal schaute in den Rückspiegel, er konnte wegen der tief stehenden Nachmittagssonne kaum etwas erkennen. »Es kommen noch Autos.«

»Es werden immer Autos kommen. Halt einfach an.«

»Es ist zu flach.« Auf der anderen Straßenseite glitzerte das Wasser der Botany Bay hinter einem schmalen Streifen Strand. »Irgendein Kind wird es finden und abliefern.«

»Dann fahr zu einer Klippe.«

»An einem schönen Abend wie diesem gehen die Leute draußen spazieren. Man wird uns sehen.« Und was könnte verdächtiger sein als ein Mann, der ein Handy von einer Klippe ins Meer wirft?

»Scheiß auf die Leute«, sagte Thomas.

Das war schon die ganze Zeit seine Einstellung gewesen – gegenüber dem Paar, das aufgehört hatte, sich zu küssen, und ihm zusah, wie er bei Vaucluse vom Meer heraufgestiegen und seine Taucherausrüstung in den Kofferraum geworfen hatte, ehe er in den Wagen stieg, gegenüber den Leuten, die er mit seinen Blicken vertrieben hatte, als sie die Wohnung leer räumten, und jetzt eben am Telefon gegenüber Kristis Schwester. Sal war übel. Er verstand nicht, wie Thomas das alles tun konnte und warum er nicht sah, welche Risiken es heraufbeschwor.

Aber nach der Sache mit Blake konnte er eigentlich nicht behaupten, dass es ihn noch überraschen würde. Er hatte Blake nur eine Lektion erteilen wollen, in der Gewissheit, dass Blake es nicht der Polizei erzählen konnte, da der Grund, warum er in die Gasse gegangen war, einen Bruch seiner Bewähnungsauflagen darstellte. Aber Thomas war völlig durchgedreht, und dann waren diese anderen beiden – miteinander beschäftigt – hereinspaziert, und obwohl Sal bezweifelte, dass sie der Polizei etwas sagen würden, hatte ihre Flucht die Sanitäterin auf den Plan gerufen, Kristis Schwester. War das nicht ein unglaubliches Pech?

»Hier«, sagte Thomas wieder.

»Lass mich das machen«, sagte Sal. »Bitte. Ich zerlege es in seine Einzelteile, die zertrümmere ich dann und verteile sie auf ein paar Mülltonnen.«

»Du traust mir nicht, was?«

»Doch, doch, das ist es nicht.« Sal hasste seine neue Nervosität. Er spannte die Muskeln an. »Aber du hast genug zu tun, das ist alles.«

Thomas zuckte mit den Achseln und warf das Handy in Sals Schoß. »Aber mach es richtig.«

Du musst gerade reden.

Als Sal gehört hatte, dass Kennedy der Sanitäterin vor seinem Tod noch erzählen konnte, Thomas habe ihn niedergestochen, da wusste er, dass alles um ihn herum im Begriff war zusammenzubrechen. Die Gefahr war nur zu bannen, wenn Thomas das Land verließ. Aber tat er es? Nein.

Sal bezweifelte ernsthaft, dass die Polizei auf die Sanitäterin hören würde, selbst wenn sie genau das tat, was Thomas ihr sagte. *Die Geschichte konnte sich ewig hinziehen.*

Beim Klang einer Sirene schien das Blut in seinen Adern zu gefrieren. Das würde gerade noch fehlen, dass er jetzt angehalten wurde, nur ein paar Minuten von der Fabrik entfernt, mit allen Sachen im Kofferraum. Aber ein Feuerwehrauto raste in die Gegenrichtung vorbei, und Sal bog in das Industriegebiet ab.

Die meisten Firmen waren geschlossen. Er fuhr langsam und hielt nach dem Schild Ausschau. *Preston's Plastics.* Da war es, gegenüber einem Autospengler, neben einem Schweißer. Das Tor war offen. Sal steuerte langsam auf den betonierten Hof.

»Wie heißt der Typ gleich wieder?«, fragte Thomas.

»Colin Preston. Seine Söhne Gary und Grant arbeiten ebenfalls hier.«

Sal sah sich um, bemerkte aber niemanden, der sie beobachtete. Preston war ein Freund seines verstorbenen Onkels Paulo, und Sal hatte ihn nie kennengelernt. Das Ganze war von Julio arrangiert worden. *Julio würde mich nie in eine Falle laufen lassen.* Aber Julio lag im Sterben, und wer wusste, ob in seinem Kopf noch alles richtig funktionierte?

Ein älterer Mann erschien im Eingang und erschreckte ihn. Preston, nahm er an.

»Ich fahre das Rolltor hoch, dann könnt ihr den Wagen hereinbringen«, sagte Preston.

Sal nickte. Gute Idee. Auch wenn niemand zu sehen war, war es sicher nicht sehr schlau, die Bestandteile eines Drogenlabors der Reihe nach aus dem Kofferraum zu holen und in die Fabrik zu schleppen.

Im Zug setzte sich Lauren ans Ende des Waggons, neben das Abteil des Wachmanns, und verkroch sich in die schlichte Jacke, die sie über ihrer Uniform trug. Ein Mann im grauen Anzug schüttelte im Sitz gegenüber eine Zeitung aus, und Züge, die in die Gegenrichtung fuhren, rauschten am Fenster hinter ihm vorbei, aber alles, was sie sah, war Kennedys blasses Gesicht.

Thomas hatte es getan. Er hatte Kennedy getötet.

Thomas hatte Kennedy töten können, weil sie ihn wegen Blake nicht angezeigt hatte. Und jetzt bedrohte Thomas sie und hatte ihr befohlen, Ella und dem anderen Detective zu erzählen, sie habe sich getäuscht. Es war aus vielerlei Gründen eine unmögliche Aufgabe. Zum einen hatte sie Kennedys Worte niedergeschrieben, sie hatte eine Aussage gemacht, bestätigt, dass sie korrekt war, und das Ganze unterschrieben. Zum andern hatte Joe ebenfalls gehört, wie Kennedy den Namen Thomas Werner herausgeschrien hatte, und dann seine eigene Aussage darüber abgegeben. Wenn sie jetzt versuchte, den Detectives eine Lüge anzudrehen, würden die sich nur fragen, was hier eigentlich los war, und sie genauer unter die Lupe nehmen.

Aber was blieb ihr anderes übrig? Wenn sie an Thomas' Worte dachte, wurde ihr schlecht. Seine eigene Exfreundin, sein eigenes Kind! Sie dachte an das alte Haus, an das Licht der nackten Glühbirne, das sich in Felises Haar spiegelte, wenn sie einem Kreis von Puppen im Dachboden Geschichten erzählte. Über der Dachlinie wurde der Himmel langsam dunkel. Die Tauben ruhten im oberen Teil des abgesperrten Kamins, und Kristi tanzte in der Küche unten zu Hits aus den Achtzigern, bis zu den Ellenbogen voller Kartoffelbrei. Im Erdgeschoss war es still und düster. Die Fenster waren nicht vergittert. Lauren schauderte. Es war leicht hineinzukommen. Kinderleicht.

Und woher wusste er Bescheid? Wie konnte er wissen, dass Kennedy ihr seinen Namen gesagt, und dass sie ihn an die Polizei weitergegeben hatte? Niemand wusste davon, außer ihr, Joe und der Polizei selbst. Und das bedeutete? Dass er Leute bei der Polizei kannte?

Vielleicht hatte er in jener Nacht in der Gasse mit Blake doch keinen Quatsch erzählt, als er mit seinen Kontakten prahlte.

9

Ella legte sich seufzend zurück. Vor dem Duschen hatte sie ein tiefgefrorenes Hähnchenragout, das ihre Mutter ihr immer in Einzelportionen abpackte, weil die arme Ella schließlich etwas essen musste, zum Auftauen in die Mikrowelle gestellt, dann hatte sie auf Erhitzen geschaltet, während sie das Bett frisch bezog – gab es etwas Besseres als ein frisch bezogenes Bett, wenn man so richtig müde war? –, und ihr Mahl schließlich in die Kissen gestützt in sich hineingeschaufelt.

Jetzt zog sie die Decke bis ans Kinn, und die Dämpfe der schmerzlindernden Salbe, die sie sich auf die Schultern gerieben hatte, erfüllten den Raum. Die letzten Sonnenstrahlen erleuchteten den Himmel. Durch halb geschlossene Lider beobachtete sie, wie sich die Schatten der Palmen aus dem Nachbargarten an der Decke bewegten. Der Schmerz in ihren Beinen und im Rücken ließ nach. Es war wunderbar, so dazuliegen und …

Sie döste eben ein, als das Telefon läutete.

Sie musste rangehen: Es konnte einen Durchbruch in ihrem Fall gegeben haben.

»Ja?«

»Ella, *carina*, wie geht es dir?«

»Hallo, Dad. Alles in Ordnung?«

»Ich habe gerade mit deiner Mutter gesprochen«, sagte

er. »Sie sagte, sie hat dich nicht gesehen, aber sie dachte, du würdest sie besuchen.«

»Ich sagte, es hängt von der Arbeit ab.«

»Sie macht sich Sorgen«, sagte ihr Vater. »Denkst du, du kannst sie anrufen?«

»Ich war die ganze Nacht und den ganzen Tag auf.«

»Fünf Minuten, mehr verlangt sie nicht.«

Es würde nicht bei fünf Minuten bleiben, wenn ihre Mutter erst loslegte. »Okay.«

»Danke. Ciao, *bella*.«

Sie musste erst die Nummer des Krankenhauses im Telefonbuch nachschlagen. Dort stellten sie sie zum Zimmer ihrer Mutter durch.

»Hi, Mum.«

»Ella! Geht es dir gut?«

»Eigentlich bin ich sehr erschöpft«, sagte sie, den Hörer zwischen Kissen und Ohr geklemmt. »Ich war seit gestern Morgen auf den Beinen.«

»Sie sollten dich nicht so hart hernehmen.«

»Es war meine Entscheidung zu bleiben. Es ist ein großer Fall«, sagte Ella. »Was macht deine Infektion?«

»Besser, schon ganz verschwunden.«

Ja, klar.

»Hast du wegen Urlaub gefragt?«

»Das geht nicht, bei so einem Fall.«

»Sie werden doch wohl nicht alle Leute dafür brauchen, oder?«

Ella gähnte mächtig. Sie spürte, wie der Schlaf sie wieder überkam. »Es tut mir wirklich leid, Mum, aber ich muss Schluss machen.«

»Wenn du musst.«

»Es tut mir leid. Wir sprechen morgen wieder.«

Sie ließ das Telefon auf den Boden fallen und kroch tiefer unter die Decke. *Endlich ein großer Fall, ich habe meinen großen Fall …*

Joe saß bei laufendem Motor im Rettungswagen, als Lauren ein paar Minuten vor sechs eintraf. Sie sprang hinein und schlug die Tür zu, und Joe fuhr schnell aus der Station. »Wir helfen der Tagschicht bei einem Brandfall in Darlo. Alle anderen sind im Einsatz.« Er donnerte die George Street hinunter. »Wenn es so weitergeht, wird das eine beschissene Nacht heute.«

Lauren versuchte, einen klaren Kopf zu bekommen. Sie würde nicht mit Joe reden können, ehe der Einsatz beendet war. »Ist es schlimm?«

Joe nickte. »Versuchter Selbstmord.« Er bremste scharf, als ein Fußgänger vor ihnen über die Straße rannte. »Der Typ hat sich mit Benzin übergossen und angezündet. Er ist in einem Penthouse im achten Stock, und der Aufzug ist hin.«

Lauren holte tief Luft. Der Einsatz würde mindestens eine Stunde dauern. Dann mussten sie vielleicht in die Rettungsstation zurück, um zu duschen und sich umzuziehen. Bei schlimmen Brandverletzungen roch man hinterher wie gebratenes Fleisch, und es war kein angenehmer Geruch.

Wir werden also eine Weile nicht zum Reden kommen. Denk erst mal nicht an die Sache, kau nicht drauf herum.

Als wäre das nur im Entferntesten möglich.

»Hast du Handschuhe?«, fragte sie.

Joe nickte.

Lauren holte für sich selbst ein Paar hervor und zog sie an, während Joe in die Straße einbog. Der Verkehr staute sich, da sich die Autos an den Einsatzfahrzeugen von Feuerwehr, Polizei und Rettungsdienst vorbeiquetschen mussten. Joe hielt hinter ihnen an. Lauren griff nach dem Funkgerät. »Vierunddreißig ist vor Ort.«

»Danke, Vierunddreißig«, kam es aus der Zentrale.

Es knisterte im Funkgerät. »Achtunddreißig an Zentrale, habe ich die Erlaubnis, direkt mit Vierunddreißig zu sprechen?«

»Nur zu, Achtunddreißig.«

»Achtunddreißig an Vierunddreißig, baut die Rolltrage in der Eingangshalle auf, dann bringt das Tragetuch, saubere Laken und eine Decke nach oben, danke.«

»Vierunddreißig hat verstanden«, sagte Lauren.

»Jacob hört sich glücklich an«, bemerkte Joe.

»Seine erste große Verbrennung.« Lauren nahm das zusammengerollte Plastiktragetuch und die Laken, die ihr Joe aus dem Fahrzeug reichte. Er sprang aus der Hecktür und zog die Trage heraus; Passanten beobachteten, wie er sie über den Bordstein in die Eingangshalle des Gebäudes steuerte, wo ein Mann mittleren Alters in gebügelter Jeans und einem weißen Hemd seine Post auf den Boden fallen ließ, und ein Ende der Trage ergriff, um zu helfen.

»Recht so, mein Freund«, sagte Joe. »Wo ist die Treppe, die wir herunterkommen werden?«

»Dort.« Der Mann zeigte auf eine schwere graue Tür. Joe ließ die Trage auf halbe Höhe hinunter und stellte sie so auf, dass sie den Patienten im Tragetuch mit den Füßen voran darauflegen konnten, wenn sie durch die Tür kamen.

»Haben Sie kurz Zeit?«, sagte Joe zu dem Mann. »Ich habe eine wichtige Aufgabe für Sie. Bleiben Sie hier, und bewachen Sie das Ding, und passen Sie auf, dass es niemand bewegt, okay?«

Der Mann nickte ernst.

»Danke, mein Freund«, sagte Joe und folgte Lauren zu der grauen Tür. »Wir wissen es zu schätzen.«

Ihre Schritte hallten im Treppenhaus. Die Luft war kühl und roch nach Farbe und Zement. Als sie den achten Stock erreichten, schnauften sie beide heftig. Lauren zog die Tür auf, und der Geruch verbrannten Fleisches schlug ihr entgegen. Sie schnitt eine Grimasse in Richtung Joe.

Die Tür zum Penthouse wurde durch einen Stuhl offen gehalten. Wände und Decken des einst in Weiß und Gold gehaltenen Wohnzimmers waren voller Rußflecken, der

Teppich war verkohlt und die weißen Ledersofas halb verbrannt. Alles triefte von der Sprinkleranlage. In der Mitte des Raums bemühten sich die beiden Sanitäter Jacob Milne und Renee Webb sowie zwei Feuerwehrleute, einen um sich schlagenden, verkohlten Mann zu bändigen.

»Asst ich!«, schrie er.

»Ruhig, mein Freund«, sagte Jacob. »Lassen Sie mich Ihnen ein wenig Morphium geben, dann geht es Ihnen viel besser.«

»Asst ich einach!«

Lauren bekam den rechten Arm des Mannes zu fassen. Die Hitze des Feuers, die noch in seinem Körper war, drang durch ihre Handschuhe. Es war, als hielte sie etwas, das frisch aus dem Ofen kam, nur dass es lebte. Sie konnte den Druck in dem aufgeschwollenen Gewebe spüren. Seine Haut war verkohlt, an manchen Stellen weiß, und er war nackt bis auf einen verschmorten Ledergürtel und einen Lederschuh am linken Fuß. Seine ganze Kleidung und die Haare waren vom Körper gebrannt worden. Er hatte keine Augenlider mehr, die Ränder seiner Ohren waren versengt und die Lippen verschrumpelt und verkohlt. Er stank nach verschmortem Fleisch und Benzin.

Sein rechter Fuß war nackt und unbeschädigt, Schuh und Socke hatte jemand zur Seite geworfen. Eine Aderpresse war noch am linken Knöchel befestigt, und ein offenes Päckchen Kanülen lag in der Nähe. »Ich hatte fast einen Zugang, da fing er an, sich zu wehren«, keuchte Jacob.

»Die Sauerstoffmaske hat er sich auch heruntergerissen«, sagte Renee.

»Legen wir ihm erst den Zugang«, sagte Lauren. »Vielleicht beruhigt er sich, wenn er ein wenig Morphium intus hat.«

Joe veränderte seine Position, um dabei zu helfen, das Bein festzuhalten, während Jacob die Aderpresse festzog und eine Vene auf dem Fußrücken des Mannes ertastete.

»Wissen wir, wie er heißt?«

Renee schüttelte den Kopf. »Er will es nicht sagen.«

»Ich bin drin«, sagte Jacob. »Wir geben ihm fünf Einheiten Morphium.«

In weniger als einer Minute spürte Lauren, wie sich der Mann beruhigte. Verbrennungen, die so tief gingen, dass die Haut verkohlt oder weiß war, töteten die Nervenzellen ab, deshalb spürte er wohl nur Schmerz von den flacheren Verbrennungen um seine Knöchel und wahrscheinlich auch in der Luftröhre. Aber das Trauma des Ereignisses und dazu der Geisteszustand, der ihn überhaupt dazu gebracht hatte, so etwas zu tun, bereiteten ihm sicher große Qualen. Auch dagegen half Morphium.

Lauren beugte sich über ihn. »Wie heißen Sie?«

Er wandte ihr den Kopf zu. Er bot einen gespenstischen Anblick mit seinen lidlosen Augen. »Andony.« Der Schaden an seinen Lippen machte seine Worte schwer verständlich.

Sie lächelte ihn an. »Wir helfen Ihnen, damit Sie sich besser fühlen, Anthony.«

»Erde ich ster'n?«

»Verzeihung, können Sie das wiederholen?«

»Erde. Ich. Ster'n.«

»Ob Sie sterben werden?«

Er nickte.

Lauren wusste nicht, was sie sagen und wohin sie blicken sollte. Niemand konnte mit solchen Brandverletzungen überleben.

»On gut«, sagte er. »Ich ill ster'n.«

Lauren drückte seinen Fuß, die einzige Stelle, wo er ihre Berührung spüren würde. »Ich bin Lauren, das sind Jacob, Renee und Joe. Wir machen hier noch ein paar Dinge, dann bringen wir Sie ins Krankenhaus.« Sie griff nach der Sauerstoffmaske, die auf dem Boden lag. »Ich muss Ihnen die aufsetzen, okay? Neigen Sie den Kopf ein wenig vor, so ist es gut.« Sie schob das Gummiband über seinen verbrannten

Schädel und setzte ihm die Maske sanft aufs Gesicht. »So, das hätten wir.«

Renee faltete das Tragetuch auseinander, dann ging sie mit dem Laken ins Badezimmer, um es gründlich mit sauberem Wasser zu befeuchten. Joe schloss einen Beutel Hartmann-Lösung an Anthonys rechten Fuß an, und Jacob legte eine Kanüle für weitere Flüssigkeit in den linken.

»Wie alt sind Sie, Anthony?«, fragte Lauren.

»Einunirzig.«

»Einundvierzig?«

»Ja.«

»Sie wollten sich selbst töten, richtig?«

»Ja«, sagte er. »Enzin.«

»Mit Benzin, ja, das rieche ich. Können Sie mir sagen, warum Sie das getan haben?«

Er stieß einen hohen Klagelaut aus. »Eine Hrau.«

»Eine Frau?«

»Ehe'rau.«

»Ihre Ehefrau?«

Er nickte. »Sie ist gestor'n. Kre's.«

»Krebs?«, sagte Lauren.

Er nickte wieder.

»Sie ist an Krebs gestorben.«

Er stieß wieder diesen hohen Laut aus. Lauren begriff, dass er weinte. Er hatte keine Tränenkanäle mehr, seine Atemwege waren beschädigt, und so klang sein Weinen nun. Er streckte ihr eine verbrannte Klauenhand entgegen, und sie nahm sie sanft. Er mochte den Körperkontakt nicht mehr spüren, aber er brauchte ihn trotzdem.

»Eine Hrau.«

Die Ärztin im St. Vincent's Hospital kannte ihn. »Er war letzte Woche mit einer Tablettenüberdosis hier«, sagte sie vor dem Wiederbelebungsraum zu Lauren. »Wir haben ihm den Magen ausgepumpt und für nächste Woche einen Termin in einer Beratungsstelle für ihn vereinbart, der früheste, den wir bekommen konnten. Seine Frau ist vor drei Monaten hier bei uns an einem inoperablen Gehirntumor gestorben. Hübsche junge Frau, die Diagnose lag erst vier Monate zurück. Ich hatte Dienst, als sie mit schweren Kopfschmerzen kam.« Sie schüttelte den Kopf. »Computertomografie, hier ist Ihr Todesurteil.«

Lauren nickte. Sie brauchte nicht zu fragen, was nun mit dem Mann geschehen würde. Man würde ihn stabilisieren, ihm weitere Infusionen und Morphium geben und seine Familie verständigen. Dann würde man ihn in ein Einzelzimmer legen, die Morphiumdosis hochhalten, damit er nicht litt, und ihn sterben lassen.

»Sehr traurig«, sagte die Ärztin. Ihr Piepser ging los. »Entschuldigen Sie mich.«

Lauren ging zur Toilette, schloss sich ein und setzte sich mit dem Kopf zwischen den Händen auf die Klobrille. Sie stank, und jeder Atemzug erinnerte sie an Thomas' Drohung.

Als Erstes riechst du den Rauch, dann siehst du die Feuerwehrfahrzeuge, und wenn du näher kommst, drehen sich die Polizisten mit ernster Miene zu dir um, und du weißt, auch ohne, dass sie etwas sagen …

Sie hatte bereits ein Geschwister verloren.

Sie würde genau das tun, was Thomas verlangte.

Es war eine lange Nacht, und sie wurde noch länger durch die Anstrengung, das Geheimnis gegenüber Joe nicht zu verraten. Lauren spürte es als wachsenden Druck in ihrer Brust, der sich ein Ventil durch ihren Mund schaffen wollte. Aber sie musste nur einatmen, um sich an Thomas' Drohung zu erinnern – selbst nach langem Duschen und mit gewaschenen Haaren und frischen Uniformen roch sie den verbrannten Mann noch an ihnen. Patienten machten Bemerkungen darüber und fragten danach, und Lauren log ihnen vor, sie seien zu einem Fabrikbrand gerufen worden, und es sei Kunststoff, der so komisch roch, denn man konnte den Leuten nicht erzählen, dass sie mikroskopisch kleine Partikel verbrannter Menschenhaut einatmeten.

Um acht Uhr morgens fuhr Joe sie nach Hause. »Hast du etwas vor für heute?«

»Nicht viel«, log sie. »Und du?«

»Am Vormittag natürlich schlafen. Und am Nachmittag dann werden Claire und ich wahrscheinlich etwas zusammen unternehmen.«

Sie nickte. »Willst du immer noch diesen Überstundentag morgen machen?«

»Versuch mich davon abzuhalten.« Er rieb Daumen und Zeigefinger aneinander. »Du bist doch auch noch dabei, oder?«

»Ja, verdammt.«

»Gut.« Er hielt vor ihrem Haus. »Wäre nicht dasselbe, mit jemand anderem zu arbeiten.«

Sie spürte den Drang, es ihm zu erzählen, aber dann sah Joe an ihr vorbei und winkte. Lauren wandte den Kopf und sah Felise im Eingang stehen und zurückwinken. *Beschütz sie.*

»Bis morgen«, sagte sie.

»Auf jeden Fall.«

Kristi rümpfte die Nase, als Lauren die Treppe heraufkam. »Na, das riecht aber.«

»Frag lieber nicht.« Lauren neigte wiederholt den Kopf in Richtung Felise.

»Ach so, okay.« Kristi begann wieder, ihren Rucksack zu packen.

»Wo arbeitest du heute?«

»In diesem protzigen Bau in Point Piper.«

»Wie weit sind sie mit dem Gebäude?«, fragte Lauren. »Ich meine, sind die Türen schon drin, muss man läuten, um hineinzukommen und so?«

»Ach woher. Dort wimmelt es von Handwerkern. Sie lassen die Türen einfach offen.«

Es wimmelte vor Leuten. Das war gut.

»Wieso fragst du?«

Lauren zuckte mit den Achseln. »Reine Neugier.«

Kristi kam auf sie zu, um sie zum Abschied zu umarmen, blieb dann aber plötzlich stehen.

»Ich denke, wir belassen es heute bei einem Winken«, sagte Lauren.

»Bist du fertig?«, rief Kristi zu Felise. »Hast du deine Tasche?«

»Ich komme.«

Lauren brachte sie bis zum Wagen und wartete, bis sie weggefahren waren. Sie blickte die Straße hinauf und hinunter, bemerkte aber keinen lauernden Mann, niemanden, der geduckt in einem Wagen saß. Im Haus schloss sie die Tür ab und ging ein weiteres Mal unter die Dusche, und sie überlegte dabei, was sie den Detectives erzählen sollte und wie sie es sagen würde.

Hoffentlich schlucken sie es.

10

»Ich habe ein gutes Gefühl für den heutigen Tag«, sagte Ella. »Ich glaube, wir erwischen ihn.«

»Benson Drysdale?«

»Und vielleicht Thomas Werner.«

Murray bremste vor einer Ampel, die auf Rot schaltete. »Ich gebe mich mit Drysdale zufrieden.«

Sie waren auf dem Weg zu ihm. Ella ließ ihr Fenster hinunter und legte den Arm im Sonnenschein auf den Türrahmen. Erstaunlich, was eine Runde Schlaf bewirken konnte. Sie fühlte sich klar, fröhlich, tatkräftig – sie hatte das

Gefühl, sechzig Stunden am Stück durcharbeiten zu können. Ihr war danach, hinter jemandem herzujagen – vorausgesetzt natürlich, sie erwischten ihn am Ende.

Ihr Handy läutete.

»Macht lieber, dass ihr hierher zurückkommt«, sagte Kuiper. »Eure Sanitäterin ist aufgetaucht und will mit euch sprechen.«

»Worüber?« Ella machte Murray ein Zeichen zu wenden.

»Das will sie nicht sagen.«

Sein Tonfall gefiel Ella nicht, und als Kuiper sie in der Dienststelle im Flur begrüßte, gefiel ihr sein Gesichtsausdruck noch weniger.

»Worum es auch geht, sie ist nervös.« Kuiper klopfte an die Tür zu einem kleinen Besprechungszimmer, öffnete sie für Ella und schloss sie hinter ihr wieder.

Lauren stand auf der anderen Seite eines breiten Tischs. Sie sah blass aus und hatte dunkle Ringe unter den Augen. Sie trug ein blaues T-Shirt mit dem Aufdruck »000 Club« auf der Brust, ihre Hände steckten tief in den Taschen ihrer Jeans. »Tut mir leid, wenn ich rieche. Ich komme so ziemlich direkt von der Arbeit.«

Es war ein Geruch, den Ella von Einsätzen im Lauf der Jahre kannte. Menschliche Verbrennungen, überdeckt von Deo und Parfüm. »Schon gut. Ich weiß, der ist besonders schwer loszuwerden.«

Lauren nickte.

»Nehmen Sie Platz«, sagte Ella. »Darf ich Ihnen etwas zu trinken anbieten? Haben Sie Hunger? Im Erdgeschoss gibt es eine Cafeteria, angeblich machen sie umwerfend gute Zimtbrötchen.«

»Nein, danke.« Lauren vergrub die Hände noch tiefer in den Taschen. »Ich muss über etwas mit Ihnen reden.«

»Schießen Sie los.«

»Es geht um meine Aussage. Ich bin mir nicht sicher, ob sie stimmt.«

Ella blinzelte. »Wie bitte?«

»Ich glaube, ich habe mich geirrt, was meine Aussage angeht.«

»Bei was davon?« *Sag es nicht, o Gott, sag es nicht!*

»Was Kennedy gesagt hat.« Lauren sah Ella an und wandte dann den Blick ab.

Als Ella in der Lage war, Luft zu holen, sagte sie: »Sie haben alles unterschrieben. Sie haben erklärt, dass alles richtig und wahrheitsgemäß ist.«

»Ich weiß«, sagte Lauren. »Es ist nur so, dass ich mir immer weniger sicher bin, je mehr ich darüber nachdenke. Was ich gehört habe, was Kennedy tatsächlich gesagt hat.«

»Sie haben es aufgeschrieben.«

»Er hat mehr oder weniger gemurmelt.«

»Ihr Partner hat es ebenfalls gehört.«

Lauren verzog das Gesicht.

»Haben Sie mit ihm gesprochen?«, fragte Ella. »Ist er sich noch sicher, was er gehört hat?«

Lauren zögerte. »Soviel ich weiß, ja.«

»Nun denn«, sagte Ella. »Sie saßen neben dem Mann. Ihr Partner war vorn im Fahrzeug, richtig? Wie kann es sein, dass er sich sicher ist, und Sie sind es offenbar nicht?«

»Er hatte die Sirene laufen, und das muss sich auf das ausgewirkt haben, was er gehört hat. Nur weil er sich sicher fühlt, muss er nicht recht haben«, sagte Lauren. »Menschen machen Fehler.«

Ella bemühte sich, ruhig zu bleiben. »Ich verstehe nicht, warum Sie plötzlich etwas ganz anderes glauben.«

Lauren blickte zu Boden. »Ich kenne jemanden mit diesem Namen. Und ich glaube, das könnte einen Einfluss darauf gehabt haben, was ich hörte. Sodass ich dachte, ich hätte diesen Namen gehört, und in Wirklichkeit war es vielleicht etwas anderes.«

»Sie kennen einen Mann namens Thomas Werner?«

Lauren sah sich im Zimmer um, als hoffte sie auf eine

Fluchtmöglichkeit. »Er ist früher mit meiner Schwester gegangen. Er ist ein Schmarotzer.«

»Wo wohnt er?«

»Das ist es ja«, sagte Lauren. »Ich weiß genau, dass er es nicht sein kann, weil er aus Übersee ist.«

»Aus welchem Land?«

»Österreich«, sagte Lauren. »Ich dachte auch, dass Joe vielleicht vor Jahren gehört hat, wie ich den Namen erwähnte, als er mit meiner Schwester zusammen war, und den Namen im Unterbewusstsein behalten hat, und als er Kennedy etwas brüllen hörte, das so *klang*, hat er ihn einfach eingesetzt, genau wie ich.«

»Warum haben Sie das beim letzten Mal nicht zur Sprache gebracht?«

»Ich dachte, es spielt keine Rolle.« Lauren biss sich auf die Unterlippe. »Ich dachte, er kann es nicht sein, weil er im Ausland ist, wozu sollte ich Sie also damit belasten?«

In Ellas Kopf drehte sich alles. Sie strengte sich an, konzentriert zu bleiben und zu tun, was sie tun musste. »Es ist unwahrscheinlich, dass er es ist, aber ich würde mir trotzdem gern ein paar Angaben notieren.« Sie holte ein DIN-A4-Blatt und einen Stift aus einem Schrank am Ende des Raums. »Wie und wann haben Sie diesen Österreicher namens Thomas Werner kennengelernt?«

»Als er anfing, mit meiner Schwester Kristi auszugehen, vor etwa fünfeinhalb Jahren.« Lauren setzte sich und verschränkte die Arme auf dem Tisch. »Meine Schwester war früher ein anderer Mensch. Sie hatte Probleme mit Alkohol und Drogen, und sie hing mit einer Gruppe von Leuten herum, die die meiste Zeit nur Partys feierten. Über diese Leute hat sie Thomas kennengelernt. Sie lebten eine Weile mehr oder weniger zusammen.«

»Hier in Sydney?«

Lauren nickte.

»Und dann?«

»Sie trennten sich, und Thomas ging zurück nach Österreich, vor etwa vier Jahren oder vielleicht ein bisschen länger, kurz bevor Felise geboren wurde.«

»Und Felise ist?«

»Das Kind der beiden. Meine Nichte.«

»Hält er Kontakt? Kommt er zu Besuch?«

Lauren schüttelte den Kopf. »Er hat nichts mehr mit unserem Leben zu tun. Er hat nie versucht, Kontakt mit uns aufzunehmen. Er hat Felise noch nicht einmal gesehen, und wir wollen es auch nicht.«

Ella schrieb rasch mit. »Wo wohnt Ihre Schwester?«

»Wir teilen uns ein Haus in Summer Hill.«

»Ist sie heute zu Hause? Ich werde mit ihr reden müssen.«

»Wieso?«

»Um festzustellen, ob sie weiß, ob dieser Werner im Land ist, ob er sich gemeldet hat.«

»Das hat er nicht.«

»Ich muss trotzdem mit ihr reden.«

»Sie arbeitet heute.«

»Hat sie ein Handy?«

»Nein«, sagte Lauren rasch.

»Um welche Zeit kommt sie nach Hause? Ich schaue dann vorbei.«

»Gegen fünf müsste in Ordnung sein.«

Ella machte sich eine Notiz.

»Und was ist nun wegen meiner Aussage?«, fragte Lauren.

Ella sah auf.

»Ist sie damit zurückgezogen? Muss ich etwas unterschreiben?«

»Man kann eine Aussage nicht zurückziehen«, sagte Ella. »Sie wurde gemacht. Es geht nicht.«

Lauren saß einen Moment absolut still. »Ich kann diesbezüglich also nichts tun?«

»Sie ist ein juristisches Dokument«, sagte Ella. »Schauen Sie, ich werde Ihre Bedenken berücksichtigen und mit meinem Chef und Ihrer Schwester reden, und wir werden diesen Werner überprüfen. Sie wissen, wie das ist, bei einer großen Ermittlung wie dieser müssen wir selbst der kleinsten Spur nachgehen, nur für alle Fälle.«

»Okay«, sagte Lauren kraftlos.

»Wir haben bereits mehr als fünf Thomas Werners allein in diesem Bundesstaat gefunden. Nur weil Sie einen kennen, kann es trotzdem der Name sein, den Kennedy gesagt hat.«

»Vermutlich.«

Ella holte eine Karte aus ihrer Brieftasche. »Rufen Sie mich an, wenn Sie irgendwelche Probleme oder Bedenken haben, ja? Meine Handynummer steht hier drauf. Sie können Tag und Nacht anrufen, es spielt keine Rolle.«

»Danke.« Lauren stand auf, Ella hielt ihr die Tür auf und begleitete sie auf den Flur hinaus.

»Ich sehe Sie heute Nachmittag gegen fünf?«

Lauren nickte und stieg in den Fahrstuhl.

»Ciao«, sagte Ella lächelnd, und es entging ihr nicht, wie Laurens sehr gezwungenes Lächeln von ihrem Gesicht verschwand, ehe die Aufzugtür ganz zu war.

Kuipers Bürotür war geschlossen, und sie hörte ihn mit jemandem sprechen. Sie ging zu ihrem Schreibtisch und fuhr den Computer hoch. Sie öffnete das Zentrale Namensregister, schlug in ihren Unterlagen Laurens Geburtsdatum nach und gab es mit ihrem Namen in die Datenbank ein.

Sie erfuhr, dass die Sanitäterin nicht vorbestraft war, aber gerade erst letzte Woche Opfer eines tätlichen Angriffs mit Geiselnahme durch einen gewalttätigen und psychotischen Drogenabhängigen geworden war. Dass sie früher im Jahr als Zeugin in einem Mordfall ausgesagt hatte und bei einer Reihe von Tätlichkeiten, die alle mit ihrem Beruf zusammenhingen, ebenfalls Zeugin gewesen war. Ella tippte die Fallnummer des Mordfalls ein, um eine vollständige Beschreibung der Geschehnisse aufzurufen. Die ermittelnden Beamten hatten geschrieben, Lauren sei als Erste am Tatort gewesen, nachdem sie durch zwei Männer, die ihr aus einer Gasse vor den Rettungswagen gelaufen waren, darauf aufmerksam gemacht worden war, dass etwas nicht stimmte. Sie hatte angehalten, aber beide Männer waren fortgerannt, einer war in einen an der Straße abgestellten Wagen gesprungen, aber sie hatte das Nummernschild nicht sehen können. Sie war dann in die Gasse gegangen, um nachzusehen, und hatte einen gewissen Stewart Blake tot auf dem Boden gefunden. Sie hatte es der Notrufzentrale gemeldet und gewartet, bis die Polizei eintraf.

Ella lehnte sich zurück. Aus dem Bericht erfuhr sie nicht viel. Er erklärte nicht, warum Lauren in die Gasse geschaut hatte, auch wenn zwei Männer, die von irgendwo wegliefen, sicherlich die Frage aufwarfen, was sie dort getrieben hatten.

Der Fall war vor Kurzem zum Coroner's Court gegangen, und Lauren hatte ziemlich sicher dort ausgesagt. Ella scrollte zum Kopf der Seite zurück, um den Namen des ermittelnden Detectives zu sehen. Lance Fredriks war früher bei der Mordkommission gewesen, arbeitete jetzt aber im Sydney Police Centre in Surry Hills, und sie wählte die Nummer der dortigen Telefonzentrale.

Fredriks erinnerte sich gut an Lauren. »Sie war großartig«, sagte er. »Eine perfekte Zeugin. Die Tätigkeit als Sanitäterin hilft einem wahrscheinlich, ruhig und überlegt zu bleiben, und genau das war sie. Sie beschrieb, was sie gesehen hatte, beschrieb die Kerle, die aus der Gasse gerannt waren, und wie sie dann die Leiche gefunden hatte.«

»Und wie war sie im Zeugenstand?«

»Wunderbar«, sagte er. »Ich wünschte, sie wären alle so standfest.«

Standfest. Hm. »Sie vermuten also, dass diese beiden Kerle die Täter waren?«

»Wir haben sie nie gefunden«, sagte Fredriks. »Sie hat die Männer nicht sehr gut gesehen und konnte kein Kennzeichen erkennen, aber es klang eher, als wären es ein Stricher und sein Kunde gewesen, die nur zufällig über die Leiche gestolpert sind. Es gab keine anderen Zeugen. Der Coroner hat es als Mord erklärt, der von einer unbekannten Person begangen wurde. Aber Sie wissen Bescheid über ihn, über Blake, oder? Er war ein echter Perverser. Hat Kinder belästigt. Es ist dann immer weiter eskaliert, bis er vor rund zwanzig Jahren dieses kleine Mädchen in der Nähe von Eastwood getötet hat. Zum Glück haben sie ihn geschnappt und der Sache ein Ende gemacht.«

Ella erinnerte sich an den Aufruhr in den Zeitungen, als er entlassen wurde. »Und passiert noch irgendetwas in dem Fall?«

»Theoretisch ist er nicht abgeschlossen, aber praktisch gibt es immer etwas anderes zu tun.«

Ella dankte ihm und legte auf. Lauren war also damals ganz ruhig und beherrscht gewesen, aber jetzt wollte sie einen Rückzieher machen, was ihre Aussage anging. Stellte sie sich vor, wie es sein würde, wenn sie wieder im Zeugenstand erscheinen würde, aber diesmal Kennedys Worte nacherzählen musste, während Thomas Werner dabeisaß? Ella hatte im Lauf der Jahre mit vielen Zeugen zu tun gehabt, und sie waren normalerweise erst kurz vor dem Gerichtstermin so nervös. Hier standen sie nun ohne Festnahme da, und Lauren benahm sich, als würde jemand mit einem großen Messer nachts um ihr Haus schleichen und drohen, ihr den Kopf abzuschneiden, wenn sie ihre Aussage nicht zurückzog.

Ella wandte sich wieder dem Computer zu und gab Kristis Name in die Datenbank ein. Sie erfuhr, dass Kristi einmal wegen fahrlässiger Tötung im Straßenverkehr sowie Fahrens unter Alkohol- und Drogeneinfluss verurteilt worden war. Ella schaute die Einzelheiten des Falles nach und las, Kristis Wagen sei vor viereinhalb Jahren mit einem entgegenkommenden Auto zusammengestoßen; dessen neunzehnjähriger Fahrer, der ebenfalls zu viel getrunken hatte, wie sich herausstellte, war dabei ums Leben gekommen. Kristi, die hochschwanger gewesen war, hatte nur leichte Blessuren davongetragen. Sie hatte das Kind bekommen und eine Therapie absolviert, ehe ihr Fall vor Gericht kam, und deshalb sowie aufgrund ihrer Reue und eines Herzfehlers des Neugeborenen, war sie nur zu einer Bewährungsstrafe, fünfzehnhundert Dollar Bußgeld und zwei Jahren Führerscheinentzug verurteilt worden.

Ella hörte, wie Kuipers Tür aufging. Sie beeilte sich, um ihn im Flur abzufangen. »Können wir uns unterhalten?«

Sobald sie Platz genommen hatten, sagte er: »Es sieht nicht gut aus, oder?«

»Sie hat darum gebeten, ihre Aussage zurückziehen zu dürfen«, sagte Ella. »Sie sagte, sie sei sich nicht mehr sicher, was Kennedy gesagt hatte. Besonders, was den Namen angeht.« Sie erzählte ihm von dem Werner, den Lauren kannte.

Kuiper machte sich Notizen.

»Ich weiß nur nicht, was wirklich vor sich geht«, sagte Ella. »Als sie ihre Aussage machte, war sie sich sicher, was Kennedy gesagt hatte. Sie hatte es aufgeschrieben, Herrgott noch mal. Ich verstehe nicht, warum sie es sich jetzt anders überlegt.«

»Wie sind Sie verblieben?«

»Ich sagte, sie könne ihre Aussage nicht zurückziehen, sie habe unterschrieben, dass alles wahr sei und es sei ein juristisches Dokument. Ich treffe ihre Schwester heute Nachmittag um fünf – sie teilen sich ein Haus. Mal sehen, was sie zu sagen hat, ob sie etwas weiß, und ich werde mich auch noch einmal mit Lauren unterhalten und ihr ein bisschen auf den Zahn fühlen.«

»Vielleicht fürchtet sie sich«, sagte Kuiper. »Hat Angst vor dem Tag, wo sie vor Gericht muss.«

Es passte nicht zu dem, was Ella vom Fall Blake über sie

wusste, aber er konnte trotzdem recht haben. »Ich habe ihr meine Kontaktnummern gegeben und gesagt, wenn sie sich Sorgen mache, könne sie mich jederzeit anrufen.«

»Gut«, sagte Kuiper. »Sie und Murray machen sich jetzt wieder auf die Suche nach diesem Benson Drysdale, oder? Rutschen Sie anschließend nach Coogee rüber, und überprüfen Sie diesen Alan Harvey. Seine Frau ist bei dem Autounfall mit Kennedy gestorben.«

Ella nahm die Akte, die er ihr entgegenhielt.

»In der Zwischenzeit wende ich mich an die Einwanderungsbehörden und strecke einen Fühler nach diesem Österreicher aus«, sagte Kuiper. »Nur für alle Fälle.«

Joe wohnte zehn Minuten von der Mordkommission entfernt. Lauren ging wie benommen dorthin. Die Tür zu dem kleinen Mietshaus wurde durch einen halben Ziegel offen gehalten, und sie zog sich am Geländer nach oben, als sie die zwei Stockwerke hinaufstieg, bis sie an seine Tür kam. Ihr Klopfen hallte im Treppenhaus wider.

Das Guckloch verdunkelte sich. »Lauren?« Er öffnete die Tür, während er sich ein T-Shirt überstreifte. Sein Haar war nass. »Was ist los?«

Es war so viel, dass sie nicht wusste, wie sie anfangen sollte. Sie schüttelte den Kopf.

»Hey, schon gut. Komm herein.« Er schloss die Tür hinter ihr und folgte ihr ins Wohnzimmer. »Ist es wegen des Brandopfers?«

Sie rieb sich das Gesicht. Wenn er mit ihr zu den Detectives ginge, wenn sie beide erklärten, sie seien nicht sicher, was Kennedy gesagt hatte, vielleicht hätten sie dann eine Chance. »Neulich Abend«, sagte sie. »Bei James Kennedy. Ich überlege, ob ich mich vielleicht getäuscht habe.«

»Inwiefern?«

»Vielleicht hat Kennedy überhaupt nicht Thomas Werner gesagt.«

Joe schüttelte den Kopf.

»Im Ernst«, sagte sie. »Vielleicht hat er gesagt … ach, ich weiß nicht was.« Ihr fiel gerade kein Name ein, der so ähnlich klang. »Irgendeinen anderen Namen eben.«

»Es war mit Sicherheit Thomas Werner.«

»Aber wie können wir uns so sicher sein? Die Sirene lief«, sagte sie. »Es war eine schlimme Situation. Bei so etwas pocht einem das Blut in den Ohren, und man überlegt, was man alles tun muss, und was, wenn dies und was, wenn jenes, und du selbst musstest dich auch noch auf den Verkehr konzentrieren.«

»Nein«, sagte Joe. »Ich habe gehört, wie er geschrien hat: ›Thomas Werner hat mich niedergestochen.‹ Und das werde ich vor Gericht so oft wiederholen, wie es sein muss.«

So viel zu dieser Idee. Lauren wurde übel.

»Bist du – du zitterst ja«, sagte er. »Was ist los?«

»Erinnerst du dich, dass ich dir von einem Typ erzählt habe, mit dem Kristi vor ein paar Jahren zusammengelebt hat? Felises Vater? Er ging zurück nach Österreich, ehe Felise zur Welt kam. Erinnerst du dich, dass ich seinen Namen einmal erwähnt habe?«

»Ich glaube nicht. Wieso?«

»Er heißt Thomas Werner.«

»Das ist nicht dein Ernst.«

Sie holte tief Luft. »Ich habe die ganze Zeit darüber nachgedacht, und heute habe ich der Detective erzählt, dass ich jemanden mit diesem Namen kannte und es deshalb sein könnte, dass ich ihn mit dem Namen durcheinandergebracht habe, den Kennedy genannt hat.«

»Nein. Er hat genau diesen Namen gesagt.«

»Aber wie gesagt, die Sirene lief«, sagte sie. »Du hast auf die Straße geschaut. Und vielleicht hatte ich dir den Namen doch gesagt, und er war in deinem Unterbewusstsein gespeichert, und was Kennedy auch gesagt hat, wir haben es beide gleich interpretiert.«

»Und richtig interpretiert«, erwiderte er. »Tut mir leid, aber er hat nun mal Thomas Werner gerufen. Aber es spielt sowieso keine Rolle – ich meine, es muss mehr als eine Person mit diesem Namen geben. Es wird nicht derselbe sein. Du hast gerade selbst gesagt, dass er vor Jahren nach Österreich zurückgegangen ist.«

»Er ist es«, sagte Lauren. »Er hat mich bedroht.«

Joe wurde sehr still. »Inwiefern bedroht?«

»Er hat mich gestern angerufen und gesagt, ich hätte vierundzwanzig Stunden Zeit, meine Aussage zurückzuziehen, oder er würde etwas Schlimmes tun.«

»Wie zum Teufel konnte er davon wissen?«

»Er muss jemanden bei der Polizei kennen«, sagte Lauren. »Niemand sonst wusste von der Sache.«

Joe hielt inne. »Was genau hat er gesagt?«

Lauren wollte die Worte nicht wiederholen. »Es hatte mit Feuer und mit unserem Haus zu tun, und mit den Leuten, die darin wohnen.«

Joe schwieg für einen Moment. Ein Muskel in seiner Wange zuckte. »Was unternimmt die Polizei?«

»Ich habe ihnen nichts davon gesagt«, antwortete Lauren. »Thomas hat mir befohlen, meine Aussage zurückzunehmen, und ich hielt es für das Beste, genau das zu tun, was er sagte. Als die Detective erklärt hat, dass ich eine Aussage nicht zurücknehmen kann, wusste ich nicht, was ich tun soll, außer hierherzukommen und mit dir zu reden. Ich dachte, dir fällt bestimmt etwas ein.«

»Du musst es ihnen erzählen. Sie können dich, Kristi und Felise beschützen.«

»Aber wenn es eine undichte Stelle bei ihnen gibt, können sie es vielleicht nicht.«

»Aber wenn sie diese undichte Stelle finden, führt sie das vielleicht direkt zu ihm. Wenn du ihnen alles erzählst, könnte das ihre bislang heißeste Spur in dem Fall sein.«

Ein Schlüssel wurde im Schloss umgedreht, dann ging die

Tür auf. Claire kam herein und blieb wie angewurzelt stehen. »Ich dachte, wir wollten ausgehen«, sagte sie zu Joe.

»Ich bin ein bisschen spät dran.«

Claire sah Lauren an. »Mit dir hätte ich jetzt nicht gerechnet.«

Lauren wusste, dass sie die Situation erklären sollte, einen Grund erfinden, warum sie hier war, aber sie konnte an nichts anderes denken als an Thomas' Drohung und was sie nun tun sollte.

»Wir haben uns über den Brandfall von gestern Abend unterhalten«, sagte Joe. »Sie ist ein bisschen durch den Wind deshalb.«

»Und dafür bist du den ganzen Weg hierhergefahren?«, fragte Claire.

»Eigentlich habe ich den Zug genommen.«

»Das ist ja noch verrückter.«

»Sag das nicht«, warf Joe ein. »Solche Einsätze können einem wirklich zu schaffen machen.«

»Ich habe mich selbst schon um ein paar gekümmert.«

»Ja, aber wenn ihr sie bekommt, sind sie schon unter Drogen und kooperativ, weil wir sie stabilisiert und behandelt haben«, sagte Joe. »Du hast nicht in ihrer Wohnung auf dem verbrannten Teppich mit ihnen gerungen ...«

»Ich wollte sowieso gerade gehen«, sagte Lauren und wandte sich zur Tür. »Danke für das Gespräch, Joe.«

»Ich bringe dich nach unten«, sagte Joe.

Claire beäugte sie, als sie an ihr vorbeiging.

»Tut mir leid wegen Claire«, sagte Lauren im Treppenhaus.

»Schon gut. Pass auf, du solltest jetzt schnurstracks wieder zur Polizei gehen. Sie müssen es wissen.«

Sie verließen das Haus und standen unter der mächtigen Eiche auf dem Gehsteig, die dem Eingang Schatten spendete. Lauren sah, dass Claire sie vom Balkon aus beobachtete. »Hoffentlich ist sie nicht den ganzen Tag böse auf dich.«

»Wechsle jetzt nicht das Thema«, sagte er. »Bilde ich es mir nur ein, oder widerstrebt es dir, der Polizei alles zu erzählen?«

Sie wusste, dass sie es tun sollte, aber gleichzeitig sah sie, dass dieser Weg irgendwie zur Aufdeckung ihrer Lügen in der Sache Blake führen würde. Zu ihrem Meineid. In der Nacht zuvor, als Joe gerade zum zweiten Mal duschte, hatte sie einen heimlichen Blick in das Diensthandbuch geworfen. Für eine Verurteilung wegen einer Straftat konnte sie gefeuert werden. »Ich will ihm nicht in die Quere kommen«, sagte sie. »Wenn er über diesen Maulwurf davon erfährt, wer weiß, was er tun wird.«

Claire warf einen Zweig auf Joes Hinterkopf. »Wir kommen zu spät.«

»Gleich«, sagte er.

»Jedenfalls kommt die Detective heute Abend vorbei, um mit Kristi zu sprechen«, fuhr Lauren fort. »Dann sage ich es ihr. Sonst wird niemand dabei sein, es besteht also keine Gefahr, dass der Maulwurf es hört.«

»Versprochen?«

»Versprochen.«

Er umarmte sie.

Lauren hörte, wie Claire etwas murmelte und die Balkontür zuschlug. »Wirst du ihr sagen, worüber wir in Wirklichkeit gesprochen haben?«

»Wir sollten es auf Leute beschränken, die es wissen müssen, und dazu gehört sie nicht.«

»Sie wird misstrauisch sein.«

»Sie kommt schon klar damit.« Er ließ sie los. »Soll ich dich zum Bahnhof fahren?«

»Nein, danke.« Sie blickte nach oben. Der Balkon war leer. »Bis morgen.«

»Pass auf dich auf, ja.«

Im Zug starrte Lauren aus dem Fenster. Sie war sich noch immer nicht sicher, ob sie es Ella erzählen würde, wenn sie sie am Nachmittag sah. Sie dachte weiterhin, dass es eine Möglichkeit geben müsste, zu tun, was Thomas verlangt hatte, obwohl sie gleichzeitig wusste, es war gefährlich, darauf zu vertrauen, dass er sein Wort hielt.

Sie wollte einfach, dass er verschwand, zurück nach Österreich, fort von ihnen allen. Solange er hier war, bestand so viel Gefahr – nicht nur die Gefahr, körperlich zu Schaden zu kommen, sondern auch, weil er wusste, was wirklich mit Blake passiert war. Und auch wenn der Gedanke lächerlich war, er könnte seine Rolle dabei zugeben, nur um zu beweisen, dass sie gelogen hatte – was war, wenn es der Polizei irgendwie gelang, den Fall zu klären. Thomas' Verteidigung konnte beide Anklagen, im Fall Blake und im Fall Kennedy, allein durch den Verweis auf ihre Lügen schwächen.

Die andere Sache war die, ob Thomas womöglich versuchen würde, Ansprüche auf Felise zu erheben. Davor hatte Kristi mehr Angst als vor irgendetwas sonst. Die Gefahr einer Verletzung war für sie nebensächlich gegen die Gefahr eines Sorgerechtsstreits. Sie musste es ihr aber sagen. Noch heute Vormittag.

Der Zug verlangsamte, als er durch Clyde fuhr. Östlich des Bahnhofs stocherten drei Arbeiter in einem Feuer im Brachland neben der Strecke. Lauren starrte auf die Flammen und das tote schwarze Gras und dachte an die verkohlte Haut des Mannes von der Nacht zuvor. Kristis größte Sorge mochte das Sorgerecht sein, ihre war eine andere.

Der Zug fuhr weiter, aber die Flammen gingen ihr nicht aus dem Kopf.

11

Ella rutschte tiefer in ihren Sitz, als die Vormittagssonne schräg ins Fenster fiel und den Wagen mit Licht und Wärme erfüllte. Sie waren seit zwanzig Minuten hier und hatten sich leise über Lauren und den Thomas Werner unterhalten, den sie kannte. Ella kam sich zunehmend auffällig vor und war überzeugt, jeder, der vorbeikam und sie beide im Wagen sitzen sah, würde sie als das erkennen, was sie waren.

»Wir sollten aussteigen«, sagte sie, »und ein wenig die Straße auf und ab laufen.«

»Vor diesem Wohnblock auf und ab marschieren?«

»Einen Spaziergang machen, habe ich gemeint.«

»Und dann taucht Drysdale genau in dem Moment auf, in dem wir außer Sicht sind«, sagte Murray.

Sie hatten einen uniformierten Beamten nach oben geschickt, um an seiner Tür zu klopfen. Niemand hatte aufgemacht. Als der Beamte wieder nach unten kam, in seinen Wagen stieg und sie dabei wie vereinbart ignorierte, starrte Ella zu Drysdales Balkon hinauf, bis ihr die Augen tränten. Wenn er zu Hause war, würde er doch sicherlich herauskommen, um dem Polizisten hinterherzuspähen. Aber es hatte sich nichts getan.

»Vielleicht hat er die Fliege gemacht. Hat den Staat verlassen oder so.«

Murrays Blick war auf den Rückspiegel fixiert. »Ist er das?«

Ella verlagerte ihre Haltung, um in den Außenspiegel zu schauen. »Er ist es.«

Benson Drysdale näherte sich wie eine furchtsame Katze. Ella sah seine Augen umherhuschen und jedes am Straßenrand geparkte Auto prüfen, ehe er auf gleiche Höhe kam. Es war nur eine Frage der Zeit, bis er sie entdecken und fliehen würde.

»Fertig?«, sagte sie.

Murray legte die Hand langsam auf den Türgriff.

Drysdale kam näher. Er trug eine Einkaufstasche aus Kunststoff. Ella konnte die Form eines Milchkartons ausmachen.

»Jetzt gleich«, flüsterte sie.

Drysdale erreichte das Heck des Wagens, sah hinein und machte kehrt. Ella stieß ihre Tür auf und rannte hinter ihm her, ehe er zehn Meter geschafft hatte. Er ließ die Einkaufstasche fallen, und sie sprang darüber. Hinter sich konnte sie Murrays Schritte hören. Drysdale stolperte, sie erwischte ihn an seinem T-Shirt und brachte ihn zum Anhalten.

»Dummkopf«, sagte sie. »Wieso laufen Sie weg?«

Murray kam mit Drysdales Plastiktüte zu ihnen. Drysdale streckte die Hand danach aus, aber Murray hielt sie außer Reichweite. »Keine Panik, es ist noch alles heil.«

»Nur Lebensmittel?«, fragte Ella.

»Und ein wenig leichte Lektüre.« Murray fischte ein Pornoheft heraus.

Drysdale stieß sein Kinn vor. »Das ist Privatsache.«

Ella drehte ihn mit festem Griff herum und stieß ihn in Richtung seines Mietshauses. »Das ist Ihre Wohnung auch, aber wir gehen jetzt trotzdem dorthin.«

Sein Apartment war dunkel und muffig. Auf einem Tisch in der Mitte des Wohnzimmers stand ein riesiger Computer. Drysdale steckte die Hände in die Tasche und sah Ella an. »Und um was geht es nun?«

»Warum haben Sie am Mittwoch Ihren Arbeitsplatz verlassen?«

»Ich war krank.«

»Ach, wirklich.« Sie verschränkte die Arme. »Wir haben bei Ihrem Chef, Daniel Peres, nachgefragt. Er sagt, Sie waren nicht wieder dort, Sie haben nicht angerufen oder irgendwas. Er sagt, es kann sein, dass er Sie feuern muss.«

Drysdale zuckte die Achseln. »War sowieso ein beschissener Job.«

Murray kam aus den anderen Zimmern zurück. »Sie reparieren den einen oder andern Computer, was?«

»Ein Hobby von mir«, sagte Drysdale.

»Wie gut kannten Sie James Kennedy?«, fragte Ella.

»Er war Fahrer bei Quiksmart.«

»Wie gut kannten Sie ihn?«, wiederholte sie.

»Wir haben hin und wieder ein paar Worte gewechselt, das war alles.«

»Sie sind kein besonders guter Lügner.«

Murray stieß einen Stuhl in Drysdales Kniekehlen. »Setzen Sie sich.«

»Wir untersuchen einen Mord«, sagte Ella. »Sie wissen, was das bedeutet?«

»Dass jemand gestorben ist.«

»Es bedeutet, dass wir nicht aufhören nach Informationen zu wühlen, bis wir alles wissen«, sagte sie. »Wie wir mit jemandem umgehen, hängt davon ab, wie schwer man es uns macht. Wenn Sie mit Kennedy oder anderen Leuten bei Quiksmart irgendwelche schrägen Sachen laufen hatten, und wenn Sie deshalb ausgebüchst sind, müssen wir es wissen. Erzählen Sie es uns jetzt, und wir helfen Ihnen, wenn wir können.«

Drysdale blickte auf seine Hände, die gefaltet im Schoß lagen.

»Oder Sie zwingen uns zu größeren Anstrengungen und zu mehr Zeitverschwendung«, fuhr sie fort, »und am Ende finden wir es so oder so heraus, aber dann werden wir kein bisschen geneigt sein, Ihnen zu helfen.«

Er seufzte. »Ich verkaufe Zeug auf eBay. Computer, die ich repariere oder zusammenbaue.«

»Und?«

»Und James hat sie in ganz Sydney für mich ausgeliefert, gegen Barzahlung vom Käufer, zu einem günstigen Preis. Das Geld haben wir geteilt.«

»Er hat das auf seinen Touren gemacht, meinen Sie? Zusätzliche Ladung in den Transporter geschmuggelt?«

»Ja.«

»Was noch?«

»Nichts.« Drysdale schüttelte den Kopf. »Das war alles.«

Ella sah Murray an, der die Hand auf Drysdales Schulter legte. »Und deshalb sind Sie vor uns weggerannt?«

»Ich wollte nicht, dass Peres es herausfindet.« Er blickte zu Ella empor. »Hat er wirklich gesagt, dass er mich rausschmeißt?«

Ella trat einen Schritt auf ihn zu. »Haben Sie Kennedy jemals den Namen Thomas Werner erwähnen hören?«

Drysdale setzte sich kerzengerade. »Sie glauben, Werner hat ihn getötet?«

»Sie kennen jemanden, der so heißt?«

Drysdale nickte. »Ja, er hat James einmal bei der Arbeit begleitet. Sie kamen hier vorbei – ich hatte mich krankgemeldet, aber ich hatte ein paar Sachen hier, die er abholen und ausliefern musste, verstehen Sie – und als ich den Transporter sah, brachte ich das Zeug nach unten, um es ihm zu geben. James stieg aus und öffnete die Schiebetür, und dieser Kerl saß auf dem Beifahrersitz. Ich sagte etwas wie: ›Hallo, ich bin Benson‹, und er nannte seinen Namen. Er hatte einen Akzent, und ich sagte: ›Ach, Sie sind Deutscher, *Guten Tag*, die Familie meiner Mutter stammt aus Deutschland, und ich kenne den Akzent.‹ Und er sagte irgendwie blasiert, als müsste ich den Unterschied bemerken, dass er aus Österreich komme. Aber dann ist Kennedy zappelig geworden, er wollte erkennbar weiter, und ich habe mich verabschiedet, und sie sind abgedüst.«

Ellas Herz hämmerte in der Brust. »Sie haben einen Österreicher namens Thomas Werner in Begleitung von James Kennedy getroffen?«

»Er hat sich definitiv mit diesem Namen vorgestellt?«, fragte Murray.

»Thomas Werner, ja.«

»Wie sah er aus?«

»Kurzes braunes Haar. Mittelgroß, glaube ich, aber das ist schwer zu sagen, wenn einer in einem Fahrzeug sitzt und man nur die obere Hälfte von ihm sieht.«

»Und die Augenfarbe?«, sagte Ella. »Haben Sie irgendwelche Besonderheiten an ihm bemerkt?«

»Augen – weiß ich nicht. Es war eigentlich nichts Auffälliges an ihm. Nur sein Akzent. Und er wirkte sehr arrogant.«

»Hat er gesagt, ob er hier lebt oder als Tourist hier war?«, fragte Murray.

»Das hat er nicht gesagt«, antwortete Benson. »Sie glauben wirklich, dass er James getötet hat? Oh, Mann.«

»Wann haben Sie ihn getroffen?«, fragte Ella.

»Vor einem halben Jahr vielleicht«, sagte Benson. »Ich kann es wahrscheinlich eingrenzen.« Er schaltete den Computer ein. »Ich glaube, ich weiß noch, was ich ihnen mitgegeben habe. Ich schaue nach, dann müsste ich Ihnen den genauen Tag sagen können.« Er drehte seinen Stuhl herum, als der Bildschirm zum Leben erwachte.

Ella bedeutete Murray, ihr in die winzige Küche zu folgen.

»Wir müssen Kuiper anrufen«, sagte Murray.

»Wir müssen uns mit der Einwanderungsbehörde in Verbindung setzen«, sagte Ella.

»Da haben wir es«, rief Drysdale. »Computerfestplatte und ein Monitor, an zwei verschiedene Adressen am 27. Mai.«

Murray schrieb die Information auf.

»Haben Sie und Kennedy danach noch über Werner gesprochen?«, fragte Ella.

»Nur einmal, flüchtig«, sagte Drysdale. »Das war ein paar Tage später. James war in der Lagerhalle, und ich bin zu ihm gegangen. Er lud etwas von einem Lkw in seinen Transporter, und ich fragte, wie es gelaufen sei, ob man

Werner trauen könne. Ehe er antworten konnte, kam jemand vorbei, und er hielt sofort den Mund. Danach legte er den Finger an die Lippen und steckte mir meinen Teil des Geldes zu. Ich dachte, er wollte wohl damit ausdrücken, dass der Typ cool ist und man nicht über ihn reden muss.«

»Wirkte Kennedy besorgt oder ängstlich?«

»Überhaupt nicht. Er war wie immer.«

»Waren noch andere Leute aus der Firma an diesen Dingen beteiligt, an diesen heimlichen Lieferungen?«

»Nicht mit mir.«

»Mit jemand anderem?«

Er biss sich auf die Unterlippe. »James hat einmal eine Bemerkung gemacht, aus der ich schloss, dass es andere auch taten, aber ich weiß nicht wer, oder was sie transportieren ließen.«

»Was hat er gesagt?«

»Ich sagte zu ihm, man werde uns hoffentlich nicht erwischen, weil wir dann wegen Peres in der Scheiße sitzen würden, und er meinte, da wären wir nicht die Einzigen.«

Interessant.

»Sie müssen zu uns in die Dienststelle kommen und eine offizielle Aussage machen«, sagte Ella. »Hier ist die Adresse.« Sie gab ihm ihre Karte.

Er verzog das Gesicht. »Müssen Sie Peres erzählen, was ich getan habe?«

»Wir werden es ihm nicht von uns aus sagen«, erwiderte Ella. »Aber es könnte im Zuge der Ermittlungen herauskommen.«

Drysdale machte eine enttäuschte Miene.

Ella rief Kuiper auf ihrem Handy an, ehe sie das Gebäude verließen, und berichtete ihm, was sie in Erfahrung gebracht hatten.

»Fahren Sie zum Einwanderungsbüro hinüber«, sagte Kuiper. »Ich habe bereits dort angerufen, aber ich rufe noch mal an und gebe Bescheid, dass Sie kommen.«

Ella beendete das Gespräch. »Ich fahre«, sagte sie zu Murray.

Kristis aktueller Mosaikauftrag fand in einem Neubau an einer engen Straße in Point Piper statt. Lauren quetschte sich zwischen den Fahrzeugen eines Installateurs und eines Stuckateurs vorbei, die auf dem Gehsteig standen. Die Glastür zur Eingangshalle war noch mit Plastikfolie bedeckt, in die linke Hälfte war ein Kantholz eingespreizt, damit sie nicht zufiel. Lauren ging hinein und drückte den Aufzugsknopf. Drei Radios spielten verschiedene Rocksender in nahe gelegenen Wohnungen, begleitet von Hämmern und dem Surren elektrischer Sägen. Lauren schüttelte die Hände aus, sie versuchte sich zu beruhigen, überlegte, was sie sagen sollte. Man musste nicht jeden Tag seiner Schwester beibringen, dass ihr Ex ein Mörder war.

Der Lift fuhr geräuschlos nach oben und öffnete sich zu einem Foyer mit Glaswänden. Der Blick auf den Hafen war fantastisch, selbst durch die Kunststofffolie, aber Lauren nahm sich nicht die Zeit, ihn zu genießen. Es gab nur zwei Wohnungen auf jedem Stockwerk, und die Tür zu 16 A stand offen. Sie hörte Felise in der Wohnung singen, ihre hohen Töne klangen, als kämen sie aus einem Badezimmer. Es roch nach frischer Farbe.

»Kristi?«

»Hier drin.«

Laurens Schuhe quietschten auf dem glänzenden Parkett der Wohnung. Felise kam gelaufen, um sie zu begrüßen. »Hast du das Meer gesehen?«

»Ja.« Sie nahm die kleine, warme Hand des Mädchens und ließ sich ins Badezimmer führen, wo Kristi vor einer Wand gegenüber einer großen leeren Badewanne kniete.

»Was gibt es?«, fragte sie und klebte ein Stück grüne Fliese an die richtige Stelle.

Lauren drückte kurz Felises Hand – *gib mir Kraft* –, dann

ließ sie sie los. »Felise, Schätzchen, könntest du deinen Malblock nehmen und mir ein Bild von dem größten Boot malen, das du siehst?«

»Aber ich halte Schule.« Sie zeigte auf die Duschkabine. Puppen und Bären saßen an den Wänden, und in der Mitte lagen eine Auswahl von Stiften und ein Schreibblock voller Gekritzel.

»Nur fünf Minuten«, sagte Lauren. »Bitte.«

»Nein.« Felise verschränkte die Arme.

»Ich habe es heute schon satt, mit ihr zu streiten«, sagte Kristi. »Lass sie.«

»Ich muss mit dir reden.«

»Dann rede.«

Felise sang den Anwesenheitsappell. »Großer Bär und blauer Bär und kleine Alice und Benjamin.«

»So kann ich es nicht«, sagte Lauren. »Komm mit in den anderen Raum.«

»Ich muss pünktlich fertig werden.« Kristi wählte ein neues Stück Fliese aus einem Sortiment auf dem Boden. »Solange sie singt, hört sie nicht zu. Also sag es einfach.«

»Freddie Frosch und Jumpy Jim«, fuhr Felise fort.

Lauren senkte die Stimme. »Es geht um Thomas.«

Kristi sprang auf. »Er will Felise.«

»Nein. Hör zu.« Lauren ließ sie auf dem Rand der Wanne Platz nehmen. »Erinnerst du dich an den Mann, von dem ich dir neulich erzählt habe, den ich versorgt habe, und der mir genau erzählt hat, was mit ihm passiert ist?«

»Ich glaube, ich weiß, wen du meinst«, sagte Kristi. Felise hatte sich umgedreht und beobachtete sie.

Lauren senkte die Stimme. »Er hat mir gesagt, dass es Thomas war.«

Kristi starrte sie an. »Was?«

»Ich will das Geheimnis wissen«, sagte Felise.

Lauren flüsterte nun. »Thomas hat diesen Mann erstochen.«

Felise umklammerte Kristis Knie. »Erzählt es mir auch!«

»... ihn getötet«, sagte Kristi mit schwacher Stimme. Das Stück Fliese fiel ihr aus der Hand und zerbrach auf dem Boden.

»Ja.«

Felise hüpfte auf und ab. »Verratet mir das Geheimnis!«

Lauren schloss sie in die Arme. »Einen Moment, Floh.«

»Woher weißt du, dass *er* es ist?«, sagte Kristi.

Felise strampelte in Laurens Griff. »Das ist gemein!«

»Er hat mich angerufen«, sagte Lauren. »Er verlangte, dass ich meine Aussage zurücknehme oder ...«

»Oder was?«

»Frag lieber nicht.«

»Ich will das Geheimnis wissen!« Felise trat gegen Kristis Bein und packte sie am Arm.

»Willst du eine Ohrfeige?« Kristi war blass im Gesicht, ihre Augen loderten. »Willst du eine?«

Lauren wusste, ihr Zorn war aus Angst geboren. Felise befreite sich aus ihrem Griff und kickte Kristis Handy über den Fußboden.

»Ich schwöre dir, Felise, wenn du es kaputt gemacht hast ...«

»Ist mir egal!« Felise stampfte in den angrenzenden Raum und warf sich weinend auf den Boden.

Kristi zitterte, sie hatte Tränen in den Augen. Lauren drückte ihren Arm. »Ich bin heute Morgen zur Polizei gegangen und wollte meine Aussage zurückziehen, weil ich einen Fehler gemacht hätte. Ich sagte, ich würde jemanden mit diesem Namen kennen und hätte deshalb wahrscheinlich falsch verstanden, was das Opfer sagte. Die Beamtin sagte, das sei ein juristisches Dokument und ich könne es nicht zurücknehmen. Und sie würden sich Thomas ansehen und mit dir sprechen. Sie wollen wissen, ob er sich gemeldet hat.«

»Du hast ihnen nicht gesagt, dass er angerufen hat?«

»Ich habe es nur dir und Joe erzählt. Joe meinte, ich soll es ihnen sagen. Ich weiß nicht, was ich tun soll.«

Kristi starrte aus dem abgedeckten Fenster. »Wie hieß der Mann gleich noch?«

»James Kennedy.«

Kristi sagte sich den Namen lautlos vor. »Hat er gesagt, wieso?«

»Er sagte, er sei ein schlechter Mensch, das war alles.«

»Die Polizei weiß nichts?«

»Nicht dass ich wüsste.«

»Ich glaube, wir müssen es ihnen sagen. Du sagst, sie kommt heute Abend vorbei? Dann sollten wir es ihr erzählen.« Kristi umarmte Lauren. »Wir haben bereits Brendan verloren. Ich will nicht, dass dir etwas zustößt.«

Lauren roch das Shampoo ihrer Schwester, spürte die warme Haut ihrer Wange. »Okay.«

»Wieso wollt ihr mir das Geheimnis nicht verraten?«, fragte Felise vom Eingang her. Ihr Gesicht war rot und tränenüberströmt.

»Wir haben uns nur unterhalten, Süße.« Kristi streckte ihr die Hand entgegen. »Es gibt keine Geheimnisse, versprochen.«

Bis auf eins vielleicht, dachte Lauren, von einem toten Mann und einer Gasse.

Die Einwanderungsbehörde belegte den größten Teil eines hohen Gebäudes im Geschäftsviertel. Ella und Murray zeigten einer streng blickenden Frau am Empfangstisch ihre Dienstausweise und wurden in den fünfzehnten Stock geschickt. Dort stand ein rundlicher Mann mit breitem Lächeln vor ihnen, als die Tür aufging. »Ah, die Detectives. Wir haben Ihr amtliches Schreiben gerade erst erhalten, die Akten, die Sie brauchen, werden in diesem Moment geholt. Vielleicht möchten Sie hier warten.« Er zeigte ihnen einen leeren Büroverschlag.

»Wunderbar«, sagte Murray. »Danke.«

Der Mann ging, und sie setzten sich. »Kommt mir zu einfach vor«, sagte Ella.

»Wenn sie uns helfen wollen, werde ich keinen Streit mit ihnen anfangen.«

»So, da hätten wir es.« Eine junge Frau hielt ihnen einen Aktenordner hin. Ella ergriff ihn und dankte ihr. Sie legte ihn auf den Schreibtisch und klappte ihn auf, ihre Handflächen waren plötzlich schweißnass, und ihr Puls hämmerte laut in den Ohren.

Sie gingen rasch die Einreisevermerke und den übrigen Papierkram durch, dann sahen sie einander entsetzt an.

»Er ist gar nicht im Land?«, sagte Murray. »Wie kann das sein?«

Ella griff zum Telefon und wählte.

»Wie lief es?«, sagte Kuiper. »Wo ist er?«

»Noch immer in Österreich, soweit wir wissen.«

»Wie bitte?«

»Die letzte verzeichnete Einreise fand vor fünfeinhalb Jahren statt, fast ein Jahr später ist er wieder ausgereist.«

»Das ist nicht Ihr Ernst.«

»Leider doch«, sagte Ella. »Es wirft auch Fragen bezüglich Benson Drysdale auf. Hat er gelogen, als er sagte, er hat Werner vor einem halben Jahr gesehen, oder läuft ein zweiter Thomas Werner aus Österreich bei uns herum, oder was?«

»Gute Frage«, sagte Kuiper. »Passen Sie auf, ich habe die Leute von der Einreisekontrolle am Flughafen bereits dazu gebracht, dass sie uns helfen, also fahren Sie da hinüber, dann wissen wir wenigstens, wie der Schweinehund aussieht. Später müssen wir dann entscheiden, ob wir Drysdale als Zeugen verbrennen und ihm das Bild zeigen, damit wir bestätigt bekommen, dass es ein und derselbe Mann ist.«

»Okay«, sagte Ella.

»Steht in der Akte etwas darüber, was er getan hat, bevor er hierherkam? Ob er einer Arbeit nachging, und wenn ja, welcher?«

Sie blätterte die Akte durch. »Seiner Einreisekarte nach wohnte er unter einer Privatadresse in Crow's Nest. Hier steht nicht, wem die Wohnung oder das Haus gehörte. Er hat eine Telefonnummer für die Zeit seines Aufenthalts hier als Kontaktmöglichkeit angegeben – haben Sie was zu schreiben?«

»Schießen Sie los«, sagte Kuiper.

Ella las die Nummer vor. »Außerdem steht hier, dass er Urlaub machte und also nicht arbeiten sollte, und als seine Heimatadresse für Notfälle hat er eine Mrs. Gretel Werner in Wien angegeben.«

»Fragt sich, ob es sich um die Ehefrau oder die Mutter handelt«, sagte Kuiper. »Danke. Ich kümmere mich um das alles. Sie besorgen dieses Foto, dann rufen Sie wieder an.«

Murray hatte den Kopf in die Hände gestützt. »Wohin geht es jetzt?«

»Zum Flughafen. Sein Bild auf den Bändern suchen.«

»Selbst wenn wir es finden, was dann?«, fragte Murray. »Wenn er mit einem falschen Pass eingereist ist, ist es praktisch unmöglich, ihn aufzutreiben. Er kann sogar schon wieder ausgereist sein. Wie können wir beweisen, dass er der Täter ist, wenn wir nicht beweisen können, dass er hier war?«

»Beruhige dich«, sagte Ella, obwohl ihr dieselben Gedanken – und noch ein paar mehr – durch den Kopf gingen.

So viel zur Festigung meines Platzes in der Mordkommission.

Ein mürrischer Mann begleitete Ella und Murray durch die Eingeweide des Flughafens zu einem kleinen Raum mit einem Monitor und einem DVD-Player. Er knallte eine Fernbedienung auf den Tisch und deutete beliebig auf irgendwelche Tasten. »Abspielen, Stopp, Pause, schneller Vorlauf, Rücklauf.« Dann machte er auf dem Absatz kehrt, ging hinaus und schlug die Tür hinter sich zu.

»Fröhlicher Typ.« Murray setzte sich in einen der Plastiksessel.

Ella blieb stehen und startete die fünf Jahre alte Aufzeichnung. Die Datums- und Zeitanzeige in der unteren rechten Ecke zählte die Minuten. »Welche Zeit brauchen wir?«

Murray schlug sein Notizbuch auf. »Die Einreisekontrolle hat ihn um 8.50 Uhr abgestempelt.«

Ella ließ die Aufzeichnung schnell vorlaufen. Der Blick stammte von einer Kamera über dem Kopf eines Einwanderungsbeamten. Am Rand des Schirms sah Ella die Nummer 8 an dem Schalter. »Er ist durch Schalter 8 gekommen, oder?«

Murray nickte.

Die Minuten sausten auf dem Zählwerk vorbei. Menschen eilten zum Schalter, händigten Pässe und Einreisekarten aus und redeten im Schnellzugtempo, während der Kopf des Einwanderungsbeamten auf und ab ging, dann wurden die Pässe gestempelt, und sie waren durch. Sobald sie sich dem fraglichen Zeitpunkt näherten, ließ Ella die Aufzeichnung in normaler Geschwindigkeit laufen.

Als die Ziffern 8.50 Uhr klickten, trat ein Mann an den Schalter. Ella lief ein Schauder über den Rücken. Er hatte kurzes braunes Haar, ein rundes Gesicht und braune Augen.

»Das ist er also?«, sagte Murray.

»Hält sein Gesicht nach unten geneigt.«

»Gewissermaßen.«

»Er tut es.«

Der Mann auf dem Bild sah den Beamten an, nicht hinauf zur Kamera, und sagte etwas, offenbar als Antwort auf eine Frage. Er nickte einmal. Seine Miene war gleichgültig, ausdruckslos. Ella versuchte sich vorzustellen, wie er James Kennedy erstach, das Gesicht verzerrt vor – ja was? Rachegelüsten, Gier, Hass? Sie mussten den Grund erst noch in Erfahrung bringen.

Der Beamte stempelte seinen Pass und reichte ihn zurück, Werner nahm ihn und entfernte sich.

»So weit, so gut.« Murray klatschte sein Notizbuch auf den Tisch. »Und jetzt – sollen wir uns das gesamte Filmmaterial seitdem besorgen und dann stundenlang dasitzen und nach jemandem suchen, der aussieht wie er?«

Ella spulte zurück und suchte nach dem deutlichsten Bild seines Gesichts. »Vielleicht haben sie eine Software, die ihn vergleichen kann.«

Murray murmelte etwas Unverständliches.

Sie betrachtete ein Einzelbild. »Das hier vielleicht, was meinst du?«

Das Gesicht des Mannes befand sich in der Mitte des Bildes, die Augen hatte er aufmerksam auf den Beamten gerichtet, der Mund war geschlossen.

»Sieht gut aus.« Murray schrieb die Bildnummer und die genaue Zeit auf. »Jetzt müssen wir unseren lustigen Freund nur noch um einen Ausdruck bitten.«

»Das darfst du machen«, sagte Ella. »Ich bringe Kuiper auf den neuesten Stand.«

12

Lauren lag erschöpft im Bett. Das Beruhigungsmittel, das sie genommen hatte, tat seine Wirkung, aber ihr Geist wehrte sich heftig. Jedes Mal, wenn sie wegdöste, tauchten Bilder des verbrannten Mannes auf, und sie wurde ruckartig wach und rang nach Luft.

Sie rollte sich ein und drehte sich zur Seite, zog ihr T-Shirt am Rücken nach unten und glättete die Boxershorts an den Schenkeln. Auf der Kommode an der gegenüberliegenden

Wand standen gerahmte Fotos, und sie ließ den Blick unkonzentriert darüberschweifen. Sie, Kristi und Brendan, an dem Weihnachtsabend, an dem sie alle drei neue Fahrräder bekommen hatten. Ihres war ein rot glänzendes Zehngang-Rad, Kristis ein purpurner Renner mit Bananensitz, während Brendan immer noch Stützräder an seinem goldenen Mini-BMX hatte, die er nicht schnell genug loswerden konnte.

Die Augen fielen ihr zu. Ihr Körper entspannte sich. Doch dann sah sie der verbrannte Mann aus seinen lidlosen Augen an, packte sie mit seiner versengten Hand, und sie war wieder wach.

Sie setzte sich auf und legte die verschränkten Arme auf die Knie. Es war ihr zuvor bereits schlecht genug gegangen vor Angst und Sorge. Dieses ständige Eindösen und Aufschrecken machte alles noch schlimmer. Sie wusste, dass es eigentlich nicht um den Verbrannten ging, dem sie geholfen hatte, so gut sie konnte, sondern um Thomas. Der Verbrannte war ein … Wie nannte man es noch? Sie war so müde, dass sie nicht mehr richtig denken konnte. Ein Symbol, das war er. Er war ein Symbol für die Bedrohung durch Thomas. Wenn sie ihn sah, sah sie eigentlich Kristi oder Felise. Oder sich selbst.

Sie drückte ihr Kinn in die Armbeuge. Vielleicht sollte sie noch ein Schlafmittel nehmen, damit es sie so richtig umhaute. Sie würde heute Abend zwar wie ein Zombie durch die Gegend laufen, aber wenigstens noch ein, zwei Stunden Schlaf finden.

Sie stieg aus dem Bett und tappte barfuß zur Küche. Das Haus war warm und von der Sonne durchflutet, sie hörte Autos draußen auf der Straße vorbeifahren und das Signalhorn eines Zugs am Bahnhof. Sie goss sich gerade ein Glas Wasser aus dem schweren Glaskrug ein, den sie immer im Kühlschrank stehen hatten, als sie hinter sich ein Geräusch hörte.

Sie drehte sich um, und im selben Moment stürzte sich

Thomas auf sie. In seiner linken Hand blitzte eine Klinge auf, die er im Bogen abwärtsführte. Sie riss den rechten Arm nach oben, und der Glaskrug traf seinen Unterarm, der Aufprall erschütterte ihre Hand so sehr, dass sie den Krug beinahe fallen ließ. Eiswasser spritzte über sie beide. Der Schwung von Thomas' Bewegung ließ sie gegen den Küchenschrank krachen, und für einen kurzen Moment drückte seine Schulter gegen ihr Gesicht. Sein T-Shirt roch nach Chemikalien, es raubte ihr den Atem. Dann spürte sie, wie er sich bewegte, und sie wusste, er holte wieder mit dem Messer aus. Sie schrie: »Feuer!« Und schwang den Krug mit voller Wucht seitlich an seinen Kopf. Der Griff war nass und rutschig, und sie hatte Mühe, ihn nicht loszulassen, während er sie wieder gegen die Küchenschränke drückte. »Feuer! Feuer!«

Thomas stöhnte und stieß sie heftig gegen die Arbeitsplatte. Sie war sich seines linken Arms überdeutlich bewusst, der Bewegung seiner Schulter, sie wusste, dass er versuchte, einen Messerstich von hinten zu führen, in ihre Lungen, ihr Herz, aber der Mikrowellenherd in ihrem Rücken blockierte seinen Stoß. Sie holte zu einem Schlag mit dem Glaskrug gegen seinen Hinterkopf aus, aber er streifte ihn nur und traf sie dann selbst im Gesicht. Thomas versuchte, sie zur Seite zu schieben, fort von der Mikrowelle, aber er rutschte auf dem nassen Boden aus.

»Lauren?« Jemand hämmerte unten an die Eingangstür. »Lauren!«

Ziyad von nebenan.

»Feuer!«, schrie sie. Sie schwang den Krug erneut nach oben, und diesmal spürte sie den dumpfen Aufschlag. Thomas wankte, und sie traf ihn ein zweites Mal. Das Messer fiel klirrend zu Boden, und über Laurens Unterarm sickerte warmes Blut.

Thomas taumelte. Sie stürzte sich auf ihn und schwang den Krug gegen sein Gesicht, aber er wehrte ihn mit dem

Unterarm ab. Dann rutschte sie im Wasser aus, stürzte und schlug sich den Kopf an einem Stuhlbein an.

»Lauren!« Lautes Hämmern an der Tür.

Thomas stolperte zum vorderen Fenster. Lauren mühte sich noch, auf die Beine zu kommen, als er das Fenster nach oben schob und hinauskletterte. Sie klammerte sich an der Stuhllehne fest und schleuderte den Krug nach ihm, aber er zerbrach am Fensterbrett, während Thomas sich auf die Markise fallen ließ.

»Lauren! Mach um Himmels willen die Tür auf!« Unten wurde Ziyad allmählich heiser.

Thomas würde von der Markise auf den Baum steigen und dann nach unten, es gab keinen anderen Weg. Ziyad war ein kräftiger Kerl. Thomas war verletzt und hatte kein Messer. Lauren stolperte die Treppe hinunter und fummelte am Schloss.

»Pass auf den Baum auf!«

»Alles in Ordnung mit dir?«, sagte Ziyad durch die Tür. »Die Feuerwehr ist schon unterwegs.«

Sie brachte das Schloss nicht auf. Ihre Finger rutschten immer ab. »Der Baum!««

»Was?«

Das Schloss ging auf. Ziyad stürzte durch die Tür und stieß Lauren zu Boden. »Verdammt, tut mir leid. Alles okay? Wo ist das Feuer?«

»Der Mann.« Lauren zeigte mit zittriger Hand zum offenen Eingang. Das Sonnenlicht blendete sie.

»Was für ein Mann?« Ziyad hatte einen kleinen Feuerlöscher mit gezacktem Bodenrand in der Hand. »Alles in Ordnung? Du bist voller Blut.«

»Im Baum. Er haut ab.«

Ziyad ging nachsehen. »Da draußen ist niemand.« Eine Sirene heulte in der Ferne. »Wo brennt es denn nun?«

»Im Baum! Der Mann!« Sie fühlte sich schwach, und ihr war schlecht.

»Da ist niemand.« Ziyad begann, die Treppe hinaufzusteigen.

»Es gibt kein Feuer.« Lauren legte sich erschöpft zurück. »Ruf die Polizei an.«

Er zog sein Handy aus der Tasche. »Ich rufe dir auch einen Rettungswagen.«

»Das ist nicht mein Blut.« Sie hielt den Arm hoch und drehte ihn, um zu zeigen, dass sie keine Verletzungen hatte.

»Und was ist damit?« Er zeigte auf ihre Seite.

Lauren sah nach unten, wo sich ein Fleck auf ihrem T-Shirt ausbreitete. Sie drehte sich auf die Seite und zog das Shirt unbeholfen hoch, wobei sie nun einen Schmerz quer über ihren Rücken spürte. »Wie schlimm ist es?«

Ziyad wurde weiß im Gesicht.

»Setz dich«, sagte Lauren. Ziyad schwankte. »Setz dich hin.« Seine Beine gaben nach, und er sackte auf den Boden. »Dreh dich zur Seite. Sieh nicht hin, wenn es dir dann schlechter geht. Bleib mit dem Gesicht nahe der Tür liegen, wegen der Frischluft.«

»Dein Rücken«, stöhnte er.

»Denk nicht daran«, sagte sie matt. »Gib mir dein Handy.«

Er hielt es ihr mit zittriger Hand hin.

»Immer tief durchatmen, dann geht es dir gleich besser.« Lauren legte ihm eine Hand auf die Wade, während sie mit der anderen Kristis Nummer wählte. Die Sirenen klangen näher, und sie hörte das Dröhnen eines Feuerwehrwagens.

»Du musst nach Hause kommen«, sagte sie, als Kristi sich meldete. »Du musst sofort nach Hause kommen.«

Ella öffnete die Akte über Alan Harvey und schloss sie dann wieder. »Wenn wir Drysdale dieses Standfoto von dem Band zeigen würden, wüssten wir mit Bestimmtheit, ob Werner vor sechs Monaten hier war.«

»Harvey ist eine genauso wertvolle Spur.«

»Nein«, sagte Ella. »Harvey ist nur eine Sache, die überprüft werden muss.«

Murray bog hübsch langsam um eine Ecke. »Du bist so ungeduldig.«

Das ignoriere ich. Ella klappte den Ordner wieder auf und begann ihn durchzublättern. »Schau dir dieses ganze Zeug an.«

Murray warf einen Blick hinüber.

»Wir haben Alan Harveys Führungsakte – eine Festnahme wegen ordnungswidrigen Verhaltens und Widerstands gegen die Staatsgewalt im Jahr 1979. Wir haben den Autopsiebericht über Karen Harvey und die Krankenhausberichte über ihren verwundeten Sohn. Wir haben den vollständigen Unfallbericht einschließlich Kopien der Fotos, wir haben Zeugenaussagen von Hinz und Kunz. Wir haben sogar eine Kopie der Versicherungsdokumente, in denen der Inhalt von Kennedys Lieferwagen und was davon beschädigt wurde, aufgelistet ist.« Ella fuhr die Liste mit dem Finger entlang. »Hier steht, Kennedy hat verschiedene Dinge an einen Floristen geliefert – ein Karton Ziervasen, die zu Bruch gingen, zwei Kartons von etwas, das sich Oase nennt – unbeschädigt, zwei Rollen Kunststofffolie und je eine violettes und rosa Papier – unbeschädigt. Dann an einen Spielzeugladen zwei Kartons Schneekugeln – unbeschädigt, ein Karton kleine Plastikpuppen und einer mit verschiedenen Kinderkostümen – dito. Und an ein Ärztezentrum ein Karton Verbandspäckchen, Schachteln mit Nadeln und Spritzen verschiedener Größe, Gläser für Urinproben …«

»Nett.«

»… alles unbeschädigt. Keine Computer oder Teile davon.«

»Jedenfalls nicht auf der Liste.« Murray verlangsamte und sah an den Häusern entlang. »Welche Nummer ist es?«

»Dreißig.«

Das Haus war klein und adrett, das weiß gestrichene

Holz stand in hübschem Kontrast zu den roten Ziegeln. Murray parkte ein kleines Stück weiter, und Ella klappte die Akte zu, ehe sie aus dem Wagen stieg.

Die Sonne brannte heiß, aber im Schatten von Harveys Veranda war die Luft kühler. Ella klopfte an die Tür und wartete.

Man hörte, wie Schlösser geöffnet wurden, dann ging die Tür auf. Der Mann, der aus dem Eingang blickte, wirkte älter als seine siebenundvierzig Jahre. »Ja?«

»Mr. Alan Harvey?«

»Ja.«

»Ich bin Detective Ella Marconi, und das ist Detective Murray Shakespeare. Dürfen wir hereinkommen?«

»Darf ich fragen, warum?«

»James Kennedy ist tot«, sagte sie.

»Und inwiefern hat das mit mir zu tun?«

»Es wäre besser, wenn wir uns im Haus unterhalten könnten.«

Er zögerte einen Moment, dann zuckte er die Achseln.

Das Rattansofa im Wohnzimmer knarrte, als Ella und Murray Platz nahmen. Alan Harvey setzte sich in einen Einzelsessel gegenüber, blickte jedoch an ihnen vorbei auf den dunklen Fernseher. Ella wandte den Blick und sah die Familienbilder auf dem Gerät aufgereiht. Die Frau, die ihre Arme um die beiden kleinen Jungen legte, hatte ein strahlendes Lächeln.

»Sie wissen, wer Kennedy ist?«, sagte Ella für alle Fälle.

»Natürlich.«

»Es scheint Sie nicht zu überraschen, dass er tot ist«, sagte Murray.

»Der Mann ist gefahren wie ein Verrückter«, erwiderte Harvey. »Es war nur eine Frage der Zeit.«

»Er starb nicht bei einem Autounfall«, sagte Ella. »Er wurde auf offener Straße niedergestochen.«

»Oh.« Wieder dieser Blick auf die Fotos.

»Welche Gefühle löst das bei Ihnen aus?«, fragte Murray.

»Hatte er Familie?«
Ella nickte.
»Dann ist es tragisch, egal, was ich persönlich von dem Mann halten mag.«
Hinter ihnen war ein Geräusch zu hören. Ella blickte sich um und sah einen etwa zwölfjährigen Jungen im Eingang stehen. Sein Kopf war teilweise rasiert, und eine Reihe von Klammern war auf der linken Schädelseite sichtbar.
»Evan, geh bitte wieder ins Bett«, sagte Harvey.
»Aber ich habe Hunger.«
»Geh«, sagte Harvey. »Ich bringe dir gleich etwas nach oben.«
Der Junge drehte sich um und ging. Ella wartete einen Moment, aber Harvey sagte nichts. »Mr. Harvey«, fragte sie schließlich, »wo waren Sie am Dienstagabend zwischen halb neun und neun?«
»Ich war hier.«
»Kann das jemand bezeugen?«
»Meine Söhne waren ebenfalls hier, sie haben schon geschlafen.«
»Sonst niemand?«
Er deutete zur Tür. »Das ist mein Sohn Evan. Er hat bei dem Unfall, den Kennedy verursacht hat, eine Kopfverletzung erlitten. Er hat jetzt eine Weiche im Gehirn, und ab und zu blockiert sie, und er musste wieder operiert werden. Dienstag war der Tag, an dem er aus dem Krankenhaus entlassen wurde. In den ersten Tagen danach häufen sich die Anfälle bei ihm, und die können tödlich sein, deshalb hätte ich ihn und den anderen, jüngeren Sohn auf keinen Fall allein zu Hause gelassen.«
Murray rutschte auf dem Sofa vor. »Aber Sie verstehen, warum wir hier sind.«
»Jeder an meiner Stelle hätte das Gleiche gesagt.«
»Aber es waren Drohungen.«
»Der Mann war Berufsfahrer«, sagte Harvey. »Er soll-

te besser fahren als andere Leute. Man sollte einen höheren Anspruch an ihn stellen dürfen. Und dieser Mann fährt bei Rot über eine Ampel, weil er gerade in einen Stadtplan schaut, er tötet meine Frau und ruiniert das Leben meiner Söhne, und er bekommt eine Geldstrafe und Führerscheinentzug. Versetzen Sie sich an meine Stelle.«

Ella räusperte sich. »Kennen Sie einen Mann namens Thomas Werner?«

»Nein.«

»Dad.« Der Junge stand wieder in der Tür.

Harvey stand auf. »Ich komme, Ev. Wir sind hier sowieso fertig.«

Draußen in dem heißen Auto steckte Murray den Schlüssel ins Zündschloss, ließ den Motor jedoch nicht an. »Was denkst du?«

»Er hasste ihn, aber ich glaube nicht, dass er etwas damit zu tun hat.«

»Er könnte Werner als Killer engagiert haben.«

»Er könnte auch die Kinder allein gelassen und sich aus dem Haus geschlichen oder einen Babysitter gehabt haben.« Ella ließ ihr Fenster hinunter. »Und wahrscheinlich feiert er heute Abend, aber ich glaube trotzdem nicht, dass er etwas mit der Sache zu tun hat.«

Murray ließ den Wagen an. »Vielleicht nimmt es ihm endlich etwas von seinem Zorn.«

Ellas Handy läutete. »Seid ihr fertig mit Harvey?«, fragte Kuiper.

»In diesem Moment«, antwortete sie. »Er sagt, er war am Dienstagabend bei seinem Jungen zu Hause, der gerade frisch operiert war. Sollen wir es im Krankenhaus nachprüfen?«

»Nein. Fahren Sie hinüber zum Haus Ihrer Sanitäterin.«

Ellas Nackenhaare sträubten sich bei seinem Tonfall. »Was ist passiert?«

»Jemand ist bei ihr eingebrochen und hat sie überfallen.«

Murray musste ein ganzes Stück entfernt von Laurens Haus parken, weil sich am Straßenrand ein Polizeiauto ans andere reihte. Ella war aus dem Fahrzeug gesprungen, ehe er die Handbremse angezogen hatte. Sie eilte den Gehweg entlang, und das Herz hämmerte ihr bis zum Hals.

Ein uniformierter Beamter stand an der Treppe Wache. Die Tür war von halbrunden Vertiefungen übersät, bei manchen waren Reste roter Farbe ins Holz eingebettet. Ella zückte ihren Ausweis. »Sind alle okay?«, fragte sie den Beamten.

Er nickte. »Sie sind nebenan. Die Detectives sind oben.«

Ella trat vorsichtig über die Blutflecke hinweg ins Haus. Eine Frau erschien oben auf der Treppe. »Ella? Komm rauf.«

Sascha Ninkovic hatte vor langer Zeit in Newtown mit Ella gearbeitet. Jetzt war sie bei der Kriminalpolizei von Summer Hill. Ella stieg die Treppe hinauf. Sascha stand mit einem weiteren Detective an einer Wand der Küche und machte sich Notizen. Ein Beamter der Spurensicherung schoss Fotos, ein zweiter kauerte beim Fenster. Ella sah sich um, sie bemerkte den offenen Kühlschrank, das offene Fenster, die Glasscherben, das Blut auf dem Boden, auf der Arbeitsplatte und dem Fensterbrett.

»Und es geht ihr bestimmt gut?«, fragte sie.

»Oh, ja«, erwiderte Sascha. »Sie sagt, sie muss nicht mal ins Krankenhaus. Hat sich von ihren Sani-Kollegen zusammenflicken lassen.«

Ella fühlte peinlicherweise Tränen der Erleichterung aufsteigen.

Murray spähte über ihre Schulter. »Du lieber Himmel, was ist passiert?«

»Er kam durch ein rückwärtiges Fenster im Erdgeschoss herein«, sagte Sascha. »Er hat es aus dem Rahmen gestemmt und ist durchgestiegen. Die Bewohnerin …«

»Lauren«, sagte Ella.

»Lauren, ja, sie wollte sich etwas zu trinken aus der Küche holen und wurde von hinten attackiert. Sie hatte einen Glaskrug in der Hand, mit dem hat sie wiederholt nach ihm geschlagen, während er mit einem Messer auf sie einzustechen versuchte. Sie waren genau vor der Arbeitsfläche hier neben dem Kühlschrank. Man sieht die Spuren der Messerklinge an der Seite des Mikrowellenherds.«

Ella betrachtete die glänzenden Kratzer im Lack und das Messer auf dem Boden. Es hatte nur eine Schnittseite, war also nicht das, mit dem Kennedy niedergestochen wurde.

»Inzwischen schrie sie: ›Feuer‹, so laut sie konnte«, sagte Sascha.

»Wieso Feuer?«, fragte Murray.

»Damit erreicht man schneller Aufmerksamkeit«, erklärte Ella. »Wenn du ›Hilfe‹ schreist, sind die Leute nervös, sie haben Angst, in eine gefährliche Situation verwickelt zu werden. Schreist du ›Feuer‹, fühlt sich niemand direkt bedroht. Außerdem sind Feuer interessant, die Leute kommen angerannt.«

»Und genau das hat ihr Nachbar getan«, fuhr Sascha fort. »Er versuchte, die Tür mit einem Feuerlöscher einzuschlagen. Schließlich verletzte Lauren den Angreifer so schwer, dass er das Messer fallen ließ und davonlief.« Sie zeigte zum Fenster. »Er ist da hinaus, dann über die Markise und den Baum hinunter. Zu seinem Glück war Laurens Nachbar in der Zwischenzeit im Haus und hat ihn nicht gesehen. Wir haben allerdings eine Blutspur von seiner Kopfverletzung, sie führt die Straße hinauf, zu einer Stelle, wo er vermutlich einen Wagen abgestellt hatte. Wir lassen gerade die Nachbarschaft nach Zeugen abklappern.«

»Hat sie gesagt, wer es war?«, fragte Ella.

Sascha nickte. »Es war euer Thomas Werner. Und sie hat euch noch ein paar Dinge zu sagen.«

»Was denn?«, fragte Murray.

»Das wollte sie nicht verraten.«

13

Ella und Murray gingen nach nebenan. Die Frau, die auf ihr Klopfen öffnete, war Mitte zwanzig und hatte langes schwarzes Haar, das zu einem Knoten zusammengebunden und mit einer silbernen Nadel festgesteckt war. Sie streckte ihnen eine schlanke, zitternde Hand entgegen und stellte sich als Tamsyn Saleeba vor. »Es war mein Mann Ziyad, der Lauren schreien hörte.«

»Er hat ihr sehr geholfen«, sagte Ella.

»Es ist schwer zu fassen, dass so etwas passiert«, sagte Tamsyn. »Ich glaube, wir haben es alle noch immer nicht richtig verdaut.«

»Sind alle jetzt hier?«

»Ziyad beschäftigt die Kinder draußen im Garten. Lauren und Kristi sind im Wohnzimmer.« Sie führte sie zur Wohnzimmertür. »Darf ich Ihnen etwas anbieten? Tee? Kaffee?«

»Nein, danke.«

Im Wohnzimmer verharrte Lauren stocksteif auf der Sofakante und hatte den Blick auf die gegenüberliegende Wand gerichtet. Kristi saß neben ihr und faltete ein feucht aussehendes Taschentuch auseinander, um es anschließend wieder zu zerknüllen. Sie blickte zu den Detectives auf, Lauren dagegen nicht.

»Lauren«, sagte Ella freundlich. »Wie geht es Ihnen?«

Lauren blinzelte und sah sie an. »Gut«, sagte sie. »Alles in Ordnung.«

Ella setzte sich in einen Lehnstuhl im rechten Winkel zum Sofa, während sich Murray einen Stuhl von der Essecke am anderen Ende des Raums holte. Direkt gegenüber von Ella ging eine Terrassentür auf den Garten hinaus, wo eine karierte Geschirrtuch-Flagge über einer windschiefen, kleinen Hütte flatterte. Ein hochgewachsener Mann mit dunklem

Haar saß unsicher auf einem winzigen Plastikstuhl, mit ihm ein untersetzter braunhaariger Junge in Schuluniform und ein kleines, blondes Mädchen. Das Mädchen nippte an einer Spielzeugteetasse, und der Junge goss imaginären Tee aus einer Kanne in die Tasse, die der Mann zwischen Daumen und Zeigefinger hielt. Tamsyn Saleeba überquerte die Rasenfläche und streichelte den Kindern über den Kopf.

»Es tut mir leid, dass das passiert ist«, sagte Ella. »Fühlen Sie sich schon wieder in der Lage, darüber zu sprechen?«

Lauren nickte. »Wir müssen ihn kriegen.«

»Mit ›ihn‹ meinen Sie …«

»Thomas Werner.«

Murray holte das Foto hervor, das sie am Flughafen bekommen hatten. »Ist er das?«

Lauren und Kristi betrachteten das Bild und nickten beide.

»Können Sie uns zuerst schildern, was heute passiert ist?«, fragte Ella.

Lauren erzählte die Geschichte, die Sascha bereits umrissen hatte, fügte aber noch an, wie der Krug Werners Kopf nur gestreift und ihren eigenen getroffen hatte, woher die Schwellung und der blaue Fleck auf ihrer Stirn stammten, und wie sie sich den Kopf am Stuhl angeschlagen hatte. »Wenn ich nicht ausgerutscht wäre, hätte ich vielleicht besser getroffen, als ich den Krug nach ihm warf. Vielleicht hätte ich ihn aufhalten können.«

Kristi schüttelte den Kopf.

»Welche Verletzungen haben Sie noch erlitten?«, fragte Ella weiter.

Lauren hob das Haar, um ihr die Schwellung an der Schläfe zu zeigen, dann stand sie auf, drehte sich um und zog ihr T-Shirt hoch. Ein Verband lief schräg über ihre Lendengegend und rechte Hüfte, festgehalten von einer breiten Bandage rund um den Leib. »Es ist nicht einmal tief genug, dass es genäht werden muss. Ich hatte viel Glück.«

Kristi krümmte sich. Ella fühlte sich selbst ein wenig schwach. Sie sah in den Garten hinaus. Das kleine Mädchen ließ sich hin und wieder von seiner Teerunde ablenken und schaute zu ihnen herein.

»Ich muss Ihnen noch etwas sagen.« Lauren setzte sich wieder. »Thomas hat mich gestern angerufen und gedroht, das Haus niederzubrennen, wenn ich meine Aussage darüber, was Kennedy gesagt hat, nicht zurückziehe.«

Ella und Murray wechselten einen Blick. Die Details von Kennedys letzten Worten waren nicht an die Medien gegeben worden.

»Mit wem hatten Sie über die Sache gesprochen?«, fragte Murray.

»Nur mit Joe, der dabei war«, sagte Lauren. »Und mit Ihnen und dem uniformierten Beamten im Krankenhaus. Heute habe ich es Kristi erzählt.«

Ella sah Kristi an.

»Wem sollte ich es denn sagen?«, brauste Kristi auf.

»Ich muss Sie das fragen.«

Kristi senkte den Kopf wieder. »Ich habe mit niemandem über irgendetwas davon gesprochen.«

»Was für ein Mensch ist Joe?«, fragte Ella.

»Er würde es keiner Seele verraten«, sagte Lauren.

Dann mussten sie eine undichte Stelle in Betracht ziehen. In ihrer Dienststelle, oder vielleicht im Krankenhaus. Ella verstand, warum Lauren gezögert hatte, ihr etwas zu sagen. Drohung war Drohung, und wenn Werner bereits so viel wusste, wer konnte wissen, was er noch in Erfahrung brachte.

»Da ist noch etwas«, sagte Lauren. »Vor etwa einem halben Jahr habe ich eine Leiche in einer Gasse gefunden.«

»Der Fall Blake«, sagte Ella.

Lauren nickte. »Das war ebenfalls Thomas. Er war noch dort. Er griff mich an und drohte, mich umzubringen, wenn ich erzählte, dass ich ihn gesehen hatte. Ich wusste, wer das

Opfer war; ich hielt es für das Beste, zu tun, was er sagte. Also habe ich den Beamten erzählt, ich hätte nichts gesehen.«

In Ellas Kopf drehte sich alles. Thomas Werner war ein Doppelmörder … Umso mehr Grund, ihn zu erwischen. Aber Laurens Status als Zeugin war jetzt beschädigt.

»Ist Ihnen klar, was Sie da zugeben?«, sagte sie.

»Ich fand, Sie müssten alles wissen«, sagte Lauren.

»So ist es«, warf Murray ein.

»Wenn wir vor Gericht gehen, wird das herauskommen«, sagte Ella. »Die Verteidigung wird behaupten, Sie lügen grundsätzlich, weil Sie in diesem Punkt gelogen haben. Außerdem wird der Fall Blake wieder geöffnet, man wird Sie noch einmal vernehmen, und Sie könnten wegen Meineids belangt werden.«

Lauren holte tief Luft, dann zuckte sie zusammen und legte die Hand in den Rücken. »Ich verstehe.«

Ella schaute in ihr Notizbuch. Was sie nicht sagte, war, dass die Gefahr für Lauren wahrscheinlich größer war, als sie sich vorstellten. Sie war die Schlüsselzeugin, die Werner wegen zwei Morden hinter Gitter bringen konnte. Er hatte bereits einen Anschlag auf ihr Leben verübt, nur einen Tag nach der ursprünglichen Drohung. Was würde er als Nächstes tun?

»Kristi, ich muss Ihnen auch ein paar Fragen stellen. Fühlen Sie sich in der Lage dazu?«

Kristi nickte knapp.

»Sie haben mit Thomas Werner zusammengelebt, ist das richtig?«

»Vor etwa fünf Jahren, ja«, sagte sie. »Wir hatten eine Wohnung in King's Cross, für neun oder zehn Monate.«

»Wie haben Sie sich kennengelernt?«

»In einem Club in der Innenstadt, der Marble Bar. Ich war in einer Gruppe von …«

»Drogenkonsumenten«, sagte Lauren.

»Ja, gut«, sagte Kristi. »Ich bin jetzt clean, seit dem Autounfall. Ich trinke nicht einmal Alkohol. Ich bin professionelle Mosaikkünstlerin und muss einen klaren Kopf behalten.«

»Wann haben Sie Thomas Werner zuletzt gesehen?«

»Kurz vor dem Autounfall«, antwortete Kristi. »Vor etwas über vier Jahren. Ich war mit Felise schwanger. Nach dem Unfall behielten sie mich im Krankenhaus, bis sie zur Welt kam, und dann brauchte sie eine Herzoperation. Er hat sich nie blicken lassen. Lauren ging zu unserer Wohnung, aber er war verschwunden. Dann erhielten wir einen Brief aus Österreich, in dem stand, dass man ihn wegen Überziehung seines Visums ausgewiesen habe, und es tue ihm leid, aber er könne nie mehr zurückkommen.«

In Werners Akte beim Einwanderungsbüro hatte nichts von einer Ausweisung gestanden.

»Wir haben es nicht geglaubt, aber das war uns egal«, sagte Lauren. »Wir wollten nichts mehr mit ihm zu tun haben.«

»Und seitdem gab es keinen Kontakt? Nicht einmal ein Telefongespräch?«

Kristi schüttelte den Kopf. »Bis er Lauren gestern anrief.«

»Wussten Sie, dass er wieder in Australien war? Hatte jemand aus Ihrem Freundeskreis von ihm gehört oder ihn getroffen?«

»Ich habe mit niemandem aus dieser Zeit mehr Kontakt«, erwiderte Kristi. »Ich habe einen kompletten Schlussstrich gezogen.«

»Wir müssen wissen, wie wir die Leute erreichen können«, sagte Ella.

»Ich habe mein Adressbuch von damals weggeworfen, aber ich sage Ihnen, was ich noch weiß.« Kristi sah aus dem Fenster, wo Felise lachend auf der Schaukel saß. »Alice Leslie und Reynaldo Gamboa waren wahrscheinlich der Kern unserer Gruppe. Er war so ein kleiner, leidenschaftlicher Südamerikaner mit kahl rasiertem Schädel. Alice war rothaarig und überragte ihn ein ganzes Stück. Sie lebten in einem Haus in der South Dowling Street, die Nummer weiß ich nicht mehr, aber es war groß und purpurfarben, auf der Paddington-Seite.«

Ella machte sich Notizen. »Weiter.«

»Chrystal Fowler, Amos Lucas und Becca Van Sprang – zwei Wörter – hatten eine Wohnung in Darlinghurst, in der Liverpool Street. Scheußlich verdreckte Bude. Unsere war allerdings auch nicht besser.« Sie zuckte mit den Achseln. »Das war's.«

»Und Sie haben seit mehr als vier Jahren niemanden von diesen Leuten gesehen?«

»Chrystal hat mir eine Karte ins Krankenhaus geschickt, als Felise zur Welt kam, aber das war alles«, sagte sie. »Ich habe nicht versucht, mit ihnen Kontakt aufzunehmen, weil ich wie gesagt einen Schlussstrich ziehen wollte.«

Ella nickte. »Wir müssen jetzt erst einmal mit unserem Chef über das alles sprechen, aber danach komme ich wieder und sage Ihnen Bescheid, wie es weitergeht. Die ersten Schritte werden sein, Ihr Haus zu überwachen und das Telefon abzuhören, für den Fall, dass Werner wieder anruft.«

»Wenn er wieder hier auftaucht, schnappen Sie ihn sich also?«, sagte Kristi.

»Wir werden warten.« Ella lächelte, aber Kristi erwiderte es nicht. »Die Spurensicherung wird noch eine Stunde, vielleicht zwei, in Ihrem Haus zu tun haben, dann können Sie zurückgehen.«

»Aber wir werden heute Nacht doch wohl nicht hier schlafen, oder?«, sagte Kristi zu Lauren.

»Ich verstehe Ihre Ängste«, sagte Ella, »aber es wäre am besten, Sie würden so weit wie möglich bei Ihrem normalen Tagesablauf bleiben. Zum Beispiel zu Hause schlafen, den üblichen Weg zur Arbeit fahren und so weiter.«

»Dann benutzen Sie uns also als Köder?«, sagte Kristi.

»Sie müssen ihn erwischen«, warf Lauren ein.

»Wie gesagt, ich komme später wieder, um alles genau mit Ihnen durchzugehen«, sagte Ella. »In der Zwischenzeit werden Beamte nebenan sein, und Sie können mich jederzeit wegen Fragen oder Sorgen anrufen. Egal, was es ist.«

Sie gab Lauren noch eine Karte. Sie hätte gern etwas darüber gesagt, wie gut sich Lauren gegen Werner gewehrt hatte, aber es erschien ihr dumm, eine solche Bemerkung zu machen, wenn die Frau um ihr Leben gekämpft hatte. *Gratuliere, Sie haben überlebt.* Nein.

»Kommen Sie für den Augenblick klar?«, sagte sie. »Gibt es noch etwas, worüber Sie sprechen wollen?«

Lauren schüttelte den Kopf. Kristi war zur Terrassentür gegangen und sah zu den Kindern hinaus, die gerade mit Ziyad rangen.

»Bis bald dann.«

Draußen im Wagen stellte Ella fest, dass sie zitterte. Der Fall nahm monströse Formen an. Zwei Morde, plus ein versuchter Mord, eine undichte Stelle irgendwo im Apparat und ein Ausländer mit falschem Pass im Land. Etwas, in das sie sich verbeißen konnte, wie wahr. Aber Lauren steckte mitten in der ganzen Geschichte und hätte bereits um ein Haar mit ihrem Leben dafür bezahlt.

Murray startete den Wagen, und Ella schnallte sich an. Sie sah zu dem alten Haus hinauf, als sie wegfuhren. Überwachung war gut, und Telefonüberwachung war nützlich vor Gericht, aber ein zu allem entschlossener Mann konnte immer einen Weg finden, um zu bekommen, was er wollte.

Lauren setzte sich in den Eingang des Gartenhäuschens und hielt sich eine Eispackung an den Kopf. Sie musste den Rücken gerade halten, sonst schmerzte die Wunde. Mit der Schulter an den Türrahmen gelehnt, beobachtete sie Felise und Tom, die so taten, als wären sie junge Hunde, und im Gras herumtollten.

Kristi und Tamsyn waren in der Küche. Sie sah durch den offenen Eingang, wie sie sich unterhielten. Kristi weinte. Tamsyn strich ihr übers Haar und nahm sie in die Arme.

Lauren blickte auf ihre Füße. Nachdem es passiert war, war ihr erster Gedanke gewesen, Kristi anzurufen, aber als ihre Schwester eingetroffen war, hatte sie mit deren Not nicht umgehen können. Sie hatte sich dabei ertappt, wie sie Kristi auf Abstand hielt, als würde sie in einen Strudel der Angst gezogen, wenn sie sie zu nahe heranließ. Kristi war verletzt und verängstigt, jeder sah es, aber Lauren war zumute, als müsste sie selbst um jeden Atemzug kämpfen, um jeden Herzschlag. Das kostete sie alle Energie, die sie aufbrachte und mehr. Sie war ausgepumpt.

Ziyad saß plötzlich auf der Stufe unter ihr. »Bist du dir sicher, dass du kein Bier willst?«

»Nein, danke.«

Er stützte die Ellbogen auf die Knie und zupfte am Etikett seiner Flasche. Die Spätnachmittagssonne schien über die Dächer, und die Schornsteine warfen schwarze Schatten auf die roten Ziegel. Die Tauben putzten sich auf dem First. Die Beamten der Spurensicherung waren noch in Laurens Wohnzimmer, und in ihrer Brust schwoll ein Gefühl irgendwo zwischen Trauer, Schmerz und Angst an.

Sie wollte den Kopf auf die Arme legen, aber die Wunde zog in ihrem Rücken.

»Hallo.«

Sie blickte auf. Joe trat aus der Terrassentür, ein Lächeln im Gesicht und Besorgnis in den Augen. »Kristi hat mich angerufen und mir erzählt, dass du Unfug gemacht hast.«

»Du kennst mich ja.« Sie begrüßte ihn mit einer Umarmung und erschrak ein wenig über die Heftigkeit ihrer Gefühle für ihn. Sie zwang sich, ihn loszulassen und trat einen Schritt zurück.

»Die Polizisten rücken gerade ab.« Er zeigte mit dem Daumen hinter sich in Richtung Haus. »Ich dachte, ich schnappe mir einen Mopp und einen Eimer und schaue mal, was ich zustande bringe.«

»Ich helfe«, sagte Ziyad.

»Damit du mir wieder zusammenklappst?«, sagte Lauren. »Kommt nicht infrage. Ich komme mit.«

Joe schüttelte den Kopf. »Du solltest hierbleiben und weiter das Luxusleben auf der Treppe deiner Villa genießen.«

»Es ist nichts, ich hab schon ganz andere Dinge gesehen.«

Joe befühlte vorsichtig die Schwellung an ihrer Schläfe. »Du bist unglaublich, ehrlich. Da lass ich dich mal ein paar Stunden allein, und jetzt sieh dir das an.« Das Zittern in seiner Stimme versetzte ihr einen Stich ins Herz.

»Wir machen es zusammen.« Sie hakte sich bei ihm ein.

Kristi war im Badezimmer, als sie durch das Haus gingen. Lauren war froh, sie nicht zu sehen.

Im Raum nebenan packte der letzte Kriminaltechniker gerade seine Ausrüstung zusammen. »Es gibt eine Reihe professionelle Unternehmen, die das Saubermachen für Sie übernehmen könnten«, sagte er.

»Wir kommen schon klar, danke«, sagte Joe.

Der Beamte schüttelte beiden die Hand. »Alles Gute.«

Lauren schloss die Haustür hinter ihm, dann führte sie Joe nach oben. Er ging in die Küche und sah sich um. Lauren sah das Wasser, das Blut, das Glas, und zum ersten Mal die Kratzer am Mikrowellenherd. Sie bemühte sich, ihre Tränen zurückzuhalten.

Joe trat nahe an sie. »Wenn du stirbst, werde ich sehr wütend.«

Sie versuchte ein Lachen. Er nahm sie in die Arme, sie vergrub ihr Gesicht in sein Hemd und ließ Trauer, Schmerz und Angst freien Lauf.

Das Mädchen aus der Personalabteilung rollte eine saubere weiße Tafel ins Besprechungszimmer. »Danke, Tracy«, sagte Kuiper, zog die Tafel in die Mitte und schrieb LAUREN YATES an den oberen Rand.

»Sie haben alle gehört, was Marconi eben berichtet hat«, sagte er und blickte in die Runde der Detectives. »Das Wichtigste jetzt: Wir sprechen mit niemandem außerhalb dieses Raums mehr über den Fall. Wenn jemand Fragen stellt, ein besonderes Interesse an den Tag legt, will ich, dass man mir Bescheid gibt. Den Maulwurf zu finden ist vielleicht der beste Weg, Werner selbst zu finden. Ich werde anschließend mit DI Radtke sprechen, aber ohne Frage wird man zur Beurteilung der Lage auch Detectives von außen hinzuziehen.«

Wie Ella wusste, war dies das übliche Vorgehen unter solchen Umständen.

Kuiper fuhr fort: »Lauren Yates war sich sicher, dass Thomas Werner der Mann war, der sie gestern angerufen und heute angegriffen hat, und Benson Drysdale sagte aus, er habe einen Mann mit diesem Namen vor einem halben Jahr in Begleitung von James Kennedy gesehen. Die letzte amtlich vermerkte Einreise Werners liegt jedoch etwas über fünf Jahre zurück, mit einem Ausreisedatum ein Jahr später. Wir haben eine Anfrage an Interpol geschickt, bezüglich Informationen über seine Vorstrafen und um seinen Aufenthaltsort festzustellen. In der Zwischenzeit überwachen wir jedoch das Haus der Yates' und zapfen ihre Festnetzleitung an, außerdem bekommen wir eine Liste aller aus- und eingehenden Gespräche dort, vielleicht finden wir heraus, von wo er angerufen hat. Lauren muss auf dem Weg zur Arbeit und auf dem Heimweg von ihrer Schicht beschattet werden. Während sie in der Arbeit ist, muss immer wenigstens eine weitere Person bei ihr sein. Sie bekommt außerdem einen Peilsender. Marconi, ich möchte, dass Sie ihr das alles erklären und täglich regelmäßig Kontakt mit ihr halten. Sie muss wissen, dass sie nicht allein ist, dass sie Hilfe bekommt, wann immer sie welche braucht.«

Ella nickte.

»So. Der Fall entwickelt sich aber immer noch auch in andere Richtungen. Ich glaube, wir haben Informationen aus der Umgebung des Steyne Parks, nicht wahr, Strong?«

Detective Graeme Strong räusperte sich. »Die Tür-zu-Tür-Befragung in der Gegend, wo Kennedys Motorrad gefunden wurde, hat eine Zeugin zutage gefördert, die am Dienstagabend, um etwa zwanzig vor sieben gesehen hat, wie er sein Motorrad abstellte, in den Park ging und sich auf eine Bank setzte. Sie hat ihn allerdings nicht wieder weggehen sehen. Die neueste Nachricht ist jedoch, dass ich gerade einen Anruf von der Bewohnerin eines Hauses an der Ocean Avenue bekommen habe, die an den Rollstuhl gefesselt ist. Sie ist heute aus dem Krankenhaus nach Hause gekommen und hat unsere Karte unter der Tür gefunden. Sie verbringt ihre Zeit größtenteils damit, die Leute zu beobachten, die in den Park gehen und ihn verlassen, und sie glaubt, Kennedys Motorrad in den letzten Monaten häufig dort gesehen zu haben; sie will außerdem beobachtet haben, dass Kennedy im Park eine Frau traf.«

Ein Murmeln ging durch den Raum. Ella schrieb einen Satz in ihr Notizbuch und verzierte ihn mit einem Fragezeichen, um das sie ein Herz malte. Der häufigste Grund für Mord war Liebe, Lust oder wie man es nennen wollte, und die Eifersucht und der Zorn, die entstehen konnten, wenn einem ein Strich durch die Rechnung gemacht wurde. Sie fragte sich, wie das mit Thomas Werner zusammenpasste.

»Weiterhin glaubt sie, dass die Frau in der Gegend wohnt. Sie hat sie schon oft mit einem kleinen, braunen Hund unbestimmbarer Rasse gesehen. Ihre Beschreibung der Frau lautet wie folgt.« Strong machte eine Pause, und alle beugten sich über ihre Notizblöcke. »Hochgewachsen, mindestens so groß wie Kennedy, von dem wir wissen, dass er einsfünfundsiebzig war. Sehr schlank. Kurz geschnittenes, dunkles Haar, so kurz, dass es fast wie ein Bürstenschnitt ist. Trägt meist lange Shorts und ärmellose Tops.«

»Woher weiß sie, dass es Kennedy ist?«

»Sie hat ihn und das Motorrad beschrieben, und seine Arbeitsuniform ebenfalls«, sagte Strong.

»Sie sollte bei uns anfangen«, sagte jemand.

»Sie hat mir erzählt, dass sie sehr aktiv darin ist, die Nachbarschaft zu beobachten«, sagte Strong mit einem Grinsen. »Unglücklicherweise war sie letzten Dienstag im Krankenhaus, deshalb wissen wir nicht, ob Kennedy die geheimnisvolle Frau an diesem Tag ebenfalls getroffen hat.«

»Hat sie bei seinen früheren Besuchen ein Muster festgestellt?«

»Sie sagt, es war normalerweise ein Werktagabend, aber an allen Wochentagen.«

Kuiper drehte sich vor der Tafel um. »Kanowski, wie macht sich Deborah Kennedy?«

»Es geht ihr eher noch schlechter«, sagte Detective Rebecca Kanowski. »Ihre Tochter Tess war wegen Beruhigungsmitteln bei einem Arzt mit ihr. Wenn ich mit ihr rede, ist sie wie benebelt, und nichts dringt durch. Ihre Tochter kann mir nichts über ihre finanziellen und rechtlichen Angelegenheiten sagen.«

»Wir brauchen diese Information.«

Sie nickte. »Ich habe heute Nachmittag mit dem Arzt gesprochen, und er sagt, bis morgen müsste er sie stabilisiert haben, und sie sollte in der Lage sein, mit mir zu reden.«

Kuiper klopfte auf seine Armbanduhr.

»Ich weiß.«

»Okay, die Aufgaben«, sagte Kuiper. »Philsiger, Sie klappern die Krankenhäuser, Ärztezentren, Arztpraxen ab – schauen Sie, ob irgendwo ein Mann mit einer Kopfverletzung, wie sie Werner erlitten hat, aufgetaucht ist. Lambert und Hoskins, Sie überprüfen die Liste der Freunde, die

Kristi Yates angegeben hat. Marconi und Shakespeare, Sie sprechen heute Abend wieder mit Lauren, und morgen früh überprüfen Sie dann die Adresse in Crow's Nest, die Werner bei seiner Einreise angegeben hat. Die Handynummer, die er auf seine Karte geschrieben hat, gehört einer Jules Cartwright unter dieser Adresse. Laut Computer wohnt sie immer noch dort.

Bis morgen haben wir hoffentlich auch ein paar Ergebnisse der Befragung, die in der Straße durchgeführt wird, in der die Blutspur aus Laurens Haus endet. Drücken wir die Daumen, dass ein Zeuge Werner in einen Wagen steigen sah und sich die Nummer aufgeschrieben hat. Alle anderen machen mit den Aufgaben weiter, die sie bereits haben, wir treffen uns morgen früh wieder hier.«

14

Kristi stand im Dunkeln und schaute aus dem vorderen Fenster. »Ich kann sie nicht sehen.«

»Man soll sie nicht sehen«, sagte Lauren. »Das ist der Witz dabei.«

»Ich dachte, es geht darum zu demonstrieren, dass sie hier sind, damit er es nicht noch mal versucht.«

»Sie wollen ihn fangen.«

»Indem sie dich an einem Haken baumeln lassen.« Kristi schnaubte. »Was nützt es, das Haus bewachen zu lassen und dir zur Arbeit zu folgen, wenn du dann den ganzen Tag in einem gut sichtbaren weißen Fahrzeug kreuz und quer durch die Stadt kurvst?«

»Kreuz und quer ist der entscheidende Punkt«, sagte Lauren. »Wie soll er uns in die Enge treiben, wenn wir so mobil sind? Was kann er tun – mir offen hinterherrennen? Mich mitten im Geschäftsviertel töten?«

»Warum nicht? Als wäre noch nie jemand auf der Straße gestorben.«

»Joe ist bei mir, und ich trage diesen Peilsender, außerdem rufe ich sie ständig an, und sie mich.«

»Joe ist ebenfalls gefährdet«, sagte Kristi. »Wir sollten nicht hierbleiben.«

»Ich glaube, mit den Polizisten draußen und Joe, der hier übernachtet, haben wir nichts zu befürchten.«

»Ich meine nicht nur heute Nacht, sondern die nächsten Wochen oder wie lange es eben dauert, bis sie ihn haben«, sagte Kristi. »Wir sollten zu Mum und Dad gehen.«

»Dad ist gerade erst aus der Klinik gekommen. Es wäre ihm jetzt noch zu viel, uns bei sich zu haben.«

»Dann bleiben wir in einem Motel in der Stadt.«

»Thomas weiß, dass sie in Glen Innes wohnen«, sagte Lauren. »Dort würde er als Erstes nachsehen.«

Kristi drehte sich wieder zum Fenster um. »Ich komme mir vor wie auf dem Präsentierteller.«

»Es wird alles gut werden.«

»Und wenn nicht?« Kristi presste die Hand an die Augen. »Ich muss immer an Brendan denken.«

Lauren dachte ebenfalls viel an ihn. Er hatte mit seiner Freundin in Narrabeen gewohnt, aber sie hatten sich getrennt, und er war für eine Weile wieder in ihr Elternhaus in Strathfield gezogen. Zu Depressionen neigend wie ihr Vater, hatte er sein Zeug in die Garage geschafft, die Türen geschlossen gehalten und laut Musik über Kopfhörer gehört. Eine ganze Woche lang, in der alle vier – Lauren, Kristi und ihre Eltern – versucht hatten, mit ihm zu sprechen, hatte er sich geweigert, einen von ihnen zu sehen. Und eines Tages dann war es zu still da drin gewesen, und ihr Vater hatte die Tür aufgebrochen, während ihre Mutter mit Tränen kämpfte, und sie hatten feststellen müssen, dass es zu spät war. Lauren erinnerte sich, wie sie lachend mit anderen Rettungssanitätern in der Zufahrt des Royal Prince Alfred

Hospitals gestanden hatte, wie sie ihren Bezirksleiter mit ernster Miene auf sich zukommen sah …

»Ich kann dich nicht auch noch verlieren«, sagte Kristi.

»Das wirst du nicht.«

»Dann geh nicht zur Arbeit. Bleib zu Hause, wo die Polizei auf uns aufpassen kann. Wir lassen sie ins Haus kommen. Er wird nichts unternehmen, solange sie im Haus sind.«

»Wenn ich vor einem halben Jahr den Mut gehabt hätte, die Wahrheit zu sagen, dann wären wir jetzt nicht in dieser Lage«, sagte Lauren leise. »Ich habe es verdient, ein kleines Risiko einzugehen.«

»Nein. Du hast einen Fehler gemacht, das ist alles. Du verdienst nichts, und selbst wenn, würde das schon reichen, was heute passiert ist.«

Sie redete einfach drauflos. Lauren bemühte sich, vernünftig zu klingen. »Sie werden wahrscheinlich die undichte Stelle entdecken und ihn auf diese Weise kriegen. Er wird im Handumdrehen hinter Gittern sein, und alles geht wieder seinen gewohnten Gang.«

»Warum hast du mir nichts von der Sache mit Blake erzählt und dass Thomas in dieser Gasse war?«

»Fühl dich nicht ausgeschlossen. Ich habe es niemandem erzählt.«

»Spar dir deine Witze.« Kristi setzte sich aufs Fensterbrett. »Felise hat mich gefragt, wer Thomas ist.«

»Sie muss unsere Gespräche mitgehört haben. Ich habe ihr erzählt, er war niemand.«

»Gut.«

»Eines Tages werden wir uns damit auseinandersetzen müssen.«

»Aber nicht heute.«

Draußen im Flur knurrte Joe und jagte hinter Felise her. Sie kreischte in gespielter Furcht, dann läutete sein Handy. »Einen Moment, Floh«, sagte er.

»Fang mich!«

Lauren ging in den Flur, um sie zu fangen. »Lass Joe einen Moment gehen.«

»Nein, ich bin nicht zu Hause«, sagte Joe in sein Handy. »Ich bin bei Lauren.« Er formte *Claire* mit den Lippen in ihre Richtung.

Felise wand sich in ihrem Griff. »Ich will, dass Joe mich jagt!«

»Nur einen Moment«, sagte Lauren.

»Jemand ist heute Nachmittag eingebrochen«, sagte Joe. »Ich bin hergekommen, um beim Saubermachen zu helfen, dann haben wir zu Abend gegessen, und sie baten mich, über Nacht zu bleiben. Es ist unheimlich nach so einem ... Ja, ihre Schwester und ihre Nichte sind auch da. Ich schlafe im Zimmer der Nichte.«

Felise strampelte und schlug um sich.

»Nein, ich fahre direkt zur Arbeit. Ich habe eine Reserveuniform in der Rettungsstation.« Er lauschte. »Okay. Ich liebe dich auch. Bye.«

Lauren ließ Felise los. »Alles klar mit ihr?«

»Sie ist in der Arbeit.« Er steckte das Handy in die Tasche, während Felise ihn um die Beine fasste. »Sie wollte, dass wir zusammen frühstücken.«

»Du musst nicht bleiben.«

»Ich bleibe, und anschließend fahre ich uns beide in die Arbeit«, sagte Joe und hob Felise hoch. »Und damit basta.«

»Du bist so herrisch.«

»Hey, irgendwer muss dich in Schach halten.«

»Ja, aber bist du dafür qualifiziert?«

Er lächelte sie über Felises Kopf hinweg an. »Du würdest dich wundern.«

Sie fühlte, wie ihr das Herz überging.

Als Ella an diesem Abend um acht Uhr nach Hause kam, fand sie einen Brief mit dem offiziellen Polizeiwappen im Briefkasten.

Sie eilte ins Haus, verschloss die Tür und lehnte sich mit dem Rücken dagegen. Seit sie an dem Fall arbeitete, hatte sie nicht mehr an den Bericht über den Schusswaffengebrauch gedacht, aber das war er bestimmt. Der Umschlag fühlte sich windig an. Wahrscheinlich nur eine Seite. Sie schob den Daumennagel in die Ecke der Lasche, dann hielt sie inne und stellte sich vor, wie es sein würde, die Entscheidung zu lesen, auf die sie so sehnsüchtig wartete.

Es war nicht nur der Umstand, dass die Warterei vorbei sein würde. Auch wenn sie überzeugt war, richtig gehandelt zu haben, nagte ein Zweifel an ihr. Was hätte sie denn tun sollen? Tatenlos zusehen, wie der Entführer ein wehrloses Opfer erschoss? Es lag an der Schwere ihres Handelns, dachte sie. Wenn sie jemanden mit K.-o.-Spray umgepustet oder im Kampf zu Boden geschickt hätte, selbst wenn sie bei einer Verhaftung irgendwem den Arm gebrochen hätte – das war eine Sache. Aber sie hatte jemandem tatsächlich das Leben genommen. Wenn man ihr von offizieller Seite bestätigte, genau das getan zu haben, was die Situation erforderte, wäre dieser Zweifel ausgeräumt, diese Last von ihren Schultern genommen.

Wenn die Entscheidung allerdings anders ausfiel, wenn man befand, sie habe kein Recht gehabt zu schießen, hätte sie nicht nur disziplinarische Probleme zu gewärtigen, sondern sie befürchtete dann, für alle Zeit von Schuldgefühlen geplagt zu werden.

Der Umschlag wurde langsam weich vom Schweiß ihrer Handflächen. *Ich kann immer Widerspruch einlegen.* In der Zwischenzeit wäre sie allerdings raus aus der Mordkommission. Man würde sie von ihrem großen Fall abziehen.

Sie biss die Zähne zusammen und riss das Kuvert auf.

Detective Marconi, begann das Schreiben. *Betreff: Untersuchung im Fall 40762.*

Ella hielt den Atem an.

Aufgrund eines Überhangs an Fällen und vorübergehender Personalknappheit wird sich eine Entscheidung in Ihrem Fall um etwa zwölf Wochen verzögern.

Wir entschuldigen uns für etwaige Unannehmlichkeiten.

Ella starrte ins Leere. *Sie entschuldigen sich!* Da hatte sie nun eine scheinbare Ewigkeit auf der Kippe gestanden und sich auf eine Lösung gefreut, und jetzt sollte sie noch einmal drei Monate warten?

Sie las das Schreiben noch einmal, dann griff sie zum Telefon.

Dennis Orchard meldete sich nach dem ersten Läuten. »Ich habe deinen Anruf erwartet.«

»Ich kann es einfach nicht glauben.«

»Mach dir keine Sorgen.«

»Aber was bedeutet es?«

»Es bedeutet nur das, was drinsteht.« Ella hörte ihn mit Papier rascheln, da er nach seinem eigenen Schreiben griff. »Zu viele Fälle, Personalprobleme, sie sind beschäftigt.«

»Wieso haben sie uns das nicht früher wissen lassen.«

»Es gibt keine Frist für diese Dinge«, sagte er.

»Also, ich vermute, da steckt mehr dahinter«, erwiderte Ella. »Vielleicht haben sie neue Beweise, etwas, womit sie mich festnageln können.«

»Sie haben alle befragt, die dabei waren«, sagte Dennis. »Es ist nicht so, als hätten sie einen neuen Zeugen gefunden, oder als wäre plötzlich Material von einer Überwachungskamera aufgetaucht.«

Ella zerknüllte das Schreiben zu einer Kugel.

»Es bedeutet nichts«, fuhr Dennis fort. »Sie haben viel zu tun. Du musst es vergessen. Denk lieber an deinen Fall.«

Da hatte er recht. Da die Entscheidung nur vertagt war, gab es keinen Grund, sie zu versetzen. Sie konnte sich auf Werner konzentrieren. Die Verzögerung machte es einfach noch wichtiger, dass sie eine starke Leistung zeigte.

»Wie läuft es denn? Hast du ihn schon gefasst?«

»Die Spur wird immer heißer.« Die Anklopffunktion ihres Telefons ertönte. »Ich gehe mal lieber ran.«

»Könnte eine neue Entwicklung sein«, sagte er. »Wir unterhalten uns morgen.«

Es war ihre Mutter. »Hallo, Schätzchen, wie geht es?«

»Ach, viel zu tun.«

»Das dachten wir uns schon, weil du heute nicht zu Besuch gekommen bist«, sagte Netta. »Mir geht es auch gut. Alles wieder normal. Ich könnte durch die Flure rennen, wenn sie mich ließen.«

»Denk nicht mal dran.«

»Hast du wegen deines Urlaubs gefragt?«

»Ich kann nicht, Mum, tut mir leid. Der Fall hat einfach größere Ausmaße angenommen, und ich kann mir jetzt unmöglich freinehmen.«

»Wie, größere Ausmaße? Warum?«

»Ich darf nicht darüber sprechen«, sagte Ella. »Tut mir leid.«

»Ich verstehe.« Netta seufzte. »Kommst du morgen vorbei?«

»Ich werde es versuchen.«

Später im Bett konnte sie nicht schlafen. Sie dachte an Lauren in diesem großen Haus, dessen Fenster im Erdgeschoss jetzt verbarrikadiert war, an den starken Geruch nach Desinfektionsmitteln in der Küche, wo sie das Blut aufgewischt hatten. Normalerweise empfahl es sich, die Zahl der Leute zu begrenzen, die man in einen Überwachungsplan einweihte, aber sie hatte Laurens Kollegen Joe hinzugebeten, als sie alles mit ihr durchging. Immerhin war er genauso in die Sache verwickelt, und er würde außerdem derjenige sein, in dessen Nähe sie sich tagsüber während der Arbeit aufhielt.

Laurens Schwester Kristi war nicht sehr erfreut gewesen. Das war das Problem bei solchen Operationen. Man hatte nicht das Personal oder das Geld, um links und rechts der gefährdeten Person einen Bewacher zu postieren. Das Leben musste weitergehen. Man schätzte das Risiko ab; und in diesem Fall gab es eine gute Chance, dass Werner irgendwo verletzt auftauchte oder mit den Überwachungsmaßnahmen rechnete – beziehungsweise bereits davon wusste, wenn es der Maulwurf wusste – und zu dem Schluss kam, dass ein weiterer Angriff zu heikel war. Ella war hin- und hergerissen. Ein weiterer Anruf, den sie eventuell zurückverfolgen konnten oder ein neuerlicher Angriff auf das Haus konnten ihre größte Chance sein, ihn zu erwischen. Aber sie hatte den Blick in Laurens Augen gesehen und wusste, die Frau konnte nicht viel mehr ertragen, egal, was für eine Fassade sie nach außen hin aufrechterhielt.

Am nächsten Morgen hielt Joe vor der Rettungsstation The Rocks. »Da fahren sie hin.«

Die braune Zivillimousine rollte langsam vorbei, der Beamte auf dem Beifahrersitz nickte ihnen zu. Lauren hob zur Erwiderung die Hand. Der Wagen fuhr die George Street entlang und verschwand unter der Brücke aus dem Blickfeld.

Das Rolltor der Station war geschlossen, die Nachtschicht war noch irgendwo draußen. Lauren sah, wie Joe in alle Richtungen blickte, als sie steif aus dem Wagen stieg, eine Hand im Rücken.

»Du hättest dich krankmelden sollen«, sagte er.

»Und dich allein durch die Stadt streifen lassen? Außerdem würde ich durchdrehen, wenn ich zu Hause herumsitzen müsste.«

Er ging hinter ihr zur Tür, probierte sie zuerst und ließ sie dann ein. Dann schloss er die Tür ab und ließ sie warten, während er die Station absuchte.

»Entspann dich lieber, sonst bekommst du noch einen Schlaganfall.«

»Haben wir nicht beschlossen, dass ich der Boss bin?«

»Ha.« Sie rief Kristi auf deren Handy an. »Wir sind da.«

»Nichts zu sehen?« Felise quiekte im Hintergrund, und Lauren hörte, wie Ziyad hinter ihr herjagte.

»Nicht das Geringste. Ziyad wird nicht viel Arbeit zustande bringen, solange ihr im Haus seid.«

»Sie wird sich bald beruhigen«, sagte Kristi. »Pass auf dich auf. Ruf mich später an.«

Das Telefon in der Station läutete, und Joe meldete sich. Lauren ging zu ihrem Spind, während Joe die Nachricht entgegennahm. Ihr Kopf schmerzte, als sie sich nach ihrer Ausrüstungstasche bückte.

Joe legte auf. »Vaucluse. Ein Taucher, möglicherweise Code vier.«

Sie gingen gleichzeitig los, um die Schlüssel zu holen.

»Ich dachte, du legst vielleicht lieber eine Pause ein«, sagte er. »Du bist vielleicht zu sehr abgelenkt.«

»Ich bin dran.«

»Und wenn ich nun ein speziell ausgebildeter Fahrer der Navy wäre?«

»Wir werden nicht in einer Verfolgungsjagd durch das Geschäftsviertel enden.« Sie krümmte den Zeigefinger. »Gib mir die Schlüssel.«

Im Rettungswagen schaltete sie Blaulicht und Sirene an und donnerte aus der Station. Sie raste durch die Straßen von The Rocks, dann kurvte sie durch Nebenstraßen nach Osten bis zur William Street. Joe schaute in fünfzig Richtungen gleichzeitig, einschließlich seines Seitenspiegels.

»Wo in Vaucluse?«, fragte sie.

»Vor Steel Point.«

»Vor?«

»Offenbar noch im Wasser.«

»Sie lassen ihn einfach da drin auf und ab tanzen?«

»Dem Anrufer kam die ganze Sache verdächtig vor. Er hat eigentlich nach der Polizei gefragt, er sagte, der Mann sei auf jeden Fall tot, aber sie hielten es für besser, uns trotzdem vorbeizuschicken.«

Lauren fuhr mit quietschenden Reifen um eine Kurve.

Joe spreizte sich gegen die Tür und warf einen Blick auf den Tacho. »Der Kerl wird nicht toter, bis wir da sind.«

»Er ist nicht tot, ehe ich es sage.«

Joe schaute in seinen Spiegel und erwiderte nichts.

Der Verkehr floss hauptsächlich in ihre Gegenrichtung, was für einige haarige Situationen auf der falschen Straßenseite sorgte, wenn Lauren Busse und langsame Lkw überholte, ansonsten aber war es eine relativ problemlose Fahrt. Joe holte den Stadtplan heraus, dirigierte sie nach Vaucluse hinein und über eine schmale kurvenreiche Straße zu einem Park. Dahinter lag das grüne Wasser träg im Hafen. Joe schaltete die Sirene aus.

Lauren bog in die Zufahrt zum Park, wo zwei Metallpfosten im Asphalt ihnen den Weg versperrten. An den unteren Enden der Pfosten sah sie Vorhängeschlösser. »Haben wir Schlüssel für die Dinger?«

Joe schüttelte den Kopf.

Die Polizei hatte offensichtlich auch keine. Ein Streifenwagen stand auf dem Uferfußweg hinter den Pfosten, und Lauren sah die Reifenspuren im Gras. Sie folgte ihnen, den Gehsteig hinauf und wieder hinunter, dann schaltete sie das Licht aus und trat auf die Bremse.

Ein uniformierter Beamter kam zum Wagen, und sie ließ das Fenster hinunter. »Wo ist er?«

Der Mann gestikulierte in Richtung des schwappenden Wassers.

»Immer noch?«

»Wir warten auf Taucher und die Spurensicherung.«

»Er muss raus aus dem Wasser«, sagte sie. »Vielleicht können wir ihn noch retten.«

»Nicht nach dem, was der dort sagt.« Der Beamte deutete zu einem dürren Mann in einem abgenutzten blauen

Taucheranzug, der auf dem Betonweg stand und aufs Meer schaute. Er hatte die Arme vor der Brust gekreuzt, und zu seinen Füßen lag eine Schnorchelausrüstung.

»Sie meinen, Sie haben ihn nicht einmal gesehen?«

Der Polizist zuckte die Achseln. »Er liegt in ungefähr drei Meter Tiefe.«

»Na, dann«, sagte Joe. »Wir reden mit dem Mann.«

Der Polizist ging zu seinem Wagen zurück, und Lauren blieb dicht bei Joe, als sie den Rasen überquerten. Auf freiem Gelände war sie überempfindlich für jedes Geräusch, jede Bewegung, die sie aus dem Augenwinkel wahrnahm. *Er kann dir nicht gefolgt sein, er kann nicht gewusst haben, dass du hierherkommen würdest. Er kann deinen Funk nicht abhören, und außerdem hast du deine Position über Funk gar nicht genannt.*

»Hallo«, sagte Joe zu dem Mann im Taucheranzug. »Sie haben die Leiche gefunden?«

Das strähnige Haar des Mannes klatschte ihm ins Gesicht, als er nickte. »Transportieren Sie ihn ins Leichenschauhaus?«

»Wir transportieren keine Leichen«, sagte Lauren.

»Nur in Ausnahmefällen«, warf Joe ein. »Nein, die Polizei hat uns für alle Fälle benachrichtigt.«

»Der Kerl ist absolut hinüber«, sagte der Mann. »Hat sich mit einem Seil an einem Fels verfangen, kein Lungenautomat mehr im Mund, er rollt nur mit der Brandung hin und her. Ziemlich friedlich.«

»Er hatte bestimmt seine Freude daran«, sagte Lauren.

Joe rempelte sie an. »Danke«, sagte er zu dem Mann. »Wollen Sie eine Decke oder etwas, wenn Sie hier noch auf weitere Polizei warten?«

»Nö, das hier reicht mir.« Er schlug auf die Schenkel seines Anzugs.

Joe schob Lauren vor sich her zum Rettungswagen. »Beruhige dich«, sagte er. »Setz dich hier rein, schließ die Türen ab, hör etwas Musik. Ich kümmere mich um alles.«

Lauren tat der Nacken weh, weil sie sich die ganze Zeit umsah. Sie stieg in den Sanka und umklammerte das Lenkrad. »Ich dachte, ich packe es.«

»Das tust du«, sagte Joe. »Mann, die meisten Leute würden sich unter dem Bett verstecken. Du hältst dich wunderbar.«

Er schloss sanft die Tür, und sie drückte den Knopf mit dem Ellbogen ein. Er blinzelte ihr durch die Scheibe zu, dann ging er fort. Er sprach mit dem uniformierten Beamten, dann mit dem nächsten Schwung Polizisten, der eintraf; drei sprangen von einem Bergungsfahrzeug, einige andere stiegen in Zivil aus nicht gekennzeichneten Limousinen. Einen dieser Männer kannte Joe offenbar, denn er ging mit einem breiten Grinsen zu ihm, sie schüttelten sich die Hand und unterhielten sich angeregt. Er blickte dabei häufig zum Rettungswagen zurück.

Lauren schaute in die Spiegel, berührte den Peilsender, der sicher in ihrer Brusttasche befestigt war, und versuchte, sich zu entspannen. Das Wasser glitzerte in der Sonne. Der größte Teil des Strands war von einem Hainetz eingefasst, und eine Gruppe älterer Damen in Schwimmanzügen stand im flachen Wasser, sie redeten und sahen der Polizei interessiert zu.

Joe kam zurück. Lauren entriegelte die Tür. Er setzte sich auf den Beifahrersitz, verschloss die Tür und griff zum Mikrofon. »Vierunddreißig an Zentrale.«

»Sprechen Sie, Vierunddreißig.«

»Die Polizei bittet darum, dass wir vor Ort bleiben, bis der Code vier geborgen ist.«

»Danke, Vierunddreißig. Rufen Sie mich an, wenn Sie damit fertig sind.«

»Verstanden.«

Joe steckte das Mikrofon zurück und sah Lauren an. Sie blickte auf die Polizisten. »Du kennst diesen Typ, oder?«

»Simon Bradshaw«, sagte er. »Wir waren vor Jahren zusammen in der Marine. Er ist gerade aus Penrith zu den Detectives hier gewechselt.« Er lachte. »Wie klein die Welt ist.«

Am Ufer zogen drei Polizisten Taucheranzüge an und überprüften ihre Ausrüstung. Eine Fähre durchschnitt das grüne Wasser und ließ eine schäumende Spur zurück. Passagiere drängten sich an der Reling. Wolken zogen vor die Sonne, und auf Middle Head sah es nach Regen aus.

Die Polizeitaucher wateten ins Wasser. Sie gaben sich gegenseitig Zeichen, dann gingen sie unter. Lauren starrte auf die Spur der Blasen.

»Was hatte der Kerl hier überhaupt zu tauchen?«, sagte sie und wischte sich mit dem Handrücken die Tränen fort. »Allein und ohne Signalflagge?«

»Alles wird gut«, sagte Joe.

Sie schüttelte den Kopf. Es würde nie wieder gut werden.

15

In Crow's Nest fand Murray einen Parkplatz in einer Seitenstraße der Willoughby Road, und sie gingen zu Fuß zurück zu dem hohen, sandsteinfarbenen Wohnblock. »Wohnung Nummer 12«, sagte Ella, und Murray drückte auf den Klingelknopf.

Sie warteten. Der Verkehr auf der Straße hinter ihnen war laut. Ella klingelte noch einmal, diesmal hielt sie den Knopf lange gedrückt. Die Sprechanlage knisterte.

»Was ist!« Die Stimme der Frau war heiser.

»Polizei«, sagte Ella.

»Was?«

»Detectives. Wir würden Sie gern kurz sprechen.«

Es gab eine Pause. »Ich komme runter.«

Sie holten ihre Ausweise hervor. Ella versuchte, Lauren aus dem Kopf zu bekommen. *Ihr passiert nichts.*

Die Tür ging auf, und eine Frau schaute heraus. Sie war Mitte zwanzig, die üppigen roten Locken fielen auf die Schultern eines straff geschnürten Morgenmantels. »Jawohl, Sie haben mich geweckt«, sagte sie.

Ella hielt der Frau den Ausweis vors Gesicht. »Sind Sie Jules Cartwright?«

»Ja, wieso?«

»Sie haben vor fünfeinhalb Jahren schon hier gewohnt, ist das richtig?«

»Ja, aber noch einmal: Wieso?«

»Wir untersuchen einen Mordfall«, sagte Ella. »Und wir würden uns gern in der Wohnung mit Ihnen unterhalten.«

Die Frau machte ein langes Gesicht.

»Sie können uns auch aufs Revier begleiten, falls Ihnen das lieber ist.«

Die Frau stieß die Tür weiter auf. »Dann kommen Sie halt.«

Ihre Wohnung war geräumig und dunkel, bis sie die Vorhänge im Wohnzimmer aufzog. »Sie können sich ruhig setzen.«

»Vielen Dank«, sagte Ella.

Murray holte sein Notizbuch hervor. »Ist Jules die Koseform von Julia?«

»Wenn ich Julia hieße, hätte ich es gesagt«, antwortete die Frau, dann fiel ihr offenbar auf, wie schroff sie klang, und sie fügte freundlicher an: »Nicht wahr?«

Ella sah sie stirnrunzelnd an. »Bei unserer Ermittlung ist ein Einreiseformular von vor fünfeinhalb Jahren aufgetaucht, auf dem Ihre Adresse steht. Die Person, die wir gern sprechen würden, hat angegeben, dass sie hier wohnt.«

Sie verzog das Gesicht. »Um diese Uhrzeit kann ich noch nicht so weit zurückdenken.«

»Versuchen Sie es«, sagte Ella. »Oder lassen Sie so viele Ausländer Ihre Adresse als Anlaufstelle angeben, dass es schwer ist, sie auseinanderzuhalten?«

»Hey!«, brauste Jules auf, dann hielt sie inne. »Thomas.«
Ellas Herz machte einen Satz. »Wer?«

»Thomas Werner.«

»Nationalität?«

»Österreicher.«

»Wie alt?«

»Inzwischen Anfang dreißig, würde ich sagen.«

»Haben Sie ein Foto von ihm?«

»Bedaure.«

»Können Sie ihn beschreiben?«

»Ähm, etwa einsfünfundsiebzig groß, durchschnittlich gebaut, braunes Haar, braune Augen. Trug die ganze Zeit Jeans. Gute Bräune, damals jedenfalls. Lautes Lachen.«

»Können Sie bestätigen, dass das der Mann ist?« Murray reichte ihr das Foto von dem Band vom Flughafen.

»Ja, das ist er.«

»Wie und wo haben Sie ihn kennengelernt?«, fragte Ella.

»Wir hatten uns im Jahr zuvor im Urlaub in Spanien getroffen, zusammen Partys gefeiert, und ich sagte – wie man es eben so sagt –, wenn er je in Australien ist, kann er kommen und bei mir wohnen. Jeder sagt das, aber niemand rechnet damit, ernsthaft beim Wort genommen zu werden! Vor allem nicht ohne Vorankündigung.« Sie schüttelte den Kopf. »Er ist einfach hier aufgetaucht und hat erwartet, bei mir einziehen zu können.«

»Was haben Sie gemacht?«

»Ich war total verdattert. Er hat sich benommen, als hätten wir eine Beziehung oder so. Ich sagte ihm, dass ich schon mit jemandem zusammen bin. Ich meine, es war nicht so, als wäre in Spanien ernsthaft etwas zwischen uns passiert.«

»Wie hat er darauf reagiert?«

»Eigentlich war er nicht allzu erschüttert. Er *tat* zwar enttäuscht, aber ich hatte das Gefühl, er hätte es einfach mitgenommen, wenn sich die Gelegenheit geboten hätte, außerdem wäre es praktisch gewesen, weil er eine Bleibe gehabt hätte, aber da das nicht der Fall war, tja.« Jules verdrehte die Augen. »Ich meine, er hat binnen einer Woche ein Mädchen mit hierhergebracht.«

»Sie haben ihn also bei sich wohnen lassen?«

»Na ja, wir hatten uns tatsächlich prächtig amüsiert in Spanien. Ich sagte, er kann ein paar Tage auf dem Sofa pennen, bis er alles geregelt hat. Er war gut eine Woche hier, glaube ich.«

Ella blickte auf das Sofa hinunter, auf dem sie saß. »Wissen Sie, wohin er dann gegangen ist?«

»Nein.«

»Wissen Sie von irgendwelchen anderen Freunden von ihm? Hat er irgendetwas erwähnt, wohin er gegangen sein könnte?«

»Ich habe nie jemanden kennengelernt. Ein Typ hat ein paarmal angerufen, aber er hat seinen Namen nie genannt, und Thomas hat weder über ihn noch über sonst jemanden gesprochen. Wir haben nicht allzu viel Zeit miteinander verbracht. Ich arbeite meistens nachts, und er ist ausgegangen, deshalb haben wir einen großen Teil des Tages geschlafen.« Sie schlug die Beine übereinander. »Ach ja, ich erinnere mich, dass ich ihn in Spanien mit ein paar anderen Aussies über das Great Barrier Reef reden hörte, wie es ist, dort zu tauchen und so weiter, aber hier hat er nie mit mir darüber gesprochen.«

»Was ist mit Freunden in Spanien? Hat er sie irgendwem vorgestellt?«

»Weiß ich nicht mehr«, sagte sie. »Meine Erinnerungen an diesen Urlaub sind größtenteils leicht verschwommen.«

»Haben Sie ihn später noch gesehen, nachdem er hier ausgezogen war?«

»Einmal«, sagte sie. »Ich war mit Freunden in diesem Nachtclub in der City, wie heißt er noch – Rosie's, glaube ich. Dort habe ich gesehen, wie er eine Auseinandersetzung mit einem anderen Typ hatte.«

»Wann war das?«

Sie dachte einen Moment nach. »Das müsste vor etwa drei Jahren gewesen sein.«

»Wissen Sie das genau? Es ist weniger als vier Jahre her, dass Sie ihn gesehen haben?«

»Ganz sicher. Höchstens drei Jahre.«

»Was ist passiert?«

»Es gab ein kleines Gerangel, dann sind die Rausschmeißer angerückt und haben den anderen Kerl fortgeschleift.«

»Und Werner nicht?«

Sie schüttelte den Kopf. »Ich hab mich sogar gefragt, ob er die Rausschmeißer womöglich kannte. Normalerweise gehen sie auf jeden los. Aber sie wirkten freundlich ihm gegenüber.«

»Haben Sie eine Ahnung, worum der Streit ging?«

Sie zögerte. »Können wir kurz inoffiziell sprechen?«

»Natürlich«, log Ella.

»Ich habe Thomas in Spanien kennengelernt, weil er mit Ecstasy gehandelt hat, verstehen Sie. Deshalb habe ich mir vorgestellt, dass er hier wahrscheinlich das Gleiche machte und die Auseinandersetzung sich darum drehte.«

»Haben Sie je Hinweise darauf bemerkt, dass er hier mit dem Zeug gehandelt hat?«, fragte Murray.

»Sie meinen, ob er es im Wohnzimmer herumliegen ließ, oder ob ich welches gekauft habe? Nein.«

Natürlich nicht, dachte Ella.

Jules rutschte auf ihrem Sitz vor. »Darf ich fragen, ob Thomas derjenige ist, der tot ist, oder der, der's getan hat.«

»Sein Name ist im Zuge unserer Ermittlungen aufgetaucht, das ist alles, was wir Ihnen sagen dürfen«, antwortete Murray.

»Würde Sie das eine oder andere überraschen?«, fragte Ella.

»Nicht sonderlich«, sagte sie. »Er ist ein netter Kerl, verstehen Sie mich nicht falsch ...«

»Aber?«, sagte Ella.

»Aber er konnte so … oberflächlich sein. Als würde ihn nichts wirklich berühren. Wie ich schon sagte, als ich ihm eröffnet habe, dass ich schon mit jemandem zusammen wäre und er nicht lange bleiben könne, ich schwöre, da hat er nur so getan, als wäre er enttäuscht. Als glaubte er, das würde ihm etwas einbringen.« Sie drehte eine Haarlocke um den Finger. »Man kann sich leicht vorstellen, dass er mit dieser Drogengeschichte in Schwierigkeiten geraten ist, zum Beispiel, weil er im Revier von jemand anderem gedealt und sich nicht weiter darum geschert hat, weil er nicht versuchte, die Situation zu klären, bis er schließlich ausgeschaltet wurde.« Sie blickte von einem zum anderen. »Ich habe recht, oder? Er ist das Opfer?«

Ella stand auf. »Danke für Ihre Zeit.«

»Da kommen sie.«

Lauren blickte auf und sah die Taucher aus dem Wasser kommen. Hinter ihnen richtete das Polizeiboot die Nase in den Wellenschlag, den der Wind aufbaute. Einer der Taucher trug eine große Unterwasserkamera, die er jetzt einem Kollegen übergab. Ein zweiter gestikulierte zu einem Bergungsbeamten, der einen weißen Leichensack auf einer großen grünen Plane auf der Uferböschung entfaltete. Auf dem Uferweg hatten sich Schaulustige eingefunden, und die älteren Frauen in ihren Schwimmanzügen hatten sich in Badetücher gehüllt und näherten sich langsam über den Sand.

Die Taucher trugen die Leiche zu dem Sack und legten sie vorsichtig darauf ab. Der Tote kippte zur Seite, die Flasche auf seinem Rücken hielt ihn in einer schrägen Stellung. Er trug einen schwarzen Taucheranzug mit rotem Besatz. Um das Ventil der Flasche war ein triefendes braunes Seil gewickelt. Jemand schlang den Lungenautomaten hinter die Schulter des Toten, und die zivil gekleideten Beamten kauerten sich über den Mann.

»Wir sollten lieber nachschauen gehen«, sagte Lauren.

»Ich kann allein gehen.«

Sie schüttelte den Kopf und stieg aus dem Rettungswagen. Auf dem Weg zum Strand blieb Joe dicht hinter ihr; der Sand knirschte unter ihren Stiefeln.

Bei dem Toten handelte es sich um einen jungen Asiaten. Tropfen von Seewasser hingen an seinem kurzen schwarzen Haar und den Augenbrauen. Seine Haut war ein blasses Purpur. Lauren sah, dass Fische angefangen hatten, an seinen Lippen und der geschwollenen Zunge zu nagen. Er roch nach kaltem Fleisch.

»Das hier haben wir auch noch gefunden.« Einer der Taucher hielt ein Tauchmesser an einem Gummiband. Die Klinge war aus funkelndem Edelstahl, massiv, mit einer schiefen Spitze und einer Reihe tiefer Zähne nahe dem Heft. »Es lag etwa drei Meter von ihm entfernt, immer noch gut innerhalb der Reichweite, die ihm das Seil ließ.«

Eine leere Messerscheide war um den rechten Unterschenkel des Mannes gezurrt. Sein Tauchanzug ließ nur Gesicht und Hände frei. An den Füßen trug er Neopren-Stiefel.

»Vielleicht ist er in Panik geraten, als er hängen blieb, und konnte nicht mehr klar denken.« Der Mann, der die Leiche gemeldet hatte, war hinter ihnen. Ein uniformierter Beamter kam, um ihn wegzuführen.

»Nach der Obduktion werden wir mehr wissen.« Joes Polizeikumpel stand auf. »Könnt ihr beide ihn transportieren?«

»Wie bitte?«, fragte Lauren.

»Der Arzt kommt noch, um seinen Tod zu bestätigen, aber es gibt einen Engpass bei den Transportfahrzeugen. Sie können frühestens in einer Stunde hier sein. Wir sind in etwa fünfzehn Minuten fertig, und wir erregen bereits ziemlich viel Aufmerksamkeit.« Er nickte in Richtung der wachsenden Zuschauermenge. »Er müsste nur ins Leichenschauhaus verfrachtet werden, das ist alles.«

»Wir fragen in der Zentrale nach«, sagte Joe. Lauren ging mit ihm zum Rettungswagen zurück. »Ist doch in Ordnung, oder? Ein leichter Job. Ein Patient, mit dem wir nicht reden müssen.«

»Du weißt, wie diese Leichensäcke sind«, sagte sie. »Es wird überall heraustropfen.«

»Dann wische ich es auf.«

»Es wird riechen.«

»Wir haben Duftsprays.« Er beugte sich ins Führerhaus und griff nach dem Mikrofon. »Vierunddreißig.«

»Sprechen Sie, Vierunddreißig.«

»Danke. Die Polizei hat uns gebeten, den Transport von hier zu übernehmen.«

Es gab eine Pause. Lauren drückte die Daumen.

»Geht in Ordnung, Vierunddreißig. Gebt Bescheid, wenn ihr abfahrt.«

»Verstanden.« Joe hakte das Mikro ein und sah Lauren an. »Würdest du lieber einen richtigen Einsatz machen?«

Sie ging zurück in Richtung Polizei. Sie wollte heute keinen Toten im Wagen haben, und sie wollte nicht ins Leichenschauhaus fahren. Es war einfach noch zu früh.

Der Arzt war eingetroffen. Er plauderte mit der Polizei, während er ein Klemmbrett ins Gras legte und Handschuhe anzog. Er zog die Augenlider des Toten zurück und sah ihm in die Augen. Er legte den Handrücken an seine Wange. Dann nahm er ein Stethoskop und hielt es kurz über dem Taucheranzug auf die Brust. Schließlich zog er die Ohrstöpsel des Stethoskops heraus und ließ das Gerät baumeln, während er einen Stift zückte, den Totenschein unterschrieb und ihn Bradshaw gab.

Fünfzehn Minuten später schoben Lauren und Joe die beladene Bahre in den Krankenwagen. Der Tote trug immer noch die Taucherausrüstung, was eine merkwürdig unförmige Gestalt im Leichensack ergab.

Lauren stand in der Hecktür und betrachtete die stumme

Form. »Hast du auch manchmal das Gefühl, dass die Welt nur aus Tod und schlechten Dingen besteht?«

Joe legte ihr den Arm um die Schulter. »Soll ich fahren?«

»Es geht schon.«

Sie stiegen ins Führerhaus, und Lauren ließ den Motor an.

»Wann ist dein nächster Urlaub?«, fragte Joe.

»Nicht vor März.«

»Vielleicht solltest du schauen, ob du früher welchen bekommen kannst. Tausch mit jemandem.«

»Ich brauche keinen Urlaub, und ich kann es mir sowieso nicht leisten, irgendwohin zu fliegen.«

Sie legte den Gang ein und steuerte langsam über das Gras. Ein städtischer Parkaufseher war gekommen und hatte die Sperrpfosten in der Zufahrt aufgeschlossen, und die Schaulustigen schlurften auseinander, um den Sanka durchzulassen. Lauren sah stur geradeaus, sie spürte die Blicke der Leute auf sich und erwiderte sie nicht.

Joe griff zum Mikrofon. »Vierunddreißig ist Code fünf.«

»Verstanden, Vierunddreißig.«

Lauren warf einen Blick in den Rückspiegel auf den festgeschnallten Leichensack. »Haben sie einen Ausweis bei ihm gefunden?«

»Nein.«

»Sah ziemlich jung aus.«

»Um die zwanzig, glauben sie.«

Lauren fuhr auf die Straße hinaus. »Und was werden sie jetzt unternehmen?«

»Simon sagte, sie werden auf den Parkplätzen nach einem Wagen Ausschau halten, der ihm gehören könnte, versuchen, jemanden zu finden, der ihn ins Wasser gehen sah oder ihn früher schon einmal gesehen hat. Die Vermisstenmeldungen durchgehen.«

Lauren dachte an die Familie, die sich fragen würde, wo ihr Bruder und Sohn blieb, warum er nicht anrief oder nach

Hause kam. Sie fuhr über eine Schwelle und blickte wieder in den Spiegel. Der Tote hatte sich nicht bewegt.

Im Leichenschauhaus holte Lauren tief Luft, ehe sie durch die schwere Tür stießen. Der Totengeruch war nicht stark, aber selbst der leiseste Hauch konnte einem den ganzen Tag in der Kleidung hängen. Sie schob die Bahre durch den gefliesten Flur und fragte sich, ob ihr Brandopfer noch hier war.

Ich könnte jetzt ebenfalls hier sein. Ohne Weiteres. Auf einem Stahltisch liegen und darauf warten, dass man mich aufschneidet, Fotos von den Stichverletzungen macht, dass Hände in Gummihandschuhen meine Haut mit kaltem Wasser waschen.

Aber es war nicht so. Sie berührte den Peilsender in ihrer Tasche. Sie lebte, und sie würden den Schweinehund kriegen.

Sie musste fest daran glauben, wenn sie nicht verrückt werden wollte.

Sal Rios zwang sich, langsamer zu gehen. Harte Jungs hetzten nicht. Er schob die Hände in die Taschen und nickte wie zu einem Rap, den nur er hörte. Aber er spürte, wie sein Atem schneller ging, und während er hinter den dunklen Gläsern von einer Seite des geschäftigen Gewerbegebiets von Botany zur anderen schaute, fühlte er sich noch mehr beobachtet als sonst.

Ein Schauder lief ihm über den Rücken, als er den betonierten Vorhof überquerte und das Schild mit der Aufschrift *Preston's Plastics* passierte. Die Türen der kleinen Fabrik standen offen, und er war froh, als er eintrat und von der Straße war. Er nickte Colin Preston und einem seiner Söhne, Gary oder Grant, zu; er konnte die beiden nie unterscheiden. Er ging durch den Fabrikationsbereich, der Kunststoffgestank brannte in seiner Nase und ließ seine Augen tränen, dann klopfte er an die massive Stahltür zum Lagerraum.

Nach einer Weile kam ein einzelnes Klopfzeichen als Antwort.

»Ich bin's«, sagte er in die Spalte.

Riegel wurden zurückgeschoben, und die Tür ging auf. Thomas trug eine Papiermaske über Mund und Nase, aber seine Verärgerung sprach deutlich aus den Augen. »Was ist?«

Sal schnupperte. Es roch nicht allzu stark. Der Abgasventilator surrte an der Wand. »Wir müssen reden.«

Thomas murmelte etwas, ließ ihn jedoch ein und schloss die Tür hinter ihm.

»Sie überwachen sie.«

»Das ist keine Überraschung.« Thomas wandte sich wieder der Werkbank zu.

Sal sah das getrocknete Blut im Haar an seinem Hinterkopf. Er und Julio hatten es am Abend zuvor so gut es ging abgewaschen, und Thomas war stumm und kalt unter ihren Händen geblieben. Er steckte die Hände wieder in die Taschen und nickte ein paarmal, er wollte sich cool geben, konnte es aber nicht aufrechterhalten. Schweiß lief ihm über die Rippen, und seine Brust war wie zugeschnürt, sodass ihm das Atmen schon ohne den Gestank des Ice schwerfiel, das über den Brennern auf dem Zeichentisch hinter ihm vor sich hin blubberte.

»Und was machen wir jetzt?«, fragte er.

Thomas sagte nichts. Sal hätte sich gern gesetzt und alles durchgesprochen, was sie tun konnten und sollten, ob sich das Risiko weiterzumachen noch lohnte. *Nein, es lohnt sich nicht.* Er verschränkte die Arme und spannte die Muskeln an, um sich stärker zu fühlen. »Thomas?«

Thomas, der über ein komisches Gerät aus Glas gebeugt stand, warf ihm einen Blick zu, bei dem sich seine Kopfhaut zusammenzog. Sal wandte sich ab und lief den ganzen Raum entlang, er betrachtete die Behälter mit Chemikalien auf dem Boden und stieß einen mit dem Zeh an, um zu sehen, wie voll er noch war.

»Rühr das nicht an.«

Zu seiner Schande spürte Sal Tränen aufsteigen. Einen Scheißdreck würde er weinen. Er schluckte und starrte wütend auf die abblätternde graue Farbe an den Wänden. Das passierte in letzter Zeit häufiger, und es kotzte ihn an. Und wenn es mit seiner Familie den Bach runterging, weil sein Bruder starb, und seine Schwester mit ihren ganzen Tragödien – na und? Oder dass Blake ihn nachts heimsuchte, dass er das Knirschen der brechenden Knochen hörte, das Stöhnen, das Todesröcheln, wieder und wieder? Und dass diese anderen toten Typen auch ständig auftauchten und nur dastanden und ihn anstarrten? Harte Kerle ließen sich davon nicht beirren, ließen alles an sich abprallen, als ginge es sie nichts an.

Er drückte den Rücken durch und dachte an das Geld und daran, wie Tracy vor Juwelierschaufenstern zu sabbern anfing, wie sie wieder lächeln und sich an ihn pressen würde, wenn er sagte, sie dürfe sich aussuchen, was sie wolle. Sie hatte diesen Diamantentick. Manchmal dachte er, wenn sie so scharf auf Klunker war, sollte sie sich einen besser bezahlten Job suchen, aber dann wäre natürlich ihr … wie sagte man … Kanal zum Teufel. Also hielt er den Mund.

Er dachte an die Sachen, die er sich selbst kaufen würde. Dieses große Heimfitnessstudio zuallererst. So wie die Dinge im Augenblick lagen, hatte er keinen Platz, um es aufzubauen, aber das würde sich ändern, wenn Nona wieder auf die Beine kam und auszog. Er stellte sich gern vor, wie er und Julio zusammen trainierten. Bei diesem neuen Kräuterzeug, auf das Julio stand, konnte man nie wissen. Man las es ständig in den Zeitschriften. *Ich war schon fast tot, bis ich anfing, dieses Zeug zu nehmen, und jetzt laufe ich Marathons!* Man konnte einfach nie wissen. Alles würde besser werden, sagte er sich. Wenn wir *diese Sache* hinter uns haben.

Thomas richtete sich auf und runzelte die Stirn. »Die Scheiße funktioniert nicht.«

»Braucht es nicht ein paar Tage?«

»Ich weiß, wie lange es dauert, und ich weiß, ob es funktioniert, und das funktioniert nicht«, brauste Thomas auf. »Es ist zu kalt und feucht hier drin. Geh und kauf ein paar Heizlüfter.«

Sal tastete nach seiner Brieftasche. »Mit Bargeld? Ich ...«

»Kauf sie einfach, verdammt noch mal.«

Sal hätte gern gesagt, dass sie das halbfertige Ice wegschmeißen sollten, ihre Verluste einfach abschreiben, ehe sie erwischt und eingesperrt wurden. Sein Onkel Paulo war im Gefängnis gewesen und hatte ihm erzählt, wie es da drin zuging. Sein Mund wurde trocken, wenn er daran dachte. Aber Thomas würde nie aufgeben. Das Geld bedeutete ihm zu viel.

»Wie lange dauert es noch, bis wir fertig sind?«

»Es würde sehr viel schneller gehen, wenn ich Heizlüfter hätte und nicht gestört würde.«

Sal verließ den Raum und hörte, wie die Riegel hinter ihm vorgeschoben wurden. Grant oder Gary betrachteten ihn über irgendein Plastikding hinweg, das er gerade schnitt, und Sal versuchte, ihn herausfordernd anzusehen, musste den Blick aber abwenden. Die Jungs waren ein weiteres Problem. Thomas sagte, sie bekamen Geld für nichts, warum sollten sie also jemandem etwas verraten? Aber Sal vertraute weder darauf noch auf die alte Freundschaft zwischen Onkel Paulo und Colin Preston, die ihnen Sicherheit versprach, wie Julio meinte. Er wünschte sich die alten Zeiten zurück, vor nicht einmal einem Jahr, ehe Paulo gestorben war und Julio seine Diagnose bekam und die beiden den Laden schmissen, während Thomas in Übersee seinen eigenen Kram machte, die Zeiten, in denen Sal als Julios Helfer arbeitete und einfach so mitlief.

Er zögerte am Haupttor, blinzelte im hellen Sonnenlicht und hielt nach Polizisten Ausschau, die tief in den Sitzen geparkter Autos lauerten und hinter Zeitungen in Eingängen herumlungerten. In Momenten wie diesem, wenn er wirklich Angst hatte, wünschte er sich in die Zeit zurück, als noch nichts von alldem angefangen hatte und seine Mum noch lebte.

16

Ella und Murray hatten beinahe den ganzen Weg zum Rosie's zurückgelegt, dem Club in der City, wo Jules Cartwright Thomas Werner zuletzt gesehen hatte, als Ellas Handy läutete.

»Ich habe etwas anderes für euch«, sagte Kuiper. »Gerade hat eine Frau angerufen, die sagt, sie kennt Kennedy und hat das Gefühl, sie sollte mit jemandem reden.«

Ella verzog das Gesicht. »Was soll das denn heißen?«

»Weiß ich nicht, aber ihre Adresse ist in der Nähe des Steyne Parks, und im Hintergrund habe ich einen Hund bellen hören.«

Der Lift glitt geräuschlos nach oben, und der Flur wurde von der Nachmittagssonne erhellt. Filigrane, silberne Ziffern zeigten Nummer 11 an. Ella benutzte den silbernen Klopfer in Form eines Vogels, der an Holz pickt, und zur Antwort ertönte aus der Wohnung wütendes Gekläff. Dann hörte man eine Frauenstimme, der Tonfall des Bellens änderte sich, und die Tür ging auf. Eine hochgewachsene Frau in den Fünfzigern drückte den kläffenden Hund mit einer Hand an die Brust. Ihre Augen waren gerötet.

»Guten Tag.« Ella zeigte ihren Ausweis. »Detectives Marconi und Shakespeare. Sind Sie Helen Flinders?«

»Ja.« Sie machte die Tür weit auf. »Bitte kommen Sie herein.«

Flinders war etwa einen Meter achtzig groß, barfuß, mit gebräunten Füßen. Ihr braunes Haar war kurz geschnitten und von Grau durchsetzt. Sie trug Khaki-Shorts und eine rosafarbene Bluse mit Kragen, und um ihren Hals hing ein winziger silberner Schmetterling an einer schwarzen Seidenschnur. Ella kam sich klein, pummelig und regelrecht unelegant neben ihr vor.

Das Wohnzimmer war hell und sonnig, mit grünen Sofas vor den Fenstern, die auf das glitzernde Wasser hinausgingen, und einem großen Schreibtisch aus Holz, der eine Wand einnahm. Ella sah eine Ansammlung von feinen Werkzeugen, Rollen von Silberdraht und fünf silberne Schmetterlinge in einer Reihe, jeder geringfügig anders als seine Nachbarn, aber auch ähnlich wie sie und wie der Schmetterling, den Ella auf Kennedys Sideboard zwischen den Blumen gesehen hatte. Sie bemerkte, dass Murray ebenfalls darauf schaute.

»Meine kleine Heimwerkstatt«, sagte Helen Flinders. »Setzen Sie sich, bitte. Darf ich Ihnen etwas anbieten? Kaffee, Tee, Wasser?«

»Nein, vielen Dank.«

Ella nahm auf einem der Sofas Platz, und Helen setzte sich gegenüber von ihr. Sie behielt den Hund auf ihrem Schoß. Er schnupperte in die Luft und beobachtete Murray, der stehen blieb.

»Sie haben angerufen«, begann Ella, »weil Sie James Kennedy kannten und mit jemandem sprechen wollten, ist das richtig Mrs. Flinders – ist ›Mrs.‹ korrekt?«

»Ja. Mein Mann ist vor drei Jahren gestorben.« Sie klopfte sich auf die Brust. »Schlechtes Herz.«

Ella nickte. »Worüber wollten Sie sprechen?«

Helen Flinders strich das Haar zwischen den Ohren des Hundes glatt. »Ich war diese Woche fort und bin gestern Abend nach Hause gekommen. Heute Morgen habe ich die Post von meinem Nachbarn bekommen, begann die Lokalzeitung zu lesen, und da sah ich es. Es hieß, er sei auf der Straße angegriffen, niedergestochen worden. Stimmt das?«

»Leider ja«, sagte Ella. »In welcher Beziehung standen Sie zu ihm?«

»Wir waren Freunde.« Sie wischte sich die Tränen mit ihrer schlanken Hand fort. »Wer tut denn so etwas?«

»Das versuchen wir gerade herauszubekommen«, sagte Ella. »Und deshalb müssen Sie uns alles über ihn erzählen, was Sie wissen.«

Helen Flinders presste die Lippen zusammen, und Röte stieg in ihr Gesicht.

»Welcher Art war Ihre Beziehung?«, fragte Murray.

»Zuerst waren wir nur Freunde«, sagte sie. »Er hat einmal Silber und andere Dinge geliefert, das müsste so vor acht Monaten gewesen sein.«

»In seiner Tätigkeit als Kurierfahrer?«, fragte Ella.

»Ja. Er war so ein netter Mann, er hat die selbst gefertigte Nummer an meiner Tür bewundert, und wir kamen ins Gespräch. Ich bot ihm einen Kaffee an, aber er hatte keine Zeit. Ich sagte, ein andermal vielleicht? Und er kam ein paar Tage darauf wieder.« Sie fuhr sich mit der Zunge über die Unterlippe. »Ich hegte keinerlei Absichten. Hauptsächlich haben wir einfach geredet. Ich führe Pepper abends spazieren, und wir haben uns oft im Park da drüben getroffen und geplaudert.«

»Aber es hat sich zu mehr entwickelt?«

»Es ist nicht leicht, wenn man den Partner verliert. Nicht nur, dass man niemanden mehr hat, mit dem man die tausend Kleinigkeiten des Alltags bespricht, sondern auch dass man niemanden mehr einfach berühren kann und von niemandem berührt wird … Ich weiß noch, wie James mich das erste Mal in die Arme nahm.« Sie blickte auf den Hafen hinaus. »Seit Bobs Tod war ich nicht mehr so gehalten worden. Es war nichts Sexuelles, damals noch nicht, aber es hatte schon etwas, von einem Mann umarmt zu werden, der nicht mein Schwiegersohn war.« Sie sah Ella an. »Hört sich das verständlich an?«

Ella nickte. »Wann wurde es sexuell?«

»Rund einen Monat später.«

»Hat er Ihnen gesagt, dass er verheiratet war?«

»Nein«, antwortete Helen. »Aber ich dachte es mir. Er hat einen meiner Schmetterlinge gekauft, und das ist normalerweise etwas, was ein Mann als Geschenk für eine Frau kauft. Aber wir haben nie darüber gesprochen, oder über die Zukunft, was wir alles tun würden und so. Wir haben nur in der Gegenwart gelebt.«

Ella hörte Murrays Stift kratzen. »Haben Sie sich immer hier getroffen?«

»Hier oder im Park. Nie woanders. Es hat uns wohl beiden am besten gepasst.«

»Wie oft ist er vorbeigekommen?«

»Meist ein-, zweimal die Woche. Manchmal auch nur alle zwei Wochen. Er schaute entweder tagsüber auf seiner Tour vorbei oder kam abends mit seinem Motorrad zum Park.«

»Und wann haben Sie ihn zuletzt gesehen?«

»Am Dienstagabend, im Park. Das dürfte der Tag gewesen sein, an dem er starb«, sagte sie. »Wir waren nicht verabredet. Ich flog später am Abend geschäftlich nach Brisbane und führte Pepper noch einmal kurz aus. Ich war überrascht, James dort zu sehen. Er unterhielt sich mit einem Mann, und er blickte auf und sah mich, ließ sich aber nicht anmerken, dass er mich kannte, deshalb dachte ich, er will offenbar nicht, dass ich ihn anspreche, und ging einfach weiter.«

Ella spürte, wie ihr Puls schneller ging. »Wann war das?«

»Kurz nach sieben. Fünf nach, vielleicht.«

»Können Sie den Mann beschreiben?«

»Er war etwas kleiner als James, schütteres, dunkles Haar, das schon leicht ergraute«, sagte sie. »Sie sahen beide sehr ernst aus.«

»James wirkte nicht beunruhigt, aufgebracht? Als hätte er Angst vor diesem Mann?«

Sie schüttelte den Kopf. »Mein Eindruck war, dass sie einander kannten. Sie standen vor der Sandsteinmauer dort, mit dem Rücken zu ihr. Sie standen ziemlich dicht beisammen und unterhielten sich flüsternd.«

»Hatten Sie den Mann schon einmal gesehen?«

»Nein.«

»Wissen Sie noch, was er anhatte?«

»Ich habe nicht darauf geachtet«, sagte sie. »Ich glaube, er trug eine dunkle Hose und ein helles, kurzärmliges Hemd. Mehr kann ich dazu nicht sagen.«

»Hatten Sie je den Eindruck, dass James noch mehr Leute kannte, die hier in der Gegend wohnen?«

»Niemals.« Helen Flinders verdrückte ein paar Tränen und beugte sich hinunter, um den Hund zu küssen.

»Nur noch ein paar Fragen«, sagte Ella. »Hat James je davon gesprochen, dass er irgendwie in Schwierigkeiten war?«

»Nein.«

»Haben Sie ihn einmal den Namen Thomas Werner erwähnen hören?«

Sie schüttelte den Kopf. »Ist das der, den Sie für den Täter halten?«

»Sein Name ist im Zuge der Ermittlungen aufgetaucht, das ist alles«, sagte Ella. »Hat James je beunruhigt oder bedrückt gewirkt?«

»Er war ein sehr ausgeglichener Mensch, der sich von nichts aus der Ruhe bringen ließ, soweit ich feststellen konnte«, sagte sie. »Allerdings ist es einmal passiert, bei unserem vorletzten Treffen, glaube ich, dass er einen Anruf auf seinem Handy entgegennahm, über den er nicht sehr erfreut zu sein schien.«

Ella beugte sich vor. »Worum ging es?«

»Das hat er nicht gesagt. Wir waren im Park, und er

hat sich ein wenig von mir weggedreht, während er telefonierte. Ich dachte zunächst, dass es vielleicht seine Frau war.«

»Konnten Sie etwas von dem Gespräch verstehen?«

»Man merkte, dass sie stritten. James sagte: ›Nein, nein. Ich sagte doch, ich will das nicht mehr tun. Keiner von uns will es.‹« Sie zuckte mit den Achseln. »Dann bin ich weggegangen, damit er ungestört war.«

»Was hat er anschließend darüber gesagt?«

»Nichts. Ich dachte, er wird es mir schon erzählen, wenn er will, und wenn nicht, dann geht es mich nichts an.«

»Aber Sie dachten, es sei seine Frau gewesen?«

»Ich wusste nicht, wer es war, aber das war mein erster Gedanke, ja.«

»An welchem Tag war das, wissen Sie das noch?«

Sie überlegte einen Moment. »Das letzte Mal, dass ich ihn getroffen habe – und mit ihm gesprochen, meine ich –, war Donnerstag, der 12., und der Anruf war eine Woche zuvor, am Mittwoch.«

»Der 4.«, sagte Murray nach einem Blick auf einen Wandkalender über dem Schreibtisch.

»Das dürfte hinkommen.«

»Um welche Zeit ungefähr?«

»Am Abend«, sagte sie. »Halb sieben, vielleicht Viertel vor sieben.«

Ella nickte. Das war sehr gut. Sie hatten die Verbindungsliste für Kennedys Handy, deshalb sollte dieser Anrufer, mit dem er gestritten hatte, nicht allzu schwer ausfindig zu machen sein. Sie überlegte, ob die Beobachterin im Rollstuhl diesen anderen Mann ebenfalls gesehen hatte, vielleicht wie er in ein Auto stieg oder aus einem. Ach, es fügte sich alles wunderbar zusammen.

»Wo haben Sie in Brisbane gewohnt?«, fragte Murray.

»Bei meiner Tochter«, sagte sie. »Ich kann Ihnen Adresse und Telefonnummer geben, damit Sie überprüfen können, ob ich wirklich da oben war. Und Stan O'Connor von nebenan kann Ihnen sagen, dass er sich für die paar Tage um Pepper und meine Post gekümmert hat. Ich würde es allerdings begrüßen, wenn Sie über die Art meiner Beziehung zu James nichts verlauten ließen.«

»Das verstehen wir, Mrs. Flinders«, sagte Ella. »Danke, dass Sie sich gemeldet haben.«

»Du riechst nicht nach Leichenschauhaus, ehrlich«, sagte Joe, als Lauren den Rettungswagen rückwärts in die Station fuhr.

»Du würdest es nicht merken.« Lauren stellte den Motor ab. »Weil es an dir ebenfalls hängt.«

Sie ging zu ihrem Spind und sprühte sich von oben bis unten mit Deo ein.

Als sie zurückkam, verzog Joe das Gesicht. »Aber *jetzt* riechst du.«

Ihr Handy läutete. »Alles klar?«, sagte Ella.

»Keine Probleme hier.«

»Tragen Sie den Peilsender?«

»Na sicher.« Lauren berührte ihre Tasche. »Gab es irgendwelche Anrufe im Haus?«

»Bisher nicht. Er hat sich hoffentlich wieder in sein Loch verkrochen«, sagte Ella. »Ich melde mich später noch einmal.«

Lauren steckte ihr Handy wieder an den Gürtel. Joe saß auf der Arbeitsfläche und ließ die Beine baumeln. »Was macht dein Rücken?«, sagte er. »Die Bahre zu heben war kein Problem?«

»Es geht ganz gut«, sagte sie. »Wieso?«

»Komm mit.«

Er ging in den Ruheraum und schob die Liegen und den Fernseher an die Wand.

»Hast du vor, Staub zu saugen?«, fragte Lauren. »Soll ich dir dabei zusehen?«

»Ähm«, begann er, »als junges Bürschchen bei der Marine habe ich ein paar Selbstverteidigungstechniken gelernt. Eins haben sie uns nämlich beigebracht: Man kann einmal Glück haben, aber selten zweimal.«

»Ein ermutigender Gedanke.«

»Gewarnt sein, heißt gewappnet sein«, sagte er. »Das Wichtigste ist, fühlst du dich in der Lage dazu?«

Sie zuckte mit den Achseln und bemühte sich, langsam zu atmen. »Fang einfach mal an.«

»Die meisten Angriffe erfolgen von hinten, weil der Angreifer den Vorteil der Überraschung nutzen will. Die häufigste Reaktion darauf ist Panik.«

»Das verstehe ich.«

»Es gibt jedoch Dinge, die man tun kann, wenn man es schafft, einen kühlen Kopf zu bewahren. Wie es dir gestern offenbar gelungen ist.«

»Hm.«

»Stell dich hierher«, sagte er. »Dreh dich um. Bist du dir sicher, dass du es machen willst?«

Sie nickte.

»Sag mir Bescheid, wenn du aufhören willst.« Er legte ihr den Arm um Hals und Brust. »Noch okay?«

»Die Fragen nerven mich allmählich.« Sie begann zu schwitzen. *Bleib ruhig, es ist Joe. Konzentrier dich darauf. Joe hält dich. Du bist absolut sicher.*

»Okay«, sagte er, und sein Atem war warm an ihrem Ohr. »Denk einen Moment an deine Körperposition und an meine.«

Sie schloss die Augen. Seine Brust war so an ihren Rücken gepresst, dass sie seinen Herzschlag spürte. Sein Arm lag hart an ihrem Hals, seine Hand packte ihre Schulter.

»Wenn du in dieser Situation panisch reagierst, hast du keine Chance«, sagte Joe leise. »Der Angreifer drückt dir die Halsschlagadern ab, und du bist in null Komma nichts bewusstlos. Du hast aber nicht die Kraft im Oberkörper, um ihn direkt abzuwehren, vor allem, wenn er viel schwerer ist als du.«

»Okay«, flüsterte sie.

»Denk stattdessen an die Position deiner Füße. Du weißt, seine sind auch irgendwo da unten. Du kannst mit der Ferse auf seinen Fußrücken stampfen, und falls er keine Stahlkappen trägt, wird es ihm scheußlich wehtun.«

Sie hob den rechten Fuß und führte ihn sachte nach unten, wobei sie mit der Ferse nach seinem Fuß tastete. Dann drückte sie kurz darauf und stellte sich vor, wie sie mit voller Wucht zutreten würde.

»Dann setzt du dein Körpergewicht gegen ihn ein«, sagte Joe. »Versuch mal Folgendes: Verlagere dein Gewicht ein bisschen tiefer, und schieb die Hüfte nach links, und gleichzeitig stößt du deinen rechten Ellbogen so stark du kannst nach hinten in seinen Magen.«

Sie versuchte es und entdeckte einen gewissen Rhythmus in der Seitwärtsbewegung und dem gleichzeitigen Ellbogenstoß.

»Genau so«, sagte Joe. »Wenn du die Schwungkraft ausnutzt, legst du dein ganzes Gewicht in den Ellbogenschlag, und es ist mehr als ein harmloser kleiner Stups.«

Sie machte es noch einmal, ihr Ellbogen schmiegte sich in seine Seite. »Gefällt mir irgendwie.«

»Wenn er daraufhin ein wenig vornüber klappt, drehst du dich schnell herum und kratzt ihm mit den Fingernägeln so fest du kannst ins Gesicht, vor allem in die Augen.«

Er beugte sich ein wenig seitlich, und sie drehte sich um und legte ihm die Hände aufs Gesicht. Er lächelte sie durch ihre Finger an. »Gut gemacht.«

»Ein kleines Problem«, sagte sie. »Was ist, wenn er ein Messer hat?«

»Dann wird es vertrackt. Du musst akzeptieren, dass du wahrscheinlich verletzt wirst und dich mit allem verteidigen, was zur Hand ist. Notfalls mit den Händen selbst.«

Sie verzog das Gesicht.

»Lieber zerschnittene Hände als tot«, sagte er. »Du musst dich so schnell es geht zu ihm umdrehen – du musst sehen, was er tut. Setz alles als Waffe ein, was in Reichweite ist. Wirf Zeug nach ihm. Schrei! Aber das weißt du bereits.«

Laurens Herz hämmerte.

»Wenn er zu weiten Schlägen ausholt, versuch es mit dem guten alten Tritt in die Leiste«, fuhr Joe fort. »Bist du sicher, dass du weitermachen willst? Ich hab schon ein komisches Gefühl, und ich war gar nicht dabei.«

»Weißt du, dass ich diese Mikrowelle längst wegräumen wollte? Kristi ließ mich aber nicht, weil sie einen Rostfleck auf der Kühlschrankseite verdeckt, der ihrer Ansicht nach wie ein Geist aussieht.«

»Großer Gott, Lauren.«

Sie fühlte sich benommen. »Es ist schon merkwürdig. Wir haben ständig mit Leuten zu tun, die durch bloßen Zufall tot sind oder noch leben. Aber jetzt, da es mir passiert ist, kann ich es nicht fassen.« Sie lachte hohl. »Genau das sagen sie allerdings alle, oder? ›Ich kann nicht glauben, dass mir das passiert ist.‹«

Joe zog sie in seine Arme. »Sprich nicht mehr darüber.«

Sie fühlte die Wärme seiner Haut, nahm zwar noch eine Spur Leichenschauhaus an ihm wahr, aber darunter war es der saubere Geruch nach Seife und Rasierschaum. Sie drückte den Kopf an seine Brust. Sie hätte gern die Hand ausgestreckt und die glatte Haut seiner Wangen berührt. Sie hätte gern die Hände um seinen Nacken gleiten lassen und ihn zu sich herabgezogen.

Sie hätte ihn gern geküsst.

»Ich glaube, mehr sollten wir nicht mehr tun«, sagte er.

Sie konnte seine Lippen beinahe auf ihren spüren. *Schließ die Augen, streck die Arme aus, tu es!*

»Jedenfalls nicht heute.« Seine Stimme war ein tiefes Grollen in seiner Brust.

Tu es!

»Es ist zu früh. Und wir wollen deinem Rücken nicht schaden.« Er hielt sie immer noch im Arm, aber sie spürte, wie sein Griff nachließ. »Hier, setz dich. Mach Pause. Ich hole dir ein Glas Wasser.«

Sie sank auf den Stuhl und hörte, wie er den Wasserhahn in der winzigen Küche der Rettungsstation aufdrehte. Der Schmerz in ihrer Wunde war nichts gegen den Schmerz in ihrem Herzen. Sie hätte ihn beinahe geküsst, und sie bedauerte nur, dass sie es nicht getan hatte. Denn wer weiß, wie er reagieren würde. Vielleicht würde er den Kuss erwidern! Aber sie wusste, das war Quatsch. Joe war ein liebevoller Mensch und gut darin, sich um Menschen zu kümmern, die ein traumatisches Erlebnis hinter sich hatten, und genau das tat er jetzt und sonst nichts. Außerdem war er verlobt. Man verlobte sich nicht und fing dann an, Kolleginnen zu küssen. Wenn man seine Kollegin liebte, verlobte man sich nicht anderweitig. So einfach – und niederschmetternd – war das.

»Hier.« Er setzte sich auf die andere Liege und sah zu, wie sie trank. »Bist du dir wirklich sicher, dass du in der Arbeit klarkommst?«

Sie schreckten durch eine Bewegung hinter ihm auf, und Joe fuhr herum. Im selben Moment betrat Claire den Raum.

»Großer Gott«, sagte er.

»Nicht ganz.« Sie blickte sich um. »Was habt ihr beide denn hier getrieben?«

Sie konnten es ihr unmöglich sagen. Selbst wenn man ihre Eifersucht außer Acht ließ – die Detectives hatten sie gebeten, niemandem zu erzählen, was los war. Die Erklärung, Joe habe ihr Selbstverteidigung beigebracht, hätte nur eine ganze Reihe von Fragen ausgelöst, die Lauren nicht beantworten durfte.

»Es heißt, wir kriegen ein neues Sofa«, sagte sie. »Wir haben ausprobiert, wie viel Platz wir dafür hätten, ob es gut hineinpassen würde.«

Claire beäugte sie.

»Was glaubst du denn, dass wir getanzt haben?«, fragte Joe und lachte.

Claire sah auf den Teppich. Er war hochgeschoben von ihren Stiefeln, aber das konnte genauso gut daher kommen, dass sie die Liegen umhergezogen hatten, dachte Lauren. *Und sie kann deine Gedanken nicht lesen, sie weiß nicht, dass du ihn fast geküsst hättest. Entspann dich.*

»Wie war deine Nacht?«, fragte Joe.

»Kann ich draußen mit dir sprechen?«

Joe folgte ihr hinaus in den Betriebsraum. Lauren war mulmig zumute, als sie ihr Glas in die Küche trug und das restliche Wasser in den Ausguss kippte. Sie konnte die Stimmen der beiden hören, aber der Verkehr, der oben über die Brücke rumpelte, machte alle Worte unverständlich.

Nach ein paar Minuten ertönte der Summer im Eingang. Lauren nahm an, dass Claire die Lichtschranke durchquerte, weil sie aus der Station stürmte, und ihr fiel auf, dass sie den Summer nicht gehört hatte, als sie hereingekommen war.

Joe kam mit nachdenklicher Miene in die Küche. Lauren trocknete ihr Glas ab und stellte es weg. »Alles okay?«

»Sie will die Hochzeit vorverlegen.«

»Auf wann?«

»März.«

»Aber ich dachte, ihr habt eure Flitterwochen für den Sommer geplant, mit Strand und allem, im Dezember nächstes Jahr«, sagte Lauren.

»Jetzt redet sie von Tasmanien im Herbst.«

»Das ist aber nicht ganz dasselbe.«

»Ich habe ihr gesagt, dass mein Urlaub fest eingetragen ist, aber sie will, dass ich zu tauschen versuche.«

Laurens Urlaub war im März. *Bitte frag mich nicht …*

»Sie hat den Urlaubsplan gesehen, sie weiß, dass du dann Urlaub hast, aber ich habe gesagt, du fährst weg«, sagte Joe.

»März ist überhaupt zu früh. Hast du eine Ahnung, wie viel wir noch zu organisieren haben?«

»Nein. Ich hab noch nie geheiratet.«

»Das schaffen wir unmöglich in dieser Zeit.«

Sie schwiegen eine Weile.

»Ich hab den Summer nicht gehört, als sie hereingekommen ist«, sagte Lauren.

Joe runzelte die Stirn. »Vielleicht ist er nicht in Ordnung. Wir sollten die Tür ohnehin lieber geschlossen halten. Das ist sicherer.«

Der Summer war noch nie kaputt gewesen. Lauren fragte sich, ob eine eifersüchtige Verlobte so tief sinken könnte, unter dem in Schenkelhöhe befindlichen Sensor durchzukriechen, um gewisse Leute zu überraschen. Der Gedanke kränkte sie, aber ihr war klar, dass sie kein Recht dazu hatte. Immerhin hätte Claire sie tatsächlich beinahe erwischt.

»Hat sie noch etwas von der Beschwerde wegen dieser Zuggeschichte gesagt?«

»Nö, das wird sie schon vergessen haben.«

Lauren war sich nicht so sicher. »Wenn sie die einreicht, könnte es der Tropfen sein, der das Fass zum Überlaufen bringt.«

»Wie meinst du das?«

»Ich habe neulich im Organisationshandbuch nachgesehen«, sagte sie. »Wenn ich in dieser Blake-Sache wegen Meineids angeklagt werde, können sie mich feuern. Der einzige Grund, warum sie es möglicherweise nicht tun werden, sind meine guten Leistungen im Job. Aber wenn Claire sich wegen des Schlauchs beschwert, kann ich das auch vergessen.«

Joe schüttelte den Kopf. »Sie hat kein Wort davon gesagt. Ich vermute, sie hat es komplett vergessen. Wahrscheinlich hat sie am Ende ihrer Schicht damals schon nicht mehr daran gedacht.«

Aber es könnte ihr wieder einfallen, wenn sie eifersüchtig genug ist, dachte Lauren, und nach einem Werkzeug der Rache Ausschau hält.

17

Murray nahm eine Hand vom Lenkrad und fummelte am Autoradio herum, und bald ertönte die laute Stimme des Family Man aus den Lautsprechern.

Ella hob ihre Stimme über den Lärm. »Was gefällt dir eigentlich so an dem?«

»Er ist interessant.«

»Die Zahl der Morde steigt, die Zahl der Körperverletzungen steigt, der Verbrechen mit Schusswaffen – wo leben wir denn, in den Vereinigten Staaten? Was wir brauchen, ist hartes Durchgreifen, aber was bekommen wir von der Regierung?«

»Von ihm bekomme ich Kopfweh«, sagte Ella.

»Wir bekommen frisierte Statistiken, Langzeitprognosen, geplante Ergebnisse und Zielszenarien. Nehmen wir die Drogenamnestie. Die Regierung behauptet, es sei noch zu früh, um sagen zu können, ob sie wirkt, es seien noch keine Zahlen verfügbar. Ich sage, werfen Sie einen Blick auf die Statistiken über Gewaltverbrechen. Ist da irgendwas gesunken?«

»Du magst ihn, weil er auch gegen die Amnestie ist«, sagte Ella.

»Was?«

Sie stellte das Radio leiser und wiederholte es.

»Wart nur ab«, sagte Murray. »Nach der nächsten Wahl wird sie über Bord geworfen.«

Ella schnaubte. »Nach jeder Wahl wird alles über Bord geworfen.«

»Und was denkst du, wird man dann feststellen?«

»Vielleicht, dass es funktioniert hätte, wenn die Leute dahintergestanden hätten, wenn man der Sache Zeit gegeben hätte.«

Murray schüttelte den Kopf. »Das ist wie die Geschichte mit den kaputten Fenstern in den Staaten.«

»Was soll das denn sein?«

»In den Achtzigern haben sie in New York festgestellt, dass die Zahl der Gewalttaten rapide sinkt, wenn man all die kleinen Dinge behebt, die die Leute stören, wie Graffiti, kaputte Fenster und öffentliche Ruhestörung, weil sich die ganze Atmosphäre dadurch völlig ändert. Hier ist es das Gleiche: Wenn wir sagen, wir akzeptieren den Kleindealer und vergeben ihm, schaffen wir eine Atmosphäre, in der Kriminelle das Gefühl haben, sie können sich alles erlauben.«

»Aber wir akzeptieren sie nicht und vergeben ihnen nicht«, sagte Ella. »Wir bestrafen sie weniger hart, sicher, aber sie müssen uns dafür Namen und Adressen liefern. Sie zahlen auf diese Weise ihre Schuld an die Gesellschaft zurück.«

»Es schafft aber trotzdem diese Atmosphäre, und die ist das Problem.«

»Und es soll das Äquivalent dazu sein, die Fenster kaputt zu lassen, wenn wir die Kleinganoven nicht mehr einsperren? Mit der Amnestie fangen wir wenigstens an, sie notdürftig zu flicken.«

Er murmelte etwas.

»Das habe ich jetzt nicht verstanden«, sagte sie spitz.

»Mein Dad sagte, du würdest diesen Standpunkt einnehmen.«

»Ach, ja?« Der gute alte Frank Shakespeare. Sie bezweifelte, dass er viel Schmeichelhaftes über sie zu sagen hatte. Und das nur, weil sie ihn damals vor vielen Jahren an diesem Tatort nicht erkannt und für einen neugierigen Zivilisten gehalten hatte, den sie anherrschte, er solle sich verpissen, sonst würde sie ihn verhaften. Würde er denn nie darüber hinwegkommen?

»Er sagte, Leute, die für die Amnestie sind, seien zielorientiert …«

»Woran nichts falsch ist.«

»… und zwar in übertriebener Weise«, fuhr Murray fort. »Solche Leute glaubten, dass das Endergebnis die Mittel rechtfertige, aber in der Polizeiarbeit hänge sehr viel von gesunden Mitteln ab.«

»Sprecht ihr beim Essen oft über mich?«

»Die Mittel sind die Art und Weise, wie wir als Polizei unsere Beziehung zur Gesellschaft einrichten und aufrechterhalten. Sie müssen konstant sein, damit die Leute wissen, wie sie dran sind. Wenn wir anfangen, die Regeln zu ändern, wenn wir manche Leute für ihre Missetaten davonkommen lassen, weiß niemand mehr, was gespielt wird. Uns eingeschlossen.«

Ella drehte das Radio wieder lauter.

»Ich habe diese Dinge unmittelbar erlebt! Mein Heimatland Kanada folgt den Vereinigten Staaten genau, wie es euer schönes Land hier tut, und ich bin hier, um euch zu sagen, dass ihr jetzt umkehren müsst!«

Der Nachmittag war fortgeschritten, und es kühlte bereits ab, als sie hinter Murray zu Rosie's Club marschierte, wo Jules Cartwright angeblich Thomas Werner vor zwei, drei Jahren gesehen hatte. Die Chance, dass jemand, der damals dort gewesen war, jetzt noch dort war *und* sich an Werner erinnerte, war verschwindend gering. Sie wäre lieber mit den Informationen von Helen ins Büro zurückgefahren, und sie wollte schauen, was Kennedys Handyverbindungen erbracht hatten.

»Lächerlich vage Chance«, murmelte sie in Murrays Rücken.

Er ignorierte sie.

Die Fassade des Clubs war aus getöntem Glas und Stahl.

Ein knochendürrer Mann stand in der Spätnachmittagssonne und wischte Fingerabdrücke von der Glastür.

»Entschuldigung«, sagte Murray.

»Wir haben noch nicht auf.« Der Mann drehte sich um und sah ihre Ausweise. »Ach so.«

»Wir müssen Ihren Boss sprechen.«

»Der ist nicht da.«

»Wer ist im Augenblick der Verantwortliche?«, fragte Ella.

»Martin, der stellvertretende Manager.«

»Dann sprechen wir mit dem.«

Der Mann wischte noch einmal oberflächlich über das Glas, dann zog er die Tür auf.

Sie folgten ihm in einen geräumigen Barbereich, wo es nach Teppichreiniger und verschüttetem Alkohol roch, und Ella spürte den tiefen Bass-Beat der Technomusik in der Brust. Ein einsamer Mann hinter der Theke klapperte in einem Kühlschrank mit Glastür herum. Ein kurzer Gang an der Seite führte zu drei verschlossenen Türen. Der Mann klopfte an eine und wartete. Als jemand mit »Ja?« antwortete, öffnete der Mann die Tür und ging hinein. »Man will Sie sprechen, bitte.«

Ella fing ein gemurmeltes *Scheiße* auf und trat hinter dem dürren Mann ein. »Detectives Marconi und Shakespeare, Mordkommission.«

Der Mann hinter dem Schreibtisch hatte Hängebacken und eine fahle Haut, Anfang vierzig, schätzte Ella. Er trug ein schwarzes T-Shirt und einen silbernen Siegelring; die Hände, an denen die Adern hervortraten, lagen verschränkt auf einer geschlossenen roten Mappe.

»Wie kann ich Ihnen helfen?«

»Sie heißen?«

»Martin Everly.«

Aus dem Augenwinkel sah Ella, wie Murray es aufschrieb. »Wie lange arbeiten Sie schon hier?«

»Etwas über zwei Jahre.«

»Was ist mit Ihrem Chef, wie lange ist der schon hier?«

»Noch nicht einmal so lange.«

»Und der Eigentümer?«

»Der Laden gehört einem Unternehmen. Sie besitzen einige Clubs, seit Jahren. Zehn, fünfzehn Jahre schätze ich.«

»Wir brauchen ein paar Informationen über dieses Unternehmen.«

»Viel habe ich hier nicht.« Er öffnete die linke Schreibtischschublade, wühlte in einem Stapel Papieren herum und zog schließlich ein Blatt mit einem Briefkopf in Rot und Schwarz hervor. »Da steht, wie Sie die Firma erreichen.«

Ella nahm das Blatt. Es enthielt Anschrift und Telefonnummer eines Unternehmens namens Clubs Inc. Sie gab es Murray, dann sah sie Martin Everly wieder an. »Kennen Sie einen Mann namens Thomas Werner?«

»Nie von ihm gehört.«

Murray zeigte ihm das Foto vom Flughafen. »Haben Sie diesen Mann schon einmal gesehen?«

Everly betrachtete es kurz und reichte es zurück. »Nein.«

»Was dagegen, wenn wir mit Ihrem Personal sprechen, ehe wir gehen?«

»Es ist kaum welches hier. Wir machen erst später auf.«

»Dann brauchen wir die privaten Adressen.«

»Natürlich.«

Er zog einen Ringordner aus einer Schublade, entnahm ihm drei Seiten und legte sie ins Faxgerät, dann gab er ihnen Kopien davon. Ella überflog die Liste. Kein Name, der ihr ins Auge sprang. Sie würden sie mit ins Büro nehmen und die Namen in den Computer eingeben.

Sie waren fast schon wieder beim Wagen, als Murrays Handy läutete. Ella nahm die Schlüssel, die in seiner Hand baumelten, und machte es sich auf dem Fahrersitz bequem. Er stieg ein, steckte das Handy weg und sah verwirrt aus. »Deborah Kennedy ist verschwunden.«

»Was?«

»Wir sollen bei der Durchsuchung der Wohnung helfen.«

Ella fuhr bereits los. »Unter welchen Umständen ist sie verschwunden?«

»Das hat Kuiper nicht gesagt.« Murray zog seinen Sicherheitsgurt straffer.

»Ich meine, glauben Sie, dass sie entführt wurde oder tot ist?«

»Er hat es wirklich nicht gesagt.«

Sie sah, wie sein Fuß auf der Suche nach einer nicht vorhandenen Bremse gegen das Bodenblech trat, lächelte in sich hinein und fuhr noch ein wenig schneller.

Es war ein komisches Gefühl für Ella, die Wohnung der Kennedys wieder zu betreten. Sie wirkte nun größer, aber das lag vielleicht daran, dass Mrs. Kennedy nicht da war, um sie mit ihrer Trauer zu füllen. Detective Rebecca Kanowski stand in der Mitte des Wohnzimmers im Gespräch mit Kuiper. »Hätte mich der Nachbar nicht an die Tür hämmern hören und einen Schlüssel gehabt, wäre ich gar nicht hineingekommen.« Sie schwitzte. »Ich dachte, die haben womöglich Selbstmord begangen.«

Ella lugte in die anderen Räume. Das Doppelbett war ordentlich gemacht, die Schranktüren geschlossen, das Bad sah sauber aus und roch auch so, ein Handtuch hing ordentlich auf dem Halter. Nichts war umgeworfen, nichts lag umher. Selbst im Wohnzimmer sah alles normal aus; die TV-Fernbedienung lag auf dem Kaffeetisch, die Blumen, die vermutlich nach Kennedys Tod eingetroffen waren, standen auf dem Sideboard aufgereiht. Der silberne Schmetterling war noch da.

»Dieser Nachbar hat sie nicht weggehen sehen«, fuhr Rebecca fort. »Wir haben einen Reserveschlüssel für die Garage gefunden und nachgesehen, aber der Wagen ist fort.«

Kuiper nickte. »Marconi, Shakespeare, befragen Sie die

übrigen Nachbarn im Gebäude und die von den Häusern links und rechts und von der gegenüberliegenden Straßenseite. Fragen Sie, ob sie jemand hat fortgehen sehen, wenn ja, ob jemand bei ihnen war und so weiter.«

Ella und Murray teilten sich die Arbeit auf. Niemand, mit dem Ella sprach, hatte etwas Ungewöhnliches gesehen oder gehört. Als sie zur Wohnung zurückkehrte, war Murray bereits da. Rebecca und die Detectives Matt Lyons und Prue Hoskins saßen auf dem Sofa und gingen Stapel von Papieren durch. Kuiper stand und hörte Murray zu.

»… in ihrem Wagen und definitiv nur Mrs. Kennedy und ihre Tochter«, schloss Murray gerade.

»Dann haben sie sich also aus dem Staub gemacht«, sagte Kuiper.

»Ich hab's.« Rebecca hielt einen Bankauszug in die Höhe. »Das Konto läuft auf den Namen von beiden.«

Kuiper überflog den Auszug. »Gehen wir runter zur Bank, bevor sie schließt. Mal sehen, was sie vor uns verbergen wollte.«

»Ich war mir nicht sicher, dass sie das wollte«, sagte Rebecca.

»Wir werden es bald wissen.« Kuiper wandte sich Ella zu und gab ihr ein Blatt mit dem verschnörkelten Schriftzug *Simply Sydney Funerals* darauf. Es war eine Quittung für eine erfolgte Bezahlung. »Sausen Sie mal schnell rüber zu dem Laden, und finden Sie heraus, wann die Beerdigung angesetzt ist. Das Leichenschauhaus hat den Leichnam erst gestern freigegeben, mit ein wenig Glück könnte Mrs. Kennedy also noch in der Stadt sein.«

Ein Ruf zu einer zusammengebrochenen Person in King's Cross stellte sich als ein Fall von Heroinüberdosis heraus. Lauren gab der Bewusstlosen eine Spritze Naloxon, und nachdem die Frau aufgewacht war, beschimpfte sie die Sanitäter wüst und verschwand die Darlinghurst Street hinauf in der Menge. »Ja, gern geschehen!«, rief ihr Lauren nach.

»Hey«, sagte Joe. »Es schauen Leute zu.«

Lauren warf die Ausrüstung in den Wagen. Wo immer Sanitäter waren, bei allem, was sie taten, schauten Leute zu. Lauren fühlte sich dadurch verletzlich, wie ein Ziel, vor allem in einer Menschenmenge wie hier, wo sich wer weiß wer einen Weg zu ihnen bahnen konnte. Sie stieg ins Führerhaus und schlug die Tür zu. »Können wir fahren?«

Sie kamen gerade am Museum vorbei, als die Zentrale sich meldete. »Vierunddreißig, ich habe einen Mann, der sich im Verkehr auf der Market Street merkwürdig benimmt. Die Querstraße soll entweder die Pitt oder die Castlereagh sein. Die Polizei ist ebenfalls unterwegs.«

»Vierunddreißig hat verstanden. Wir sind dran.«

Joe schaltete Blaulicht und Sirene ein. »Echt oder falsch?«

»Echt.« Lauren streifte Handschuhe über und zog ein Paar für Joe heraus, die sie ihm unter den Oberschenkel klemmte. »Drogenproblem.«

»Das ist fies«, sagte Joe. »Drogenproblem deckt tausend Dinge ab.«

Sie brachte ein Grinsen zustande. »Tja, Kumpel, da muss man eben schnell sein.«

Sie bogen rechts in die Elizabeth Street ab, dann links in die Market, wo der Verkehr praktisch stand. Joe schob sich Stück für Stück vor und winkte Fahrzeuge zur Seite, sodass er den Rettungswagen zu einem Mann manövrieren konnte, der auf der mittleren Fahrspur herumbrüllte und mit den Armen fuchtelte.

Lauren griff nach dem Mikrofon. »Vierunddreißig ist vor Ort, von Polizei ist noch nichts zu sehen. Sieht aus, als würden wir sie brauchen.«

»Ich rufe sie noch einmal«, kam es aus der Zentrale.

»Ach du Scheiße«, sagte Joe.

Lauren war schon halb aus der Tür. »Was ist?«

»Es ist derselbe Typ.«

Lauren sah noch einmal hin, und ihr Mut sank.

Joe kam auf ihre Seite. »Er trägt sogar dieselben verdammten Klamotten.«

Die Fußballhose saß tief auf den Hüften des Mannes, und der Riss in seinem Nirvana-T-Shirt flatterte im Wind.

»Wieso ist der wieder draußen?«

»Die Psychiatriestationen müssen voll sein«, sagte Joe. »Wenn schlimmere Fälle hereinkommen, geht er raus.«

Lauren riss das Mikro aus der Halterung. »Vierunddreißig.«

»Sprechen Sie.«

»Es ist derselbe Patient, der uns beide vor fünf Tagen tätlich angegriffen hat, wobei er bewaffnet war. Erbitten Polizei so schnell wie möglich.«

»Verstanden Vierunddreißig. Haltet euch von ihm fern, wenn es geht.«

Der Mann hämmerte mit den Fäusten auf die Kühlerhaube eines Fahrzeugs. Lauren sah, wie Autofahrer die Türen verriegelten.

»Wir müssen etwas unternehmen«, sagte Joe. Er stand nahe bei ihr in der offenen Tür. Sie hätte den Arm auf seine Schulter legen können, wenn sie gewollt hätte. »Diesmal wissen wir wenigstens, wie er drauf ist.«

Der Mann kletterte auf die Kühlerhaube und dann auf das Dach eines Wagens und sprang auf und nieder. Lauren spürte, wie die Leute sie ansahen, und rutschte widerwillig von ihrem Sitz. Weit, weit entfernt hörte sie eine Sirene. Vielleicht konnten sie ihn lange genug ablenken. Sie ging neben Joe. Der Schnitt in ihrem Rücken schmerzte. Es war heiß auf der Straße von all den Autoabgasen, und sie glaubte, den Körpergeruch des Mannes selbst darüber wahrzunehmen.

»Wir haben nie erfahren, wie er heißt«, sagte sie.

Joe ließ die Bündchen seiner Handschuhe schnalzen. »Scheiß drauf.«

Der Mann kletterte auf das nächste Fahrzeug, ließ sich auf Hände und Knie fallen und versuchte, die schreiende Frau darin durch das halb offene Sonnendach zu packen. Da er sie nicht erreichen konnte, begann er, mit seinem Kopf auf das Blech zu schlagen.

»Die Füße zuerst«, sagte Joe.

Lauren nickte.

Der Mann war barfuß, er hatte die Zehen an das Rückfenster gestützt, die Fußsohlen waren rissig und bluteten.

»Los!«

Lauren sauste zur Fahrerseite des Wagens, während Joe zur hinteren Tür auf der Beifahrerseite rannte. Sie packte einen Knöchel, Joe schnappte sich den andern, und sie zerrten den Mann vom Dach herunter und über das Heckfenster auf den Kofferraum. Er wand sich wie eine Schlange und drehte sich, um mit den Fäusten nach ihnen zu schlagen. Lauren hielt seinen Fuß mit beiden Händen fest und wich seinen Schlägen aus. Der Mann fauchte, seine Stirn war blau angelaufen und begann zu bluten, wo er sie gegen das Wagenblech geschlagen hatte.

Sie zerrten ihn noch weiter nach unten, bis auf die Straße, und Lauren spürte seinen Aufprall durch den Griff an seinem Bein.

Joe ließ den Fuß des Mannes los und sprang auf seinen Rücken. Lauren warf sich über den dürren Hintern und die Oberschenkel und drückte den Kopf gegen Joe, um dem Strampeln des Mannes auszuweichen. Er schrie und fluchte schwer atmend unter ihnen, und sie hatte alle Mühe, seine Beine am Boden festzuhalten. Sie spürte, wie die Wunde an ihrem Rücken aufging.

»Der Scheißer versucht, mich zu beißen«, knurrte Joe.

Lauren bemühte sich, den Schmerz in ihrem Rücken zu ignorieren und härter zu drücken. Wo blieb die Polizei? Über dem Radau des Mannes hörte sie jetzt keine Sirenen mehr. *Jetzt hör schon auf, du verdammter Scheißker!!*

Ein Körper landete neben Lauren auf den Beinen des Mannes, und ein stämmiger junger Mann in schmutzigen Shorts und Arbeitsstiefeln lächelte ihr zu, während er die Beine des Mannes zu fassen versuchte.

»Danke«, keuchte sie. »Vorsicht wegen des Bluts.«

»Lieg still!«, rief Joe. Aber der Mann wehrte sich weiter. Er befreite die Arme aus Joes Griff und schlug um sich. Lauren blickte sich genau in dem Moment um, in dem Joe sich wegduckte, und stieß mit dem Mund an seinen Hinterkopf. Ihre Augen tränten von dem Schmerz, und sie fühlte ihre Lippe anschwellen. Sie hasste den Mann, hasste sein Benehmen und allen Ärger, den er ihnen gemacht hatte, jetzt und in seiner Wohnung, und sie rammte ihr Knie heftig in die Rückseite seines Oberschenkels. Es hatte keine Auswirkung. Sie tat es noch einmal. Sie wollte ihm wehtun. Sie hasste ihn. Sie hasste alle.

»Okay«, hörte sie jemanden sagen und sah ringsum blaue Uniformen. Zwei Beamte nahmen den Platz des stämmigen Mannes ein und hielten die Beine des schreienden Mannes fest, dann machten sich zwei andere bereit, sie zu ersetzen. »Fertig, und los.« Jemand riss sie nach oben und aus dem Weg, und die kräftigen Polizisten tauchten nach unten. Zwei weitere packten die Arme des Mannes und legten ihm Handschellen an, dann trugen sie ihn zu ihrem Gefangenentransporter.

Der Kampf hatte nicht lange gedauert, aber Lauren zitterte und war nass geschwitzt. Sie lehnte sich an den Wagen und holte tief Luft. Ihre Lippe pochte. Ihr Rücken brannte. Die Knie ihrer dunkelblauen Hose waren fleckig vom Schweiß des Mannes. Ihr Handrücken sah sauber aus, sie führte ihn an die Lippen, sah jedoch kein Blut. Sie drehte sich vorsichtig, um ihre Bluse zu betrachten, aber kein Blut drang durch den Verband auf das Gewebe.

Sie blickte in den Wagen. Die Frau saß über das Lenkrad gebeugt, ihre Schultern hoben und senkten sich. Ein Polizist kauerte in der offenen Tür und hatte ihr die Hand auf die Schulter gelegt.

Joe kam und lehnte sich neben Lauren an das Auto. »Von wegen stark.« Er machte große Augen, als er ihre Lippe sah. »Wann hat er das angerichtet?«

»Das warst du, nicht er.« Sie machte sich auf den Weg zurück zum Rettungswagen. Der Gefangenentransporter schaukelte, weil sich der Mann darin von einer Wand auf die andere warf.

»Mit diesen zarten Knöcheln?«, sagte Joe.

»Mit deinem steinharten Schädel.« Sie stieg in den Sanka und wollte die Tür schließen, aber er stand im Weg.

»Wirklich, das war ich?«

»Es geht schon«, sagte sie.

»Es tut mir sehr leid. Ich habe es nicht einmal gespürt.«

»Es ist nichts«, sagte sie. »Tut gar nicht weh.«

»Du lügst.«

Sie schlug sanft nach ihm. »Wirst du jetzt einsteigen und den Mund halten?«

Sobald er den Motor des Rettungswagens angelassen hatte, rief sie die Zentrale an. »Patient ist in Polizeigewahrsam, und wir sind frei.«

»Danke, Vierunddreißig, Sie können zur Station zurückkehren.«

»Vierunddreißig hat verstanden, danke.«

Doch Joe fuhr in die andere Richtung. Lauren sah ihn an. »Wohin fahren wir?«

»Du bist im Dienst verletzt worden. Du musst es untersuchen und einen entsprechenden Vermerk anfertigen lassen, für den Fall, dass Probleme auftreten. Und wie geht es überhaupt deinem Rücken?«

»Hey, ich fülle das Formular für die Versicherung in der Station aus, aber ich will nicht wegen einer geschwollenen Lippe zum Arzt gehen.«

»Trotzdem.« Er fuhr weiter.

Sie verdrehte die Augen und unterdrückte ein Grinsen. »Manche Leute können ganz schön diktatorisch sein.«

18

Das Bestattungsunternehmen lag an der Anzac Parade in Kensington. Eine Frau im hellblauen Kostüm blickte vom Empfangstisch auf. »Kann ich Ihnen helfen?«

Ella zeigte ihren Ausweis und gab der Frau dann die Quittung.

»Ach, ja. Mr. Kennedy. Tragische Sache.«

»Wann findet die Beerdigung statt?«

Die Frau zog ihren Computer zurate. »Es ist noch gar kein Termin gebucht.«

»Wieso das?«

»Mrs. Kennedy bat darum, die Bestattung zu verschieben«, sagte die Frau. »Offenbar gibt es Verwandte in Übersee, die noch nicht wissen, wann sie kommen können.«

Murray runzelte die Stirn. »Wie verträgt die Leiche das?«

»Das ist überhaupt kein Problem«, erwiderte die Frau. »Kühllagerung, Einbalsamierung. Wir können sie monatelang in anständiger Verfassung halten.«

»Hatten Sie mit Mrs. Kennedy selbst zu tun?«

»Ja.«

»Welchen Eindruck hat sie gemacht?«

»In tiefster Trauer. Wie gesagt, es war tragisch.«

»Wo sagte sie, leben diese Verwandten?«

Die Frau überlegte kurz. »Sie hat sich nicht genauer geäußert. Und ich habe nicht nachgebohrt. Ich höre nur zu.«

»Wie hat sie bezahlt?«

»Mit Kreditkarte«, sagte die Frau. »Es steht auf der Quittung. Die meisten Leute zahlen erst nach der Bestattung, aber sie wollte unbedingt im Vorhinein zahlen.«

Ella fragte sich, ob Mrs. Kennedy bis zu ihrer Rückkehr eine gute Kühllagerung der sterblichen Überreste ihres Mannes gewährleisten wollte.

»Ist mit Mrs. Kennedy alles in Ordnung?«

Ella zückte ihre Karte. »Könnten Sie mir bitte Bescheid geben, wenn Mrs. Kennedy sich bei Ihnen meldet?«

Die Frau las die Karte. »Muss ich mir Sorgen um sie machen?«

»Bitte rufen Sie an, wenn sie sich meldet«, sagte Ella. »Danke für Ihre Zeit.«

Im Wagen legte Murray den Sicherheitsgurt an. »Mrs. K. erweist sich als richtiges Organisationstalent.«

»Wir müssen die Sache mit diesen Angehörigen in Übersee überprüfen«, sagte Ella, ließ den Motor an und fuhr los.

»Ich vermute, sie war es«, sagte Murray. »Sie hat die Geschichte mit Helen Flinders herausgefunden und ist ausgerastet. Auch wenn sie ihn nicht persönlich erstochen hat, ich wette, sie steckt dahinter.«

»Das leitest du alles aus ihrem Verschwinden ab?«

»Und weil sie die Beerdigung verschoben hat und ihre Bankauszüge nicht herausrücken wollte.«

»Vielleicht hat sie Angst«, sagte Ella. »Vergiss nicht, sie hat diesen Zettel gesehen, sie weiß, dass James den Namen Thomas Werner genannt hat.«

»Von dem sie angeblich noch nie gehört hat.«

Ella hielt an einer roten Ampel. »Vielleicht hat sie gelogen.«

Im St. Vincent's Hospital rief Joe die Zentrale an und teilte mit, wo sie waren und was sie taten. Über Laurens Proteste hinweg ließ er sie von der Schwester, die die Eingänge beurteilte, in den Computer eingeben und zwang sie, stillzustehen, während die Schwester sich ihre Lippe ansah. »Sie hat außerdem eine Schnittwunde am Rücken«, sagte er.

»Die ist alt«, sagte Lauren. »Kein Problem.«

»Soll der Arzt sie trotzdem ansehen?«

»Nein«, sagte Lauren.

»Doch«, sagte Joe, »doch, das soll er.«

»Wir schieben Sie zwischen zwei Patienten rein, ein Arzt soll rasch einen Blick auf Sie werfen und fertig«, sagte die Schwester. »In der Zwischenzeit können Sie sich eine Eispackung an die Lippen halten, wenn Sie wollen.«

»Ich hole eine«, sagte Joe und eilte davon.

Lauren lehnte sich an die Wand. Ihre Lippe pochte schmerzhaft, aber sie wollte es nicht zugeben. Eine geschwollene Lippe war ohnehin nichts im Vergleich zu ihrem Rücken. Morgen würde die Schwellung abgeklungen sein und die Lippe so gut wie neu.

»Es gibt keine Eispackungen.« Joe war wieder da und hielt eine Plastiktasse in der Hand. »Ich hab nur die hier bekommen.«

Lauren sah zwei Eiswürfel am Boden der Tasse umherrutschen. »Das macht nichts.«

»Doch.« Joe zupfte ein Papiertuch aus einem Karton auf dem Schwesterntisch, faltete es um einen Eiswürfel und drückte ihn sanft an Laurens Lippe. Er sah ihr in die Augen. »Tut mir leid wegen meines Kopfstoßes.«

»Es war ja keine Absicht«, murmelte sie um den Eiswürfel herum.

Er sah sie weiter an. Seine linke Hand, die immer noch die Plastiktasse hielt, ruhte auf ihrer Schulter.

Lauren wurde sich ihrer Umgebung brutal bewusst: die Schwester, die neugierig in ihre Richtung blickte, ein Arzt, der irgendwo laut und langsam die Wirkungsweise eines Schlaganfalls erklärte. Sie konnte Joes Schweiß riechen und den Gestank des Verrückten, der an ihnen haftete. Ihre Hände kribbelten, während ihre Lippe taub wurde. Die Kälte stand im Kontrast zu der Hitze, die sie überflutete.

»Joe.«

»Ich kann ihn nicht ruhig halten, wenn du redest.«

Das Eis schmolz, und das Wasser lief ihm über das Handgelenk, tropfte auf Laurens Bluse und drang bis zur Haut durch. Er blinzelte langsam. In der tiefbraunen Iris seiner Augen gab es gelbe Sprenkel. Sie wandte den Blick ab.

»Joe.«

»Nicht reden.«

Sie sah ihn wieder an. Er lächelte ihr zu, und das war es, sie konnte nicht anders, sie beugte sich vor, an dem Eiswürfel in seiner Hand vorbei, und drückte ihre Lippen auf seine. Sie waren so weich, wie sie es sich vorgestellt hatte, und sie schmeckte Lippenbalsam und Kaffee, und dann sah sie die Überraschung in seinen Augen und löste sich. *O Gott …*

»Tut mir leid«, flüsterte sie.

Er blickte zur Seite, in Richtung Schreibtisch.

Die Schwester. Sie saß hinter dem Computer, außer Sichtweite. Sie konnte nichts gesehen haben, vorausgesetzt, sie hatte genauso dagesessen, als es passierte. Lauren hoffte, dass sie nicht mit Claire befreundet war.

»Es tut mir leid«, wiederholte sie.

Joe lächelte sie an. »Siehst du, ich wusste, es ist mehr dahinter als eine geschwollene Lippe. Du hast eine Kopfverletzung. Eine Gehirnerschütterung. Du hast offensichtlich nicht mehr alle Tassen im Schrank, und zwar gehörig.«

Ganz im Gegenteil.

Bei der Besprechung am späten Nachmittag waren alle ernst. Die Türen waren verschlossen, Mobiltelefone draußen geblieben. Ella hatte einige Detectives, die ihr unbekannt waren, auf dem Stockwerk umherlaufen sehen. Niemand stellte sie vor. Sie nahm an, dass es die Beamten waren, die wegen der undichten Stelle ermittelten.

»Der Stand der Dinge ist folgender«, sagte Kuiper. »Es hat keine Drohanrufe auf Laurens Festnetz- oder Handynummer gegeben, kein Anzeichen für Probleme in der Umgebung des Hauses, niemand hat sich ihr genähert, während sie in der Arbeit war. Wir müssen die Möglichkeit in Betracht ziehen, dass Werner aufgrund der undichten Stelle von unserer Strategie weiß und gewarnt ist.«

Es war mehr als eine Möglichkeit, dachte Ella. Es war so gut wie sicher.

»Kann sein, dass er sich eine Woche oder so ruhig hält, in der Hoffnung, dass unsere Aufmerksamkeit nachlässt, und es dann wieder versucht. Oder er probiert es auf eine völlig andere Weise. Wir müssen wachsam sein. Und denken Sie daran: Überlegen Sie sich jedes Wort genau, das Sie sagen, bis wir den Maulwurf gefunden haben.

Ich habe mit den Detectives Kontakt aufgenommen, die den Mord an Blake untersucht haben, und sie von unseren Erkenntnissen unterrichtet«, fuhr er fort. »Fredriks sagte, er wird sich am Montag mit dem Büro des Coroners wegen einer Wiederaufnahme des Falls in Verbindung setzen, und wahrscheinlich mit einer erneuten Vernehmung von Lauren beginnen. Eine Anklage wegen Meineids ist wahrscheinlich.«

Damit hatte Ella nach Laurens Geständnis gerechnet. Beim Urteil und Strafmaß würde man ihre persönlichen Umstände natürlich berücksichtigen. Auf jeden Fall würde es ihre Stellung als Zeugin schwächen, wenn sie Werner schließlich wegen Kennedy anklagten. Es tat ihr leid für Lauren, und es tat ihr leid für den Fall. Sie hatte das Gefühl am Anfang so gemocht, den Gedanken an Kennedys letzte Worte und was sie bedeuteten, diese pure und unverfälschte *Gerechtigkeit*, die darin lag, dass Kennedy persönlich durch Lauren als Zeuge gegen seinen Mörder aussagte. Jetzt würde die Verteidigung die Sanitäterin bei jeder Gelegenheit abwatschen.

»Gehen wir weiter.« Kuiper sah Detective Rebecca Kanowski an. »Wo stehen wir mit Deborah Kennedy?«

»Wir sind keinen Schritt weiter, was ihren Aufenthaltsort betrifft«, sagte Rebecca. »Ihr Wagen ist zur Fahndung ausgeschrieben, und wir lassen ihre Kreditkarten und Bankkonten überwachen. Zu besagten Konten haben wir uns Zugang verschafft und ein paar interessante Dinge herausgefunden.« Sie ließ kopierte Seiten herumgehen. »Im Lauf der drei Tage seit Kennedys Ermordung wurden die beiden Konten, die sie gemeinsam unterhielten, ein Giro- und ein Sparkonto, so gut wie leer geräumt.«

Ella nahm sich eine Kopie und reichte den Rest weiter.

»Wie man sieht, beläuft sich die gesamte Summe, die abgehoben wurde, auf rund zweihunderttausend Dollar«, fuhr Rebecca fort. »Weitere Überprüfungen ergaben, dass während der letzten drei Jahre regelmäßig alle paar Monate größere Bareinzahlungen gemacht wurden, zwischen acht- und fünfzehntausend Dollar jeweils. Die Gesamtsumme dieser Einzahlungen beträgt ungefähr einhunderttausend Dollar.«

Ella bezweifelte, dass Kennedy so viel an den Computerlieferungen für Benson Drysdale verdient hatte.

»Es ist zugegebenermaßen nicht viel im Vergleich zu Summen, die man sonst manchmal sieht«, sagte Rebecca. »Aber wir haben außerdem festgestellt, dass Kennedys gesamte wöchentliche Lohnzahlungen auf dieses Konto gingen und dann nie angerührt wurden, und das lässt uns annehmen, dass die Kennedys von Bargeld lebten, das sie von diesen Einzahlungen zurückbehielten.«

»Hat Mrs. Kennedy gearbeitet?«, fragte Murray.

»Soweit wir wissen, nicht«, sagte Rebecca. »Wir versuchen jetzt, mehr über diese Einzahlungen herauszufinden. Bei einer Durchsuchung der Wohnung ergaben sich keine Anzeichen, dass die Kennedys einen Steuerberater hatten, aber wir warten noch auf Unterlagen des Finanzamts.«

Kuiper war wieder an der Tafel. Der Platz darauf wurde langsam knapp. »Marconi?«

Ella öffnete ihr Notizbuch und strich die Seite glatt. »Mrs. Kennedy hat darum gebeten, das Begräbnis auf unbestimmte Zeit zu verschieben. Sie gab an, Verwandte aus Übersee könnten noch nicht anreisen.«

»Wir haben keine Hinweise auf irgendwelche Angehörigen in Übersee gefunden«, sagte Kuiper zur Gruppe.

»Sie hat im Voraus bezahlt«, fuhr Ella fort. »Laut Bestattungsinstitut nicht das übliche Vorgehen, aber man hat ihr den Wunsch gern erfüllt. Sie sagen uns Bescheid, wenn sich Mrs. Kennedy bei ihnen meldet.« Sie blätterte um. »Wir haben außerdem mit einer Helen Flinders gesprochen, die nahe des Steyne Parks wohnt und angibt, eine Affäre mit James Kennedy gehabt zu haben.« Sie fasste die Geschichte der Beziehung zusammen. »Sie sagt, sie hat Kennedy am Dienstagabend, kurz nach sieben, im Park mit einem Mann sprechen sehen, den sie als etwas kleiner als Kennedy beschreibt, beginnende Glatze, dunkles Haar, das bereits grau wird, mit dunkler Hose und hellem, kurzärmligem Hemd bekleidet. Sie sagte, es habe den Anschein gehabt, als würden die Männer sich kennen, und beide wirkten sehr ernst, wenngleich Kennedy weder verängstigt noch nervös zu sein schien. Sie ist sich sicher, dass Kennedy sie gesehen hat, aber da er sich nicht anmerken ließ, dass er sie kannte, nahm sie an, der Mann sei jemand aus dem anderen Teil seines Lebens, und ging einfach weiter.«

Alle machten sich Notizen, während sie sprach.

»Flinders hat uns außerdem erzählt, dass Kennedy am Mittwoch, dem 4., um halb sieben, Viertel vor sieben, einen Anruf auf seinem Handy erhielt. Kennedy sagte dabei: ›Nein, nein, ich sagte doch, ich will das nicht mehr. Keiner von uns will es.‹ Anschließend fragte Flinders nicht, worum es gegangen sei, und Kennedy sagte es ihr nicht.«

»Wir haben die Liste seiner Handyverbindungen überprüft«, sagte Philsiger, »und festgestellt, dass der Anruf von einem hiesigen Festnetzanschluss kam. Strongy kümmert sich darum.«

Graeme Strong nickte.

»Und wir haben noch eine andere Sache aus diesen Verbindungslisten erfahren«, fuhr Philsiger fort. »Obwohl Deborah Kennedy uns erzählt hat, sie habe ihren Mann am Dienstagabend angerufen, weil er angeblich unerwartet Verspätung hatte, gab es in dieser Zeit überhaupt keine Anrufe bei ihm, weder von zu Hause noch von woanders.«

Murray stieß Ella an, sie zog die Augenbrauen hoch, als sie ihn ansah.

»Wenn wir wüssten, wo sie ist, könnten wir sie fragen«, sagte Kuiper.

Ella sah, wie Kanowski auf die Tischplatte schaute.

Kuiper griff nach einem Stapel Papiere auf dem Tisch vor ihm und teilte sie aus. »Interpol hat heute geantwortet. Werner wurde vor zwei Jahren verhaftet, als er in einer ländlichen Gegend nicht weit von Wien in Schlangenlinien Auto fuhr und man feststellte, dass er betrunken war und zweihundert Gramm Kokain im Kofferraum versteckt hatte. Er wurde zu einem Jahr Gefängnis verurteilt und saß zehn Monate davon ab. Mit einer Verurteilung wegen Drogen würden die Behörden hierzulande auf ihn aufmerksam, falls er sich um ein Visum bewerben würde oder mit seinem eigenen Pass einreisen wollte; es bekräftigt also unsere Annahme, dass er unter einem falschen Namen hier ist.

Und jetzt kommt der gute Teil«, fuhr er fort. »Die österreichische Polizei fand die Zeit, bei seiner Adresse vorbeizuschauen und sich ein Bild zu machen. Den Angaben zufolge wohnt er bei seinen Eltern, aber sieh an, er war nicht da. Seine Eltern schworen Stein und Bein, dass er zwar vor fünf Jahren in Australien gewesen sei, aber nicht jetzt. Vielmehr soll er zurzeit auf einem Boot irgendwo im Mittelmeer sein, vor rund einem Monat ist er angeblich aufgebrochen, sie wüssten nicht genau wohin und hätten keine Kontaktmöglichkeit, nicht einmal eine Handynummer.«

Murray beugte sich vor. »Wo soll er seinem Pass zufolge sein?«

»Die Europäische Union lässt ihre Bürger in diesen modernen Zeiten Grenzen beliebig überqueren, ohne dass sie Pässe herzeigen müssen«, sagte Kuiper.

»Wie praktisch«, bemerkte Strong.

»Sehr«, sagte Kuiper. »Genau wie die Kreditkartenbelege, die Werners Eltern der Polizei gaben und aus denen hervorgeht, dass seine Karte in den letzten drei Wochen einige Male in verschiedenen Hafenstädten am Mittelmeer benutzt wurde.«

»Das ist ja nicht schwer«, sagte Ella. »Man braucht seine Karte nur einem Kumpel zu geben und ihn anzuweisen, sich mit Benzin und Lebensmitteln einzudecken, und schon ist die Sache geritzt.«

»Wie sieht es mit seinen Eltern selbst aus? Sind sie vorbestraft?«, fragte Strong.

»Nichts Bedeutsames.« Kuiper lächelte. »Hehlerei, Sozialversicherungsbetrug, Handeln mit Marihuana.«

»Ein Hoch auf die genetische Veranlagung«, sagte Murray.

Die Detectives lachten.

»Wir haben Interpol gebeten, Werners genauen Aufenthaltsort im Mittelmeerraum festzustellen«, sagte Kuiper. »Aber dazu braucht es natürlich die Polizei von einer ganzen Reihe verschiedener Länder, und wenn er ständig in Bewegung ist, könnte er sehr schwer aufzuspüren sein.«

»Vor allem, wenn er in Wirklichkeit hier ist«, sagte Ella.

Lauren saß im hinteren Teil des Rettungswagens neben dem dösenden alten Mann mit dem blockierten Katheter und beobachtete Joe im Spiegel. Er schaute oft hinein, aber nicht zu ihr.

Der Ordner mit den Einsatzformularen lag offen auf ihrem Schoß, aber sie hatte noch kaum etwas eingetragen. Sie malte ein weiteres Kästchen aus und warf wieder einen Blick zu Joe. Diesmal sah er sie an.

»Alles okay?«

Sie nickte. »Und du?«

»Alles prima.«

Sie beugte sich über das Einsatzblatt. Alles prima – was bedeutete das? Er konnte glücklich darüber sein, dass sie ihn geküsst hatte, oder er konnte schon darüber hinweg sein. Es aus seinen Gedanken verbannt haben. Vergessen.

Sie hätte gern etwas gesagt, aber was sagte man da? Sie hatte sich offenbart, ihm gezeigt, was sie empfand, jetzt musste sie alles ihm überlassen.

Der alte Mann schlug die Augen auf und sah sich um. »Ich muss auf die Toilette.«

»Ich weiß«, sagte sie. »Der Schlauch ist verstopft. Wir sind gleich im Krankenhaus.«

»Ich muss jetzt gehen.« Er wartete auf ihre Reaktion, aber seine Demenz hatte ihn der Fähigkeit beraubt, ihre Erklärung zu verstehen.

»Okay.« Sie tätschelte ihm die Hand.

Wenn Joe etwas sagen wollte, würde er es tun. Wenn nicht, dann nicht. Es stand ihr nicht zu, noch etwas zu tun oder zu sagen; sie hatte bereits eine Grenze überschritten.

Sie hielten an einer roten Ampel. Der alte Mann döste mit offenem Mund wieder ein. Lauren beobachtete den Feierabendverkehr durch das Seitenfenster. Die Zentrale schickte einen Wagen zu einem Kind, das von einem Roller gefallen war. Lauren blickte nach vorn, um etwas zu dem Fall zu sagen, und ertappte Joe dabei, dass er sie beobachtete. Er schaute rasch weg. Sie sagte nichts und drehte den Kopf wieder zur Seite, aber ein wenig später sah sie verstohlen wieder in seine Richtung. Joe fuhr sich mit den Fingerspitzen über die Lippen, während er auf den Verkehr hinausstarrte.

Sie lächelte für sich. Vielleicht war tatsächlich alles prima.

Sal saß auf der Bettkante. Tracy lehnte am Fensterbrett und hatte die Arme verschränkt. »Ich halte diesen Krach nicht aus«, sagte sie.

Die Schlafzimmertür war zu, aber die Gitarrenakkorde drangen durch, als wären die Wände aus Papier.

»Sie lernt es erst«, sagte Sal.

»Muss das jetzt sein?«

Die Gitarre hielt einen Moment inne und fing dann wieder an, einen anderen Akkord diesmal. Sal stellte sich vor, wie Lizzie sich auf ihre Fingerhaltung konzentrierte. Sie war dreizehn, die älteste Tochter seiner Schwester, und sie fand ihn doof, aber sie war lustig und tapfer, und er mochte sie.

Tracy verlagerte ihr Gewicht und seufzte.

»Komm und setz dich her, Süße.« Er klopfte auf das Bett. Er wollte, dass Tracy ihren Arm um ihn legte, wollte das Gesicht an ihren Hals drücken. Er wollte aufhören zu denken.

»Vergiss es.«

»Der Krach wird nicht ewig weitergehen.«

»Euer Haus riecht komisch«, sagte sie.

»Ich kann das Fenster aufmachen.«

Sie verdrehte die Augen. Sal sah an ihr vorbei aus dem Fenster, auf die Wipfel der Bäume in Mrs. Seccombes Garten nebenan. Er wusste, dass es nicht nur um den Krach oder den Geruch ging. Er hatte sich verändert, und es gefiel ihr nicht. Er hatte natürlich aufgepasst, dass sie ihn nicht weinen sah, aber er spürte, sie sah dennoch, wie schwach er sich fühlte. Er sollte aufstehen und ihr sagen, dass sie sich gleich verpissen konnte, wenn sie vorhatte, sein Haus und seine Familie zu beleidigen. Es musste andere Wege geben, wie sie an die Informationen herankamen, die sie brauchten, Wege, bei denen er sich nicht so herabsetzen lassen musste.

»Hast du dieses Halsband schon?«

»Nein.«

Sie seufzte.

»Ich bestimme nicht über das Geld, ja?« *Falsche Bemer-*

kung. »Wir müssen warten, bis der Scheißdreck verarbeitet ist, bevor wir ihn verkaufen können, verstanden? Glaubst du, das geht über Nacht?«

Sie murmelte etwas über Thomas.

»Was?«

Sie zuckte die Achseln.

Sal stand auf, seine Wut verlieh ihm Kraft und schnürte ihm die Kehle zu. »Was hast du gesagt?«

Sie sah ihm in die Augen. »Ich sagte, vielleicht sollte ich direkt zu Thomas gehen.«

»Das ist das Geschäft meiner Familie. Mein Onkel hat es aufgebaut, mein Bruder und ich leiten es. Thomas ist nur unser Helfer, verstanden? Du gehst wegen *nichts* direkt zu ihm.«

»Ja, aber dein Onkel ist tot und dein Bruder kurz davor, und ich habe nicht den Eindruck, dass du hier noch viel leitest.«

»Thomas weiß, wie man es ansetzt, deshalb …«

»Egal.« Sie warf ihr Haar über die Schulter und schaute auf ihre Armbanduhr, eine Cartier, die er ihr gekauft hatte. »Ich muss gehen.«

»Vielen Dank auch fürs Vorbeischauen.«

Sie rauschte an ihm vorbei durch die Tür und die Treppe hinunter. Er lauschte, als ihre Schritte verstummten. Unten wurde leise gemurmelt. War Thomas wieder da? Und unterhielt sich Tracy jetzt mit ihm?

Er ging leise bis ans obere Ende der Treppe. Er war sich sicher, dass es Thomas war. Er lauschte angestrengt, verstand aber kein Wort von dem, was gesprochen wurde. Die Haustür ging auf und wieder zu, und Thomas tauchte am Fuß der Treppe auf, ehe er sich rühren konnte.

»Alles in Ordnung?«, sagte Thomas.

»Ja, klar, was sollte sein?«

Draußen sprang Tracys gelber Toyota an und fuhr weg. Thomas lächelte und verschwand aus dem Blickfeld.

Sal ging in sein Zimmer zurück und setzte sich aufs Bett. Die Akkorde, die aufgehört hatten, als Tracy hinausgestampft war, setzten wieder ein. Er legte das Gesicht in die Hände.

Er hörte Julios mühsamen Atem, ehe sein Bruder ins Zimmer kam. »Alles okay?« Er lehnte sich an die Wand. »Keine Liebe gekriegt?«

Sal setzte sich gerade und straffte die Schultern. »Die dumme Kuh spielt nur verrückt, weiter nichts.«

Julios Hut ließ seinen knochigen Schädel winzig erscheinen. Seine Handgelenke waren wie Zweige. Die Bettsocken, die er ständig trug, waren auf die Knöchel heruntergerutscht.

Sal wandte den Blick ab. »Sie hat mit Thomas gesprochen.«

»Und?«

»Sie ist mein Kontakt«, sagte Sal. »Alle Informationen sollen über mich laufen.«

»Da klingt jemand eifersüchtig.« Julio sah wie ein Toter aus, wenn er grinste, nur Zähne und Schädel.

Sal rieb sich die Augen. »Das ist es nicht.« *Sie hat sich sowieso in jeder Beziehung von mir abgewandt, außer was das Geld angeht.* »Aber wie sollen wir die Kontrolle über alles behalten, wenn sie hinter unserem Rücken mit Thomas redet?«

»Du befürchtest immer irgendwelche Verschwörungen, dass jemand drauf aus ist, irgendwen zu hintergehen.«

»Das ist unser Ding«, sagte Sal. »Wir sollten zusammen mit Thomas reden und ihn auffordern zu gehen. Einfach unsere Verluste abschreiben und verschwinden, solange wir es noch können.«

Julio schüttelte den Kopf. »Thomas wird nicht gehen.«

»Vielleicht doch, wenn du mit ihm sprichst.«

»Nein«, sagte Julio. »Das ist Geld, was er da zusammenbraut. Er wird es nicht einfach in den Abfluss schütten und verschwinden.«

»Die Bullen hören das Telefon dieser Sanitäterin ab, sie lassen ihr Haus überwachen«, sagte Sal. »Sie wollen ihn unbedingt, und sie werden keine Ruhe geben, bis sie ihn haben.«

»Jetzt, wo er diese Heizlüfter hat, braucht er nur noch ein paar Tage.«

»Die Bullen können jeden Moment hier sein.«

Julio ging ans Fenster und spähte mit gespieltem Entsetzen hinaus. »Wo? Wo?«

»Sehr witzig.«

»Entspann dich, Bruder. Denk an das Geld. Es wird alles gut gehen.«

Das sagt sich leicht, wenn man nicht derjenige ist, der ins Gefängnis wandert. Wütend auf sich selbst, weil er es auch nur gedacht hatte, wischte sich Sal mit der Hand über die Stirn. Julio würde es nicht besser treffen. Er wünschte, sein Bruder würde sich neben ihn setzen, vielleicht sogar den Arm um ihn legen. Er blickte auf, aber Julio sah aus dem Fenster nach nebenan.

»Wenn wir das Geld haben, kaufe ich die größte Satellitenschüssel der Welt und einen Plasmabildschirm und zeig dieser beschissenen Seccombe, wer den besten und lautesten Fernseher hat.«

Julios Zimmer ging auf Mrs. Seccombes Schlafzimmer hinaus. »Sie ist taub«, sagte Sal.

»Gut, mag ja sein, aber sie zappt dauernd durch sämtliche Kanäle, nur um zu zeigen, wie viele sie hat.«

Wenn er erst einmal bei Mrs. Seccombe landete, war nichts mehr mit ihm anzufangen. Sal wechselte das Thema. »Wirst du dir wenigstens überlegen, mit Thomas zu reden?«

»Es ist eine Sache zwischen dir und ihm, Bruder«, sagte Julio. »Das hab ich dir gesagt, als ich krank wurde. Du wolltest es selbst so, Herrgott noch mal.«

Aber das war zu einer Zeit gewesen, als alles noch gut

war, als Onkel Paulo noch lebte und alles überwachte, und als sie alle dachten, Julio würde den Krebs besiegen.

Sal verschränkte die Arme.

Ich bin allein.

19

Es war kurz nach halb neun am Samstagmorgen, als sich Ella an ihren Schreibtisch setzte und Lauren anrief. »Na, wie geht's? Ruhige Nacht gehabt?«

»Absolut ruhig«, sagte Lauren.

»Sie arbeiten heute, richtig? Mit Joe?«

»Ja. Ich habe meinen Peilsender, und das Handy ist voll aufgeladen.«

»Gut«, sagte Ella. »Ich melde mich später wieder.«

Im selben Moment, in dem sie den Hörer auflegte, läutete es schon wieder. »Marconi, Mordkommission.«

»Du klingst sehr ernst heute Morgen.«

Sie erkannte die Stimme sofort. Wayne Rhodes. Er hatte in Lane Cove gearbeitet, als sie in Hunter's Hill war, und sie waren sich häufig dienstlich über den Weg gelaufen. »Hallo, Wayne, wie geht's?«

»Ich kann mich nicht beschweren, du weißt ja, wie es ist«, sagte er.

»Ja – wenn du es tust, fliegst du raus.«

Sie lachten. Murray kam mit zwei Bechern Kaffee, stellte einen auf ihren Schreibtisch und sah sie fragend an. Sie fuchtelte mit der Hand. »Und wo arbeitest du jetzt?«

»Surry Hills«, sagte Wayne. »Und ich rufe nicht nur an, um ein wenig zu plaudern, so nett das wäre. Ich bearbeite gerade einen Fall mit einem kleinen Schnittpunkt zu deinem. Wahrscheinlich ist nichts dahinter, aber ich habe deinen Namen in der Fallinformation im Computer gesehen und dachte, ich informiere dich mal und sehe, ob dir etwas dazu einfällt. Hast du einen Stift? Sitzt du in deinem bequemen Sessel?«

»Ich komme kaum noch aus ihm raus.« Ella stellte ihren Kaffee beiseite und griff nach einem Kugelschreiber. »Schieß los.«

»Okay«, sagte Wayne. »Es geht um einen Mann, der aus einem Zug gefallen und gestorben ist. Er war mit seinem Auto unterwegs und ist bei Rot über eine Ampel gefahren, direkt hinter ihm waren zwei Streifenbeamte, die ihn anhalten ließen. Er gibt ihnen seinen Führerschein, und als sie zu ihrem Wagen zurückgehen, um ihn zu überprüfen, springt er aus dem Auto und rennt davon. Sie verfolgen ihn in den Bahnhof von Redfern und weiter in einen Zug. Sie haben ihn beinahe, als er versucht, aufs Dach zu klettern, und abstürzt.«

Ella verzog das Gesicht. »Er ist unter den Zug gekommen?«

»Nein, zum Glück nicht. Die Beamten sind schon traumatisiert genug. Der Typ ist auf die Birne gefallen und hat einen Herzinfarkt erlitten, die Beamten haben Wiederbelebungsmaßnahmen gemacht, bis die Sanitäter da waren und ihn ins Krankenhaus brachten, aber da war er schon tot.«

»Wann ist das passiert? Der Mann hieß nicht zufällig Thomas Werner?«

»Am Dienstagabend, um halb acht«, sagte Wayne. »Und er hieß Adrian Nolan.«

»Mein aktueller Fall ist auch am Dienstagabend gestorben.«

»Anscheinend ein Tag, an dem man besser zu Hause blieb«, sagte Wayne. »Nun pass auf, denn jetzt wird es interessant. Der Mann fuhr einen Mietwagen, er hatte ihn seit drei Tagen und für einen ganzen Monat gemietet. Dabei hatte er ein einwandfreies, gutes Auto zu Hause.«

»Wow, das ist ja rätselhaft.«

»Warte, das ist noch nicht alles«, sagte Wayne. »Er besaß ein Lagerhaus und ließ seine Lieferungen von Quiksmart erledigen. Und meistens war es dein Mann, der die Aufträge erledigt hat.«

»Haben Kurierfahrer nicht bestimmte Routen? Stammkunden, für die sie regelmäßig fahren?«

»Lässt du mich hier auflaufen?« Sie hörte, dass er lächelte. »Willst du meine Theorie mit Dreck beschmeißen?«

»Bis jetzt habe ich keine Theorie gehört. Nur eine Menge zufälliges Zusammentreffen.«

»Ich nenne sie lieber übereinstimmende Fakten«, sagte Wayne. »Hier kommt noch eine. Rate mal, wer eine der Sanitäterinnen war, die den Guten vom Bahndamm aufgeklaubt haben?«

»Lauren Yates war dabei?«

»Die nämliche.«

Ella sah nicht, welche Bedeutung damit verknüpft sein könnte. »Weißt du, wie viele Rettungssanitäter an einem Dienstagabend in der City Dienst haben?«

»Wie viele?«

»Keine Ahnung«, sagte Ella. »Aber es gibt wahrscheinlich, sagen wir, sechs Rettungsstationen direkt in der Innenstadt. Das sind wahrscheinlich nicht mehr als fünfzehn, zwanzig Sanitäter. Die Chancen, dass dieselbe Mannschaft zu beiden Todesfällen gerufen wird, stehen also gar nicht so schlecht.«

»Ich liebe es, wie du auf Zufällen herumreitest.«

»Ich lege jetzt auf.«

Wayne lachte. »Ich treffe Nolans Witwe später. Sie hat gestern Abend eine Nachricht hinterlassen, dass sie wegen einer furchtbar wichtigen Sache mit mir reden muss.«

»Macht sie Stress, wegen der Art und Weise, wie er gestorben ist?«

»Na ja, sie ist tief betrübt, aber ansonsten okay. Sie scheint den Jungs keinen Vorwurf zu machen. Sie ist dankbar, dass sie sich um ihn gekümmert haben«, sagte Wayne. »Ich melde mich später wieder.«

Sie legte auf.

»Wer war das?«, sagte Murray.

»Wayne Rhodes.«

»Hörte sich an, als hätte er etwas für uns.«

»Eigentlich nicht«, sagte sie. »Oder zumindest noch nicht.«

Wayne war groß und gut gebaut, er sah aus wie der Rugby-Kapitän, der er tatsächlich einmal gewesen war. Er war jederzeit zu einem Scherz aufgelegt, ging aber seriös, ruhig und teilnahmsvoll mit Opfern um, und sie liebten ihn dafür. Was immer Mrs. Nolan beunruhigte, sie würde sich bei Wayne schnell alles von der Seele reden.

Murray stellte seine Tasse ab. »Da kommt unser Mann.«

Ella drehte sich um und sah Detective Graeme Strong mit seinem Kaffee und einer Zeitung hereinkommen.

»Lass ihm einen Moment Zeit, damit er sich setzen kann«, sagte Ella, aber Murray war bereits unterwegs.

»Hast du diese Information von unserem Freund bei der Telefongesellschaft?«, fragte er.

»Selbstverständlich.« Strong stellte seinen Kaffee ab und holte sein Notizbuch aus der Tasche. »Er hat mich gestern Abend angerufen. Mal sehen … ah, ja, hier. Er sagt, der Anruf kam von einem Telefon in einem Club namens Rosie's, in der Aylett Street in King's Cross.«

»Das ist ja fantastisch«, sagte Ella.

Murray runzelte die Stirn. »Könnte knifflig werden, den Anruf einer bestimmten Person zuzuordnen.«

»Noch haben wir das Telefon nicht gesehen. Vielleicht steht es in einem Bereich, zu dem nicht viele Leute Zugang haben. Vielleicht gibt es eine Überwachungskamera. Wer hat den Auftrag, sich diese Firma anzusehen, zu der der Laden gehört, wie heißt sie noch, Clubs Inc?«

»Lambert.«

Auf der anderen Seite des Raums unterhielt sich der schlaksige Detective Jason Lambert mit der Kleinen vom Personalbüro, die gerade einen Stapel Papiere auf Philsigers Schreibtisch legte. Ella sah Jason lächeln und blinzeln und sich wie beiläufig über das dünne Haar streichen, und sie fragte sich, ob die junge Frau im Geiste die Augen verdrehte. Manche Detectives hielten sich wegen ihres Jobs für heiße Typen, aber wenn Jason dachte, er könnte eine Verwaltungsangestellte beeindrucken, war er dümmer, als sie gedacht hatte.

»Hey, Lamby«, rief sie und unterdrückte ein Lächeln, als das Mädchen offenbar eine Chance sah, von ihm wegzukommen, und hinauseilte. »Wie weit bist du mit der Recherche in Sachen Rosie's und Clubs Inc?«

»Noch ziemlich am Anfang.« Er ging zu seinem Schreibtisch und nahm eine Seite aus einem Ordner. »Das sind die Geschäftsführer der Firma. Ich habe ihre Namen durch die Datenbank laufen lassen, aber keiner von ihnen ist vorbestraft.«

Ella las sich die Liste durch. Sie enthielt keine Namen, die ihr ins Auge sprangen. »Na gut. Danke.«

Ihr Kaffee wurde kalt. Sie schob die Tasse beiseite. »Was meinst du, sollen wir zum Rosie's fahren und schauen, was sich feststellen lässt?«

»Ich würde bis zum Abend warten«, sagte Murray. »Samstagabend müsste viel Personal da sein, mit dem wir reden können. Im Moment schlafen wahrscheinlich alle nach der Schicht von letzter Nacht.«

»Ja, vermutlich«, sagte sie. »Wo ist diese Personalliste, die uns Everly ausgedruckt hat? Wir lassen sie durch den Computer laufen, vielleicht finden wir ein bisschen was, womit wir sie einschüchtern können.«

Joe meldete vom Prince Henry Hospital aus, dass sie wieder einsatzbereit waren.

»Wunderbares Timing, Vierunddreißig«, kam es aus der Zentrale. »Ich habe eine Explosion und einen Brand in einer kleinen Fabrik in der Saxby Street, Mascot. Polizei und Feuerwehr sind schon unterwegs.«

Lauren schaltete das Blaulicht an und zusätzlich noch die Sirene, als sie das Krankenhausgelände verließen. Joe schlug den Stadtplan auf und fuhr mit dem Zeigefinger das Straßenverzeichnis entlang.

»Echt oder falsch?«, sagte er.

»Eine Scheinexplosion?«

»Ein Feuerwerkskörper vielleicht«, sagte er. »Die nächste links.«

»Und der Brand war das Streichholz, das ihn entzündet hat?«

»Man kann nie wissen.«

Lauren konzentrierte sich auf die Straße, aber sie fühlte sich verlegen, nicht wohl in ihrer Haut. Joe war fröhlich wie an jedem Morgen. Es war, als hätte sie ihn nie geküsst. Als hätte sie seine Lippen nicht in dieser Weise berührt, die sie wohlig schaudern ließ, wenn sie zu lange daran dachte.

Sie hatte die Situation ein ums andere Mal durchlebt, als sie gestern Abend im Bett gelegen und gehört hatte, wie Kristi wiederholt aufstand, um die Schlösser zu überprüfen. Vielleicht hatte es Joe auf Stress zurückgeführt und gedacht, sie habe es aufgrund ihrer emotionalen Belastung getan.

Sie bremste scharf hinter einem Fahrer, der sich nicht entscheiden konnte. »Komm schon, du Idiot.« Sie schwenkte auf die Gegenfahrbahn und warf ihm einen bösen Blick zu, als sie ihn passierte.

Vielleicht wusste Joe überhaupt nichts von ihren Gefühlen.

Aber wie könnte er es nicht wissen?

»Hier rechts«, sagte Joe. »Dann die zweite links.«

Sie bog in die Straße ein und sah das Feuerwehrfahrzeug am anderen Ende.

»Vierunddreißig ist vor Ort«, sagte Joe ins Mikro.

Ein Polizist machte ihnen Zeichen anzuhalten, als sie näher kamen. Lauren bremste und ließ ihr Fenster hinunter. »Ihr müsst euch noch einen Moment fernhalten«, sagte er über den Motorenlärm des Feuerwehrautos hinweg. »Es ist eine Drogenküche, ein Ice-Labor, deshalb müssen wir erst die Lage klären.«

»Gibt es Verletzte?«, fragte Joe.

Der Beamte schüttelte den Kopf. »Wir haben so ein Arschloch rausgezogen. Er war in einem andern Raum, als die Explosion stattfand, deshalb hat er nichts abbekommen. Er ist jetzt in Handschellen, aber unverletzt. Ist es okay, wenn ihr eine Weile in Bereitschaft bleibt?«

»Kein Problem.«

Der Polizist eilte fort, und Joe griff zum Mikro. »Vierunddreißig, man hat uns gebeten, vor Ort in Bereitschaft zu bleiben, bis die Lage geklärt ist.«

»Verstanden, Vierunddreißig. Ich verzeichne euch unter Bereitschaft.«

Lauren fuhr in den betonierten Vorhof einer geschlossenen Autospenglerei. Sie stellte den Motor ab, Joe öffnete das Fenster, ließ den Arm hinaushängen und trommelte mit den Fingern auf das Türblech. Der Morgen war warm. Ein Stück weiter in der Straße standen Leute vor den wenigen kleinen Fabriken und Geschäften, die offen hatten, und schirmten die Augen ab, um besser zu sehen. Polizisten trieben andere Personen aus den Gebäuden, die zu nahe lagen, und sie versammelten sich in Gruppen auf der Straße, unterhielten sich und beobachteten. Ein Fotograf tauchte auf und begann zu knipsen.

Joe lehnte sich zurück und gähnte. Lauren blieb über das Lenkrad gebeugt sitzen, sie hatte die Arme verschränkt und stützte das Kinn auf die Hände. Sie fühlte sich ausgelaugt. Ihr Rücken schmerzte heute mehr als gestern, obwohl der Arzt in der Notaufnahme die Wunde gesäubert und neu verbunden hatte. Sie sollte Kristi anrufen und sich vergewissern, dass alles in Ordnung war.

»Gestern Abend waren Claire und ich in diesem Lokal für die Hochzeitsfeier, das sie im Internet entdeckt hat.«

Lauren blickte auf die andere Straßenseite auf das geschlossene Rolltor eines Autoelektrikers. Joe sprach nicht oft von der Hochzeit, aber wenn er es tat, wurde ihr ganz übel. Heute allerdings war es ihr immer noch lieber, als über Thomas zu reden.

»Und, wie sieht es aus?«

Er zuckte mit den Achseln. »Ganz okay.«

»Du klingst ja richtig begeistert.«

»Weißt du, wie viel Geld diese Läden verlangen?« Joe zog ein Bein an. »Es ist nur ein Tag, aber man könnte mühelos die ganze Anzahlung für ein Haus ausgeben.«

»Selbst für ein Haus in Sydney?«

»Ohne Weiteres. Ich habe ein Barbecue bei ihren Eltern vorgeschlagen, wie wir es zur Verlobungsparty gemacht haben. Das hat mir gefallen, es war nett und unkompliziert, die Leute konnten einfach sitzen und sich unterhalten.«

»Was hat sie gesagt?«

»Sie sagte, ich sei unromantisch. Ich sagte, ich könne nichts Romantisches darin sehen, Abertausende von Dollar auszugeben, wenn es eigentlich nur darum geht, Freunde und Verwandte zu diesem Anlass um sich zu haben. Das könnte man überall und das Geld für ein Haus sparen.«

»Und was macht ihr jetzt?«

»Weitere Läden anschauen, ich werde unser Budget ein bisschen herunterhandeln, sie wird es wieder ein bisschen nach oben handeln, und irgendwie werden wir schließlich zu einer Art Einigung kommen.«

»Ihr habt ja noch ein ganzes Jahr Zeit.«

Er rutschte auf dem Sitz umher. »Sie hat in dem Lokal gestern gefragt, ob sie noch freie Termine im März haben.«

»Obwohl du deinen Urlaub nicht verschieben kannst?«

»Sie sagte, wir können an meinen freien Tagen heiraten, ein paar Tage wegfahren und die richtigen Flitterwochen später nachholen.«

»Und das ist ihr gestern Abend eingefallen?«

Joe nickte. »Aus heiterem Himmel.«

Sie muss von dem Kuss wissen. »Hat sie nicht gefragt wegen …«

»Wegen was?«

»Na ja, ich mache mir immer noch Sorgen wegen dieser Zuggeschichte.«

»Ich sagte doch, das hat sie total vergessen.«

Lauren hoffte es.

Ein Polizist kam zu ihnen. »Der Blödmann hat beschlossen, dass er jetzt doch verletzt ist.«

Lauren ließ den Sanka an und fuhr hinter dem Beamten her, bis er ihr zeigte, wo sie halten sollte. Joe griff sich das Beatmungsgerät und folgte dem Polizisten in die kleine Fabrik. Die Fenster waren herausgesprengt, die Wände über ihnen rußgeschwärzt, und der Motorlärm des Feuerwehrfahrzeugs dröhnte in Laurens Kopf. Es stank nach Chemikalien. Sie stieg über einen dicken Schlauch, aus dem Wasser auf den Beton sickerte, und der Polizist deutete auf einen Mann, der in Handschellen mit dem Gesicht nach unten auf dem Boden lag, umringt von Polizisten in schwarzen Springeranzügen.

»Was gibt's?«, sagte Joe zu dem Mann, der mühsam den Kopf drehte, um ihn anzusehen. Lauren bemerkte wütende Augen und einen kurz geschnittenen dunklen Bart; eine Reihe von Ringen glitzerte in seinem Ohr.

»Nimm mir die Scheißhandschellen ab, damit ich Luft kriege, dann sag ich es dir vielleicht.«

»Wenn Sie so reden können, bekommen Sie genügend Luft«, sagte Joe. »Sind Sie verletzt?«

»Ja, diese Arschlöcher haben mich am Rücken verletzt, und ich werde sie dafür verklagen, und euch verklag ich auch, wenn ihr mir kein Morphium gebt.«

Der Wind frischte auf, und der Chemikaliengeruch wurde stärker. Es roch wie eine Mischung aus Katzenpisse und Nagellackentferner. Lauren schauderte. Sie kannte den Geruch. Sie hatte ihn vor Kurzem erst gerochen.

Sie ging näher zum Gebäude und versuchte hineinzuschauen. Ein Polizist stand davor und schrieb auf ein Klemmbrett. »Was ist das für ein Geruch?«, fragte sie.

Der Beamte deutete mit dem Kugelschreiber in die Fabrik. »Sie haben Ice zusammengebraut. Methamphetamin. Stinkt ganz schön, was?«

»Riecht das immer so?«

»So ziemlich«, antwortete er. »Deshalb verstecken sie ihre Drogenküchen in Gewerbegebieten oder auf riesigen Anwesen ohne Nachbarn. An Orten, wo der Geruch nicht so auffällt.«

»Werden sie auf diese Weise entdeckt? Wenn jemand den Geruch bemerkt?«

»Manchmal ja. Andere werden entdeckt, wenn sie in die Luft fliegen, wie die hier. Wir haben in letzter Zeit auch ein paar wegen dieser Amnestie ausgeräumt. Die kleinen Fische verpfeifen einen größeren, dafür kümmern wir uns um ihn. Wir werden versuchen, diesen Idioten hier ebenfalls umzudrehen, aber es sieht nicht gut aus.«

Der Drogenkoch brüllte wieder herum, dass er alle Welt verklagen werde. »Ich bringe euch um eure Häuser, dann steht ihr auf der Straße!«

»Ich würde Sie ja ein bisschen da drin herumführen, aber das Gebäude ist noch nicht freigegeben. Dieses Zeug ist ein absolutes Gesundheitsrisiko.«

Lauren starrte auf den rußigen, nassen Boden. Thomas hatte so gerochen. Sie konnte die Augen schließen und die Szene im Nu wiederauferstehen lassen – sein Shirt in ihrem Gesicht, der Gestank in ihrer Nase, die Bewegung seines Messerarms, die Todesangst, die ihr Kraft und Stimme zu rauben drohte. Ja, genau so hatte er gerochen.

»Alles in Ordnung?«, sagte der Beamte. »Sie sind ein bisschen grün im Gesicht.«

»Was?«

»Das kann passieren bei diesen Dämpfen. Gehen Sie lieber weg hier.«

»Ja.« Auf dem Weg zum Rettungswagen zog sie das Handy aus ihrem Gürtel und drückte die Taste für Ella.

Ella legte den Hörer beiseite und eilte zu Kuipers Büro. Er telefonierte gerade und bedeutete ihr mit einem Handzeichen Platz zu nehmen. »Gut«, sagte er. »In Ordnung.« Er machte sich Notizen. »Ja, sagen Sie mir Bescheid. Danke.«

Sobald er aufgelegt hatte, begann Ella zu reden. »Lauren hat mich gerade angerufen. Sie ist bei einer Explosion in einem Ice-Labor, und sie schwört, dass Werner am Donnerstag genau denselben Geruch an sich hatte.«

»Weiß sie das genau?«

Ella nickte. »Wenn er Ice zusammenbraut, könnte das der Grund sein, warum er immer noch hier ist und das Land nicht verlassen hat, obwohl er weiß, dass wir hinter ihm her sind.«

Kuiper zog eine Linie über die Seite und begann darunter neue Notizen. »Wir müssen Chemikalienhändler überprüfen, Mietlager, Orte wie diese Reagenzglasfabrik in Ultimo, und wir müssen die Datenbanken von Apotheken nach größeren Käufen von Pseudoephedrin absuchen.« Er blickte auf. »Lauren geht es ansonsten gut? Nichts zu sehen von unserem Mann?«

»Nein«, sagte Ella. »Angesichts der Umstände hört sie sich ziemlich gut an.«

»Gut. Was tut sich sonst?«

»Der Anruf auf Kennedys Handy, als er mit Helen Flinders zusammen war, kaum aus dem Nachtclub Rosie's. Wir fahren heute am späten Nachmittag hin.«

Kuiper nickte und sah auf die Notizen, die er sich bei

seinem Telefonat gemacht hatte. »Deborah Kennedy ist in der Nähe von Griffith gesichtet worden. Ein Beamter der dortigen Polizei hat heute Morgen ihren Wagen gesehen, als dieser ein Stoppzeichen überfuhr. Ein Mann saß am Steuer, außerdem waren zwei Frauen im Auto. Er hat das Kennzeichen überprüft, unseren Fahndungsaufruf entdeckt und eine Verfolgung gestartet. Unglücklicherweise ist er neu in der Gegend und hat das Fahrzeug in den Nebenstraßen verloren.«

»Hat sie Verwandte da draußen?«

»Nicht, dass wir wüssten«, sagte Kuiper. »Kanowski hat mit ihren Eltern gesprochen, die in einem Altersruhesitz in Drummoyne wohnen, und die einzigen Angehörigen, von denen sie erzählt haben, leben in Melbourne. Die Jungs in Griffith starten eine Suche in der Gegend, mal sehen, was sie finden. Könnte aber schwierig werden, das Gebiet ist riesig.«

Ella nickte. Sie überlegte kurz, ob sie Wayne Rhodes' Anruf erwähnen sollte, aber es gab eigentlich nicht viel zu erzählen. Besser sie wartete, ob er sonst noch etwas entdeckte.

»Wenn Sie und Murray heute Abend arbeiten, möchten Sie dann jetzt eine Pause einlegen?«

»Das wäre schön«, antwortete Ella. »Ich sag ihm Bescheid.«

Er nickte. »Besprechung ist um vier.«

»Ja, bis dann.«

Netta blickte auf, als Ella ins Krankenzimmer kam, und ließ in gespielter Überraschung den Mund offen stehen.

»Ich weiß, ich weiß.« Ella küsste ihre Mutter auf die Wange und setzte sich dann an ihr Bett. »Dieser Fall ist schuld. Ich fange früh an und höre spät auf.«

»Du hättest vorhin hier sein sollen«, sagte Netta. »Dann hätte ich dir gezeigt, wie ich schon laufen kann.«

»Ich habe den Arzt draußen getroffen. Er sagt, du machst dich sehr gut. Nur noch eine Woche, dann darfst du raus.«

»Weniger«, sagte ihre Mutter.

»Sie müssen sichergehen, dass deine Infektion auskuriert ist und dass dir zu Hause mit Dad nichts passieren kann.«

»Was soll mir da passieren?«

»Sie müssen sich eben sicher sein«, sagte Ella. »Wie geht es Dad? Und Adelina?«

»Dad hustet wieder.« Netta strich die Bettdecke glatt.

»Siehst du, du willst bestimmt nicht, dass er krank wird und wegen der Belastung mit deiner Pflege ins Krankenhaus muss.«

»Ich nehme ab hier drin.« Netta hob den Arm und zupfte an der losen Haut. »Ich werde buchstäblich immer weniger. Zu Hause könnte ich wenigstens das eine oder andere kochen, und ich würde anständig schlafen. Zusammen würdet ihr es schon schaffen.«

»Es tut mir leid, aber ich habe diesen Fall.«

»Muss die Arbeit immer vor der Familie kommen?«

»Wenn man mich umgebracht hätte, würdest du dann nicht wollen, dass jemand wie ich den Fall bearbeitet?«

Netta schlug ihr auf die Hand. »So etwas darf man gar nicht sagen.«

Die Schwester kam herein, um nach einer der anderen Patientinnen zu sehen. Netta beugte sich zu Ella und wies mit einem Nicken auf ihre Zimmergenossin. »Sie ist schuld daran, dass ich nicht schlafe. Sie schnarcht die ganze Nacht. Daheim ist es so still, dass man die Pflanzen wachsen hört.«

Ella zwang sich zu einem Lächeln. Sie hatte den Besuch wirklich machen wollen. Sie hatte ein schlechtes Gewissen gehabt, weil sie nicht eher kommen konnte, und sich sogar darauf gefreut, bei ihrer Mutter zu sitzen und zu plaudern. Aber jetzt fühlte sie sich eingesperrt und gereizt. Der Fall drängte sich in den Vordergrund. Sie sollte Lauren wieder anrufen und ihr sagen, dass sie die Information über das Ice weitergegeben hatte und dass es eine gute Spur war. Sie könnte sie außerdem nach Nolan fragen, woran sie sich von diesem Einsatz noch erinnerte und ob etwas Außergewöhnliches passiert war. Sie hatte keine Ahnung, was sich daraus ergeben könnte, aber wenn man nicht alle Leute alles fragte, entging einem möglicherweise etwas. Und sie könnte zu Kristi fahren und sehen, wie es ihr ging. Sie fragen, was sie über das Rosie's wusste, ob Werner den Club je besucht hatte, während sie zusammen gewesen waren. Wen er gekannt hatte.

Eine Bewegung riss sie aus ihren Gedanken. Ihre Mutter griff nach der Klingel. »... wirst du sehen, wie gut ich gehen kann.«

»Was?«

»Ich sagte gerade, ich zeige dir, wie gut ich laufen kann.«

»Nein, nein.« Ella packte die Klingelschnur. »Ich glaube es dir.«

»Ich will es dir aber zeigen.«

»Lass gut sein Mum, ehrlich. Ich muss sowieso gehen.«

Netta schaute auf die Wanduhr. »Aber du hast noch eine ganze Stunde.«

»Tut mir leid«, sagte Ella. »Ich muss zurück an die Arbeit.« Sie beugte sich über das Bett und umarmte ihre Mutter, spürte ihre Schulterknochen, wie Netta ihr den Rücken tätschelte – zweimal klopfen, einmal reiben –, so wie sie es ihr ganzes Leben lang getan hatte.

»Denkst du, du kommst dazu, beim Haus vorbeizufahren und nach den Pflanzen zu sehen?«, sagte Netta in ihr Ohr. »Lily von nebenan kümmert sich um sie, aber ich habe manchmal Angst, dass sie es vergisst.«

»Ich werde es versuchen«, sagte Ella. »Mal sehen.«

»Und sieh zu, dass du mich wieder besuchen kannst, ja? Oder ruf an. Ella, *carina*?«

»*Si*, Mama. *Ciao*.«

Kaum saß sie im Wagen, bekam sie Schuldgefühle. Sie konnte wirklich keine zwanzig Minuten mehr erübrigen? Nicht einmal zehn?

Sie sollte zurückgehen.

Sie umklammerte das Lenkrad, blickte einen Moment durch die schmutzige Windschutzscheibe. Dann griff sie nach dem Sicherheitsgurt.

Mum würde schon klarkommen. Sie hatte Arbeit zu erledigen.

20

Ella fuhr die Stacey Street hinauf zum Hume Highway und bog dann nach Chullora ab. Sie würde nicht anhalten, dachte sie, sie würde einfach am Haus ihrer Eltern vorbeifahren, dann konnte sie sagen, alles sehe bestens aus. Lily kümmerte sich um Pflanzen, als wären es ihre Kinder, deshalb war es kaum vorstellbar, dass irgendwas einging, ehe Netta nach Hause kam. Wahrscheinlich hatte Lily eher neue Pflanzen für sie gezogen, die für einen zweiten Garten reichen würden.

Sie verlangsamte, als sie sich dem Haus näherte. Lily saß auf einem leeren Düngersack, die rote Legionärsmütze tief ins Gesicht gezogen, ein blaues Männerhemd über ihr ärmelloses Kleid geknöpft. Sie grub Winden mit einer Essgabel aus. Ella schaute an ihr vorbei zum Haus, sah das Gewächshaus an der Seite, die Rosen entlang der niedrigen Mauer, die Farnbäume bei der Veranda. Lily blickte jetzt zum Auto, und Ella winkte, auch wenn Lily sie hinter den getönten Scheiben nicht sehen konnte. Egal. Sie hatte zumindest vorbeigeschaut, und alles sah bestens aus. Netta würde zufrieden sein. Oder auch nicht. Ella fuhr weiter und dachte an das sonst stets fröhliche Wesen ihrer Mutter. Die Unzufriedenheit, die sie jetzt ausstrahlte, war ein klares Zeichen für Schmerz, Angst und das Leiden unter dem Krankenhausaufenthalt. Ella fuhr auf dem Hume

Highway zurück in Richtung Summer Hill und überlegte, ob es eine Möglichkeit gäbe, sie früher nach Hause zu holen. Ihre Eltern wären begeistert, keine Frage, aber konnte sie irgendwelche Verpflichtungen eingehen, wenn sie nie wusste, was sich bei dem Fall noch alles ergeben würde und wann sie eventuell bis spätabends oder sogar die ganze Nacht arbeiten musste? Es wäre nicht so toll, wenn Netta inzwischen im Badezimmer säße und darauf wartete, geduscht zu werden. Könnte Adelina kommen und bei ihnen wohnen? Wenn Adelina ebenfalls da wäre, wäre Ella weniger eingeschränkt, und es könnte vielleicht funktionieren.

Sie würde darüber nachdenken, aber noch nichts sagen.

Die ganze Strecke bis Summer Hill herrschte Stop-and-go-Verkehr, und dann musste sie auf eine Lücke im Gegenverkehr warten, bis sie in Laurens Straße einbiegen konnte. Sie warf unterdessen einen Blick zu Laurens Haus und erschrak, als sie einen Rettungswagen davor stehen sah. *Du lieber Himmel, was ist jetzt los?* Sie hätte anrufen sollen, ob alles in Ordnung war. Sie tastete nach ihrem Handy in der Tasche, doch dann erspähte sie eine Lücke und sauste um die Ecke.

Der Rettungswagen stand genau vor dem Haus, aber man sah keine Leute, und die Haustür war geschlossen. Ella eilte mit einem flauen Gefühl im Magen den Fußweg entlang. Auf ihr Klopfen ging über der Haustür ein Fenster auf. Sie kniff die Augen zum Schutz vor der Sonne zusammen.

»Hallo.« Es war Kristis Stimme. »Ich komme gleich runter.«

Als sie die Tür aufmachte, sagte Ella: »Ich war ganz schön besorgt im ersten Moment.«

»Ach, wegen des Sankas? Lauren und Joe waren gerade in der Gegend und haben vorbeigeschaut.«

Das war praktisch. Ella folgte Kristi nach oben. Als sie ins Wohnzimmer kam, stand Lauren vom Sofa auf. »Hallo.«

Aus dem Dachboden hörte man schrille Schreie. »Warte, Joe!«, rief Felise.

»Ich dachte, ich sehe mal kurz nach, ob alles ruhig ist«, sagte Ella. »Außerdem wollte ich Ihnen sagen, dass wir diese Drogenspur bereits verfolgen.«

Kristi setzte sich auf eine Ecke des Küchentischs. »Zutrauen würde ich es ihm.«

»Dieser Geruch ist ziemlich auffällig«, sagte Ella. »Ich wollte auch noch ein paar andere Dinge überprüfen. Lauren, erinnern Sie sich, dass Sie am selben Abend, an dem Kennedy gestorben ist, zu einem Mann gerufen wurden, der von einem Zug gefallen ist?«

Sie nickte. »Wir haben versucht, ihn zu reanimieren, aber er ist gestorben. Wieso?«

»Es könnte eine Verbindung zwischen ihm und Kennedy geben.«

»Das ist nicht Ihr Ernst. Was für eine Verbindung?«

»Das ist uns noch nicht ganz klar«, sagte Ella. »Wir haben eine ganze Reihe von Aspekten zu untersuchen, aber ich wollte Sie fragen, ob Ihnen bei diesem Einsatz etwas Besonderes aufgefallen ist. Ich weiß, ich klammere mich an Strohhalme, aber jede noch so kleine Information könnte hilfreich sein.«

Lauren sah nachdenklich aus. »Der Zug war schon aus dem Bahnhof gefahren, es gab also niemanden, der es beobachtet hatte. Die Polizisten waren da, ziemlich nervös und aus dem Häuschen. Die Verletzungen des Patienten stimmten mit der Geschichte überein, die sie uns erzählten, nämlich dass er von dem fahrenden Zug gefallen sei. Er war mit dem Kopf voran aufgeschlagen. Joe war ebenfalls da und zwei weitere Sanitäter. Wir haben ihn erst am Zug versorgt und ihn dann ins St. Vincent's gebracht, wo er für tot erklärt wurde.«

»Okay«, sagte Ella. »Hat jemand von Ihnen schon von einem Club namens Rosie's in King's Cross gehört?«

»Ich war ein paarmal bei Einsätzen dort«, sagte Lauren. »Die üblichen Nachtclubsachen: Drogenüberdosis, Alkoholleichen.«

»Ich habe noch nie davon gehört«, sagte Kristi.

»Sie waren in Ihrer Zeit mit Werner nie dort?«

Kristi schüttelte den Kopf.

»Ist der Laden nicht ziemlich neu?«, fragte Lauren. »Einer meiner Einsätze dort war bei ihrer großen Eröffnungsfeier, und ich bin mir sicher, damals haben wir bereits hier gewohnt.«

»Dann hätte ich mit dieser Art Leben inzwischen nichts mehr zu tun gehabt«, sagte Kristi.

Ella machte sich eine Notiz.

»Sind Sie schon weitergekommen bei der Suche nach ihm?«, fragte Kristi.

»Das ist schwer zu sagen«, erwiderte Ella. »Wir haben eine Menge bruchstückhafte Informationen, und wir setzen sie nach und nach zusammen, aber noch ergibt sich kein eindeutiges Bild.«

Ein Funkgerät knisterte. »Vierunddreißig, sind Sie noch in der Gegend von Summer Hill?«

Lauren hob das tragbare Gerät zum Mund. »Vierunddreißig, richtig.«

»Danke. Ich habe einen Transfer für Sie, vom Western Suburbs ins RPA.«

»Verstanden, wir sind auf dem Weg.« Sie stand auf und hakte das Funkgerät an den Gürtel. »Joe?«

Er kam mit Felise auf den Schultern die Treppe herunter. »Arbeit?«

Lauren nickte.

»Ich muss beim Rausgehen nur noch das hier in die Mülltonne werfen.«

Felise kreischte und klammerte sich an seinen Hals.

»Haben Sie Ihren Peilsender?«, sagte Ella leise zu Lauren.

Sie berührte ihre Brusttasche. »Er ist immer bei mir.«

»Und es gab überhaupt nichts Verdächtiges?«

Lauren schüttelte den Kopf. »Ich schätze, er weiß von der Überwachung und dem abgehörten Telefon und hält sich ruhig.«

Ella hoffte es. Ihrer Erfahrung nach ließ sich jemand wie Werner allerdings nicht so leicht aufhalten, vor allem wenn er nicht vorhatte zu verschwinden, ehe er seine Drogen fertig produziert hatte. Vieles sprach dafür, dass er trotzdem versuchen würde zu handeln, sich an diese Zeugen heranzumachen oder die Ermittlungen irgendwie aufzuhalten.

Die Frage war nur, was er unternehmen würde.

Im Royal Prince Alfred Hospital war gerade Ruhezeit, und der Flur der Krankenstation lag still im Sonnenlicht, als Joe und Lauren ihren Patienten vom Western Suburbs Hospital ablieferten. Es war ein siebenundfünfzigjähriger Mann mit einer Stoffwechselstörung und Nierenversagen. Joe half ihm von der Rolltrage ins Krankenbett, während Lauren mit der Schwester leise die Übergabe abwickelte. Sie verabschiedeten sich von dem Patienten, dann schoben sie die Trage zum Lift zurück.

Im Erdgeschoss waren sie auf dem Weg zur Sanka-Zufahrt, als Joe unmittelbar vor der Tür stehen blieb. »Warte hier.« Er trat ins Freie, sah sich in alle Richtungen um und kauerte sich sogar nieder, um unter das Fahrzeug zu spähen.

»Er kann unmöglich wissen, wo wir sind«, sagte Lauren.

»Man darf den Gegner nie unterschätzen.« Er schloss den Rettungswagen auf, und sie luden die leere Trage ein.

»Ja, aber das ist …«

»Du hast einmal Glück gehabt.« Joe schloss die Hecktür und ließ den Rest unausgesprochen.

Beim nächsten Mal könntest du nicht mehr so viel Glück haben.

Lauren wusste, dass er recht hatte. Sie fand nur die Vorstellung lächerlich, Thomas könnte sie am helllichten Tag angreifen, wenn Joe an ihrer Seite war, der Sicherheitsdienst des Krankenhauses in Rufweite und draußen auf der Straße jede Menge mögliche Zeugen vorbeiliefen. Sie berührte den Peilsender in ihrer Tasche und stieg in die Fahrerkabine des Rettungswagens.

»Vierunddreißig, sind Sie auf Empfang?«

Lauren griff nach dem Mikro am Armaturenbrett. »Vierunddreißig ist am RPA fertig.«

»Danke, Vierunddreißig. Auf einer Baustelle an der Castlereagh Street ist ein Kran umgestürzt, ich habe keine Hausnummer, aber es ist in der Nähe der Goulburn Street. Es wird von drei Verletzten berichtet, mindestens einer eventuell Code vier. Ein zweites Team ist unterwegs, dazu eine Bergungsmannschaft. Ich versuche, eine genauere Ortsangabe zu bekommen.«

»Ich weiß, wo es ist.« Joe ließ den Motor an.

»Vierunddreißig ist unterwegs«, sagte Lauren ins Mikrofon. »Wir wissen, wo es ist.«

»Verstanden, danke.«

Schilder in der Missenden Road baten Fahrer, den Lärm auf ein Minimum zu beschränken. Joe fuhr so schnell es leise ging, Sirene aus und Blaulicht an, bis er an die Parramatta Road kam, wo er bremste und gleichzeitig die Sirene anstellte.

»Da kommt einer«, sagte Lauren über das Heulen hinweg. »Okay, er stoppt, es ist frei.«

Joe beschleunigte mit quietschenden Reifen auf die Hauptstraße. »Das sind verdammt riesige Kräne dort.«

»Er muss ins Rollen gekommen sein, oder was meinst du?«

»Oder der Ausleger ist irgendwie gebrochen.« Er drückte auf die Hupe, um den Sirenenton zu verändern. Ein Lkw fuhr endlich auf die linke Seite, und er schoss vorbei. »Und der wird dann auf Arbeiter gefallen sein.«

»Echt oder falsch?« Lauren zog Handschuhe an.

»Vierunddreißig«, kam es aus der Zentrale. »Nur ein Update, keine Antwort nötig. Polizei vor Ort gibt an, ein Code neun und bewusstlos, einer mit schweren Knochenverletzungen und zwei leichter Verwundete.«

»Damit erübrigt sich die Raterei«, sagte Joe und drückte aufs Gas.

Die Baustelle war ein tiefes Loch an der Castlereagh Street. Ein ängstlich aussehender Mann mit Schutzhelm winkte sie durch ein Tor, und Joe steuerte die Rampe hinunter in die Baugrube. Lauren schauderte beim Anblick des Krans. Das Ende des Auslegers lag im Schlamm, und der Mittelteil hing wie schlaffe Spaghetti von dem noch stehenden Teil. Ein Rettungswagen stand in der Nähe des Auslegerendes. Lauren sah einen Sanitäterkollegen auf dem Metallgerüst umherklettern, der andere kauerte vier Meter entfernt neben einer Person im Schlamm. Arbeiter in Helmen standen um zwei Männer herum, die auf dem Boden saßen. Einige weinten.

Joe steuerte von der Zufahrt in das schlammige Gelände. Lauren spürte, wie die Räder erst durchdrehten, ehe sie griffen. Bevor er richtig neben dem anderen Sanka gehalten hatte, war sie bereits draußen, riss die Heckklappe auf und holte Ausrüstung aus dem Wagen. Sie warf einen Blick über die Schulter.

Ein Mann war in den Streben des Kranauslegers eingeschlossen. Er lag verdreht mit dem Gesicht nach unten auf einem Laufgitter, sein Kopf ragte seitlich über das Gitter hinaus, ein Arm baumelte lose. Der Sanitäter Danny Sutton versuchte durch die Streben, die ihn niederdrückten, seine Verletzungen abzuschätzen.

Näher bei ihnen hielt Dannys Kollege Bryan Forbes einen dicken Verband an den linken Oberschenkel eines blassen, stöhnenden Mannes. Er nickte ihnen zu. »Wenn ihr hier übernehmen könnt, gehe ich Danny helfen.«

Lauren trug das Beatmungsgerät und den Erste-Hilfe-Koffer zu dem Verletzten und setzte sie im Schlamm ab.

»Großer offener Bruch«, fuhr Bryan fort. »Er wurde von dem Ding geschleudert, als es runterkam. Fiel etwa fünf Meter tief und landete auf dem Bein.«

»Keine Bewusstlosigkeit?«

Bryan schüttelte den Kopf. »Er war die ganze Zeit wach. Fertig?«

Lauren löste ihn beim Festhalten des Verbands ab. Als Bryan aufstand, flüsterte er ihr ins Ohr: »Der Bursche, der im Kran festhängt, ist der kleine Bruder von dem hier.«

Lauren sah auf ihren Patienten hinunter. Seine Haut war blass, kalt und schweißnass, das braune Haar klebte ihm am Schädel. Das Blut aus der Beinwunde hatte den Schlamm ringsum getränkt und sickerte unter dem Verband auf ihren Handschuh. Sie konnte die Wärme spüren. Er trug Shorts und ein Arbeitshemd, alles voller Schlamm. Mit schmerzverzerrtem Gesicht hielt er den Oberschenkel oberhalb der Wunde umklammert und wandte den Blick nicht von dem Ausleger, wo sein Bruder lag. Er tat Lauren leid. »Wie heißen Sie?«, fragte sie.

»Charlie Addison.« Er versuchte sich aufzurichten. »Wie geht es meinem Bruder?«

»Die anderen Sanitäter kümmern sich um ihn«, sagte sie. »Wo haben Sie Schmerzen, abgesehen vom Bein? Können Sie tief Luft holen?«

Joe brachte den Monitor und die Medikamente, dann öffnete er den Erste-Hilfe-Koffer.

»Ich kann nicht sehr tief atmen, mein Rücken tut weh.« Charlie ließ sich in den Schlamm zurücksinken. »Und mir ist schwindlig.«

Lauren hob den Verband leicht an, und sie und Joe warfen einen raschen Blick auf die Wunde. Das unregelmäßig abgebrochene Ende des Oberschenkelknochens war durch die Haut gedrungen. Die Blutung hatte inzwischen so gut wie aufgehört. Muskel und Fettgewebe lagen frei und waren von Schlamm bedeckt, das Ende des Knochens schimmerte weiß durch das Blut.

»Okay, Charlie, bleiben Sie einfach ruhig liegen«, sagte Lauren. »Ich bin Lauren, und das ist Joe. Er wird sich ein wenig mit Ihrem Bein beschäftigen, während wir beide uns unterhalten und ein paar Dinge abklären.«

Joe öffnete einige Fläschchen normale Salzlösung und spritzte die Flüssigkeit in die Wunde, um den schlimmsten Dreck abzuwaschen.

»Was passiert mit meinem Bruder?«

»Sie kümmern sich um ihn. Die beiden sind hervorragende Sanitäter. Er ist in besten Händen.« Lauren wickelte eine Blutdruckmanschette um seinen Arm. »Wie heißt er?«

»Mitchell.« Er versuchte wieder hinzusehen.

»Charlie, Sie müssen bitte stillliegen.« Lauren sah zu Joe, der einen großen, angefeuchteten Verband vorsichtig um das gebrochene Ende des Knochens faltete. »Neunzig zu fünfzig. Puls hundertzwanzig.«

»Wird er wieder?« Charlie versuchte, um Joe herumzuspähen.

Einige Arbeiter trieben Schneidegeräte in das Metall des Auslegers. Einer kauerte im Schlamm und hielt Mitchells schlaffe Hand. Auf den Straßen draußen dröhnten Autos vorbei, und über ihnen schwebte der Hubschrauber eines Nachrichtensenders.

»Charlie«, sagte sie freundlich und streifte ihm eine Sauerstoffmaske übers Gesicht, »wenn Sie da drüben wären und er hier – würden Sie wollen, dass er sich um sich selbst kümmert?«

Er sah sie an. Tränen zogen saubere Linien von den Augenwinkeln zu den Ohren. »Ich habe ihm diesen Job besorgt.«

Lauren hätte gern gesagt, dass alles gut werden würde, aber Bryan schlängelte sich gerade mit einem Beatmungsbeutel unter dem zermalmten Ausleger hindurch und bemühte sich verzweifelt, Mitchell die Maske aufzusetzen.

»Was ist, wenn er stirbt?«, sagte Charlie mit erstickter Stimme.

»Sehen Sie mich an«, sagte Lauren. »Wir müssen uns um Sie kümmern, okay? Sobald Sie stabil sind, können wir Joe vielleicht hinüberschicken, damit er bei Mitchell hilft.«

Es war eine Lüge. Charlie musste operiert werden, und sie würden sich auf keinen Fall aufteilen, sondern ihn schnellstmöglich ins Krankenhaus schaffen.

»Guter Puls.« Joe hatte vorsichtig Charlies linken Stiefel ausgezogen und drückte die Finger auf die blasse Haut.

Lauren leuchtete mit einer Stablampe in Charlies Augen. Die Pupillen waren gleichförmig und reagierten. »Okay, Charlie, ich piekse Sie jetzt mit einer Nadel und flöße Ihnen ein Schmerzmittel ein und Flüssigkeiten, die das Blut ersetzen, das Sie verloren haben.«

»Ich hasse Nadeln«, sagte er, den Blick auf seinen Bruder gerichtet.

»Die hasst jeder, aber danach wird es Ihnen besser gehen. Und ich verspreche, bevor wir irgendwohin fahren, erkundige ich mich für Sie nach Mitchell, okay?«

Bald war der Zugang gelegt, und die Flüssigkeiten liefen. Lauren injizierte fünf Milligramm Morphium und erhöhte den Durchfluss. Joe stand, hielt den Infusionsbeutel und blickte über sie hinweg. Sie wandte den Kopf, um zu sehen, worauf er starrte. In der Einfahrt zur Baustelle drängten sich Schaulustige, ebenso in den Lücken des Bretterzauns. Sie sah Joe wieder an. »Was ist?«

»Du weißt ja: Unterschätze nie …«

»Obwohl wir hier unten sind?«

Joe antwortete nicht. Er drückte Charlies Arm. »Wie geht es Ihnen jetzt?«

Er blinzelte träge. »Mitchell?«

Lauren sah zum Kran hinüber. Der kauernde Arbeiter

hielt Mitchells Hand an sein Gesicht und weinte. Feuerwehrleute attackierten das Gitter mit Schneidegeräten. Der Hubschrauber sank tiefer. Bryan lag auf dem Rücken unter dem Ausleger und sah zu ihr herüber, ihre Blicke trafen sich. »Er hält sich tapfer, Charlie. Er ist ein zäher Bursche.« Die Worte schmeckten schal. Sie wusste, es war nur eine Frage der Zeit, bis es zum Herzstillstand kam, und wie sollte man Wiederbelebungsmaßnahmen bei jemandem durchführen, der mit dem Gesicht nach unten auf einem Laufgitter lag?

Sie rollten Charlie auf ein Rettungsbrett und hoben ihn auf die Trage. Die Räder blockierten im Schlamm, deshalb trugen sie die Trage zum Krankenwagen und hoben sie hinein. Lauren kletterte hinterher und ordnete Kissen um Charlies Bein, um es für die Fahrt ins Krankenhaus zu stabilisieren.

»Wie geht es Mitch?«, fragte er.

»Joe ist gerade unterwegs, um sich zu erkundigen.« Sie spritzte ihm weitere fünf Milligramm Morphium.

Joe kam zurück, beugte sich in den Wagen und drückte Charlies rechten Fuß. »Er hält noch durch, aber es geht ihm ziemlich mies, mein Freund.« Außerhalb von Charlies Blickfeld schüttelte er den Kopf in Richtung Lauren und hielt zwei Finger in die Höhe. Code zwei – Herzstillstand. Dann vier Finger. Code vier. Tot.

Während Charlie unter dem Einfluss der Drogen langsam benommen wurde, schnallte sich Lauren an und versuchte, sich auf ihre Aufgaben zu konzentrieren. Einen raschen Bericht für das Krankenhaus über Funk an die Zentrale durchgeben, Charlies Werte noch einmal überprüfen, mit dem Ausfüllen des Einsatzblatts beginnen. Aber sie konnte an nichts anderes denken als an den Moment, in dem Charlie erfahren würde, dass er seinen Bruder verloren hatte. Sie wusste, was für ein Gefühl das war, und sie drückte ihm die Hand, während sie von ihren eigenen Erinnerungen überflutet wurde. Sie hielt den Kopf abgewandt und blinzelte heftig.

Joe sah sie im Spiegel an, während er die Rampe hinauffuhr. »Soll ich den Bericht durchgeben?«

Sie nickte nur, da sie ihrer Stimme nicht traute.

Er rief die Zentrale an und bat um einen Code drei im St. Vincent's. »Mann, Ende zwanzig, offener Bruch des linken Oberschenkels mit schwerer Schädigung des Gewebes, peripherer Puls vorhanden. Außerdem Schmerzen im unteren Rückenbereich, kein Kribbeln, kein Gefühlsverlust. Keine Bewusstlosigkeit. Letzte Werte ...« Er sah Lauren an.

Sie holte tief Luft. »Puls einhundertzehn, Blutdruck hundert zu sechzig.«

Joe gab die Information durch. »Geschätzte Ankunftszeit fünf Minuten.«

»Verstanden, Vierunddreißig. Haben Sie Informationen über den Code neun?«

»Äh, ich glaube, man wird Sie in Kürze anrufen«, sagte Joe. Er hängte das Mikrofon wieder ein, und Lauren sah, wie er die Lautstärke des Funkgeräts auf leise stellte. Wenn das andere Team durchgab, dass Mitch tot war, würde Charlie es nicht hören.

Oben, am Ende der Rampe, hielt der Arbeiter Fußgänger und Verkehr zurück, Joe bog auf die Straße und schaltete Blaulicht und Sirene ein.

Als er vier Minuten später vor der Notaufnahme des St. Vincent hielt, überprüfte Lauren ein letztes Mal Charlies Werte, stellte die Infusion ab, steckte den Monitor aus und schob das Einsatzblatt unter Charlies Kissen.

»Wie fühlen Sie sich?«, fragte sie ihn.

»Ich mache mir Sorgen um Mitch.«

»Ich sehe, was ich in Erfahrung bringen kann.«

Er streckte die Hand aus. »Danke für alles.«

Sie streifte die Handschuhe ab und drückte seine schwielige Hand. »Gern geschehen, Charlie.«

In der Notaufnahme setzte Joe die Trage neben das Krankenhausbett, dann hoben sie Charlie mithilfe von zwei Pflegern vorsichtig hinüber. Claire Bramley erschien mit einer Plastikschürze über der Uniform und griff nach der Einsatzblattmappe. Lauren war schneller und klemmte sie sich unter den Arm.

»Das Blatt ist noch nicht fertig«, sagte sie. »Soll ich dir einfach schnell sagen, was du wissen musst?«

Claire blies die Backen auf und stemmte die Hände in die Hüften.

»Charlie ist achtundzwanzig und hat auf einem Kranausleger gearbei…«

»Soll ich etwa wissen, was das ist?«

»Der lange Arm.« Lauren musste sich beherrschen. »Der Ausleger ist abgebrochen, und er wurde auf den Boden geschleudert, als er herunterfiel. Die Fallhöhe war etwa fünf Meter, und er landete …«

»Keine arterielle Blutung?« Claire schälte den Verband an seinem Oberschenkel ab, ohne auf eine Antwort zu warten.

Wenn es eine gäbe, würde dir das Blut jetzt ins Gesicht spritzen.

»Sagtest du nicht, es handelt sich um eine schwere Verletzung?«, sagte Claire.

»Die ersten Werte waren …«

»Schau sich einer den Dreck da drin an!«, sagte Claire zu Charlie. »Das hat sie aber nicht gut saubergemacht, was? Was hat sie sonst noch verpfuscht?«

Sie klatschte den Verband wieder auf die Wunde. Charlie zuckte zusammen, und Lauren spürte, wie ihr das Blut ins Gesicht schoss.

»Nur gut«, fuhr Claire fort, »dass er keinen Schlauch gebraucht hat.«

Lauren sah rot. »Claire …«

Claire ignorierte sie und sah Charlie an. »Sie haben noch

ziemlich Glück gehabt, würde ich sagen. Im Gegensatz zu Ihrem Kumpel.«

»Was?«

»Der andere Typ, der, der gestorben ist.«

Claire riss die Blutdruckmanschette von der Wand und hob Charlies Arm hoch, damit sie sie um seinen Bizeps wickeln konnte, ohne die Tränen in seinen Augen oder die nackte Wut in Laurens zu bemerken.

Lauren packte sie am Arm und zerrte sie in den Arzneimittelraum. »Was zum Teufel tust du da?«

»Hey, das ist Körperverletzung.«

»Das war sein Bruder, der gestorben ist.«

»Das hättest du mir ja sagen können.«

»Ach ja, und wann, bitte? Und warum muss man dir so etwas überhaupt sagen? Zumindest wäre es immer noch einer seiner Kollegen gewesen.« Lauren ballte die Hände zu Fäusten. »Hast du gar kein Herz?«

»Ich hab genug Herz für Joe.« Claire hielt die Hand im Latexhandschuh hoch, unter dem sich der Verlobungsring abzeichnete. »Ich bin nämlich diejenige, die er heiratet.«

»Ich rede vom Wohlergehen eines Patienten«, zischte Lauren. »Wir wollten Charlie das mit seinem Bruder erst sagen, wenn die Familie hier bei ihm ist.«

»Ich bin die, zu der er jeden Abend nach Hause kommen wird …«

»Damit er ein bisschen Unterstützung hat – hörst du mir eigentlich zu? Registrierst du überhaupt, was ich sage?«

»Hey.« Joe stand mit ernster Miene in der Tür. »Man versteht jedes Wort da draußen.«

Lauren stampfte aus dem Zimmer. Eine andere Schwester war nun bei Charlie, sprach mit ihm und reichte ihm Tücher. Halb blind vor Wut stürmte Lauren aus der Notaufnahme.

Joe folgte ihr zur Rettungswagenzufahrt.

»Unglaublich, ihr Benehmen.« Lauren klatschte die Mappe mit den Einsatzblättern auf die Kühlerhaube. »Sie hat Charlie von seinem Bruder erzählt, hat es einfach im Gespräch fallen gelassen, als wäre es nichts, und dann hatte sie nicht einmal das Herz oder den Verstand zu begreifen, was sie getan hat. Selbst als ich sie in den Medikamentenraum geschleift habe …«

»Du hättest ihn nicht allein lassen sollen.«

»Du verstehst nicht«, sagte Lauren. »Sie hat sich sogar abfällig darüber geäußert, wie wir die Wunde gesäubert haben, nur um mir eins auszuwischen, direkt vor dem Patienten. Selbst mit diesem verdammten Schlauch hat sie wieder angefangen.«

»Du hättest ihn trotzdem nicht allein lassen sollen.«

»Aber sie hat einfach nicht mehr aufgehört«, sagte Lauren, etwas langsamer.

»Du hast sie weggeführt und Charlie genau in dem Moment allein gelassen, in dem er am dringendsten jemanden gebraucht hätte.«

Laurens Mund wurde trocken.

»Was, wenn er ohnmächtig geworden wäre? Wenn er sich gewünscht hätte zu reden? Wer war da und hat sich um ihn gekümmert? Als ich ins Zimmer kam, traf ich ihn weinend an, kein Bettgitter hochgeklappt, kein Monitor angeschlossen, niemand bei ihm. Das ist eine ziemlich beschissene Patientenpflege, wenn du mich fragst.«

Lauren wurde rot vor Scham. »Was erwartest du von mir? Dass ich einfach alles einstecke, was sie austeilt? Dass ich sie vor ihm unsere Behandlung schlechtmachen lasse, ohne sie zur Rede zu stellen?«

»Wenn du dich professionell verhalten willst, ja«, sagte er. »Du lässt sie einfach stehen.«

Lauren konnte es nicht fassen. »Es ist unverantwortlich, wenn ich meine Übergabe nicht abschließe.«

»Sie hatte genügend Informationen, um mit der Behandlung zu beginnen. Das ist alles, worauf es ankommt.«

Laurens Gesicht brannte vor Zorn und Demütigung. »Ich kann nicht glauben, dass du dich auf ihre Seite schlägst.«

Seine Augen waren traurig. »Du musst ein bisschen erwachsen werden, Lauren.«

Er ging zum Eingang der Notaufnahme zurück. Vor Laurens Augen verschwamm alles vor Tränen. Sie kletterte durch die Seitentür in den Sanka, zog sie krachend hinter sich zu und weinte für sich allein.

21

Die Nachmittagsbesprechung fiel kurz aus, und Ella und Murray trafen früher als beabsichtigt beim Rosie's ein. Der Club sah aus, als sei er noch geschlossen. Murray zerrte an der Tür, dann klopfte er.

Ella spähte durch das dunkle Glas. »Ich bin mir sicher, da drin bewegt sich was.«

Murray klopfte wieder. Ella lugte in das Halbdunkel. War da jemand gerade aus dem Blickfeld geeilt?

Sie zog ihr Handy hervor. »Hast du diese Nummer aus Kennedys Anruferliste?«

Murray hielt ihr das geöffnete Notizbuch hin. Sie wählte mit dem Rücken zum Club und hörte ein leises Läuten aus dem Innern des Gebäudes. Schließlich nahm jemand ab.

»Das Rosie's ist geschlossen«, ertönte eine barsche Stimme.

»Hier spricht Detective Marconi.« Sie holte mit der freien Hand ihren Ausweis hervor und drückte ihn an die Scheibe.

Der Mann seufzte. »Einen Augenblick.«

Ella steckte ihr Handy weg, als der Mann an die Tür kam und aufsperrte. Er schaute heraus, und sie zeigte ihm noch einmal ihren Ausweis. »Und Sie sind?«

»Paul Davids, der Geschäftsführer.« Sein Schädel war

kahl rasiert, und er trug ein enges, schwarzes T-Shirt und schwarze Jeans. Unter dem rechten Ärmel lugte der Rand einer Stacheldrahttätowierung hervor.

»Dieses Telefon, das ich gerade angewählt habe, wo befindet sich das?«, fragte Ella.

Davids deutete ins Innere des Clubs. »Auf der Theke.«

Ella ging an ihm vorbei, Murray folgte ihr. Die Musik war aus, es war still im Club bis auf das Summen der Kühlschränke hinter der Bar. Davids schaltete die Deckenbeleuchtung ein, und der Club offenbarte sich als nichts weiter als ein muffig riechender, niedriger Raum.

Ella ging zur Theke und sah ein Telefon auf der Personalseite stehen. Sie hielt nach Überwachungskameras Ausschau. Nichts als schwarz gestrichene Decke. »Wer hat Zugang zu diesem Telefon?«

Davids zuckte mit den Achseln. »Das Personal hauptsächlich, aber manchmal fragen Gäste, ob sie es benutzen dürfen.«

»Sie handhaben so etwas nicht restriktiv?«

»Die Leute sollen zufrieden sein«, sagte er. »Wenn das ein Vierzigcentgespräch auf unsere Kosten beinhaltet, dann von mir aus.«

»Haben Sie jeden Abend in der Woche geöffnet?«

Er nickte.

»Ab wann?«

»Einlass ist um halb acht, aber um diese Zeit kommen noch nicht viele Leute. So ab zehn ist dann richtig Betrieb.«

»Am Mittwoch, dem 4., wurde etwa um halb sieben, Viertel vor sieben abends ein Anruf von diesem Apparat gemacht. Haben Sie eine Ahnung, von wem?«

»Nicht die geringste.«

»Aber Sie sagten gerade, dass Sie erst um halb acht öffnen«, sagte Ella. »Dann kann also nur jemand von Ihrem Personal angerufen haben, oder?«

»Nicht unbedingt«, erwiderte Davids. »Das Personal

bringt manchmal Freunde früher mit herein, die DJs sind zum Aufbauen hier, und sie haben eventuell Roadies dabei.«

»Wir brauchen eine Liste von allen Leuten, die an diesem Abend zu dieser Uhrzeit hier waren.«

»Wie soll ich das jetzt noch wissen?«

»Ist es wirklich so schwer?«, sagte Murray. »Sie schreiben alle auf, von denen Sie sich sicher sind, und dann setzen Sie alle Leute hinzu, die nur vielleicht da waren. Und wir fragen alle, an wen sie sich erinnern, und irgendwann, nach vielen Besuchen hier, wissen wir, wer den Anruf gemacht hat.«

Davids runzelte die Stirn. »Wollen Sie die Liste jetzt?«

»Wenn Sie nicht zu beschäftigt sind«, sagte Ella.

Davids ging hinter die Bar und holte einen Block aus einem Schrank. Als er zu Ende geschrieben hatte, riss er die Seite heraus und gab sie ihnen. Ella überflog die sieben Namen und ihre Funktion. »Sagten Sie nicht, Sie seien der Geschäftsführer?«

»So ist es.«

»Hier steht, Sal Rios ist Geschäftsführer beziehungsweise Leiter. Was bedeutet das?«

Davids legte den Kugelschreiber auf die Theke. »Er ist der Sohn von einem der Eigentümer. Das hier ist sein offizieller Titel, aber er schaut nur hin und wieder vorbei, und auch dann tut er nichts außer sich und seiner Freundin Drinks zu holen.«

Von den anderen Leuten auf der Seite waren zwei als Thekenpersonal aufgeführt, einer war DJ, ein anderer dessen Aufbauhelfer, einer war Security und der letzte war Davids selbst.

»Und haben Sie an diesem Abend irgendwelche Anrufe von diesem Apparat gemacht?«, fragte Ella.

»Nein.«

»Haben Sie gesehen, wer einen gemacht hat?«

»Nein.«

»Wo waren Sie um diese Zeit? Hier an der Bar?«

»Höchstwahrscheinlich hinten im Büro.«

»Sie sagten, Sie haben nichts dagegen, wenn Gäste das Telefon benutzen«, sagte Ella. »Müssen die Angestellten Sie erst um Erlaubnis fragen?«

»Sie sollten es tun, aber wenn ich hinten bin, sehe ich sie natürlich nicht.«

»Natürlich«, sagte Ella. »Wir melden uns wieder.«

Es ist merkwürdig, dachte Lauren, während sie in der Abenddämmerung am Küchentisch saß, dass sie bei allem, was sich gerade abspielte, nicht aufhören konnte, an Joe zu denken.

Oder vielleicht war es doch nicht so merkwürdig. Vielleicht war es eine Art Selbstschutz. Wenn sie an Joe dachte, an seine Augen, sein Lächeln, seine Lippen, dann musste sie nicht darüber nachdenken, dass sie es vielleicht nur dem Standort eines Mikrowellenherds zu verdanken hatte, wenn sie heute noch atmete.

Sie sah das Gerät an. Selbst bei dem schwachen Licht aus dem Flur bemerkte sie, dass die Spuren des Messers verschwunden waren.

Kristi stand am Fenster. Felise lag in ihrem Bett am Ende des Flurs. Lauren hatte spät Dienstschluss gehabt und gebratenes Huhn zu Abend gegessen, das unter einer Folie im Herd gewartet hatte. Der Teller war nun leer, sie knüllte die Folie in der Hand zusammen. Das trockene Hähnchen fühlte sich an, als wäre es auf halbem Weg stecken geblieben.

»Sind sie da?«, sagte sie, nur um etwas zu sagen.

Kristi nickte, ohne sich umzudrehen.

Im Haus blieb es still.

Lauren stützte den Kopf auf die Hand. Die Auseinandersetzung erst mit Claire, dann mit Joe, lastete schwer auf ihr. Sie und Joe hatten während der restlichen Schicht praktisch nur noch geredet, was bei ihren Einsätzen notwendig war.

»Soll ich die Trage jetzt bringen«, sagte er etwa, und sie hatte geantwortet: »Ja, bitte, Herr Kollege«, und auf ein kleines Lächeln gehofft, auf irgendeine Reaktion überhaupt, aber er hatte nur kehrtgemacht und war zum Rettungswagen hinausgegangen. Ein Patient hatte sogar gefragt, ob sie beide neu seien als Team.

Sie wäre gern in ein Zuhause voller Licht und Betrieb gekommen, um den Streit ebenso zu vergessen wie den armen Charlie, den sie zuletzt gesehen hatte, als er weinend in den Armen seiner Eltern lag, aber Felise war erkältet und früh ins Bett gesteckt worden, und Kristi war aus irgendeinem Grund wütend und kurz angebunden.

»Hast du die Mikrowelle gestrichen?«, fragte Lauren.

»Felise hat gefragt, woher die Spuren stammen.«

Lauren knüllte die Folie zu einer festen Kugel. »Bist du deshalb wütend?«

»Wer sagt, dass ich wütend bin?«

»Die Milz«, sagte Lauren und lächelte, damit Kristi sah, dass sie nicht gemein sein wollte, aber dann wurde ihr klar, dass Kristi sie gar nicht sah.

Kristi brummte etwas und schaute wieder aus dem Fenster.

»Wieso musst du sie beobachten?«

»Weil ich mich nur dann sicher fühle.«

»Aber er wäre ein Idiot, wenn er es noch einmal versuchen würde.«

»Er hat mehr zu gewinnen als zu verlieren.«

Lauren stellte ihren Teller in die Spüle. Sie strich über die Seite der Mikrowelle. Die Farbe war trocken, aber klumpig. Sie roch Bleichmittel und blickte auf den betagten Linoleumbelag unter ihren Füßen. »Wir hatten bereits sauber gemacht.«

»Aber nicht bis in jede kleinste Ritze.«

»Bist du deshalb wütend? Weil du noch einmal saubermachen musstest?«

»Sprich leiser, sonst weckst du Felise auf.«

Lauren schob die Hände tief in die Taschen und sah zu Boden. Wieso musste man genau an den Tagen, an denen man abends eine kleine Aufmunterung vertragen konnte, immer frontal mit der schlechten Stimmung von jemand anderem kollidieren, sodass beide sich vom anderen etwas wünschten, was dieser gar nicht wahrnahm oder nicht geben konnte?

»Und ich bin nicht deshalb wütend«, sagte Kristi, »sondern weil du mir nichts davon gesagt hast, dass du später kommst.«

»Daran ist der verdammte Job schuld.«

»Klar, aber du hattest Zeit, die Überwachungsleute anzurufen, damit sie dich treffen und dir nach Hause folgen konnten, oder?« Kristi kam an den Tisch. »Während ich inzwischen ständig auf die Uhr schaue und mich frage, ob diese Detective allein aus dem Wagen steigen und mit ernster Miene zur Tür kommen wird, um mir die schlechte Nachricht zu überbringen.« Ihre Stimme zitterte. »Ob ich mich von dir genauso verabschieden muss wie von Brendan.«

»Mir wird nichts passieren.«

»Wie kannst du das sagen? Ich habe dich in den Nachrichten gesehen, bei dieser Krangeschichte. Es hieß, ein Mann sei gestorben. Der ging heute Morgen auch zur Arbeit und dachte, er würde ewig leben.«

»Was soll ich jetzt sagen?«, fragte Lauren. »Was kann ich an alldem ändern?«

»Nimm dir Urlaub, und bleib zu Hause, bis er gefasst ist.«

»Das kann ich nicht.«

»Wieso nicht?«

»Weil …« *Weil du dich vielleicht nur sicher fühlst, wenn du die Polizei draußen auf der Straße beobachtest, aber ich fühle mich nur sicher, wenn ich mit Joe zusammen bin.* »Ich kann es einfach nicht.«

Kristi stürmte aus der Küche.

Es wurde abendlich kühl, und eine frische Brise trug den Geruch des Flusses herauf, als Ella in der Einfahrt ihrer Haushälfte parkte. Murray hatte unbedingt pennen wollen, deshalb hatten sie vereinbart, die Namensliste aus dem Rosie's am Morgen zu überprüfen, und sich getrennt. Jetzt schloss sie ihren Briefkasten auf, fand aber nur eine Notiz ihres Nachbarn Denzil darin. *Bin bei großem Auftrag in Melbourne, nächste Woche zurück,* hatte er geschrieben.

Sie ging den Fußweg am Haus hinauf und zerknüllte den Zettel in der Hand. Der Rasen wurde lang bei dem warmen Wetter, das Paspalum strich an ihre Beine. Sie musste jemanden suchen, der ihn mähte, ehe ihr Vater es machte. Letztes Mal hatte er sich beinahe umgebracht, als er versuchte, seinen Rasenmäher in den Kofferraum seines Wagens zu heben. Sie konnte sich gut vorstellen, wie ihre Mum ihm zu Hilfe eilte, und beide mit gebrochenen Hüftknochen auf dem Boden endeten.

Sie sperrte die Haustür auf und ging hinein, und dann schloss sie sorgfältig wieder ab und legte die Kette vor. Sie liebte ihr Haus, so klein und sündhaft teuer es sein mochte. Sie fühlte sich … nun, zu Hause eben. Sie ließ die Tasche fallen, streifte die Schuhe ab und sank seitlich in ihren großen, blauen Polstersessel, sodass die Beine über die Lehne baumelten. Von hier konnte sie aus dem Fenster auf die Palmen von nebenan sehen und auf den Himmel, der sich dahinter rosa färbte.

Komisch, wie sich so ein Fall entwickelte. Von überallher trafen Hinweise ein – wie heute die Informationen, dass Deborah Kennedy in Griffith vor der Polizei geflohen war und der Anruf auf Kennedys Handy aus dem Rosie's gemacht wurde –, aber man konnte nicht sagen, was man hatte, bis es vorbei war und man rückblickend auf die Kleinigkeit schaute, die den Durchbruch gebracht hatte. Und alles konnte sich jederzeit dramatisch ändern. Sie konnte morgen ins Büro kommen und erfahren, dass sich Deborah Kennedy gestellt und gestanden hatte, Thomas Werner für den Mord an James bezahlt zu haben, weil sie hinter seine Affäre mit Helen Flinders gekommen war. Oder sie und Murray konnten an die Tür einer Person auf der Rosie's-Liste klopfen, und der Kerl stand persönlich vor ihnen.

Sie liebte diese Arbeit und je tiefer sie sich in den Fall einarbeitete, desto schmerzhafter war die Vorstellung, wieder in die Vororte zurückgeschickt zu werden. Zurück zu gestohlenen Autos, kleineren Tätlichkeiten und Einbrüchen. Hier leistete sie ihre beste Arbeit, wo es wirklich darauf ankam, den Kerl zu fassen. Das mussten die Chefs doch sehen und sie eher früher als später auf Dauer versetzen, oder?

Aber gut. Es hatte keinen Sinn, hier zu sitzen und zu grübeln. Ella rieb sich das Gesicht mit beiden Händen und stand auf, um sich um das Abendessen zu kümmern. Im Gefrierschrank war noch Gemüselasagne von ihrer Mutter, aber sie konnte ein plötzliches Verlangen nach Pizza nicht leugnen. Ach, eine Pilze spezial von dem Gourmetladen oben an der Vicky Road in Gladesville! Das Wasser lief ihr im Mund zusammen, und sie wusste, es war vorbei: War man erst an diesem Punkt angelangt, raffte man sich nicht mehr dazu auf, selbst etwas zu kochen.

In der Küche wollte sie nach dem Faltblatt der Pizzeria am Kühlschrank greifen, aber es war nicht mehr da. Der Magnet in Apfelform war da, ebenso die Ratenerinnerung, die Telefonrechnung und das Foto von Lachlan Phillips an seinem ersten Geburtstag, alle unter ihrer jeweiligen Magnetfrucht, aber kein Pizzeriafaltblatt. Es lag auch nicht auf dem Boden, war nicht irgendwie heruntergefallen und unter den Kühlschrank gerutscht. Sie stand auf, wischte sich die Knie ab und überlegte.

War sie unlängst eines Morgens von der Waage gestiegen und hatte beschlossen, es reiche jetzt erst einmal mit Pizza funghi, und dieses Faltblatt – aus den Augen, aus dem Sinn – habe in den selten geöffneten Schrank mit den Kochbüchern zu wandern? Sie blätterte die Bücher und herausgerissenen Zeitschriftenseiten durch, die Netta ihr geschickt hatte, aber das Faltblatt war nicht da.

Hatte sie es weggeworfen?

Nein, das hätte sie niemals getan, nicht einmal am schlimmsten Waagetag. Pizza bildete einen wesentlichen Teil des Lebens, das war eine anerkannte Tatsache. Oder wenn nicht, sollte es jedenfalls so sein.

Sinnlos, sich aufzuregen. Sie schlug den Laden im Telefonbuch nach und gab ihre Bestellung durch. Zwanzig Minuten, hieß es.

Sie ging inzwischen unter die Dusche. Das Wasser war heiß und angenehm. Sie langte nach dem Shampoo und griff ins Leere. Sie blinzelte durch den Wasserstrahl auf die Wandablage. Der Rasierer baumelte daran, Gesichtsreiniger, Festiger, irgendwelche Schnickschnack-Duschgels, die sie nie benutzte und endlich wegwerfen sollte, aber kein Shampoo. Sie schaute auf dem Boden nach, auf dem Toilettenschrank, dem Fensterbrett. Sie war sicher, dass sie die Flasche nicht leer gemacht und entsorgt hatte; sie hatte sie letzte Woche erst angefangen.

Sie kam sich lächerlich vor, wie sie da mit den Händen an den Hüften im Wasser stand. Gut, dann war sie halt ein bisschen durcheinander. Es war hektisch gewesen in letzter Zeit, sie konnte sich nicht jede Kleinigkeit merken. Am besten sie holte einfach die Reserveflasche und fertig. Die Pizza würde bald hier sein!

Sie stieg aus der Dusche und schaute in den Toilettenschrank, aber da war kein Reserveshampoo. Da die Zeit verging, und sie die Pizzalieferung auf keinen Fall verpassen wollte, knetete sie ihr Haar ohne Shampoo durch. Was sollte sie anderes machen? Sie konnte ein wenig Festiger hineinmassieren. Oder durfte man es mit Seife waschen?

Lass es. So übel ist es nicht. Denk an die Pilze!

Nachdem sie sich abgetrocknet hatte, ging sie ins Schlafzimmer und zog Jeans und ein T-Shirt an. In einer Tasche der Jeans war ein harter Klumpen. Sie tastete ihn von außen ab und schob dann vorsichtig die Hand hinein.

Ein Stein. Ein weißer Kiesel, aus einem Ziergarten vielleicht, aber mit zwei aufgemalten schwarzen Punkten.

Augen.

Sie hielt ihn in der Hand.

Von Angesicht zu Angesicht.

»Komm, werde erwachsen«, sagte sie laut, weil sie plötzlich die Stille im Haus nicht aushielt. »Glaubst du etwa, jemand hat sich hereingeschlichen und den Stein hiergelassen?«

Er sieht mich an.

Sie schloss die Hand um den Stein.

»Denkst du, jemand hat den Stein hiergelassen und das Pizzafaltblatt und das Shampoo mitgenommen? Spinnst du?«

Sie stapfte in die Küche und öffnete den Abfalleimer in der Ecke. Er war leer, mit einem frischen Beutel, den sie am Morgen eingesetzt hatte.

Sie ging zur Haustür. Es wurde dunkel. Sie schaltete die Außenbeleuchtung ein und schaute durch das Guckloch, dann ging sie hinaus und schloss die Tür sorgfältig hinter sich ab.

Sie hielt den Stein fest in einer Hand und die Schlüssel in der anderen. Der Wind frischte auf und strich ihr über den Nacken. Aus einem Nachbarhaus war ein Fernseher zu hören, und es roch nach Braten. Die Härchen an ihren Armen stellten sich auf, als sie um die Ecke in den Garten bog, aber da waren nur die beiden Abfalltonnen, die leeren Gartenbeete und das lange, struppige Gras.

Mit der Spitze eines Schlüssels klappte sie die Deckel der Mülltonnen auf. Denzil wickelte seinen Abfall immer in Papier, seine Tonne enthielt nur ein paar Päckchen. Ihre war unordentlicher, manche Dinge steckten in Plastiktüten, andere lagen lose herum. Sie neigte die Tonne, sodass sie hineinlangen konnte, und schob mit den Schlüsseln verschiedene Gegenstände beiseite, um nach dem auffällig rotgrünen Faltblatt und dem Hellrosa der Shampooflasche zu suchen. Falls sie beide heute Morgen rausgeschmissen hatte, müssten sie oben liegen, aber sie waren nicht da. Sie schlitzte die Plastiktüten auf, es roch nach der Sardinendose von vor drei Tagen und nach den Eiern, die sie weggeworfen hatte, als sie feststellte, dass das Haltbarkeitsdatum drei Wochen zurücklag.

Faltblatt und Shampooflasche waren nicht da.

Sie stellte die Tonne wieder gerade und schlug den Deckel zu. Die Schlüssel schmerzten zwischen ihren Fingern, weil sie so fest zupackte. Der Stein war glatt und rund und schmerzte kein bisschen.

Zurück im Haus schloss sie die Tür ab und kontrollierte sämtliche Fenster. Alle waren ordentlich zu, die Hintertür war abgesperrt und die Kette vorgehängt. Sie stellte sich auf einen Stuhl und zog an der mit einem Vorhängeschloss gesicherten Luke zum Dachboden.

»Niemand kann ins Haus«, sagte sie laut. Sie legte den Stein auf den Küchentisch und stemmte die Hände in die Hüfte.

Als es an der Tür klopfte, blieb ihr fast das Herz stehen. *Das ist nur die Pizza. Entspann dich!*

Durch das Guckloch sah sie ein Mädchen von knapp zwanzig Jahren mit einer Pizzaschachtel in der Hand. Sie öffnete die Tür.

»Hallo.« Das Mädchen lächelte sie an. »Das macht fünfzehn Dollar.«

Erleichtert und irgendwie gerührt, gab ihr Ella einen Zwanziger. »Der Rest ist für Sie.«

»Vielen Dank.«

Der Karton war heiß in Ellas Händen, aber sie wollte das Mädchen nur ungern gehen lassen. »Seien Sie vorsichtig.«

Das Mädchen sah sie an. »Wie bitte?«

»Ich meine nur.« Aber Ella wusste, dass es keinen Sinn hatte, es erklären zu wollen. »Gute Nacht«, sagte sie stattdessen.

»Ja.« Das Mädchen entfernte sich bereits.

Ella verriegelte die Tür wieder. Sie setzte sich an den Tisch und aß direkt aus der Schachtel. Die Pizza war heiß und schmeckte gut, und es ging ihr ein wenig besser. Während des Essens blickte sie auf den Stein, der zurückschaute, bis sie ihn unter den Deckel des Kartons schob.

Sal wusste, dass sie ihn nur bei Laune halten wollten. Harte Kerle achteten jedoch nicht auf solche Dinge. Er schob seinen Teller beiseite, räusperte sich und öffnete das Notizbuch, das er extra für diese Gelegenheit gekauft hatte. Er spürte die Augen seines Vaters auf sich und blickte auf, aber sein Vater schaute sofort zu Julio, der dasaß und Fussel von seinem Hut zupfte; sein kahler, skelettartiger Schädel glänzte im Licht.

»Können wir diese Sache in Ordnung bringen?«, fragte Sal.

Thomas saugte an Essensresten zwischen den Zähnen. Er hing seitlich auf seinem Stuhl, mit dem Arm über der Lehne, und ließ den Blick nicht von dem Fernsehgerät nebenan, obwohl Nona den Ton so leise gestellt hatte, dass man ihn am Esstisch nicht hörte. Oben sollten Nonas Kinder Lizzie und Mardi eigentlich Hausaufgaben machen, aber Sal konnte sie streiten hören.

Er klickte auf seinen Kugelschreiber. »Okay. Wir haben keine Tagesordnung, deshalb schlage ich vor, wir bringen einfach reihum Themen zur Sprache. Dad, du fängst an.«

Sein Vater leckte sich den Daumen und pickte einen Krümel vom Tischtuch. »Alles läuft ziemlich gut.«

Sal runzelte die Stirn. Er hatte immer eine Menge zu sagen gehabt, als Paulo noch lebte und den Vorsitz geführt hatte. »Was ist mit …« Er wusste nicht, wie er es nennen sollte. »Mit dem Zwischenfall heute? Der neuen Entwicklung?«

»Das ist nichts.«

»Wenn die Polizei in den Club kommt und nach einem Telefongespräch forscht, ist das nicht nichts.«

»Es ist ein Telefon, zu dem Hinz und Kunz Zugang haben.« Sein Vater stand auf und begann, die Teller einzusammeln. »Sie können das Gespräch keiner bestimmten Person anhängen. Deshalb ist es nichts.«

»Dad«, sagte Sal, aber sein Vater reagierte nicht. Er trug die Teller in die Küche hinaus und drehte den Wasserhahn auf.

»Lass gut sein.« Julio setzte seinen Hut wieder auf. »Er weiß, was er sagt.«

»Wir sollten trotzdem darüber reden. Eine Art Notfallplan entwickeln.« Sal hatte sich vorgestellt, ein wichtiger Teil dieses Plans würde darin bestehen, Thomas zur Abreise zu bewegen, aber alles lief weiter wie gehabt. Thomas saugte sogar immer noch an seinen Zähnen.

Julio stieß Sal sanft an. »Komm, Bruder, du bist an der Reihe.«

Es klang, als würden sie nur bei einem Spiel sitzen. »Es geht dem Alter nach. Das heißt, du bist der Nächste.«

»Was soll ich sagen?«

»Erzähl mir von dem Geld«, sagte Sal. »Onkel Paulo hat dir beigebracht, wie man es bewegt, und jetzt kannst du es mir beibringen.«

Julio rutschte auf seinem Stuhl herum. »Das eilt nicht.«

»Nein, aber es ist besser, wenn es zwei von uns können.«

»Es können ja zwei von uns«, sagte Thomas, ohne den Blick vom Fernseher zu nehmen.

»Thomas«, sagte Julio.

Sal starrte ihn an. »Du hast es Thomas erklärt, aber mir nicht?«

»Du bist gestresst.« Julio legte den Arm um Sals Schultern. »Wir wollten dich nicht mit diesem Kram belasten, wenn du ohnehin so viel um die Ohren hast.«

Sals Haut kribbelte unter der Berührung seines Bruders. »Aber wir sind eine Familie.«

»Die seid ihr immer noch«, sagte Thomas.

Sal senkte die Stimme. »Wir sollten zuerst kommen.«

In der Küche ließ ihr Vater etwas fallen und fluchte auf Spanisch.

Julio lächelte ihn an. »Du bist immer noch mein kleiner Bruder, das weißt du.«

Thomas rülpste.

Sal drehte sich wütend zu ihm um. »Was ist mit dir? Hast du was zu sagen, verdammt noch mal?«

»Sal.« Nona hob im Wohnzimmer die Augen zur Decke, um an die Mädchen darüber zu erinnern.

»Ich kümmere mich um alles.«

»Wenn du dieser Sanitäterin zu nahe kommst, werden es die Bullen merken, das weißt du.«

»Wer sagt, dass es um sie geht?«

»Um wen sonst? Der Typ, mit dem sie arbeitet, und der auch gehört hat, was Kennedy gesagt hat?« Sal schüttelte den Kopf. »Sie ist der Schlüssel.«

Thomas antwortete nicht.

Sal klickte auf seinen Kugelschreiber und schlug das Notizbuch zu. Welchen Sinn hatte es, eine Besprechung abzuhalten, wenn niemand sie ernst nahm. Harten Kerlen war ihre Zeit zu wertvoll, um sie auf diese Weise zu vergeuden.

Oben in seinem Zimmer machte er kein Licht und setzte sich aufs Bett. Lizzie und Mardi hatten aufgehört zu streiten, und Lizzie spielte wieder auf ihrer Gitarre. Er sah sie vor sich, wie sie mit gefurchter Stirn die Akkorde griff. Sie ähnelte Nona in diesem Alter sehr, mit ihren großen Augen, dem langen, honigfarbenen Haar und einer schlaksigen Eleganz, die ihr selbst nicht bewusst war. Kein Wunder, dass

Nona ausgerastet war, als Blake aus dem Gefängnis freikam, als Lizzie gerade dreizehn wurde. Als Nona nach dem Scheitern ihrer Ehe wieder nach Haus gezogen war, blieb sie immer lange wach und unterhielt sich mit Sal, und eines Nachts hatte sie ihm bei zu viel Rotwein von Blake erzählt. Sal hatte sprachlos vor Entsetzen zugehört. Er war an derselben Schule gewesen, zwei Jahre vor ihr, und es schmerzte ihn, wenn er daran dachte, dass seine Schwester missbraucht worden war und lautlos gelitten hatte, während er fröhlich sein Schuljungenleben lebte.

Sie hatte weder ihm noch Julio, der wiederum zwei Jahre älter war, oder ihren Eltern einen Vorwurf gemacht, weil sie nicht bemerkt hatten, was vor sich ging. Aber er hatte sich dennoch verantwortlich gefühlt – sie war seine kleine Schwester! Aus diesem Grund und wegen einiger unklarer Vorstellungen von Rache und Verhinderung künftigen Unheils hatte er sich in dieser Gasse wiedergefunden, die schwitzenden Hände an einem Axtstiel ohne Axt. Thomas hatte ihn von hinten angestoßen, als Blake in Vorfreude auf ein Treffen mit einem anderen Pädophilen, der ein Geschenk dabeihaben sollte, hereingeschlichen war. Thomas hatte alles eingefädelt, und als offenkundig wurde, dass Sal vor Furcht und Zweifel wie gelähmt war, hatte Thomas ihm den Axtstiel aus der Hand genommen. Sal war bei diesem Container gekauert und hatte die Schläge gehört, und es war ihm in diesem Augenblick nicht bewusst gewesen, dass Blakes Geist ihm vom Tatort folgen würde, und dass er sich gerade für alle Zeiten mit Thomas zusammengeschweißt hatte.

Und jetzt forschte die Polizei danach, wer diesen Anruf gemacht hatte.

Er fühlte Tränen aufsteigen und biss die Zähne zusammen.

22

Ella war dankbar für den geringen Verkehr am Sonntagmorgen, als sie zum Büro der Mordkommission fuhr. Ihre Augen waren trocken und brannten, weil sie erbärmlich schlecht geschlafen hatte, und jetzt verschwamm auch noch alles von den Augentropfen.

Zum ersten Mal in ihrem Erwachsenenleben hatte sie nachts ein Licht brennen lassen. Sie kam sich idiotisch vor dafür, noch idiotischer allerdings, weil sie den Stein in die Mikrowelle gesperrt hatte. Heute Morgen hatte sie dann die Tür des Herds geöffnet und hineingeschaut, und sie hatte sich überlegt, ob sie auf dem Weg zur Arbeit nicht einen Abstecher an den Fluss machen und ihn hineinwerfen sollte. Aber etwas flüsterte ihr zu, es könnte sich um ein Beweismittel handeln, und alles, was auch nur im Entferntesten nach Beweis roch, weckte ihren Hamsterinstinkt. Sie wollte nicht darüber nachdenken, wofür der Stein ein Beweismittel sein könnte, aber sie hatte die Tür des Geräts wieder geschlossen und ihn dort gelassen.

Sie richtete sich im Sitz auf und versuchte, sich auf den Fall zu konzentrieren. Heute Morgen würden sie die Namensliste aufteilen, die ihnen Paul Davids gegeben hatte, und dann ein bisschen an Türen klopfen. Auf der Personalliste, die sie von Martin Everly bekommen hatte, waren keine Vorbestraften aufgetaucht, aber jetzt hatten sie wenigstens einen Grund mit diesen sieben zu sprechen und konnten konkrete Fragen stellen. Sie schaute auf die Uhr und wechselte auf die rechte Spur, um ein langsameres Auto zu überholen.

Als sie vor dem Büro ankam, lief Murray bereits auf dem Parkplatz hin und her. Er sprang auf den Beifahrersitz. »Was ist mit deinem Handy?«

Sie zog es aus der Tasche und blickte auf das Display. »Akku leer. Verdammt. Ich rufe lieber Lauren an.«

»Hab ich gerade getan, weil ich nach dir gesucht habe. Es geht allen gut.« Er schnallte sich rasch an. »Dafür schuldest du mir etwas.«

»Wohin fahren wir?«

Er deutete in Richtung Innenstadt. »Du schuldest mir ernsthaft etwas. Wie du noch nie jemandem etwas geschuldet hast.«

Aufregung machte sich in Ella breit. »Was ist los?«

»Detective Simon Bradshaw hat wegen eines Mordfalls angerufen, den er bearbeitet«, sagte Murray. »Er trifft uns am Tatort. Kuiper wollte jemand anderen schicken, aber ich sagte, du würdest bald hier sein.« Er gestikulierte ungeduldig zum Ausgang.

Ella beschleunigte. »Und?«

»Sie haben bei Bradshaws Opfer eine Verbindung zu Quiksmart gefunden.«

Die Gasse vor dem heruntergekommenen Gebäude in Chinatown, wo Bradshaw auf sie wartete, war schmal und mit Autos, Lkws und Mülltonnen verstopft. Die Luft war von den Kochgerüchen der Restaurants erfüllt, die mit der Rückseite zur Gasse lagen, da Sonntag der Tag der großen Familienessen war. Ein junger Chinese kam gerade aus einer Tür und leerte einen Eimer Müll in eine der Tonnen, als sie über den rissigen Asphalt gingen.

Ein grüner Ford stand im Halteverbot. Detective Simon Bradshaw stieg auf der Fahrerseite aus, als sie sich näherten. Ella kannte ihn von der Dienststelle, aber sie wusste nicht, ob sie je mit ihm gesprochen hatte. Er war hochgewachsen, schlank, Mitte dreißig, mit gelocktem Haar und einem Dauerlächeln.

»Danke, dass Sie gewartet haben«, sagte Murray.

»Kein Problem.« Simon führte sie zwischen geparkten Fahrzeugen hindurch und über einen verstopften Rinnstein. »Die Sache fing an, als ein Taucher am Freitag tot im Wasser gefunden wurde. Zunächst sah es nach einem möglichen Unfall aus, aber die Autopsie ergab Prellungen, die auf einen Kampf schließen ließen. Das Szenario, von dem wir ausgehen, sieht so aus, dass man ihm den Atemschlauch aus dem Mund gezogen und ihn unter Wasser festgehalten hat, bis er ertrank. Er hatte keinen Ausweis bei sich, wir konnten keinen Wagen finden, der ihm möglicherweise gehörte, und die Vermisstenmeldungen ergaben ebenso wenig einen Hinweis wie ein Vergleich seiner Fingerabdrücke mit unserer Datei. Im Wesentlichen mussten wir also darauf warten, dass jemand anrief und ihn als vermisst meldete. Und genau das geschah gestern – sein Chemieprofessor. Er sagte, der Bursche hätte ein wichtiges Experiment abzuschließen gehabt, und als er nicht erschien, wusste der Professor, dass etwas nicht stimmte.«

Ella folgte Bradshaw durch eine schmale Tür und dann ein dunkles Treppenhaus hinauf. Es stank nach Chemikalien und säuerlichem Essen. Das Gebäude sah aus, als wäre es irgendwann eine Lagerhalle gewesen, die man wahllos in einzelne Wohnungen unterteilt hatte. Die Wände des Treppenhauses waren aus nicht verputztem Gipskarton, fleckig, voller Graffiti und Löcher.

»Dieser Professor hat den Toten als Feng Xie identifiziert, chinesischer Staatsangehöriger, zweiundzwanzig Jahre alt. Er studierte Chemie und war seit fast zwei Jahren hier. Der Professor war so eine Art Mentor des Burschen, er sagte, er sei außerordentlich intelligent gewesen, still, hatte nicht viele Freunde. Ernsthaft, kam gut mit seiner Arbeit voran, sparsam. Er hatte erst vor Kurzem mit dem Tauchen begonnen – er war auf einem Gratistauchausflug mit dem Tauchclub der Uni gewesen und hatte anscheinend Gefallen daran gefunden. Benutzte immer noch die geborgte Ausrüstung eines anderen Studenten.«

Sie erreichten den dritten Stock, auf dem vier geschlossene Türen warteten.

»Der Professor hat uns also Fengs Adresse über die Studentenverwaltung besorgt«, sagte Bradshaw. »Wir kommen hierher, und kaum betreten wir das Treppenhaus, riechen wir schon die Chemikalien. Wir ziehen uns zurück, holen alles, was wir an Ausrüstung brauchen, ABC-Spezialisten und so, und kommen wieder. Dann knacken wir das Schloss und finden eine winzig kleine Wohnung mit einem Durchgang im Bad, der zu einem Methamphetaminlabor dahinter führt.«

»Ein Ice-Labor«, sagte Ella.

»Es war größtenteils geräumt, aber ein wenig von dem Zeug war verschüttet worden – das, was wir gerochen haben. Ansonsten hatte man offenbar saubergemacht, um belastende Spuren verschwinden zu lassen. Die ABC-Jungs tun ihre Arbeit, dann die Spurensicherung, und während der anschließenden Durchsuchung finden wir einen Karton mit einem halben Etikett des Quiksmart Kurierdiensts. Als wir den Namen in den Computer eingeben, springt uns euer Fall ins Auge, ich rufe an, und da seid ihr nun.« Er legte die Hand auf den Türknauf. »Sollen wir?«

Die Tür öffnete sich zu einem kleinen Raum. Ella sah weitere rohe Rigipswände, der Gips rieselte aus Löchern in der Oberfläche. Eine Campingliege lag hochkant auf dem Boden, ein schmutziges braunes Laken und eine verschlissene Armeedecke hingen daran. Es gab kein Kissen. Ein paar Unterhosen lagen zusammen mit einer schwarzen Hose und einem grauen Hemd in einer Ecke. Das einzige Fenster hatte keine Vorhänge, das Glas war gesprungen und wurde durch ein braunes Paketband zusammengehalten. Über einem kleinen Waschbecken mit einem Hahn hing ein Sperrholzschränkchen ohne Tür. Ella sah Dosen mit Baked Beans und Kunststofftassen mit Instant-Nudeln, manche lagen auf der Seite, andere waren auf den Boden gefallen. Es gab einen Stuhl ohne Lehne, und daneben lagen auf dem Boden vier Chemielehrbücher mit zerrissenen Seiten und kaputtem Buchrücken.

»Zum Labor geht es hier durch.«

Ein Durchgang ohne Tür führte ins Badezimmer. Es war etwa doppelt so groß wie eine durchschnittliche Toilettenbox. Die nackten Bodenbretter bewegten sich unter Ellas Füßen. Es gab keine Wanne oder Dusche, nur eine Toilette und ein kleines Waschbecken. Das Fenster war schwarz gestrichen. Staub zum Sichtbarmachen von Fingerabdrücken bedeckte die Toilette und die Umrandung des Waschbeckens.

An der Wand neben der Toilette war ein Feld aus dem Gipskarton geschnitten worden. Simon holte eine Taschenlampe hervor und leuchtete in den Raum. Ella sah das fehlende Stück der Gipsplatte auf dem Boden. Simon quetschte sich hindurch, und Ella folgte ihm; in ihrer Nase brannte der Gestank der Droge.

Auf der anderen Seite konnte sie wieder aufrecht stehen. Es war ein langer, schmaler Raum, der vermutlich entlang der behelfsmäßigen Unterkünfte verlief. An den Wänden gab es Arbeitsflächen, die aus unbehandelten Brettern auf gestapelten Milchkisten bestanden. Auf dem Boden waren Glas und ein Chemikalienfleck zu sehen. Ein Ventilator steckte in einem Loch, das man grob in das schräge Dach geschnitten hatte.

»Was haben die Nachbarn gesagt?«

»So wie die alle verduftet sind, als wir hier ankamen, sind viele von ihnen illegale Einwanderer oder führen selbst nichts Gutes im Schilde. Wir haben inzwischen eine Reihe von ihnen in Gewahrsam und versuchen, möglichst viel an Informationen über Mr. Feng und seine regelmäßigen Besucher aus ihnen herauszukriegen.« Simon deutete in Richtung Arbeitsflächen. »Hier spielte sich offenbar alles ab, und die Abfälle hat er wahrscheinlich entsorgt, indem er sie ins Klo spülte oder in eine der Mülltonnen unten steckte. Die gesamte übrige Ausrüstung wurde mitgenommen, wahrscheinlich von seinem Mörder.«

Ella sah sich um. »Und wo ist dieses Quiksmart-Ding?«

Simon richtete den Lampenstrahl auf ein Loch in der Wand, tief unter der Dachschräge. »Der Karton war in zwei Teile geschnitten und da drüben eingezwängt. Entweder, sie haben ihn beim Säubern übersehen, oder er hat keine Bedeutung. Könnte sogar schon vorher hier gewesen sein. Jedenfalls haben wir das Logo und einen halben Strichcode, der im Moment gerade bei Quiksmart in den Computer eingegeben wird.«

Ella dachte an den schwitzenden Daniel Peres und den Druck, den er empfinden würde.

»Aber selbst wenn das Opfer den Karton hierhergeschafft hat, muss es natürlich noch nichts bedeuten«, sagte Simon. »Er könnte ihn aus einer der Tonnen hinter den Restaurants gezogen oder von der Uni mitgebracht haben.«

»Haben Sie Zeugen gefunden, die ihn ins Wasser gehen sahen?«, fragte Murray.

Simon schüttelte den Kopf. »Wir befragen gerade die Leute da unten. Wir haben über Interpol Kontakt mit seinen Eltern in China aufgenommen, und wir wissen, dass er nicht vorbestraft ist. Aber dem Professor zufolge war dieser Feng ein ziemliches Genie. Seiner Ansicht nach war er für Großes geschaffen auf dem Feld der Chemie. Wieso er seinen Grips damit vergeudet hat, Ice zusammenzubrauen, kann er sich beim besten Willen nicht erklären.«

Zurück im Büro stellten sie fest, dass alle unterwegs waren. An Murrays Computerbildschirm klebte eine Notiz. »Strongy hat uns drei Namen von der Rosie's-Liste übrig gelassen«, sagte er zu Ella. Er tippte die Namen der Männer in den Computer und schrieb ihre Adressen auf. »Sollen wir Kuiper wegen Feng Xie anrufen?«

»Vorläufig ist alles noch ein bisschen vage«, sagte Ella. »Warten wir lieber bis zur Besprechung, vielleicht haben wir dann schon klarere Informationen.«

Sie setzte sich an ihren Schreibtisch und gähnte. Sie musste sich auf die Aufgaben konzentrieren, die vor ihr lagen, nicht auf ihre Müdigkeit oder die Frage, ob sie im Begriff war, dement zu werden. Sie würde den Stein und alles andere aus ihren Gedanken verbannen und mit dem Fall weitermachen. Heute Nachmittag gab es eine Besprechung, sie würden hoffentlich mehr über Feng Xie erfahren und das Neueste über Deborah Kennedy, und wer weiß, was die Detectives herausfanden, die sich um die anderen Namen auf der Liste kümmerten.

»Bist du so weit?«, fragte Murray.

»Holen wir uns unterwegs noch einen Kaffee.«

Dan Sommerson lebte in einer winzigen Wohnung in der Einflugschneise des Flughafens in Tempe. Auf Murrays Klopfen öffnete er mit einem breiten Kochlöffel in der Hand. »Ich habe schon eine Religion.«

Ella zog ihren Ausweis. »Dan Sommerson? Wir würden Sie gern sprechen.«

Er trat beiseite, um sie einzulassen. Schinken und Eier brutzelten auf dem Herd. Er deutete mit seinem Werkzeug darauf. »Was dagegen, wenn ich rasch …?«

»Nur zu.«

Er rührte in der Pfanne und stellte dann den Herd ab. »Entschuldigung.« Er trug eine alte blaue Trainingshose und ein ausgewaschenes T-Shirt. Seine Füße waren nackt. Er schob die Hände hinter dem Rücken in den Gummizug der Hose. »Was gibt es?«

»Sie arbeiten als Roadie, ist das richtig?«

»Eigentlich studiere ich Lebensmitteltechnologie. Abends jobbe ich ein bisschen als Roadie.«

»Wir versuchen einen Anruf zurückzuerfolgen, der am Mittwoch, dem 4., aus dem Rosie's gemacht wurde. Der Geschäftsführer sagte uns, dass Sie an diesem Abend dort waren.«

Sommerson nickte. »Ich habe für einen DJ namens Steve Fonti gearbeitet.«

»Haben Sie das Telefon hinter der Theke an diesem Abend benutzt?«

»Nein.«

»Haben Sie jemanden gesehen, der es benutzt hat?«

Er schüttelte den Kopf.

»Wie lange waren Sie dort?«

»Nur etwa zwanzig Minuten«, sagte er. »Ich dürfte so gegen halb sieben wieder gegangen sein und bin dann um zwei Uhr wieder gekommen, um einzuladen.«

»Wie viele Leute waren an diesem Abend dort?«

»Nicht viele.« Er runzelte die Stirn. »Ich, Steve, ein paar Angestellte des Clubs liefen umher. Ich bin immer zu beschäftigt, um mich groß umzusehen.«

»Haben Sie mal bemerkt, dass in dem Club merkwürdige Dinge vor sich gehen?«, sagte Ella.

»Was zum Beispiel?«

»Sagen Sie es mir.«

»Nichts, was es nicht woanders auch gibt.«

»Haben Sie einmal jemanden Drogen verkaufen sehen?«

»Ich dachte, es geht um ein Telefongespräch.«

»Es geht um den Club«, sagte Murray.

»Ich nehme an, dass gehandelt wird«, sagte Sommerson. »Ich achte nicht darauf. Ich erledige einfach meine Arbeit und gehe wieder. Ich mache dieses Jahr meinen Abschluss, keine Zeit für irgendwelche Mätzchen.«

Ella zeigte ihm Werners Foto vom Flughafen. »Kennen Sie diesen Mann?«

»Nein.«

»Gut«, sagte Ella. »Danke, dass Sie sich die Zeit genommen haben. Hoffentlich haben wir Ihnen das Frühstück nicht versaut.«

Er lächelte. »Einmal kurz aufwärmen, dann wird es gehen.«

Im Wagen schlug Ella das Straßenverzeichnis auf, um die

nächste Adresse nachzusehen. »Cowley Road 7, Marouba. Das ist Sal Rios, der angebliche leitende Geschäftsführer.«

»Der Sohn eines Eigentümers, ich weiß«, sagte Murray. »Vielleicht weiß er, wer den Anruf gemacht hat, nachdem die vierzig Cent aus der Tasche seiner Familie bezahlt wurden.«

Lauren und Jo erledigten hintereinander eine Reihe kleinerer Einsätze – eine Frau mit Unterleibsschmerzen, ein Mann mit Grippe – und fuhren dann in die Rettungsstation zurück. Joe saß auf dem Beifahrersitz und sah aus dem Fenster. Lauren war überzeugt, er merkte, dass sie ihm Blicke zuwarf, aber er ließ sich nichts anmerken.

»Schöner Tag«, sagte sie.

»Mhm.«

»Vielleicht waschen wir den Wagen heute Vormittag, wenn wir dazukommen.«

Er antwortete nicht.

Sie parkte rückwärts ein, und er stieg aus und ging ohne ein Wort ins Gebäude. Lauren stellte den Motor ab, blieb noch einen Moment sitzen und beobachtete die Touristen, die draußen auf der Straße vorbeigingen und zur Brücke hinaufstarrten.

Als sie in den Mannschaftsraum kam, saß Joe mit einem Formular am Arbeitstisch. Er deckte es halbherzig mit dem Arm ab.

Sie lächelte. »Beschwerst du dich über mich?«

Er lächelte verlegen zurück, sagte aber nichts, und sie schaute über seine Schulter.

Versetzungsgesuch.

»Das ist ein Witz, oder?«

»Es ist wegen Claire«, sagte er.

Lauren sank in den Stuhl neben ihm.

»Es ist nicht so, dass ich gehen will.«

»Dann tu's nicht.«

Er legte den Stift weg. »Wir hatten gestern Abend einen

Riesenkrach.« Er rieb sich die Augen. »Sie glaubt, dass du und ich etwas miteinander haben.«

Lauren stieß ein ersticktes Schnauben aus.

»Sie sagt, wenn ich sie wirklich liebe, lasse ich mich in den Westen versetzen. Sie sagt, der Hochzeitstermin kann bleiben wie ursprünglich geplant, und sonst ändert sich auch nichts. Ich arbeite nur nicht mehr hier.«

»Mit mir«, sagte Lauren.

»Sie sagt, es ist ein geringer Preis für ihren Seelenfrieden.«

Lauren wollte so vieles sagen, dass sich alles gegenseitig blockierte.

»Wahrscheinlich ist es nur die Nervosität vor der Hochzeit«, sagte Joe.

»Aber bis dahin sind es noch Monate.«

Joe blickte auf das Blatt hinunter. »Ich liebe sie.«

Lauren hätte so gern gefragt: *Ja? Liebst du sie wirklich?* Sie spürte, dass dies einer jener Momente war, wo man sich am Rande folgenschwerer Veränderungen bewegte. Wagte sie es, die Hand auf seinen Arm zu legen und ihm genau zu sagen, was sie empfand?

Sie war schon im Begriff, die Hand auszustrecken, aber dann sagte er: »Ich liebe sie, und sie hat recht. Abgesehen davon geht es bei einer Ehe immer um Kompromisse, oder?«

Lauren ließ den Arm sinken. Finsterer Zorn und Eifersucht stiegen in ihr auf, und darunter lag die Verzweiflung wie ein fauliger Sumpf.

»Wa…« Es schnürte ihr die Kehle zu, und sie musste sich räuspern und es noch einmal versuchen. »Wann gehst du?«

»Es wird wahrscheinlich ein paar Wochen dauern, bis der Antrag durch ist.« Er zögerte. »Aber sie will, dass ich bis dahin Urlaub nehme.«

»Sie traut uns nicht einmal mehr für eine weitere Schicht?«

»Sie hat diese … Vorahnungen. Sie sagte letzte Nacht, sie glaubt, dass etwas Schlimmes passieren wird.«

Lauren schnaubte verächtlich. »Und was zum Beispiel?

Eine Nachtschicht, bei der wir kaum zum Verschnaufen kommen? Ein platter Reifen? Jemand fliegt durch den ganzen Rettungswagen?«

»Sie meinte es ernst. Sie hat geweint.«

Na, das war mal eine Überraschung. »Sie würde alles sagen, damit du nicht mehr mit mir arbeitest.«

»Ich erzähle dir nur, was sie gesagt hat.«

Lauren wäre am liebsten aufgestanden und davongestürmt. »Schön. Dann ist das also unsere letzte Schicht? Du bist von morgen an im Urlaub?«

»Nein«, erwiderte er. »Ich habe zu ihr gesagt, ich lasse mich auf einen Kompromiss ein. Ich nehme keinen Urlaub, und ich bleibe, bis diese Sache vorbei ist.«

»Diese Sache …«

»Mit Werner.«

»Wegen ihrer Vorahnung?«

»Es scheint mir einfach am besten so«, sagte er. »Findest du nicht?«

Lauren konnte kein Wort sagen und wusste nicht, wo sie hinschauen sollte.

23

Die Cowley Road war lang, und sie fuhren am falschen Ende hinein. Ella gähnte, während sie die absteigenden Nummern ablas. »Fünfzehn, elf. Da.«

Das Haus der Rios' war zweistöckig und aus hellem Ziegel. Eine betonierte Einfahrt führte zu einer Doppelgarage. Im Vorgarten standen Büsche, es gab einen kleinen, gepflegten Rasen und weiße Vorhänge in den weiß gerahmten Fenstern im Obergeschoss. Es gab Millionen Häuser wie dieses in den Vororten; Mann, es gab hundert davon allein in der Cowley Road.

Die Haustür lag hinter einer verschlossenen Fliegengittertür. Ella drückte auf den Klingelknopf und hörte es im Haus läuten.

Schritte näherten sich, das Schloss wurde umgedreht und die Tür aufgezogen. »Ja, bitte?«

Ella und Murray hielten ihre Ausweise in die Höhe. »Sind Sie Mrs. Sal Rios?«

»Ich bin seine Schwester Nona«, sagte sie. »Ist alles in Ordnung mit ihm?«

»Dann ist er also nicht zu Hause?«

Die Frau schüttelte den Kopf. Sie war Ende dreißig, vermutete Ella, mit dunklem Haar, das sie als Pony trug, und grellrotem Lippenstift. Sie war mit Jeans, einer weißen Bluse und Sandalen bekleidet. Um ihren Hals hing eine Goldkette mit Anhänger, die selbst durch das Fliegengitter teuer aussah. »Und ich weiß auch nicht, wann er zurückkommt, tut mir leid.«

»Ihrer Familie gehört ein Club in der Stadt, nicht wahr?«, fragte Ella.

»Mein Vater ist Teilhaber einer Firma, der ein paar Clubs und solche Dinge gehören«, sagte sie. »Ich weiß aber nicht, welche Clubs.«

»Waren Sie je in einem namens Rosie's? In King's Cross?«

»Nie.«

»Aber Sal arbeitet dort?«

»Ich glaube schon«, sagte sie.

»Er wohnt also hier und Sie ebenfalls?«

Sie nickte. »Und unser Vater und Bruder. Ich bin vor etwa acht Monaten wieder hierhergezogen, nachdem meine Ehe in die Brüche gegangen war.«

»Arbeitet Ihr anderer Bruder in den Clubs?«

»Er hat Krebs«, sagte sie. »Das ist auch ein Grund, warum ich zurückgekommen bin, damit ich bei seiner Pflege helfen kann. Bevor er krank wurde, arbeitete er im Verkauf. Dort habe ich auch gearbeitet, im Schmuckbereich.«

Sie berührte den goldenen Anhänger. »Jetzt bin ich Vollzeitmutter.«

Ella holte ihre Karte hervor und schrieb ihre Handynummer darauf. »Könnten Sie Sal bitten, mich anzurufen, wenn er zurückkommt?«

Nona sperrte die Gittertür auf, um die Karte entgegenzunehmen. »Kann ich ihm sagen, worum es geht?«

»Wir versuchen, einen Anruf zurückzuverfolgen, der aus dem Rosie's gemacht wurde«, sagte Murray. »Wir reden mit jedem, der an diesem bestimmten Abend dort war.«

Nona nickte.

»Eins noch«, sagte Ella und holte das Foto von Thomas Werner hervor. »Kennen Sie diesen Mann?«

Nona schüttelte den Kopf. »Nein. Tut mir leid.«

»Kein Problem«, sagte Ella. »Danke, dass Sie sich die Zeit genommen haben.«

Als Ella ins Büro zurückkam, fand sie eine Notiz auf ihrem Schreibtisch. *Wayne Rhodes anrufen.* Ihre leere Handybatterie fiel ihr ein, sie kramte das Ladegerät hervor, das sie in der Schreibtischschublade aufbewahrte, und steckte das Gerät ein, ehe sie ihn zurückrief.

»Der Knoten schürzt sich«, sagte Wayne. »Mrs. Veronique Nolan, die Witwe von Adrian, der aus dem Zug gefallen ist, ist eine nette Frau. Gestern Nachmittag hat sie mir Tee gemacht und Kekse angeboten, und dann hat sie mir erzählt, sie glaube, dass ihr Mann mehr Geld hat, als er haben sollte.«

»Na, das ist eine Aussage, die ich noch nie gehört habe«, sagte Ella.

»Sie gab an, Adrian habe sich immer um das Geld gekümmert, sowohl für die Lagerhalle als auch für den Haushalt. Jetzt muss sie es tun und das Lagerhaus nebenbei abwickeln, und sie hat festgestellt, dass zwar ihre privaten Konten mehr als gesund seien, die geschäftlichen jedoch nicht, und sie kann sich nicht erklären, woher das Geld kam.«

»Vielleicht haben sie einen richtig gerissenen Steuerberater«, sagte Ella.

»Kann ihnen der so viel einbringen?«

»Genau das untersuchen wir gerade bei unserem Mann.« Sie erzählte ihm, was Rebecca Kanowski über James Kennedys Bankkonten in Erfahrung gebracht hatte. »Man legt sich einen reinen Zauberer als Steuerberater zu – besonders, wenn man ein eigenes Geschäft hat wie Nolan –, und wer weiß, was dabei herauskommt.«

»Nein, ich schätze, da geht es nicht mit rechten Dingen zu«, sagte Wayne.

»Inwiefern?«

»Das sage ich dir, wenn ich es herausgefunden habe«, erwiderte er. »In der Zwischenzeit habe ich eine Idee. Hast du einen Stift zur Hand?«

Er las eine Handynummer vor, und Ella notierte sie. »Wem gehört die?«

»Es ist die von meinem Mann«, sagte er. »Ich habe da so eine Ahnung. Gleiche sie mal mit den Telefonlisten von deinem Typen ab, und schau, was dabei herauskommt. Hast du die Nummer von deinem Mann parat?«

»Überprüfst du das, weil sie am selben Tag gestorben sind?«, sagte Ella. »Und weil Lauren bei beiden war? Übrigens habe ich über Nolan mit ihr gesprochen. Bei dem Einsatz war absolut nichts ungewöhnlich. Soweit man das überhaupt sagen kann, wenn ein Mann während der Verfolgung durch die Polizei von einem Zug fällt, natürlich.«

»Tu mir den Gefallen«, sagte er. »Verrate mir die Nummer von deinem Typ.«

Sie suchte sie heraus und las sie ihm mit einem Seufzer vor.

Einen Moment lang herrschte Schweigen, dann ließ sich Wayne wieder vernehmen. »Ich hätte mit dir wetten sollen.«

»Du machst Witze.«

»Schau in die Liste von deinem Mann«, sagte er. »Schau den Tag nach, an dem sie starben. 16.50 Uhr.«

Sie fand den Eintrag. »Das ist Adrian Nolan?«

»Das ist er. Es war Nolans letzter Anruf.«

Ella bekam eine Gänsehaut. Kennedy hatte danach noch einen Anruf gemacht, dann endete die Liste.

Tote telefonieren nicht.

»Dein Mann hat meinen am Tag zuvor ebenfalls angerufen«, sagte Wayne. Ella hörte, wie er Seiten durchblätterte. »Und zweimal am Donnerstag vorher. Das ist zu viel, als dass sie sich nur über die Arbeit unterhalten haben können, und wir sind noch gar nicht alles durchgegangen.«

Es war Zeit, dass sie mit ihren Chefs sprachen, aber bevor sie auflegte, las sie ihm noch die Handynummer vor, an die Kennedys letzter Anruf erfolgte. »Siehst du die irgendwo auf deiner Liste?«

»Nicht auf die Schnelle, aber ich werde es mir genauer ansehen«, sagte er. »Und, gibst du jetzt zu, dass es doch keine so schlechte Idee war?«

»Nur widerwillig. Wir sprechen uns später.«

Sie legte das Telefon beiseite, saß einen Moment da und genoss das Gefühl, einen guten Hinweis aufgetan zu haben. Informationsbeschaffung über die Telefongesellschaften war eine sehr zeitraubende Angelegenheit: Erst beantragte man eine Liste der ein- und ausgehenden Gespräche, dann schaute man nach wiederholt vorkommenden Nummern oder Anrufen zu bestimmten Zeiten und schickte anschließend eine neue Anfrage an die Telefongesellschaft, in der man um Namen und Anschrift der Personen bat, die zu den entsprechenden Nummern gehörten. Sie hatten die Nummer vom Rosie's bekommen, weil sie ein bestimmtes Datum und eine Uhrzeit hatten, und weil Detective Graeme Strong einen Gefallen von einem alten Freund in der Telefongesellschaft einforderte, aber die Listen der häufigen Anrufer auf

Kennedys Handy, um die sie gebeten hatten, würden noch wenigstens einige Tage dauern. Es war in der Tat eine gute Idee von Wayne gewesen, wenn auch eine, die aus der Reihe fiel.

Ella sah sich im Büro um. Strong war unterwegs, deshalb konnte sie ihn nicht bitten, seinen Kumpel wegen Kennedys letztem Gespräch anzurufen. Jason Lambert lehnte in der Tür und redete mit dem armen, geduldigen Häschen vom Personalbüro. Niemand war in Hörweite.

Sie griff nach dem Hörer und wählte.

Einen Moment war Stille, dann ertönte eine Frauenstimme: »Das Gerät, das Sie anrufen, ist abgeschaltet oder nicht auf Empfang.«

So viel dazu.

Sal trat gegen die Fliegengittertür. Seine Finger wurden schon taub. Er hörte Nona kommen, ohne alle Eile, und er trat noch einmal gegen die Tür.

»Ja, ja! Großer Gott.« Sie sperrte auf und öffnete die Tür. »Du musst nicht immer alles auf einmal hereinbringen.«

»Wenn du die Lebensmittel holst, kannst du sie tragen, wie du willst.« Er schleppte sich in die Küche und wuchtete die Tüten auf die Arbeitsfläche. Etwas zersprang.

»Wenn das mein Kaviar war, kannst du sofort noch mal losfahren.«

Er beachtete sie nicht und verstaute Packungen mit Käse und Würstchen und eine große Tüte Äpfel im Kühlschrank. Sie suchte nach dem Kaviarglas, zog es heraus und fuhr mit dem Finger über den Boden. »Glück gehabt.«

Er machte sich nicht die Mühe, die Konservendosen und Pastabeutel auszupacken, sondern schob einfach alles in den Küchenschrank.

»Es würde dich zwei Minuten kosten, das auszupacken«, sagte Nona.

»Dich aber auch nicht mehr.«

Er konnte nicht glauben, dass er sich wegen ihr an der Tötung eines Mannes beteiligt hatte. Er musste total bescheuert sein.

Sie warf das Glas von einer Hand zur anderen. »Eine Polizistin war hier und hat nach dir gefragt.«

»Ja, klar.«

»Du glaubst, ich denke es mir nur aus?« Sie zuckte mit den Achseln. »Gut, dann rufst du sie eben nicht zurück.« Sie holte eine Karte aus der Tasche und schwenkte sie vor seinem Gesicht herum.

Er nahm sie ihr weg. *Detective Ella Marconi, Mordkommission.* »Weiß Thomas Bescheid?«

»Der ist weggefahren und trifft sich mit Tr...« Sie riss in gespieltem Schreck die Augen auf. »Hoppla.«

Sal verhärtete sein Herz. »Halt den Mund, und erzähl mir, was los war.«

»Wie soll ich den Mund halten *und* dir erzählen?« Aber sie musste in diesem Moment etwas in seinen Augen gesehen haben, denn sie stellte das Glas ab. »Sie hat nach einem Telefonanruf gefragt, der vom Rosie's gemacht wurde, du wärst an diesem Abend dort gewesen, und sie wollten mit dir reden. Außerdem hatten sie ein Foto von Thomas.«

Großer Gott. »Was hast du ihnen erzählt?«

»Was glaubst du denn?«, sagte sie. »Du solltest sie lieber anrufen.«

»Ich bespreche es besser erst mit Thomas.«

»Er wird dir ebenfalls sagen, dass du anrufen sollst«, sagte Nona. »Je länger du wartest, desto größer die Wahrscheinlichkeit, dass sie einfach noch mal kommt.«

So schlau war Sal selbst. »Wenn ich das Falsche tue, wird er ausrasten.«

»Ja, und was meinst du, wie er sich freut, wenn er heimkommt, und sie steht vor der Tür?«

Sal hoffte insgeheim, dass sie Gelegenheit haben würden, es herauszufinden.

Bei der Besprechung an diesem Nachmittag stellte Kuiper die Detectives vor, die nach der undichten Stelle suchten. Bryan Greer war ein schlaksiger Mann mit großen Ohren, einem kräftigen Kinn und schwarzem Bürstenhaar. Bethany Mendelssohn lehnte an der Tischkante und strich ihre helle Leinenbluse glatt. Das Haar fiel ihr in einem glänzenden Pferdeschwanz über die Schulter.

Ella kam sich klein und fett vor.

»Folgendes wissen wir bisher«, sagte Mendelssohn. »Werner kannte Lauren Yates' Aussage, wonach Kennedy ihn als seinen Angreifer identifiziert hatte, und er sagte es in einem Drohanruf bei ihr.«

Das war in der Tat das, was sie wussten. Ella widerstand dem Drang, die Augen zu verdrehen.

»Es scheint, als seien unsere Überwachungsmaßnahmen ebenfalls verraten worden, da es seither keine weiteren Annäherungsversuche von Werner oder sonstigen verdächtigen Personen gegeben hat, weder persönlich noch per Telefon«, fuhr Mendelssohn fort. »Der Drohanruf bei Mrs. Yates wurde zu einem Mobiltelefon zurückverfolgt. Wir warten gerade auf das Ergebnis einer Anfrage hinsichtlich der Identität des Besitzers.«

Es wäre gut, dachte Ella, wenn man mit dieser Nummer das tun könnte, was sie und Wayne gerade getan hatten. Aber womit würde man sie abgleichen? Jedenfalls nicht mit den Nummern von Kennedy oder Nolan, denn die waren schon eine Weile tot gewesen, als Lauren bedroht wurde.

»Wir haben unsere Ermittlungen bei den Hilfskräften begonnen.« Bryan Greer teilte Blätter aus, während er sprach. »Das sind die Namen der sieben nicht beamteten Verwaltungsangestellten sowie von zwei Computertechnikern und einem Wartungsmann für die Klimaanlage, die letzte Woche im Gebäude waren. Wir haben zwei Theorien. Erstens: Wenn es sich um einen absichtlichen Verrat handelt, läuft es höchstwahrscheinlich auf einen oder mehrere dieser Leute hinaus und weniger auf einen der jetzt hier anwesenden Beamten.« Er blickte sie alle der Reihe nach an. »Zweitens: Haben wir es mit einem versehentlichen Leck zu tun, dann kann es gleichermaßen bei ihnen wie hier aufgetreten sein.

Ich möchte, dass Sie überlegen, mit wem Sie über diesen Fall gesprochen haben, was Sie möglicherweise gesagt haben, und sei es nur nebenbei. Wenn Sie auch nur die geringsten Bedenken haben, müssen Sie sich bei uns melden. Die Identifizierung der undichten Stelle, egal wie es dazu kam, ist eine solide Spur zu Werner, da irgendwer in dieser Informationskette ihn kennen muss.«

Die Detectives waren still. Ella wusste, dass sie mit niemandem darüber geredet hatte. Sie warf einen Seitenblick zu Murray, der seine Liste studierte. Er hatte wahrscheinlich alles bei seinem Vater ausgeplaudert, aber man konnte sich nur schwer vorstellen, dass der gute alte Frank Shakespeare in der Eckkneipe mit seinem Kumpel Thomas Werner herumhing.

Sie schaute auf ihre eigene Liste. Manche dieser Leute kannte sie mit Vornamen, und andere kannte sie gar nicht. Toni Denham-Wilson war Radtkes Assistentin, Anna Thomas Kuipers Assistentin. Tracy Potter und Isabel Loftus teilten sich die Stelle der Personalverwaltung. Edwina Guilfoyle, Helena Cavendish und Michelle Springs waren Verwaltungsangestellte. Dann kamen noch die Namen der Techniker. Ella konnte sich nicht erinnern, einen der drei Männer gesehen zu haben.

»Unsere Überprüfung dieser Leute dauert noch an, aber sagen Sie uns inzwischen Bescheid, falls jemand von ihnen – oder überhaupt irgendwer – ein besonderes Interesse an dem Fall zu haben scheint oder nach Einzelheiten fragt.«

Greer setzte sich. Ella wusste, dass er mehr darüber hätte sagen können, auf welche Weise genau sie die Verwaltungsleute untersuchten, aber falls jemand im Raum gut mit ihnen befreundet war oder, Gott behüte, gemeinsame Sache mit ihnen machte, bestand die Möglichkeit, dass diese Information weitergegeben wurde. Das konnte zwar immer noch der Fall sein, aber ohne konkrete Hinweise half es nicht viel.

»Okay«, sagte Kuiper. »Das Neueste über Deborah Kennedy ist, dass die Polizei von Griffith glaubt, ihr Versteck gefunden zu haben – eine windschiefe Hütte auf einem abgelegenen Grundstück rund zwölf Meilen westlich der Stadt. Der Eigentümer wusste nichts davon, bis er frische Reifenspuren und dann Decken und Lebensmittel in dem Gebäude entdeckte. Er hatte die Berichte im Radio gehört und seine Entdeckung gemeldet, aber Mrs. Kennedy ist nicht wiedergekommen, sie dürfte also wahrscheinlich weitergezogen sein.

Es gab außerdem einen Bericht über ein mutmaßliches Ice-Labor in einem anderen Gewerbegebiet im Süden von Sydney«, fuhr er fort. »Das soll im Laufe des Tages gestürmt werden, wir erfahren also hoffentlich später noch, ob Werner dort gearbeitet hat und vielleicht sogar gefasst wurde.«

Er hielt inne. »Ich habe mit Detective Lance Fredriks über Lauren Yates' neue Aussage im Fall Blake gesprochen. Er will sie morgen um 9.00 Uhr noch einmal verhören. Sagen Sie ihr Bescheid, Marconi? Und nehmen Sie daran teil, wenn Sie wollen.«

Ella nickte.

»Was ist mit der Verbindung zu Quiksmart?«

Murray beschrieb die mögliche Verbindung zu Feng Xie und dass Simon Bradshaw sie über seine Erkenntnisse informieren würde. Er berichtete außerdem von ihrer Überprüfung der Leute, die für den Anruf aus dem Rosie's infrage kamen.

Ella erklärte anschließend die Telefonverbindung zwischen Kennedy und Nolan. »Wir müssen die übrigen Verbindungsdaten noch prüfen, aber Rhodes forscht von seiner Seite weiter nach und hält mich auf dem Laufenden.«

»Gute Arbeit«, sagte Kuiper. »Philsiger, wie sind Sie mit den möglichen Zeugen in der Nähe von Laurens Haus vorangekommen?«

»Es gab widersprüchliche Angaben über Teile des Kennzeichens an einer blauen Limousine – manche sagen, ein Holden, andere ein Ford. Ich habe sie in verschiedenen Kombinationen durch den Computer laufen lassen. Abgesehen davon habe ich nur noch eine allgemeine Beschreibung von einem durchschnittlich großen, durchschnittlich gebauten Mann mit braunem Haar, der blutete, den Kopf gesenkt hielt und schnell wegfuhr.«

Als die Besprechung zu Ende war, ging Ella auf Bethany Mendelssohn zu. »Verzeihung.«

Sie sah von ihrem Handy auf. »Ja?«

»Ich habe mir überlegt, ob Sie versucht haben, die Mobiltelefonnummer anzurufen, von der aus der Drohanruf bei Lauren Yates gemacht wurde«, sagte Ella. Das Blatt Papier mit der Nummer darauf lag neben Mendelssohn.

»Wir halten uns in dieser Angelegenheit an das vorgeschriebene Verfahren«, antwortete sie.

»Was bedeutet zu warten, bis die Angaben zurückkommen, ich weiß«, sagte Ella. Sie wollte noch mehr sagen, aber Mendelssohns Blick wanderte langsam über Ellas Haar. »Nichts für ungut.«

Sie ging an ihren Schreibtisch zurück und fühlte sich gereizt und nicht auf der Höhe. Sie rieb sich die Augen und gestattete sich einen Gedanken an diesen verfluchten Stein. Vielleicht könnte sie Dennis anrufen und es mit ihm besprechen? Aber wenn sie überlegte, was sie sagen sollte, klang es so dämlich. Allein die Vorstellung, jemand könnte dabei mithören – vielleicht hatten sie ja die Leitungen angezapft, um den Maulwurf zu finden. Nicht auszudenken, wenn Kuiper davon erführe, dass sie sich wegen eines Steins so fürchtete, dass sie ihn in die Mikrowelle sperrte.

Sie musste es einfach überstehen. Morgen, wenn sie richtig ausgeschlafen hatte, würde alles freundlicher aussehen. Sie musste sich auf den Fall konzentrieren und die Spuren verfolgen.

Strong kam ins Büro.

»Na, Strongy«, sagte sie. »Was macht dein Kumpel in der Telefongesellschaft?«

»Der ist in Urlaub.«

»Kennst du noch wen in dem Laden?« Sie schwenkte Kennedys Verbindungslisten. »Ich hätte da was.«

»Tut mir leid, bis er von der Sunshine Coast zurück ist, sind wir auf die offiziellen Kanäle angewiesen.« Er nahm seine leere Kaffeetasse und ging wieder hinaus.

Ella starrte auf ihren Schreibtisch. *Denk nicht an diesen Stein. Denk an die nächste Aufgabe.*

Sie griff zum Hörer und wählte Laurens Nummer.

24

Sie waren erst wenige Minuten an Bord der vertäuten Fähre, aber Lauren wurde bereits schlecht. Sie sah aus dem salzfleckigen Fenster zum Opernhaus hinüber, das weiß in der Nachmittagssonne leuchtete. Das Wasser war dunkelgrün im Schatten der Fähre und heller weiter draußen.

»Haben Sie diese Schmerzen in der Brust früher schon gehabt?«, fragte Joe ihre Patientin, eine englische Touristin in den Siebzigern.

»Schon oft.« Sie hielt die Sauerstoffmaske mit spindeldürren Fingern fest.

Lauren kämpfte gegen ihre Übelkeit an, öffnete den Reißverschluss der EKG-Tasche und schloss drei Kabel an Haftpunkte an, die Joe auf die Brust der Frau kleben würde.

»Wann hatten Sie die Schmerzen zuletzt?«

»Letzte Woche, glaube ich, nicht wahr, William?«

Der Gatte der Frau, ein kleiner Mann, der durch seine voluminöse Regenjacke noch kleiner wirkte, nickte, während er eine Tasse Tee von einer Angestellten der Fähre entgegennahm. »Montagabend. Gleich nach dem Abendessen.«

Joe nahm die Kabel von Lauren und erklärte der Patientin, was er tun würde. Lauren bemühte sich, tief zu atmen und an etwas anderes als das sanfte Schaukeln unter ihren Füßen zu denken. Die tief stehende Nachmittagssonne erfüllte das Innere der Fähre mit Licht, und von der Anlegestelle spähten Leute herein, um zu sehen, was los war.

Laurens Handy läutete. Sie zog es aus dem Gürtel und sah, dass es Ella war. »'tschuldigung«, murmelte sie zu Joe und entfernte sich ein paar Schritte. »Ja?«

»Wie geht's?«, sagte Ella.

»Nichts zu sehen. Gibt es was Neues bei Ihnen?«

»Nicht an dieser Front«, sagte Ella. »Aber man will Sie wegen der Blake-Sache noch einmal vernehmen.«

Laurens Übelkeit wurde schlimmer.

»Das muss nicht heißen, dass Sie angeklagt oder verurteilt werden«, sagte Ella. »Es ist nur der erste Schritt in der neuen Ermittlung gegen Werner.«

Laurens Magen rebellierte. »Wo und wann?«

»Arbeiten Sie morgen?«

»Nein.«

»Ich hole Sie um neun ab.«

»Werden Sie auch dabei sein?«

»Ja.«

»Danke.«

»Keine Ursache«, sagte Ella. »Passen Sie auf sich auf und bis dann.«

Lauren ging mit unsicheren Schritten zu Joe und ihrer Patientin zurück. Würde sie zur Toilette stürzen und sich übergeben müssen, oder konnte sie durchhalten, bis sie wieder auf dem Kai und dann im Rettungswagen waren? Vielleicht würde es ihr besser gehen, wenn sie wieder festen Boden unter den Füßen hatte.

Joe sah zu ihr hinauf. »Der Schmerz ist mit Sauerstoff und Aspirin verschwunden, ich glaube, wir können uns auf den Weg zum Wagen machen.«

Sie halfen der Frau auf die Beine und führten sie über die Rampe. Das Wasser war dunkel unter ihnen. Die Frau setzte sich auf die Trage.

»Der Schmerz ist noch immer weg?«, fragte Joe.

Sie nickte und beobachtete, wie ihr Mann am Arm eines Fährenangestellten über den Steg balancierte.

Joe und Lauren fuhren die Trage zur vollen Höhe aus, luden ihre Ausrüstung darauf und machten sich auf den Weg zum Rettungswagen. Lauren hielt die Griffe fest umklammert. *Gleich ist es geschafft. Halt durch.* Sie kamen durch das Tor, das ihnen ein Angestellter aufhielt, dann waren sie endgültig an Land.

Es half ihr nicht. Sie bemühte sich, tief zu atmen, während sie die Trage in den Rettungswagen luden. Passanten scharten sich um sie, um zuzuschauen, und Lauren fühlte ihre Blicke auf sich. Sie würde sich nicht auf offener Straße übergeben, kam nicht infrage. Sie schlug die Hecktür zu, nachdem Joe hineingeklettert war, dann führte sie den Ehemann zum Beifahrersitz. Nachdem sie die Ausrüstung durch die Seitentür in den Wagen geworfen hatte, stieg sie selbst ein und zeigte, noch während sie die Tür zuzog, auf die Spucktüten aus Plastik. Joe schaute verwirrt, gab ihr aber eine, und sie brachte sie gerade noch rechtzeitig an den Mund.

Die Patientin versuchte, den Kopf zu drehen. »Alles in Ordnung, meine Liebe?«

»Sie ist okay«, sagte Joe.

Der saure Geschmack ließ Laurens Augen tränen. Sie sank hinter dem Kopf der Patientin in den Sitz und nahm die Papierhandtücher, die ihr Joe hinhielt. »Oder?«, fragte er leise.

Sie presste ein sauberes Papiertuch an die Augen und war zu keiner Antwort fähig.

Ellas Computer meldete eine eingegangene E-Mail. Es war eine Nachricht von Simon Bradshaw.

Ich habe Ihrem Freund Daniel Peres den Sonntagnachmittag verdorben und ihn dazu gebracht, mir eine Liste der möglichen Entsprechungen für den Strichcode von Quiksmart auszudrucken, den wir bei Feng Xie auf dem Boden gefunden haben. Dachte, Sie wollen vielleicht einen Blick darauf werfen. Muss mich beeilen, bin am Morgen wieder im Büro. Wir reden dann, Simon.

Angehängt waren zehn Seiten Nummern und Adressen. Sie druckte sie gerade aus, als Murray von der Toilette zurückkam und sich die Hände an einem Papiertuch abtrocknete.

»Was ist das?«, fragte er.

»Mögliche Entsprechungen für diesen Strichcode aus der Drogenwohnung.« Sie gab ihm die Hälfte der Seiten.

Die Strichcode-Nummern waren neunstellig. Die bei Feng Xie gefundene begann mit den Ziffern 632977, der Rest war abgetrennt worden. Der Computer von Quiksmart hatte alle damit möglichen Kombinationen ausgespuckt.

»Du meine Güte, das sind ja Hunderte«, sagte Murray.

»Versuch, nicht dran zu denken.«

Ella fuhr mit dem Finger die Adressliste entlang. Keine der Lieferungen war auch nur in die Nähe von Chinatown erfolgt. Am nächsten lag noch eine in Leichhardt, der Rest lag zunehmend weiter im Westen – Marrickville, Parramatta, Blacktown, Penrith. Einige der Lieferungen hatte Simon jedoch hervorgehoben. Der Fahrername war Kennedy.

Ella tippte auf die Seite. »Interessant.«

»Aber wie Simon schon sagte, gibt es viele Möglichkeiten, wie ein Karton von einem dieser Orte in eine solche Wohnung gelangen kann«, bemerkte Murray. »Jemand holt ihn aus einem Container hinter einem Laden, weil er ihn beim Umzug brauchen kann, dann transportiert er etwas zur Uni damit, wo Feng ihn sich schnappt, um irgendwas nach Hause zu schleppen.«

»Und ihn zerschneidet und in ein Loch in der Wand eines Drogenlabors stopft«, sagte Ella. »Hältst du es für Zufall, dass Kennedys Name hier ebenfalls auftaucht?«

»Wir wissen nicht, ob der Karton von ihm bewegt wurde. Hier sind noch acht weitere Fahrer aufgelistet.«

Ella las die Liste der Waren durch. Kosmetik, Ärztebedarf, Spielzeug, Schreibwaren, Haushaltswaren. Keine Chemikalien, von denen man vermuten konnte, dass sie an ein Drogenlabor geliefert wurden. Andererseits, würde irgendwer so arrogant sein, ein illegales Unternehmen so zu führen?

»Sieht aus, als hätte Kennedy einen Bezirk im westlichen Stadtbereich beliefert«, sagte Murray.

»Wäre vernünftig«, antwortete Ella. »Sie würden Zeit und Benzin sparen, wenn sie die Touren bündeln.«

Sie blätterte auf die nächste Seite, wo weitere Lieferungen hervorgehoben waren. Plötzlich sprang ihr ein Name auf der Empfängerliste ins Auge.

»Nolan.«

Kennedy hatte im Namen eines A. Nolan Kisten mit Spielzeug an ein Lagerhaus in Marrickville geliefert.

»Wer ist das?«, fragte Murray.

»Der Fall von Wayne Rhodes. Ist am selben Tag gestorben wie Kennedy. Gibst du mir mal diesen Neon-Marker?«

Murray reichte ihr den Stift, und Ella zog einen breiten Streifen über die Liste. Sie blätterte um. »Hier ist er wieder.«

»Wie ist er gestorben?«

»Er ist auf der Flucht vor Streifenbeamten von einem Zug gefallen, aber Wayne entdeckt gerade ein paar Merkwürdigkeiten in seiner Vergangenheit.«

Murray griff seinerseits nach einem Marker und begann, die Seiten durchzugehen. »Er bekommt einiges an Lieferungen.«

Als Ella mit Nolans Namen durch war, nahm sie einen roten Stift und unterstrich die Lieferungen an ihn, die Kennedy gemacht hatte. Murray tat es ihr gleich, und als sie fertig waren, war alles voller Streifen.

Ella lehnte sich in ihrem Sessel zurück. »Und was bedeutet das nun? Dass ein Karton, den Kennedy an Nolan geliefert hat, in Fengs Wohnung gelandet ist?«

»Falls es einer dieser Kartons war.« Murray zählte. »Ihre Lieferungen sehen nach viel aus, aber es sind nur zehn Prozent der gesamten Menge.«

»Das sind drei Leute, die innerhalb weniger Tage gestorben sind, zwei durch Mord, einer unter ungewöhnlichen Umständen.« Sie tippte auf den Papierstapel. »Das bedeutet etwas.«

»Aber was?«

Sie nahm eine Handvoll DIN-A-4-Bogen und legte verschiedenfarbige Stifte bereit. Diagramme, sie brauchte Diagramme. Auf das erste Blatt schrieb sie KENNEDY oben links in die Ecke und NOLAN oben rechts. Sie zog Pfeile von ihnen, die sich in der Mitte der Seite trafen, wo sie VERBINDUNGEN hinschrieb. Darunter schrieb sie TELEFONATE und KARTON.

»Fragezeichen«, sagte Murray. »Du weißt noch nicht, was der Karton bedeutet, falls überhaupt etwas. Du musst ein Fragezeichen dahinter setzen.«

Sie tat es widerwillig, dann schrieb sie FENG in die Mitte der Seite. »Hat Simon gesagt, ob Feng ein Telefon hatte?«

Murray schüttelte den Kopf. »Ich habe in der Wohnung auch keins gesehen.«

Ella blätterte in ihrem Notizbuch zu den Seiten zurück, die sie nach dem Besuch in Fengs Bude gefüllt hatte. Sie hatte nichts von einem Telefon geschrieben.

Murray wählte Bradshaws Nummer.

»Er ist bestimmt schon weg«, sagte Ella. Die E-Mail war vor mehr als einer Stunde abgeschickt worden.

Murray lauschte. »Anrufbeantworter.« Er hinterließ eine Nachricht, dann legte er auf.

Ella setzte eine Reihe von Fragen neben Fengs Namen, die sie klären mussten, wenn sie mit Simon sprachen: *Handy? Nummer? Letzte Rechnungen?*

»Stell dir vor, wir finden seine Nummer auf Nolans und/oder Kennedys Rechnungen«, sagte sie. »Oder ihre Nummer auf seiner.«

»Wegen eines Pappkartons?«, fragte Murray. »Wie groß ist die Wahrscheinlichkeit dafür?«

Ella kümmerte es nicht. Sie zeichnete eine geschwungene Linie zwischen die drei Namen auf der Seite und machte ein großes schwarzes Fragezeichen darüber.

Murray streckte sich und schaute auf die Uhr. »Was meinst du – sollen wir für heute Schluss machen und morgen früh in aller Frische weitermachen?«

»Vielleicht rufe ich Wayne noch rasch an, ob er etwas Neues hat«, sagte sie und griff nach dem Telefon. Es meldete sich ebenfalls nur ein Anrufbeantworter, sie hinterließ eine Nachricht und legte auf.

Murray stand inzwischen und schaute sie an. »Das wird alles morgen früh auch noch da sein.«

»Vielleicht lese ich nur die Liste noch mal durch.«

»Man könnte fast glauben, du willst nicht nach Hause gehen«, sagte er.

Ella stellte den Wagen in der Einfahrt ab und stieg mit ihrem Einkauf aus. Sie war früher dran als am Tag zuvor, und die Sonnenstrahlen wärmten ihren Rücken, als sie mit den Plastiktüten in der Hand vor ihrem Haus stand und es musterte. Sie hörte ein Skateboard weiter unten in der Straße klackern und die Stimme eines Sportreporters aus dem

Radio. In der Ferne wurde ein Rasenmäher angelassen. Es waren die Geräusche des Sommers, aber heute erschienen sie Ella unheilvoll.

Niemand ist im Haus.

Sie korrigierte sich. Es gab keine *Anzeichen* dafür, dass jemand im Haus war.

Sie ging zur Eingangstür und inspizierte das Schloss, bevor sie es ausprobierte. Zu. Die Fenster an der Seite des Hauses waren intakt und verriegelt. Sie folgte dem Fußweg ums Haus herum und prüfte alle Fenster, bis sie zur Hintertür kam. Auch sie war abgeschlossen. Sie umrundete das Haus und prüfte Denzils Hälfte ebenfalls, denn angenommen, jemand war bei ihm eingebrochen und hatte sich durch die Trennwand gearbeitet?

Jetzt spinnst du aber komplett.

Sie nahm ihre Schlüssel und sperrte die Haustür auf, dann stellte sie die Taschen ab und schloss hinter sich wieder ab. Sie lauschte. Alles still.

Also gut. Ein rascher Rundgang, damit du siehst, dass alles in Ordnung ist. Dann ziehst du dich um, nimmst diesen verdammten Stein und machst einen Spaziergang zum Fluss. Du wirfst ihn so weit du kannst ins Wasser und vergisst diese ganze Ge…

Sie blieb abrupt in der Küche stehen. Der Kühlschrank war offen. Die Milch stand auf der Anrichte, der Karton war oben aufgerissen, eine Fliege lief träge am Rand der Öffnung entlang. Die Schachtel mit den Cornflakes stand daneben, eine Schale mit einem Löffel in der Spüle.

Ellas Kehle war wie zugeschnürt. Sie zog ein Messer aus der Schublade und rannte durch das ganze Haus, sah hinter den Polsterstühlen nach und unter dem Bett. Sie überprüfte Fenster und Türen noch einmal und stieß mit der Messerklinge an die Luke zum Dach.

Nichts.

Sie lehnte sich an den Küchenschrank, schwitzend vor

Nervosität. Sie versuchte sich zu beruhigen, zu denken wie die Kriminalpolizistin, die sie war. Wenn sie einen Anruf wie diesen entgegennähme, was würde sie sagen?

Was hatten Sie heute Morgen zum Frühstück?

Genau das: Cornflakes mit Milch.

Kann es sein, dass Sie die Sachen so stehen ließen?

Nein.

Wirklich? Sind Sie sich sicher? Haben Sie gerade viel um die Ohren? Könnte es nicht doch sein, dass Sie es einfach vergessen haben?

Sie ließ das Messer sinken. Es kam ihr unwahrscheinlich vor, aber sie war müde gewesen und auf diesen verfluchten Stein konzentriert …

Sie schaute zur Mikrowelle. Plötzlich hatte sie das Gefühl, das würde die Probe sein. Wenn der Stein fort war, bedeutete es … nun, eine Sache. War er noch da, eine andere.

Sie stieß die Messerspitze an den Knopf zum Öffnen der Mikrowelle. Der Stein starrte ihr entgegen, wie sie ihn zurückgelassen hatte.

Sie schlug ihm die Tür vors Gesicht.

Dennis meldete sich nach dem dritten Läuten.

»Ich bin's«, sagte Ella.

»Wie geht's?«

»Ganz gut«, log sie. Sie blickte in die Küche. Bisher hatte sie nichts angerührt. Sie hatte fünfzehn Minuten lang überlegt, was sie tun sollte, wen sie anrufen könnte und was sie sagen würde. Sie hatte den Satz geübt: »Bei mir zu Hause passieren merkwürdige Dinge«, aber jetzt brachte sie ihn einfach nicht heraus.

»Was macht der Fall?«, fragte Dennis.

»Alles okay.« Sie hörte Dennis' Frau Donna im Hintergrund reden. »Bist du beschäftigt?«

»Wir gehen in Kürze aus«, sagte er. »Tim ist befördert

worden, und wir gehen ins Restaurant, um ihn auf die Probe zu stellen.«

»Ach so.« Sie hatte gedacht, sie könnte ihn bitten, auf einen Sprung vorbeizuschauen, ihm einfach alles zeigen, ohne etwas zu sagen, und sehen, wie er reagieren würde.

»Brauchst du etwas?«

»Nicht so wichtig. Macht euch einen schönen Abend.«

Als er aufgelegt hatte, ging sie in die Küche und stellte sich nahe an die Anrichte. War es möglich, dass sie in ihrer Eile tatsächlich alles draußen stehen lassen und den Kühlschrank zu schließen vergessen hatte? Sie war immerhin zu spät dran gewesen. Sie versuchte sich zu erinnern, aber Routinehandlungen wie diese tat man einfach, man dachte nicht darüber nach. Es war wie die Fahrt zur Arbeit – man war plötzlich da und erinnerte sich nicht mehr an jede Kreuzung und rote Ampel.

Sie tat, als würde sie Frühstück machen, und ging alle Handgriffe durch. Schrank öffnen, Cornflakes herausholen, auf die Anrichte stellen. Milch aus dem Kühlschrank nehmen. Beides in die Schale geben. Essen, dann die Schale in die Spüle stellen.

Wenn man es eilig hatte fortzukommen, konnte man sich an diesem Punkt tatsächlich umdrehen, die Zähne putzen gehen, sich das Gesicht richten und aus dem Haus stürzen.

Das Problem war der Kühlschrank. An welchem Punkt könnte sie ihn geöffnet und dann vergessen haben, sowohl die Milch hineinzustellen, als auch ihn wieder zu schließen? Und würde sie nicht die Milch über die Cornflakes gegossen und den Karton sofort wieder zurückgestellt haben?

Sie streckte die Hand in den Kühlschrank. Er war warm genug, als dass er den ganzen Tag offen gewesen sein konnte. Die Milch stand in einer Pfütze aus Kondenswasser, das sich an dem Behälter gebildet hatte und dann auf die Anrichte getropft war. Die Außenseiten des Kartons waren inzwischen trocken, die Milch warm.

Sie blieb noch eine Weile stehen, dann machte sie den Kühlschrank zu. Die Milch schüttete sie in die Spüle, und den leeren Karton warf sie in den Mülleimer. Sie stellte die Cornflakes in den Schrank zurück. Dann machte sie die Musikanlage an, holte das neue Shampoo aus der Einkaufstüte und ging unter die Dusche.

Sal wachte mit dem unheimlichen Gefühl auf, dass jemand im Zimmer war. Es war dunkel, aber er konnte eine schwarze Gestalt an der Tür ausmachen. »Mum?«

»*Mum?*«, äffte die Gestalt mit hoher Stimme nach, und Sal hörte die Hoffnung heraus, die er in das Wort gelegt hatte. Verlegenheit und Enttäuschung erfassten ihn.

»Träumst du nie?«, sagte er barsch.

»Ich träume davon, dich vom Hals zu haben.« Thomas kam weiter in die Mitte des Zimmers.

Sal stand auf und stellte den Stuhl, auf dem er am Fenster gesessen hatte, zwischen sich und Thomas.

»Du wirkst, als hättest du Angst.« Thomas kam noch näher. »Aber das ergibt keinen Sinn. Warum solltest du Angst vor mir haben? Du hast nichts Falsches getan – oder?«

»Natürlich nicht!«

»Nona hat mir erzählt, dass du die Polizei zurückgerufen hast«, fuhr Thomas fort. »Aber erst heute Abend.«

»Ich habe auf dich gewartet, ich wollte Rücksprache mit dir …«

»Kannst du nicht selbst denken?«

»Doch, aber …«

»Wozu dann so lange warten? Wenn sie dich um einen Rückruf bitten, dann rufst du verdammt noch mal zurück.«

»Ich wollte mit dir reden.« Sal spannte seine Bauchmuskeln an. »Wo warst du überhaupt?«

Thomas war jetzt direkt vor ihm. Er riss ihm den Stuhl aus der Hand. »Wozu hockst du hier am Fenster?«

Sal widerstand dem Drang, die Arme zu verschränken.

»Willst du es aus der Vogelperspektive sehen, wenn sie wiederkommen?« Ein Wagen fuhr draußen vorbei, das Scheinwerferlicht spiegelte sich in Thomas' Augen. Er roch nach Chemikalien und nach der Seife, mit der er versucht hatte, sie abzuwaschen. »Was hast du vor, Sal?«

»Du hast gesagt, du kümmerst dich um diese Sanitäterin«, sagte Sal.

»Das ist keine Antwort.« Thomas legte ihm die Hand auf die Schulter.

»Das ist nicht richtig«, sagte Sal. »Wir waren mal Freunde.«

»Und sind wir es etwa nicht mehr?« Thomas' Finger gruben sich in Sals Trapezmuskel. »Denk doch mal an alles, was ich für dich getan habe. Was war in dieser Gasse, weißt du noch? Habe ich dir da nicht geholfen?«

Sal bemühte sich, tief zu atmen. »Ich weiß, wozu du fähig bist.«

»Denkst du, ich habe es erwähnt, um dich daran zu erinnern? Sal, alter Junge, du hast mich völlig falsch verstanden.« Thomas schlang den Arm um Sals Hals und zog ihn an sich. Sein Atem war heiß an Sals Ohr. »Ich helfe dir nur, dich daran zu erinnern, was du mir schuldest.«

Sal versuchte, sich aus Thomas' Würgegriff zu befreien. »Ich schulde dir nichts.«

»Meinst du?« Thomas verstärkte seinen Griff. »So wie ich es sehe, schuldest du mir Verschwiegenheit. Und die werde ich auf die eine oder andere Weise auch bekommen.«

Der Druck in Sals Kopf nahm zu. Er riss an Thomas' Arm, aber Thomas drückte nur umso fester zu. Sal hörte ein Läuten und spürte, wie sein Herz angestrengter hämmerte. Seine Lungen brannten nach Luft, und er sah rote Blitze in der Dunkelheit. Seine Beine gaben nach. Seine Finger waren nass von Schweiß und rutschten an Thomas' Arm ab. Thomas drückte ein letztes Mal kräftig zu, dann ließ er ihn los und ging ohne ein Wort aus dem Zimmer.

Sal fiel auf die Knie. Er fuhr sich mit zitternder Hand an den Hals. Unfassbar, dass es so weit gekommen war. Sie hatten ihren Spaß gehabt in Spanien, rund um die Uhr mit den Touristen Partys gefeiert, Ecstasy in den Clubs verkauft, die seinen Cousins gehörten, obwohl selbst damals schon Thomas' wahres Wesen manchmal durchschimmerte – seine bisweilen alles verzehrende Konzentration auf Geld, die Leichtigkeit, mit der er andere manipulierte, wenn es ihm passte, der Mangel an Gewissen, mit dem er Leuten wehtun konnte. Dann war er hierhergekommen, und alles war größtenteils in Ordnung gewesen; es wurde erst während Kristis Schwangerschaft richtig schlimm – Sal konnte noch immer nicht glauben, was er damals alles gesagt hatte, etwa, dass sich Kristi in einen Walfisch verwandelte und er wünschte, sie würde es wegmachen lassen – und am schlimmsten dann, als er nach Österreich zurückgereist war, ohne seine Tochter auch nur gesehen zu haben. Er hatte schließlich wieder mit Sals Cousins in Spanien gearbeitet, dann war er mit Sals Onkel zusammengekommen und hatte dieses Geschäft hier geplant. Sal nahm an, dass Thomas es als sein Geschäft ansah, nachdem er alles in die Wege geleitet hatte, aber für Sal war es vor allem eins seiner Familie. Es waren Onkel Paulos Kontakte nach China, derer sie sich bedienten, und nur durch sie hatten sie den Drogenkoch bekommen. Es waren Paulos Freunde, die sie die Kunststofffabrik benutzen ließen. Thomas war nur ein Teil des Ganzen, nicht der Obermacker, für den er sich hielt.

Sal setzte sich auf den Bettrand, legte den Kopf in die Hände und versuchte, nicht an Thomas' Drohung zu denken, aber seine Finger kribbelten, und sein Atem ging zu schnell. Er zwang sich, langsamer zu atmen. *Durch die Nase ein, dann fünf Sekunden halten, durch den Mund aus.* Er hatte in der Zeitung gelesen, dass es bei Panikattacken zu diesem Hecheln kam, wie auch zu dem Gefühl bevorstehenden Unheils. Aber manchmal – wie jetzt gerade – befürchtete er, das Gefühl hatte weniger mit dem veränderten Verhältnis von Kohlendioxid und Sauerstoff im Blut zu tun, als vielmehr damit, dass alles täglich schlimmer wurde und dass er im tiefsten Innern wusste, es würde alles in einer Katastrophe enden, und zwar bald.

25

Ella holte Lauren am Montagmorgen um neun ab und fuhr mit ihr in die Polizeizentrale in Surry Hills. Lauren war nervös, rutschte auf dem Sitz umher und fühlte sich durch den Sicherheitsgurt beengt. Die Wunde an ihrem Rücken schmerzte ebenfalls. Wenn sie daran dachte, was sie würde sagen müssen, stieg ihr die Röte ins Gesicht. Es war unvernünftig, dass sie sich so schämte – Thomas hatte sie immerhin bedroht, und seine Taten seither hatten bewiesen, dass sie allen Grund hatte sich zu fürchten. Aber sie war keine gewohnheitsmäßige Lügnerin, und das Wort auf sich selbst anwenden zu müssen war scheußlich.

Sie sah zu Ella hinüber, die müde und gestresst aussah. Lauren dachte darüber nach, dass bei ihrer Arbeit die Fälle meist innerhalb einer Stunde zu Ende waren. Es dauerte natürlich länger, wenn man auf dem Land arbeitete oder die Umstände schwierig waren. Polizisten dagegen konnten Wochen, Monate oder gar Jahre an ein und demselben Fall arbeiten. Es musste ein Fluch sein, so lange Zeit an die immer gleichen Leute, Taten und Situationen zu denken, Puzzleteile zusammenzusetzen und nach Antworten zu suchen. Oder genügend Beweise zu sammeln, um jemanden hinter Gitter zu bringen.

Zwanzig Minuten später saßen sie in einem Vernehmungszimmer. Zu Laurens Erleichterung war Detective

Lance Fredriks warmherzig und freundlich. Er schüttelte ihr die Hand. »Nehmen Sie Platz. Wie ich höre, haben Sie in letzter Zeit einiges durchgemacht.« Er setzte sich gegenüber von ihr, ein Laptop stand offen auf dem Tisch zwischen ihnen. Ella setzte sich neben ihn. Lauren verschränkte die Arme, dann fand sie, das könnte zu defensiv aussehen, und sie nahm sie wieder auseinander und streckte sie unter den Tisch, wo sie die Finger ungesehen verschränken konnte.

»Wenn wir Werner vor Gericht bringen«, begann Fredriks, »werden sowohl Ihre ursprüngliche Aussage als auch die heutige als Beweismittel vorgelegt. Die Verteidigung wird natürlich behaupten, nachdem Sie damals gelogen haben, könne das Gericht nicht wissen, ob Sie diesmal die Wahrheit sagen, und so weiter und so weiter, aber es ist ihre Aufgabe, Zweifel zu säen, und wir haben genügend, was wir ihnen entgegenhalten können. Die Hauptsache für den Moment ist, dass wir festhalten, was in jener Nacht wirklich geschehen ist. Über alles andere zerbrechen wir uns später den Kopf.«

Lauren holte tief Luft und dachte zurück. »Ich habe allein gearbeitet. Ich war gerade bei einem tödlichen Verkehrsunfall gewesen und hatte vor Ort gewartet, bis der amtlich beauftragte Bestatter erschien, dann bin ich losgefahren. Ich holte mir einen Kaffee am Broadway und wurde kurz darauf nach Paddington geschickt, deshalb fuhr ich über Schleichwege und war gerade in der Smithy's Lane, als ein Mann mir fast vors Auto lief.«

Sie sah die Szene wieder vor sich, die plötzliche Bewegung in ihrem Scheinwerferlicht, die Angst, sie könnte den Mann überfahren. »Ein zweiter Mann kam aus der Gasse und stürzte. Er sah verletzt aus, deshalb informierte ich die Zentrale und bat um Unterstützung. Ich habe auch gelogen, was die Beschreibung des Mannes angeht.« Sie errötete wieder. Ihre Handflächen waren schweißnass. »Er war etwa achtzehn, dünn, schmales Gesicht mit Akne. Er hatte kurzes, mit Gel zu Stacheln geformtes schwarzes Haar. Ich glaube, er war ein Stricher. Er hatte sich die Schulter ausgekugelt – er sagte, das passiere ihm ständig, und um so etwas wieder einzurenken, muss man normalerweise in ein Krankenhaus. Die Krankenhäuser der Stadt müssten ihn also in ihren Dateien haben. Er könnte sogar in derselben Nacht noch eins aufgesucht haben.«

Fredriks nickte, während er tippte. »Das könnte uns helfen.«

»Er sagte zu mir, er würde sich da nicht hineinziehen lassen. Ich habe mich später gefragt, ob das bedeutete, dass er Thomas in der Gasse gesehen hatte. Ich glaube außerdem, es könnte noch ein zweiter Mann dort gewesen sein. Nicht weit von der Leiche entfernt stand ein aufgebocktes Auto, und davor sah ich eine dunkle Gestalt.«

»Ich erinnere mich an dieses Auto«, sagte Fredriks.

Lauren starrte ins Leere und stellte sich den Schauplatz vor. »Ich hatte ein Geräusch gehört, als ich bei Blake nach einem Puls fühlte, und wandte mich in diese Richtung, und da sah ich die Gestalt. Ich hielt sie für eine kauernde Person und wollte die Taschenlampe auf sie richten, als Thomas hinter dem Container ein Geräusch machte. Ich glaube, er versuchte, mich abzulenken, denn es war kein zufälliges Geräusch, sondern eine Art Knurren.«

Sie konnte ein Schaudern nicht unterdrücken, als sie erklärte, wie er behauptet hatte, Schmerzen in der Brust zu haben, dann Bewusstlosigkeit vorgetäuscht und sie gepackt hatte, als sie näher kam. »Als ich auf dem Rücken lag und er auf mir saß und mich am Kragen festhielt, sagte er: ›Hau ab‹.«

»Er könnte also jemandem, der sich hinter dem Auto versteckte, befohlen haben zu verschwinden«, sagte Ella. »Haben Sie Schritte gehört?«

Lauren schüttelte den Kopf. »Alles, was ich hörte, war Thomas' Atem in meinem Ohr, und wie er sagte, er würde uns kriegen, wenn ich der Polizei von ihm erzähle. Er sagte, er habe Kontakte und würde es erfahren, wenn ich etwas sagte.«

»Uns kriegen«, wiederholte Fredriks. »Uns bedeutet …?«

Lauren ballte die Hände unter dem Tisch zu Fäusten. »Mich, meine Schwester Kristi – seine Ex – und ihre gemeinsame Tochter Felise.«

Fredriks tippte alles ein. »Was passierte dann?«

»Ich musste mich umdrehen, er drückte mir den Kopf auf die Straße und sagte, ich solle mich nicht rühren. Dann stieg er von mir. Ich hörte ihn die Gasse entlanglaufen, Sirenen näherten sich. Ich lehnte mich einen Moment an den Container, um mich zu sammeln.« Sie holte Luft und erinnerte sich an den Geruch von Holz und Gipsplatten, an die Kühle der Nachtluft. »Ich schaute, ob ich in Ordnung war, und überlegte, was ich tun sollte. Ich wusste, die Polizei würde bald hier sein, und ich musste mich entscheiden, was ich erzählen sollte.« Sie senkte den Blick. »Also beschloss ich zu tun, was er gesagt hatte.«

Es war still im Raum, man hörte nichts außer Fredriks Klappern auf der Tastatur.

»Ich erzählte den uniformierten Beamten, dass ich nur zwei Männer weglaufen sah«, sagte sie leise. »Dann kamen Sie daher, und ich erzählte Ihnen das Gleiche. Und später habe ich es vor Gericht ausgesagt. Und Thomas blieb ungeschoren.«

Den Rest brauchte sie nicht mehr zu sagen; alle wussten Bescheid.

Und er tötete wieder.

Ella setzte Lauren zu Hause ab, dann fuhr sie zu ihrer Dienststelle in Parramatta zurück, wo sie alle Schreibtische leer und die Tür zum Besprechungsraum verschlossen vorfand. Sie klopfte. Drinnen verstummten die Stimmen, und Kuiper schaute heraus. Er hielt ihr die Tür auf, und sie stellte sich seitlich an die Wand, da es keinen freien Stuhl mehr gab.

»Wie ich gerade sagen wollte«, sagte Kuiper und schloss die Tür wieder, »gehen die Jungs in Griffith davon aus, dass sie kurz davor sind, Deborah Kennedy zu finden. Ein Einheimischer glaubt, sie und ihre Tochter mit einem Mann gesehen zu haben, den er als Paul William Roper identifizierte. Roper lebt in der Gegend und arbeitet für einen Viehhändler. Er ist in Kempsey aufgewachsen, wo Deborah Kennedy in ihrer Jugend gewohnt hat, wie wir herausfanden, vielleicht kennen sie sich also von damals. Sie nehmen gerade Kontakt mit seinen Freunden dort auf, mit ein bisschen Glück könnten wir Mrs. Kennedy also in den nächsten Tagen haben.« Er sah Ella an. »Gibt es von der Vernehmung etwas zu berichten?«

Ella teilte der Gruppe mit, was Lauren über den jungen Mann mit der ausgekugelten Schulter gesagt hatte. »Sie meinte, eine solche Verletzung kann wiederholt auftreten und muss ärztlich versorgt werden, deshalb ist es durchaus möglich, dass er den Krankenhäusern der Stadt bekannt ist und vielleicht sogar in jener Nacht in einem vorstellig wurde.«

»Gut«, sagte Kuiper. »Strong, vergessen Sie Ihre anderen Aufgaben für den Moment. Sausen Sie gleich zu den Krankenhäusern und schauen Sie, was Sie in Erfahrung bringen.«

Strong nickte.

»Okay, an die Arbeit.« Kuiper schloss die Tür auf, und die Beamten marschierten der Reihe nach hinaus.

»Das ist eine gute Spur«, sagte Murray im Flur zu Ella. »Wenn wir den Burschen finden, hängen wir nicht so von Laurens Zeugenaussage ab.«

»Hat sich Simon Bradshaw schon gemeldet?«

»Angerufen hat er nicht, aber es sieht aus, als hätten wir eine neue E-Mail.« Er setzte sich an seinen Computer. »Er schreibt, Feng hatte dem Professor zufolge in der Tat ein Handy. Sie haben es noch nicht gefunden. Hier ist die Nummer.« Er las sie ihr vor.

»Die kommt mir bekannt vor«, sagte Ella.

»Von wo? Kennedys Liste?«

»Ich weiß nicht. Hol sie, dann schauen wir nach.«

Während er den Ordner holte, rief Ella Wayne Rhodes auf seinem Handy an. Die Mailbox sprang an. »Hallo«, sagte sie. »Du erhältst hoffentlich tolle Informationen von Mrs. Nolan, aber ich habe noch eine Telefonnummer, die du nachsehen kannst, wenn du mit Kuchenessen fertig bist.« Sie las sie vor. »Ruf mich zurück, okay?«

Murray klatschte den Ordner auf den Tisch. Sie nahmen die Seiten mit den eingehenden und ausgehenden Nummern heraus und teilten sie auf.

Ella fuhr die Liste mit dem Finger entlang und konzentrierte sich auf die letzten drei Ziffern. Sieben, eins, zwei war die Kombination, nach der sie suchte. Sechs, acht, drei. Vier, sieben, neun. *Ich habe sie gesehen, ich weiß es genau.* Sieben, eins, eins; zwei, zwei, vier; sieben, eins, zwei. Ihr Herz machte einen Satz. Stimmte der Rest der Nummer überein? Sie fuhr mit dem Zeigefinger darüber.

»Ich habe eine«, sagte sie. »Feng hat Kennedy vor fünf Wochen angerufen.«

»Ich habe auch eine«, sagte Murray. »Und noch eine. Und noch eine!«

Sie riss ihm die Seiten aus der Hand. Feng hatte Kennedy vor nicht ganz drei Wochen dreimal in zwei Tagen angerufen. Sie hatten sich jedes Mal zwischen einer und drei Minuten unterhalten. »Ich wette, es gibt noch mehr.«

Sie hatte eine Idee. Ihr Herz begann zu hämmern. Sie blätterte zur letzten Seite. Fengs Nummer war die letzte, die Kennedy vor seinem Tod angerufen hatte.

Sie starrten einander an, Ella musste ein Grinsen unterdrücken. »Ich sagte doch, da ist was dran.«

Ehe Murray antworten konnte, läutete Ellas Telefon.

»Diesmal hat mir Mrs. Nolan Schokokuchen vorgesetzt«, sagte Wayne. »War prima.«

»Freut mich«, sagte Ella. »Aber hör dir diese …«

»Einen Moment noch«, sagte Wayne. »Sie hat mir außerdem einen Brief gezeigt, den sie heute Morgen von einem der Unternehmen zurückbekam, die sie im Rahmen der Lagerhausstilllegung angeschrieben hatte. Es war ein Postfach, und das Postamt hatte *Unter dieser Adresse unbekannt* darüber gestempelt. Sie hatte in den Unterlagen nachgesehen – und sie mir sogar gezeigt, als ich dort war –, und Adrian, der offenbar ein bisschen zwanghaft war, was Papierkram anging, hatte wie bei allen anderen zu Beginn des Monats einen Vermerk gemacht, dass die Adresse noch aktuell war. Als der Brief zurückkam, erwachte der Detektiv in Mrs. Nolan. Da in den Unterlagen keine Telefonnummer zu finden war, sah sie im Telefonbuch nach, und als sie dort nicht fündig wurde, rief sie die Auskunft an. Nichts.«

»Eine unterdrückte Nummer?«

»Ein Unternehmen, das man auf keine Weise erreichen kann«, sagte Wayne. »Das ist wie … wie …«

»Okay«, sagte Ella. »Und wie sieht deine Theorie aus?«

»Machenschaften krimineller Natur.«

»Nolan ist nicht vorbestraft.«

»Es gibt immer ein erstes Mal«, erwiderte er. »Ich forsche jedenfalls weiter nach dieser DNP Holdings mit ihrem faulen Postfach im Hauptpostamt von Sydney. So, und was ist deine Neuigkeit?«

Sie erzählte ihm, dass sie Fengs Nummer auf Kennedys Liste gefunden hatten. »Sagt sie dir was?«

»Kann ich nicht behaupten«, antwortete Wayne. »Aber ich schau mir die Sache mal an, wenn ich wieder im Büro bin, und halte dich zuverlässig auf dem Laufenden.«

Ella legte auf, war aber nicht völlig zufrieden. Irgendetwas an dieser Nummer irritierte sie immer noch.

Aber was?

Lauren saß an einem kleinen Tisch im Dachboden und sah Felise beim Ausmalen zu. Alle paar Minuten drehte Felise das Bild herum, damit Lauren es begutachten konnte. »Du bist eine ausgezeichnete Schülerin«, sagte sie. »Ich glaube, wir steuern auf eine Eins mit Stern zu.«

Felise lächelte und beugte sich wieder tief über die Seite, ihre Knöchel traten weiß hervor von der Anstrengung, innerhalb der Linien zu bleiben. Lauren sah an ihr vorbei aus dem kleinen Fenster. Der Himmel war hellblau, der Tag warm. Die Vernehmung durch Fredriks war letztlich doch nicht so schlimm gewesen. Wenn er sie für eine Idiotin hielt, weil sie dachte, sie könnte die Wahrheit geheim halten, hatte er es sich nicht anmerken lassen.

Sie fragte sich, ob sie den Typ mit der ausgerenkten Schulter schon gefunden hatten – ob sie ihn je finden würden. Vielleicht war er in jener Nacht doch nicht in einem Krankenhaus gewesen. Vielleicht hatte er es geschafft, die Schulter selbst wieder einzurenken.

Dann wären sie in der gleichen Lage wie zuvor, ihr Wort würde gegen das von Thomas stehen.

Die Luft auf dem Dachboden war stickig.

»Ist dir heiß?«, fragte sie.

Felise schüttelte den Kopf.

Lauren ging zum Fenster, aber es war bereits so weit offen, wie es ging. Sie stützte sich auf das Fensterbrett und schaute nach Süden, über die roten Dächer, die Wohnblocks und Bäume. Thomas war irgendwo da draußen. Jedenfalls nahm die Polizei es an. Sie konnte nur hoffen und beten, dass er irgendwie durch den Flughafen geschlüpft und nach Hause geflogen war.

Sie hörte das Motorrad des Postboten. Felise sprang auf. »Der Postmann!«

Lauren folgte ihr die Treppe hinunter. Kristi kniete auf einem Stuhl vor dem Küchentisch und betrachtete stirnrunzelnd das Muster eines neuen Mosaiks. »Dieser Kunde hat mich wieder angerufen«, sagte sie. »Er ist ziemlich ausfällig geworden.«

»Du solltest einfach hinfahren und es fertigstellen«, sagte Lauren. »Fahr gleich heute Nachmittag. Ich bin hier bei Felise. Nichts wird passieren.«

Kristi schüttelte den Kopf.

»Das ist dein Geschäft«, sagte Lauren.

»Spar dir deine Ratschläge.« Kristi zog eine harte, schwarze Linie auf ihrer Zeichnung.

»Das Leben hört nicht einfach auf.«

»Fast hätte es aufgehört.«

Lauren wandte sich zur Treppe.

Felise hüpfte vor der Tür von einem Bein aufs andere. »Ich habe das Schloss nicht angerührt.«

»Noch ein Stern«, sagte Lauren. »Wenn du so weitermachst, gehen sie uns noch aus.«

Sie spähte durchs Guckloch und machte die Tür auf, als das Motorrad des Postboten näher kam. Ihr Briefkasten war an der Wand befestigt, aber Felise tanzte auf der Stelle. »Ich will sie holen, ich will sie holen.«

Lauren blickte die Straße auf und ab, dann ließ sie Felise auf die Treppe hinausspringen, als der Postbote davor hielt. Er gab der Kleinen drei dünne weiße Briefe und einen dicken braunen, und sie nahm sie freudig entgegen und rannte die Treppe hinauf. Lauren dankte dem Mann, dann schloss sie die Tür sorgfältig wieder ab.

»Lass mich sehen«, sagte Kristi oben in der Küche. »Gib ihn mir jetzt, bitte, Felise.«

Felise drückte den dicken Umschlag an die Brust. »Warum darf ich ihn nicht aufmachen?«

»Ich zähle bis drei.«

Felise warf den Brief auf den Boden und stampfte davon.

»Komm zurück, und heb das auf.«

Felise ließ sich auf das Sofa plumpsen und trat mit den Fersen gegen die Seite.

»Willst du den restlichen Tag im Bett verbringen?«

Lauren bückte sich, um den Brief aufzuheben, dann zögerte sie. Der braune Umschlag war mit zwölf Fünfzigcentmarken frankiert und an sie adressiert. Sie erkannte die steife, gestelzte Handschrift nicht. Sie drehte das Kuvert mit der Schuhspitze um. Es gab keinen Absender.

»Und?«

Lauren blickte auf und stellte fest, dass Kristi sie beobachtete.

»Von wem ist er?«, fragte Kristi.

»Steht nicht drauf.«

Kristi ging sofort zum Telefon.

»Warte mal.« Lauren drehte das Kuvert erneut um. »Schau mal, ob du die Handschrift kennst.«

»Klar, genau das will er wahrscheinlich«, zischte Kristi. »Dass wir ihn aus der Nähe ansehen, dann zündet er die Bombe.«

»Es ist keine Bombe.« Lauren sprach mit gedämpfter Stimme. Felise trat immer noch gegen das Sofa.

»Das weißt du nicht. Er könnte draußen mit einem Handy warten und sich Zeit lassen, bevor er sie auslöst.«

»Ich hebe ihn auf.«

»Tu's nicht.«

»Du hast gesehen, wie ihn Felise auf den Boden gefeuert hat – hätte sie da nicht losgehen müssen?«

»Vielleicht ist sie dadurch scharf gemacht worden«, sagte Kristi. »Wieso bist du so wild darauf, uns umzubringen? Die Detectives haben gesagt, sobald uns irgendwas merkwürdig vorkommt, sollen wir sie anrufen. Warum lassen wir das Ding nicht einfach liegen und rufen an?«

Lauren trat einen Schritt zurück. »Schön, ruf sie an. Es wird sich herausstellen, dass es eine Shampooprobe oder so etwas ist, die ich bestellt habe, und wir haben noch mehr Zeit von ihnen vergeudet.«

»Ich habe überhaupt kein Problem damit, ihre Zeit zu

vergeuden«, sagte Kristi und wählte bereits. »Ella, hier ist Kristi. Wir haben ein merkwürdiges Päckchen bekommen.«

»Es ist nur ein Brief«, sagte Lauren.

»Es ist ein großer, dicker Umschlag mit etwas darin, wir kennen die Handschrift nicht, und es gibt keine Absenderadresse«, sagte Kristi. »Sollen wir das Haus räumen oder … Okay, ja, okay. Danke. Machen wir. Bye.« Sie legte das Telefon beiseite. »Sie schickt jemanden vorbei. Sie sagte, wir sollen es einfach nicht anrühren.«

Lauren setzte sich auf das Sofa und fing eins der bleistiftdünnen Beine ein. »Genug gestrampelt, Floh.«

Felise schlang die dürren Arme um Laurens Hals. »Darf ich Dora anschauen?«

Lauren blickte über sie hinweg zu Kristi, die resigniert mit den Schultern zuckte. Felise legte die DVD ein und setzte sich auf den Boden.

Es klopfte an der Tür. Lauren sah aus dem Fenster. »Da sind sie.«

»So schnell?«

Kristi ging nach unten und kehrte mit zwei lächelnden uniformierten Polizeibeamten zurück, einer Frau und einem Mann. Sie zogen Handschuhe an und hoben den Umschlag vom Boden auf. Kristi ging ein paar Schritte zurück, als sie anfingen, ihn aufzumachen.

Sie schauten hinein. »Hm«, sagte der männliche Beamte.

Kristi beugte sich vor. »Weißes Pulver?«

Die Polizistin drehte das Kuvert um und ließ den Inhalt auf den Tisch gleiten.

»O mein Gott«, sagte Kristi.

»Es ist nur ein Spielzeug«, sagte Lauren.

»Mit abgerissenem Kopf!«

Die kopflose Koala-Handpuppe lag als Häufchen auf dem Tisch, während der Kopf langsam einen Halbkreis rollte und an Kristis Stiften zu liegen kam. Grauer Flaum rieselte auf ihre Zeichnungen.

»Nehmen Sie das Ding da runter!«, sagte sie. »Nehmen Sie es runter.«

Die Polizistin warf einen prüfenden Blick in den Umschlag, ehe sie das Spielzeug wieder hineinschaufelte.

»Kein Zettel?«, sagte Lauren.

»Nichts.« Sie steckte das Kuvert in einen Kunststoffbeutel. »Wir werden es auf Fingerabdrücke untersuchen und herauszufinden versuchen, wo und wann es aufgegeben wurde«, sagte der männliche Beamte. »Aber wahrscheinlich wurde es in einen Briefkasten geworfen – daher die vielen Marken – und nicht in einem Postamt aufgegeben.«

»Also auch keine Zeugen«, sagte Lauren.

»Es könnte Fingerabdrücke geben«, wiederholte er.

Da werden keine sein.

»Wir geben Detective Marconi Bescheid«, sagte die Polizistin. »Sind Sie alle so weit in Ordnung?«

»Nein«, entgegnete Kristi.

»Doch«, sagte Lauren. »Ich meine, wir sind nervös und durcheinander, aber es gibt nichts, was Sie jetzt noch tun könnten.«

Die Beamten tauschten einen Blick. »Wenn Sie meinen.«

»Danke.« Lauren brachte sie nach unten, sah ihnen nach, bis sie in den Wagen gestiegen waren, und schloss dann die Tür ab.

»Wir hätten sie eine Weile hierbehalten können.« Kristi umklammerte das Treppengeländer, sie klang leidend. »Was ist, wenn er vorbeikommt, um zu sehen, ob uns sein Geschenk gefallen hat?«

»Genau aus diesem Grund wird das Haus ja überwacht.«

»Aber woher wissen wir, ob sie immer noch da draußen sind? Hast du sie gesehen? Ich nämlich nicht.«

Lauren ging die Treppe hinauf. »Wir können nicht einmal mit Sicherheit sagen, dass er es war.«

»Bist du verrückt? Wer sonst würde uns so etwas schicken?«

Lauren wollte nicht mehr darüber reden. Bei dem Gedanken, dass er immer noch da war, wurde ihr übel. *Hoffentlich findet ihn die Polizei, über den Typ mit der Schulter, die undichte Stelle oder sonst irgendwie.* Sonst konnte niemand wissen, was er noch alles tun würde.

26

Ella legte den Hörer beiseite. »Es war ein Stofftier mit abgerissenem Kopf.«

»Entzückend«, sagte Murray.

»Sie prüfen auf Fingerabdrücke.« Ella sah stirnrunzelnd auf ihren Computerschirm. Das bohrende Gefühl wegen der Telefonnummer war immer noch da.

»Na, dann viel Glück«, sagte Murray. »Hey, hast du diesen Typ zurückgerufen?«

»Welchen Typ?«

»Da war vorhin ein Zettel auf deinem Schreibtisch.« Er schob Papiere auf ihrem Tisch zur Seite und suchte danach. »Muss irgendwo hier sein. Es war dieser Sal. Auf dem Zettel stand, er hat gestern Abend, wie gebeten, zurückgerufen. Hast du ihn vorhin nicht gesehen?«

Sie schüttelte den Kopf. »Meinst du, wir sollen noch mal rausfahren?«

»Nein, wir haben genug zu tun. Ruf ihn einfach an, dann fahren wir zu Simon und reden mit dem.«

Ella suchte das Blatt und griff zum Telefon. Während es läutete, dachte sie über Thomas Werners Drohungen nach. *Zumindest wissen wir damit, dass er noch hier ist.*

»Hallo?« Die männliche Stimme war barsch, älter.

»Ich möchte bitte Sal Rios sprechen. Hier ist Detective Marconi.«

Das Telefon wurde auf eine harte Oberfläche fallen gelassen. Sie hörte Schritte, die sich entfernten, dann bellte jemand: »Sal!«

Sie wartete. Sie wünschte, sie käme dahinter, was es mit diesem bohrenden Gefühl wegen der Telefonnummer auf sich hatte. Sie hasste es, wenn eine Antwort zum Greifen nahe schien.

»Sal hier.«

»Hier spricht Detective Marconi«, sagte Ella. »Danke für Ihren Rückruf. Wir untersuchen einen Anruf, der am Mittwoch, dem 4., von Rosie's Club aus gemacht wurde. Paul Davids hat uns erzählt, Sie seien an diesem Abend dort gewesen.«

»Ich arbeite dort«, sagte er. »Meine Familie ist Miteigentümer. Ich habe ein Auge auf alles.«

»Haben Sie an diesem Abend von der Bar aus telefoniert?«

»Wissen Sie, wie laut es dort zugeht? Es wundert mich, dass überhaupt jemand von dort telefoniert.«

»Es war vor Einlass«, sagte Ella. »Davids zufolge waren nur etwa sieben Leute anwesend. Wir wissen, der Anruf kam von dort – und wir müssen herausfinden, wer ihn gemacht hat.«

»Ich nicht«, sagte er. »Wer wurde denn angerufen?«

»Darüber darf ich nicht sprechen. Haben Sie jemanden das Telefon benutzen sehen? Oder sich auch nur in seiner Nähe aufhalten?«

»Nö. Heutzutage hat doch jeder ein Handy. Ich sage immer, wir sollten dieses Telefon abschaffen und uns die Anschlussgebühr sparen.«

»Okay. Danke für Ihre Zeit.« Sie legte auf.

»Und?«, sagte Murray.

»Nichts.« Ella dachte angestrengt nach. Sie war sich sicher, dass sie Fengs Nummer woanders als auf Kennedys Liste gesehen hatte.

»Fertig für den Besuch bei Simon?«

»Lass mir noch einen Augenblick Zeit.«

Es ließ ihre keine Ruhe. Sie nahm den Ordner zur Hand und begann, die Telefonlisten durchzublättern. Murray blies die Backen auf.

»Einen Augenblick?« Sie hatten Kennedys Verbindungen bereits durchgesehen. Jetzt ließ sie den Finger über Laurens wandern. »Du lieber Himmel.«

»Was?«

»Werners Anruf bei Lauren, in dem er drohte, das Haus niederzubrennen – der wurde von Feng Xies Handy aus gemacht.«

Murray zog die Augenbrauen hoch.

»Sieh selbst.« Sie reichte ihm den Ordner.

Er riss die Augen auf. »Das ist …«

»Ungeheuerlich«, sagte sie. »Er ist ein dreifacher Mörder.«

»Er könnte das Handy auf der Straße gefunden haben.«

»Na sicher.« Sie griff zum Telefon.

»Bestimmt?«, sagte Simon Bradshaw.

»Der Anruf bei Lauren war letzten Mittwoch«, sagte Ella. »Feng wurde am Freitag im Wasser gefunden. Sie sagten, die Autopsie hat ergeben, dass er einige Tage im Wasser lag.«

»Vermuten sie«, warf Murray ein.

Sie wandte ihm den Rücken zu.

»Ungeheuerlich«, sagte Simon.

Genau, dachte Ella.

»Können Sie ein Foto von Werner herüberschicken?«, fragte Simon. »Wir haben ein paar Leute aufgetrieben, die einen Mann unweit der Hermit Bay in voller Tauchermontur aus dem Wasser kommen sahen. Er hat sie teilweise abgelegt und ist auf den Beifahrersitz einer neueren blauen Limousine gestiegen. Mit ein bisschen Glück erkennen sie sein Gesicht.«

Sie aktivierte ihr E-Mail-Programm. »Ich schicke es los.«

Einen Moment später hörte sie sein Signal für eine eingehende E-Mail. »Wunderbar«, sagte er. »Okay. Ich sehe, ob ihn jemand identifiziert, und rufe Sie an, sobald ich etwas weiß.«

»Bis dann.«

Murray hatte das Diagramm vor sich ausgebreitet und schrieb unter Feng Xies Namen: *Handy wurde für Drohanruf bei Lauren benutzt.*

»Weißt du, was das Problem bei alldem ist?«, sagte er im Plauderton.

Sie nickte. »Wir finden ihn trotzdem nicht.«

»Die Beweise gegen ihn häufen sich, aber die Gefängniszelle bleibt leer.«

»Ich hoffe, Mendelssohn und, wie heißt ihr Partner gleich noch, sind der undichten Stelle auf der Spur, und wir kriegen ihn auf diese Weise«, sagte Ella.

Sie mailte Werners Foto an Wayne Rhodes und schrieb dazu: *Das ist er – erkennt ihn deine Witwe?*

Nach kurzem Nachdenken schrieb sie ihm eine zweite E-Mail und schickte sie zur Kenntnisnahme an Simon. *Könnt ihr beide mir Fotos von euren Opfern schicken, dann schaue ich mal, ob Kennedys Freundin sie schon einmal gesehen hat.*

»Zitronenkuchen«, sagte Wayne später am Nachmittag am Telefon zu Ella.

»Nichts dagegen einzuwenden. Hat sie ihn auf dem Bild erkannt?«

»Nein«, sagte Wayne. »Und sie hat sich sogar dafür entschuldigt. Eine freundlichere Dame kann man nicht finden. Stell dir das vor: Sie sagt, ich muss herausfinden, was los war, weil sie den Tod ihres Mannes begreifen will. Ich habe zu ihr gesagt, dass es den Anschein hat, als wäre er in schlimme Dinge verwickelt gewesen, und sie meinte, das spiele keine Rolle, solange wir herausfänden, was vor sich ging.«

»Und was habt ihr herausgefunden?«

»DNP Holdings existiert nur in den Büchern von Adrian Nolans Spielzeuglagerhaus«, antwortete Wayne. »Wie ich sagte, fauler Zauber.«

»Es ist also eine Briefkastenfirma?«

»Noch nicht einmal das. Es ist im Wesentlichen nur ein Name und eine Adresse. Eigentlich nicht einmal eine Adresse.« Er raschelte mit Papieren. »Nolan bekam haufenweise Zeug von verschiedenen Firmen aus der ganzen Welt geliefert, viele davon chinesisch, und ein großer Teil gehörte zu dem, was wir freundlicherweise als Niedrigpreissegment bezeichnen.«

»Plastikschrott.«

»In einem Wort, ja. Nolan nahm das Zeug, teilte es auf und verkaufte es. DNP sollte nach außen hin wie einer seiner Kunden aussehen. Er lieferte durchschnittlich alle sechs bis acht Wochen an sie.«

»Wohin?«

»Es hat ein wenig Spürsinn gekostet, das herauszufinden«, sagte Wayne, »wenn man Nolans ansonsten detailgenaue Buchhaltung berücksichtigt. Aber das DNP-Zeug ging an die Hunter Lane 76 in Chinatown. Eine solche Adresse existiert nicht, nicht einmal annäherungsweise. Aber er hat vermerkt, dass Quiksmart geliefert hat.«

Ellas Kopfhaut juckte. »Kennedy.«

»Vermute ich auch. Heimliche Lieferungen, ich bezweifle, dass wir Beweise finden.«

»Ist angegeben, was geliefert wurde?«

»Schneekugeln«, sagte Wayne. »Nie etwas anderes.«

»Das ist ja wohl total verrückt.«

»Eigentlich gar nicht. Wusstest du, dass es beim Herstellungsprozess von Methamphetamin einen Schritt gibt, an dem das Verfahren ausgesetzt werden kann, indem man die Substanz in einer flüssigen Form hält?«

»Du meinst, in den Schneekugeln war Ice?«

»Ziemlich komisch, was?«, sagte er. »Schnee, Ice, du verstehst schon.«

»Woher kamen die Dinger?«

»Das weiß ich noch nicht genau. Anscheinend hat er Schneekugeln von verschiedenen chinesischen Firmen gekauft, und welche echt waren und welche voller Drogen, muss ich erst noch herauskriegen. Ich fange gerade mit einer Recherche über diese Firmen an, mal sehen.«

»Nolan hat also die Drogenkugeln mittels Kennedy an Feng geschickt«, überlegte Ella laut, »der sie in seinem kleinen Labor hinter dieser grusligen Wohnung aufbereitet hat. Wir brauchen Zeugen, die einen Lieferwagen von Quiksmart in der Nähe gesehen haben.« Sie machte sich eine Notiz. »Und dann? Hat Kennedy das Zeug wieder abgeholt? Hat Feng es irgendwohin gebracht?«

»Vielleicht hat es Werner selbst geholt.«

Ella machte sich noch eine Notiz. »Hast du die finanzielle Seite schon untersucht? Wohin das Geld ging, woher es kam?«

»Daran arbeite ich noch«, sagte Wayne. »Hast du das Bild von Nolan bekommen, das ich geschickt habe?«

»Ja, und eins von Feng ebenfalls. Wir beabsichtigen in Kürze, bei Helen Flinders vorbeizuschauen.«

Ella war begeistert über die Fortschritte in dem Fall, aber sie wünschte, sie würden dem Mann selbst näher kommen. Vielleicht würden sie mehr verstehen, wenn sie erst einmal alle Verbindungen zwischen den drei toten Männern erforscht hatten.

»Wir sprechen uns später, okay?«

Murray fuhr sie zu Helen Flinders in Double Bay. Ella klopfte an die Tür mit der filigranen Nummer. Der Flur wurde von der Vormittagssonne hell erleuchtet.

Der Hund bellte. Sie hörten Helen Flinders Stimme. »Sitz, Pepper. Sei still.« Der Hund bellte weiter. Helen Flinders öffnete die Tür, die Hände voll kompliziert verschlungenem Silberdraht, und schob den aufgeregten Hund mit dem Fuß zurück. »Bitte kommen Sie herein.«

Sie legte den Draht ab, während Pepper an Murrays Hosenbeinen schnupperte.

»Wir möchten Ihnen ein paar Fotos zeigen«, sagte Ella. »Können Sie uns sagen, ob Sie diese Leute schon einmal gesehen haben?«

Helen nahm die Bilder. Das erste war von Feng Xie, und sie gab es mit einem Kopfschütteln zurück. Das nächste Foto war das von Nolan. Als sie aufblickte, glänzten Tränen in ihren Augen. »Das ist der Mann, der an dem Abend, an dem James starb, mit ihm im Park gesprochen hat.«

»Sind Sie sicher?«

»Ja.« Helen starrte auf das Bild. »Hat er ihn getötet?«

»Nein, tut mir leid«, sagte Ella. *Aber die Puzzleteile fügen sich endlich zusammen.*

Ella rief Kuiper an, während Murray sie nach Maroubra chauffierte. Sie erklärte, was Helen Flinders gesagt hatte.

»Interessant.«

»Ich habe Wayne Rhodes unterrichtet«, fuhr sie fort. »Er sieht sich die chinesischen Firmen an, die Schneekugeln an Nolan geschickt haben. Ich habe außerdem mit Simon Bradshaw gesprochen, und er fragt in der Nachbarschaft von Feng Xies Wohnung herum, ob jemand Lieferwagen von Quiksmart dort halten sah.« Sie holte Luft. »Wir haben uns überlegt, dass wir noch einmal bei Sal Rios vorbeischauen. Wir glauben, er lohnt noch einen Versuch. Der Anruf an diesem Abend kam aus dem Rosie's, und er hat eine Bemerkung gemacht, dass das Telefon nur Geld kostet. Vielleicht bemerkt er ja doch, wer es benutzt, und braucht ein Gespräch von Angesicht zu Angesicht, damit es ihm wieder einfällt.«

»Sagen Sie mir Bescheid, was dabei herauskommt«, sagte Kuiper.

Sie kamen zwanzig Minuten später vor Sals Haus in Maroubra an. Ella sah, wie sich in einem Fenster im zweiten Stock die Vorhänge bewegten. »Jemand ist zu Hause.«

Sie gingen den Fußweg hinauf, und Murray klopfte. Nach einer Weile ging die Tür auf, und ein Mann, der kränker aussah, als es Ella je zuvor gesehen hatte, stand vor ihnen. Tief liegende Augen über scharf hervortretenden Wangenknochen, die von papierdünner Haut bedeckt waren. Murray entfuhr ein Laut der Überraschung.

»Kann ich Ihnen helfen?«, fragte der Mann.

Ella fasste sich und stellte sie beide vor. »Ist Sal zu Hause?«

»Ich hole ihn.«

Er ging ins Haus zurück und ließ die Gittertür zu. Ella probierte sie vorsichtig aus. Abgeschlossen.

Als Sal erschien, sperrte er auf und trat zu ihnen hinaus. Er streckte die Hand aus und zog sie wieder zurück, als wüsste er nicht, was er tun sollte. Ella streckte ihrerseits die Hand aus, und sie schüttelten sich die Hände.

»Wir wollten noch einmal über das Telefongespräch aus dem Rosie's reden«, sagte Ella.

»Ich weiß noch immer nicht, wer es geführt hat.« Er sah an ihr vorbei die Einfahrt entlang. Sie warf ebenfalls einen Blick in die Richtung, aber da war nichts.

»Wir dachten, da es der Club Ihrer Familie ist ...«

»Nur zum Teil«, sagte Sal.

»... haben Sie vielleicht doch bemerkt, wer das Telefon benutzt hat, und sei es unbewusst, da das Gespräch immerhin aus Ihrer Tasche bezahlt wird.«

»Was kostet ein Gespräch? Vierzig, fünfzig Cent? Darüber werde ich mir wohl kaum Sorgen machen.«

»Aber es läppert sich zusammen«, sagte Murray. »Meine Eltern hatten ebenfalls ein Geschäft, und jeder Cent zählte bei ihnen. Lieber in der eigenen Tasche als in einer fremden, sagte mein Vater immer.«

Sal vergrub die Hände in den Taschen. »Wir sind da nicht so kleinlich.«

»Mag sein«, sagte Ella. »Aber würden Sie vielleicht einen Blick auf diese Liste werfen und uns sagen, was Sie von diesen Leuten wissen? Ob sie sich an diesem Abend vielleicht sonderbar benommen haben?«

Sal nahm das Blatt, das sie ihm hinhielt. »Wann war das gleich noch?«

»Mittwoch, der 4., halb sieben, sieben.«

Sal betrachtete die Seite stirnrunzelnd. »Ich habe mit dem Personal eigentlich nicht viel zu tun.«

Ella erinnerte sich an Paul Davids Bemerkung, dass Sal nicht viel mehr tat, als für sich und seine Freundin Drinks zu schnorren. Ihr kam ein Gedanke. »War Ihre Freundin an diesem Abend bei Ihnen?«

Sal zuckte zusammen. »Ich habe keine Freundin.«

»Paul Davids sagte, Sie hätten eine.«

»Das war mal.« Sals Ohren röteten sich leicht. »Wir haben Schluss gemacht. Sie war lange nicht mehr mit mir im Club, lange vor jenem Abend.«

»Was wissen Sie von den Leuten auf dieser Liste«, sagte Murray.

Sal betrachtete sie wieder. »Diesen Fonti habe ich nie getroffen, Sommerson auch nicht. Davids kenne ich natürlich, seit einigen Jahren. Er redet nicht viel. Dieser Perante ist, glaube ich, ein Rausschmeißer, großer Typ mit riesigem Schädel, kann ein ziemliches Arschloch sein. Diese beiden andern, Lamond und Callaghan arbeiten hinter der Theke, oder? Er ist ganz freundlich, sie ist ein bisschen verschlossen.«

Ella dachte, dass er sie viel besser kannte, als er zugab. »Können Sie sich denken, warum jemand von ihnen einen Drohanruf aus dem Club gemacht haben könnte?«

»Einen Drohanruf? Bei wem?«

»Wie ich heute Morgen schon sagte, das dürfen wir Ihnen nicht verraten.«

Sal zuckte mit den Achseln. »Ich habe keine Ahnung.«

»Wie lange gehört Ihrer Familie der Club schon?«

»Zum Teil«, sagte Sal. »Schon einige Jahre. Es ist eigentlich das Ding von meinem Vater und meinem Onkel.«

»Wie heißen die beiden?«

Sal zögerte für einen kurzen Augenblick. Ellas Antenne vibrierte. »Mein Vater heißt Guillermo, mein Onkel war Paulo. Er ist letztes Jahr gestorben.«

»Nachname jeweils Rios?«

Sal nickte.

»Woher kommt der Name, nur interessehalber?«, sagte sie mit einem Lächeln. »Meine Familie stammt aus Italien, deshalb bin ich bei anderen immer neugierig.«

»Spanien«, sagte er.

»Ja, richtig. Es klingt spanisch, nicht wahr?« Sie sah Murray an, der pflichtschuldig nickte. »Und der Mann, der die Tür geöffnet hat, war …?«

»Mein Bruder Julio.«

»Haben Sie den Namen Thomas Werner schon einmal gehört?«

»Glaub nicht«, sagte Sal.

»Kennen Sie diesen Mann.« Ella hielt ihm Werners Flughafenfoto hin. »Er wurde schon im Rosie's gesehen.«

Sal schüttelte den Kopf. »Der Laden ist manchmal so voll, dass Ihre eigene Schwester dort sein könnte, und Sie würden es nicht bemerken. Aber ich glaube nicht, dass ich ihn schon einmal gesehen habe, weder im Club noch anderswo.«

»Falls Ihnen doch noch etwas einfällt, auch wenn es unbedeutend erscheint, rufen Sie mich an. Sie haben meine Karte, oder?«

Er nickte und schaute wieder die Einfahrt hinunter. »Mach ich.«

Ella folgte Murray zur Straße zurück. Sie hörte die Gittertür auf- und zugehen, und als sie in den Wagen stiegen, sah sie noch einmal nach oben. »Er steht immer noch da, direkt hinter der Tür.«

Murray ließ den Motor an. »Soll ich ihm winken?«

»Dreh langsam um.« Sie setzte ihre Sonnenbrille auf und schielte aus dem Augenwinkel zum Haus, als sie vorbeifuhren. »Immer noch da. Und hast du gesehen, wie er immer zur Einfahrt hinuntergeschaut hat?«

»Vielleicht hatte er Angst, sein Daddy kommt nach Hause, und er kriegt Haue, weil er Drinks schnorrt und das Telefon gratis benutzen lässt.«

»Du bist so witzig«, sagte Ella.

»Was soll ich sagen – es ist angeboren.«

Sie besorgten sich unterwegs etwas zu essen, und als sie wieder im Büro waren, tippte Ella den Namen Rios in den Computer, während Murray zum Waschraum ging, um Barbecuesauce von seiner Hose zu entfernen.

Sals Vater Guillermo war nicht vorbestraft, ebenso wenig wie sein Bruder Julio oder seine Schwester Nona. Bei Onkel Paulo sah die Sache anders aus.

Murray kam zurück und tupfte mit einem Papierhandtuch an seinem Oberschenkel. »Und?«

»Onkel Paulo hat Anfang der Neunziger drei Jahre wegen Hehlerei gesessen.«

»Sonst hat keiner was?«

Sie schüttelte den Kopf. »Aber irgendwas ist komisch an diesem Sal.«

Murray zupfte an seinem Hosenbein und sagte nichts.

»Findest du nicht?«

»Wir können nicht zu Kuiper gehen und ihm erzählen, wir haben so ein Gefühl.«

»Ich habe nie gesagt, dass wir das tun sollten. Aber wir können in Kontakt bleiben. Zu ungewöhnlichen Zeiten vorbeischauen. Ihn anrufen, na, wie geht's mein Freund? Mal schauen, was dabei herauskommt.«

»Von mir aus«, sagte Murray.

Strong schaute zur Tür herein. »Die Besprechung fängt an.«

Als alle versammelt waren, schloss Kuiper die Tür des Konferenzraums und sperrte sie ab. »Zunächst einmal: Einige von Ihnen haben gefragt, ob es Neuigkeiten über den Maulwurf gibt. Ich kann Ihnen nichts Konkretes über den Fortgang der Ermittlungen sagen, aber ich darf Ihnen versichern, es entwickelt sich gut.«

Er wandte sich der Tafel zu. »Was Kennedy betrifft, haben sich neue Verbindungen zu zwei anderen Männern ergeben, die in derselben Woche gestorben sind.

Adrian Nolan ist fünfundfünfzig und wurde als der Mann identifiziert, der an dem Abend, an dem Kennedy starb, im Gespräch mit ihm gesehen wurde. Nolan ist ebenfalls an diesem Abend gestorben. Er wurde angehalten, weil er eine rote Ampel überfahren hatte, und als die Beamten seinen Führerschein kontrollieren wollten, ist er geflüchtet. Er schaffte es zum Bahnhof Redfern und sprang auf einen Zug. Die Beamten hatten ihn beinahe, als er offenbar versuchte, auf das Dach zu klettern. Er fiel herunter und war tot.

Nolan führte ein Lagerhaus in Marrickville. Er importierte ziemlich billiges Spielzeug und Plastikwaren. Marconi und Shakespeare haben entdeckt, dass er und Kennedy häufig miteinander telefonierten, unter anderem auch an ihrem Todestag, und dass Kennedy häufig Waren an Nolan lieferte. Außerdem haben beide regelmäßig größere Geldsummen auf ihr Konto eingezahlt – Geld, von dem Nolans Witwe nichts weiß, wie sie behauptet. Wir untersuchen das noch.

Der andere Tote ist Feng Xie, ein zwanzigjähriger Chemiestudent. Er wurde in voller Tauchermontur ertrunken im Wasser vor dem Nielsen Park in Vaucluse gefunden.

Man hat Hinweise auf ein Meth-Labor in seiner Wohnung entdeckt und ein Stück von einem Pappkarton mit dem teilweisen Strichcode eines Kurierdiensts, der zu Waren zurückverfolgt werden konnte, die an Nolans Lagerhaus geliefert wurden. Nolan hat größere Mengen an Waren aufgeteilt und an Einzelhändler verschickt, von denen einer DNP Holdings hieß. Diese Firma ist nichts weiter als ein falsches Postfach und eine nicht existierende Adresse, aber wie eine Prüfung der Papiere ergab, erfolgten die Lieferungen an diese angebliche Firma ausschließlich durch Kennedy. Die falsche Adresse ist zwei Straßen von Feng Xies kleiner Drogenküche entfernt.«

Die Detectives machten sich Notizen.

»Bei den an DNP geschickten Waren handelte es sich um Schneekugeln; nach unserer Ansicht könnten sie die flüssige Substanz enthalten haben, die sich auf halbem Weg zum fertigen Crystal Methamphetamin ergibt«, fuhr Kuiper fort. »Wir haben bisher keine dieser Kugeln gefunden. Das Labor in Fengs Wohnung war größtenteils geräumt.

Feng besaß ein Mobiltelefon. Wie sich herausstellte, wurde der erste Drohanruf bei Lauren Yates von diesem Gerät aus gemacht.«

»Wir glauben also, dass Werner ihn ebenfalls getötet hat?«, fragte jemand.

»Er ist ohne Frage unser erster Verdächtiger.«

Ella schauderte. Blake, Kennedy, Feng Xie.

»Wissen wir, warum Nolan bei der Verkehrskontrolle geflohen ist?«, fragte jemand anderer.

»Noch nicht«, antwortete Kuiper. »Wir wissen, dass er einen Leihwagen fuhr, von dem er seiner Frau nichts gesagt hatte. Möglicherweise fürchtete er sich vor jemandem und sah die Polizeibeamten irgendwie als Bedrohung.

Ansonsten«, fuhr er fort, »scheinen wir Deborah Kennedy näher zu kommen. Man hat einen Freund von Paul Roper gefunden, dem Mann, der mit ihr gesehen wurde. Dieser Freund hat in den letzten Tagen mit Roper gesprochen und ihm geraten, dass die beiden sich stellen sollten. Roper sagte zu seinem Freund, es sei alles nicht so, wie es aussehe, Mrs. Kennedy habe nichts Unrechtes getan, sondern fürchte sich vor jemandem. Die Beamten haben inzwischen Ropers Handynummer und bemühen sich, das Gerät aufzuspüren.«

Ella zeichnete spitze Sterne in ihr Notizbuch. Nolan hatte sich gefürchtet, Deborah Kennedy fürchtete sich – vor Werner?

»Werner hat Lauren Yates erneut spüren lassen, dass er noch da ist«, sagte Kuiper. »Sie erhielt heute Morgen mit der Post ein Stofftier mit abgerissenem Kopf. Es gab keine Nachricht. Die Kriminaltechnik tut, was sie kann – mit Fingerabdrücken und so weiter –, aber sie sind nicht sehr optimistisch.«

Ella malte Kästchen um die Sterne. Wenn sie Werner wegen dreifachen Mordes erwischten, hatte eine Drohung per Post nicht viel zu besagen.

»Strong hat möglicherweise den jungen Mann mit der ausgekugelten Schulter identifiziert, den Lauren in der Nacht von Blakes Ermordung gesehen hat«, berichtete Kuiper weiter.

»Der Bursche heißt Matthew Flack«, sagte Strong. »Er war wiederholt in einer Notaufnahme wegen seiner Schulter und wurde außerdem ein paarmal tätlich angegriffen. Er arbeitet normalerweise auf der Wall Street und fährt mit Männern in ihren Autos, wohin sie wollen. In den Krankenhäusern haben sie verschiedene Adressen von ihm. Sieht aus, als würde er immer eine gewisse Zeit auf der Straße leben, ehe er eine Weile bei einem Freund unterschlüpft, um dann wieder rauszugehen. Noch habe ich ihn nicht erwischt, aber ich kriege ihn.« Es fehlte nur, dass Strong sich in die offene Hand schlug. Ella unterdrückte ein Lächeln.

Kuiper nickte. »Was ist aus den Leuten geworden, die sich zu der Zeit im Rosie's aufhielten, als der Anruf auf Kennedys Handy von dort gemacht wurde?«

Detective Marion Philsiger blätterte in ihrem Notizbuch. »Lambert und ich haben mit Steve Fonti gesprochen, der als DJ dort war, mit Guy Perante, der als Rausschmeißer arbeitet, und mit Tanya Callaghan und Peter Lamond, beide hinter der Bar tätig. Alle bestreiten, das Telefon benutzt zu haben, oder jemanden gesehen zu haben, der es benutzte. Keiner von ihnen kannte Thomas Werners Namen; Perante kam er allerdings irgendwie bekannt vor, und er meinte, er könnte einmal im Club gewesen sein, er konnte aber nicht sagen, wann. Er arbeitet seit gut einem Jahr dort.«

Na toll, dachte Ella.

»Shakespeare?«, sagte Kuiper.

»Wir haben mit Dan Sommerson gesprochen, der als Aufbauhelfer für den DJ gearbeitet hat. Er wusste nichts. Dann haben wir mit Sal Rios geredet, dessen Familie der Laden teilweise gehört und der ab und an in einer Art Aufsichtsrolle dort arbeitet. Er sagte, er hat das Telefon nicht benutzt und auch niemandem die Erlaubnis gegeben, es zu benutzen.«

Er warf einen Blick zu Ella. Falls sie noch etwas zu Sal sagen wollte, war jetzt der richtige Moment dafür. Sie hielt den Blick auf ihr Notizbuch gerichtet. Murray zuckte mit den Achseln. »Das war's.«

In der kleinen Küche bemerkte er anschließend: »Ich dachte, du würdest etwas von deinem Gefühl erwähnen.«

»Da hast du falsch gedacht.« Sie hielt eine Tasse in die Höhe.

Er nickte. »Ja, bitte.« Er trommelte mit den Fingern auf die Arbeitsplatte, während sie anfing, Kaffee zu machen.

Strong schaute zur Tür herein. »Ella, dein Telefon läutet.«

Sie schob Murray die Tassen hin und eilte zu ihrem Schreibtisch. »Marconi, Mordkommission.«

»Du magst Kuchen, oder?«, sagte Wayne. »Veronique Nolan hat mich gerade angerufen. Sie sagt, sie hat Neuigkeiten.«

27

Lauren nahm das Bier, das ihr Ziyad hinhielt. »Danke.«

»Keine Ursache.«

Sie saßen auf der Verandatreppe der Saleebas. Im Gartenhäuschen schenkte Felise Tom eine Tasse imaginären Tee ein, aber er war zu sehr damit beschäftigt, eine Geschirrtuchflagge einzuholen, um sie entgegenzunehmen.

»Er sieht ja wirklich richtig krank aus, was?«, sagte Ziyad lächelnd. »Ich bleibe extra zu Hause wegen ihm, und schon ist er wie durch ein Wunder wieder gesund.«

Sie stießen an, und Lauren trank einen tiefen Zug. Kristi hatte nach der Geschichte mit dem Stofftier Migräne bekommen und sich ins Bett gelegt. Lauren und Felise hatten draußen gespielt, bis das Seil der Reifenschaukel gerissen war und Felise zu weinen begonnen hatte, und Kristi hatte etwas aus ihrem Zimmerfenster geschrien; Ziyad hatte den ganzen Tumult gehört und sie zu sich gebeten, und Lauren war in ihrem Eifer praktisch über den Zaun gesprungen. Sie stieß ihre Flasche wieder gegen seine.

»Und was macht der Rücken?«, sagte Ziyad.

»Wird besser.«

Er steckte den Daumen in den Flaschenhals. »Tut mir leid, dass ich nicht beim Saubermachen geholfen habe.«

»Hey, du hast mehr als genug getan«, sagte Lauren. »Du hast mich gerettet.«

»Du hast dich selbst gerettet. Ich habe nur eure Tür zerstört.« Er grinste. Unten im Garten hatte sich Tom endlich die Flagge geschnappt und sie wie ein Stirntuch um den Kopf gewickelt, während Felise einen Stoffbären zusammenstauchte.

»Tamsyn hat mir erzählt, dass Kristi von einem Unfall gesprochen hat, in den sie verwickelt gewesen war, und dass ihr diese Geschichte alles wieder in Erinnerung gebracht hat.«

»Das hat sie tatsächlich gesagt?«

»Es klang ziemlich schlimm.«

»Es war schlimm«, sagte Lauren. »Allerdings weniger für Kristi als für den anderen Fahrer.«

Ziyad zupfte am Etikett seiner Flasche. »Du klingst wütend darüber.«

»Hat sie Tamsyn erzählt, dass der Mann gestorben ist?«

»Sie sprach wohl von einem tödlichen Unfall, ohne aber etwas Genaueres zu erzählen.«

Lauren drehte die Flasche in der Hand und dachte an den jungen Mann. Sie hörte das Blut wieder in seinen Lungen blubbern, sah, wie blass sein Gesicht im Scheinwerferlicht der vorbeifahrenden Fahrzeuge war und wie rot im Gegensatz dazu das Blut, das er hustete. Der Blick durch die Windschutzscheibe des anderen Wagens, wo Kristi weinend hinter dem Steuer saß, die Arme um den schwangeren Bauch gelegt, betrunken, bekifft und unverletzt.

»Ich arbeitete allein, weil mein Partner krank geworden und nach Haus gefahren war.«

»Moment mal – du wurdest zu dem Unfall gerufen?«

Lauren nickte. »Ich erkannte Kristis Wagen sofort. Ich hielt und lief zuerst zu ihrem Wagen, weil er näher stand. Sie war nicht verletzt; sie weinte und versuchte, aus dem Wrack zu kommen. Sie war im achten Monat schwanger damals. Ich sagte zu ihr, sie soll sich stillhalten, während ich im anderen Wagen nachsah. Ich erkannte auf Anhieb, dass es schlimm um den Fahrer stand. Sein Blick klammerte sich sofort an mich, als ich näher kam. Er war eingeschlossen, das Lenkrad drückte an seine Brust. Ich schaffte es, seine Tür aufzubekommen und kauerte mich mit der Taschenlampe neben ihn, um zu sehen, wie stark er eingeklemmt war, was wir unternehmen mussten, um ihn herauszubekommen.«

Der junge Mann – der Junge, eigentlich war er noch ein Junge – hatte die Hand nach ihr ausgestreckt. Sie hatte sie genommen und die Lampe tiefer auf seinen Körper gerichtet. Sie konnte den Alkohol in seinem Blut riechen.

»Der Wagen war alt und die Front bis zu seinen Beinen eingedrückt. Die Lenksäule hatte sich in seine Brust und den Magen gebohrt, seine Jeans war blutgetränkt.«

Der Junge hatte geweint und ihre Hand gedrückt. Sie hatte seine Finger aufstemmen müssen, damit sie zum Rettungswagen zurückgehen, Bericht erstatten und Verstärkung anfordern konnte. Kristi war inzwischen aus ihrem Wagen gekrochen und hatte schluchzend ihren Namen gerufen. Lauren hatte sie angeschrien zu bleiben, wo sie war, sich keinen Millimeter zu rühren. Kristi hatte nicht auf sie gehört.

Sie blinzelte. »Ich bat dringend um eine Bergungsmannschaft und weitere Sanitäter. Wenn wir ihn nicht schnell aus dem Wagen brachten, würde er an Ort und Stelle sterben. Aber selbst wenn wir ihn herausbrachten – bei Eingeklemmten besteht die große Gefahr, dass ihr Blutdruck abstürzt, wenn man den Gegenstand entfernt, der sie festhält, und Giftstoffe aus beschädigten Muskeln strömen aus dem verletzten Teil in den Körper und können das Herz zum Stillstand bringen.«

»Du wusstest also schon, dass er sterben könnte?«

»Die Gefahr war groß.«

Ziyad blickte in den Garten. »Ich kann mir nicht einmal vorstellen, wie du dich dabei gefühlt haben musst.«

»Man denkt daran, wie man ihnen helfen kann, wie

man sie behandeln wird und aus dem Wrack bekommt, aber da ist … so ein Gefühl von … Panik, tief in einem. Während man plant, was man tun wird, sieht man auch, was passieren wird, dass die Person blasser werden wird, der Schockzustand stärker, sie wird anfangen, das Bewusstsein zu verlieren, der Puls wird steigen und der Blutdruck fallen, egal wie schnell man Flüssigkeiten in sie pumpt, und man spürt, wie alle Sanitäter um einen herum noch schneller arbeiten, eine Spannung liegt in der Luft, und alle warten auf den Moment, in dem das Herz stehen bleibt. Du weißt, er kommt, und es gibt nichts, was du dagegen tun kannst.«

Ziyad war einen Moment still. »Und das ist bei ihm passiert?«

»Nach einer Weile«, sagte Lauren. »Das Bergungsteam hat alles um ihn herum weggeschnitten, ich habe ihm vom Rücksitz aus zugeredet.«

Sie sah das Ohr des Jungen, einen Blutspritzer auf dem Knorpel, das Ohrläppchen durch die Halskrause hochgeschoben, die sie ihm angelegt hatte. Sie sagte seinen Namen, nannte ihn Schätzchen, erzählte ihm, dass er sich prächtig halte, ganz wunderbar, dass er bald hier raus sein würde, und ja, seine Eltern seien benachrichtigt und würden ihn im Krankenhaus erwarten. Alles war gelogen. Sie schaute durch die Windschutzscheibe und sah einen Sanitäter, der Kristi auf eine Trage half. Kristis Gesicht war ihr zugewandt, der Mund stand offen. Lauren hatte den Kopf des Jungen gestreichelt und geflüstert, dass es ihr leidtue.

»Und dann sagte jemand, dass das Herz stillsteht.« Sie trank einen kräftigen Schluck. »An diesem Punkt macht man dann Wiederbelebung so gut es geht, ohne große Rücksicht auf die weniger schweren Verletzungen.«

»Man zerrt sie heraus?«

»Wenn sie nicht binnen Minuten in einem Krankenhaus sind, werden sie sterben. Unter diesen Umständen zählt ein verlorenes Bein nicht. Wir haben ihn herausgeholt und während der ganzen Fahrt zur Notaufnahme bearbeitet.«

Der schlaksige Körper des Jungen war im Rhythmus zu Laurens Kompressionen auf der Trage auf und ab geschaukelt und von einer Seite zur anderen, wenn der Sanka um eine Kurve raste. Sein Kopf war mit einem Ruck von der Matratze geschnellt, als sie über die Schwelle der Krankenhauszufahrt kamen. Die Ärzte hatten ihn sofort in den OP gebracht, und Lauren musste dem Drang widerstehen, ihnen zu folgen und vor der Tür zu warten, es war das Gefühl, für ihn verantwortlich zu sein, da sie als Erste bei ihm gewesen war, dass sie bei ihm bleiben sollte, weil er ihre Nähe brauchte. Stattdessen war sie zum Rettungswagen hinausgegangen und hatte mit dem Papierkram begonnen, hatte andere Sanitäter reden und scherzen hören und das Gefühl gehabt, ein Moment intensiven Schweigens wäre angebracht, eine Art Würdigung dieses Kampfes, der verloren gegangen war.

»Aber er starb.«

Ziyad berührte leicht ihren Handrücken. Sie drehte die Hand um und umklammerte seine Finger.

»Sie hatten Kristi in ein anderes Krankenhaus gebracht, und als ich dort ankam, weinten wir um diesen Jungen, und auch weil sich herausgestellt hatte, dass Felise bei dem Unfall nicht verletzt worden war, aber einen Herzfehler hatte.«

Alkoholbedingt, hatte der Arzt mit strenger Miene gesagt. Lauren hatte Kristi im Arm gehalten und eine Zukunft mit Gerichtsterminen und Sorge um die Gesundheit des Kindes vorausgesehen.

»Das war mir nicht klar gewesen«, sagte Ziyad. »Nach dem, was Kristi gegenüber Tamsyn erwähnt hat, wusste ich das alles nicht.«

»Ich habe Kristi eigentlich nie Einzelheiten erzählt, was den Jungen angeht«, sagte Lauren. »Das waren Dinge, die sie nicht wissen musste. Und ich glaube, die Art und Weise, wie sie es jetzt wahrnimmt, ist ein bisschen eine Schutzhülle gegen die Wahrheit. Ich meine, sie wurde angeklagt, sie machte eine Therapie, sie kam vor Gericht, erhielt eine hohe Geldstrafe und verlor den Führerschein, sie hat alles gehört, was vor Gericht gesagt wurde und die Familie des Jungen gesehen. Ich bin mir ziemlich sicher, sie hat seinen Geburtstag im Kalender angestrichen, und sie ist ohne Frage bedrückt, wenn es auf den Jahrestag des Unfalls zugeht. Aber ich dachte mir, sie muss nicht alles über seine letzten Augenblicke erfahren.«

Ziyad drückte ihr die Hand. »Du bist eine gute Schwester, weil du sie davor schützt.«

Lauren blickte zu den Kindern, die vom Gartenhäuschen herüberwinkten, und wünschte, sie hätte sie noch mehr beschützen können.

Die Nolans wohnten in Concord. Das Haus war ein weiß getünchter Betonbau, gegenüber einem großen Wohnblock. Ella freute sich, hinter dem Haus nichts als Rasen und Garten zu sehen, denn viele Bewohner Sydneys teilten ihre Grundstücke heutzutage in kleine Parzellen auf.

Sie folgte Wayne den breiten, geschwungenen Gehweg hinauf. Eine Dickschnabel-Würgerkrähe saß am Rand eines steinernen Vogelbads und sah sie böse an. Eine glänzende Messingglocke hing neben der Tür, aber Wayne klopfte lieber.

Die Tür ging Sekunden später auf. »Hallo, Wayne, kommen Sie herein.« Die Frau war schlank, in den Fünfzigern, schätzte Ella. Ihr Haar war gescheitelt, braun, mit Grau durchsetzt. Ihre Augen strahlten übertrieben und ein bisschen verträumt, als wäre sie in Gedanken ganz woanders.

»Detective Ella Marconi, Veronique Nolan«, sagte Wayne.

Sie schüttelten sich die Hand. Mrs. Nolans Händedruck war fest und knochig. Ihre Haut war heiß, als hätte sie Fieber. »Danke, dass Sie gekommen sind«, sagte sie.

Sie führte sie ins Wohnzimmer und wies mit einer Handbewegung zur Sitzgruppe. Ella sank neben Wayne auf das braune Veloursofa. Veronique blieb stehen. Sie sah nervös aus.

»Alles in Ordnung mit Ihnen?«, sagte Wayne.

Veronique sah Ella an. »Sie bearbeiten den Fall Kennedy?«

»Ja.«

Veronique nickte. »Wayne hat mir von den Verbindungen zwischen Mr. Kennedy und Adrian erzählt.« Ihr französischer Akzent ließ den Namen wie *Adrienn* klingen. »Ich fühle mich schrecklich, wegen allem, was passiert ist.«

»Nichts davon ist Ihre Schuld«, sagte Wayne.

Sie begann, auf und ab zu laufen, gebot sich aber dann Einhalt. Sie kreuzte die Arme und fasste sich an den dürren Schultern.

»Was ist?« Ella hörte echte Sorge in Waynes Stimme.

Veronique griff nach einer Packung Papiertücher und wischte sich über die Augen, schnäuzte sich.

»Vielleicht sollten wir zuerst Tee trinken? Und Orangenkuchen dazu?«

»Was beunruhigt Sie so?«, fragte Wayne. »Ist es diese Neuigkeit, von der Sie mir erzählt haben?«

Veronique senkte den Blick, dann griff sie in die Tasche ihrer Hose und zog ein gefaltetes Blatt Papier heraus. Sie hielt es Wayne hin, und er nahm es. »Entschuldigen Sie mich«, hauchte sie unter Tränen und eilte hinaus.

Wayne entfaltete das Papier. Ella hörte das Klappern von Tellern aus der Küche. Sie rutschte näher zu ihm und begann zu lesen.

Liebe Veronique, wenn du dies liest, dann, weil etwas Schlimmes passiert ist.

»Du meine Güte«, sagte Wayne.

Zuallererst sollst du wissen, dass es mir leidtut, dass ich dich liebe und immer lieben werde. Ich weiß nicht, wie alles endete, aber sei versichert, dass ich keine Angst hatte, denn meine letzten Gedanken waren bei dir.

Ich möchte, dass du diesen Brief der Polizei gibst. Nicht irgendeinem Polizisten, sondern einem, den du hoffentlich ein wenig kennengelernt hast. Man hat mir in den letzten Wochen einen Argwohn gegenüber der Polizei eingeimpft, und auch wenn es vielleicht nicht der Wahrheit entspricht, was mir gesagt wurde, kann ich es nicht riskieren, dass diese Informationen nicht verwendet werden, es sei denn gegen dich.

Ich schäme mich, es dir zu sagen, aber ich habe Unrecht getan. James Kennedy bat mich um Hilfe, und am Anfang schien es in Ordnung zu sein, nichts allzu Schlimmes, nur in Empfang nehmen und verteilen, wie ich es die ganze Zeit mache. Ich dachte nicht darüber nach, was in den Schachteln war, ich schickte sie einfach weiter. Die Bezahlung war gut. Ich brauchte das Geld, das Lagerhaus lief nicht sehr gut, ich wusste, dass ich es nicht mehr ewig betreiben konnte, und ich wollte für ein Jahr eine Reise nach Frankreich mit dir machen, damit du den Winter und Sommer deiner Jugend noch einmal erlebst.

Aber Kennedy fing an, mir alles Mögliche zu erzählen, über den Mann, an den er die Kartons lieferte, über die Männer, für die er arbeitete. Der Chinese erzählte Kennedy, was wir transportierten, was er machte. Ice war plötzlich überall in den Nachrichten, und ich begriff, dass wir mit unserem Handeln zu dem Problem beitrugen. Wir fassten den Entschluss, es nicht mehr zu tun. Kennedy versuchte, es ihnen beizubringen, aber eines Tages dann, vor Monaten, brachte er den Mann, der für alles verantwortlich war, mit ins Lagerhaus.

Ella packte Waynes Arm. »Thomas Werner wurde im Mai mit Kennedy in dessen Lieferwagen gesehen.«

Dieser Mann machte uns deutlich, dass ein Ausstieg nicht infrage kam. Er sagte, wir würden mindestens so tief in

Schwierigkeiten stecken wie er, wir würden alles verlieren und für lange Zeit ins Gefängnis wandern. Er sagte, er habe Leute bei der Polizei, die dafür sorgen würden, dass unsere Informationen über ihn nicht weitergegeben würden.

Er sagte außerdem, wenn nötig würden wir von ebendiesen Leuten für immer zum Schweigen gebracht.

»Vielleicht ist Nolan deshalb geflohen, und Deborah Kennedy hält sich aus diesem Grund weiter versteckt«, sagte Ella.

Dieser Mann heißt Thomas Werner, hieß es in dem Brief weiter. *Er ist Ausländer, eventuell ein Deutscher, seinem Akzent nach. Kennedy hat mir einmal erzählt, dass er ihn über andere heimliche Kurierfahrten kennengelernt hatte.*

Ella dachte an Benson Drysdale.

Was das Fass zum Überlaufen brachte, war, dass ein Freund von Kennedys Tochter neulich beinahe an Ice gestorben wäre. Wir beschlossen, dass es nun wirklich reichte. Diesmal wollte der Chinese ebenfalls aufhören. Er studierte an der Uni und strebte einen richtigen Job an, um seine Eltern in China auf diese Weise zu unterstützen. Wir dachten, wir könnten uns vielleicht diese Amnestie zunutze machen, von der alle Welt redete. Aber Werner bedrohte uns bereits. Er rief ein paarmal im Lagerhaus an und erzählte mir, wozu er imstande war, erinnerte mich an seine Polizeikontakte und sagte, sobald mein Name in ihren Computern auftauchte, würden seine Freunde es sehen und mich fertigmachen, egal wo ich sei.

»Nolan ist vor den Beamten geflohen, sobald sie mit seinem Führerschein zu ihrem Wagen gingen«, sagte Wayne nachdenklich.

»Hast du die Telefonverbindungen von diesem Lagerhaus?«

»Im Büro.«

Es konnte heikel werden, Werner diese Anrufe nachzuweisen. Vielleicht war es sogar unmöglich. Wie sollten sie feststellen, *wann* er angerufen hatte? Sie konnten nicht Informationen über jede einzelne Nummer beantragen.

Veronique kam mit einem Teetablett. Die Tassen klapperten, und Ella sah, dass ihre Hände zitterten. Sie stellte das Tablett scheppernd auf dem Wohnzimmertisch ab, dann setzte sie sich gegenüber von ihnen auf die Kante eines Sessels.

Wayne drehte das Blatt um. »Wo ist der Rest?«

»Ich weiß es nicht.«

Ella nahm es ihm ab.

... seine Freunde es sehen und mich fertigmachen, egal wo ich sei.

Wir versuchen wieder, aus der Geschichte herauszukommen. Ich weiß nicht, was passieren wird. Ich hoffe, alles wird gut, aber ...

Die Seite endete. Ella schaute unwillkürlich auf die Rückseite, wie Wayne es gerade getan hatte.

»Da muss noch mehr sein«, sagte er.

»Ich habe gesucht und gesucht«, sagte Veronique. »Ich kann es nicht finden.«

»Wo war das hier versteckt?«

»Es steckte in dem Kuvert mit unseren Testamenten, im Safe im Lagerhaus. Ich kann mir nur denken, dass er in seiner Furcht die nächste Seite fallen ließ und es nicht bemerkte.«

Ella warf Wayne einen Blick zu. Nach allem, was er erzählt hatte, war Mrs. Nolan bisher mehr als entgegenkommend gewesen, aber man konnte nicht ausschließen, dass die zweite Seite Informationen enthielt, die die Frau lieber für sich behielt – etwa solche, die das Andenken ihres Mannes noch weiter befleckten, die sie möglicherweise selbst belasteten oder die verrieten, wo noch mehr Geld versteckt war.

Es fiel Sal zunehmend schwerer, zu Fuß an den Fabriken entlang zu Preston's Plastics zu gehen. Es war schlimm, dass man ihn kommen und gehen sah – was allerdings nicht oft der Fall war –, aber es wäre schlimmer, wenn man seinen Wagen vor der Firma halten sähe, deshalb parkte er ein Stück entfernt in einer Seitenstraße, wobei er darauf achtete, dass er jedes Mal eine andere wählte. Thomas sagte, es spiele keine Rolle, niemand würde bei dem vielen Betrieb in der Straße etwas bemerken, aber das sagte ein Mann, dem es egal war, dass die Polizei sein Foto hatte, dass sie namentlich nach ihm fragte und nicht lockerließ, nach ihm zu fragen.

Sal konzentrierte sich auf seine Atmung. Noch zwei Firmen, an denen er vorbei musste. *Nur jetzt keine Panikattacke.* Vor einer Werkstatt hielt ein Mann beim Schweißen inne und blickte auf, hob sogar sein Schutzvisier an. Sal bemühte sich, seinen Schlendergang beizubehalten. Er hatte zwei weitere Heizlüfter bei sich. *Das allein musste merkwürdig aussehen*, dachte er. Heizlüfter, wenn es Sommer wurde. Gab es Undercover-Polizisten, die schweißen konnten?

Er erwiderte den Blick. Der Mann ließ das Visier mit einer ruckartigen Bewegung wieder herunterfallen und beugte sich über seine Arbeit.

Sal ging weiter, aber er spitzte die Ohren und erwartete, die Schritte eines polizeilichen Einsatzkommandos hinter sich zu hören.

In der Fabrik angekommen, schaute er in die Richtung zurück, aus der er gekommen war. Überall hämmerte und mahlte es, jemand sang falsch zum Radio, Hits der Neunziger, Leute standen um Autos und diskutierten über Beulen, Lackanstriche oder Rostblasen. Es roch nach heißem Kunststoff, mit einem gelegentlichen Hauch Farbdämpfe von der Autospenglerei gegenüber.

»Wonach hältst du Ausschau?«

Als Sal sich umdrehte, stand Colin Preston direkt hinter ihm. »Ich, äh, dachte, ich hätte jemanden gesehen, den ich kenne.«

Preston sah an ihm vorbei, dann schaute er auf die Tüten hinunter. »Noch mehr Heizlüfter?«

»Es ist kalt da drin. Der Beton.«

Aus der Nähe roch Preston nach Old Spice. Sein Gesicht war von tiefen Furchen durchzogen, und die blauen Augen schienen direkt in Sals Seele zu blicken.

»Kriecht einem an den Beinen hoch«, stammelte Sal weiter.

Preston schniefte und drehte sich um, als würde ihn anöden, was er sah. Er ging auf die andere Seite der Halle und schaltete das Radio an. Die Stimme des Family Man hallte durch die Fabrik.

»... wurde der innenpolitische Sprecher der Opposition heute mit folgenden Worten zitiert: ›Diese Amnestie hat uns Millionen an Werbung und Arbeitsstunden gekostet, da Polizeikräfte von ihren normalen Aufgaben im Außendienst abgezogen wurden, damit sie die Telefone besetzten und dann den Behauptungen dieser Verlierer nachgingen, die ihre eigene Großmutter für einmal Drogenschnüffeln verkaufen würden. Unterdessen kann der Innenminister nicht eine Verhaftung belegen, die auf diesen schwachsinnigen Plan zurückgeht.‹ Wir haben den Minister um ein Statement gebeten, liebe Hörer, aber seine Sprecherin sagte nur, Verhaftungen würden wegen laufender Ermittlungen nicht bekannt gegeben. Ja, Leute, immer die gleiche Heuchelei. Reines Gewäsch, wenn Sie mich fragen.«

Sal klopfte an die Tür und schaute zu Colin Preston zurück. Er saß am Radio und beobachtete Sal über den Rand einer dampfenden Teetasse hinweg. Sal drehte sich rasch wieder zur Tür um. »Ich bin's«, krächzte er und wollte dem Blick des Alten und den Worten des Family Man möglichst schnell entkommen.

Thomas riss die Tür auf. »Hast du sie?«

Sal schob sich an ihm vorbei.

»Pack sie aus, und stell sie auf«, sagte Thomas. Er schloss die Tür ab.

Es war heiß im Raum. Auf einer behelfsmäßigen Werkbank liefen bereits vier Heizlüfter auf Hochtouren. Thomas trug nur Jeans. Seine Brust war braun gebrannt, kaum behaart und schweißnass.

Sal kniete nieder, um den ersten Heizlüfter aus dem Karton zu holen und das Kabel abzuspulen.

»Denkst du, ich habe den ganzen Tag Zeit?« Thomas griff sich die zweite Schachtel und riss sie auf. Er zog das Kabel mit einem Ruck gerade, schnappte sich Sals Gerät und brachte beide zu einer bereits überlasteten Stromleiste. Er steckte sie an, aber der zweite Heizlüfter war zu viel, und die Stromleiste schaltete sich ab. Thomas fluchte. Er zog das Kabel heraus und schaltete die Leiste wieder ein. Diesmal liefen alle fünf Heizlüfter, wenn auch nicht so rasant wie zuvor.

Thomas schleuderte den übrigen Heizlüfter quer durch den Raum. Das Plastikgehäuse zerbrach an der Betonwand, und das Innere des Geräts fiel klirrend zu Boden.

»Hey!«, sagte Sal. »Ich hätte ihn zurückgeben können.«

An Thomas' Hals traten die Sehnen hervor. »Es funktioniert immer noch nicht.«

Sal schaute zu den Brennern und Glaskolben. »Wirklich?«

»Dieser nichtsnutzige chinesische Schwachkopf hat wahrscheinlich etwas vergessen.« Thomas starrte wütend auf eine Handvoll fleckiger, zerknitterter Blätter. »Und seine Handschrift ist sowieso scheußlich.«

Es wird nicht funktionieren! Er wird verschwinden müssen! Wir haben nichts zu verkaufen und werden nicht eingelocht!

Thomas blickte auf. »Was?«

»Was?«

»Was hast du gesagt?«

Sal überlegte rasch, was er sagen sollte. »Colin hat sich da draußen was über die Amnestie angehört.«

»Und?«

»Könnte ja sein, dass er darüber nachdenkt, von ihr Gebrauch zu machen, wenn er sich das anhört.« *Es ist so heiß hier drin, dass ich kaum Luft kriege.* »Deshalb ist es vielleicht besser so. Vielleicht wäre es sicherer, jetzt einfach aufzugeben.«

»Überlegt *er*, von der Amnestie Gebrauch zu machen – oder du?«

»Was? Nein!«

»Du wirst rot.«

»Es ist verdammt heiß hier drin.«

Thomas kam näher und blickte Sal in die Augen. Sal strengte sich an, dem Blick standzuhalten. *Schau nicht weg, schau nicht weg. Sonst weiß er Bescheid, und du endest wie die anderen.*

Er schluckte. »Soll ich mal sehen, ob ich das Rezept lesen kann?«

»Warum sollte ich das wollen, da du mir schon bewiesen hast, was du willst, indem du ständig von Aufgeben redest.«

»Es war nur ein Gedanke.«

Thomas wandte sich wieder den Glaskolben zu. »Verschwinde von hier.«

Sal stieß die Tür auf. Die Luft in der Fabrik war kühl und leicht zu atmen. Er sog sie tief ein, während er hörte, wie der Schlüssel hinter ihm umgedreht wurde.

Preston saß immer noch am Radio, es lief jetzt leiser, und Sal konnte den Tonfall des Family Man ausmachen, verstand aber keine Worte. Preston hob die Teetasse zu Sal. »Bis zum nächsten Mal.«

Sal zog den Kopf ein und eilte nach draußen.

Wayne setzte Ella beim Büro ab und fuhr gleich weiter. Sie hatte nicht vor zu winken, doch dann überlegte sie es sich anders und drehte sich im letzten Moment um, aber er schaute auf die Straße hinaus und nicht zu ihr.

Sie stakste in den Aufzug und drückte auf den Knopf. Als sie bei den Nolans aufgebrochen waren, hatte sie ihre Bedenken geäußert, Veronique könnte etwas verbergen, und praktisch gesehen, wie sich Waynes Nackenhaare aufstellten.

»Hör doch mal zu«, hatte sie gesagt. »Vielleicht hat sie die entscheidende Information gefunden, die sie zu dem Schluss kommen ließ, dass sie jetzt genug mitgeteilt hat.«

»Ich kenne diese Frau. Du hast sie heute zum ersten Mal gesehen.«

»Kuchen ist kein Indiz für die Unschuld einer Person.«

Er warf ihr einen Blick zu. »Darauf antworte ich noch nicht einmal.«

Die Aufzugtüren öffneten sich, und Ella ging ins Büro. Murray war nicht an seinem Schreibtisch. Sie sank auf ihren Stuhl. Es war ein absolut berechtigter Verdacht. Wer hatte überhaupt je gehört, dass jemand *so* hilfsbereit war? Oder einem Detective erzählte, es sei zu viel Geld da?

Sie setzte sich an ihren Computer und gab Veroniques Namen ein. Sie war nicht vorbestraft.

Vielleicht wurde sie nie erwischt.

Oder Wayne hatte recht.

Murray kam mit einem Kaffee herein. »Ach, du bist wieder da.«

Sie verdrängte den Gedanken an die nervöse Veronique und das unangenehme Gefühl, sich vielleicht gerade alles mit Wayne verdorben zu haben. »Hast du Lust auf einen Besuch bei einem gewissen jungen Mann, der Computer repariert?«

28

Murray nahm seinen Kaffee mit. »Fahr sanft.«

Ella nickte nur. »Wie war dein Ausflug mit Strongy?«

»Wir haben die Spur des Kerls bis zu einem besetzten Haus in Surry Hills verfolgt.« Er hob den Becher an den Mund und stemmte sich mit der anderen Hand gegen die Tür, als würde das etwas helfen. »Die Jugendlichen sind in alle Richtungen auseinandergestoben, als wir da hineinplatzten. Wir haben ein paar eingefangen, und ein Mädchen gab zu, ihn zu kennen, es sagte, er sei gerade die Nacht zuvor wieder in ein Krankenhaus wegen seiner Schulter. Wir haben dort vorbeigeschaut, aber er war nur ein paar Stunden dort gewesen, und niemand weiß, wo er jetzt ist.«

Und wahrscheinlich würde er nicht wieder in dem besetzten Haus auftauchen, wenn er von seinen Freunden erfuhr, was los gewesen war, dachte Ella.

»Und was wollen wir bei Drysdale?«, fragte Murray.

Sie erklärte, was Nolan über Kennedys Nebenjob geschrieben hatte, der ihn zu Werner führte. »Wenn wir so tun, als wollten wir Drysdale verhaften, bringen wir ihn vielleicht zum Reden.«

»Haben wir denn Gründe?«

»Ich sagte ja nicht, dass wir ihn tatsächlich verhaften«, antwortete sie. »Aber er wird den Unterschied nicht merken.«

»Vielleicht doch.« Murray nippte vorsichtig an seinem Kaffee. »Sie verraten heutzutage so viel im Fernsehen.«

Ella sauste um eine Kurve. »Ich habe ein gutes Gefühl.«

Benson Drysdale öffnete die Tür. »Oh.«

»Ihnen auch einen guten Tag«, sagte Ella. »Ja, wir würden gern hereinkommen.«

Er trat zur Seite. Ein Computer lief, auf dem Monitor

wirbelten Farben durcheinander, ein zweiter lag in Einzelteile zerlegt auf dem Tisch.

»Sie arbeiten heute nicht?«, sagte Ella.

»Ich hatte Frühschicht. War um zwei fertig.« Er schob ein paar Computerhandbücher von einem Sessel. »Wollen Sie sich setzen?«

»Nein, danke.« Sie ließ sich Zeit, schaute in die Küche und ins Schlafzimmer. »Was von Thomas Werner gehört in letzter Zeit?«

»Natürlich nicht. Ich kenne ihn doch gar nicht.«

Murray stand mit den Händen in den Taschen beim Fernseher. »Wir haben nachgedacht«, sagte er. »Sie sagten, es sei im Mai gewesen, dass Sie ihn gesehen haben, aber Sie konnten ihn uns ziemlich gut beschreiben.«

Drysdale runzelte die Stirn.

»Wenn ich jemanden vor Monaten ein einziges Mal getroffen habe, kann ich von Glück reden, wenn ich noch weiß, dass er existiert«, sagte Murray. »Verstehen Sie, worauf ich hinauswill?«

»Eigentlich nicht.«

»Vielleicht haben Sie ihn später noch gesehen.« Murray fuhr träge mit dem Zeigefinger durch die Staubschicht auf dem Fernseher. »Vielleicht kennen Sie ihn in Wirklichkeit ganz gut.«

»Warum hätte ich Ihnen dann seinen Namen genannt?«, sagte Drysdale. »Anstatt einfach zu leugnen, dass ich ihn überhaupt kenne?«

»Weil Sie nicht wussten, was wir wissen«, sagte Ella. »Und weil eine halbe Lüge leichter über die Lippen kommt als eine ganze.«

Drysdale schüttelte den Kopf. »Ich kenne ihn nicht. Ich habe ihn nur einmal gesehen. Ich kann mir Gesichter eben gut merken.«

»Nehmen wir ihn einfach mit und fertig«, sagte Ella zu Murray.

»Aus welchem Grund?«, sagte Drysdale.

»Sehe ich auch so«, sagte Murray. »Wir kommen hier nicht weiter.«

»Hast du deine Handschellen dabei?«, fragte Ella.

»Warten Sie«, sagte Drysdale.

»Hier irgendwo.« Murray tastete an seinem Gürtel herum.

»Warten Sie«, wiederholte Drysdale. »Was wollen Sie mich fragen? Sie haben noch gar nichts gefragt. Ich kooperiere ja, aber wie soll ich das machen, wenn ich nicht weiß, was Sie wollen?«

Ella tat, als würde sie nachdenken. »Wo er recht hat, hat er recht.«

»Fragen Sie mich einfach.«

»Wie haben sich Kennedy und Werner kennengelernt?«

»Woher soll ich das wissen?«, sagte Drysdale. »Ich war nicht dabei. Ich weiß über das alles rein gar nichts. Ich habe Werner einmal gesehen, als er in dem Lieferwagen saß.«

»Man hat uns gesagt, Sie wissen Bescheid.«

»Dann hat man Sie belogen.«

»Warum sollte das jemand tun?«

»Fragen Sie nicht mich, fragen Sie die Betreffenden!«

»Das würden wir ja gern tun, aber sie sind tot«, sagte Murray.

Drysdale sank auf seinen Stuhl.

»Sagen Sie es uns einfach«, wiederholte Ella. »Wie haben sich Kennedy und Werner kennengelernt?«

»Ich habe ehrlich keine Ahnung.« Drysdales Stimme versagte. »Ich habe nie etwas anderes getan, als Computer zu verkaufen. Ja, James Kennedy hat mir dabei geholfen, aber das war alles. Mehr hatten wir nicht miteinander zu tun. Ich habe keinen Schimmer, was er sonst noch getrieben hat.«

Ella kam eine Idee. »Wie hat Ihre Verstrickung mit ihm angefangen?«

»Wie meinen Sie das?«

»Wie kamen Sie dazu, ihn zu bitten, Computer für Sie auszuliefern, und nicht einen der anderen Fahrer? Warum haben Sie sich getraut, ihn zu fragen, obwohl Sie wussten, dass Sie Ärger kriegen, wenn Peres davon erfährt?«

Drysdale presste den Ärmel seines T-Shirts an die Nase. »Als ich gerade angefangen hatte, dort zu arbeiten, vor etwa drei Jahren, hat James ein paar Flaschen Midori angeschleppt. Er sagte, er habe sie geschenkt bekommen, und er und seine Frau würden nicht trinken, ob sie jemand haben wolle.«

»Und?«, sagte Ella.

»Und meine damalige Freundin mochte das Zeug. Ich ging zu ihm und fragte, wie viel er dafür haben wollte, und er sagte wieder, er habe die Flaschen geschenkt bekommen, deshalb könne ich sie umsonst haben. Ich sagte, toll, das ist ja ein gutes Geschäft, und von wem er sie denn hätte. Da hat er sich umgeschaut, ob jemand in der Nähe war, und gesagt, es sei ein Geschäft unter der Hand mit einem Kunden gewesen.«

»Mit einem Quiksmart-Kunden?«, sagte Murray. »Bar auf die Pfote?«

»Eher Likör als Bares«, sagte Drysdale, »aber es war ein Quiksmart-Kunde, ja.«

»Welcher?«, fragte Ella.

»Das weiß ich nicht.«

»Wie praktisch«, bemerkte Murray.

»Hey, Sie wollten wissen, warum ich keine Bedenken hatte, ihn wegen der Computerauslieferung zu fragen. Das war der Grund.«

»Weil er offenbar für andere Leute schon etwas Ähnliches gemacht hatte.«

»Genau.«

»An welche Geschäfte liefert Quiksmart Spirituosen? An Bottle Shops?

»Kennedy fuhr immer nur einen Lieferwagen, falls er

Bottle Shops beliefert hat, müssen es also kleine gewesen sein, oder er hat nur kleinere Aufträge erledigt, etwa besondere Bestellungen.« Drysdale dachte kurz nach. »Er könnte auch Nachtclubs, Sportvereine und Restaurants beliefert haben.«

Nachtclubs.

»Haben Sie je von einem Club namens Rosie's gehört?«

»Nein.«

»Hat Kennedy ihn einmal erwähnt?«

»Nie.«

Murray war bereits auf dem Weg zur Tür. Ella sah Drysdale an. »Wenn Sie uns hier verarschen, können Sie was erleben.«

»Das ist alles, was ich weiß, ich schwöre es.«

Sie waren sich einig, dass Sal als Gelegenheitsaufsicht und Sohn eines Eigentümers die Person war, bei der sie ansetzen wollten. »Außerdem wirkte er irgendwie zerbrechlich«, sagte Ella, während sie mit Vollgas in Richtung Maroubra fuhr. »Ich schätze, wir kriegen viel mehr aus ihm heraus als aus Davids.«

»Wir sollten dieses Mal auch mit dem Vater reden.«

Das Haus der Rios sah verrammelt aus. Ella klopfte, bis ihr die Knöchel wehtaten. Murray blickte zu den Fenstern hinauf.

»Entschuldigen Sie«, ertönte eine Stimme.

Ella sah eine Frau vom Nachbargrundstück über den Zaun winken. »Suchen Sie die Rios?«, fragte sie.

Ella ging zu ihr. »Wissen Sie, wo sie sind?«

»Julio ist heute Nachmittag zusammengebrochen und wurde per Sanka ins Krankenhaus gebracht«, sagte sie. »Sie sind alle zu ihm gefahren.«

»Wissen Sie, welches Krankenhaus?« Ella zeigte der Frau ihren Ausweis. »Wir müssen sie dringend sprechen.«

»Das St. John's in Randwick.« Die Frau senkte die Stimme. »Es ist ein Hospiz. Wohin man geht, um … Sie wissen schon.«

Ella wusste es. »Danke.«

»Ich weiß nicht recht«, sagte Murray. »Wenn der Bursche stirbt, sollten wir seinem Bruder nicht wegen Zeug zusetzen, von dem er vielleicht überhaupt nichts weiß.«

»Das ist ein Mordfall.« Ella fuhr weiter. Randwick war nur ein paar Vororte entfernt.

»Den wir heute aber nicht mehr aufklären werden, oder? Es macht keinen Unterschied, ob wir Sal bis morgen in Ruhe lassen. Er wird sich kaum kooperativ zeigen, wenn wir ihn vom Sterbebett seines Bruders wegzerren, und wir hätten in der Zwischenzeit genug andere Dinge zu tun.«

Ella verlangsamte nicht.

»Fahren wir zum Rosie's und reden noch mal mit Paul Davids. Vielleicht lässt er uns einen Blick in seine Lieferunterlagen werfen«, sagte Murray.

»Er wird wahrscheinlich einen Durchsuchungsbefehl verlangen.«

»Einen Versuch ist es wert.«

Sie näherten sich einer großen Kreuzung. Rechts ging es nach Randwick, wo der nur aus Haut und Knochen bestehende Julio Rios langsam aus dem Leben schied, während die übrigen Rios zuschauten. Geradeaus ging es in die City, nach King's Cross, zum Rosie's, wo der unnachgiebige Paul Davids die rosige, leere Hand nach einem Durchsuchungsbefehl ausstrecken würde.

Ella zögerte, als die Rechtsabbiegespur kam, dann fluchte sie und beschleunigte geradeaus.

Paul Davids Handfläche war nicht so rosig, wie sich Ella vorgestellt hatte – die Furchen darin waren sogar ziemlich schmutzig –, aber sie war auf jeden Fall so leer.

Sie stiegen wieder in den Wagen. »Ich fahre trotzdem

nicht in dieses Hospiz«, sagte Murray. »Wir sollten ins Büro zurückkehren, unsere Berichte tippen und mit dem Antrag auf einen Durchsuchungsbefehl beginnen.«

»Ich glaube nicht, dass wir genug für einen beisammen haben«, erwiderte Ella. »Wir müssen mit den Rios reden.«

»Kommt nicht infrage.«

»Vielleicht lassen sie sich dazu überreden, dass wir in die Bücher schauen dürfen.«

»Das werden sie nicht.«

»Vielleicht doch«, sagte sie. »Wenn sie brave, aufrechte Bürger sind.«

»Soll das passieren, bevor ihr Sohn und Bruder stirbt, oder danach?«

»Okay, okay.« Ella bog nach Westen ab. »Wir fahren ins Büro zurück.«

»Du bist ein guter Mensch.«

»Ha.«

Es war beinahe Hauptverkehrszeit, und der Verkehr war zäh. Ella kroch über eine Reihe von Ampelphasen und überlegte, dass die Rios anschließend die Beerdigung vorbereiten würden und Murray sie wahrscheinlich auch dabei nicht stören wollte. Dann würden sie auf der Beerdigung sein und sich danach von ihr erholen. Sie kam ihnen womöglich tagelang nicht nahe.

Das waren die Aufgaben, die Murray liebte. Ella beobachtete, wie er fröhlich drauflostippte, während sie über ihre Tastatur gebeugt saß.

Wir hätten wenigstens an dem Hospiz vorbeifahren sollen. Vielleicht wäre Sal zum Luftschnappen draußen gewesen. Vielleicht wäre er gerade in seinen Wagen gestiegen, um nach Hause zu fahren.

Sie stützte den Kopf auf die Hand.

»Brauchst du ein Kopfschmerzmittel?«

»Was?«

Murray sah sie an. »Du hältst dir den Kopf. Ich dachte, du hast vielleicht Kopfweh.«

»Ja, stimmt«, sagte sie rasch. »Vielleicht sollte ich nach Hause fahren. Du hast doch nichts dagegen, oder?«

Er tippte bereits wieder. »Kein Problem. Schon dich.«

»Bis morgen dann.« Sie griff nach ihrer Tasche und eilte zur Tür.

Sie bog rechts aus dem Parkplatz in Richtung Stadtmitte ab. Es machte nichts, wenn Murray aus dem Fenster sah. Das war auch der Weg nach Hause.

Sal Rios war nicht auf dem Parkplatz des Hospizes und auch nicht in der Grünanlage beim Eingang. Ella zögerte auf der Treppe, dann ging sie hinein.

Eine Schwester blickte vom Empfangstisch auf. »Kann ich Ihnen helfen?«

Sollte sie ihren Ausweis zeigen? Ella entschied sich dagegen. »Ich habe gehört, dass Julio Rios heute Nachmittag eingeliefert wurde. Ist es möglich, ihn zu besuchen?«

Die Nonne tippte etwas in ihren Computer. Sie tippte schneller als Ella. »Er ist im dritten Stock, Zimmer neun. Der Aufzug ist gleich hier im Flur. Halten Sie sich beim Aussteigen links, dann ist es das dritte Zimmer links.«

»Danke.«

Der Aufzug war langsamer als der im Büro. Ella beobachtete die aufleuchtenden Ziffern und sagte sich, sie habe nicht gerade eine Nonne belogen. Die Frau hatte schließlich nicht gefragt, ob sie eine Angehörige oder Freundin war. Also brauchte sie auch nicht zu erklären, dass sie keine war.

Die Aufzugstür öffnete sich zu einem Flur mit braunem Linoleum. Jesus am Kreuz sah sie von der Wand gegenüber an. *Du hast eine Nonne belogen, dann kannst du auch gleich noch eine trauernde Familie stören.*

Lauren balancierte auf dem Stuhl und hielt sich mit einer Hand am Stamm des Maulbeerbaums fest. Mit der anderen hob sie den alten Motorradreifen an seinem Seil hoch, er schwang vor und zurück und traf sie am Knie. Sie schwankte, und eins der Stuhlbeine sank tiefer ins Gras. Sie gestattete sich einen raschen Blick zum Haus. Kristi stand immer noch an der Verandatür, eine Hand an der Schläfe. *Nein, ich brauche deine Hilfe nach wie vor nicht.*

Sie nahm die Hand vom Baumstamm. Der Stuhl kippte ein bisschen stärker. Sie hielt den Reifen hoch und versuchte, das Seil über den Ast zu werfen, aber dann kippte der Stuhl noch mehr, und sie ließ den Reifen fallen und stolperte ins Gras.

»Lauren.«

»Ich schaffe es schon.«

»Joe ist hier.«

Lauren stand auf und wischte sich das Gras von den Händen. Joe kam über den Rasen auf sie zu. Hinter ihm schloss Kristi die Tür und verschwand im Haus.

»Das sieht aber nach einer wichtigen Aufgabe aus«, sagte Joe.

»Schaukelwartung. Sehr wichtig.«

Er hob den durchgescheuerten Strick auf, den Lauren abgeschnitten hatte. »Ich hätte angenommen, dass Felise dir dabei hilft.«

»Sie ist im Bad.« Lauren kletterte wieder auf den Stuhl. Joe hielt den Reifen, sodass sie das Seil über den Ast fädeln konnte.

»Kann sein, dass es jetzt zu kurz ist«, sagte sie.

»Zieh den Knoten zu, dann sehen wir schon.«

Sie musste beide Hände benutzen, um den Knoten zu machen, und der Stuhl wackelte wieder. Joe trat näher und drehte sich so, dass ihre Hüfte an seiner Schulter ruhen konnte. »Lehn dich an.«

Lauren spürte die Wärme seiner Haut durch sein Hemd

und ihre Jeans. Sie versuchte, sich auf den Knoten zu konzentrieren. »Na, viel unternommen heute?«

»Eigentlich nicht. Nur mit einem Freund in Dulwich Hill Squash gespielt. Ich dachte, ich schau mal vorbei, wie es heute Morgen ging.«

Seine Stimme vibrierte in den Schulterknochen. Lauren schrammte mit den Knöcheln an die Rinde. »Es ging ganz gut.«

Er sah zu ihr hinauf. »Kriegst du Ärger deswegen?«

»Das haben sie noch nicht entschieden.« Ihre Finger waren steif, wie taub. »Klingt, als würde man mich anklagen, aber aufgrund der Umstände könnte ich straffrei davonkommen oder nur eine Geldstrafe bekommen. Oder ich gehe ins Gefängnis.«

Er nickte mit ernstem Gesicht. Beide wussten, dass allein eine Anklage wegen eines schweren Vergehens wie diesem sie ihren Job kosten konnte.

»Bei all deiner Erfahrung wären sie Idioten, wenn sie dich gehen ließen«, sagte er.

»Hoffen wir, dass sie das genauso sehen.« Sie zog das Seil fest. »Na? Wie sieht das aus?«

Joe ließ den Reifen baumeln. »Wie groß ist Felise?«

Lauren stieg vom Stuhl und hielt die Hand an ihre Seite. Joe ging in die Hocke, sodass sein Kopf auf dieser Höhe war, und packte den Reifen. »Müsste gehen.«

»War vorher wahrscheinlich ein bisschen zu niedrig, wenn ich es recht bedenke«, sagte sie. Joe stand auf, und erst knackten seine Knie, dann sein Rücken. »Na, alter Mann.«

Er lächelte sie an, dann legte er ihr plötzlich die Hand in den Nacken, beugte sich über sie und küsste sie.

Im ersten Moment war sie so verblüfft, dass sie zu keiner Bewegung fähig war, dann schlang sie ihrerseits die Hand um seinen Nacken und zog ihn an sich. Seine Haut war feucht und warm. Seine Lippen waren fester, als sie sie in

Erinnerung hatte. Sie drückte ihren Körper an seinen, aber in diesem Moment zog er sich zurück, löste sich aus ihrem Griff, brach die Berührung ihrer Lippen ab.

»Joe.«

»Es tut mir leid.« Er fasste sich in den Nacken. »Ich hatte geduscht, aber ich bin immer noch ganz verschwitzt.«

»Das ist mir egal.« Sie streckte die Hand nach ihm aus, aber er wich zurück, stieß gegen den Reifen und versetzte ihn in Schwingung. Er sah zum Haus hinauf.

Lauren blickte ebenfalls zum Haus. Kristi war nirgendwo zu sehen. »Joe, warte.«

»Ich schätze, das ist repariert.« Er zog an dem Reifen, dann schaute er auf die Uhr. »Verdammt. Bis morgen Abend dann, ja?« Er wartete nicht auf eine Erwiderung, sondern überquerte rasch den Rasen und verschwand im Haus.

Lauren sank auf den Stuhl. Sie hörte, wie Joe draußen auf der Straße seinen Wagen anließ und wegfuhr. Die Fenster des Hauses waren leer, die Tauben saßen entlang der Dachrinne in der Sonne, und Laurens Blick wanderte am Dach vorbei zum blauen Himmel.

Was zum Teufel war das gerade?

29

Jesus beobachtete sie immer noch. Er war größer diesmal und schaute von der cremefarbenen Wand in dem leeren Warteraum herab. Ella saß an der gegenüberliegenden Wand auf einem niedrigen Stuhl. Sie hatte ihn dort hingeschleppt, in die Nähe des Eingangs, damit sie über eine Zeitschrift hinweg in den Flur und zur Tür von Julios Zimmer spähen konnte, wo Nona und ein älterer Mann, vermutlich Guillermo, der Vater, sowie zwei kleine Mädchen um Julios Bett saßen.

Nur Sal nicht.

Es war ruhig auf der Station. Eine Nonne ging vorbei, und Ella tat, als würde sie lesen. Wo war Sal? War er nach Hause gefahren? Sie wartete bereits seit einer Viertelstunde. Wenn er nur mal eben auf die Toilette verschwunden wäre, müsste er längst zurück sein.

Jesus starrte von der Wand. Sie starrte zurück. Sie fragte sich, ob es in allen Zimmern eine solche Statue gab, wie es wohl war, unter so lückenloser Überwachung zu schlafen. Der Krankenhausgeruch ließ sie an Netta denken. Sie hatte ein paarmal angerufen, war aber seit Tagen nicht mehr zu Besuch bei ihr gewesen. Sie ärgerte sich über ihre Schuldgefühle, weil sie nicht hinfuhr, wusste aber, sie würde sich noch schlechter fühlen, wenn sie dort war. Man sollte meinen, wenn man erst einmal über vierzig war, wäre Schluss mit diesem Quatsch, aber allmählich wurde ihr klar, dass es nie endete.

Sie blickte wieder den Korridor entlang. Vielleicht war Sal nach Hause gefahren. Wenn sie seine Nummer hier hätte, könnte sie anrufen und sehen, ob er sich meldete, aber sie hatte alle Unterlagen im Büro gelassen.

Eine Nonne kam vorbei und deutete auf den Heißwasseranschluss unter Jesu Füßen. »Bitte bedienen Sie sich mit Tee oder Kaffee.«

»Danke«, sagte Ella.

Die Nonne ging weiter, und Ella sah sie hinter einem Schild abbiegen, auf dem *Kapelle* stand.

A-ha!

Sie folgte der Beschilderung durch ein Labyrinth von Gängen und kam schließlich in einen, der von falschen Kerzen beleuchtet war und geringfügig weniger nach Krankenhaus roch als die übrigen. An seinem Ende lag eine Doppeltür mit Buntglaseinsätzen. Ein Flügel stand offen, sie schlich hin und spähte in die schwach beleuchtete Kapelle.

Sal saß allein in der dritten Reihe von vorn.

Ella machte einen Schritt zurück und überlegte, wie sie vorgehen sollte. Sie könnte so tun, als habe sie ebenfalls jemanden oben in einem Zimmer liegen, bei dem es aufs Ende zuging, als wäre auch sie auf der Suche nach Trost hierhergekommen. Er würde sie ohne Zweifel erkennen, aber das bedeutete nicht unbedingt, dass sich ein auf gemeinsamem Kummer basierendes Band zwischen ihnen entwickeln konnte.

Sie sah sich um. Keine Statuen in Sicht.

Sie holte tief Luft und ging hinein.

Es gab fünf Bankreihen links und rechts eines Mittelgangs in der Kapelle. Sie ging ruhigen Schritts nach vorn und überlegte, was sie im Fernsehen gesehen hatte. Man verbeugte sich jetzt, oder? Nein, halt, man machte eine Art kleinen Knicks. Sie war nie eine Kirchgängerin gewesen, deshalb wusste sie es nicht. Sie hielt einen Moment inne und sah zu der Statue von Maria hinauf. Jesus war diesmal ein Baby, in die Arme seiner Mutter geschmiegt.

Sie wandte den Kopf zu Sal um. »Verzeihung, ich wollte Sie nicht stören.«

Seine Wangen waren nass, sie leuchteten im Schein der falschen Kerzen. Ella meinte ihre Worte plötzlich auch so.

»Schon gut«, sagte er.

Ella wusste nicht, was sie tun sollte. Sie warf einen Blick zu der offenen Tür. Sie könnte hinausgehen und warten. Das wäre vielleicht das Beste.

»Sie sind diese Detective.«

Sie sah ihn an. »Ja.«

»Haben Sie auch jemanden hier?«

Sie zögerte. »Nein.«

Er schwieg einen Moment. »Dann sind Sie wegen mir hier?«

»Ja.«

»Sind Sie religiös?«

Sie schüttelte den Kopf.

»Ich habe Sie da nach vorn gehen sehen.«

»Man sieht es im Fernsehen. Ich dachte, es gehört sich so.«

»Ich bin auch nicht religiös. Aber mein Dad hat mich wahnsinnig gemacht.«

»Oh.«

»Sie können sich setzen, wenn Sie wollen.«

Sie setzte sich ein Stück seitlich in die Reihe vor ihm.

Er stützte die Ellbogen auf die Knie und rieb sich den Rücken eines Daumens mit dem Ballen des andern. »Meine Mutter ist ebenfalls hier gestorben«, sagte er. »Krebs ist in meiner Familie genetisch bedingt.«

Was in aller Welt antwortete man darauf?

Er verschränkte die Daumen. »Geht es wieder um dieses Telefongespräch?«

»Wie gut kannten Sie James Kennedy?«

»Überhaupt nicht gut.«

»Sie kennen ihn also?«

»Er ist Kurierfahrer. Er hat das Rosie's beliefert. Ich war ein paarmal dort, wenn er Zeug abgeladen hat. Ich habe in der Zeitung gelesen, dass er tot ist.«

»Was für Zeug hat er geliefert?«

Sal blickte auf seine Daumen. »Waren. Fracht.«

»Das sagt mir nicht viel.«

»Was der Club eben so brauchte. Toilettenpapier, Reinigungsmittel, Papierservietten.«

»Alkohol?«

»Den auch.«

»Unter der Hand gehandelten?«

»Was, zum Beispiel? Schwarzgebrannten?«

»Zum Beispiel gestohlenen.«

»Woher sollte ich das wissen?«

»Da Sie ja nur gelegentlich in einer Art Aufsichtsrolle dort sind, nicht wahr?«, sagte Ella. »Über was wissen Sie denn Bescheid?«

»Ich weiß nicht, wer diesen Anruf gemacht hat. Aus Ihren ganzen Fragen folgere ich allerdings, dass es Kennedy war, der angerufen wurde.«

Ella fand, dass dies durchaus eine vernünftige Folgerung war.

»Ich kannte James Kennedy nur so weit, dass man sich grüßte. Es gibt auch noch andere Lieferanten, verstehen Sie. Die grüße ich ebenfalls.«

»Wir können uns eine richterliche Genehmigung zur Durchsicht Ihrer Unterlagen besorgen«, sagte sie. »Wir können alle Einnahmen und Ausgaben des Clubs in den letzten zehn Jahren von Fachleuten prüfen lassen, wenn wir wollen.«

»Aufgrund welcher Beweise?«

Ella warf einen Blick auf den kleinen Jesus. »Wieso macht Ihr Vater Sie wahnsinnig?«

»Weil er Julio am liebsten mag.«

»Wie viel hat Ihr Vater mit der Führung des Clubs zu tun?«

»Nicht viel. Menschen nerven ihn.«

Sie musterte Sal. »Komische Branche für jemanden, der keine Menschen mag.«

»Es war hauptsächlich das Ding meines Onkels.« Seine Wangen waren inzwischen trocken. Er blickte starr geradeaus.

»Paulo?«

Er nickte. »Ist letztes Jahr gestorben. Er war nicht verheiratet, deshalb hat mein Vater seinen Anteil an der Firma zu seinem eigenen dazu geerbt.«

»Krebs?«

»Der kommt von der Seite meiner Mutter. Paulo hatte einen Herzinfarkt, während er ein Mädchen in einem Massagesalon gerammelt hat.«

»Oh.« Mal was anderes. »Er war im Gefängnis gewesen.«

»Ja.«

»Kann es sein, dass er gestohlenen Alkohol verschoben hat? Einen Kurierfahrer mit Flaschen von dem Zeug bezahlt hat?«

»Ich weiß nicht, was er alles getrieben hat. Wir standen uns nie sehr nahe.«

»Hat Julio je in dem Club gearbeitet?«

»Wollen Sie meine gesamte Familie mit mir durchgehen?«

»Wenn es sein muss«, sagte sie.

»Ich könnte aufstehen und gehen.«

»Das könnten Sie.«

Er rührte sich nicht.

Ella beschloss, es zu wagen. »Sal, sehen Sie mich an.«

Er wandte den Kopf. Seine Augen waren dunkel in dem schwachen Licht. Er blinzelte nicht.

»Was wollen Sie mir sagen?«, fragte Ella.

Er starrte sie an und schien den Atem dabei anzuhalten. In der Kapelle war es so still, dass Ella das elektrische Surren der falschen Kerzen hinter sich hören konnte. Etwas Folgenschweres lag in der Luft, als er den Mund öffnete …

»Onkel Sal.« Die Stimme des Mädchens zerriss die Stille. Ella erschrak und sah ein schlaksiges, blondes Mädchen von etwa zwölf Jahren im Eingang stehen. »Mum sagt, du musst jetzt zurückkommen.«

Sal sprang auf. »Ist Julio … ist er wach?«

Das Mädchen zuckte die Achseln und sah Ella an. »Mum hat nur gesagt, ich soll dich holen.«

Er eilte aus der Kapelle, ohne sich noch einmal umzudrehen. Ella war, als würde man ihr die Luft abdrehen. Das Mädchen zögerte noch einen Moment an der Tür, sah sie an und lief dann hinter Sal her.

Ella blickte zu dem Jesuskind hinauf. *Hast du das eingefädelt?*

Ella steuerte den Wagen vorsichtig über den Randstein und dachte, dass sie jeden Tag langsamer in ihre Einfahrt fuhr. Sie schaute in den Rückspiegel und runzelte die Stirn. *Was bist du, Mensch oder Maus?*

Sie stellte den Wagen ab und spähte zum Haus. Kein Anzeichen dafür, dass etwas nicht stimmte. Sie öffnete die Tür und stieg aus.

Sonnenlicht reflektierte vom Küchenfenster, das auf den Fußweg an der Hausseite hinausging. Sie ging vorsichtiger darauf zu, als sie beabsichtigt hatte, und versuchte sich gerade zu halten. Nur Mut! Es würde keine merkwürdigen Dinge geben heute. Sie hatte Kühlschrank, Fenster und Türen doppelt und dreifach überprüft, ehe sie am Morgen aus dem Haus gegangen war.

Sie ging um ihre Haushälfte herum zur Rückseite. Das Gras war so lang wie immer, die Mülltonnen rochen, die Fenster waren intakt. Die Hintertür war verschlossen und unbeschädigt.

Sie hörte irgendwo Wasser laufen. Eine Dusche. Bei ihrem Nachbarn?

Oder näher?

Sie sah zu ihrem hohen Badezimmerfenster hinauf. Die Mattglasscheiben waren geschlossen, sie konnte nicht hineinsehen. Sie legte die Fingerspitzen ans Glas, als würde ihr das etwas verraten. Es war weder heiß noch kalt.

Was sollte sie tun? Ihr erster Gedanke war, Dennis anzurufen, aber wenn er vorbeikam und sie gingen zusammen ins Haus, nur um festzustellen, dass es die Dusche nebenan war, würde sie sich wie eine rechte Idiotin vorkommen.

Wenn sie andererseits zuerst ins Haus ging, um sich zu überzeugen, und dort lauerte ihr zufällig jemand auf …

Ich sollte mit solchem Mist eigentlich umgehen können. Ich werde bezahlt dafür!

Sie ging zum nächsten Fenster, ein Seitenfenster ihres Wohnzimmers. Die Vorhänge waren zugezogen wie immer.

Sie stellte sich auf die Zehenspitzen und presste ein Ohr ans Glas, aber sie konnte kein eindeutiges Geräusch ausmachen. Es konnte ihre Dusche sein, es konnte die von nebenan sein. Sie kannte die Nachbarn nicht und hatte keine Lust, an die Tür zu klopfen und zu fragen, ob sie gerade duschten.

Der Wasserzähler! Sie eilte zum Vorgarten und klappte den Metalldeckel auf. Da hatte sie ihn, den unumstößlichen Beweis. Die Ziffern ratterten durch, als wäre irgendwo in ihrem Haus ein Feuerwehrschlauch angeschlossen.

»Orchard.« Der Empfang war leicht gestört.

»Bist du gerade sehr beschäftigt?«

»Ich bin auf dem Heimweg.«

»Würde es dir etwas ausmachen, einen kleinen Umweg zu fahren und bei mir vorbeizuschauen?«

»Bin schon unterwegs.«

Froh, dass Dennis nicht gefragt hatte, warum er gebraucht wurde, lief Ella auf dem Gehweg hin und her und schaute einmal die eine Seite des Hauses entlang, dann die andere. Schweiß sammelte sich in ihren Achselhöhlen. Vielleicht war der Schlauch der Waschmaschine abgegangen. Sie hatte von so etwas gehört. Und was sie für die Dusche hielt, wäre einfach das Wasser, das über den Boden plätscherte.

Als Dennis vorfuhr, musste sie sich zusammennehmen, um nicht zu ihm zu stürzen. Er stieg aus dem Wagen. »Was ist los?«

»Ich glaube, ich habe etwas Merkwürdiges in meinem Haus gehört.«

Er schloss den Wagen ab und ging in Richtung Haus. »Inwiefern merkwürdig?«

»Als würde die Dusche volle Kanne laufen.« Sie spürte, wie sie rot wurde. »Es ist wahrscheinlich nichts. Ein Schlauch, der abgegangen ist oder so.«

»Kein Anzeichen, dass jemand eingedrungen ist?«

Sie schüttelte den Kopf.

»Aber …?«

»Aber es passieren schon seit zwei Tagen merkwürdige Dinge.« Sie berichtete von dem Pizzeriafaltblatt, dem Stein und der Shampooflasche, von den Cornflakes, der Milch und dem Kühlschrank.

»Wem hast du es erzählt?«

»Das sind so lächerliche Dinge, ich dachte, ich war es vielleicht selbst.«

»Du hast es also niemandem erzählt.«

»Du verstehst bestimmt, warum.«

Er schaute zum Haus. »Was willst du unternehmen?«

»Reingehen und selbst nachsehen.«

»Du willst nicht die Kavallerie rufen?«

»Was ist, wenn es nur ein Schlauch ist?«

Er nickte. Sie machten sich auf den Weg zum Haus. Ella fühlte sich besser, weil Dennis da war, und sie war beinahe schon wieder überzeugt, dass nichts dahintersteckte.

An der Haustür zeigte er auf das Schloss. »Soll ich?«

»Das schaffe ich gerade noch.« Sie steckte den Schlüssel ins Schloss und drehte ihn um, dann stieß sie die Tür weit auf.

»Ich höre es«, sagte Dennis ruhig.

Ella hörte es ebenfalls, es übertönte sogar ihr Herzklopfen. Ihre Dusche prasselte laut. *Verdammter Mist, verdammter …*

Sie schlichen durchs Haus. Die Küche sah normal aus, ebenso das Wohnzimmer. Das Badezimmer ging von dem kurzen Flur weg. Die Tür stand offen. Ella bildete sich plötzlich ein, sie würden eine Leiche in der Duschkabine finden – wessen, das wusste sie nicht. Ihre Kopfhaut juckte, als sie langsam zur Tür pirschten.

Niemand war im Badezimmer, weder tot noch lebendig. Der Duschkopf vibrierte vom Druck des Wassers, das aus ihm schoss. Es spritzte hoch an die blau gefliesten Wände und über den Boden. Es lief gurgelnd den Abfluss hinunter. Die Luft war feucht. Es schien Ella, als sei der Heißwasserhahn maximal aufgedreht, aber der Sprühnebel, den sie spürte, war kalt. *Der Tank ist leer.*

Dennis machte ihr ein Zeichen, dass sie das restliche Haus durchsuchen sollten. Sie wusste, dass sie die Hähne für die Spurensicherung offen lassen mussten, aber es machte sie rasend nervös, das Wasser rauschen zu hören, während sie unter dem Bett und in ihren Schränken nachschaute.

»Sonst scheint alles in Ordnung zu sein«, sagte sie.

Dennis sah sich noch einmal um. »Am besten, wir warten draußen.«

Er telefonierte von seinem Handy, während sie neben Ellas Wagen standen. Ella presste die verschränkten Arme an den Körper. Sie glaubte, das Wasser noch immer rauschen zu hören. Sie schauderte.

»Ist dir kalt?«, fragte Dennis.

Sie schüttelte den Kopf.

Er wies mit einem Nicken zum Haus. »Eine Ahnung, wer das sein könnte? Ist jemand frisch aus dem Bau gekommen? Oder dein aktueller Fall vielleicht?«

»Vielleicht.« Sie erzählte ihm von dem Fall, von Werners Angriff auf Lauren und dem möglichen Maulwurf in der Dienststelle. »Aber was könnte er damit erreichen wollen?«

»Dich aus dem Konzept bringen. An Lauren kommt er jetzt nicht mehr heran, also versucht er es damit.«

Sie überlegte. »Wir sollten auch einen Schlosser rufen. Der Maulwurf muss an meine Schlüssel gekommen sein.«

»Hast du sie unbeaufsichtigt herumliegen lassen?«

»Sie sind in meiner Handtasche in der Schreibtischschublade, aber ich nehme sie natürlich nicht mit, wenn ich zu Kuiper gehe oder in eine Besprechung oder so.«

Er nickte. »Jemand könnte einen Moment abgepasst haben, wenn alle beschäftigt waren, die Schlüssel herausgeholt und einen Wachsabdruck gemacht haben, und er hätte die ganze Zeit gewusst, dass der Aufzug klingelt, wenn er im Stockwerk hält und die Brandschutztür im Treppenhaus ein lautes Geräusch macht, wenn sie zufällt.«

»Und ohne Frage hätte er eine gute Ausrede parat gehabt, falls tatsächlich jemand vorbeigekommen wäre.«

»Ich habe gerade die ganzen Akten hier fallen gelassen und musste sie wieder aufheben.«

Ella starrte auf ihr Haus. Bald würden die Beamten der Spurensicherung hier sein, dazu Kuiper und wahrscheinlich auch die Detectives, die nach der undichten Stelle suchten. Ihr gefiel die Vorstellung nicht, dass Bethany Mendelssohn ihre Sachen durchsuchte.

»Bleib heute Nacht nicht hier«, sagte Dennis. »Komm mit zu uns.«

»Wenn ich das tue, lasse ich mich von ihm einschüchtern.«

»Du musst hier nichts beweisen.«

»Ich komme schon klar, wenn ich neue Schlösser habe.« *Hoffentlich.* »Und falls er mir ernsthaft etwas antun wollte, hätte er es dann nicht längst getan, statt dieses Zeug zu veranstalten?«

»Könnte sein, dass er stufenweise vorgeht. Wenn dich Schritt A nicht aufhält, geht er weiter zu Schritt B.«

»Und wozu? Will er, dass ich aufgebe?«

Kuipers rote Limousine kam die Straße entlanggerast. Dennis stieß sich von Ellas Wagen ab. »Vielleicht geht es einfach um Ablenkung. Du leistest gute Arbeit bei diesem Fall, und er weiß es. Er will dich aus dem Konzept bringen, dich bremsen.«

Er entfernte sich, um mit Kuiper zu sprechen, und ließ Ella über seine Worte nachdenken.

Wenn Werner fand, sie mache ihre Sache gut, dann konnte das nur bedeuten, dass sie ihm zu nahe kam.

30

Sie durchsuchten Ellas Haus umgehend nach Fingerabdrücken, Fasern, Haaren, Abhörvorrichtungen und Bomben. Kuiper ließ Leute mit den Nachbarn reden und nach Autos in der Straße fragen, nach Leuten, die herumgelungert hatten oder Arbeiter, die scheinbar irgendwelche Kabel, Schläuche oder Messinstrumente überprüft hatten. Ella stand an ihren Wagen gelehnt und kam sich vor wie das Zentrum eines Wirbelsturms – unbewegt, während rings um sie Aufruhr herrschte.

Kuiper kam zu ihr. »Der Schlosser ist unterwegs.«

»Gut.«

»Ich lasse ein paar Leute heute Nacht hier, nur für den Fall, dass er zurückkommt.«

»Ich komm schon klar.«

»Sie werden nicht hier sein«, erwiderte er. »Dennis sagt, Sie können mit zu ihm fahren.«

»Ich würde lieber bleiben.«

»Kommt nicht infrage.« Er blickte über die Rasenfläche, wo sich Bethany Mendelssohn und Bryan Greer über einem Notebook besprachen. »Haben die beiden schon mit Ihnen gesprochen?«

Sie nickte. »Sir, ich habe das Gefühl, wenn ich nicht bleibe, lasse ich ihn bestimmen, was passiert.«

»Er bestimmt es aber nicht, sondern ich.« Ein uniformierter Beamter kam die Straße entlanggeeilt. Kuiper entschuldigte sich bei Ella und ging ihm entgegen.

Ella sank gegen den Wagen und fühlte sich so nutzlos wie noch nie. Natürlich waren sie alle nur um ihre Sicherheit besorgt, aber sie war kein kleines Mädchen. Sie war eine Detective, Herrgott noch mal, und doch trauten sie ihr nicht zu, dass sie mit ein paar kräftigen Jungs auf einen Übeltäter wartete? Es war ihr Fall, ihr Täter. Es war nicht fair, wenn sie beim Showdown nicht mitmachen durfte, falls er tatsächlich wiederkam.

Was Mendelssohn und Greer anging, so hatten die beiden ihr erzählt, sie ermittelten gegen drei mögliche Maulwürfe, und sie gefragt, wie viel Kontakt sie zu Edwina Guilfoyle von der allgemeinen Verwaltung, Tracy Potter vom Personalmanagement und Tony Ansible von irgendeiner Computerfirma gehabt hatte. Mit Edwina hatte sie vielleicht ein einziges Mal gesprochen, Tracy hatte sie ziemlich häufig in der Dienststelle gesehen, aber geredet hatte sie nur ein paarmal mit ihr und mit diesem Tony nie. Sie konnte nicht einmal mehr ein Bild von ihm heraufbeschwören. Die Detectives hatten genickt und alles mitgeschrieben, und Ella fragte sich, wie viel ihnen das nun geholfen hatte.

Sie sah die beiden zu Kuiper und dem uniformierten Beamten gehen und fühlte sich bei ihrem eigenen Problem ausgeschlossen. Andere Leute entschieden, was sie tun sollte, und räumten ihr nicht einmal die Möglichkeit ein, ihre Meinung dazu zu äußern. Oder zumindest nicht mehr.

Als Kuiper zurückkam, hatte sie einen Entschluss gefasst. »Ich bleibe bei meinen Eltern.«

Er runzelte die Stirn.

»Woher soll er wissen, wo sie wohnen?«

»Wir wissen nicht, was er weiß.«

»Jedenfalls kann er keine Schlüssel haben. Ich bewahre sie ganz hinten in der Vorratskammer auf, zusammen mit einem Haufen anderer alter Schlüssel, alle unbeschriftet. Niemand könnte wissen, wofür sie sind.« Sie legte alles in ihren Blick, was sie hatte. »Ich werde zwei Handys mitnehmen und meine Waffe, und die Frau nebenan leidet an Schlaflosigkeit, wenn alles andere versagt, wird sie in der Sekunde, in der ich schreie, am Telefon sein.«

Kuiper kratzte sich im Nacken. »Wie wär's, wenn wir erst einmal das Ergebnis der Befragung in der Nachbarschaft abwarten?«

Mehr würde sie im Moment nicht erreichen. »Was hat dieser Streifenbeamte herausgefunden?«, fragte sie und nickte in Richtung des Mannes, mit dem Kuiper gerade gesprochen hatte.

»Eine Frau vier Türen weiter hat vor zwei Tagen einen Mann langsam durch die Straße gehen sehen. Sie fand, er habe sich die Häuser ein bisschen zu genau angeschaut. Sie ist in ihren Garten hinausgeschlichen und hat ihn in diese Richtung weitergehen sehen. Sie ist sich sicher, dass er nicht hier hereingegangen ist, aber sie hat ihn heute wiedergesehen, um etwa zwei Uhr nachmittags. Diesmal stieg er in eine blaue Limousine. Sie konnte sich das Nummernschild notieren – wir prüfen es gerade.«

Der Beamte kam zu ihnen. »Das Kennzeichen wurde letzte Woche von einem Toyota in Alexandria gestohlen.«

»Konnte sie den Mann beschreiben?«, fragte Ella.

»Kurzes, dunkles Haar unter einer Mütze in den Farben der Broncos. Er war weiß, und sie glaubt, in den Dreißigern. Durchschnittliche Größe und Statur, trug Jeans und ein blaues T-Shirt. Sie war nicht nahe genug dran, um mehr zu sehen.«

»Ich komme und rede mit ihr«, sagte Kuiper. »Hoffentlich hat ihn noch jemand gesehen und war nahe genug dran, um ihn vielleicht auf unserem Flughafenfoto von Werner wiederzuerkennen.« Er sah Ella an. »Sie bleiben fürs Erste hier.«

Sie sah Kuiper und dem uniformierten Beamten nach. *Sie bleiben hier?* War sie ein Hündchen oder was? Anscheinend.

»Ich komme schon klar, ehrlich.«

Dennis stand auf der Veranda von Ellas Elternhaus und spähte auf die Straße hinaus. Baumfarne verstellten die Sicht auf ihre Autos. Die Veranda roch nach kaltem Beton und Mulch. Lily hielt sich immer noch in der Nähe des

Zauns auf und tat, als würde sie im Dämmerlicht irgendwelche Gartenarbeit verrichten. Sie hatten sich bereits zur Begrüßung zugewunken.

»Hörst du mir zu, Dennis?«

Er drehte sich zu ihr um. »Lass mich mit hineinkommen und das Haus überprüfen.«

Sie schloss die Tür auf und schaltete das Flurlicht an. Es war still im Haus, nichts rührte sich. Dennis ging ins Wohnzimmer und prüfte die Fensterschlösser. »Sind die alle mit Nummernschlössern wie das hier?«

»Und an den Türen sind Sicherheitsriegel. Niemand kommt hier rein.«

Er ging in die Küche und prüfte die hintere Tür. »Es gibt nur die und die Haustür?«

»Und eine auf der Seite hier, durch den Waschraum.«

Er ging nachsehen und kam dann wieder. »Schlafzimmer?«

Sie führte ihn zuerst zum Schlafzimmer ihrer Eltern mit seinem hohen Bett, dann zu dem, das ihr eigenes gewesen war. Es war jetzt theoretisch ein Gästezimmer, aber Netta erzählte dennoch allen Besuchern, die über Nacht blieben, sie würden in Ellas Zimmer schlafen.

Dennis sah in den Schränken und unter den Betten nach und hielt dann inne, um ein Bild von Ella zu betrachten, auf dem sie elf war.

»Ich will kein Wort hören«, sagte sie.

Er drehte sich grinsend um, wurde aber wieder ernst, als sie sich der Haustür näherten. »Bitte komm mit zu uns.«

»Mir passiert hier nichts.«

Ein trauriger Ausdruck trat in seine Augen.

»Schau mich nicht so an«, sagte sie. »Fahr nach Hause. Mir geht es gut. Nichts wird sein.« Sie langte an ihm vorbei und schloss die Tür auf. »Donna wird sich schon wundern, wo du bleibst.«

»Sie weiß immer, wo ich bin.«

»Ja, in der Arbeit«, sagte Ella. Sie lächelten sich an. »Bis morgen.«

Dennis machte kehrt und blieb auf der Treppe noch einmal stehen, um den Blick über die Straße schweifen zu lassen. Er ging zu dem niedrigen Tor hinunter, dann weiter zu seinem Wagen. Ehe er einstieg, schaute er noch einmal zu ihr hinauf. Sie winkte. Er machte ihr ein Handzeichen, die Tür abzusperren. Sie tat es und stand dann lauschend innerhalb der Tür, bis er seinen Wagen angelassen hatte und weggefahren war.

Sie improvisierte ein Abendessen aus Pasta und Thunfisch, das sie mit Pistole und Telefon neben sich vor dem Fernseher einnahm. Anschließend ließ sie das Geschirr in der Spüle stehen, duschte und ging zu Bett, und die ganze Zeit dachte sie über den Fall nach. Wenn tatsächlich Thomas Werner alle diese Dinge tat, dann musste sie, wie Dennis gesagt hatte, auf der richtigen Spur sein. Und welche war das?

Sie dachte an ihr Gespräch mit Sal am Nachmittag. Der zeitliche Ablauf schien allerdings nicht zu stimmen. Wenn Werner der Mann gewesen war, der gegen zwei Uhr in der Straße gesehen wurde, dann konnte ihr Besuch bei Sal Stunden später nicht der Auslöser gewesen sein. Was hatten sie sonst noch getan? Noch einmal mit Paul Davids geredet, mit Benson Drysdale gesprochen. Wie konnte Werner wissen, was sie taten? Die Information durch den Maulwurf war sicherlich drastisch beschränkt, wenn nicht gar eingestellt worden, seit in der Dienststelle nur noch hinter verschlossenen Türen gesprochen wurde und Mendelsschn und Greer alle mit Habichtsaugen beobachteten. Vielleicht waren Drysdale oder Davids in der Sekunde, in der sie und Murray gegangen waren, ans Telefon gestürzt.

Sie drehte sich auf die Seite und sah zu den Farnbäumen vor dem Fenster hinaus, die sich in einer leichten Brise bewegten und vom Licht aus Lilys Haus nebenan beleuchtet wurden. Sie war ganz hibbelig vor Aufregung. Es war nicht ganz logisch, sie wusste, dass sie besorgt sein, vielleicht sogar Angst haben sollte. Aber da war die Vorstellung, dass sie so nahe an ihm dran waren!

Sie bezweifelte, ob sie Schlaf finden würde in dieser Nacht.

Das Geräusch von zerberstendem Glas ließ sie auffahren und nach ihrer Pistole und dem Handy neben dem Bett tasten. Es war dunkel im Zimmer. Lilys Lichter waren aus. Mit der Pistole in der einen Hand und dem Handy in der andern lief sie rasch aus dem Schlafzimmer. Sie machte kein Licht, als sie barfuß den Flur entlang zum vorderen Teil des Hauses eilte, wo sie einen Lichtschein durch die Wohnzimmerfenster kommen sah.

Sie schlich zum Vorhang und spähte hinaus, den Daumen auf der Tastatur des Handys, die Waffe erhoben und schussbereit.

Feuer. Draußen vor dem Haus brannte etwas.

Es konnte eine Falle sein.

Sie wählte die Notrufzentrale und bat um die Polizei, dann erklärte sie dem Beamten, der den Anruf entgegennahm, wer sie war und was gerade passierte. Die Flammen stiegen höher und warfen einen helleren Schein auf die Veranda. Die nächste Nummer, die sie wählte, war Lilys, um ihr zu sagen, dass sie im Haus bleiben sollte, aber während sie wählte, sah sie Lily bereits mit einem Schlauch aus dem Haus rennen. »Verdammt!«

Ella wechselte ihre Position am Fenster und versuchte, durch die Farnbäume zu sehen. Sie erkannte Lilys Umrisse vor dem Feuer, sah, wie sie den Schlauch hin und her schwenkte. Sonst bemerkte sie niemanden, aber einen Augenblick später war der Schauplatz von blau und rot blinkenden Lichtern erhellt, und Polizisten mit Feuerlöschern in der Hand tauchten auf.

Eine Beamtin stieg über das niedrige Tor und kam an die Tür. Sie klopfte. »Detective? Alles in Ordnung mit Ihnen?«

»Ja, mir fehlt nichts.« Sie begann aufzuschließen.

»DS Kuiper hat darum gebeten, dass Sie die Tür versperrt lassen und bleiben, wo Sie sind«, sagte die Beamtin rasch. »Solange Ihnen nichts fehlt.«

Ich werde nicht durch eine geschlossene Tür mit dir reden wie irgendein geisteskranker Geiselnehmer. Ella öffnete die Tür und schaute auf die Straße hinaus.

»Was brennt da?«

»Ein Auto.«

»Ein brauner Mazda?«

Die Beamtin wandte den Kopf. »Die Farbe ist schwer zu erkennen.

Ella nahm ihre Schlüssel, ging hinaus und schloss hinter sich ab.

Es war ihr Wagen. Das Feuer war fast schon aus. Lily richtete den Schlauch direkt in ein eingeschlagenes Fenster, während ein übergewichtiger Streifenbeamter einen Feuerlöscher unter den Motor entleerte. In der Ferne heulten Sirenen. Die Feuerwehr, dachte Ella. Sie verschränkte die Arme, sah ihre Sitzpolster verschmoren und überlegte, wie sie darauf reagieren sollte.

Die Sonne war schon fast aufgegangen, als Ella an Sal Rios' Haustür hämmerte.

Murray sah aus, als schliefe er noch halb. Sie zeigte zu den Fenstern im Obergeschoss. »Bewegt sich irgendwas?«

Er blinzelte hinauf. »Nö.«

Ella hämmerte wieder an die Tür, dass das Gitter in seinem Rahmen wackelte. »Sal!«

Jetzt hörte sie Schritte. Die Tür wurde aufgerissen, und Nona schaute wütend heraus. »Was ist los, verdammt?«

»Wir müssen mit Sal sprechen.«

»Nicht so laut, da oben schlafen Kinder.« Sie hatte die

Gittertür noch nicht aufgeschlossen. »Er ist sowieso nicht da.«

»Sind Sie sicher?«

»Ich habe gerade in sein Zimmer geschaut.« Nona zog ihren Morgenmantel fester zu. »Das Bett war nicht benutzt.«

»Wir würden gern hereinkommen und uns selbst überzeugen.«

»Unser Bruder liegt im Sterben. Wir waren mehr als die halbe Nacht im Krankenhaus. Alle sind erschöpft, und Sie werden jetzt nicht durchs Haus trampeln und sie stören. Wahrscheinlich ist Sal sowieso gerade bei Julio.«

»Das haben wir bereits überprüft«, sagte Ella. »Er war nicht dort.« Sie sah die Frau durch das Fliegengitter an. »Sind Sie sicher, dass er nicht im Bad oder in der Garage oder irgendwo ist?«

»Ja.« Sie stemmte die Hände in die Hüften. »Sonst noch etwas?«

»Wir kommen später mit einem Durchsuchungsbefehl wieder«, sagte Ella.

»Ja, so ist es recht. Die Familie trauert, aber Ihnen ist das egal.«

»Bringen Sie Sal dazu, dass er mich anruft, das könnte alles ändern. Ansonsten, bis dann.« Ella machte auf dem Absatz kehrt.

»Haben wir denn mehr Beweise?«, fragte Murray im Wagen. »Genügend für einen Durchsuchungsbefehl?«

»Wir haben sie vielleicht bis zum Nachmittag.« Sie schaute zum Haus hinauf. »Hat sich da nicht gerade ein Vorhang bewegt? Der zweite von links?«

»Ich habe nichts gesehen.«

»Ich wette, er ist da drin.« Sie ließ den Wagen an. »Er hat wahrscheinlich auf der Treppe gelauert und jedes Wort gehört.«

Sie frühstückten auf dem Weg ins Büro. Das Essen lag wie eine Felseninsel in Ellas Magen, um die der Kaffee als schwere Brandung schwappte. Sie litt immer noch darunter, als sie den Lift verließen.

Das Büro war leer, bis auf Jason Lambert, der überrascht von seinem Monitor aufblickte. »Ihr beide seid aber früh dran.«

»Du auch.« Ella schaltete ihren Computer an.

»Der Rest wird nicht mehr lange ausbleiben, schätze ich.« Er sah Lambert an. »Hast du gehört, was passiert ist?«

»Was meinst du?«

Murray erzählte ihm, was bei Ella vorgefallen war. Es machte sie verlegen, es zu hören, und sie sah stirnrunzelnd auf ihre Tastatur hinab, während er sprach.

»O Mann«, sagte Lambert. »Und geht es dir gut?«

»Ich bin hier, oder?«

»Sie ist noch ganz die Alte«, sagte Murray. »Ich musste heute Morgen schon mit ihr losziehen, um Türen einzuschlagen.«

»Fangen wir jetzt an zu arbeiten oder nicht?«

Murray setzte sich an seinen Schreibtisch und spielte mit einem Kugelschreiber. »Wirst du Lauren erzählen, was passiert ist?«

»Sie arbeitet heute Nacht, deshalb wird sie noch schlafen.«

»Vielleicht ist es besser, ihr nichts zu sagen«, meinte Murray. »Es dürfte alle nur nervös machen, wenn sie von Brandbomben hören.«

»Es war nur eine Bierflasche voll Benzin. Brandbomben hört sich irgendwie nach Zweitem Weltkrieg an.« Sie schob Papiere auf dem Schreibtisch umher und konnte es kaum erwarten zu arbeiten. An die Aktenordner kamen sie noch nicht heran, weil sie weggeschlossen waren und Kuiper den Schlüssel hatte. Sie sah auf die Uhr. Kurz nach sieben. Es dauerte hoffentlich nicht mehr lange. Sie wollte sich alles noch einmal durchlesen und schauen, ob sie bei Sal Rios vielleicht etwas übersehen hatte.

Denn er hatte ihr etwas zu sagen, davon war sie überzeugt.

31

Müde und durchnässt sperrte Sal das Haus auf. Er hoffte, die Mädchen würden in der Schule sein, Nona und ihr Vater an Julios Bett und Thomas in der Fabrik in Botany. Er hoffte, er würde den Raum und die Zeit zum Nachdenken haben, die er brauchte.

Aber plötzlich war Nona auf der Treppe, einen Korb Wäsche unter dem Arm. »Wo warst du?«

»Was interessiert dich das?«

Sie kam die Treppe herunter und ließ den Korb auf den Boden fallen. »Die Bullen wollten es wissen.«

Er steckte die zitternden Hände in die Taschen. »Und?«

»Und sie sagten, sie würden mit einem Durchsuchungsbefehl zurückkommen, wenn du dich nicht bei ihnen meldest, und Thomas war oben an der Treppe und hat die ganze Zeit gelauscht. Nachdem sie weg waren, ist er ausgerastet.« Sie stemmte eine Hand in die Hüfte. »Ich soll dir ausrichten, ich zitiere, wenn du ihm die Sache versaust, dann wird er es dich büßen lassen, Zitat Ende.«

»Er ist ein Idiot«, sagte Sal und warf rasch einen ängstlichen Blick nach oben.

»Er ist nicht da.« Sie musterte ihn von Kopf bis Fuß. »Ich wasche diese Klamotten aber nicht.«

»Habe ich dich darum gebeten?«

Sie nahm den Korb und ging in Richtung Waschraum.

»Wie geht es Julio?«, fragte Sal.

»Dad ist bei ihm. Ich sagte, wir kommen später.«

Die Polizei wird dort auf mich warten. Sal schauderte. Wenn er nicht hinfuhr, würde man ihn nicht erwischen. Wenn er nicht erwischt wurde und sich nicht meldete, würden sie das Haus durchsuchen und Beweise für Thomas' Anwesenheit finden.

Er ging nach oben, um zu duschen und die Sache zu durchdenken; die feuchten Sachen ließ er auf den Badezimmerboden fallen. Der Tau hatte sich schwer auf den Park nahe dem Friedhof von Waverley gelegt, wo er gesessen und den Sonnenaufgang beobachtet hatte. Als der Friedhof um sieben geöffnet hatte, war er zum Grab seiner Mutter gegangen. Ihr Grabstein hatte sich kühl und rau angefühlt. Er hatte mit einem Zweig Dreck aus den eingravierten Buchstaben ihres Namens gekratzt, das Gras um den Stein herum abgezwickt und seine Finger in die Erde gedrückt. Ein Friedhofswärter war ein paarmal vorbeigekommen, hatte aber nichts dazu gesagt, dass er dort auf der Erde lag. Sal nahm an, dass er an solche Dinge gewöhnt war.

Er hatte nicht mit ihr gesprochen, weder laut noch in Gedanken. Er hatte nur über seine Probleme nachgedacht, das Gras berührt und gehofft, dass ihm letztlich irgendwie Hilfe zuteilwerden würde. Und jetzt war es tatsächlich geschehen.

Das einzige Problem war Julio. Sal versuchte, sich in seine Lage zu versetzen. Würde es ihn stören, wenn sein Bruder nicht an sein Bett käme, um damit alle vor Thomas' Wahn zu retten? Er glaubte nicht. Nona und Dad würden es natürlich nicht verstehen. Aber es wäre nur für heute. So lange würde Julio doch sicher noch durchhalten; der Arzt hatte gesagt, es könne eine Weile dauern. Möglicherweise, hatte er gemeint, würde es sogar ein wenig besser werden, und er käme noch einmal nach Hause. War das die Wirkung von dem Kräuterzeug?

Jedenfalls sollte der Durchsuchungsbefehl bis heute

Nachmittag ausgestellt sein, und in der ganzen Bude würde es von Polizei wimmeln. Er musste nur dafür sorgen, dass sie fanden, was sie finden sollten.

Als er angezogen war, holte er einen alten Stadtplan aus dem Verhau in seinem Schrank, schlug ihn bei Botany auf und malte einen roten Kreis um den Standort von Prestons Fabrik. Er quetschte den Plan in die Gesäßtasche seiner Jeans und zog sein Hemd darüber, dann ging er zur Treppe und lauschte. Unten lief der Fernseher, irgendeine Vormittagsshow, und er hörte Nona zusammen mit dem Studiopublikum lachen. Er schlich weiter zu Thomas' Zimmer am Ende des Flurs. Die Tür war zu, und er suchte ausgiebig nach Haaren im Rahmen, die verraten würden, dass jemand eingedrungen war. Es gab keine. Er zog den Ärmel über die Hand und stieß die Tür sehr langsam auf, für den Fall, dass dahinter andere Fallen wie gestapelte Gläser lauerten.

»Thomas?«, flüsterte er. Keine Antwort. Er machte Licht und schlüpfte in das Zimmer.

Die Fenster waren geschlossen, die Vorhänge zu. Es roch nach den Drogenchemikalien. Das Bett war nicht gemacht, und eine Jeans hing vom Fußende. Zerknüllte T-Shirts lagen auf dem Boden herum. Sal warf den Stadtplan direkt unter das Bett, dann sah er sich um und überlegte, was er noch hinterlassen könnte. Ein Zipfel hellblau glänzender Stoff, der unter einem T-Shirt hervorlugte, stach ihm ins Auge. Er angelte ihn mit dem Fuß heraus. Ein Damenhöschen. Eins, das er wiedererkannte.

Verdammt noch mal, Tracy.

»Sal!«

Er kickte ein T-Shirt über das Höschen, schaltete das Licht aus und eilte so schnell und leise er konnte aus dem Raum. Nach drei großen Schritten war er an der Tür seines eigenen Zimmers. »Was ist?«

»Da ist ein Mann an der Tür.«

»Wer?«

Nona kam halb die Treppe herauf. Sie sah ängstlich aus. »Komm lieber runter.«

Sein erster Gedanke war, es könnte jemand vom Hospiz sein. Aber taten sie das? Wenn Angehörige dort waren, die einfach anrufen konnten?

Er folgte Nona zur Haustür. Die Gittertür war noch abgeschlossen, und er musste dicht vor sie treten, um richtig sehen zu können.

»Mr. Rios?« Der Mann war Chinese. Er hatte ein rundes, feistes Gesicht und trug einen glänzenden blauen Anzug, der Sal an das Höschen oben erinnerte.

»Mr. Rios?«, wiederholte er.

»Ja?«

Der Mann hielt einen Umschlag in die Höhe. Neben der Tür, außerhalb seines Blickfelds, runzelte Nona die Stirn und schüttelte den Kopf. »Schließ die Tür nicht auf!«, zischte sie.

»Äh, können Sie ihn einfach auf die Matte legen?«, sagte Sal.

»Ich muss ihn persönlich übergeben.« Der Akzent war breites Australisch.

Nona schüttelte weiter den Kopf, aber Sal öffnete die Tür. Der Mann händigte ihm das Kuvert aus, dann ging er langsam die Einfahrt hinab.

»Du bist so ein Idiot.« Nona schob Sal zur Seite, damit sie die Gittertür wieder absperren konnte.

Der Mann stieg auf der Beifahrerseite in einen silbernen Mercedes, der auf der Straße wartete, ehe Nona die Haustür zuschlug und Sal die Sicht raubte. »Und wenn er uns hätte töten wollen?«

Sal drehte den Umschlag in der Hand. Er war aus starkem weißem Papier, beide Seiten waren unbeschriftet.

»Mach ihn lieber nicht auf.«

Er schob den Daumennagel in eine Ecke der Lasche.

»Und wenn es eine Bombe ist?«

Das Kuvert enthielt ein dreifach gefaltetes Blatt aus ähnlich starkem Papier. Sal entfaltete es und sah fünf handgeschriebene Zeilen in schwarzer Blockschrift.

Feng Xie war unser Mann. Seine Familie hat uns von seinem Ableben und der Tatsache, dass die Polizei die Umstände untersucht, in Kenntnis gesetzt. Unsere Vereinbarung mit Ihnen ist hiermit beendet. Nehmen Sie keinen Kontakt mit uns auf. Sollten wir irgendwelche Auswirkungen in unsere Richtung feststellen, wird es Ihnen leidtun.

Feng Xies Anweisungen sind übrigens falsch. Ihr Koch wird keinen Erfolg haben.

Nona versuchte, ihm über die Schulter zu schauen.

Er zog das Blatt weg. »Bist du Mr. Rios?«

»Du kannst so ein Arschloch sein.«

»Und du ein echtes Miststück.« *Wieso um alles in der Welt glaubte ich, wegen dir jemandem etwas antun zu müssen.*

Sie stampfte nach oben und rief einen Moment später aus dem Badezimmer: »Glaub ja nicht, dass ich deine Klamotten aufhebe.«

Sal bemühte sich, sie zu ignorieren, und dachte nach. Wenn er Thomas den Brief zeigte, würde der seinen Versuch der Drogenproduktion vielleicht aufgeben und einen Heimflug buchen. Und während er auf den Flug wartete, würde er hier im Haus herumhängen – eine leichte Beute für die Polizei.

Im Wagen plante er dann seine Schritte. Thomas den Brief geben und auf einen Wutausbruch gefasst sein. Wenn er daran dachte, wie er den Heizlüfter durch den Raum geschleudert hatte, konnte er sich leicht vorstellen, dass er den ganzen Laden zerlegte. Er würde ihm also den Brief geben und sich so schnell wie möglich aus dem Staub machen, ihm sagen, Julio gehe es wahnsinnig schlecht, tut mir leid, Kumpel, aber ich muss los. Dann würde er sich für den Rest des Tages irgendwo verstecken. Ein Kino! Er war seit einer Ewigkeit nicht mehr im Kino gewesen. Ja, das war es, gemütlich im Dunkeln sitzen, ein großes Sprite in der Armbeuge, Popcornöl an den Fingern, während die Stunden verrannen und die Detectives das Warten satthatten, sich ihren Durchsuchungsbefehl besorgten und ins Haus stürmten. Er würde sich einen Film nach dem anderen ansehen und dann in der Abenddämmerung aus dem Kino kommen, in seinen Wagen steigen, das Radio einschalten und erfahren, dass der Mörder Thomas Werner hinter Schloss und Riegel war.

Es würde nett sein, Julio alles zu erklären, aber er musste eben hoffen, dass der lange genug durchhielt.

Wayne Rhodes platzte ins Büro. »Geht's dir gut?«

»Bis du mir fast einen Herzinfarkt verursacht hättest, ging es mir gut.« Murray fasste sich dramatisch an die Brust.

»Dich meine ich nicht.« Wayne war blass und schwitzte.

Ella fühlte eine nicht unangenehme Röte aufsteigen. »Setz dich lieber.«

Er schnappte sich den nächstbesten Stuhl. »Ich habe es eben erst gehört.«

»Und was hast du gemacht?«, fragte Murray. »Bist du von zu Hause hierher gerannt?«

»Die Feuertreppe herauf.« Wayne lockerte sein Hemd an den Schultern. »Der Aufzug ist um diese Tageszeit immer so voll.«

»Nur um zu sehen, ob es ihr gut geht.« Murray grinste spöttisch.

Ella spürte ein Kribbeln. Sie trat unter dem Tisch nach Murray.

»Hey, ich meine ja nur«, sagte der.

»Wo gibt es hier einen Kaffeeautomaten?«, fragte Wayne.

»Murray holt dir einen«, sagte Ella und sah ihren Kollegen scharf an. Er seufzte, stand auf und ging.

»Es ist nur so«, sagte Wayne, »dass ich gern ein wachsames Auge auf meine Freunde habe.«

Ella schaute auf das Diagramm auf ihrem Schreibtisch. »Danke.«

»Und ich wollte sagen, dass ich vielleicht ein bisschen überreagiert habe, was Mrs. Nolan angeht.« Er zupfte an der Kunstlederlehne seines Sessels. »Als ich es heute Morgen hörte, hatte ich ein scheußliches Gefühl, weil wir die Sache so stehen ließen.«

»Ich bin diejenige, die aufhören sollte, Leute zu beschuldigen«, sagte Ella. »Ich glaube, du hast recht. Sie will allem auf den Grund gehen und die zweite Seite dieses Briefs ist irgendwie verloren gegangen, aber nicht wegen ihr. Denn hätte sie es geheim halten wollen, hätte sie uns ja gar nichts zeigen müssen.«

Murray brachte den Kaffee. »Kuiper ist gerade eingetroffen. Er ist direkt in sein Büro gestürzt und sah sehr ernst aus.« Er stellte die Tasse vor Wayne ab und sah Ella an. »Vielleicht haben sie ihn erwischt. Vielleicht ist er mit einer Axt vor deinem Haus aufgekreuzt, und sie haben ihn sich geschnappt.«

»Murray«, sagte Wayne.

Kuiper klopfte an die Tür. »Besprechungsraum, sofort.«

»Ich geh dann mal lieber.« Wayne stand auf. »Wir sprechen uns später?«

»Aber klar.« Ella lächelte.

Als alle versammelt waren, schloss Kuiper die Tür. »Das Netz über Deborah Kennedy zieht sich zusammen. Die Beamten in Griffith glauben, sie haben ihren Aufenthaltsort ausgemacht, und wir warten jetzt nur noch auf die Bestätigung. Wir werden sie hoffentlich noch im Lauf des Tages vernehmen können.

Hier bei uns gab es allerdings einige bedeutsame Entwicklungen.«

Er berichtete der schweigenden Gruppe, was in Ellas Haus vorgefallen war. Sie blickte stur geradeaus, während er sprach. Jetzt hörte es sich dumm von ihr an, dass sie von den ersten Zwischenfällen nichts gesagt hatte, aber wer konnte wissen, was los war? Im Nachhinein war man immer schlauer.

»Die Befragung in der Nachbarschaft ergab einige Ergebnisse« sagte Kuiper. »Ein Mann, der dabei gesehen wurde, wie er offensichtlich die Häuser in der Nähe von Marconis beobachtete, wurde als Weißer, von durchschnittlicher Größe und Statur, in den Dreißigern beschrieben. Er trug Jeans, ein blaues Hemd und eine Mütze der Broncos über dunklem Haar. Er wurde zweimal gesehen, zuletzt gestern Nachmittag, als er in einen blauen Wagen stieg, dessen Nummernschilder sich als gestohlen herausstellten.

Die andern beiden Zeugen beschrieben einen ähnlichen Mann, nur weniger genau. Eine Zeugin sah ihn vor zwei Tagen, als sie rückwärts aus ihrer Garage setzte und ihn beinahe überfahren hätte, weil er hinter ihrem Auto vorbeiging und auf die andere Straßenseite schaute – in die Richtung von Marconis Haus. Der andere Zeuge sah ihn am selben Tag, vom Ende der Straße aus, als er auf ein Grundstück ging, das entweder Marconis war oder eins ganz in der Nähe. Keiner dieser Zeugen konnte Werner auf dem Foto von der Flughafenkamera als den Mann identifizieren, den sie gesehen hatten.«

Alles schön und gut, dachte Ella, aber das brachte sie nicht viel weiter. Sie würden von Glück reden können, wenn sie Werner dafür anklagen konnten, es sei denn, er hatte Fingerabdrücke hinterlassen, was sie bezweifelte. Werner war kein Vollidiot, und man musste nur ein bisschen fernsehen, um zu wissen, wie man welche vermied.

Kuiper erzählte nun von dem Brandanschlag auf Ellas Auto vor dem Haus ihrer Eltern. »Das passierte heute Morgen kurz nach vier. Es gibt keine Zeugen für den Vorfall selbst, aber ein Taxifahrer berichtete, er wäre in der Nähe fast von einem blauen Ford gerammt worden. Er hat sich das Kennzeichen teilweise gemerkt, und wir glauben, dass es mit einem weiteren gestohlenen übereinstimmt.«

»Der Wagen dürfte wohl ebenfalls geklaut sein, oder?«, sagte Murray.

»Wahrscheinlich. Zwölf blaue Fordlimousinen vom Typ Falcon, wie von den Zeugen beschrieben, wurden allein im letzten Monat gestohlen.«

»Wissen wir, wie er sich Zugang zu Ellas Haus verschafft hat?«, fragte Marion Philsiger. »Woher er wusste, wo sie wohnt?«

»Wir können uns nur denken, dass der Maulwurf einen Abdruck ihrer Schlüssel gemacht hat, als sie hier im Büro in ihrer Tasche lagen«, sagte Kuiper. »Unsere Adressen sind alle hier in der Datenbank, vielleicht wurde Ella auch zum Haus ihrer Eltern verfolgt, oder da sie im Telefonbuch stehen und es nicht so viele andere Leute mit demselben Nachnamen gibt, könnte Werner die Adressen abgeklappert und ihren Wagen erkannt haben.«

»Wo stehen wir, was den Maulwurf angeht?«, fragte Philsiger.

»Mendelssohn und Greer gehen einer Reihe von Spuren nach«, sagte Kuiper und sah Ella an. Sie erwiderte den Blick. Selbstverständlich würde sie die Namen der drei Verdächtigen für sich behalten. »Das ist alles, was ich im Augenblick dazu sagen kann.«

Ella sah auf das Gekritzel auf ihrem Block und fragte sich, wie das alles enden würde. Vielleicht lieferten Deborah Kennedys Informationen den Schlüssel. Oder vielleicht endete die Jagd nach dem Maulwurf damit, dass Mendelssohn Werner triumphierend in die Dienststelle führte.

Oder vielleicht, dachte sie, *schaffe ich es, indem ich Sal bearbeite und mit der Hilfe von Wayne.*

Der Brief steckte gefaltet in Sals Tasche, eine Ecke davon stach ihm bei jedem Schritt in den Oberschenkel, während er an den kleinen Fabriken und Werkstätten vorbeilief. Es störte ihn nicht, so wie es ihm nichts ausmachte, dass

Leute in seine Richtung blickten, zufällig ihre Schweißermasken hoben oder in ihrem Gespräch innehielten, um die Asche von ihren Zigaretten zu klopfen, wenn er sie passierte. Heute war der letzte Tag, an dem er zu Preston's Plastics gehen würde, und mit diesem Wissen fühlte er sich wieder stark. Er würde Thomas den Brief geben, und Thomas würde den Laden verwüsten und dann nach Hause fahren, um seine Rückkehr nach Österreich zu planen. Er würde wahrscheinlich gerade vor irgendwelchem Nachmittagsschrott im Fernsehen auf dem Sofa lümmeln, Toast essen und auf den Boden krümeln, wenn die Polizei an die Tür hämmerte.

Mit einem Lächeln überquerte er den Vorhof von Preston's Plastics.

In der Fabrik arbeitete Colin Preston an einer Maschine, die sehr laut war und einen höllischen Gestank produzierte. Er sah auf und nickte Sal zu. Sal nickte ebenfalls und klopfte dann an die Tür auf der Rückseite. »Ich bin's.«

Thomas öffnete. Plötzlich etwas nervös, kramte Sal den Brief aus der Tasche und hielt ihn Thomas hin.

Thomas bedeutete ihm hereinzukommen.

»Ich muss los«, sagte Sal. »Julio ...«

»Komm rein, damit ich die verdammte Tür schließen kann.«

Thomas zerrte ihn am Arm hinein. Sal schwand der Mut. Die Heizlüfter surrten. Es war heißer denn je, und Thomas' nackte Brust glänzte vor Schweiß.

Sal bemühte sich, ruhig zu atmen. »Ein Chinese hat ihn zum Haus gebracht.«

»Er ist schon offen«, sagte Thomas.

»Er hat nach Mr. Rios gefragt.«

Thomas fischte das Blatt heraus und ließ den Umschlag auf den Boden fallen. Sal erschien das Knistern des Papiers, als er den Brief entfaltete, plötzlich lauter als Prestons Getöse draußen. Thomas entfernte sich von ihm, während er die Nachricht las, und Sal sah eine metallisch blaue Handfeuerwaffe aus dem Bund seiner Jeans ragen. *Verdammt.*

»Dieser kleine chinesische Scheißkerl.« Thomas hielt eine Ecke des Briefs in die Flamme eines Brenners.

Sal sah die Flammen zu seinen Fingern züngeln. *Ist er tatsächlich verrückt?*

Im letzten Moment ließ Thomas das Stück Papier jedoch auf den Boden fallen, wo es erlosch. »Jetzt bleibt nichts anderes mehr zu tun«, sagte er.

Erleichterung erfasste Sal.

»Ich muss diese Sanitäter töten.« Thomas zog die Waffe aus seiner Jeans.

Sal erstarrte. »Was?«

»Ich muss sie töten.«

»Nein«, sagte Sal.

Thomas ließ den Schlitten gewaltsam hin- und herfahren.

Das Geräusch fuhr Sal in die Eingeweide. »Nein, warte«, wiederholte er, während ihm vor Nervosität der Schweiß über den Rücken lief. »Wieso suchen wir uns nicht lieber jemanden, der weiß, wie man das Zeug kocht, und fügen den Schritt ein, den wir übersehen haben? Wir können immer noch Geld verdienen.«

»Das Zeug ist im Arsch.«

Thomas richtete die Waffe auf Sals Kopf. Sal brachte kein Wort heraus und war unfähig, sich zu rühren. Er dachte an seine Mutter, wie sie sich fühlen würde, zwei Söhne so kurz hintereinander zu verlieren, obwohl der Gedanke unsinnig war, denn sie war ja bereits tot.

Die Mündung der Waffe war so schwarz.

Thomas ließ die Pistole sinken und steckte sie wieder in seine Jeans. Er betrachtete das Chaos auf den Werkbänken.

Sal bewegte sich vorsichtig in Richtung Tür. »Julio … äh … ist im Krankenhaus.« Seine Stimme war hoch und dünn. »Nona wartet auf mich, darum sehe ich mal lieber zu, äh …« Er hatte den Türknauf hinter sich ertastet und zog die Tür auf. »Bis später dann«, krächzte er und beeilte sich hinauszukommen.

32

Lauren blieb bis Mittag im Bett, um vor ihrer Nachtschicht auf Vorrat zu schlafen, aber hauptsächlich dachte sie an Joe. Als sie schließlich aufstand und sich anzog, um etwas zu essen zu machen, stand ihr Entschluss fest: Heute Abend würde sie es ihm sagen.

Von der Küche aus hörte sie Kristi und Felise im Dachgeschoss reden. »Ich bin wach«, rief sie hinauf. »Wollt ihr etwas essen?«

»Wir haben schon«, antwortete Kristi.

Lauren machte sich ein Sandwich, setzte sich an den Tisch und überlegte, was sie sagen sollte. *Joe, wir müssen reden.* Das klang zu grimmig. Wie ein Trennungsgespräch.

Vielleicht: *Joe, kannst du mir sagen, was du empfindest?* Oder besser: *Joe, ich möchte dir sagen, was ich empfinde.*

Sie würde es sagen, wenn sie fuhren, sodass sie sich nicht ansehen mussten, bis sie dazu bereit waren. Es war schwer, sein Herz auszuschütten.

Kristi kam nach unten und machte sich an der Spüle zu schaffen.

»Hat Felise die Schaukel schon ausprobiert?«, fragte Lauren.

»Nein.«

»Joe meint, die Höhe müsste genau richtig sein.«

»Glaub ich auch.«

»Alles in Ordnung?«

»Sicher, warum nicht?«

»Ist das jetzt, weil Joe mir gestern geholfen hat, die Schaukel aufzuhängen, nachdem ich zu dir gesagt habe, dass ich keine Hilfe brauche?«

»Für wie kleinlich hältst du mich?«

Lauren legte ihr Sandwich weg. »Er war einfach da, okay? Ich habe ihn nicht darum gebeten, wir haben uns unterhalten, ich habe das Seil über den Ast geschlungen, und er hat den Reifen festgehalten.«

»Ich weiß.«

Lauren blickte auf ihren Teller hinunter. *Dass wir sie nicht am Fenster gesehen haben, bedeutet nicht, dass sie nicht da war.*

»Du weißt, dass er verlobt ist«, sagte Kristi.

»Ja.«

»Wieso küsst du ihn dann?«

»Er hat mich geküsst.« *Er hat mich geküsst!* Lauren konnte einen kleinen Schauder der Erregung nicht verhindern. *Er hat mich tatsächlich geküsst!*

»Ich finde es einfach unglaublich«, sagte Kristi, »dass du bei allem, was vor sich geht, so eine Geschichte anfängst.«

»Niemand hat etwas angefangen.« Lauren warf den Rest ihres Sandwichs in den Mülleimer. »Und was soll ich deiner Meinung nach tun? Die ganze Zeit hier sitzen und besorgt sein? Mich so fürchten, dass ich das Haus nicht mehr verlassen kann?«

»Ich tue, was ich kann«, brauste Kristi auf.

»Das ging nicht gegen dich. Es war nur so gesagt.« Lauren stellte ihren Teller in die Spüle. »Manchmal passieren Dinge zu merkwürdigen Zeiten.« *Du kannst dir nicht aussuchen, wann du dich verliebst.*

»Versprich mir einfach, dass du alles klärst.«

»Mach ich.«

Heute Abend.

Ella saß mit einem gewaltigen Stapel Aussagen im Schoß an ihrem Schreibtisch. All das noch einmal durchzulesen war, als würde man in einer riesigen Grube nach Gold graben. Jeden Moment konnte man auf ein Nugget stoßen – oder eben nicht.

Auf der anderen Seite des Büros sprach Lambert leise in sein Handy, Philsiger blickte angestrengt auf ihren Bildschirm, und Murray lachte über eine Bemerkung von Strongy.

Ella seufzte und wandte sich der nächsten Aussage zu. Jules Cartwright. Ach ja.

Während sie die Zeilen überflog, erinnerte sie sich daran, wie sie auf dem Sofa der Frau gesessen hatte. Cartwright hatte beschrieben, wie Thomas Werner aufgetaucht war und erwartet hatte, bei ihr wohnen zu können, und wie sie ihn ein paar Nächte auf dem Sofa pennen ließ. *Wir haben uns im Urlaub in Spanien kennengelernt*, las sie.

Spanien.

Hm.

»Murray!«

Er kam zu ihr.

Sie streckte ihm den Ordner mit dem Finger auf der entsprechenden Stelle entgegen.

»Und?«

»Sal Rios kommt aus Spanien.«

»Sein Name kommt von dort her.«

»Irgendwann muss seine Familie auch gekommen sein.« Der Gedanke kam ihr jetzt selbst absurd vor, aber sie verfolgte ihn unverdrossen weiter. »Vielleicht kennt ihn Werner von dort. Oder seine Familie.«

»Deine Familie kommt aus Italien, aber kennst du deshalb alle anderen Italiener?«

Sal hätte ihr im Hospiz beinahe etwas verraten; noch ein wenig gutes Zureden, und wer weiß, was er ausgespuckt hätte. Ella griff zum Telefon und hörte ihre Mailbox ab, dann rief sie die Telefonzentrale an, um sich versichern zu lassen, dass sie keine Anrufe verpasst hatte.

»Er ist wahrscheinlich bei seinem Bruder«, sagte Murray. »Lass uns hinfahren und nachsehen.«

»Jetzt sofort?«

»Ja – das heißt, nein. Lass mich rasch etwas überprüfen.«

Sie gab Sals Namen in die Datenbank ein und schaute nach, welche Autos auf ihn zugelassen waren. Er besaß einen weißen Honda Accord. Sie schrieb das Nummernschild auf und gab dann Nonas Namen ein. Ein goldener Toyota Avalon. Ella schrieb die Nummer ebenfalls auf. Eine Suche unter dem Namen ihres Vaters Guillermo förderte nichts zutage; in letzter Sekunde tippte sie noch Julio ein.

»Ein blauer Ford Falcon« sagte sie. »Dasselbe Auto, das in der Nähe von meinem Haus war.«

»Dasselbe Fabrikat«, sagte Murray.

Ella schrieb die Nummer auf. Sie stimmte mit keinem der Kennzeichen überein, die von Zeugen ganz oder zum Teil erkannt worden waren, aber wenn Werner mit diesem Wagen häufig Zeug verschob, tauschte er die Nummernschilder vielleicht regelmäßig aus.

Sie schaltete ihren Computer aus. »Fahren wir.«

Murray trat ein Stück vom Haus der Rios zurück und schaute zu den geschlossenen Vorhängen im Obergeschoss hinauf. »Nichts.«

Ella schlug erneut an die Tür. Sie widerstand dem Drang, das Ohr an den Türspalt zu pressen. »Und jetzt?«

»Nicht mal ein Zucken.«

Ella ging langsam die Einfahrt hinunter und sah sich von Zeit zu Zeit um. Sie hatte am Morgen das Gefühl gehabt, dass Sal im Haus gewesen war und ihre Drohung mit dem Durchsuchungsbefehl gehört hatte. Was bedeutete es nun, dass er sie nicht zurückrief? Vielleicht wusste er, dass sie nicht genügend Beweismaterial für einen Durchsuchungsbefehl hatten. Oder sie waren schlicht alle auf den Bruder konzentriert.

Es herrschte kaum Verkehr, und sie erreichten das Hospiz nach kurzer Zeit. Sie teilten sich den Lift mit einer Nonne, die einen Stapel Zeitschriften trug, und stiegen im dritten Stock aus. Ella schaute auf das Kruzifix an der gegenüberliegenden Wand. *Jawohl, ich wieder.*

»Welches Zimmer?«

»Das dritte.«

Sie spazierten langsam den Flur entlang und blickten beide im Vorbeigehen in Julios Zimmer. Ella sah flüchtig Julios eingesunkenes, fahles Gesicht, Guillermo, der wie ein großer Bär über seine Hand gebeugt saß, Nona, die am Fenster stand.

Sie gingen in den Warteraum. »Und jetzt?«, fragte Murray.

Ella überlegte kurz. »Überwachen wir sie eine Weile. Du bleibst hier, trinkst Tee und spähst in den Flur hinaus. Ich fahre zum Haus zurück und bleibe dort im Wagen sitzen. An dem einen oder dem anderen Ort muss er in Kürze auftauchen.«

Murray schaute sich im Wartezimmer um. »Okay.«

Ella machte einen Umweg über die Kapelle, wo aber nur eine alte Frau vor dem Altar kniete. Sie ging leise wieder hinaus und eilte zum Wagen.

Sie parkte zwei Häuser weiter auf der anderen Straßenseite. Einige Azaleenbüsche ließen sie die Eingangsfront der Rios und das Garagentor sehen, während sie selbst von den meisten Fenstern aus nicht bemerkt werden konnte. Sie stieg aus, ging die Straße entlang und die inzwischen vertraute Einfahrt hinauf und beobachtete dabei unentwegt die Vorhänge. Nichts. Sie klopfte an die Tür. Noch immer nichts. Sie machte kehrt und ging zum Wagen zurück, wo sie ihr Notizbuch hervorholte und die Uhrzeit notierte.

Sie blätterte eine Seite zurück, wo sie die Autokennzeichen der Rios notiert hatte und ließ es offen auf dem Beifahrersitz liegen, dann schickte sie Murray eine SMS. *Nichts hier.*

Die Antwort kam rasch. *Hier auch nicht.*

Sie machte es sich im Sitz bequem. Im schlimmsten Fall würden die Kinder, von denen Nona gesprochen hatte, in ein paar Stunden von der Schule zurückkommen. Ella dachte an das blonde Mädchen im Eingang der Kapelle. Irgendwer würde doch sicherlich kommen, um sich um sie zu kümmern oder sie zu einem Besuch bei ihrem Onkel abzuholen.

Bestimmt.

Auf der Leinwand erschoss eine Person eine andere, und das Popcorn blieb Sal im Hals stecken. Er trank einen Schluck Sprite, aber es schien, als käme es nicht daran vorbei und schäumte wieder in seinen Mund zurück, sodass er husten musste. Der Mann drei Reihen vor ihm drehte sich mit finsterer Miene um. Sals Augen tränten, und er schnappte nach Luft. Das Popcorn war immer noch da. Er glaubte es zu spüren, wenn er an die entsprechende Stelle am Hals drückte. Er trank kleinere Schlucke, und der Klumpen rutschte langsam und schmerzhaft nach unten.

Es half nichts. Der Film war beschissen, der Sitz war unbequem, und wieso mussten die Leute so nahe bei ihm sitzen? Er konnte nicht aufhören, an die Mündung von Thomas' Pistole zu denken und an seinen Gesichtsausdruck, als er sagte, er würde sich die Sanitäter holen. Keine Beschönigungen, dachte Sal. Töten. Er hatte gesagt, er würde sie töten.

Sal war elend zumute. Der Soundtrack war zu laut, doch selbst dabei hörte er die Frau in seiner Reihe ständig mit Plastik knistern. Er starrte sie eine Weile an, aber sie bemerkte es nicht einmal, sondern schaufelte weiter irgendwelches Zeug in sich hinein.

Schließlich stand er auf und ging an ihr vorbei hinaus.

Die Nachmittagssonne erschien ihm grell nach der Dunkelheit im Kino. Es war bereits nach zwei. Er fragte sich, ob die Polizei bereits bei ihnen gewesen war, ob alles vorbei war. Er ging eine Runde durch das Einkaufszentrum, versuchte sich durch Schaufenster abzulenken, beobachtete einen Jugendlichen, der in einem Computershop ein Videospiel spielte. Dann ging er eine Runde in die andere Richtung. Das Zentrum war riesig, aber bald war er wieder dort, wo er losmarschiert war.

Er dachte an die Sanitäter.

Ihm war übler denn je.

Nichts, textete Murray wieder.

Wie hier, antwortete Ella.

Bald ist Besprechung.

Ich weiß.

Sie saß mit dem Telefon in der Hand da und lugte durch die Büsche. So war das nicht geplant gewesen.

Ein Wagen fuhr langsam vorüber, und sie rutschte tiefer in den Sitz. Es war ein roter Corolla, und er bog in die Nachbareinfahrt der Rios ein. Ella erkannte die Fahrerin als die Frau, die ihnen erzählt hatte, die Rios seien alle im Krankenhaus bei Julio. Sie griff sich ihr Notizbuch und schob es zusammen mit dem Handy in ihre Tasche, dann stieg sie aus.

Die Frau wollte eben in ihr Haus gehen, beide Hände voller Einkaufstaschen aus einem Ökoladen.

»Verzeihung«, rief Ella. »Kann ich Sie kurz sprechen?«

Die Frau stieß die Gittertür mit der Schulter beiseite, um Ella sehen zu können. »Ach, hallo. Lassen Sie mich das nur kurz im Haus abstellen.«

Ella wartete an der Treppe und blickte zum Haus der Rios hinüber. Sie sah von hier einen Teil der Hausseite und bemerkte ein Fenster in der Garage.

»Tut mir leid«, sagte die Frau.

»Es tut mir leid, dass ich mich nicht früher vorgestellt habe«, sagte Ella und zeigte ihren Ausweis. »Ich bin Detective Ella Marconi.«

»Lottie Tuxworth.« Die Hand der Frau war weich. »Haben Sie die Rios im Hospiz gefunden?«

»Ja, danke«, sagte Ella. »Was können Sie mir über Sal erzählen?«

»Er ist ein netter junger Mann, sehr höflich. Hat den Tod seiner Mutter sehr schwer verkraftet.«

»Sehen Sie ihn viel kommen und gehen? Schauen oft Freunde von ihm vorbei?«

»Er scheint nicht sehr viele Freunde zu haben«, sagte Lottie. »Ein Chinese war heute Morgen da und hat mit ihm geredet, aber der könnte auch nur etwas verkauft haben. An meiner Tür war er allerdings nicht.«

»Was hat Sal danach getan?«

»Na ja, kurz darauf habe ich ihn in seinem Wagen wegfahren hören, und Nona fuhr in ihrem eigenen los.«

»Hat Sal immer noch diesen weißen Honda?«

»Ist es ein Honda?«, fragte Lottie. »Es ist jedenfalls der gleiche weiße Wagen, den er hatte, seit er wieder hier wohnt.«

»Und Nona fuhr ihren goldfarbenen Toyota?«

Lottie nickte. »Sie chauffiert Mr. Rios viel herum, da er nicht mehr selbst fährt. Mit ihm und den Kindern verbringt sie ihr halbes Leben im Auto. Kennen Sie diese Aufkleber? *Wenn der Platz einer Frau ihr Heim ist, warum sitze ich dann immer im Auto?*«

»Ich habe sie gesehen«, sagte Ella. »Was ist mit Julio? Haben sie sein Auto noch?«

»O ja. Sie benutzen es regelmäßig. Wahrscheinlich, damit die Batterie in Form bleibt. Nonas Freund fährt viel damit.«

»Wer?«

»Der andere Mann, der gerade da ist«, sagte Lottie. »Ich nehme an, es ist Nonas Freund.« Sie senkte die Stimme verschwörerisch. »Sie wissen ja, wie diese Geschiedenen sind.«

»Hm«, sagte Ella.

»Kein sehr freundlicher Bursche allerdings, wenn Sie mich fragen. Ich habe einmal guten Tag zu ihm gesagt, und er hat einfach den Kopf gesenkt und ist weggegangen. Und ein guter Dad für die Mädchen scheint er auch nicht zu sein. Man sieht ihn nie im Garten mit ihnen spielen.«

Tief in Ellas Brust regte sich etwas. »Wie sieht er aus?«

»Durchschnittstyp«, sagte Lottie. »Kurzes braunes Haar, normale Größe, Umfang, Gewicht, Sie wissen schon.«

»Und Sie haben ihn Julios blauen Ford fahren sehen?«

»So ist es.«

»Wie lange ist er schon hier?«

»Schwer zu sagen. Ein paar Monate schätzungsweise.«

»Ich würde Ihnen gern ein Foto zeigen.« Ella wühlte in ihrer Handtasche und ließ sie beinahe fallen vor Dringlichkeit. Wo war es nur? Notizbuch, Handy, Brieftasche, Schlüssel, Papiere, aber kein Foto. Sie hatte es im Büro. *Mist.* »Sind Sie den ganzen Nachmittag zu Hause?«

»Ich denke ja.«

»Ich bin bald wieder da.« Ella schrieb ihre Handynummer auf eine der Karten und gab sie Lottie. »Wenn Sie die Rios nach Hause kommen sehen, vor allem Sal, oder wenn Sie diesen Freund sehen, sagen Sie kein Wort zu ihnen, sondern rufen Sie mich bitte an.«

»Wird gemacht.«

»Danke.«

Ella ging zur Straße zurück, sah sich um und eilte noch einmal die Einfahrt der Rios hinauf. Diesmal bahnte sie sich einen Weg durch ein paar dürre Silbereichen zur Garagenwand und schichtete ein paar Holzscheite aufeinander, sodass sie darauf stehen und durch das Fenster spähen konnte. Der blaue Ford stand auf ihrer Seite, der Platz dahinter war leer. Sie konnte die Kennzeichen des Wagens nicht sehen. Wenn das Auto hier war, hieß das, Werner war im Haus?

Sie ging zur Vorderseite der Garage und zog wiederholt an den Rolltoren. Beide waren abgesperrt. An der Haustür holte sie tief Luft, legte eine Hand an die Waffe und klopfte.

Nichts.

Sie eilte die Einfahrt wieder hinunter, wobei sie stark das Gefühl hatte, beobachtet zu werden, sprang in ihren Wagen und rief Murray an. »Und?«

»Nichts.«

»Ich komme und hole dich.« Sie ließ den Wagen an. »Warte vor dem Eingang auf mich. Nein, halt. Wenn ich es recht bedenke, bleib dort. Mach keinen Schritt aus diesem Raum. Ruf an, wenn sie aufbrechen oder telefonieren. Ich erkläre dir später alles.«

»Aber …«

Sie legte auf und gab Gas.

33

»Also, es ist so«, sagte sie zu Kuiper. Ella legte alles dar, was sie wusste. Sie zählte die Punkte an den Fingern ab und malte Verbindungslinien in die Luft. Sie erklärte, was sie brauchten und warum. Dann wartete sie.

Kuiper fuhr mit dem Daumen über die Stoppeln an seinem Kinn. »Murray hat mir von Julio Rios erzählt. Eine Schwester sagte, er könnte jeden Moment sterben.«

»Nun ja«, sagte Ella. »Deshalb ist er in einem Hospiz.«

Kuiper richtete zwei schwarze Kugelschreiber auf seinem Schreibtisch gerade. »Ich denke nicht, dass es unsere Beweise rechtfertigen, eine Familie in einer solchen Situation zu stören.«

Hat er nicht gehört, was ich gesagt habe?

»Natürlich können wir uns die Unterlagen der Einwanderungsbehörde ansehen«, fuhr Kuiper fort. »Und Sie können Sal Rios sicherlich zu einer Vernehmung ins Büro bitten, aber wenn er sich weigert, haben Sie keinen Grund, ihn zu verhaften. Wir haben nicht genug für einen Durchsuchungsbefehl für ihr Haus und auch nicht für Julios blauen Wagen oder dafür, ihr Telefon abzuhören.«

»Und wenn die Nachbarin Werner auf dem Foto identifiziert?«

»Dann kommen Sie wieder, und wir besprechen es noch einmal.«

Zurück an ihrem Schreibtisch rief sie das Revier in Maroubra an und verlangte Detective Chris Frame, den sie von einem Kurs vor ein paar Jahren kannte. »Wenn ich dir per E-Mail ein Foto schicke, kannst du es dann einer Frau zeigen, die bei euch drüben wohnt?«

»Kein Problem«, antwortete er. »Sag mal, was höre ich da von einem Angriff auf dein Haus?«

»Komplizierte Geschichte.« Sie klemmte den Hörer zwischen Schulter und Ohr und schickte Werners Foto ab. »Ich erzähle es dir später einmal. Ist das Bild schon da?«

»Mal sehen.« Sie hörte ihn auf seiner Tastatur klappern. »Ja, ich hab's. Soll ich sofort losgehen?«

»Wenn du kannst, ja.« Sie nannte ihm die Adresse. »Der Mann auf dem Bild könnte sich im Nachbarhaus aufhalten. Auf mein Klopfen hat zwar niemand aufgemacht, aber der Wagen stand in der Garage.«

»Ich werde die Augen offen halten«, sagte Frame. »Ich rufe dich umgehend zurück.«

Sie legte das Telefon beiseite und sah auf die Uhr. Zehn Minuten, bis er das Revier verlassen hatte und zu Mrs. Tuxworth gefahren war, fünf Minuten, um mit der Frau zu reden, zehn Minuten für den Rückweg. Früher, wenn er gleich von dort per Handy anrief. Sie stellte sich vor, wie sie die Bestätigung erhielt und erneut zu Kuiper ging, und wie das ganze Team daraufhin loslegte. Sehr schön.

Sie holte sich einen Kaffee und versuchte, weitere Aussagen zu lesen, konnte sich aber nicht konzentrieren. Sie legte ihre Armbanduhr neben den Ordner, sodass sie einen Blick darauf werfen konnte, merkte aber bald, dass sie nur dem Sekundenzeiger auf seinem Weg zuschaute. Nach zwanzig Minuten hörte sie ihre Mailbox ab, für den Fall, dass die Telefone überlastet waren und Frame nicht durchkam. Nach dreißig Minuten wiederholte sie es. Ihr Kaffee, den sie nicht angerührt hatte, war inzwischen kalt geworden.

Sie blätterte um und wandte sich der nächsten Aussage zu, als das Telefon läutete. Sie griff hastig danach. »Marconi.«

»Sie ist sich nicht sicher wegen des Bilds«, sagte Frame.

Ella konnte es nicht fassen. »Hat sie richtig geschaut? Nicht nur einen raschen Blick darauf geworfen?«

»Deshalb hat es ja so lange gedauert«, erwiderte er. »Sie hat es eingehend studiert. Man sah ihr an, dass sie ihn erkennen wollte. Aber am Ende konnte sie es nicht mit Sicherheit sagen.«

Ella stützte den Kopf auf die Hände.

»In dem Haus war auch keine Menschenseele zu sehen, und die Nachbarin sagte, dass niemand da war. Tut mir leid.«

»Vielen Dank trotzdem.«

Als Frame aufgelegt hatte, starrte sie ins Leere und überlegte, was sie als Nächstes tun sollte. Sal Rios hatte nicht angerufen. Sie hatten nicht genügend Material, um das Haus zu durchsuchen. Nona und ihr Vater würden für eine Anfrage bezüglich der Identität ihres Untermieters kaum empfänglich sein, und Kuiper würde sein Einverständnis vermutlich ohnehin nicht geben. Natürlich musste sie nicht alles vorher mit ihm abklären. Aber er hatte recht, was die Beweislage anging: Es lief wirklich nicht auf viel hinaus. Sie hatten Nona bereits Werners Foto gezeigt, und sie bestritt, ihn zu kennen, und auch wenn Ella das Gefühl hatte, dass sie log, war es im Augenblick eben nichts weiter als ein Gefühl. Und Kennedy mochte zwar Waren an sie geliefert haben, die zu gewissen Zeiten vermutlich nicht astrein waren, aber er hatte eben auch an Hunderte andere Leute überall in der Stadt geliefert.

Sie musste mit Sal sprechen.

Eine Stunde später ging sie über den Flur des Hospizes. Murray saß mit einer Zeitschrift im Schoß in seinem Sessel und tippte eine SMS. Er stand auf, als er sie kommen sah. Sie warf im Vorbeigehen einen Blick in Julios Zimmer und sah nur Guillermo mit offenem Mund in einem Stuhl dösen. Julio schien ebenfalls zu schlafen.

»Ich wollte dir gerade schreiben, dass Nona und die Kinder gegangen sind«, sagte Murray. »Es wundert mich, dass du ihnen nicht in der Eingangshalle begegnet bist.«

»Verdammt«, sagte Ella. »Ich wollte sie fragen, wo Sal stecken könnte.«

Sie hatte dieselbe Frage bereits Paul Davids im Rosie's gestellt. Er hatte gesagt, er habe keine Ahnung, und ließ sie dann überall nachschauen und sich davon überzeugen, dass er tatsächlich allein war.

»Vielleicht sollten wir für heute Schluss machen«, sagte Murray. »Wir können morgen früh mit Nona reden, falls Sal bis dahin nicht aufgetaucht ist, was er aber wahrscheinlich tun wird. Er muss irgendwo essen und schlafen.« Sein Magen knurrte.

»Aber vielleicht arbeitet er irgendwo anders, an einem Ort, von dem wir nichts wissen, und kommt am Abend noch vorbei, um Julio zu besuchen«, sagte Ella. »Ich meine, er wird sich doch irgendwann hier blicken lassen, oder?«

»Du kannst ja bleiben und warten, wenn du willst, aber es ist beinahe Abendessenszeit, und ich bin am Verhungern.« Murray machte sich auf den Weg zum Ausgang. »Ruf mich an, wenn etwas passiert, ansonsten bis morgen.«

Sie setzte sich in seinen Sessel und griff nach der Zeitschrift. Sie würde warten. Selbst wenn Sal nicht auftauchte, würde Guillermo irgendwann gehen oder wenigstens die Toilette aufsuchen, und dann konnte sie ihn fragen, wo Sal stecken könnte. Sie sah zu der Christusstatue hinauf. So war es fair, oder? Sie weckte ihn nicht, sie belästigte ihn nicht vor seinem sterbenden Sohn.

Ihr Handy läutete. Sie kannte die Nummer auf dem Display nicht. »Marconi.«

»Hier ist Lottie Tuxworth.«

Ella setzte sich aufrecht. »Ja, Mrs. Tuxworth. Was ist passiert?«

»Dieser Freund von Nona muss irgendwann heute Nachmittag zurückgekommen sein, denn vor fünf Minuten habe ich ihn aus dem Haus rennen und in ein gelbes Auto steigen sehen, das in der Straße hielt. Ich glaube, eine Frau saß am Steuer.«

»Konnten Sie das Kennzeichen des Wagens erkennen?«, sagte Ella. »Oder die Marke und das Modell?«

»Nichts dergleichen«, sagte Lottie. »Nur, dass es klein und gelb war.«

»Aber Sie sind sicher, dass es derselbe Mann war?«

»Eindeutig«, sagte sie. »Tut mir leid, dass ich ihn auf dem Foto nicht sicher erkannt habe. Aber Nona ist mit den Kindern gerade nach Hause gekommen, sie müsste es Ihnen sagen können.«

»Sie haben aber über nichts von alldem mit ihr gesprochen, oder?«

»Nein, nein, sie ist schnurstracks in ihr Haus gegangen.«

»Bitte sagen Sie kein Wort davon, Mrs. Tuxworth.«

»Nein«, antwortete sie. »Ich verspreche es.«

»Danke. Kann sein, dass ich mich bald wieder melde.«

Ella legte auf und suchte die gespeicherte Nummer von Kuiper heraus. Als sie gerade den Rufknopf drücken wollte, bemerkte sie Bewegung im Flur. Eine Frau kam aus einem

Zimmer, das ein Stück weiter als Julios lag. Sie wischte sich mit dem Handrücken über die Augen, während sie mit dem Daumen der anderen Hand eine Handynummer eintippte. »Ich bin's«, sagte sie. »Mum ist gerade gestorben.«

Ella saß absolut still und reglos.

»Ja, jetzt eben.« Die Stimme der Frau brach. Sie legte die Hand vor die Augen. »Nein, seit gestern nicht mehr. Aber ich glaube, sie wusste trotzdem, dass ich da war.« Sie sank gegen die Wand, als würden ihre Beine sie nicht mehr tragen. Sie weinte jetzt. »Eigentlich geht es mir gut. Sie hat keine Schmerzen mehr, das ist das Wichtigste.« Sie blickte auf und sah Ella sitzen, woraufhin sie in ihr Zimmer zurückging und die Tür schloss.

Ella blickte zu Boden und dachte an Netta. Sie hatte sie oder ihren Vater seit Tagen nicht mehr angerufen; sie konnte sich nicht einmal erinnern, wann zuletzt. Vor drei Tagen? Vier? Sie hatten wahrscheinlich bei ihr zu Hause angerufen und machten sich Sorgen, warum sie nicht antwortete. O Gott, was, wenn sie Lily angerufen hatten und die ihnen von dem Brandanschlag erzählt hatte? Netta würde außer sich sein, dass sie es nicht von Ella selbst erfahren hatte.

Ich hätte sie wenigstens anrufen sollen. Wie lange dauerte das, fünf Minuten?

Sie würde sie heute Abend anrufen. Bald. Wenn sie hier fertig war.

Jetzt aber rief sie Kuiper an. Er war kurz angebunden. »Hier herrscht Hochbetrieb. Sie haben Deborah Kennedy in einem Haus westlich von Griffith aufgespürt, aber sie weigert sich herauszukommen. Ich versuche gerade, weitere Informationen zu bekommen.«

»Was will sie?«

»Das sagt sie nicht«, antwortete er. »Ihre Tochter und dieser Typ sind bei ihr, alle offenbar unverletzt, aber sie will nicht reden oder das Haus verlassen. Sie schicken jetzt weitere Beamte und dazu einen Verhandlungsspezialisten.« Er deckte das Telefon kurz ab, dann war er wieder da. »Ich muss Schluss machen.«

»Nur ganz kurz noch«, sagte Ella rasch, »die Nachbarin der Rios hat den Mann, den wir für Werner halten, das Haus verlassen und mit einer Frau in einem kleinen gelben Wagen wegfahren sehen. Kein Modell oder Kennzeichen.«

»Okay.« Er klang zerstreut. »Machen Sie jetzt Feierabend?«

»Ich bin immer noch hinter Sal …«

»Halten Sie mich auf dem Laufenden«, sagte er und legte auf.

Ella saß mit dem Handy im Schoß da und dachte an Deborah Kennedy, die sich mit ihrer Tochter und einem Freund in einem Bauernhaus verbarrikadierte. Wieso benahm sie sich so? Hatte sie vor Schmerz den Verstand verloren? Weiter vorn im Flur hörte sie die trauernde Frau schluchzen. Sie dachte daran, wie Sal ihr in der Kapelle erzählt hatte, seine Mutter sei ebenfalls hier gestorben. Sie dachte an Lotties Worte, wie schwer ihn der Tod seiner Mutter getroffen hatte. Sie sah zu der Statue hinauf und hatte eine Idee.

Sie rief die Liste der zuletzt eingegangenen Anrufe in ihrem Handy auf und wählte einen aus. »Mrs. Tuxworth«, sagte sie, »hier ist Detective Marconi noch einmal. Können Sie mir sagen, wo Mrs. Rios begraben liegt?«

Es dämmerte, als sie am Friedhof von Waverley eintraf. Ein Mann schloss gerade das Tor ab.

»Entschuldigen Sie.« Sie zeigte ihm ihren Ausweis. »Ich suche nach einem Mann, der möglicherweise heute einige Zeit hier verbracht hat, eventuell erst vor Kurzem und an einem bestimmten Grab. Er ist Anfang dreißig, braunes Haar, braune Augen, eher schlank, mittelgroß, fährt einen weißen Honda.«

»So einer war da, ja, wir mussten ihn auffordern zu gehen, damit wir schließen können. Ich glaube, ich habe ihn draußen auf der Straße in einen weißen Wagen steigen sehen.«

»Wann war das?«

»Vor einer Viertelstunde etwa.«

»Wissen Sie, an welchem Grab er war?«

»Er spazierte hier im südlichen Teil herum«, sagte der Mann. »Das ist alles, was ich Ihnen sagen kann, tut mir leid.« Er machte sich wieder an dem Tor zu schaffen.

Ella ging zu ihrem Wagen zurück. Sie stieg ein und starrte aus dem Fenster. *Eine Viertelstunde.*

Warum habe ich nicht früher daran gedacht?

Joe blätterte seine Zeitung um. »Das ist nett, oder?«

»Was?«, fragte Lauren.

Er machte mit dem Arm eine Bewegung, die den ganzen Aufenthaltsraum der Station einschloss, wo sie ohne ihre Stiefel am Kaffeetisch saßen. »Wir kommen nicht oft dazu, so herumzusitzen. Ich könnte mich daran gewöhnen.«

Lauren kam es unheimlich vor. Sie hatten nach ihrer Ankunft das Fahrzeug überprüft und zu Abend gegessen. Sie hatte das Telefon ein paarmal abgenommen und sogar die Zentrale angerufen, um sich zu vergewissern, dass man sie auf dem Dienstplan hatte. Der Beamte dort hatte gelacht. »Es ist einfach nur ruhig. Obwohl wir es jetzt wahrscheinlich verschrien haben.«

So war es aber nicht gekommen. Lauren schaltete den Fernseher an und zappte durch die Kanäle, ehe sie ihn wieder ausmachte. »Komm, lass uns spazieren fahren.«

»Können wir nicht einfach unsere Auszeit genießen, anstatt nach Arbeit zu suchen?«

»Ich langweile mich.« *Und ich muss neben dir im Fahrzeug sitzen, damit ich mit dir reden kann.* Da sie es sich einmal so ausgemalt hatte, konnte sie es sich nicht mehr anders vorstellen.

»Überprüf die Haltbarkeitsdaten der Medikamente, wenn du unbedingt etwas tun musst.« Er konzentrierte sich wieder auf seine Zeitung.

Sie stand auf und ging in den Mannschaftsraum. Sie fühlte sich nervös und unglücklich. Als sie das Haus verlassen hatte, hatte Kristi noch einmal angemerkt, sie müsse alles klären, ehe es zu weit ginge.

»Das werde ich«, hatte Lauren gesagt. »Okay?«

Kristi hatte ihr zugesehen, wie sie die Schulterstücke an der Bluse befestigte. »Und sei vorsichtig heute Nacht.«

»Mit Joe?«

»Ich meine es ernst. Ich habe ein komisches Gefühl.«

Alles fühlt sich in letzter Zeit komisch an, hatte Lauren gedacht. »Mir passiert schon nichts.« Sie hatte Kristi auf die Wange geküsst. »Bis morgen früh.«

Jetzt, da sie die Magnete an der Tafel verschob, musste sie zugeben, dass sie ebenfalls ein komisches Gefühl hatte. Sie sagte sich, es liege sicher nur an dem trägen Beginn. Zwei Stunden ohne Einsatz – das musste ein neuer Rekord in der Geschichte der Station sein.

Das Telefon läutete. Sie griff danach. »The Rocks.«

»Ich sagte doch, wir haben es verschrien«, sagte der Beamte in der Zentrale. »Für euch habe ich einen weinenden Mann.«

Lauren schwoll der Kamm. »Wollen Sie mich verarschen?«

»Nein«, sagte er. »Wurde von einem Nachbarn gemeldet. Andere Adresse. Wohnung 7 in der Betts Street 19 in 'Loo. Der andere war Victoria. Rettet ein Leben, ja?«

Joe kam auf einem Bein hüpfend herein, da er sich den Stiefel über den andern Fuß zog.

»Weinender Mann.«

»Nicht der schon wieder.«

»Andere Adresse.«

Sie schlüpfte ebenfalls in ihre Stiefel und folgte Joe zum

Rettungswagen. Ihr war schlecht vor Angst. *Es wird nicht derselbe Typ sein. Du bist bei Joe, und alles ist gut.*

»Und wo ist es?« Joe fuhr in die Nacht hinaus.

Sie sagte ihm die Adresse. »Frei auf meiner Seite.«

»Bleib, wo du bist, kleines, gelbes Auto.« Joe beschleunigte aus der Zufahrt heraus in den Verkehr. »Ich tippe auf Ärger mit Freundin diesmal.«

Woolloomooloo war nur wenige Minuten entfernt. Nicht weit genug, um das Gespräch mit Joe auch nur anzufangen. »Ich tippe auf Ärger mit dem Freund.«

Er lachte.

»Frei auf meiner Seite«, sagte sie.

Der Wohnblock in der Betts Street 19 war neu, sauber und ordentlich. Eine ältere Frau wartete unter einer Laterne auf sie und hielt sich die Zipfel eines schwarz-weißen Kopftuchs aus dem Gesicht, da ein böiger Wind wehte. »Tut mir leid, dass ich Sie stören muss.«

»Kein Problem.« Lauren fühlte sich jetzt schon besser. Das war etwas völlig anderes hier als der Einsatz bei dem Ice-Süchtigen. »Kennen Sie den Mann überhaupt?«

»Er ist erst vor Kurzem eingezogen. Ich wollte mich schon immer mal vorstellen, kam aber nie dazu. Darf ich Ihnen eine dieser Taschen tragen?«

»Das geht schon, danke.« Joe holte die Trage aus dem Heck, und Lauren stapelte Sauerstoffgerät, Medikamente und EKG-Gerät und zuletzt den Erste-Hilfe-Kasten obendrauf.

Die Frau eilte zur Tür. Joe rollte die Trage an ihr vorbei in die Eingangshalle. Lauren drückte den Aufzugsknopf, und sie quetschten sich alle zusammen hinein.

Die ältere Dame sah zu Joe hinauf. »Sie sind aber ein hübscher junger Mann.«

»Das ist er, nicht wahr?« Lauren grinste. Joe versuchte unter der Trage nach ihr zu treten, aber sie wich ihm aus.

Als der Lift hielt, stiegen sie aus. Die Frau zeigte zu der

Tür mit der Nummer 7. Lauren hörte ein leises, dumpfes Schlagen aus der Wohnung.

»Er hat nicht aufgemacht, als ich vorhin geklopft habe, aber vielleicht haben Sie mehr Glück. Oder soll ich nachsehen, ob der Hausmeister inzwischen zu Hause ist?«

»Lassen Sie es uns erst einmal versuchen«, sagte Lauren. »Danke für Ihre Hilfe.«

»Ich bin gleich hier, falls Sie mich brauchen.« Die Frau ging in ihre Wohnung und schloss die Tür.

Lauren klopfte. »Rettungsdienst. Können Sie mich hören?«

Ein leises Stöhnen. Sie klopfte erneut und legte das Ohr an den Türspalt. »Rettungsdienst.«

Joe probierte den Türknauf. »Abgeschlossen.«

Lauren hämmerte mit der Faust an die Tür. Sie lauschte und glaubte, Stöhnen zu hören. »Vielleicht sollten wir sie doch um den Hausmeister schicken. Könnte ein plötzlicher Anfall oder so etwas sein.«

Joe klopfte an die Tür der alten Dame, und sie machte sich rasch auf den Weg.

Der Hausmeister war ein unfreundlicher Mensch in schwarzer Jeans und einem cremefarbenen Pullover. »Können Sie mir bestätigen, dass es sich um einen medizinischen oder sonstigen Notfall handelt, und es deshalb erforderlich ist, Ihnen die Schlüssel zu überlassen, damit Sie in die Wohnung gelangen?«

»Das kann ich bestätigen«, sagte Joe, ohne mit der Wimper zu zucken.

Der Mann händigte ihm den Schlüssel aus. Joe steckte ihn ins Schloss, und der Hausmeister zog sich in Richtung Aufzug zurück. »Ich, äh, lasse Ihnen den Schlüssel da. Blut und solche Dinge liegen mir nicht so.«

Gut, dachte Lauren. Verschwinde ruhig.

Joe machte die Tür weit auf, und sie schauten hinein. Das einzige Licht kam aus dem Kühlschrank, aber man sah einen Mann auf dem Küchenboden liegen. Lauren machte das Wohnzimmerlicht an und sah sich beim Hineingehen um. »Sonst scheint niemand hier zu sein.«

Joe bat die alte Dame, auf die Tür aufzupassen, und folgte Lauren mit der Trage und der Ausrüstung nach drinnen. Lauren machte in der Küche Licht und erwartete, dass der Mann blinzelnd zu ihr hinaufschauen würde, aber er starrte nur wirr im Raum umher. Der halbe Inhalt des Kühlschranks lag auf dem Boden, und als sie einen Schritt nach vorn machte, klebte etwas unter ihrem Stiefel. »Honig.«

»Er ist über und über voll davon«, sagte Joe.

Lauren kauerte sich neben den Mann. Seine Haut war verschwitzt, wo sie nicht voller Honig war. Seine Jeans und das Hemd waren ebenfalls mit Honig beschmiert. »Sieht nach Unterzucker aus«, sagte sie. Sie drückte seine Schulter. »Sind Sie Diabetiker?«

Er griff nach ihr und hinterließ klebrige Handabdrücke auf ihrem Arm und der Bluse. Unfähig, sich zu konzentrieren oder zu sprechen, zog er an ihrem Arm.

»Ich weiß, schon gut«, sagte sie. Selbst durch die Handschuhe spürte sie, wie klamm seine Haut war.

»Der Piekser ist bereit«, sagte Joe.

»Such etwas, womit du seine Hand abwischen kannst, sonst verfälscht der Honig alles.«

Joe hielt ein Geschirrtuch unter den Wasserhahn und kauerte sich auf die andere Seite des Mannes. »Wie geht es, mein Freund?« Er fing die Hand des Mannes ein, als der sie nach ihm ausstreckte. Lauren hielt die andere fest. Joe wischte den Honig von den Fingern des Mannes und hielt diese Hand dann fest, während Lauren in den Zeigefinger des Mannes stach und einen Tropfen Blut auf den Glukometerstab fallen ließ. Der Mann legte seine freie Hand an ihren Kopf und schmierte Ohr, Wange und Haar voll Honig.

»Ah, verdammt«, sagte sie.

Joe kicherte.

Das Gerät piepte. »Tief, tief, tief«, las Lauren ab.

»Lass ihn dein Haar noch ein wenig streicheln, während ich die Dextrose vorbereite.«

Lauren hielt beide Hände des Mannes. Er weinte und versuchte zu sprechen. »Schon gut«, sagte sie. »Zucker ist unterwegs.«

Joe wischte eine Stelle am Arm des Mannes mit dem nassen Geschirrtuch sauber und legte einen Zugang in eine Vene. Er sicherte ihn mit Klebeband, spülte mit normaler Salzlösung durch und schraubte dann die Düse der 50-ml-Dextrosespritze in die Kanüle. »Fünfundzwanzig Gramm Zucker, in die Hauptvene.« Er drückte langsam den Kolben. Es war dickflüssiges, klebriges Zeug, schwer zu injizieren. »Ah, das tut gut, was?«

Binnen einer Minute blinzelte der Mann und versuchte sich zu konzentrieren. »Zucker«, krächzte er.

»Wir haben Ihnen gerade welchen gegeben«, sagte Lauren. »Können Sie mich verstehen?«

»Diabetiker«, sagte er. »Rettungsdienst.«

»Das sind wir.« Sie drückte seine Hände, und er wurde klarer und sah sie richtig. Sie liebte diesen Teil, wenn sie aus der Hölle ihrer Verwirrung wieder zu vollem Bewusstsein zurückfanden.

Er sah zu Joe hinauf, dann schaute er sich in der verwüsteten Küche um. »O je.«

»Wie heißen Sie?«, fragte Lauren.

»Kieran Scott.« Er fasste an sein Hemd. »Ist das alles Honig? Oh, Mann.«

»Wissen Sie noch, was passiert ist?«

»Ich war im Fitnessstudio, dann kam ich nach Hause und habe geduscht, obwohl ich normalerweise erst eine Kleinigkeit esse. Ich weiß noch, mir wurde komisch zumute, und da mir klar war, was los ist, ging ich in die Küche. Dann muss der Spiegel so tief gesunken sein, dass ich nicht mehr wusste, was ich tat.«

Lauren nahm seinen Puls und Blutdruck und überprüfte seinen Blutzucker noch einmal, während Joe ihm ein Sandwich machte, um seine Reserven aufzufüllen. Die alte Dame kam herein und stellte sich vor. »Geht es Ihnen wieder gut?«

»Haben Sie Hilfe für mich gerufen?«, fragte Kieran. »Vielen, vielen Dank. Darf ich Ihnen eine Tasse Tee anbieten?«

»Lassen Sie mich zuerst helfen, diese Schweinerei aufzuwischen«, sagte sie und lächelte.

Unten im Sanka wischten Lauren und Joe die Griffe aller Ausrüstungsgegenstände ab, die sie benutzt hatten. »Wahrhaft gute Nachbarschaft«, sagte Joe. »Schön, so etwas zu sehen.«

»Ja.« Lauren breitete saubere Tücher über die Sitze, damit kein Honig auf die Polster geriet. Sie spürte, wie das Zeug in ihrem Haar trocknete, und rief über Funk die Zentrale. »Vierunddreißig beendet Einsatz, Diabetiker nach Unterzucker über und über voll Honig, Substanz wurde auf beide Rettungskräfte übertragen, erbitten Rückkehr zur Station für große Säuberungsaktion.«

»Nur zu«, sagte die Zentrale. Lauren hörte das Schmunzeln in der Stimme des Mannes, und im Hintergrund lachte jemand.

»Es war schon ziemlich komisch.« Joe fuhr los. »Vor allem, als er anfing, dich zu streicheln.«

Lauren nahm sich zusammen. *Tu es jetzt!* »Joe«, sagte sie.

»Hey, mir ist gerade etwas eingefallen.« Er begann selbst zu lachen. »Vielleicht war das die schlimme Sache, über die Claire so besorgt war. Warte, bis ich es ihr erzähle.«

»Joe«, wiederholte Lauren.

Er wandte ihr lächelnd den Kopf zu. »Was?«

Ella suchte gerade einen Parkplatz in der Nähe des Rosie's, als ihr Handy läutete. Sie sah, dass es Kuiper war, hielt in einem Halteverbot und schaltete die Warnblinkanlage ein.

»Deborah Kennedy hat sich ergeben«, sagte er. »Sie hat

gewartet, bis eine Reihe von Beamten vor Ort waren, darunter hochrangige, dann bat sie den Unterhändler, sich im Garten mit ihr zu treffen, damit sie alles erklären könne. Kennedy wurde im Zusammenhang mit Drogen getötet.«

Ich wusste es, dachte Ella.

»Er hat mit Thomas Werner und der Familie Rios zusammengearbeitet und mit Adrian Nolan und Feng Xie ebenfalls, wie Sie vermutet haben. Als die Amnestie verkündet wurde, beschlossen alle auszusteigen, aber Werner hatte sie mit seinen Drohungen so eingeschüchtert, dass sie nicht wussten, was sie tun sollten. Er erzählte ihnen, Angehörige der Polizei würden für ihn arbeiten, und er schickte Nolan und Kennedy Fotos von ihren Frauen beim Einkaufen oder in ihren Autos. Feng drohte er an, für seine Ausweisung zu sorgen. Kennedy hat seiner Frau alles erzählt, und sie dachten sich ein Codesystem aus, damit er ihr Bescheid geben konnte, wenn es Ärger gab, und ihr mitteilen, was sie tun sollte.«

»Die Gedichtzeilen in seiner Abschiedsbotschaft«, fiel Ella ein.

»Ja«, sagte Kuiper. »Feng hatte Kennedy außerdem erzählt, dass Werner ihn gezwungen hatte, ihm beizubringen, wie man die Drogen kochte, und dass ihn sein Syndikat zu Hause angewiesen hatte, einen Schritt auszulassen, damit das Verfahren nie zum Erfolg führte.«

»Sie schützten ihre Investitionen«, sagte Ella. »Wenn Feng raus war, waren sie es auch.«

»Außerdem haben Mendelssohn und Greer den Maulwurf identifiziert. Tracy Potter, sie arbeitet als Teilzeitkraft in der Personalverwaltung. Sie haben die Telefondaten der Verdächtigen überprüft und zahlreiche Anrufe von ihrem Handy zu einem entdeckt, das Sal Rios gehört. Sie waren schon bei ihr, aber anscheinend hat sie das Weite gesucht.«

»Vielleicht ist das der Grund, warum ich Sal ebenfalls

nicht finden kann«, sagte Ella. »Sie verstecken sich wahrscheinlich zusammen.«

»Das ist noch nicht alles. Ein Nachbar von Potter hat einen männlichen Besucher beschrieben und sich das Nummernschild von Jason Lamberts Wagen gemerkt. Wir suchen jetzt nach ihm.«

»Lamby? Sie hatte mit beiden etwas laufen?«

»Und sie fährt ein gelbes Auto.«

Verdammter Mist.

»Wir sind gerade dabei, uns den Durchsuchungsbefehl für das Haus der Rios zu besorgen«, sagte Kuiper. »Stoßen Sie dort in zwanzig Minuten zu uns.«

Ella warf das Handy auf den Beifahrersitz und packte das Lenkrad fester. Alles hatte sich genauso abgespielt, wie sie gedacht hatte. Die Amnestie war der Auslöser gewesen. Nolan und Kennedy steckten unter einer Decke, sie hatten zusammen mit Feng versucht auszusteigen, und Werners Drohungen hielten sie davon ab zu handeln, bis sie dann schließlich doch wahr wurden. Nolans verzweifelte Flucht vor den uniformierten Beamten, die ihn angehalten hatten, war absolut verständlich. *Na, wenn ich das Wayne erzähle!*

Sie fuhr in Richtung Maroubra. Die orangefarbenen Natriumlampen auf der Autobahn ließen alle hellen Autos gelb erscheinen, und sie bemühte sich, die Insassen zu erkennen. Ihr Handy läutete.

»Marconi.«

Stille.

»Lauren?«, sagte sie.

»Hier ist Sal Rios.«

Ella wäre beinahe an einen Laternenmast gefahren. »Wir suchen nach Ihnen.«

»Ich muss Ihnen ein paar Dinge sagen.«

»Warten Sie«, sagte Ella. »Treffen wir uns lieber und klären es unter vier Augen.«

»Ich kann nicht warten.«

»Sagen Sie mir einfach, wo Sie sind.«

»Nein, hören Sie zu«, sagte er. »Ich kenne Thomas Werner. Ich habe ihn heute gesehen. Er hat eine Waffe, und er sagte, er wird diese Sanitäter umlegen.«

34

Lauren holte tief Luft. »Ich muss dir etwas sagen.«

»Das klingt aber ernst«, sagte Joe.

»Es ist ernst.« *Los, raus damit.* Sie schloss die Augen. »Ich liebe dich.«

Schweigen. Sie warf einen Blick zu ihm hinüber. Er sah stur geradeaus. Sie hielt den Atem an.

Plötzlich schoss ein gelber Kleinwagen an ihnen vorbei, aus dem heraus hektisch Zeichen gemacht wurden, sie sollten stehen bleiben. Joe trat auf die Bremse. »Was hat dieser Bekloppte denn vor?«

»Joe«, sagte Lauren.

Er gestikulierte in Richtung des Autos. Eine junge Frau stieg vom Fahrersitz. »Mal sehen, was sie will, okay?«

Die Frau rannte zu seiner Tür. »Mein Bruder …« Sie weinte und klammerte sich an das Fahrzeug. »Er hat mich angerufen, er will sich umbringen, können Sie mir helfen?«

Joe war ganz Sanitäter. »Wo ist er?«

»Ich weiß die genaue Adresse nicht, ich weiß nur, wie man hinkommt.« Sie fuchtelte die Straße entlang.

»Dann zeigen Sie es uns.«

Sie stürzte zu ihrem Wagen zurück und raste los. Joe folgte ihr, und Lauren griff nach dem Funkmikrofon. »Vierunddreißig an Zentrale.«

Man hörte nur statisches Rauschen. Sie wartete einen Moment und versuchte es noch einmal.

»Funkloch«, sagte Joe.

»Das gibt es hier normalerweise aber nicht.« Sie fuhren in die Seitenstraßen von Darlinghurst.

»Versuch es noch mal, wenn wir dort sind.« Joe klang kurz angebunden.

Er ist wütend, dachte Lauren. Habe ich ihn beleidigt? Oder konnte es sein, dass er mit seinen Gefühlen kämpfte? *Das hört sich ja an wie aus einem schlechten Liebesroman.* »Können wir reden?«, sagte sie.

»Lass uns einfach diesen Einsatz erledigen, okay?«

Lauren starrte aus dem Fenster. Unter all den Reaktionen, die sie sich ausgemalt hatte, war diese nicht dabei gewesen. Von einer wundervollen positiven Reaktion hatte sie geträumt, auf eine freundliche Zurückweisung hatte sie sich gefasst gemacht. Aber nicht auf Wut.

Das gelbe Auto bog in eine Gasse, dann in eine zweite, schmalere. Lauren konnte sich nicht erinnern, in einer dieser Straßen schon einmal gewesen zu sein. Die Gebäude waren alt und teilweise verfallen. Joe verlangsamte, um eine Mülltonne zu umfahren. Lauren versuchte es noch einmal über Funk, hörte aber wieder nur statisches Rauschen.

Die Gasse war dunkel, die einzige Straßenlampe kaputt. Die schmale Sichel des Mondes war keine Hilfe. Die Scheinwerfer des Rettungswagens erzeugten unheimliche Schatten.

Der gelbe Wagen blieb stehen, und die Frau sprang heraus. »Er ist da drin!«

Joe und Lauren stiegen aus. »Wieso ist er da drin?«, fragte Joe.

»Er ist obdachlos, er haust hier«, sagte die Frau. »Bradley, wir kommen!«, rief sie in den offenen Eingang.

Lauren empfand plötzlich Mitleid mit ihr und Zorn auf Joe. »Hol die Taschenlampe.«

»Ich rufe nur kurz die Zentrale an.«

Lauren stampfte um das Fahrzeug und griff sich Taschenlampe, Beatmungsgerät und Erste-Hilfe-Kasten. Die Frau war bereits auf dem Weg ins Gebäude und rief dazu weinend den Namen ihres Bruders. »Kommst du oder nicht?«, sagte Lauren zu Joe und ging zu dem schwarzen Eingang.

Er steckte sein Handy weg, holte EKG-Gerät und Medikamente aus dem Wagen und schloss diesen ab. Dann folgte er ihr in das Gebäude.

»Langsam«, sagte Kuiper, »nicht alles auf einmal.«

»Wir müssen feststellen, wo der Peilsender ist«, bellte Ella. »Ich habe gerade mit der Rettungszentrale gesprochen, und sie haben nichts mehr von ihnen gehört, seit sie mit einem Einsatz in Woolloomooloo fertig waren. Sie sollten zur Station zurückkehren, aber dort gehen sie nicht ans Telefon. Ich habe es auf Laurens Handy versucht, aber sie meldet sich nicht, und die Zentrale sagt, bei Joe ist es dasselbe.«

Kuiper brüllte einen Befehl durchs Büro und war dann wieder in der Leitung. »Sal weiß nicht, wo sie sein könnten?«

»Er hat keine Ahnung. Er hat mir alles andere erzählt: Dass er gesehen hat, wie Werner Blake tötete, und dass Werner Feng Xie ertränkt und die Drogen mitgenommen hat, um sie fertig zu kochen. Deshalb wüsste ich nicht, warum er in diesem Punkt nicht offen sein sollte.«

»Wo sind Sie jetzt?«

»In Darlingshurst«, sagte sie. »Ich suche nach ihnen.«

»Okay. Lassen Sie mich die Zentrale anrufen, das Kennzeichen ihres Sankas erfragen und an alle Einheiten durchgeben, dass wir es suchen. Den Peilsender müssten wir in wenigen Minuten lokalisiert haben.«

Ella schleuderte das Telefon auf den Beifahrersitz und konzentrierte sich auf ihre Suche. Sie schaltete das Fernlicht ein und fuhr in jede kleine Gasse, auch wenn sie zu schmal zum Wenden war, und sie rückwärts wieder herausfahren musste. Sie hielt das Lenkrad fest umklammert. Sie war für Lauren verantwortlich und fühlte sich jetzt schuldig, als habe sie sich zu sehr darauf konzentriert, Sal Rios und Werner aufzuspüren und dabei vergessen, die Unschuldigen zu beschützen.

Und Lauren war tatsächlich unschuldig. Sal hatte ihr erzählt, wie Werner sie in jener Nacht in der Gasse mit Blake hereingelegt und angegriffen hatte, während Sal sich zitternd hinter dem aufgebockten Auto versteckte. Es hatte sich genauso abgespielt, wie von Lauren beschrieben.

Ihr Handy läutete. »Der Peilsender befindet sich irgendwo ein Stück hinter Desmond's Lane in Woolloomooloo«, sagte Kuiper.

»Ich bin ganz in der Nähe«, sagte sie.

»Ich muss Ihnen nicht erzählen, dass ...«

»Tut mir leid«, sagte sie und legte auf.

Bis zur Desmond's Lane war es eine halbe Minute Fahrt. Ella wurde beinahe von einem gelben Wagen gerammt, der mit quietschenden Reifen an ihr vorbeischoss, als sie um eine Ecke bog. Tracy, die fluchtartig den Ort des Verbrechens verlässt, dachte sie, als sie das Nummernschild im Rückspiegel sah. Oder auf dem Weg zu einem vereinbarten Treffpunkt war, um Werner abzuholen, nachdem er auf Schleichwegen durch die Hinterhöfe von Woolloomooloo gerannt war. Sie konnte sich jetzt nicht mit ihr befassen.

Sie bog abermals um eine Ecke, und in ihrem Scheinwerferlicht blitzte der reflektierende Streifen am Heck des Rettungswagens auf. Sie blendete ihr Licht ab und kroch langsam weiter. Ihre Haut kribbelte. Die Situation war gefährlich. Sie sollte besser zurücksetzen, auf die Kavallerie warten und die Jungs mit ihrer ganzen Schutzausrüstung die Sache erledigen lassen.

Sie stieg aus und schlich seitlich an dem Rettungswagen entlang. Das Führerhaus war leer. Von den Sanitätern war nichts zu sehen. Ella hörte nur den Verkehr draußen auf der Straße und ihren eigenen, gehetzten Atem.

Der Eingang zu dem heruntergekommenen Gebäude war pechschwarz.

Laurens Handy zeigte durch Piepsen an, dass eine weitere Nachricht hinterlassen worden war.

»Du bist ein gefragtes Mädchen«, sagte Thomas.

»Und du bist ein Arschloch.«

»Geh weiter.«

Sie taumelte durch die Dunkelheit vorwärts. Joe war hinter ihr, er hatte die Finger in ihren Gürtel gehakt. Hinter Joe war Thomas und drückte ihm den Lauf einer Waffe in den Nacken.

Lauren hätte Joe gern gesagt, dass es ihr leidtat, dass alles ihre Schuld sei, er habe recht gehabt, sie hätten erst die Zentrale anrufen sollen, erst einen Moment warten. Sie war ungehalten geworden und hier hereingestürmt, weil sie wütend auf ihn gewesen war und die Sorge der Frau um ihren Bruder Erinnerungen an ihren eigenen Bruder Brendan ausgelöst hatte. Als Thomas dann aus der Dunkelheit trat und »Danke, Tracy« sagte, begriff sie, dass sie sich wie ein Lamm zur Schlachtbank hatte führen lassen.

Er hatte ihre Lampe genommen, sie mussten ihre Ausrüstung ablegen, dann hatte er sie tief in das verlassene Gebäude geführt. Es stank nach Verwesung und Urin, und Lauren stolperte ständig über Risse im Beton und frei liegende Stahlverstärkungen. Sie hörte Ratten huschen und das Rauschen des Verkehrs in den Straßen der City. Sie lauschte nach Sirenen. Sie hatte den Peilsender. Die Anzahl der Anrufe auf ihrem Handy konnte nur bedeuten, dass sie bereits vermisst wurden.

Sie bemühte sich, positiv zu denken, und sagte sich, wenn sie den Ice-Süchtigen überlebt hatten, konnten sie das hier auch überleben.

Aber das hier war etwas anderes.

Sie unterdrückte ein Schluchzen. Sie spürte, wie sich Joes

Hand leicht bewegte und sein Daumen ein einziges Mal über ihren Rücken strich.

Es machte ihr Mut. »Du weißt, dass sie bald hier sein werden. Ich habe diesen Peilsender. Sie wissen *exakt,* wo wir sind.«

»So genau sind die Dinger nicht«, sagte Thomas. »Aber es wird ihnen helfen, eure Leichen zu finden.«

»Sie wissen, dass Sie damit nichts erreichen«, sagte Joe.

»Halt dein Maul«, sagte Thomas. »Bleibt hier stehen. Dreht euch um.«

Großer Gott.

Sie sahen ihn an. Lauren zitterte. Sie fühlte den gleichmäßigen Druck von Joes Arm an ihrem. »Du solltest Joe gehen lassen«, krächzte sie. »Ich bin die …«

»Halt's Maul«, sagte Thomas erneut. Er hielt die Taschenlampe tief, und er sah abgezehrt und wie wahnsinnig aus in dem schwachen Licht. Er richtete die Waffe direkt auf Lauren.

»Polizei! Waffe fallen lassen!«

Lauren wurde plötzlich zu Boden gestoßen. Ein Schuss ging mit ohrenbetäubendem Lärm los. Die Taschenlampe fiel zu Boden und ging aus.

Sie drückte sich auf den rauen Beton. Ein zweiter Schuss fiel, dann noch einer, und sie hielt den Atem an, während ihr Herz raste und sie jeden Moment auf den Schlag von einer Kugel wartete.

Doch es kam keiner. Es wurde still im Raum. Laurens Ohren klangen so laut, dass sie außerstande war, etwas zu hören. Sie tastete nach Joe. Ihre Finger berührten etwas Weiches. Haut. Ein Arm. Er war warm, aber er bewegte sich nicht. Schwer keuchend tastete sie sich weiter nach oben und stieß an einen Ärmelsaum, erfühlte den runden Aufnäher des Rettungsdiensts. *Joe, es ist Joe.*

Sie ließ die Hand zu seiner Brust gleiten und spürte zu ihrer großen Erleichterung eine Atembewegung. *Er lebt, ist aber bewusstlos.* Ein Stück weiter stieß sie auf warme Nässe. Er blutete aus einer Brustwunde.

Er ist angeschossen!

Hol die Ausrüstung und rette ihn. Hol das Funkgerät und schrei um Hilfe. Such die Taschenlampe, damit du siehst, was du machst, es könnte ein Lungenkollaps sein, er könnte eine Dekompression brauchen, du kannst ihn retten. Du kannst es.

Jemand packte ihr Bein. Sie zuckte erschrocken zusammen – *es ist Thomas, lieber Himmel* – aber dann sagte Ella: »Helfen Sie mir.«

Lauren streckte zitternd die Hand aus. Ella ergriff sie. »Hilfe«, sagte sie wieder.

»Psst.« Sie stellte sich vor, dass Thomas im Dunkeln auf sie anlegte und sich dabei an ihren Stimmen orientierte.

Aber sie hörte Blut in Ellas Lungen blubbern. *Sie und Joe könnten sterben. Du musst dich bewegen, auf der Stelle.*

Ella ließ ihre Hand partout nicht los. »Helfen Sie mir.«

»Psst.« Lauren stemmte ihr die Finger auf, die glatt waren vom Blut.

»Lassen Sie mich nicht allein.«

»Ich bin gleich wieder hier.«

Lauren krabbelte über den Boden und tastete nach der Taschenlampe, überzeugt, stattdessen einen Pistolenlauf zu finden, der an ihre Stirn gedrückt wurde. Sie tastete um einen Berg Schutt herum, dann schloss sich ihre Hand um das runde Plastikgehäuse der Lampe. Während Ella hinter ihr nass hustete, schaltete Lauren ein und aus und schüttelte das Ding schließlich mit aller Gewalt. Die Lampe ging an, und sie ließ den Strahl im Bogen über den Raum wandern.

Sie sah Ella, die sich mit der linken Hand an die Brust fasste, während sie mit der rechten die Pistole hielt. Sie sah Joe flach auf dem Boden liegen.

Aber keinen Thomas.

Ella drückte verzweifelt auf das Loch in ihrer Brust, während das Blut ölig und warm zwischen ihren Finger rann und ihre Bluse tränkte. Sie sah, wie Lauren wieder näher kam, die Taschenlampe auf den Boden legte und Joe vorsichtig zur Seite drehte. Sie sah sie an seinem Hals nach einem Puls fühlen, ihre Hand auf seine Brust legen, um die Atmung zu überprüfen. Sie kämpfte gegen das Gefühl an, gleichzeitig zu ertrinken und von einem Feuer in der Brust verzehrt zu werden, und sie hielt still, so lange sie konnte. Immerhin hatte es Joe von ihnen beiden schlimmer erwischt, er war bewusstlos, er brauchte mehr Fürsorge, aber schließlich hielt sie nicht mehr durch. »Ich kriege keine Luft.«

Lauren krabbelte zu ihr. Sie nahm Ellas Hand von der Brust und schob ihr die Bluse hoch, um etwas sehen zu können. Ella bemühte sich nach Kräften, den rechten Arm mit der Waffe oben zu behalten, für den Fall, dass Werner auftauchte, aber irgendwie kam die Pistole auf dem schmutzigen Betonboden zu liegen.

»Pressen Sie Ihre Hand flach hier drauf.« Lauren legte Ellas Hand auf die Brust zurück. »Drücken Sie.«

»Tu ich.«

»Nein, tun Sie nicht. Drücken.«

Ella mobilisierte ihre letzten Kräfte.

»Schon besser. Ich bin sofort wieder da.«

»Lassen Sie mich nicht allein.«

»Ich brauche meine Ausrüstung.«

»Lassen Sie mich nicht allein.«

Ella ließ die Waffe los und packte Laurens Hosenbein.

»Ohne Ausrüstung kann ich mich nicht richtig um Sie kümmern.«

»Halten Sie meine Hand.«

Lauren kniete sich neben sie. Ella roch unerklärlicherweise Honig. Sie dachte an den Himmel und an Netta.

»Lassen Sie mich mein Zeug holen.«

»Halten Sie meine Hand.«

»Ich halte sie.«

Aber Ella spürte es nicht – sie spürte überhaupt nichts.

35

Lauren saß vollkommen still auf ihrem Stuhl neben Joes Krankenhausbett. Ehe er wieder aufwachte, musste sie eine Entscheidung treffen.

Sie hatte wenig Zeit dafür. Claire war auf dem Weg hierher, und sobald sie ins Zimmer stürmte, würde sie hinausgeworfen werden.

Sie furchte die Stirn und versuchte sich zu konzentrieren, aber Joes Hand lag auf der Decke, und seine gebräunte Haut bildete einen starken Kontrast zu dem weißen Baumwollbezug. Sie spürte den beinahe unüberwindlichen Drang, sie zu ergreifen, und nahm den Blick von ihr, aber nun starrte sie auf die Schwellung an seinem Kopf, wo er sich an einem Haufen Betonschutt bewusstlos geschlagen hatte.

Er hat mich aus der Schussbahn gestoßen.

Sie blinzelte gegen Tränen an und konzentrierte sich auf den Infusionsbeutel, der über dem Bett hing, und aus dem Flüssigkeiten und Antibiotika zur Behandlung der Schusswunde tropften; die Kugel hatte seine Lunge glücklicherweise verfehlt. *Zähl die Tropfen pro Minute, denk nicht darüber nach, dass er fast für dich gestorben wäre. Es ist sein Instinkt, Leben zu schützen, egal wessen. Es ändert nicht das Geringste an deiner Entscheidung.*

Als er vorhin wach gewesen war, hatten sie einander angelächelt, und er hatte gefragt, ob sie in Ordnung sei, er hatte nach Ella, Kristi und Felise gefragt und nach Thomas Werner, und es war kein Wort über ihre Liebeserklärung gefallen, ehe er wieder in seine Morphiumträume gesunken war.

So.

Wie Lauren es sah, hatte sie drei Möglichkeiten.

Erstens: Wenn er vergessen hatte, was sie gesagt hatte, wollte sie es dann wirklich noch einmal zur Sprache bringen? Die Erinnerung an seine verärgerte Reaktion war nur zu deutlich, und wenn das seine wahren Gefühle waren, wäre nichts damit erreicht, es noch einmal zu sagen.

Zweitens: Wenn er sich sehr wohl daran erinnerte, aber absichtlich nichts sagte, weil er hoffte, es würde vergehen, ohne dass er sie regelrecht zurückweisen musste, dann sollte sie sowohl seine Freundlichkeit als auch die Tatsache akzeptieren, dass sie das Ganze verdammt noch mal vergessen konnte.

Punkt drei war heikel. Punkt drei bestand darin, dass sie es noch einmal sagen sollte, egal ob er sich erinnerte oder nicht. Sie sollte es in den Raum stellen. Sie sollte kühn und mutig sein, sich erinnern, wie sein Daumen ihren Rücken gestreichelt und wie er sie aus dem Weg gestoßen hatte, egal aus welchen Gründen ... und sie sollte sich an seinen Kuss unter dem Maulbeerbaum erinnern.

Denn darauf lief alles hinaus. Der Daumen und der Stoß, die mochte man dem Umstand zuschreiben, dass er eben ein netter, fürsorglicher Mensch war, aber dieser Kuss war etwas völlig anderes.

Sie legte die Hände vors Gesicht und kam sich wie ein Feigling vor, wegen ihrer Unfähigkeit, sich zu entscheiden. Was hatte sie zu verlieren? Selbst wenn er sie zurückwies – würde sie verschrumpeln und eingehen?

Sie erschrak, als die Tür plötzlich quietschend aufging.

Claire blieb abrupt im Eingang stehen. »Du hast vielleicht Nerven.«

Ging es noch lauter? »Er schläft«, sagte Lauren.

»Wegen dir wäre er fast gestorben«, zischte Claire, »und dann wagst du es, hier herumzusitzen, als würdest du in seinem Leben eine Rolle spielen.«

»Wir sind Freunde.«

»Nicht mehr lange, wenn ich etwas mitzureden habe.«

»Ich denke, das ist seine Sache.«

Claire verschränkte die Arme. »Es interessiert aber niemanden, was du denkst.«

Wut kochte in Lauren hoch. Wenn sie noch blieb, würde sie dem Miststück eine reinhauen. »Ich glaube, es ist Zeit, dass ich gehe.«

»Wie hast du das so schnell gemerkt?«

Lauren berührte die Decke neben Joes Hand und ging zur Tür.

Der Flur war menschenleer. Sie ging zum Fenster und blickte auf einen kahlen Innenhof hinab, wo der Wind Laub in einer Ecke zusammenblies. Ihre Brust schmerzte, und sie hatte einen sauren Geschmack im Mund. Sie hätte mit der Sprache herausrücken sollen, als sie die Gelegenheit dazu hatte, als Joe zum ersten Mal wach gewesen war. Sie hätte jetzt eben, bevor Claire zurückgekommen war, seine Hand nehmen, ihn wecken und fragen sollen, wie seine Antwort lautete.

Claire kam aus dem Zimmer und betrachtete nachdenklich sein Krankenblatt. Sie sah Lauren und zog die Tür fest hinter sich zu. »Ich will, dass du von hier verschwindest.«

»Das ist ein freies Land.«

Claire starrte sie an. »Du störst.«

»Wen?« Lauren blickte den leeren Gang auf und ab.

»Wenn du da noch mal hineingehst, lasse ich dich vom Sicherheitsdienst vom Krankenhausgelände jagen.« Claire stürmte mit dem flatternden Krankenblatt in der Hand fort und warf noch einen letzten finsteren Blick auf Lauren, ehe sie um die Ecke bog.

Lauren blickte auf die geschlossene Tür. Sie musste ihn sehen, nur noch einmal. Sie drehte den Knopf, schaute den Flur entlang und ging hinein.

Joe lag in der gleichen Stellung wie zuvor, er hatte die

Augen geschlossen, und sein Atem ging langsam und gleichmäßig.

»Joe.«

Keine Reaktion.

Sie stieß mit dem Bein an sein Bett. »Joe.«

Er rührte sich, öffnete aber nicht die Augen. Sie stieß noch einmal an sein Bett, heftiger diesmal. Claire musste jeden Moment zurück sein. »Joe!«

Nichts.

Sie kannte Wege, ihn aufzuwecken. Sie konnte mit den Knöcheln an seinem Brustbein entlangfahren, den Daumen in den Knochenbogen über seinen Augen stoßen oder einen Kugelschreiber auf seinen Fingernagel drücken. Aber das alles funktionierte über den Schmerz, den es verursachte, und er hatte schon genug durchgemacht.

Sie stand neben dem Bett. Schritte näherten sich auf dem Flur, und sie beugte sich rasch hinunter, um ihn zu küssen. Sie sah die Haarlocke bei seinem Ohr, seine rosafarbene Haut, und sein Atem war ein warmer Luftstrom an ihrem Hals, als sie ihre Lippen auf seine Wange drückte.

Die Tür flog auf. »Was habe ich verdammt noch mal gesagt?«, fuhr Claire sie an.

Lauren drehte sich um. »Ich gehe.«

Claire gestikulierte in Richtung der Schwester, die sie mitgebracht hatte. »Rufen Sie den Sicherheitsdienst.«

»Ich sagte, ich gehe schon.«

»Ich lasse dir Hausverbot erteilen«, sagte Claire. »Ich beschwere mich offiziell über dich, ich erzähle ihnen von dem Schlauch, ich sorge dafür, dass du deinen Job los bist, das schwöre ich dir.«

Lauren warf von der Tür einen Blick zu ihr zurück, aber dann sah sie an ihr vorbei. Joe war wach. Claire polterte selbstvergessen weiter. Joes Augen waren auf Lauren fixiert, und bei dem Lächeln auf seinem Gesicht durchlief sie ein freudiger Schauder.

»Raus!« Claire schob sie aus der Tür, aber zuvor erhaschte Lauren noch einen Blick auf das Bett, von wo Joe ihr mit unsicheren Bewegungen eine Kusshand zuwarf.

Sie taumelte in den Korridor, während Claire die Tür hinter ihr zuschlug. Lauren schaute nicht zurück. Draußen brach die Sonne durch die Wolken und beleuchtete Felises Haar, als das Mädchen zusammen mit Kristi um die Ecke bog. Beide hatten einen Blumenstrauß in der Hand, und Felise begann zu laufen, als sie Lauren sah. Lauren ging in die Hocke und fing sie in ihren Armen auf.

Ella kam langsam zu sich. Als Erstes war das Gehör da: Sie nahm ein ärgerliches Rascheln wahr, aber sie konnte die Augen nicht öffnen, um festzustellen, was es war, und sie konnte nicht sprechen, um sich zu beschweren.

Der Schmerz kam als Nächstes und ließ ihre Brust, Seite und den Rücken zornig glühen.

Ich bin nicht tot. Im Krankenhaus?

Sie zwang sich, die Augen zu öffnen, und versuchte sich zu bewegen, um den Schmerz zu lindern. Etwas zerrte an ihrem Arm.

»Halt, langsam«, sagte eine Stimme. »Nicht da dran ziehen.«

Ella war nicht klar, dass sie an etwas zog. Sie drehte den Kopf, um zu sehen, woher die Stimme kam, aber sie musste die Augen in dem grellen Licht zusammenkneifen und sah trotzdem nur einen Umriss.

»Warte, ich mache die Vorhänge zu.«

Das grelle Licht verschwand. Sie blinzelte.

»Besser so?«

»Wayne«, krächzte sie.

»Genau der.«

Süßer, warmer Honig ergoss sich in ihre Adern. *Wayne.*

Er setzte sich in den niedrigen Sessel und legte eine Zeitung auf den Boden. »Wie geht es dir?«

»Beschissen.« Sie tastete an ihre Seite und entdeckte einen Schlauch.

»Das ist ein Abfluss für den Brustraum. Er ist festgenäht, also reiß nicht daran.«

»Igitt.«

»Du solltest erst mal sehen, was da rauskommt.«

Sie döste einen Moment weg, dann war sie mit einem Ruck wieder da. »Lauren?«

»Alles okay.«

»Joe?«

»Auf dem Wege der Besserung«, sagte Wayne. »Er liegt in einem Zimmer ein Stück den Flur entlang. Lauren ist bei ihm.«

Ihr Kopf war wie benebelt. Die Narkose, dachte sie.

Ein weiterer Gedanke. »Werner?«

»Tot. Hat versucht, im Dunkeln durch das Gebäude zu fliehen, ist dabei gestürzt und hat sich durch den Hals an einem vorstehenden Stück Baustahl aufgespießt.«

Sie nickte langsam. »Gerechtigkeit.«

»Von der endgültigen Sorte.«

Sie fischte einen weiteren Namen aus ihrem benebelten Gehirn. »Tracy?«

»Wir haben sie unweit des Schauplatzes erwischt«, sagte Wayne. »Sie hatte an einer verabredeten Stelle auf der anderen Seite des Gebäudes auf Werner gewartet. Wahrscheinlich hat er Lauren und Joe deshalb so tief hineingeführt, weil sein Fluchtweg dann kürzer gewesen wäre. Sie hat alles gestanden, genau wie der dämliche Jason Lambert.«

Ella glaubte, sich verhört zu haben. »Lamby?«

»Er war so scharf auf ein bisschen Action, dass er alles nahm, was sie ihm gnädigerweise gab, und ihr im Gegenzug die Informationen lieferte, an die sie selbst nicht herankam«, sagte Wayne. »Sie hat den Rettungswagen angehalten und in die Falle gelockt und außerdem einen Störsender an der Fahrzeugseite angebracht, um ihr Funksignal zu blockieren, sodass sie niemandem mitteilen konnten, wo sie waren.«

Ella hatte Mühe, alles zu verarbeiten.

»Deborah Kennedy hat alles erzählt, aber das weißt du bereits. Ähm. Sal Rios hat angefragt, wie es dir geht. Er ist am Bett seines Bruders, aber mit einem Beamten vor der Tür. Er wird sich ein paar Anklagen stellen müssen, aber er kooperiert umfassend, wohl in der Hoffnung auf Milde. Scheint im Grunde aber gar kein so übler Bursche zu sein. Ach ja, und Kuiper war vorhin mit dem Polizeichef da, um dir zu sagen, was für tolle Arbeit du geleistet hast, aber ich sagte, du wäschst dir gerade die Haare und darfst nicht gestört werden.« Er lächelte. »Und deine Tante und dein Vater sind auf dem Weg.«

Ella bemühte sich zu lächeln, wieder entspannt in die Kissen zu sinken, aber sie litt Schmerzen an Körper und Seele. Sie wischte sich unbeholfen mit dem Handrücken über die Augen.

Wayne drückte durch die Decke ihr Knie. »Sie gehen davon aus, dass du in einer Woche wieder draußen bist.«

»Ich dachte, ich würde sterben.« Sie streckte die zitternde Hand aus. »Ich dachte, es ist vorbei.«

Wayne nahm ihre Hand in seine. Seine Handfläche war breit und warm. Er drehte sie und strich ihr mit dem Daumen über die Fingerkuppen. »Eine Weile war das nicht klar.« Seine Stimme klang belegt. »Wir haben alle auf Nachricht gewartet, du warst stundenlang in diesem verdammten OP, und ich dachte, wenn … ich dachte …«

Ella fühlte sich müde, warm und sicher. Sie schloss die Augen und schlief ein, während er ihre Hand hielt.

Danksagung

Dank an:

Selwa Anthony und Selena Hanet-Hutchins für Rat, Begeisterung und Freundlichkeit, besonders während meiner eigenen dunklen Stunden.

Cate Peterson und Kylie Mason bei Pan Macmillan für die hervorragende Redaktion und hilfreiche Anmerkungen.

Adam Asplin und Bruce Guy, die meine zahllosen Fragen über die Arbeit der Polizei beantwortet haben.

Meine Freunde beim Rettungsdienst Mel Johnson, Col Benstead, Allan Burnett, Jenni und Steve Flanagan, Garry »Syd« Francis, Warren Leo, Justine Petit, Alan Smith und John Wood, auch für die Geduld und gute Laune bei Foto-Shootings, und Graeme Strong, den Tombola-Gewinner bei der Release-Party von *Herztod.*

Graeme Hague und Kate Morton.

Meine Familie, vor allem meinen Bruder Phil Guy.

Den größten Dank an meinen Mann Phil für viele Dinge, insbesondere aber für das nicht endende Lächeln und den positiven Blick nach vorn. Dito an Ralph.